Charles de Coster

I0575491

Die Mär von Ulenspiegel und Lamme Goedzak und ihren heroischen, ergötzlichen und rühmlichen Abenteuern in Flandern und anderen Landen

Verone

Charles de Coster

Die Mär von Ulenspiegel und Lamme Goedzak und ihren heroischen, ergötzlichen und rühmlichen Abenteuern in Flandern und anderen Landen

1st Edition | ISBN: 978-9-92500-188-0

Place of Publication: Nikosia, Cyprus

Erscheinungsjahr: 2016

TP Verone Publishing House Ltd.

Reproduktion des Originals in Großdruckschrift.

Charles de Coster

Die Mär von Ulenspiegel und Lamme Goedzak und ihren heroischen, ergötzlichen und rühmlichen Abenteuern in Flandern und anderen Landen

Vorwort der Eule

Meine Herren Künstler, meine hochgeschätzten Herren Verleger und Sie, verehrtester Dichter! Ich habe Ihnen anlässlich Ihrer ersten Ausgabe dieses Buches einige Bemerkungen zu machen.

Wie? In diesem großen Buch, das in seinem Umfang einem Elefanten gleicht und das berühmt zu werden ihr, achtzehn Männer, euch zur Aufgabe gemacht habt, habt ihr auch nicht das kleinste Plätzchen für den Vogel der Minerva gefunden, für die weise, die kluge Eule? In Deutschland und in ebendiesem Flandern, das ihr so sehr liebt, reise ich ohn' Unterlass auf Ulenspiegels Schulter, weshalb er auch so genannt wird, denn sein Name besagt: Eule und Spiegel, Weisheit und Possenspielerei, »Uyl en Spiegel«. Die Leute von Damme, dem Ort, an dem er, wie man sagt, geboren worden ist, sprechen seinen Namen »Ulenspiegel« aus, indem sie aus Bequemlichkeit U für Uy lesen. Aber das ist nur deren Sache.

Ihr habt euch eine andere Auffassung zurechtgelegt: Ulen für »Ulieden Spiegel« – Euer Spiegel – ihr Bauern und Edelleute, Herren und Herrinnen, der Spiegel der

Gemeinheiten, Lächerlichkeiten und Verbrechen einer historischen Epoche. Das ist sinnig, aber unvernünftig. Man soll die Tradition nicht verletzen.

Vielleicht habt ihr den Einfall bizarr gefunden, die Weisheit durch einen Vogel zu symbolisieren, der, eurer Ansicht nach, ebenso traurig wie grotesk ist, durch einen Pedanten mit Brillengläsern, einen Jahrmarktskomödianten, einen Freund der Finsternis, der lautlosen Fluges daherkommt wie der Tod, dass man ihn nicht höre?

Dennoch gleicht ihr mir, ihr falschen Ehrenmänner, die ihr mich verlacht. Gedenket eurer Nächte, da das Blut unter mörderischen Schlägen rieselt und der Tod auf Filzschuhen daherschleicht, dass man ihn auch nicht kommen höre! Hat in der gesamten Geschichte eures Lebens sich ein einziges Morgenrot erhoben, dessen fahler Schein nicht Leichen von Männern, Frauen und Kindern beleuchtet hätte, die das Pflaster eurer Straßen bedeckten? Von was lebt eure Politik, seit ihr über die Erde herrscht? Vom Henken und Schlachten.

Ich, die Eule, die hässliche Eule, ich töte nur, um mich und meine Kinder zu ernähren, nicht, um nur zu töten. Wenn ihr mir etwa vorwerft, dass ich ein Nest voll kleiner Vögel verschlinge, könnte ich euch dann nicht aus dem Gemetzel einen Vorwurf machen, das ihr unter allem anrichtet, was da atmet?

Ihr habt Bücher geschrieben, worin ihr mit dem Ausdruck der Rührung von der Anmut der Vögel, von ihrem Liebesleben, ihrer Schönheit, von der Kunstfertigkeit ihres Nestbaus und der Sorgfalt der Mutterliebe sprecht, aber gleich darauf sagt ihr, mit welcher Soße sie

2

am besten zu servieren sind und zu welcher Jahreszeit sie das fetteste Frikassee abgeben.

Ich schreibe keine Bücher, ich, die Eule, Gott beschütze mich davor, denn ich müsste schreiben, dass, wenn ihr den Vogel nicht essen könnt, ihr wenigstens sein Nest esset, aus Furcht, es könnte euch ein Bissen entgehen.

Nun zu dir, leichtfertiger Dichter, du hättest allen Grund gehabt, mir in deinem Werk wieder zu Ansehen zu verhelfen, da zumindest zwanzig seiner Kapitel von mir stammen, die übrigen lasse ich dir alle. Es ist schon etwas wert, unumschränkter Herrscher über alle Gemeinheiten zu sein, die gedruckt werden.

Dichter, der du so laut schreist, du schlägst zu Unrecht und ohne Besinnen auf jene ein, die du die Henker deines Vaterlandes nennst, auf Karl V. und Philipp II., die du an den Schandpfahl der Geschichte stellst. Du bist keine Eule, bist nicht klug. Weißt du denn, ob auf dieser Welt nicht noch ein Karl V. oder Philipp II. existiert? Fürchtest du nicht, dass aufmerksame Zensoren in dem Bauch deines Elefanten nach Anspielungen auf hochedle Zeitgenossen fahnden könnten? Was lassest du sie nicht in ihren Gräbern schlafen, diesen Kaiser und diesen König? Warum hast du solche Majestäten gelästert? Wer Schläge sucht, wird unter ihnen fallen.

Es gibt Leute, die dich nicht entschuldigen werden, und ich entschuldige dich gewiss nicht, denn du störst meine bürgerliche Verdauung. Was soll's mit dieser immerwährenden Gegenüberstellung eines verhassten Königs, der schon in seiner Kindheit grausam war – deswegen ist er ja ein Mensch –, und des flämischen Volkes,

3

das du als heldenmütig, frohsinnig, ehrenhaft und arbeitsam ausgeben willst? Wer sagt dir, dass dieses Volk gut und dass dieser König schlecht war? Ich könnte dich klüglich vom Gegenteil überzeugen.

Deine Hauptpersonen sind, keine einzige ausgenommen, Dummköpfe oder Narren: dein Possenspieler Ulenspiegel führt die Waffen zur Befreiung des Gewissens, sein Vater Claes stirbt freudig den Flammentod, um seine religiösen Überzeugungen zu behaupten, seine Mutter Soetkin opfert sich und stirbt an den Folgen der Tortur, die sie über sich ergehen lässt, um ihrem Sohn das Vatererbe zu bewahren, dein Lamme Goedzak wandelt so gerade seinen Lebensweg, als dürfte man auf dieser Welt nur gut und anständig sein, deine kleine Nele, die in der Tat sehr gut ist, liebt nur *einen* Mann in ihrem Leben ... Wo gibt's das noch? Brächtest du mich nicht zum Lachen, ich würde dich bedauern.

Jedoch muss ich zugeben, dass sich neben diesen grotesken Figuren auch welche finden, die ich gerne zu meinen Freunden zählen wollte: deine spanischen Haudegen, deine Mönche, die das Volk ins Feuer werfen, deine Gilline, die Spionin der Inquisition, dein geiziger Fischhändler, Denunziant und Werwolf in einer Person, dein Edelmann, der nachts den Teufel macht, um ein paar einfältige Mädchen zu verführen, und allen voran dieser weise Philipp II., der, wenn er Geld braucht, die Heiligenbilder in den Kirchen zertrümmern lässt, um eine Volkserhebung zu bestrafen, deren kluger Anstifter er selbst war! Es ist nicht übel, die zu beerben, die man getötet hat.

Aber ich glaube, ich rede da ins Leere. Du weißt vielleicht nicht, was eine Eule ist, ich will dich darüber belehren:

Eine Eule, das ist ein Geschöpf, das insgeheim Beschuldigungen über die Leute verbreitet, die ihm lästig sind, und das, wenn man es für seine Worte zur Rechenschaft zieht, vorsichtig ausruft: »Ich behaupte nichts. *Man* hat mir gesagt ...« Es weiß sehr wohl, dass *Man* unauffindbar ist.

Eine Eule ist ein Geschöpf, das sich in den Schoß einer ehrenhaften Familie einnistet, sich als Freier ausgibt, ein junges Mädchen bloßstellt, Geld borgt, hie und da seine Schulden bezahlt und sich davonmacht, wenn nichts mehr zu holen ist.

Eine Eule ist der Politiker, der sich der Freiheit, der Treue, der Liebe und der Humanität als einer Maske bedient und im gegebenen Moment ohne viel Federlesens einen Menschen oder eine ganze Nation mit größter Ruhe erwürgt.

Eine Eule ist ein Kaufmann, der seine Weine und Lebensmittel verfälscht, der Verdauungsstörungen statt nahrhafter Genüsse und Schrecken statt Frohsinn unter die Leute bringt.

Eine Eule ist, wer geschickt stiehlt, ohne dass man ihn am Kragen fassen kann, wer der Lüge gegen die Wahrheit das Wort redet, Witwen ruiniert, Waisen beraubt und im Fett triumphiert wie andere im Blut.

Eine »Eulin« ist die, welche ihre Reize verhandelt, die Herzen der edelsten jungen Männer verdirbt, indem sie vorgibt, sie zu bilden, und sie dann ohne einen Sou in dem Dreck stecken lässt, in den sie sie hineingezogen hat. Wenn sie hin und wieder traurig ist, sich erinnert, dass sie ein Weib ist und Mutter sein könnte, so verleugne ich sie. Wenn sie, dieses Daseins müde, sich ins Wasser stürzt, dann ist sie eine Närrin und unwert zu leben.

Schau um dich, Dichter aus der Provinz, und zähle, wenn du kannst, die Eulen in dieser Welt, überlege, ob es klug ist, die Macht und die List, diese Königinnen unter den Eulinnen, anzugreifen, wie du tust. Geh in dich, sag dein »Mea culpa« her und erflehe dir auf den Knien Verzeihung.

Trotz allem interessierst du mich durch deine zutrauliche Unbesonnenheit, deshalb sage ich dir, trotz meiner bekannten Gewohnheiten, voraus, dass ich es unverzüglich meinen Vettern von der Literatur hinterbringen werde, welch rauen und ungebärdigen Tones deine Schreibweise ist, sie haben treffliche Federn, Schnäbel und Augen, sind kluge und genaue Menschen, die sich darauf verstehen, in liebenswürdigster Form und nach allen Regeln der Kunst, mit viel Gaze und Dessous, jungen Leuten Liebesgeschichten zu erzählen, die nicht gerade nur von Cythere kommen, und gestalten, ohne dass man's gewahr wird, in einer Stunde die tückischste Agnès.

Oh, verwegener Dichter, der du Rabelais und die alten Meister so sehr liebst! Diese Leute haben dir gegenüber den Vorteil, dass sie die französische Sprache verschwinden machen werden, weil sie ihr so glänzenden Schliff geben.

Erstes Buch

I

Zu Damme in Flandern, als der Mai die Blüten des Hagedorns entfaltete, wurde Ulenspiegel, der Sohn des Claes, geboren. Die Gevatterin, eine weise Frau namens Katheline, hüllte ihn in warme Windeln, besah seinen Kopf und zeigte auf ein Haarbüschel. »Behaart! Er ist unter einem guten Stern geboren!« rief sie freudig aus. Aber gleich darauf klagte sie und wies auf einen kleinen schwarzen Punkt auf der Schulter des Kindes: »Ach«, heulte sie, »das ist das schwarze Stigma der Klaue des Teufels!« Da antwortete Claes: »Sollte der Herr Satan schon so früh aufgestanden sein, dass er Zeit hatte, meinen Sohn zu zeichnen?« »Er hat sich gar nicht niedergelegt«, sagte Katheline, »denn Chanteclair weckt eben die Hennen.« Und sie ging hinaus, nachdem sie das Kind in Claesens Arme gelegt hatte. Nun zerriss das Morgenrot die nächtlichen Wolken, die Schwalben schossen schreiend über die Felder dahin, und die Sonne zeigte ihr purpurn strahlendes Antlitz am Horizont. Claes öffnete das Fenster und sprach zu Ulenspiegel. »Haarichter Sohn«, sagte er, »dies ist die ehrwürdige Sonne, die kommt, das Land Flandern zu begrüßen. Sieh sie dir an, wenn du kannst, und solltest du einmal nicht aus und ein wissen und, von Zweifeln erfüllt, nicht erkennen, was du tun sollst, um gut zu tun, so bitte sie um Rat, sie ist klar und warm. Deine Aufrichtigkeit gleiche ihrer Klarheit und deine Güte ihrer Wärme.«

»Claes, mein Mann«, rief da Soetkin, »du predigst einem Tauben, komm trinken, mein Sohn!« Und die Mutter reichte dem Neugeborenen ihre schönen Flaschen der Natur.

II

Während Ulenspiegel da trank, erwachten alle Vögel im Land. Claes, der Reisigbündel machte, sah seinem Weib zu, wie es Ulenspiegel die Brust reichte. »Frau«, sagte er, »hast du dir von dieser guten Milch Vorrat angelegt?« »Die Krüge sind voll«, sagte sie, »aber das allein bereitet mir noch nicht Freude.« »Du sprichst von dieser großen Stunde sehr kläglich.« »Ich denke daran, dass in dem Ranzen, der dort an der Wand hängt, nicht ein lumpiger Patard zu finden ist.«

Claes nahm den Ranzen zur Hand, aber er hatte gut schütteln – er vernahm kein Morgenständchen klimpernder Münzen. Und er schämte sich. Da er aber seine Frau trösten wollte, sagte er: »Weshalb bist du besorgt? Haben wir nicht den Kuchen im Schrank, den Katheline uns gestern brachte? Sehe ich dort nicht ein großes Stück Rindfleisch, das dem Kind zumindest für drei Tage gute Milch verschaffen wird? Dieser Sack voll Bohnen, in jene Ecke geschmiegt, ist er ein Verkünder der Hungersnot? Ist es ein Phantom, dieses Fässchen voll Butter? Sind sie Gespenster, diese Kompanien und Eskadronen von Äpfeln, die zu elfen in der Reihe so kriegerisch in der Vorratskammer stehen? Ist es nicht das Versprechen eines frischen Trunks, das die große, ehrwürdige Tonne Cuyte von Brügge in ihrem Bauch zu unserem Labsal birgt?« »Wir müssen«, sagte Soetkin, »wenn wir das Kind zur Taufe bringen, dem Priester zwei Patards geben und brauchen einen Gulden für den Festschmaus.«

In diesem Augenblick trat Katheline mit einem großen Blumenstrauß ein und sagte: »Ich bringe dem haarichten Kind Engelwurz, welche den Menschen vor Schlemmerei bewahrt, Fenchel, der den Satan verjagt ...« »Hast du nicht das Kraut, das die Gulden herbeischafft?« fragte Claes. »Nein«, sagte sie. »So will ich denn nachsehen, ob es nicht im Kanal welches gibt.«

Er nahm Angelschnur und Netz zu sich und machte sich auf den Weg, sicher, dort bleiben zu können und niemand zu begegnen, denn es war erst eine Stunde vor der »oosterzon«, wie die Sonne in Flandern um sechs Uhr genannt wird.

III

Claes kam zum Kanal von Brügge, nicht weit vom Meer. Er befestigte den Köder an der Angel, schleuderte sie ins Wasser und ließ sein Netz sinken. Auf dem anderen Ufer lag ein kleiner, gut gekleideter Knabe und schlief wie ein Klotz auf einem Haufen von Muscheln. Er erwachte bei dem Geräusch, das Claes verursachte, und wollte sich aus dem Staube machen, da er fürchtete, es sei der Gemeindegendarm, der komme, um ihn von seinem Lager aufzustöbern und wegen unerlaubten Vagabundierens nach dem »Steen« zu führen. Seine Furcht schwand aber, als er Claes erkannte und sich von ihm also angerufen hörte: »Willst du sechs Heller verdienen? Dann jag mir die Fische hierher.« Dem Knäblein war das sehr recht; es stieg ins Wasser mit seinem kleinen, schon aufgeblähten Wanst, bewaffnete sich mit einem Buschen großen Schilfrohres und jagte Claes die Fische zu.

Als Claes mit dem Fischen zu Ende war, zog er Netz und Angel ein, ging über die Schleuse und näherte sich dem Knaben. »Du bist doch der«, sagte er, »den man mit dem Taufnamen ›Lamme‹ nennt und ›Goedzak‹ wegen seines sanften Charakters, und wohnst in der Rue d'Heron hinter Notre-Dame. Wieso muss ein gut gekleideter Junge unter freiem Himmel schlafen?« »Ach, Herr Kohlenträger«, antwortete der Knabe, »ich habe zu Hause eine Schwester, die ein Jahr jünger ist als ich und mich bei dem geringsten Streit mit mächtigen Schlägen dämpft. Aber ich wage nicht, an ihrem Rücken meine Rache zu nehmen, denn ich müsste ihr ja wehe tun, mein Herr. Gestern, beim Abendessen, hatte ich großen Hunger und fasste mit den Fingern in eine Platte mit einem Rest von Bohnen und Rinderbraten hinein, und sie wollte ihren Teil davon haben; doch es war nicht einmal für mich genug, mein Herr. Als sie sah, wie ich mich wegen des guten Geschmacks der Soße leckte, geriet sie in Wut, schlug mit beiden Händen auf mich los und versetzte mir so gewaltige Backpfeifen, dass ich halbtot aus dem Hause flüchtete.« Claes fragte, was sein Vater und seine Mutter zu dieser Schlägerei gesagt hätten, und Lamme Goedzak antwortete: »Mein Vater schlug mich auf die eine Schulter, meine Mutter auf die andre, und sie sagten: ›Setz dich zur Wehr, Feigling!‹ Ich wollte aber ein Mädchen nicht schlagen und nahm Reißaus.«

Plötzlich erbleichte Lamme und zitterte an allen Gliedern. Claes sah eine große Frau und ihr zur Seite ein mageres Mädchen von wildem Aussehen herankommen.

»Ach«, sagte Lamme und hielt sich an Claesens Kniehosen fest, »da sind meine Mutter und meine Schwester, die kommen, mich zu holen – beschützen Sie mich, Herr Kohlenträger!« »Schon gut«, sagte Claes, »nimm zuerst diese sieben Heller als Lohn, und nun wollen wir ohne Furcht deiner Mutter und deiner Schwester entgegengehen.« Als die beiden Frauen Lamme gewahrten, kamen sie auf ihn zugelaufen und wollten ihn alle beide schlagen, die Mutter, weil sie in Sorge um ihn gewesen war, und die Schwester aus Gewohnheit. Lamme verbarg sich hinter Claes und rief: »Ich habe sieben Heller verdient, ich habe sieben Heller verdient, schlagt mich nicht!« Aber die Mutter hielt ihn schon mit beiden Händen fest, während das Töchterchen Lammes Hände mit Gewalt öffnen wollte, um ihm das Geld wegzunehmen. Aber Lamme schrie: »Das gehört mir, und du wirst es nicht bekommen!« Und er ballte die Fäuste zusammen. Claes jedoch schüttelte das Mädchen heftig bei den Ohren und sagte zu ihr: »Wenn du dir noch einmal einfallen lassen solltest, mit deinem Bruder, der gut und sanft wie ein Lamm ist, Streit zu suchen, werde ich dich in eine schwarze Kohlenkammer sperren, aber dort werde nicht mehr ich es sein, der dich an den Ohren zieht, sondern der rote Höllenteufel, der dich mit seinen großen Tatzen und seinen Zähnen, die spitzig sind wie Gabeln, in Stücke reißen wird.« Auf das hin wagte das Mädchen weder Claes anzusehen noch sich Lamme zu nähern und verkroch sich hinter die Röcke ihrer Mutter. Als sie aber in die Stadt zurückkehrte, rief sie überall: »Der Kohlenträger hat mich geschlagen, und er hat den Teufel in seinem Keller!« Doch von nun an schlug sie Lamme nicht mehr. Als er aber groß war, ließ sie ihn ihre Arbeit tun. Und der gutmütige Einfaltspinsel tat sie willig.

Claes hatte seinen Fang auf dem Heimweg einem Landpächter verkauft, wie er gewöhnlich zu tun pflegte. Als er sein Haus betrat, sagte er zu Soetkin: »Hier – das habe ich in dem Bauch von vier Hechten, neun Karpfen und einem Korb voller Aale gefunden«, und ließ dabei zwei Gulden und einen Patard auf den Tisch springen. »Warum gehst du nicht täglich fischen, lieber Mann?«, fragte Soetkin. Claes antwortete: »Damit ich nicht einmal selbst zum Fisch werde für die Netze der Gemeindegendarmen.«

IV

Man nannte Ulenspiegels Vater in Damme Claes, den *Kooldraeger* oder Köhler. Claes hatte schwarze Haare, hell blinkende Augen, und seine Haut war von der Farbe seiner Handelsware, ausgenommen an Sonn- und Feiertagen, wenn in seiner Hütte Überfluss an Seife war. Er hatte eine kleine, eckige Figur, war aber stark und trug ein fröhliches Gesicht zur Schau.

Wenn der Tag zu Ende war und der Abend sich niedersenkte, ging er in irgendeine Kneipe, die auf dem Wege nach Brügge lag, um seine Gurgel, die von Kohle geschwärzt war, mit Cuyte zu spülen, und die freundlichen Frauen traten unter ihre Türen und riefen ihm lachend zu: »Guten Abend, Köhler, und klares Bier!« »Guten Abend und einen Gatten, der nicht schläfrig ist!«, antwortete Claes.

Die Mädchen, die gruppenweise von den Feldern heimkamen, stellten sich so vor ihn hin, dass sie ihn am Weitergehen verhinderten, und sagten zu ihm: »Was zahlst du, wenn wir dich durchlassen? Ein scharlachrotes Band, einen goldenen Ring, ein paar Schühlein von Samt oder einen Gulden zum Taschengeld?« Claes aber nahm eine um die Mitte, ließ seinen Mund gerade dorthin treffen, wo ihm dies junge Fleisch am nächsten kam, und küsste ihr die Wangen oder den Hals, dann sagte er: »Das übrige, meine Schätzchen, verlangt von eurem Liebsten.« Dann gingen sie hell auflachend ihres Weges.

Die Kinder erkannten Claes an seiner mächtigen Stimme und an dem Dröhnen seiner Stiefel schon von Weitem, liefen ihm entgegen und sagten: »Guten Abend, Kohlenträger!« »Gott gebe auch euch einen guten Abend, meine Engelchen«, sagte dann Claes, »kommt mir aber nicht zu nahe, sonst mache ich Negerlein aus euch.« Die Kleinsten waren kühn und näherten sich dennoch, da fasste er eines bei seinem Wämslein und fuhr ihm mit seinen schwarzen Händen über das frische Mündchen, dann schickte er es, selbst lachend, wieder weg, zur großen Freude aller andern.

Soetkin, Claesens Frau, war ein gutes Eheweib, sie stand mit dem Morgenrot auf und war fleißig wie eine Ameise. Sie und Claes bearbeiteten zu zweit das Feld, das ihnen gehörte, und spannten sich wie Rinder vor den Pflug. Das war ein schweres Ziehen, aber noch weit schwerer war's, die Egge fortzubringen, jenes Ackergerät, dessen hölzerne Zähne die harte Erde aufreißen sollen. Trotzdem blieben ihre Herzen froh, und sie sangen sich ein Lied zur Arbeit, mochte da die Erde auch noch so hart sein. Vergeblich sandte die Sonne ihre heißesten Strahlen herab, vergeblich auch zog die Egge, beugte ihnen die Knie und bereitete ihren Schultern die heftigsten Anstrengungen, wenn sie anhielten und Soetkin wandte Claes ihr süßes Gesicht zu, das er, diesen Spiegel ihrer zärtlichen Seele, küsste, dann vergaßen sie aller großen Mühseligkeiten.

V

Tags zuvor war an den Schranken des Stadthauses verkündet worden, dass Madame, die Gemahlin Kaiser Karls, schwanger sei und dass für ihre bevorstehende Niederkunft Gebete gesprochen werden müssten.

Katheline trat bebend bei Claes ein. »Was erregt dich so, Gevatterin?«, fragte der Gute. »Ach«, sagte sie, und die Worte kamen abgerissen aus ihrem Munde, »diese Nacht ... Geister mähen Menschen nieder wie die Schnitter das Gras ... lebendig begrabene Mädchen ... über den Leichen tanzt der Henker ... seit neun Monaten träufelt's aus dem Blutstein ... diese Nacht ist er geborsten.«

»Hab Erbarmen mit uns, Herrgott«, seufzte Soetkin, »hab Erbarmen! Das ist eine schwarze Prophezeiung für das Land Flandern.«»Siehst du das mit deinen Augen oder im Traum?«, fragte Claes. »Mit meinen Augen«, sagte Katheline und fuhr dann weinend und an allen Gliedern zitternd fort: »Zwei Kindlein sind geboren, das eine in Spanien, das ist der Infant Philipp, das andre in Flandern, das ist der Sohn von Claes, dem man in späterer Zeit den Namen Ulenspiegel geben wird. Philipp, von Karl V., dem Mörder unserer Lande, gezeugt, wird zum Henker werden. Ulenspiegel wird ein großer Ge-

lehrter im Possenreißen und in jugendlichem Schnick-
schnack sein, aber er wird ein gutes Herz haben, denn
sein Vater ist Claes, der wackere Arbeiter, der in Tugend, Ehrbarkeit und Sanftmut sein Brot verdient. Kaiser Karl und König Philipp werden, Unheil verbreitend,
durchs Leben galoppieren, Schlachten schlagend, Wu-
cher treibend und andere Übeltaten verrichtend. Claes
wird die ganze Woche arbeiten, der Gerechtigkeit und
den Gesetzen treu, statt über seine harte Arbeit zu klagen, wird er lachen und das Vorbild der braven Werk-
leute Flanderns sein. Ulenspiegel, der immer junge, der
nie sterben wird, er wird die Welt durcheilen, ohne sich
jemals an einen Ort zu binden. Er wird Handlanger sein,
Edelmann, Maler, Bildhauer, alles in einem. Er wird die
Welt durchwandern, das Schöne und Gute lobend und
alles Niedrige aus tiefstem Herzen verachtend. Claes ist
dein Mut, du edles Volk von Flandern, Soetkin deine
sorgende Mutter und Ulenspiegel dein Geist, ein hübsches Mägdelein, mit Ulenspiegel als sein Schätzchen
vereint und unsterblich wie er, wird dein Herz sein, und
ein gewaltiger Dickwanst, Lamme Goedzak, wird dein
Magen sein. Die Aussauger des Volkes werden obenauf
bleiben und die Opfer unten, oben die habgierigen Hor-
nissen, unten die arbeitsamen Bienen. Und im Himmel
werden Christi Wunden bluten.«

Als sie das gesagt hatte, fiel Katheline, die gute Hexe,
in Schlaf.

VI

Ulenspiegel wurde zur Taufe getragen, plötzlich ging
ein Platzregen nieder, der ihn tüchtig durchnässte. Also

ward er das erste Mal getauft. Als man in die Kirche eintrat, wurden Paten und Patinnen, Vater und Mutter vom Schoolmeester, der das Amt des Küsters versah, aufgefordert, sich rund um das Taufbecken zu stellen, was sie auch taten. Aber in dem Kreuzbogen über dem Becken hatte ein Maurer ein Loch gemacht, um eine Lampe an einem Stern von vergoldetem Holz aufzuhängen. Als der Maurer von seiner Höhe aus die Paten und Patinnen bemerkte, wie sie so feierlich um das Taufbecken herumstanden, das noch mit seinem Deckel verschlossen war, schüttete er durch das Loch in der Decke einen vollen Eimer Wassers hinab, das zwischen den Leuten hindurch auf den Deckel des Beckens klatschte und gewaltig nach allen Seiten auseinanderspritzte. Und Ulenspiegel bekam das meiste ab. Solcherart ward er zum zweiten Mal getauft. Der Dechant kam, und man beschwerte sich bei ihm. Aber er sagte, man solle sich beeilen, und das wäre nur ein Zufall gewesen. Ulenspiegel zappelte, weil das Wasser auf ihn gespritzt war. Der Dechant gab ihm Salz und Wasser und nannte ihn Thylbert, was soviel heißt wie »reich und lebhaft«. So ward er zum dritten Mal getauft. Nachdem sie Notre-Dame verlassen hatten, gingen sie in die gegenüberliegende Rue Longue und betraten den Rosaire des Bouteilles (den Rosenkranz der Flaschen), dem ein Krug zum Wahrzeichen diente. Dort tranken sie siebzehn Humpen Doppelkuyt und noch darüber. Denn es ist ein trefflicher Brauch in Flandern, dass man, um nasse Leute wieder trocken zu machen, mit Bier ein Feuer in ihrem Wanst entzündet. Ulenspiegel wurde also zum vierten Mal getauft. Als man mit Köpfen, die schwerer waren als die Leiber, im

Zickzackweg nach Hause zurückkehrte, passierte man eine Brücke, die über einen kleinen Tümpel führte. Katheline, die als Patin das Kind trug, machte einen Fehltritt und stürzte mit Ulenspiegel in den Schlamm, wobei dieser das fünfte Mal getauft wurde. Als man ihn aber, in Claesens Haus zurückgekehrt, mit warmem Wasser vom Kot reinwusch, war das seine sechste Taufe.

An diesem Tage beschloss Seine geheiligte Majestät Karl, großartige Festlichkeiten zu geben, um die Geburt seines Sohnes würdig zu feiern. Er nahm sich vor, auf Fischzug auszugehen, wie Claes es getan hatte, aber nicht etwa im Kanal, sondern in den Pfründbeuteln und Ranzen seines Volkes. Was die hochherrschaftlichen Angeln da herauszogen, waren Cruzados, Silbertaler und Goldstücke, und all diese wunderbaren Fische verwandelten sich auf Wunsch des Fischers in Samtkleider, kostbare Geschmeide, erlesene Weine und feinste Köstlichkeiten für den Gaumen. Denn die fischreichsten Flüsse sind nicht die, in denen das meiste Wasser ist.

Im Einvernehmen mit den Mitgliedern seines Rates beschloss Seine geheiligte Majestät, dass der Fischfang in folgender Form vor sich gehen solle: Der hochherrliche Infant sollte zwischen neun und zehn Uhr zur Taufe getragen werden. Die Einwohner von Valladolid sollten, um ihre große Freude zu bekunden, die ganze Nacht Umzüge veranstalten, Feste feiern und auf dem Großen Platz ihr Geld für die Armen ausstreuen. An fünf Straßenkreuzungen sollten aus großen Fontänen bis zum Morgengrauen Weinwellen fließen – natürlich von der Stadt bezahlt. An fünf anderen Kreuzungen sollten, auf Holzgerüsten aufgereiht, Würstchen, Zervelatwürste,

Botarga, Leberwürste, Ochsenzungen und andere Fleischspeisen hängen, gleichfalls auf Kosten der Stadt. Die Bewohner von Valladolid sollten aus eigenem Geld auf den Wegen, die der festliche Zug berühren würde, zahlreiche Triumphbogen aufstellen, die den Frieden, den Reichtum, den Überfluss, das Glück und alle anderen Herrlichkeiten versinnbildlichen sollten, womit sie der Himmel unter der Regierung Seiner geheiligten Majestät überschüttet hatte. Schließlich sollten außer den Friedensbogen auch noch einige andere aufgestellt werden, auf denen in lebhaften Farben die weniger friedfertigen Dinge gemalt sein sollten, wie Adler, Löwen, Lanzen, Hellebarden, Spieße mit weithin leuchtenden Klingen, Arkebusen, Kanonen, Falkonette, großmäulige Mörser und sonstige Waffen, welche die kriegerische Kraft und Macht Seiner geheiligten Majestät bildlich darzutun vermochten.

Um die Kirche im Lichterglanz erstrahlen zu lassen, wurde der Innung der Kerzenmacher gestattet, mehr als zwanzigtausend Kerzen umsonst anzufertigen, deren übrig gebliebene Stümpfe dem Ordenskapitel überwiesen werden sollten. Was die übrigen Ausgaben betraf, so wollte sie der Kaiser auf sich nehmen, um dadurch den guten Willen zu zeigen, seinem Volke nicht zu große Kosten zu verursachen.

Als das Volk diese Befehle ausführen wollte, trafen aus Rom betrübliche Nachrichten ein. Oranien, d'Alençon und Frundsberg, Kapitäne des Kaisers, waren in die Heilige Stadt eingedrungen, hatten Kirchen, Kapellen und Häuser geplündert und zerstört und niemand geschont, weder Priester noch Nonnen, weder Frauen noch Kinder. Und den Heiligen Vater hatten sie gefangen genommen. Die Verwüstungen dauerten fort, und seit einer Woche durchzogen Reiter und Landsknechte die Stadt Rom, vollgefressen, angesoffen und ihre Waffen schwingend, fahndeten sie nach den Kardinälen und schrien, dass sie ihnen die Haut aufschlitzen würden, um sie zu verhindern, jemals Päpste zu werden. Andere, die diese Drohung schon wahr gemacht hatten, stolzierten in der Stadt umher, trugen Rosenkränze von achtundzwanzig und mehr Kugeln über der Brust, die groß wie Nüsse und über und über blutig waren. Einige Straßen waren in rote Bäche verwandelt, in denen ausgeplünderte Leichen umherlagen. Etwelche sagten, dass der Kaiser, der Geld brauchte, in dem kirchlichen Blut habe fischen wollen und dass er, nachdem er von dem Vertrag erfahren habe, den seine Kapitäne dem päpstlichen Gefangenen aufgezwungen hatten, diesen genötigt habe, ihm alle befestigten Plätze seines Staates abzutreten und ihm vierhunderttausend Dukaten zu bezahlen; überdies solle er so lange in Gefangenschaft bleiben, bis diese Bedingungen erfüllt seien.

Dennoch, der Schmerz Seiner Majestät war groß, er bestellte alle Vorbereitungen zu den Freudenfesten und Belustigungen ab und ordnete an, dass die Herren und Damen in seinem Palast Trauer anlegen sollten. Und das Kind wurde in seinen weißen Windeln getauft, welche die Windeln königlicher Trauer sind. Das wurde von den Herren und Damen als düsteres Vorzeichen gedeutet. Ungeachtet dessen präsentierte die Frau Amme den Infanten den Herren und Damen des Hofes, damit diese ihm, wie das üblich war, ihre Wünsche und Gaben übermitteln konnten. Madame de la Coena hing ihm einen schwarzen Stein gegen Gift von der Form und Größe einer Haselnuss und in eine Goldkapsel gefasst um den Hals. Madame de la Chauffade befestigte an einem Seidenfaden, der über seinem Magen hing, eine Lambertsnuss zur Förderung der Verdauung; Messire van der Steen de Flandre überreichte ihm eine Genter Wurst, die fünf Armlängen lang und eine halbe breit war, und wünschte Seiner Hoheit untertänigst, dass allein der Geruch dieser Wurst ihm auf den Genter Clauwaert Durst machen möge, und fügte hinzu, wer erst das Bier einer Stadt liebe, könne auch ihre Brauer nicht hassen. Der Herr Stallmeister Jacques Christophe de Castille bat Seine Hoheit den Infanten, auf seinen lieblichen Füßen grünen Jaspis tragen zu wollen, damit er gut laufen könne. Jan de Paepe, der Narr, der auch anwesend war, sagte: »Hochedle, gebt ihm lieber das Horn des Josua, bei dessen Klang alle Städte in raschem Lauf vor ihm her eilen sollen, um ihre Habe samt allen ihren Bewohnern, Männern, Frauen und Kindern, in Sicherheit zu bringen. Denn Hochwohlgeboren soll nicht lernen zu laufen, sondern die andern laufen zu machen.« Die verweinte Witwe des Floris van Borsele, der Herr van Veere im Lande Zeeland gewesen war, gab Herrn Philipp einen Stein, der, wie sie sagte, die Männer verliebt machen sollte und die Frauen untröstlich. Aber das Kind grölte wie ein Kalb.

Während dies geschah, fertigte Claes seinem Sohn eigenhändig eine Klapper aus Weidenzweigen mit Schellen an und sagte, während er ihn auf seiner Hand tanzen machte: »Schellen, klingende Schellen, mögest du sie immer an der Mütze tragen, kleiner Mann, denn zu guter Letzt werden's die Narren sein, denen das Königreich gehört.« Und Ulenspiegel lachte.

VII

Claes hatte einen großen Lachs gefangen und verzehrte ihn eines Sonntags mit Soetkin, Katheline und dem kleinen Ulenspiegel, aber Katheline aß nicht mehr als ein Vogel. »Gevatterin«, sagte Claes zu ihr, »ist die Luft in Flandern jetzt so gehaltvoll, dass du sie nur einatmen musst, um von ihr satt zu sein wie von einer Schüssel Fleisch? Wie lebt man so? Die Regentropfen würden gute Suppe abgeben, die Hagelkörner Bohnen und die Schneeflocken, in himmlisches Frikassee verwandelt, würden die armen Wanderer wieder zu Kräften bringen.« Katheline nickte mit dem Kopf und ließ kein Wort hören. »Seht doch«, sagte Claes, »die bekümmerte Gevatterin, was ist's, das sie so betrübt?« Katheline sprach mit einer Stimme, die wie Hauch klang: »Der Böse ... schwarze Nacht bricht herein ... Ich höre, wie er sein Nahen anzeigt ... schreiend wie der Seeadler ... Schaudernd flehe ich zur Heiligen Jungfrau – es ist vergebens ... Für ihn gibt's keine Zäune, keine Mauern, weder Türen noch Fenster braucht er ... er dringt überall ein wie ein Schemen ... die Leiter knarrt ... Er packt mich mit seinen kalten Armen, hart wie Marmor ... starres Gesicht ... Küsse, feucht, wie Schnee ... Hütte schwankt, neigt sich zur Erde ... schaukelt wie Barke auf stürmischer See ...«

Claes sagte: »Du musst jeden Morgen zur Messe gehen, damit der Herr Jesus dir die Kraft gibt, dieses Phantom zu verjagen, das aus den Tiefen kommt.« »Er ist so schön«, sagte sie.

VIII

Als Ulenspiegel der Mutterbrust entwöhnt war, schoss er auf wie eine junge Pappel. Claes küsste ihn nun nicht mehr so häufig, um ihn nicht zu verziehen, aber er liebte ihn auf männliche Art. Kam Ulenspiegel nach Hause und beklagte sich, dass er bei irgendeiner Zänkerei Prügel bekommen habe, so schlug Claes ihn, weil er die andern nicht geschlagen hatte, so erzogen, wurde Ulenspiegel mutig wie ein kleiner Löwe.

Wenn Claes abwesend war, erbat sich Ulenspiegel von Soetkin einen Heller, um zu spielen. Soetkin ärgerte sich und sagte: »Musst du spielen? Du tätest besser, hierzubleiben und Reisig zu binden.« Sah Ulenspiegel nun, dass sie ihm nichts geben wollte, so schrie er wie ein Adler, aber Soetkin machte mit ihren Kesseln und Näpfen, die sie in einem Holzbottich wusch, großen Lärm, um sich das Ansehen zu geben, als höre sie nichts. Nun weinte Ulenspiegel, und seine sanfte Mutter ließ die Maske der Strenge fallen, kam auf ihn zu, liebkoste ihn und sagte: »Hast du mit einem Silberling genug?«

Und man bedenke, dass ein Silberling sechs Heller wert war. So übertrieb sie ihre Liebe, wenn Claes nicht da war, und Ulenspiegel war König im Haus.

IX

Eines Morgens gewahrte Soetkin Claes, wie er mit gesenktem Kopf in der Küche auf und ab ging wie einer, der in Betrachtungen verloren ist. »Was brütest du, lieber Mann?«, sagte sie, »du bist bleich, zornig und zerstreut.« Claes antwortete mit tiefer Stimme wie ein knurrender Hund: »Sie wollen die grausamen Kundmachungen des Kaisers erneuern. Der Tod wird von Neuem über das Land Flandern streichen. Die Angeber werden die Hälfte des Vermögens der Opfer bekommen, wenn es hundert Karlsgulden nicht überschreitet.« »Wir sind arm«, sagte sie. »Arm«, erwiderte er, »aber nicht arm genug. Es gibt niedrige Menschen, Geier und Raben, die von Leichen leben und die uns ebenso gut denunzieren würden, um sich mit Seiner heiligen Majestät in einen Korb voll Kohlen zu teilen, als handelte es sich um einen Sack voll Karlsgulden. Was besaß denn die arme Tannelen, die Witwe von Sis, dem Schneider, der in Heyst starb, und die lebendig begraben wurde? Eine lateinische Bibel, drei Goldgulden und etliche Wirtschaftsgeräte aus englischem Zinn, auf die es ihre Nachbarin abgesehen hatte. Johanna Martens wurde als Hexe verbrannt, weil ihr Körper, als man sie vorher ins Wasser geworfen hatte, obenauf schwamm und man daran ihr Hexentum erkannte. Sie hatte einige dürftige Möbel und sieben Goldstücke in einem Beutel, der Angeber wollte die Hälfte haben. Ach, ich könnte bis morgen erzählen, aber gib zu, liebe Frau, diese Plakate machen das Leben in Flandern nicht mehr lebenswert. Bald wird der Karren des Todes allnächtlich durch die Stadt fahren, und wir werden das hohle Klappern der Knochen seines Skeletts hören, wenn er sich hier umtut.« Soetkin sagte: »Du sollst mir nicht Angst einjagen, lieber Mann, der Kaiser ist der Vater von Flandern und Brabant und als solcher mit Langmut, Sanftheit, Geduld und Barmherzigkeit begabt.« »Dabei würde er zu viel verlieren«, antwortete Claes, »denn er erbt die konfiszierten Güter.«

Plötzlich schallte die Trompete und klingelten die Zimbeln des Stadtherolds. Claes und Soetkin liefen, Ulenspiegel abwechselnd in den Armen tragend, auf das Geräusch hin mit dem Haufen des Volkes mit. Sie kamen vor das Gemeindehaus, vor dem die Herolde hoch zu Roß hielten, in die Trompeten bliesen und die Zimbeln schlugen, der Profos, den Richterstab haltend, und der Bürgermeister zu Pferde, der mit beiden Händen einen Erlass des Kaisers hielt und sich anschickte, ihn der versammelten Menge vorzulesen. Claes hörte aufmerksam, dass es neuerlich verboten war: ganz oder teilweise zu drucken, zu lesen, zu besitzen oder in der Herstellung zu fördern die Schriften, Bücher und Lehren des Martin Luther, des Johannes Wycleff, Johannes Hus, Marcilius de Padua, Aecolampadius, Ulricus Zwinglius, Philippus Melanchthon, Franciscus Lambertus, Johannes Pomeranus, Otto Brunselius, Justus Jonas, Johannes Puperis und Gorcianus, desgleichen das Neue Testament, gedruckt von Adriaen de Berghes, Christoph de Remonda und Johannes Zel, die voll von lutherischen und andern Ketzereien, von der theologischen Fakultät der Universität zu Löwen überprüft und verdammt worden seien. Desgleichen das Malen oder Nachbilden schmähender Bilder oder Figuren von Gott, der Heiligen Jungfrau Maria oder der Heiligen und das Veranlassen, dass solche gemalt oder nachgebildet würden, zu zerbrechen, zu zerstören oder auf sonstige Art zu vernichten die Bilder und Darstellungen, die zu Ehren und als Denkmal

Gottes errichtet waren und zur Mahnung, seiner zu gedenken wie auch der Jungfrau Maria und der von der Kirche anerkannten Heiligen.

Überdies, besagte das Plakat, dürfe niemand, wer immer er auch sei, sich unterfangen, über die Heilige Schrift Untersuchungen anzustellen oder Streitreden zu führen, selbst über unklare Stellen nicht, sofern er nicht ein wohlberufener und von einer berühmten Universität anerkannter Theologe sei.

Seine Majestät setzte unter anderen Strafen auch die fest, dass die Verdächtigen nie mehr ein Ehrenamt bekleiden dürften. Solche, die in den Irrglauben zurückverfielen oder auf ihm beharrten, sollten verurteilt werden, an kleinem oder großem Feuer verbrannt zu werden, in einem Strohhäuschen oder an einen Pfahl gebunden, je nach dem Befinden des Richters. Die andern sollten, wenn sie Edelleute oder Patrizier wären, durch das Schwert hingerichtet werden, wenn sie Arbeiter wären, durch den Galgen und Frauen durch Lebendigbegraben. Zum abschreckenden Beispiel sollten ihre Köpfe auf einen Pfahl aufgepflanzt werden. Auch sollten die Güter der Hingerichteten zugunsten des Kaisers eingezogen werden, soweit sie in seinem Machtbereich lägen. Seine heilige Majestät sprach den Angebern die Hälfte alles dessen zu, was die Hingerichteten besessen, wenn das Vermögen des Einzelnen nicht mehr als hundert Livres in flandrischem Gelde betrug. Der Kaiser behalte sich vor, seinen Teil zu frommen und barmherzigen Werken zu verwenden, wie er das auch mit den Geldern von Rom gemacht habe. Und Claes, Soetkin und Ulenspiegel waren darob gar traurig.

X

Das Jahr war gut, und Claes kaufte für sieben Gulden einen Esel und neun Scheffel Erbsen.

Eines Morgens setzte er sich auf das Tier und ließ Ulenspiegel hinter sich auf die Kruppe steigen. In dieser Aufmachung ritten sie davon, um einen Onkel, Claesens älteren Bruder Josse Claes, zu besuchen, der, nicht weit von Meyborg, im Deutschen wohnte. Josse war in seinen Mannesjahren einfach und gutherzig gewesen, doch hatte ihn mancherlei Unrecht, das er erduldet hatte, mürrisch gemacht; sein Blut hatte sich in schwarze Galle verwandelt, er war von Hass gegen die Menschen erfüllt und lebte einsam.

Er vergnügte sich nun damit, zwei sogenannte gute Freunde zu einer Prügelei aufzuhetzen, und zahlte dem von den beiden, der den andern heftiger verprügelt hatte, drei Patards. Auch liebte er es, in einem stark geheizten Saal eine große Zahl der ältesten und bissigsten Vetteln zu versammeln und ihnen geröstetes Brot zu essen und Hypocras zu trinken zu geben. Sodann gab er denen, die mehr als sechzig Jahre alt waren, Wolle, die sie in einer Ecke verstricken sollten, und empfahl ihnen, sich nur immer die Fingernägel wachsen zu lassen. Und es war wunderlich anzuhören, wie diese Regentraufen und Springbrunnen, diese boshaften Plaudertaschen und alten Uhus, den Strickbeutel unter der Achselhöhle, vereint an der Ehre des Nächsten nagten.

Wenn sie dann in angeregtester Stimmung waren, warf Josse Borsten ins Feuer, die beim Verbrennen die Luft mit Gestank erfüllten. Die Weiber, alle zu gleicher Zeit schwatzend, beschuldigten sich nun gegenseitig, diesen Geruch verursacht zu haben. Jede bestritt, es gewesen zu sein, und bald fuhren sie sich in die Haare, während Josse weiter Borsten ins Feuer warf und zerschnittenes Rosshaar auf den Boden streute. Wenn er dann in dem tobenden Handgemenge, dem dichten Rauch und dem hochgewirbelten Staub nichts mehr sehen konnte, ließ er zwei seiner Diener, als Gemeindegendarmen verkleidet, herbeiholen, welche die alten Weiber mit langen Stangen mächtig schlugen und wie eine Herde von tollen Gänsen aus dem Saal jagten.

Josse inspizierte dann das Schlachtfeld und fand da Fetzen von Röcken, Strümpfen, Hemden und alte Zähne. Und tief melancholisch sprach er zu sich: »Mein Tag ist verloren; keine von ihnen hat in dem Handgemenge ihre Zunge gelassen.«

XI

Im Stadtkreis von Meyborg durchkreuzte Claes ein kleines Wäldchen, und der Esel weidete im Traben die Disteln ab; Ulenspiegel warf mit seiner Kappe nach den Schmetterlingen und fing sie wieder auf, ohne den Rücken des Esels zu verlassen. Claes aß gerade eine Schnitte Brot und gedachte sie in einer nahen Schenke tüchtig zu begießen, als er von fern Glockengeläut und das Geräusch einer großen Menge gleichzeitig sprechender Menschen vernahm. »Das ist«, sagte er, »irgendein Pilgerzug, und die Herren Pilger sind, ohne Zweifel, zahlreich. Halte dich also fest auf dem Esel, damit sie dich nicht herunterstoßen. Nun werden wir sehen. Und du, Esel, folge meinen Sporen.«

Und das Grauchen begann zu laufen. Als sie den Saum des Waldes verließen, kamen sie auf ein breites Hochplateau, das, wo es nach Westen zu abfiel, von einem Fluss begrenzt war, auf der östlichen Seite hatte man eine kleine Kapelle errichtet, deren Giebel von einem Bild Unserer Lieben Frau überragt war, zu deren Füßen zwei Figuren standen, deren jede einen Stier darstellte.

Auf den Stufen der Kapelle stand ein verschmitzt lächelnder Einsiedler, der die Glocke läutete, und neben ihm fünfzig Dienstleute, die brennende Kerzen hielten, Musikanten, Spielleute, Glöckner und Trommelschläger, Trompeter, Pfeifer, Flötenspieler und Dudelsackpfeifer, und eine Menge fröhlicher Gesellen, die mit beiden Händen eiserne Kassetten voll metallener Gegenstände hielten; aber in diesem Moment verhielten sich alle still. Fünftausend Pilger, oder noch mehr, wanderten, sieben zu sieben, in eng geschlossenen Reihen daher, mit Helmen bedeckt und Stecken von grünem Holz tragend. Wenn neue behelmte Waffenträger, gleich den andern, ankamen, schlossen sie sich diesen gewaltig lärmend an. Sodann zogen sie in Siebenerreihen vor der Kapelle vorbei, ließen ihre Stecken segnen und empfingen jeder aus den Händen der Dienstleute eine Kerze, die sie gegen einen halben Gulden eintauschten, den sie dem Einsiedler gaben. Diese Prozession war so lang, dass die Kerzen der ersten bis zum Ende des Dochtes herabgebrannt waren, während die der letzten noch vor zu großer Menge Talgs zu verlöschen drohten.

Claes, Ulenspiegel und der Esel, alle drei gleichermaßen verblüfft, sahen also eine ungeheure Menge verschiedenartigster Leute an sich vorbeiziehen, dickwanstige, hochragende, lange, hagere, stolze, aufrechte und solche, die mit kraftlosen Beinen dahintorkelten. Und alle diese Pilger trugen Helme. Welche schienen aus Troja gekommen zu sein und glichen phrygischen Mützenträgern oder hatten einen Buschen roter Rosshaare als Kopfschmuck, andere wieder, obgleich sie feist und dickwanstig waren, trugen Helme mit ausgebreiteten Flügeln, hatten aber keine Idee von der Beizjagd. Dann kamen welche, die sich mit Salatkraut aufgeputzt hatten, das so verdorrt war, dass es selbst die Schnecken verschmäht hätten. Die meisten aber trugen so alte und verrostete Helme, dass sie von Gambrinus, dem König Flanderns und des Bieres, zu stammen schienen, welcher König neunhundert Jahre vor unserem Heiland lebte und sich mit einem Kruge krönte, um nicht gezwungen zu sein, aus Mangel an einem Becher das Trinken zu lassen.

Mit einem Male klingelten, quiekten, donnerten, klapperten, kreischten, heulten und rasselten die Glocken, Dudelsäcke, Flöten, Trommeln und Eiseninstrumente.

Auf dieses Getöse, das ein Signal für die Pilger war, wandten sie sich in Siebenertrupps, Angesicht gegen Angesicht, einander zu und stießen sich, als Herausforderung, die brennenden Kerzen gegenseitig ins Gesicht. Das rief eine große Nieserei hervor, und die grünen Stecken kamen in Bewegung. Sie schlugen sich auf die Füße, den Kopf, die Sohlen und überallhin. Einige stürzten sich wie Widder auf ihre Gegner, den behelmten Kopf vorgebeugt, wobei sie sich den Helm bis auf die Schultern herabdrückten, sodass sie nichts mehr sehen konnten und in eine Siebenerschar zorniger Pilger hineinrannten, die sie recht unzart empfing. Andere, Schreihälse und Memmen, jammerten über die Schläge, während sie aber schmerzbewegt vor sich hinmurmelten, stürzten sich, rasch wie der Blitz, zwei Siebenerschwärme von Pilgern auf sie, überrannten sie, warfen die armen Schreier zu Boden und stürmten mitleidslos über sie hinweg. – Und der Eremit lachte.

Andere Siebenertrupps wieder hängten sich wie die Beeren einer Traube aneinander, kollerten von der Höhe des Plateaus bis in den Fluss hinunter und hieben auch dort noch mit gewaltigen Schlägen aufeinander ein, ohne ihre Kampflust abzukühlen. – Und der Eremit lachte.

Die, welche auf dem Plateau geblieben waren, schlugen sich die Augen blau, zerschmetterten sich die Zähne, rissen sich die Haare aus und die Wämser und Hosen vom Leib. Und der Eremit lachte und rief: »Mut, Freunde, je besser einer schlägt, umso besser liebt er! Denen, die am meisten schlagen, gehört die Liebe ihrer Schönen! Heilige Maria von Rindbisbels, hier sieht man, wer nichts taugt!« Und die Pilger schlugen freudigen Herzens aufeinander los.

Claes hatte sich inzwischen dem Eremiten genähert, während Ulenspiegel der Schlägerei lachend und schreiend Beifall zollte. »Mein Vater«, sagte Claes, »welches Verbrechen haben diese armen Biedermänner denn begangen, dass sie gezwungen werden, sich so grausam zu prügeln?« Aber der Eremit rief, ohne ihn anzuhören: »Faulenzer, ihr verliert den Mut! Wenn eure Fäuste müde sind, sind's auch gleich eure Füße? Leibhaftiger Gott! Ich sehe unter euch welche, die ihre Beine nur dazu benutzen, um wie Hasen davonzulaufen! Wer macht, dass aus dem Stein Feuer sprüht? Das Eisen, das ihn schlägt. Was ist's, das die Mannbarkeit der alten Leute neu belebt, wenn nicht eine tüchtige Portion Hiebe, gut gewürzt mit hellem Zorn?«

Auf das hin fuhren die Pilger fort, sich gegenseitig auf die Helme, Hände und Füße zu schlagen. Das Handgemenge war so toll, dass auch Argus mit seinen hundert Augen nichts anderes gesehen hätte als aufgewirbelte Staubwolken und einige Helmspitzen.

Plötzlich begann der Eremit die Glocke zu läuten, Pfeifen, Trommeln, Trompeten, Dudelsäcke, Flöten, Klappern unterbrachen ihr Lärmen: Das war das Zeichen zum Frieden. Die Pilger lasen ihre Verwundeten auf. Unter diesen sah man mehrere, denen die Zungen vor lauter Schimpfen geschwollen aus dem Munde hingen. Aber sie zogen sich von selbst in ihre gewohnte Behausung zurück. Am schwierigsten war es, denen die Helme abzunehmen, die sie sich bis auf den Hals hinabgedrückt hatten und die nun den Kopf schüttelten, ohne jedoch die Helme besser abfallen zu machen als grüne Pflaumen. Inzwischen sagte der Eremit zu ihnen: »Sprechet jeder ein Ave und kehrt sodann zu euern Gattinnen heim. In neun Monaten wird es in diesem Bezirk umso viel Kinder mehr geben, als es heute tapfere Kämpfer in der Schlacht gab.« Und der Eremit sang das Ave, und alle sangen mit ihm. Und die Glocke läutete. Dann segnete der Eremit die Pilger im Namen Unserer Lieben Frau von Rindbisbels und sagte zu ihnen: »Ziehet hin in Frieden!« Und sie gingen schreiend, sich stoßend und singend bis Meyborg.

Alle Frauen, alte und junge, erwarteten sie auf den Schwellen der Häuser, die sie betraten wie Helden eine Stadt, die sie im Sturm genommen haben. Die Glocken von Meyborg läuteten mit aller Macht, die Knaben pfiffen, johlten und spielten Rommelpott. Die Humpen, Becher, Gläser, Flaschen und Krüge klangen wundervoll. Und Ströme Weins flössen in die Kehlen.

Während jeder Windstoß diese Geräusche der singenden Männer, Frauen und Kinder Claes zutrug, sprach er wieder mit dem Eremiten und fragte ihn, welches der himmlische Dank sei, den diese guten Leutchen durch solch raues Gebaren zu ernten hofften. Lachend antwortete der Eremit: »Du siehst auf dieser Kapelle zwei Figuren, die zwei Stiere darstellen. Sie sind zum Andenken an ein Wunder hier aufgestellt, das der heilige Martin vollbrachte, der zwei Ochsen in Stiere verwandelte, indem er sie mit den Hörnern aufeinander losgehen ließ. Dann rieb er ihnen das Maul länger als eine Stunde mit einer Kerze und mit grünem Holz. In Kenntnis dieses Wunders und mit einer Vollmacht Seiner Heiligkeit versehen, die ich hoch bezahlt habe, ließ ich mich hier nieder. Seitdem sind die alten Spuckhänse und Dickwänste von Meyborg und Umgebung sicher, unter meinem väterlichen Schutz die Gunst Unserer Lieben Frau zu erringen, nachdem sie sich mit den Kerzen, dem Sinnbild der Salbung, und mit den Stecken, dem Sinnbild der Kraft, mächtig geprügelt haben. Die Kinder, die dank der Wallfahrt geboren werden, sind stark, mutig, wild und lebhaft und werden tüchtige Haudegen.« Plötzlich sagte der Eremit zu Claes: »Erkennst du mich?« »Ja«, antwortete Claes, »du bist mein Bruder Josse.« »Der bin ich«, erwiderte der Eremit, »wer ist aber dieser kleine Mann, der mir da Grimassen schneidet?« »Das ist dein Neffe«, sagte Claes. »Welchen Unterschied machst du zwischen mir und Kaiser Karl?« »Einen großen«, sagte Claes. »Der Unterschied ist klein«, gab Josse zurück, »denn wir lassen alle beide zu unserem Nutzen und Vergnügen die Menschen aufeinander losgehen, er, damit sie einander töten, ich, damit sie einander prügeln.«

Sodann führte er sie in sein Einsiedlerhäuschen, wo er ihnen elf Tage lang, ohne Waffenstillstand, Schmausereien und Gelage bereitete.

XII

Als Claes seinen Bruder verließ, bestieg er wieder seinen Esel und ließ Ulenspiegel sich hinter ihm auf die Kruppe setzen. Als er den Großen Platz von Meyborg überquerte, sah er eine Menge von Pilgern, die in Gruppen beieinanderstanden und beim Anblick der beiden in hellen Zorn gerieten, ihre Stecken schwangen und plötzlich »Taugenichts!« riefen, wobei sie Ulenspiegel meinten, der seine Hose geöffnet, sein Hemd gelüftet hatte und ihnen so sein hinteres Gesicht zeigte.

Als Claes sah, dass diese Drohungen seinem Sohn galten, sagte er zu ihm: »Was hast du denn getan, dass sie sich so über dich erzürnen?« »Lieber Vater«, antwortete Ulenspiegel, »ich sitze auf meinem Esel, sage zu keinem Menschen ein Wort, und trotzdem heißen sie mich einen Taugenichts.« Da setzte Claes ihn vor sich, und Ulenspiegel streckte den Pilgern in dieser Stellung die Zunge heraus, sie zeterten, zeigten ihm die Fäuste und erhoben ihre Holzstecken, um auf Claes und den Esel loszuschlagen. Aber Claes spornte den Esel, um ihrem Zorn zu entgehen, und während sie ihm nachliefen, dass ihnen der Atem ausging, sagte er zu seinem Sohn: »Du musst doch an einem recht unglücklichen Tage geboren sein, denn während du vor mir sitzest und niemand ein Leid zufügst, wollen sie dich totschlagen.« Ulenspiegel lachte.

Als sie durch Lüttich kamen, hörte Claes, dass unter den armen Küstenbewohnern Hungersnot ausgebrochen sei und dass man sie der Gerichtsbarkeit eines »Officium« unterstellt habe, das heißt einem Gerichtshof, der aus geistlichen Richtern zusammengesetzt war. Sie veranstalteten einen Aufruhr, um Brot und weltliche Richter zu bekommen.

Die Milde des Monsignore von der Mark, des gütigen Herrn Erzbischofs, war so groß, dass etliche von den Aufrührern geköpft oder gehängt wurden, während man die übrigen des Landes verwies. Claes sah unterwegs die Verbannten, die das liebliche Tal von Lüttich verließen, und auf den Bäumen vor der Stadt die Körper der Menschen, die ihres Hungers wegen gehängt worden waren. Und er beweinte sie.

XIII

Mit einem Sack voll Patards, die ihm sein Bruder Josse nebst einem Humpen von englischem Zinn mitgegeben hatte, kehrte er auf seinem Esel nach Hause zurück. Nun gab's in der Strohhütte häusliche Gelage und tägliche Feste, denn sie aßen an jedem Tage Fleisch und Bohnen. Claes füllte den großen Humpen von englischem Zinn mit Dobbelkuyt und trank nicht selten. Ulenspiegel aß für drei und machte sich über die Schüsseln her wie ein Spatz über einen Teller voll Hirse.

»Sieh einer an«, sagte Claes, »er isst auch noch das Salzfass auf.« Ulenspiegel antwortete: »Wenn das Salzfass aus einem Stück ausgehöhlter Brotrinde gemacht ist wie bei uns, so muss man's manchmal essen; damit sich nicht die Würmer darüber hermachen, wenn es alt wird.« »Warum wischst du deine fettigen Hände an den Hosen ab?«, fragte Soetkin. »Damit meine Schenkel nie nass werden«, antwortete Ulenspiegel.

Da tat Claes einen großen Schluck Bieres aus seinem Humpen, und Ulenspiegel sagte zu ihm: »Warum hast du einen so großen Humpen, und ich habe nur einen kleinen Becher?« »Weil ich dein Vater und der Herr des Hauses bin«, antwortete Claes. Ulenspiegel erwiderte: »Du trinkst seit vierzig Jahren, ich erst seit neun, deine Trinkzeit ist um, die meine ist gekommen, und an mir ist es, den Humpen zu haben, an dir, aus dem Becher zu trinken.« »Sohn«, sagte Claes, »wer den Inhalt einer Tonne in ein kleines Fässchen gießen will, wird sein Bier in den Rinnstein schütten.« »So wird es gut sein, wenn du dein Fässchen in meine Tonne schüttest, denn ich bin größer als dein Humpen«, antwortete Ulenspiegel.

Claes war erfreut und ließ ihn aus dem Humpen trinken; und solcherart lernte Ulenspiegel, um einen Trunk zu reden.

XIV

Soetkin trug das Zeichen neuer Mutterschaft unter dem Gürtel, auch Katheline war schwanger, wagte aber nicht, das Haus zu verlassen, denn sie hatte Furcht.

»Ach«, sagte die schmerzvoll Tragende, als Soetkin kam, sie zu besuchen, »was soll ich mit dieser armen Frucht meines Schoßes beginnen? Soll ich sie ersticken? Lieber stürbe ich. Wenn mich aber die Gendarmen fassen, weil ich ein Kind habe, ohne verheiratet zu sein! Sie werden mich, wie ein Freudenmädchen, zwanzig Gulden Strafe zahlen lassen und mich auf dem Großen Markt auspeitschen.« Soetkin sagte ihr gute Worte, um sie zu trösten, dann verließ sie sie und kehrte nachdenklich in ihre Hütte zurück.

Eines Tages sagte sie dann zu Claes: »Wenn ich statt eines Kindes zwei hätte, lieber Mann, würdest du mich dann schlagen?« »Das weiß ich nicht«, antwortete Claes. »Wenn aber«, sagte sie, »das zweite nicht aus meinem Leib käme und wie das Kathelines die Frucht eines Unbekannten, vielleicht des Teufels wäre?« »Die Teufel«, sagte Claes, »machen Feuer, Tod und Rauch, aber Kinder – nein. Ich werde das Kind Kathelines als meines annehmen.« »Das wirst du tun?«, sagte sie. »Ich habe es gesagt«, gab Claes zur Antwort.

Soetkin ging zu Katheline, um ihr die Neuigkeit zu überbringen. Als sie diese hörte, konnte sie sich nicht halten vor Freude und rief begeistert aus: »Er hat gesprochen, der Gute, er hat gesprochen zum Heil meines armen Leibes. Er wird von Gott gesegnet sein und auch vom Teufel – wenn es wahr ist«, sagte sie, an allen Gliedern zitternd, »dass er ein Teufel war, der dich gezeugt hat, armes Kleines, das sich in meinem Schoß regt.«

Soetkin und Katheline brachten jede ein Kind zur Welt, die eine einen Knaben, die andre ein Mädchen. Alle beide wurden als Claesens Kinder zur Taufe getragen. Soetkins Sohn bekam den Namen Hans, aber er blieb nicht am Leben. Kathelines Tochter ward Nele genannt und entwickelte sich gut. Sie trank das Lebenselixier aus vier Flaschen, und das waren die zwei von Katheline und die zwei von Soetkin. Und die Frauen gerieten des Öfteren in liebevollen Wettstreit darüber, welche von ihnen dem Kind zu trinken geben sollte.

Aber Katheline war, ihrem Wunsch entgegen, gezwungen, ihre Milch versiegen zu lassen, damit man sie nicht frage, woher sie diese habe, ohne Mutter zu sein. Als die kleine Nele, ihre Tochter, der Brust entwöhnt war, nahm sie sie zu sich und ließ sie nicht mehr zu Soetkin gehen, bis sie »Mutter« zu ihr sagte.

Die Nachbarn sagten, es sei gut von der vermögenden Katheline, dass sie das Kind von Claes ernähre, der ein ärmliches und beschwerliches Leben führe.

XV

Ulenspiegel war eines Morgens allein im Hause; da er sich langweilte, zerschnitt er einen Schuh seines Vaters, um sich ein kleines Schiff daraus zu machen. Er hatte schon den Hauptmast in der Sohle festgemacht und das Oberleder durchlöchert, um das Bugspriet daran zu befestigen, als über der Schwelle der Oberkörper eines Reiters und der Kopf eines Pferdes erschien.

»Ist jemand hier?«, fragte der Reiter. »Jawohl, ein Mensch, und noch ein halber, und ein Pferdekopf«, antwortete Ulenspiegel. »Wie das?«, fragte der Reiter wieder, und Ulenspiegel gab zurück: »Weil ich einen ganzen Menschen sehe, das bin ich, die Hälfte eines andern, das ist Euer Oberkörper, und den Kopf eines Pferdes, das ist der Eures Reittieres.« »Wo ist dein Vater und deine Mutter?«, fragte der Mann. Ulenspiegel erwiderte: »Mein Vater ist gegangen, das Schlechte noch schlechter zu machen, und meine Mutter befasst sich damit, uns Schande und Schaden zu bereiten.« »Erklär dich näher«, sagte der Reiter. Ulenspiegel fuhr fort: »Mein Vater macht zur Stunde die Löcher in seinem Feld noch tiefer, damit die Jäger, die das Korn zertrampeln, besser stürzen. Meine Mutter ist gegangen, Geld zu borgen; bekommt sie zu wenig, wird es uns zur Schande gereichen, bekommt sie zu viel, wird es uns Schaden bringen.«

Sodann fragte der Mann nach dem Weg, den er einschlagen sollte. »Dort, wo die Gänse marschieren«, antwortete Ulenspiegel. Der Mann ging seines Weges, kam aber bald wieder, und zwar in dem Augenblick, als Ulenspiegel aus Claesens zweitem Schuh eine Rudergaleere machen wollte. »Du hast mich irregeführt«, sagte er, »wo die Gänse sind, ist nichts als Schlamm und Sumpf, in dem sie umherpatschen.« »Ich habe dir nicht gesagt, du sollst gehen, wo die Gänse umherpatschen, sondern wo sie marschieren.« »Zeige mir wenigstens einen Weg, der nach Heyst geht.« »In Flandern sind's die Leute, die gehen, und nicht die Wege«, antwortete Ulenspiegel.

XVI

Soetkin sagte eines Tages zu Claes: »Lieber Mann, meine Seele ist betrübt, denn drei Tage ist es her, dass Thyl das Haus verlassen hat; weißt du nicht, wo er ist?« Claes antwortete traurig: »Er ist, wo die umherstreichenden Hunde sind, auf irgendeiner Landstraße, mit irgendwelchen Taugenichtsen seiner Art. Es war grausam von Gott, uns so einen Sohn zu geben. Als er geboren wurde, sah ich in ihm die Freude unserer alten Tage, einen Schaffenden mehr im Haus. Ich zählte darauf, einen Handwerker aus ihm zu machen, aber das böse Schicksal hat einen Spitzbuben und Faulenzer aus ihm gemacht.«

»Sei nicht so hart, lieber Mann«, sagte Soetkin, »unser Sohn zählt erst neun Jahre und ist voll kindischer Possen. Muss er nicht, wie die Bäume, erst seine Knospenhüllen über die Straße streuen, ehe er seine Blätter treibt, die bei den Menschen Ehrbarkeit und Tugend bedeuten? Er ist ein Schalk, das weiß ich wohl, aber seine Schalkhaftigkeit wird ihm später einmal zum Vorteil gereichen, wenn er sich ihrer nicht zu schlimmen Streichen bedient, sondern sie zu irgendeinem nützlichen Beruf braucht. Er liebt es, den Nachbar zu foppen; auch das kann einmal, in lustiger Brüderschaft, wohl am Platze sein. Er lacht ohne Unterlass, aber Mienen, die sauer sind, ehe sie reif sind, sind ein übles Vorzeichen für die Gesichter der Zukunft. Wenn er läuft, so tut er's, um zu wachsen, wenn er nicht arbeitet, so kommt das daher, dass er noch nicht in dem Alter ist, in dem man weiß, dass Arbeit Pflicht ist, und wenn er sich des Öfteren draußen umhertreibt, Tag und Nacht, eine halbe Woche lang, so weiß er nicht, welchen Schmerz er uns bereitet, denn er hat ein gutes Herz und liebt uns.«

Claes schüttelte den Kopf und antwortete nicht, und als er schlief, weinte Soetkin allein.

Am Morgen dachte sie, dass ihr Sohn vielleicht in irgendeinem Straßenwinkel krank läge, und trat vor die Tür, um auszuschauen, ob er nicht wiederkäme. Aber sie sah nichts; da setzte sie sich an das Fenster und blickte auf die Straße. Des Öfteren hüpfte das Herz in ihrer Brust, wenn sie das Geräusch der leichten Tritte irgendeines Knaben hörte, wenn er dann vorbeikam und sie sah, dass es nicht Ulenspiegel war, dann weinte sie, die gequälte Mutter.

Indessen war Ulenspiegel mit seinen nichtsnutzigen Kameraden in Brügge auf dem Samstagsmarkt. Da sahen sie Schuster und Flickschuster in getrennten Buden, Schneider, die mit Kleidern handelten, die »Miesevangers« von Antwerpen, die bei Nacht mit einer Eule die Meisen fangen, Geflügelhändler, Spitzbuben, die Hunde fingen, Verkäufer von Katzenfellen, aus denen man Handschuhe, Brustlätze und Schürzen fertigt, dann sahen sie Käufer aller Art, Bürger und Bürgerinnen, Knechte und Diener, Bäcker, Kellermeister, Köche und Köchinnen, allesamt Kaufleute und Kunden, die, ihrer Eigenschaft entsprechend, riefen und schalten und die Waren anpriesen oder herabsetzten.

In einer Ecke des Marktes war ein schönes Leinwandzelt auf vier Pflöcken aufgespannt. Am Eingang dieses Zeltes stand ein Bauer aus der Tiefebene von Alost neben zwei Mönchen, die da waren, um das Geld einzunehmen, und zeigte den neugierigen Frommen für einen Patard ein Stück vom Schulterknochen der heiligen Maria Ägyptiaca. Mit zerbrochener Stimme brüllte er die Verdienste der Heiligen heraus und unterließ nicht, in seiner Erzählung zu berichten, wie sie, aus Mangel an Geld, einen jungen Fährmann mit der schönen Münze der Natur bezahlt hatte, um nicht gegen den Heiligen Geist zu sündigen, indem sie ihm seinen Lohn für die Arbeit verweigerte.

Und die beiden Mönche nickten mit dem Kopf, um zu bekunden, dass der Bauer wahr spreche. Ihnen zur Seite stand ein rotbäckiges, schwangeres Weib, unzüchtig wie Astarte, und blies mit Gewalt in einen fürchterlichen Dudelsack, während ein liebliches kleines Mädchen neben ihr wie ein Weißkehlchen sang; aber niemand hörte ihnen zu.

Über dem Zelteingang hing ein Becken voll geweihten Wassers aus Rom, dessen Henkel an Stricken befestigt waren, die an zwei Stangen hingen, und das schwangere Weib sang, während die beiden Mönche die Köpfe hin und her wiegten, um zu bekräftigen, was der Bauer sagte. Ulenspiegel aber betrachtete das Becken und begann nachdenklich zu werden.

An einem der Pflöcke des Zeltes war ein Esel angebunden, der mehr Stroh als Hafer zu fressen bekam, mit gesenktem Kopf starrte er auf die Erde und hatte nicht die geringste Hoffnung, da Disteln wachsen zu sehen.

»Kameraden«, sagte Ulenspiegel und zeigte mit dem Finger auf die Schwangere, die beiden Mönche und den

Esel, der vor Melancholie schrie, »wenn die Herren so schön singen, muss man auch den Esel tanzen machen.« Nachdem er das gesagt hatte, ging er in einen nahen Laden, kaufte um sechs Heller Pfeffer, hob dem Esel den Schwanz auf und schmiss ihm den Pfeffer darunter. Als der Esel den Pfeffer spürte, guckte er unter seinen Schwanz, um zu sehen, woher denn diese ungewöhnliche Hitze käme. In der Meinung, dass es der heiße Teufel sei, wollte er davonlaufen, um ihm zu entwischen, begann iah zu schreien, schlug aus und rüttelte mit dem Aufgebot all seiner Kräfte an dem Pfosten.

Bei dem ersten Stoß kippte das Becken, das unter den zwei Stangen schwebte, all sein Wasser auf das Zelt und auf die Leute hinab, die darin waren. Gleich darauf sank das Zelt in sich zusammen und bedeckte alle jene mit einem feuchten Mantel, die der Geschichte der Maria Ägyptiaca lauschten. Und Ulenspiegel und seine Kameraden hörten ein großes Getöse von Stöhnen und Klagelauten unter der Leinwand hervordringen, denn die Andächtigen, die darunter waren, beschuldigten sich gegenseitig, das Becken umgekippt zu haben, waren ganz gelb vor Wut und bedachten einander mit zornigen Püffen. Die Leinwand hob und senkte sich durch die Bewegungen der Kämpfenden. Jedes Mal, wenn Ulenspiegel eine runde Form sich abheben sah, stach er mit einer Nadel hinein. Dann gab's das größte Geschrei unter der Leinwand, und es hagelte Schläge.

Er war höchst belustigt, wurde es aber noch mehr, als der Esel Reißaus nahm und Leinwand, Becken und Pfähle hinter sich herzog, während der »Baes« des Zeltes, sein Weib und seine Tochter sich an das Gepäck klammerten.

Als der Esel nicht mehr laufen konnte, steckte er die Nase in die Luft und sang und hörte nicht auf damit, es war denn, unter seinen Schwanz zu schauen und zu erkunden, ob das Feuer, das dort brannte, nicht bald erlöschen wolle. Indessen setzten die Frommen ihre Schlacht fort; die Mönche sammelten das Geld ein, das von den Tellern gefallen war, und kümmerten sich nicht um sie. Ulenspiegel half ihnen dabei voll Ehrfurcht, und nicht zu seinem Nachteil.

XVII

Während der nichtsnutzige Sohn des Köhlers, fröhliche Possen spielend, umherlief, lebte der traurige Schössling des erhabenen Kaisers in jämmerlicher Melancholie dahin. Die Damen und Herren sahen ihn seinen gebrechlichen Körper und seine schlotternden Beine durch die Zimmer und Flure von Valladolid schleppen, während es ihm schwer war, die Last seines großen Kopfes aufrecht zu tragen, der von blonden, borstigen Haaren bedeckt war. Stets suchte er die dunklen Korridore auf und saß dort stundenlang mit ausgestreckten Beinen. Wenn ihn dann irgendein Diener aus Versehen trat, ließ er ihn peitschen und fand sein Vergnügen daran, ihn unter den Schlägen schreien zu hören, aber er lachte nicht. Am nächsten Tage legte er dieselbe Schlinge und setzte sich wieder mit ausgestreckten Beinen in irgendeinen Korridor. Die Damen, Edelleute und Pagen, die an ihm vorbeiliefen, stürzten und verletzten sich. Auch das machte ihm Vergnügen, aber er lachte nicht.

Wenn jemand an ihn stieß und nicht stürzte, schrie er, als ob man ihn geschlagen hätte, und freute sich, wenn er seinen Schrecken sah, aber er lachte nie.

Seine heilige Majestät wurde von dieser Handlungsweise benachrichtigt und ordnete an, dass man des Infanten nicht achten solle, wenn er, sagte der Kaiser, nicht wolle, dass man über seine Beine stiege, so dürfe er sie nicht dorthin tun, wo die Füße der andern liefen. Das missfiel Philipp, aber er sagte nichts, und man sah ihn nicht mehr, außer an hellen Sommertagen, wenn er im Hof spazierte, um seinen frierenden Körper in der Sonne zu erwärmen.

Eines Tages sah ihn Karl, der aus dem Krieg zurückgekehrt war, in dieser melancholischen Verfassung und sagte zu ihm: »Mein Sohn, du bist anders als ich! In deinen jungen Jahren kletterte ich auf die Bäume, um Eichhörnchen zu jagen, an einem Seil hängend, ließ ich mich senkrecht auf eine Klippe hinab, um die jungen Adler aus ihrem Nest zu holen. Bei diesem Spiel konnte ich meine Knochen brechen, aber sie sind nur härter geworden. Auf der Jagd flohen die wilden Tiere ins Dickicht, wenn sie mich, mit meiner guten Arkebuse bewaffnet, kommen sahen.« »Ah«, stöhnte der Infant, »ich habe Bauchgrimmen, hochedler Vater!« »Der Wein von Paxarete«, sagte Karl, »ist ein kräftiges Heilmittel.« »Ich liebe den Wein nicht – ich habe Kopfschmerzen, edler Vater!« »Mein Sohn«, sagte Karl, »du musst laufen, springen und hüpfen, wie es Kinder deines Alters tun.« »Ich habe steife Beine, hochedler Vater.« »Wie sollten sie auch anders sein«, sagte Karl, »wenn du so tust, als ob sie von Holz wären? Ich werde dich auf ein rasches Pferd binden lassen!« Der Infant weinte. »Bindet mich nicht!«, sagte er, »ich habe Brustschmerzen, hochedler Vater.« »Hast du denn überall Schmerzen?«, fragte Karl. »Ich würde sie schon ertragen, wenn man mich nur in Ruhe ließe«, antwortete der Infant. »Denkst du«, sagte der Kaiser, der ungeduldig wurde, »dein königliches Leben mit Träumereien zu verbringen wie die Geistlichen? Die bedürfen der Ruhe, Einsamkeit und inneren Sammlung, um ihre Pergamente mit Tinte zu beklecksen. Du, Sohn des Schwertes, musst heißes Blut haben, Augen wie ein Luchs, Listigkeit wie ein Fuchs, Kraft wie ein Herkules! Warum bekreuzigst du dich? Herrgottsblut! Es schickt sich nicht für einen jungen Löwen, den Weibern nachzuäffen, die das Paternoster herunterleiern!« »Das Angelus, hochedler Vater!«, antwortete der Infant.

XVIII

Die Monate Mai und Juni waren in diesem Jahre die wahren Blütenmonate. Nie hatte man in Flandern so herrlich duftenden Hagedorn und in den Gärten so viel Rosen, Jasmin und Geißblatt gesehen. Wenn die seufzenden Winde von England her die Düfte dieses blumigen Landes nach Osten trieben, steckte jedermann, insbesondere in Antwerpen, die Nase in die Luft und sagte freudig: »Fühlst du den guten Wind, der von Flandern kommt?«

Und die fleißigen Bienen sammelten den Honig der Blumen, machten Wachs und legten ihre Eier in die Bienenstöcke, die die Schwärme nicht mehr zu beherbergen vermochten.

Welche Musik des Schaffens unter dem blauen Himmel, der sich strahlend über dem reichen Lande wölbte!

Man machte Bienenstöcke aus Binsen, Stroh, Weidenzweigen und geflochtenem Stroh. Die Korbflechter, Küfer und Fassbinder machten dabei ihre Werkzeuge schartig. Die Strohflechter konnten die Arbeit schon längst nicht mehr bewältigen. Es gab Schwärme von dreißigtausend Bienen und zweitausendsiebenhundert Drohnen. Die Waben waren so vorzüglich, dass der Dechant von Damme, ihrer seltenen Güte wegen, dem Kaiser Karl elf Stück übersandte, um sich für die neuen Edikte zu bedanken, durch welche die heilige Inquisition wieder eingeführt wurde. Philipp aß sie, aber sie nutzten ihm nicht.

Die Lumpen, Bettler, Vagabunden und das ganze Pack nichtsnutziger Müßiggänger, die ihre Faulheit über die Straßen schleppten und sich lieber hängen als zur Arbeit zwingen ließen, kamen, von dem Geschmack des Honigs angelockt, um auch etwas abzubekommen. Und nachts streiften sie in Mengen umher.

Claes hatte Bienenstöcke angefertigt, um die Schwärme anzulocken, einige waren schon voll, die andern noch leer und der Bienen harrend. Er wachte die ganze Nacht, um dieses kostbare Gut zu behüten. Wenn er müde war, sagte er Ulenspiegel, er solle seinen Platz einnehmen, und der tat's gerne.

Eines Nachts hatte sich Ulenspiegel, um sich vor der Kühle zu schützen, in einen der Körbe zurückgezogen und blickte durch zwei Öffnungen hindurch, die sich über ihm befanden. Als er eben im Begriff war, einzuschlafen, hörte er die Stauden der Hecke krachen und vernahm die Stimmen zweier Männer, die er für Diebe hielt. Er lugte durch das eine der beiden Löcher und sah, dass alle beide langes Kopfhaar und lange Bärte hatten, obgleich der Bart ein Zeichen des Adels war. Sie gingen von Korb zu Korb, bis sie an den seinen kamen und, nachdem sie ihn gehoben hatte, sagten: »Wir nehmen diesen, er ist der schwerste.« Dann trugen sie ihn mithilfe ihrer Stöcke davon. Für Ulenspiegel war es kein Vergnügen, im Korb verfrachtet zu werden.

Die Nacht war hell, und die Diebe trabten wortlos dahin. Alle fünfhundert Schritt hielten sie an, um Atem zu holen, dann machten sie sich wieder auf den Weg. Der vorne ging, brummte wütend, weil er eine so schwere Last zu tragen hatte, der hinten ging, stöhnte melancholisch. Denn es gibt auf dieser Welt zwei Arten duckmäuserischer Faulenzer: Solche, die gegen die Arbeit wettern, und solche, die stöhnen, wenn sie was tun müssen. Ulenspiegel, der nichts zu tun hatte, zog den Spitzbuben, der vor ihm ging, an den Haaren und den, der hinter ihm ging, am Bart, und zwar so stark, dass der Zornige, der Spiels überdrüssig, zu dem Klagenden sagte: »Hör auf, mich an den Haaren zu ziehen, oder ich geb' dir eins mit der Faust auf den Schädel, dass er dir in den Brustkasten fährt und du zwischen deinen Rippen durchguckst wie ein Dieb durch die Stäbe seines Kerkers.« »Das wagte ich gar nicht, mein Freund«, sagte der Klagende, »aber du bist's, der mich am Bart zupfte.« Der Zornige antwortete: »Ich jage nicht Läuse im Barte der Aussätzigen.« »Mein Herr«, erwiderte der Klagende, »lassen Sie den Korb nicht so sehr schwanken, meine armen Hände können ihn nicht mehr halten.« »Ich will Sie sogleich davon befreien«, antwortete der Wütende, zog seine Arme aus dem Gurt, stellte den Korb zur Erde und stürzte sich auf seinen Kameraden. Dann schlugen sie aufeinander los, während der eine fluchte und der andere um Mitleid rief.

Als Ulenspiegel hörte, wie es Hiebe regnete, stieg er aus dem Korb, zog ihn bis zu einem nahen Gehölz, wo er ihn wiederfinden konnte, und kehrte zu Claes zurück. Auf solche Art ziehen die Listigen aus dem Streit der anderen ihren Vorteil.

XIX

Mit fünfzehn Jahren errichtete Ulenspiegel in Damme ein Zelt auf Pflöcken und rief aus, dass von nun an jedermann seine Gegenwart und seine Zukunft in einem schönen Strohrahmen dargestellt sehen könne. Wenn so ein stolzer und von seiner Wichtigkeit durchdrungener Mann des Gesetzes daherkam, steckte Ulenspiegel den Kopf durch den Rahmen, ahmte das Maulwerk eines alten Affen nach und sagte: »Eine alte Fratze kann vermodern – aber blühen, nein! Bin ich nicht Euer Spiegelbild, mein Herr mit der gelahrten Seele?« Kam ein robuster Söldner als Kunde, dann verbarg sich Ulenspiegel und zeigte ihm statt seines Gesichts in der Mitte des Rahmens eine Schüssel mit Fleisch und Brot und sprach: »Die Schlacht wird dich zur Suppe machen. Was gibst du mir für meine Prophezeiung, o auserwählter Söldner der Heiligen mit dem großen Rachen?«

Kam ein alter, kahlköpfiger Mann, der ohne Ansehen war, und brachte sein Weib, ein junges Frauenzimmer, mit, dann verbarg er sich, wie er vor dem Soldaten getan hatte, und ließ einen kleinen Strauch im Rahmen sehen, an dessen Zweigen Messerscheiden, Büchschen, Kämme, Schreibzeuge, alles aus Horn gefertigt, hingen, und rief: »Woher kommen diese schönen Sächelchen, mein Herr? Doch wohl vom Horn, das im Geheg' der alten Ehemänner gedeiht? Wer kann jetzt noch sagen, dass die Hahnreie unnütze Leute in einem Staatswesen sind?«

Und Ulenspiegel zeigte sein junges Gesicht im Rahmen neben dem Strauch. Als der alte Mann das hörte, hüstelte er vor großem Zorn, aber seine Schöne beruhigte ihn mit einer Handbewegung und kam lachend zu Ulenspiegel. »Wirst du mir auch mein Spiegelbild zeigen?«, sagte sie. »Komm näher«, sagte Ulenspiegel. Sie gehorchte, und nun küsste er sie, wo immer er nur konnte, und sprach: »Dein Spiegel ist die strotzende Jugend, wie sie in strammen Hosenlätzen haust.« Und das Schätzchen ging ebenfalls fort, doch nicht, ohne ihm ein oder zwei Gulden gegeben zu haben.

Einem feisten Mönch mit dicken Lippen, der ihn bat, ihn sein gegenwärtiges und künftiges Bild sehen zu lassen, antwortete Ulenspiegel: »Du bist eine Schinkenkiste und wirst drum auch ein Speicher für Kräuterbier sein, denn Salz schreit nach Trunk – ist es nicht so, du Dickwanst? Gib mir einen Patard, weil ich nicht gelogen habe.« »Mein Sohn«, sagte der Mönch, »wir tragen niemals Geld bei uns.« »Dann trägt aber das Geld euch«, antwortete Ulenspiegel, »denn ich weiß, dass du es zwischen zwei Sohlen unter deinen Füßen hast. Gib mir eine deiner Sandalen.« Doch der Mönch sprach: »Mein Sohn, das gehört dem Konvent, doch will ich dir, wenn's denn

sein muss, allemal zwei Patards für deine Mühe geben.«
Der Mönch gab sie ihm, und Ulenspiegel nahm sie mit
Anstand in Empfang. So hielt er den Leuten von Damme, Brügge, Blankenberghe und sogar von Ostende ihren Spiegel vor. Und statt ihnen in seiner flämischen
Sprache zu sagen: »Ik ben ulieden Spiegel« – »Ich bin
euer Spiegel«, sagte er kurz: »Ik ben ulen Spiegel«, wie
man auch noch gegenwärtig in Flandern sagt. Und daher kam sein Name Ulenspiegel.

XX

Als er heranwuchs, fand er Geschmack daran, auf Messen und Märkten umherzustreifen. Wenn er dort einen
Flötenspieler, Geiger oder Dudelsackpfeifer sah, ließ er
sich für einen Patard darin unterweisen, wie man diese
Instrumente zum Spielen bringt. Insbesondere erlernte
er die Kunst, »Rommelpott« zu spielen, ein Instrument,
das aus einem Topf, einer Blase und einem starken
Strohhalm gemacht ist und das er folgendermaßen her-
stellte: Abends spannte er die befeuchtete Blase über den
Topf, befestigte mittels eines Schnürchens den mittleren
Teil der Blase am Knoten des Halmes, der den Boden
des Topfes berührte, und spannte die Blase, bis sie zu
platzen drohte. Am Morgen, wenn die Blase getrocknet
war, gab sie, wenn man daraufschlug, Töne von sich wie
ein Tamburin, und wenn man den Strohhalm des Instrumentes rieb, krächzte es schöner als eine Viola. Und
am Tage der drei heiligen Könige zog Ulenspiegel dann,
von zahllosen Kindern begleitet, deren eines einen Stern
von glänzendem Papier trug, vor die Türen der Häuser,

sang Weihnachtslieder und entlockte seinem Topf Töne, die wie das Gebell von Molosserhunden klangen.

Wenn irgendein Meister der Malkunst nach Damme kam, um die Genossen einer Gilde, auf einem Stück Leinwand kniend, zu porträtieren, war es stets sein Wunsch, ihm bei der Arbeit zuzusehen, und er bat ihn, ihm zu erlauben, dass er seine Farben reibe, und wollte dafür keinen anderen Lohn als eine Schnitte Brot, drei Heller und einen Schoppen Kräuterbier. Während er sich mit Farbenreiben beschäftigte, studierte er die Kunst seines Meisters. Wenn der sich entfernte, machte er sich daran, wie er zu malen, aber er nahm immer Scharlachrot. Er versuchte, Claes, Soetkin, Katheline und Nele zu porträtieren, ebenso Krüge und Näpfe.

Als Claes seine Arbeit sah, meinte er, dass er eines Tages die Gulden dutzendweise verdienen könnte, indem er die Schilder für die »Speelwagen« machen sollte, das sind die lustigen Jahrmarktskarren in Flandern und Zeeland.

Bei einem Maurermeister lernte er auch Balken und Steine behauen, als dieser in die Kirche Unserer Frau kam, um im Chor einen Stuhl von solcher Form herzustellen, dass der Dechant, ein Mann von hohem Alter, sich daraufsetzen könnte und doch das Aussehen haben sollte, als stünde er aufrecht. Es war Ulenspiegel, der die ersten Messerstiele schnitzte, wie sie die Bewohner von Zeeland im Gebrauch haben. Er gab diesen Messerstielen die Form eines Käfigs, in dem sich ein beweglicher Totenkopf befand, darüber war ein liegender Hund. Diese beiden Sinnbilder bedeuteten: »Treue Klinge bis zum Tod.« Und so begann Ulenspiegel die Prophezeiung Kathelines wahr zu machen, indem er sich als Maler, Bildschnitzer, Bauer und als vornehmer Herr, alles in einem, zeigte, denn vom Vater auf den Sohn führten die Claes' drei Krüge von echtem Silber auf einem Hintergrund von »Bruinbier« im Familienwappen.

Aber Ulenspiegel war in keinem Beruf beständig, und Claes sagte zu ihm, wenn dies Spiel so fortdauere, werde er ihn aus der Hütte jagen.

XXI

Als der Kaiser vom Krieg zurückkehrte, fragte er, warum sein Sohn Philipp nicht käme, um ihn zu begrüßen. Der Erzbischof, dem die Erziehung des Infanten oblag, antwortete, dass dieser nicht kommen wollte, da er, wie er sagte, nichts anderes liebe als Bücher und die Einsamkeit. Der Kaiser erkundigte sich danach, wo er sich im Augenblick aufhalte. Der Erzieher erwiderte, dass er ihn überall suchen müsse, wo es finster wäre. Und so geschah's.

Nachdem die Suchenden eine Reihe von Sälen durcheilt hatten, kamen sie in eine Art dielenlosen Kellergelasses, das von einem Dachfenster erhellt wurde. Da sahen sie ein niedliches, kleines Äffchen, das Seiner Hoheit aus Indien geschickt worden war, um sie durch seine fröhlichen Possen zu ergötzen, und das nun um die Mitte an einen in den Boden gerammten Pfahl gebunden war. Um den Pfahl herum lag noch glühendes Reisig, und das Gelass war von dem widerlichen Geruch verbrannten Tierhaares erfüllt. Das Tierchen hatte unter dem Feuertod so gelitten, dass sein kleiner Körper nicht mehr dem eines Wesens glich, das gelebt hatte, sondern eher einer runzligen und verkrüppelten Wurzel; an seinem Mund, der geöffnet war, als hätte es nach dem Tod gerufen, sah man blutigen Schaum, und sein Gesicht war von Tränen benetzt.

»Wer hat das getan?«, fragte der Kaiser. Der Erzieher wagte nicht zu antworten, und beide verharrten traurig und zornig in Stillschweigen. Plötzlich hörte man in dieser Stille ein schwaches Husten, das aus einer Ecke im Schatten hinter den beiden kam. Seine Majestät wandte sich um und gewahrte den Infanten Philipp, der ganz schwarz gekleidet war und an einer Zitrone saugte. »Don Philipp«, sagte er, »komm her, mich zu begrüßen.« Der Infant rührte sich nicht von der Stelle und sah ihn mit ängstlichen Augen an, in denen kein Funken von Liebe schimmerte. »Bist du es, der dieses Tierchen an diesem Feuer verbrannt hat?«, fragte der Kaiser. Der Infant ließ den Kopf sinken, der Kaiser aber sprach: »Wenn du grausam genug warst, es zu tun, sei auch mutig genug, es einzugestehen.« Der Infant erwiderte nichts. Seine Majestät riss ihm die Zitrone aus der Hand, schleuderte sie zur Erde und schlug ihn, der sich vor Angst bepisste, doch der Erzbischof hielt den Kaiser zurück und sagte ihm ins Ohr: »Seine Hoheit wird eines Tages ein großer Verbrenner der Häretiker werden.«

Der Kaiser lachte darob, und beide gingen fort, den Infanten mit seinem Affen allein lassend. Aber es gab andre, die keine Affen waren und auch in den Flammen starben.

XXII

Der November, der Monat des Sprühregens, war gekommen, in dem sich die Hustenden mit wahrer Her-
zensfreude der Musik des Spuckens widmen. Auch ist er
der Monat der Jungen, die sich in Trupps auf den Rü-
benfeldern erlustigen und nach bestem Können plündern, zur großen Wut der Bauern, die, mit Stecken und
Heugabeln ausgerüstet, vergeblich hinter ihnen her ren-
nen.

Als Ulenspiegel von so einem Raubzug eines Tages
heimkehrte, hörte er aus einer nahen Ecke der Umzäu-
nung ein Stöhnen. Er bückte sich und sah einen Hund
auf einem Steinhaufen liegen. »Ei, du klägliches Tierchen«, sagte er, »was tust du hier so spät?« Er liebkoste
den Hund und fühlte, dass sein Rücken nass war; er
dachte, dass man ihn habe ersäufen wollen, und nahm
ihn in seine Arme, um ihn zu erwärmen. Als er zu Hause eintrat, sagte er: »Ich bringe einen Verwundeten mit –
was macht man mit ihm?« »Man verbindet ihn«, sagte
Claes. Ulenspiegel stellte den Hund auf den Tisch; Claes,
Soetkin und er sahen nun, dass es ein kleiner »Rousseau
du Luxembourg« war, der am Rücken eine Wunde hatte. Soetkin wusch die wunden Stellen, schmierte Balsam
darauf und verband sie mit Linnen. Ulenspiegel trug das
Tier in sein Bett, obgleich Soetkin es in dem ihren haben
wollte, da sie befürchtete, dass Ulenspiegel, der im Bett
rumorte wie ein Teufel im Weihwasserbecken, den »Roten« im Schlaf verletzen könnte. Aber Ulenspiegel bestand auf seinem Willen und pflegte ihn so gut, dass der
Verwundete nach sechs Tagen wie seinesgleichen und

mit dem Selbstbewusstsein der kleinen Köter dahertrabte. Und der Schoolmeester – der Schullehrer – gab ihm den Namen Titus Bibulus Schnuffius; Titus zum Angedenken an einen gewissen gütigen Kaiser von Rom, der es liebte, verirrte Hunde aufzunehmen, Bibulus, weil der Hund mit wahrer Trinkerliebe am Braunbier hing, und Schnuffius, weil er sein Maul ohne Unterlass schnüffelnd in die Löcher der Ratten und Maulwürfe versenkte.

XXIII

Am Ende der Rue Notre-Dame waren am Rande eines tiefen Wassers zwei Weiden gepflanzt, die eine genau der andern gegenüber. Ulenspiegel spannte zwischen diesen beiden Weiden ein Seil, auf dem er eines Sonntags, nach der Vesper, tanzte, und zwar gut genug für den Haufen von Vagabunden, die ihm mit den Händen und Stimmen Beifall spendeten. Dann stieg er von seinem Seil herab und reichte jedem seinen Teller hin, der bald mit Geld gefüllt war. Aber er leerte ihn in Soetkins Schürze aus und behielt nur elf Heller für sich.

Am nächsten Sonntag wollte er wieder auf dem Seil tanzen, aber einige nichtsnutzige Jungen, die ihm seine Kunstfertigkeit missgönnten, hatten in das Seil einen Einschnitt gemacht, sodass es nach einigen Sprüngen riss, und Ulenspiegel stürzte ins Wasser. Während er schwamm, um das Ufer zu erreichen, riefen die kleinen Leute, die das Seil zerschnitten hatten: »Wo ist nun deine großartige Fixigkeit, Ulenspiegel? Tauchst du auf den Grund des Teiches, um die Karpfen das Tanzen zu lehren, du unschätzbarer Tanzmeister?«

Als Ulenspiegel aus dem Wasser stieg und sich schüttelte, nahmen sie aus Furcht vor Schlägen Reißaus, doch er rief ihnen nach: »Fürchtet nichts und kommt am nächsten Sonntag wieder, dann werde ich euch neue Sprünge am Seil zeigen, und ihr sollt euern Anteil am Verdienst haben!«

Am folgenden Sonntag hatten die Jungen nicht ins Seil geschnitten, sondern hielten rundherum Wache, dass niemand daran rühre, denn es hatte sich eine gar große Menge von Menschen eingefunden. Ulenspiegel sagte zu den Jungen: »Gebet mir jeder einen eurer Schuhe, und ich wette, dass ich, so groß oder so klein sie auch sein mögen, mit jedem von ihnen tanzen werde.« »Was zahlst du uns, wenn du verlierst?«, fragten sie. »Vierzig Kannen Braunbier«, antwortete Ulenspiegel, »und ihr zahlt mir drei Patards, wenn ich gewinne.« »Gut«, sagten sie, und jeder gab ihm einen seiner Schuhe.

Ulenspiegel legte sie alle in die Schürze, die er trug, und tanzte, so beladen, auf dem Seil, allerdings nicht ohne Mühe. Die Seilzerschneider riefen von unten: »Du hast gesagt, dass du mit jedem von unseren Schuhen tanzen wirst, zieh sie an und halte deine Wette!« Ulenspiegel antwortete, immer tanzend: »Ich habe nicht gesagt, dass ich eure Schuhe anziehen, sondern nur, dass ich mit ihnen tanzen werde ... Nun denn, ich tanze, und alle tanzen in meiner Schürze mit mir. Seht ihr das nicht mit euren groß aufgerissenen Froschaugen? Zahlt mir also drei Patards!« Aber sie höhnten ihn und riefen, er solle ihnen ihre Schuhe wiedergeben. Ulenspiegel warf den ganzen Haufen zugleich hinunter. Das gab nun eine wilde Schlacht, denn keiner von den Jungen konnte seine Schuhe in dem Haufen unterscheiden, ohne mit den andern in Streit zu geraten. Ulenspiegel stieg jetzt vom Baum herab und besprengte die Kämpfenden – aber nicht mit Wasser.

XXIV

Der fünfzehnjährige Infant durchstreifte wie gewöhnlich die Korridore, Treppen und Zimmer des Schlosses. Am häufigsten aber sah man ihn um die Appartements der Damen streichen, um mit den Pagen Händel zu suchen, die, wie er, gleich Katzen in den Korridoren auf der Lauer lagen. Die andern, die sich im Hof herumtrieben, steckten die Nase in die Luft und sangen zärtliche Lieder. Wenn der Infant das hörte, zeigte er sich an einem der Fenster und erschreckte so die armen Pagen, die, statt der süßen Augen ihrer Schönen, diese bleiche Fratze sahen.

Unter den Damen des Hofes war eine flämische Edelfrau aus Dudzeele, das nahe bei Damme gelegen ist, ihr Leib glich einer reifen Frucht und war wunderbar schön, denn sie hatte grüne Augen und rote, krause Haare, die wie Gold schimmerten. Von heiterem Geist und leidenschaftlichem Gemüt, hatte sie noch niemals ein Hehl aus ihrer Neigung für den beglückten Kavalier gemacht, dem sie jeweils das himmlische Vorrecht der fessellosen Liebe über ihre schönen Hügel und Täler eingeräumt hatte. Jetzt war es ein schöner und stolzer Mann, den sie liebte.

Alle Tage traf sie ihn zu bestimmter Stunde, und das erfuhr Philipp. Er setzte sich auf eine Bank, die einem Fenster gegenüberstand, da belauerte er sie, und als sie mit lebhaft bewegten Augen und willfährig geöffnetem Mund, in gelben Brokat gehüllt, das Bad verließ und an dem Infanten vorbeieilte, erkannte sie ihn, der, ohne sich zu erheben, zu ihr sprach: »Madame, könnten Sie nicht einen Augenblick verweilen?«

Ungeduldig wie eine Stute, die man in dem Augenblick in ihrem Lauf anhält, da sie zu dem wiehernden Hengst auf der Wiese eilen will, antwortete sie: »Hoheit, jedermann muss hier Ihrem fürstlichen Willen gehorsam sein.« »Setzen Sie sich neben mich«, sagte er. Dann sprach er, während er sie gierig, grausam und verschmitzt zugleich ansah: »Sagen Sie mir doch das Paternoster in flämischer Sprache! Man lehrte es mich, aber ich vergaß es.« Die arme Dame musste also ein Paternoster sagen, und er verhielt sie, es recht langsam zu sagen. Und so zwang er die Ärmste, bis zu zehn solcher Gebete zu sprechen, die doch geglaubt hatte, dass die Stunde ganz anderer oremus gekommen sei.

Dann pries er sie, indem er von ihren schönen Haaren sprach, von ihrem frischen Teint, ihren hellen Augen, aber er wagte nicht, von ihren üppigen Schultern, von ihrem runden Busen oder von anderen schönen Dingen zu sprechen. Als sie nun glaubte, gehen zu können, und schon in den Hof hinausblickte, in dem ihr Kavalier ihrer harrte, fragte er sie, ob sie denn wisse, was die Tugenden einer Frau ausmache. Da sie, aus Furcht, schlecht zu antworten, nichts sagte, ergriff er für sie das Wort und sprach pathetisch: »Die Tugenden der Frau sind Keuschheit, Erhabenheit und Reinheit der Sitten.« Auch riet er ihr, sich züchtig zu kleiden und all ihre Reize zu verhüllen.

Sie nickte bejahend mit dem Kopf und sagte, dass sie sich für Seine eisige Hoheit lieber mit zehn Bärenfellen umhüllen wolle als mit einer Elle Musselin. Während er über diese Antwort ganz verblüfft war, ergriff sie fröhlich die Flucht.

Das Feuer der Jugend war indessen auch in der Brust des Infanten entflammt, aber es war weder das gewaltige Feuer, das die großen Seelen erhebt, noch das sanfte Feuer, das die zärtlichen Seelen weinen macht, sondern es war ein dumpfes Feuer, das aus der Hölle kam, wo es ohne Zweifel Satan selbst entzündet hatte. Und es glänzte in seinen grauen Augen wie der winterliche Mond über einem Friedhof. Und es brannte grausam in ihm.

Da er fühlte, dass ihn niemand liebte, wagte der arme Duckmäuser nicht, sich den Damen zu nähern, so ging er denn in die abseits gelegene Ecke eines kleinen mit Kalk getünchten Zimmers, das durch schmale Fenster erhellt war, und knabberte, wie er's gewohnt, an seinen Süßigkeiten, deren Krumen die Fliegen in Massen anlockten. Dort liebkoste er sich selber und drückte die Fliegen langsam mit den Köpfen an die Fensterscheibe und tötete so Hunderte, bis seine Finger so sehr zitterten, dass er sein blutrünstiges Werk nicht mehr fortführen konnte. Und diese grausame Zerstreuung bereitete ihm ein niedriges Vergnügen, denn Geilheit und Grausamkeit sind zwei niederträchtige Schwestern. Wenn er diesen Winkel verließ, war er trauriger als zuvor, und alle Herren und Damen flohen, wenn sie konnten, vor dem Antlitz dieses Prinzen, der fahl war, als hätte er sich von Wundschwämmen genährt.

Und die vergrämte Hoheit litt, denn ein schlechtes Herz bereitet Schmerzen.

XXV

Das schöne Edelfräulein verließ eines Tages Valladolid, um sich auf ihr Schloss Dudzeele in Flandern zu begeben. Als sie, ihrem dicken Dienstmann folgend, durch Damme kam, sah sie einen jungen Burschen von fünfzehn Jahren, der, an die Mauer einer Hütte gelehnt, dasaß und auf einem Dudelsack blies. Vor ihm lag ein kleiner, roter Hund, der jämmerlich heulte, weil er diese Musik nicht liebte. Die Sonne leuchtete hell. Neben dem jungen Burschen stand ein kleines Mädchen, das bei jedem kläglichen Geheul des Hundes hell auflachte.

Die schöne Dame und der feiste Dienstmann betrachteten, als sie an der Hütte vorbeikamen, den pfeifenden Ulenspiegel, die lachende Nele und den heulenden Titus Bibulus Schnuffius. »Du schlechter Junge«, sagte die Dame zu Ulenspiegel, »kannst du nicht aufhören, dieses arme rote Hündchen so zum Heulen zu bringen?« Ulenspiegel sah sie an und blies nur noch gewaltiger in seinen Dudelsack, und Titus Bibulus Schnuffius heulte noch kläglicher, und Nele lachte noch mehr. Der Dienstmann geriet in Wut und sagte zu der Dame, während er auf Ulenspiegel zeigte: »Wenn ich dieses arme Häuflein Mensch mit meiner Degenscheide abriebe, so würde es wohl aufhören, solch unverschämten Lärm zu machen.« Ulenspiegel sah nun den Dienstmann an, nannte ihn »Jan Papzak«, wegen seines dicken Wanstes, und fuhr fort, in seinen Dudelsack zu blasen. Der Dienstmann ging auf ihn zu und drohte ihm mit der

Faust, aber Bibulus Schnuffius stürzte sich auf ihn und biss ihn ins Bein, der Dienstmann fiel vor Angst um und rief: »Zu Hilfe!« Die Dame lachte und sagte zu Ulenspiegel: »Kannst du mir sagen, Dudelsackpfeifer, ob der Weg, der von Damme nach Dudzeele führt, keine Veränderung erfahren hat?« Ulenspiegel hörte nicht auf zu spielen, schüttelte aber den Kopf und sah die Dame an. »Was starrst du mich so an?«, fragte sie. Er aber spielte weiter und ließ seine Augen blinken, als wäre er in ekstatischer Bewunderung verzückt. Da sprach sie: »Schämst du dich nicht, so jung, wie du bist, die Damen so anzusehen?« Ulenspiegel wurde ein bisschen rot, blies weiter und blickte sie noch immer an. »Ich habe dich gefragt«, begann sie von Neuem, »ob der Weg, der von Damme nach Dudzeele führt, sich nicht verändert hat.« »Er grünt nicht mehr, seit Ihr ihn des Glückes, Euch zu tragen, beraubt habt«, gab Ulenspiegel zur Antwort. »Willst du mich begleiten?«, fragte die Dame. Aber Ulenspiegel blieb sitzen und sah sie immerwährend an. Sie aber, die den Schelm in ihm sah, wusste, dass sein Spiel eitel Jugend war, und vergab ihm gern.

Er erhob sich und ging ins Haus. »Wohin gehst du?«, fragte sie. »Ich gehe, meine besten Kleider anzulegen«, erwiderte er. »Geh denn«, sagte die Dame. Dann setzte sie sich auf die Bank neben der Türschwelle, und der Dienstmann tat desgleichen. Sie wollte mit Nele sprechen, aber Nele antwortete nicht, denn sie war eifersüchtig.

Ulenspiegel kam frisch gewaschen und in Barchent gekleidet wieder. Er machte eine gute Figur in seinem Sonntagsputz, der kleine Mann. »Gehst du wirklich mit dieser schönen Dame?«, fragte Nele. »Ich bin bald wieder hier«, antwortete Ulenspiegel. »Wenn ich an deiner Stelle ginge?«, sagte Nele. »Nein, die Wege sind kotig«, erwiderte er. »Warum«, sagte die Dame, die gleichzeitig böse und eifersüchtig war, »warum willst du ihn abhalten, kleines Mädchen, mit mir zu gehen?« Nele antwortete nicht, aber große Tränen sprachen dafür aus ihren Augen, und sie blickte die schöne Dame traurig und voll Zorn an.

Dann machten sie sich zu viert auf den Weg, die Dame saß wie eine Königin auf ihrem weißen Zelter, der mit schwarzem Sammet geschirrt war, dem Dienstmann wackelte der Bauch beim Marschieren, Ulenspiegel führte den Zelter der Dame am Zügel, und Bibulus Schnuffius ging ihm zur Seite mit stolz in die Luft erhobenem Schwanz. So ritten und marschierten sie eine Weile dahin, aber Ulenspiegel fühlte sich dabei nicht wohl, stumm wie ein Fisch atmete er den feinen Benzoegeruch ein, der von der Dame ausstrahlte, und schielte nach ihrem schönen Gurtzeug, den seltenen Schmuckstücken und Kostbarkeiten und nach ihrem süßen Gesicht, ihren strahlenden Augen, nach dem nackten Halse und den Haaren, die die Sonne wie eine Perücke aus Gold schimmern ließ.

»Warum sprichst du so wenig, kleiner Mann?«, fragte sie. Er antwortete nicht. »Du hast doch deine Zunge nicht so tief in den Schuhen stecken, dass du mir nicht einen Botengang machen könntest?« »Man wird sehen«, sagte Ulenspiegel. »Du musst mich hier verlassen«, sagte die Dame, »und in umgekehrter Richtung nach Koolkerke gehen, um einem halb schwarz, halb rot gekleideten

Edelmann zu sagen, dass er mich heute nicht mehr erwarten solle, dass er aber Sonntag, um zehn Uhr nachts, durch die Schlüpftür in mein Schloss kommen solle.« »Ich gehe nicht«, sagte Ulenspiegel. »Warum?«, fragte die Dame. »Ich gehe nicht, nein!«, sagte Ulenspiegel. Da sprach die Dame zu ihm: »Was macht dich denn so widerwillig, du kleiner, böser Hahn?« »Ich gehe nicht!« wiederholte Ulenspiegel. »Wenn ich dir aber einen Gulden gebe?« »Nein«, sagte er. »Einen Dukaten?« »Nein.« »Einen Carolusgulden?« »Nein«, beharrte Ulenspiegel und setzte seufzend hinzu: »Gleichwohl ich ihn lieber besäße als eine Muschelschale in Mutters Tasche.«

Die Dame lachte auf, rief aber plötzlich: »Ich habe meine schöne, wertvolle Geldtasche verloren, die aus Seidenstoff gemacht und mit herrlichen Perlen besetzt ist. In Damme hing sie noch an meinem Gürtel.« Ulenspiegel tat nichts dergleichen, doch der Dienstmann trat an die Dame heran und sagte zu ihr: »Madame, schicken Sie nicht diesen Spitzbuben, sie zu suchen, denn er würde niemals mit ihr zurückkehren.« »Und wer wird gehen?«, fragte die Dame. »Ich«, antwortete er, »trotz meines hohen Alters.« Und er machte sich auf den Weg.

Die Mittagsglocken läuteten, die Hitze war groß, und es herrschte tiefe Stille. Ulenspiegel sprach kein Wort, aber er zog sein neues Wams aus, damit sich die Dame im Schatten einer Linde niederlassen könnte, ohne die Feuchtigkeit des Rasens fürchten zu müssen.

Er blieb seufzend neben ihr stehen. Sie sah ihn an und fühlte Mitleid für diesen kleinen, furchtsamen Kavalier und fragte ihn, ob es ihn nicht ermüde, so auf seinen noch allzu jungen Beinen zu stehen. Er antwortete keine

Silbe, und als er sich an ihrer Seite niederfallen ließ, wollte sie ihn auffangen und zog ihn dabei an ihren nackten Busen, wo er so freudig liegen blieb, dass sie geglaubt hätte, die Sünde der Grausamkeit zu begehen, hätte sie ihm anbefohlen, sich ein anderes Kopfkissen zu wählen.

Der Dienstmann kam zurück und sagte, dass er die Geldtasche nicht gefunden habe. »Aber ich habe sie wiedergefunden, als ich vom Pferde stieg«, sagte die Dame, »denn sie hing am Steigbügel, in dem sie sich verfangen hatte.« Dann sprach sie zu Ulenspiegel: »Nunmehr führe mich geradewegs nach Dudzeele und sage mir, wie du heißest.« »Mein Patron«, sagte er, »ist der heilige Thylbert, dessen Name besagen will: Mach dich auf die Beine, wenn's gilt, einer guten Sache nachzulaufen. Mein Name ist Claes und mein Spitzname Ulenspiegel. Wenn Ihr in meinen Spiegel blicken wollt, werdet Ihr sehen, dass es in diesem ganzen Land Flandern keine Blume von so strahlender Schönheit gibt wie Eure liebliche Anmut.«

Die Dame errötete vor Lust und war Ulenspiegel nicht ein bisschen böse.

Aber Soetkin und Nele weinten, während Ulenspiegel so lange von Hause fort war.

XXVI

Als Ulenspiegel von Dudzeele kam, gewahrte er Nele, an einer Schranke vor dem Stadttor lehnend und von schwarzen Weintrauben essend. Sie naschte eine Beere nach der andern, und es schmeckte ihr ohne Zweifel wohl und erfrischte sie, aber sie ließ sich das Vergnügen, das sie daran hatte, nicht anmerken. Sie schien, im Gegenteil, böse zu sein und riss die Beeren mit zorniger Gebärde von der Traube. Sie war so sehr gekränkt, und ihr Gesicht hatte so einen betrübten, traurigen und zugleich süßen Ausdruck, dass Ulenspiegel von liebevollem Mitleid ergriffen ward, sich hinter sie schlich und ihr einen Kuss auf den Nacken gab. Sie aber wandte sich um und verabreichte ihm eine gewaltige Backpfeife.

»Nun flimmert's mir vor den Augen«, sagte Ulenspiegel. Sie weinte schluchzend. »Nele«, sagte er, »bringt man denn neuerdings die Springbrunnen am Eingang der Dörfer an?« »Pack dich«, sagte sie. »Ich kann aber nicht fortgehen, wenn du so weinst, Schätzchen.« »Ich bin kein Schätzchen«, sagte Nele, »und ich weine nicht! Willst du nun gehen?« »Nein«, sagte er. Währenddessen hielt sie ihre Schürze mit beiden zitternden Händen und zerrte an dem Stoff, den die Tränen benetzten, die darüberkollerten.

»Nele«, fragte Ulenspiegel, »wird sich's bald aufheitern?« Und er lachte und blickte sie voll Liebe an. »Warum fragst du mich das?«, sagte sie. »Weil es nicht regnet, wenn's Wetter schön ist«, antwortete Ulenspiegel. »Geh«, sagte sie, »geh zu deiner schönen Dame im Brokatkleid, du hast sie ja genug lachen gemacht, die da.« Ulenspiegel aber sang:

>»Quand je vois pleurer m'amie
> Mon cœur est déchiré.
> C'est miel quand ell rit,
> Perle quand elle pleure.

Moi, je l'aime à toute heure.
Et je nous paie à boire
Du bon vin de Louvain.
Et je nous paie à boire
Quand Nele sourira.« [1]

»Du garstiger Mensch«, sagte sie, »du spottest noch
meiner.« »Nele«, sagte Ulenspiegel, »ein Mensch bin ich
wohl, aber kein garstiger, denn unsere vornehme Familie, die viele Schöffen unter ihren Ahnen hat, führt drei
Silberkrüge auf einem Hintergrund von Bruinbier. Nele,
ist es wahr, dass man in Flandern Backpfeifen erntet,
wenn man Küsse sät?« »Ich will nicht mit dir sprechen«,
sagte sie. »Warum tust du dann den Mund auf, um mir
das zu sagen?« »Ich bin böse«, sagte sie. Ulenspiegel gab
ihr einen sanften Faustschlag auf den Rücken und sagte:
»Küsst eine Spitzbübin, sie wird euch schlagen, schlagt
eine Spitzbübin, sie wird euch küssen. Küsse mich,
Schätzchen, ich hab' dich doch geschlagen!«

Nele drehte sich um. Er breitete die Arme aus, und sie
warf sich, noch weinend, an seine Brust und sagte: »Du
wirst nicht mehr zu der gehen, nicht wahr, Thyl?« Er
aber antwortete nicht, denn er presste ihre armen, bebenden Finger an sich und saugte die heißen Tränen von
ihren Lippen, die wie große Regentropfen bei einem
Gewitter aus ihren Augen stürzten.

---

[1] »Wenn ich mein Liebchen weinen seh – Ist mein Herz zerrissen. – Es ist
wie Honig, wenn sie lacht, – Wie Perlen, wenn sie weint. – Ich liebe sie
immerdar. – Und ich zahle uns zu trinken – Vom besten Löwener Wein.
– Und ich zahle uns zu trinken – Wenn Nele lacht.«

XXVII

Damals weigerte sich das edle Gent, seinen Anteil an dem Tribut zu zahlen, den ihm der Kaiser, Gents Sohn, auferlegt hatte. Die Stadt konnte nicht bezahlen, weil Karl selbst ihre Gelder erschöpft hatte. Das aber war ein großes Verbrechen, und er beschloss auszuziehen, um die Stadt höchstselbst zu züchtigen.

Denn die Stockstreiche eines Sohnes sind schmerzlicher auf dem Rücken der Mutter als alle anderen Leiden.

Sein Feind Franz, mit dem Beinamen »der Langnasige«, bot ihm den Durchmarsch durch Frankreichs Gaue an. Karl nahm an, und statt als Gefangener zurückgehalten zu werden, wurde er gefeiert und königlich verehrt. Denn es ist ein unverletzliches Abkommen unter den Fürsten, sich gegenseitig in der Unterdrückung der Völker zu helfen.

Karl hielt sich lange in Valenciennes auf, ohne sich irgendwie erbost zu zeigen. Gent, seine Mutter, lebte furchtlos dahin in dem Glauben, dass der Kaiser, ihr Sohn, vergeben werde, dass sie getan habe, was ihr gutes Recht war. Karl langte mit viertausend Reitern vor den Mauern der Stadt an. Alba und Oranien begleiteten ihn. Das niedere Volk und die Leute des Kleingewerbes hätten diesen Einzug des Sohnes gerne verhindert und die achtzigtausend Mann aus der Stadt und vom flachen Lande auf die Beine gebracht. Aber die großen Bürger, Hooghpoorters genannt, widersetzten sich dem aus Furcht vor der Vorherrschaft des Volkes. Indessen, Gent hätte auch so seinen Sohn und die viertausend Reiter zermalmen können. Aber es liebte ihn, und selbst die kleinen Leute waren wieder von Zuversicht erfüllt. Karl liebte die Stadt wieder, aber wegen des Geldes, das sie in ihren Truhen hatte und davon er noch etwas haben wollte. Als er die Herrschaft über die Stadt an sich gerissen hatte, stellte er überall Militärposten auf, die Tag und Nacht ihre Runden durch die Stadt machten. Sodann verkündete er unter großem Pomp das Urteil, das er über die Stadt verhängt hatte. Die vornehmsten Bürger sollten, einen Strick um den Hals, vor seinem Thron erscheinen und sich demütigen. Gent wurde der kostspieligsten Verbrechen schuldig erklärt, die es gibt: der Treulosigkeit, des Vertragsbruches, des Ungehorsams, des Aufruhrs und der Majestätsbeleidigung. Der Kaiser erklärte alle wie immer gearteten Vorrechte, Ansprüche, Freiheiten, Lehen und Nutzrechte für aufgehoben, außerdem bestimmte er, indem er auch die Zukunft seiner Macht unterstellte, als ob er Gott gewesen wäre, dass von diesem Moment an alle seine Nachfolger, die nach ihm zur Herrschaft gelangen würden, schwören sollten, nichts anderes zu beachten als die »Concessio Carolina«, durch die er die Hörigkeit über die Stadt verhängt hatte. Er ließ die Abtei Saint-Bavon niederreißen, um an dieser Stelle eine Festung zu errichten, von der er in aller Bequemlichkeit den Leib seiner Mutter mit Kanonenkugeln durchbohren konnte. Als guter, auf Erbschaft bedachter Sohn zog er alle Besitztümer Gents ein: seine Einkünfte, Häuser, Geschütze und Kriegsgeräte.

Da er fand, dass die Stadt zu gut befestigt sei, ließ er den »Roten Turm«, den Turm »Das Krötenloch«; die Braampoort, die Steenpoort, die Waalpoort, die Ketelpoort und noch viele andere Ausfalltore abbrechen, die wie steinerne Juwelen behauen waren.

Wenn später Fremde nach Gent kamen, sagten sie zueinander: »Welch unscheinbare und verwüstete Stadt ist das, die man als so wundervoll besungen hat!« Und die Genter antworteten: »Kaiser Karl kam, um die Stadt ihres kostbaren Gürtels zu berauben.« Und die das sagten, waren von Scham und Zorn erfüllt.

Indessen gewann der Kaiser aus den Ruinen der Tore die Quadern für seine Festung. Er wollte, dass Gent arm sei, denn in diesem Zustand konnte es sich weder durch Arbeit noch durch Fleiß noch durch Geld seinen herrischen Plänen widersetzen. Er verurteilte die Stadt, den verweigerten Tribut von vierhunderttausend Carolusgulden in Gold zu bezahlen, außerdem, als einmalige Abgabe, hundertfünfzigtausend Carolusgulden und jährlich sechstausend weitere als dauernde Rente.

Gent hatte ihm Geld geliehen, und er sollte ihr eine Rente von hundertfünfzig Pfund bezahlen. Er bemächtigte sich mit Gewalt der Schuldscheine und bezahlte solcherart seine Schuld, dass er sich ausgiebig bereicherte.

Gent hatte ihm bei mannigfachen Gelegenheiten Liebe bezeigt und Hilfe gebracht, aber er stieß ihr den Dolch in die Brust, um nach Blut zu suchen, wo er nicht mehr genug Milch fand.

Als er »Roelandt«, die schöne Glocke, sah, ließ er den an ihr aufhängen, der sie zum Alarm geläutet hatte, um die Stadt zur Verteidigung ihres Rechts aufzurufen. Er empfand kein Mitleid für »Roelandt«, seiner Mutter Zunge, mit der sie zum Lande Flandern sprach:

>>Als men my slaet dan is 't brandt,
Als men my luyt dan is 't storm in
Vlaenderlandt.«

>>Lässt man mich schlagen, heißt das: Brand!
Lässt man mich läuten: Sturm in
Flanderns Land!«

Er fand, dass seine Mutter zu laut spreche, und nahm ihr die Glocke. Und die Leute vom flachen Land sagten, dass Gent tot sei, weil ihr Sohn ihr die Zunge mit eisernen Zangen ausgerissen habe.

XXVIII

An einem dieser Tage – es waren klare und frische Frühlingstage, in denen die ganze Erde voll Liebe war – plauderte Soetkin am offenen Fenster, Claes summte irgendeinen Refrain, und Ulenspiegel setzte Titus Bibulus Schnuffius ein Richterbarett auf den Kopf. Der Hund bewegte seine Pfoten hin und her, als wollte er ein Urteil fällen, aber er tat es nur, um sein Barett abzustreifen.

Plötzlich schloss Ulenspiegel das Fenster, rannte im Zimmer hin und her, sprang über Stühle und Tische und streckte die Hände gegen die Decke. Soetkin und Claes sahen, dass er sich für nichts anderes so abmühte, als um ein zartes, kleines Vögelchen einzufangen, das angstvoll schrie und mit den Flügeln schlug und sich an einen Balken in einer Ecke der Decke schmiegte. Ulenspiegel schickte sich eben an, es einzufangen, als ihn Claes lebhaft anredete: »Warum springst du so herum?« »Um ihn zu fangen«, antwortete Ulenspiegel, »in einen Käfig zu tun, ihm Hirsekörner zu geben und ihn zu lehren, für mich zu singen.«

Indessen flog der Vogel, in seiner Herzensangst laut schreiend, im Zimmer umher und stieß mit dem Kopf gegen die Fensterscheiben. Claes legte Ulenspiegel, der nicht aufhörte, zu springen, die Hand schwer auf die Schulter. »Pack ihn«, sagte er, »tu ihn in einen Käfig und lass ihn für dich singen, ich werd's aber mit dir auch so machen, werde dich in einen Käfig tun und werde dich singen lassen. Du liebst es zu laufen, aber du wirst es nicht mehr können, wenn du frierst, wirst du im Schatten sein, und wenn dir heiß ist, in der Sonne. Wenn wir dann eines Sonntags fortgehen und vergessen, dir das Essen zu geben, und nicht vor Donnerstag wiederkommen, dann werden wir bei unserer Rückkehr Thyl vor Hunger tot und ganz erstarrt finden.«

Soetkin weinte, und Ulenspiegel schoss davon. »Was machst du?«, fragte Claes. »Ich öffne dem Vogel das Fenster«, antwortete er.

Der Vogel, ein Distelfink, flog mit einem freudigen Schrei durchs Fenster hinaus und sauste wie ein Pfeil ins Blaue, dann setzte er sich auf einen nahen Apfelbaum, glättete seine Flügel mit dem Schnabel, schüttelte das Gefieder und rief, noch voll Ärgers, in seiner Vogelsprache Ulenspiegel tausend Grobheiten zu. Da sprach Claes: »Sohn, beraube niemals einen Menschen oder ein Tier seiner Freiheit, denn sie ist das höchste Gut auf dieser Welt. Lasse jeden in die Sonne, wenn's ihn friert, und jeden in den Schatten, wenn ihm heiß ist. Und möge

Gott über Seine geheiligte Majestät Gericht halten, die den freien Glauben im Lande von Flandern in Ketten gelegt und das edle Gent in einen Käfig der Sklaverei gesperrt hat!«

XXIX

Philipp hatte sich mit Marie von Portugal vermählt und hatte ihre Besitztümer denen der spanischen Krone hinzugefügt, sie hatte ihm Don Carlos, den grausamen Narren, geboren. Aber er liebte seine Frau nicht!

Die Königin litt unter den Folgen ihrer Entbindung. Sie hütete das Bett und war von ihren Ehrendamen umgeben, deren eine die Herzogin von Alba war. Philipp ließ sie oft allein, um zuzusehen, wie die Ketzer brannten. Die Herren und Damen des Hofes, selbst die Herzogin von Alba, die edle Hüterin des Wochenbettes der Königin, ahmten ihm nach.

Zu dieser Zeit hatte sich das »Officium« eines flämischen Bildhauers, welcher der römisch-katholischen Kirche angehörte, bemächtigt, weil er, als ein Mönch sich weigerte, für eine Holzstatue Unserer Lieben Frau den zwischen ihnen vereinbarten Preis zu bezahlen, der Statue mit seinem Meißel das Gesicht zertrümmert und dabei gesagt hatte, dass er sein Werk lieber zerstören als um geringen Preis hergeben wolle. Der Mönch hatte ihn als Bilderstürmer angegeben, und er wurde erbarmungslos gefoltert und verurteilt, lebendig verbrannt zu werden.

Man hatte ihm bei der Folter die Fußsohlen verbrannt, und als er, in den San-benito gehüllt, vom Kerker zum

Scheiterhaufen ging, schrie er: »Schneidet die Füße ab! Schneidet die Füße ab!« Philipp hörte diese Schreie aus der Ferne und freute sich ihrer, aber er lachte nicht.

Die Ehrendamen der Königin Marie verließen ihre Herrin, um der Verbrennung beizuwohnen, auch die Herzogin von Alba folgte ihnen, die, als sie den flämischen Bildhauer schreien hörte, das Schauspiel sehen wollte und die Königin allein ließ. Philipp war mit seinen hohen Dienern, den Prinzen, Grafen, Rittern und Damen anwesend.

Der Bildhauer war mit einer langen Kette an einen Pfahl gebunden, der inmitten eines Kreises brennender Stroh- und Wergbündel aufgerichtet war, die ihn langsam braten mussten, wenn er, um dem flammenden Feuer zu entgehen, sich dicht am Pfahl halten wollte. Neugierig sah man zu, wie er in seiner Nacktheit die Stärke seiner Seele der Hitze des Feuers entgegenzusetzen versuchte.

Zur selben Zeit empfand die Königin Marie in ihrem Wochenbett Durst. Sie sah auf einer Schüssel eine halbe Melone liegen, erhob sich mühsam von ihrem Lager, nahm die Melone und ließ nichts davon übrig. Da kam wegen der Kälte des Melonenfleisches ein Schwitzen und Zittern über sie, und sie blieb auf der Diele liegen, ohne sich erheben zu können.

»Ach«, sagte sie, »ich würde mich ja erwärmen, wenn mich jemand in mein Bett tragen könnte!« Da hörte sie den armen Bildhauer schreien: »Schneidet die Füße ab!« »Ach«, sagte die Königin Marie, »ist es ein Hund, der so zu seinem Tode heult?«

In diesem Augenblick gedachte der Bildhauer, der nur die Gesichter seiner spanischen Feinde um sich sah, Flanderns, des Landes der Leiden, er kreuzte die Arme und schritt, seine lange Kette hinter sich herschleifend, auf das flammende Stroh und Werg zu und blieb, mit über der Brust verschlungenen Armen, aufrecht in den Flammen stehen, dann sprach er:

»Seht, so sterben die Flamen im Angesicht der spanischen Henker! Schneidet die Füße ab, aber nicht mir, sondern denen da, damit sie nicht mehr den Mördern zulaufen! Es lebe Flandern! Flandern in Ewigkeit!«

Die Damen spendeten ihm Beifall und schrien um Gnade, als sie seine erhabene Ruhe sahen. Und er starb.

Die Königin Marie zuckte an allen Gliedern, und ihre Zähne schlugen aufeinander in der Kälte des nahen Todes, während sie mit Armen und Beinen alle Anstrengungen machte, sagte sie: »Bringt mich in mein Bett, dass ich mich erwärme!« Und sie starb.

So die Prophezeiung Kathelines, der guten Hexe, erfüllend, säte Philipp überall Tod, Blut und Tränen.

Ulenspiegel und Nele waren sich in Liebe zugetan.

Es war gegen Ende des April, alle Bäume standen in Blüte, und alle Pflanzen waren von Saft geschwellt, in der Erwartung des Mai, des Monats, der, von einem Pfauen [2] begleitet, duftig, wie ein Blumenstrauß über die Erde kam und die Nachtigallen in den Bäumen das Singen lehrte.

---

[2] Der Pfau galt in der Zeit der ersten Christen als Symbol der Auferstehung. (Anmerkung des Übersetzers.)

Oft wanderten Ulenspiegel und Nele auf den grünenden Wegen dahin.

Nele ließ sich von Ulenspiegel umfassen und hing sich mit beiden Händen an ihn. Ulenspiegel machte das Spiel Freude, und oft ließ er seine Arme auf Neles Taille herabgleiten, um sie, wie er sagte, besser halten zu können. Und sie war glücklich, aber sie sagte nichts davon.

Ein leichter Wind trieb den Duft der Wiesen auf die Wege, und fernher rauschte das Meer im schweren Sonnenlicht, Ulenspiegel war wie ein junger Teufel, voll Stolz, und Nele war wie eine kleine Heilige aus dem Paradies, voll Scham über ihre Glückseligkeit. Sie lehnte das Köpfchen an Ulenspiegels Schulter, und er hielt ihre Hände, so wanderten sie dahin, und er küsste ihre Stirn, ihre Wangen und ihren lieblichen Mund. Aber sie sprach kein Wort.

Nachdem einige Stunden vergangen waren, glühten sie und hatten Durst, sie tranken bei einem Bauern Milch, aber sie wurden davon nicht frischer. Da setzten sie sich am Rande eines Grabens auf den Rasen. Nele war bleich und nachdenklich, und Ulenspiegel sah sie besorgt an. »Du bist traurig?«, fragte sie. »Ja«, sagte er. »Warum?«, fragte sie weiter. »Ich weiß nicht«, antwortete er, »aber diese blühenden Apfelbäume und Kirschbäume, diese laue und gewitterschwere Luft, diese Gänseblümchen, die ihre Blätter in der Sonne errötend ausbreiten, der Hagedorn in den Hecken hinter uns, ganz weiß ...! Wer weiß, warum ich mich so wirr fühle und in jedem Augenblick bereit zu schlafen oder zu sterben? Und mein Herz schlägt so stark, wenn ich höre, wie die Vögel in den Bäumen erwachen, und wenn ich die Schwalben wiederkehren sehe, dann kommt mich die Lust an, zu wandern, weiter als Sonne und Mond, und bald ist mir kalt, bald heiß. Ach, Nele! Ich will nicht weiter auf dieser niedrigen Welt leben oder tausend Leben der geben, die mich lieben wollte!«

Sie aber sagte kein Wort und sah Ulenspiegel mit glücklichem Lächeln an.

XXXI

Es war am Tage der Auferstehung, als Ulenspiegel mit einigen Taugenichtsen seines Alters die Kirche Unserer Lieben Frau verließ. Lamme Goedzak hatte sich unter sie verirrt wie ein Schaf unter ein Rudel von Wölfen.

Lamme bezahlte allen einen ausgiebigen Trunk, denn seine Mutter gab ihm an jedem Sonn- und Feiertag drei Patards. Er fand sich mit seinen Kameraden im Gasthaus »Zum Rooden Schildt«, bei Jan van Liebeke, ein, der ihnen Dobbeleknollaert von Courtrai auftrug.

Vom Trinken erhitzt, schwatzten sie übers Beten, und Ulenspiegel erklärte, dass die Totenmesse keinem als dem Priester zugutekäme. Es war aber ein Judas in der Bande, und der denunzierte Ulenspiegel als Ketzer.

Trotz Soetkins Tränen und Claesens inständigen Bitten wurde Ulenspiegel gefasst und gefangen gesetzt. Einen Monat und drei Tage blieb er in einem vergitterten Kerker, ohne einen Menschen zu Gesicht zu bekommen, und der Kerkermeister fraß ihm drei Viertel seines Essens weg.

Währenddessen holte man Erkundigungen über seinen guten oder schlechten Ruf ein. Man konnte nichts andres ausfindig machen, als dass er ein arger Spottvogel war, der seine Nächsten ohne Unterlass zum Besten hielt, der aber niemals Gott oder die Heilige Jungfrau oder die Heiligen gelästert hatte. Deshalb fiel das Urteil mild aus, denn er hätte in anderem Falle mit einem glühenden Eisen im Gesicht gebrandmarkt und bis aufs Blut gepeitscht werden können.

Mit Rücksicht auf seine Jugend verurteilten ihn die Richter nur dazu, im Hemd, entblößten Hauptes, barfüßig und eine Kerze in der Hand haltend inmitten der ersten Prozession, welche die Kirche verließ, einherzugehen.

Das trug sich am Himmelfahrstage zu. Als die Prozession zurückkehrte, musste er unter dem Tor der Kirche Unserer Lieben Frau stehen bleiben und ausrufen: »Dank sei dem Herrn Jesus! Dank den Herren Priestern! Ihre Gebete sind süß für die Seelen im Fegefeuer und erlaben sie, denn jedes Ave ist ein Eimer Wasser und jedes Vaterunser ein Bottich, den sie auf ihre Rücken ausgießen!«

Und das Volk hörte ihm in großer Andacht zu, freilich nicht ganz, ohne zu lachen.

Zu Pfingsten musste er wieder der Prozession folgen, er war im Hemd, barhäuptig und bloßfüßig, und hielt eine Kerze in der Hand. Als er bei der Rückkehr unter dem Tor stand und ehrfurchtsvoll seine Kerze hielt, sagte er, nicht ohne einige spöttische Grimassen zu ziehen, mit lauter und deutlicher Stimme: »Sind die Gebete der Christen eine große Wohltat für die Seelen im Fegefeuer, so sind die des Herrn Dechanten der Kirche Unserer

Lieben Frau, dieses in der Ausübung der Tugenden so vollkommenen Mannes, so lindernd für die Schmerzen, die das Fegefeuer bereitet, dass sie es sofort in Eis verwandeln. Aber den teuflischen Henkersknechten wird nichts davon zuteil.«

Wieder hörte das Volk, nicht ohne Lachen, voll Ehrfurcht zu, und der Dechant lächelte mit kirchlicher Würde.

Alsdann wurde Ulenspiegel für drei Jahre aus Flandern verbannt und musste eine Pilgerfahrt nach Rom unternehmen, um mit der Absolution des Papstes zurückzukehren. Claes musste für diesen Urteilsspruch drei Gulden bezahlen und gab seinem Sohn noch einen nebst dem Pilgerkleid. Ulenspiegel war tief bekümmert, als er am Tage seiner Abreise Claes umarmte und Soetkin, die schmerzenreiche Mutter, die in Tränen aufgelöst war. Sie geleiteten ihn ein großes Stück Wegs, und viele Bürger folgten ihnen mit ihren Frauen.

Als Claes in die Hütte zurückkehrte, sprach er zu seiner Frau: »Weib, es ist sehr hart, einen so jungen Knaben wegen einer närrischen Rede zu so schwerer Strafe zu verurteilen.« »Du weinst, lieber Mann!«, sagte Soetkin, »du liebst ihn mehr, als du ihm zeigst, denn du brichst in bittres Schluchzen aus, das wie das Weinen eines Löwen ist.« Er gab aber keine Antwort.

Nele hatte sich in der Scheune versteckt, damit niemand sähe, dass auch sie um Ulenspiegel weinte. Sie war Soetkin, Claes, den Bürgern und Frauen von Weitem gefolgt, als sie dann sah, dass ihr Freund allein weiterging, lief sie ihm nach, hängte sich an seinen Hals und sprach: »Du wirst auf deinem Wege viele schöne Frauen finden!« »Ob schöne, das weiß ich nicht«, sagte Ulenspiegel, »aber frische wie dich gewiss nicht, denn die Sonne hat sie alle geröstet.« Lange gingen sie zusammen dahin, und Ulenspiegel, der ganz in Gedanken versunken war, sagte mehrmals: »Ich werde sie ihre Totenmessen bezahlen lassen.« »Welche Messen, und wer soll bezahlen?«, fragte Nele. Ulenspiegel antwortete: »Alle Dechanten, Pfarrer, Küster und alle höheren und niedrigen Matagots, die uns mit Hirngespinsten mästen. Wäre ich ein braver Handwerker gewesen, so hätten sie mich durch die Pilgerfahrt der Arbeitsfrucht dreier Jahre beraubt. So ist's aber der arme Claes, der bezahlt. Sie werden mir meine drei Jahre verhundertfacht wiedergeben, und dann werde ich ihnen auch die Totenmesse singen, und zwar für ihr Geld.«

»Lass gut sein, Thyl, sei vernünftig, sonst werden sie dich noch lebendig verbrennen«, erwiderte Nele. »Ich bin gefeit«, sagte Ulenspiegel.

Dann trennten sie sich, sie in Tränen aufgelöst, er bekümmert und zornig.

XXXII

Als er durch Brügge kam, wo gerade Mittwochsmarkt gehalten wurde, sah er eine Frau, die vom Henker und seinen Schergen geführt wurde, während eine Menge von Weibern sich um sie herumtummelte und ihr tausend zotige Schmähungen zurief. Als Ulenspiegel die roten Stofflappen sah, die den oberen Teil ihres Kleides bedeckten, und den Stein des Gerichts, der ihr mit eisernen Ketten um den Hals gehängt worden war, erkannte er, dass sie eine Frau war, die den jungen und reinen Leib ihrer Tochter um Geld verkauft hatte.

Man sagte ihm, dass sie Barbe hieße, mit Jason Darue verheiratet sei und nun in dieser Kleidung von Platz zu Platz geführt würde, bis man sie auf den Großen Markt zurückbrächte, wo sie das Schafott besteigen müsse, das man schon für sie vorgerichtet habe. Ulenspiegel folgte ihr in der Menge des zeternden Volkes. Als der Zug auf den Großen Markt zurückgekehrt war, wurde sie aufs Schafott gebracht und an einen Pfahl gebunden, während der Henker ein Büschel Gras und eine Handvoll Erde vor sie hinlegte, was das Grab versinnbildlichen sollte.

Man sagte Ulenspiegel, dass sie zuvor im Gefängnis gepeitscht worden war.

Als er sich wieder auf den Weg machte, begegnete ihm Henri de Marischal, ein Erzlump, der im Sprengel von West-Ypern am Galgen gehangen hatte und an dessen Hals noch die Spuren des Strickes zu sehen waren. In der Luft schwebend, hatte er, wie er sagte, ein inbrünstiges Gebet zur Muttergottes von Hal gesprochen, und allein darum sei, durch ein wahres Wunder, als die Schergen und Henker fortgegangen waren, der Strick gerissen, den er schon nicht mehr gefühlt habe, sodass er zu Boden gefallen sei und keinen Schaden genommen hätte. Doch Ulenspiegel erfuhr später, dass dieser vom Strick errettete Lump ein falscher Henri de Marischal war und dass man ihn nur deshalb laufen und seine Lügen verbreiten ließ, weil er einen Geleitbrief des Dechanten von Notre-Dame de Hal bei sich trug, der wegen dieser Erzählung von Henri de Marischal die Leute haufenweise in seine Kirche strömen und alle jene reichliche Spenden bringen sah, die den Galgen von fern und nah witterten. Und diese lange Zeit hindurch hatte Unsere Liebe Frau von Hal den Beinamen »Unsere Liebe Frau der Gehenkten«.

XXXIII

Damals erhoben die Inquisitoren und Theologen zum zweiten Mal vor dem Kaiser folgende Vorstellungen: Die Kirche gehe zugrunde, ihre Autorität würde verachtet, sie wäre es, deren Gebeten er die vielen glänzenden Siege, die er erfochten habe, verdanke, sie, welche die Macht seines königlichen Thrones aufrechterhielte.

Ein spanischer Bischof bat ihn, sechstausend Köpfe abschlagen oder ebenso viel Körper verbrennen zu lassen, um die böse lutherische Ketzerei aus den Niederlanden auszurotten. Seine heilige Majestät urteilte, dass das nicht genüge.

Wohin der arme Ulenspiegel auch kam, überall wurde er von Schrecken erfasst, denn er bekam nichts andres zu sehen als auf Pfähle gespießte Köpfe und junge Mädchen, die man in einen Sack gesteckt und lebend in einen Fluss geworfen hatte, Männer, die nackt auf dem Rade lagen und mit eisernen Stangen unbarmherzig geschlagen wurden, Frauen, die man in eine Grube warf und mit Erde überschüttete und auf deren Brüsten der Henker tanzte, um sie zu zermalmen. Aber die Beichtiger der Frauen und Männer, die sich vor dem Tod hatten bekehren lassen, verdienten an jeder geretteten Seele zwölf Kreuzer.

In Löwen sah er, wie die Henker dreißig Lutheraner auf einmal verbrannten, indem sie den Scheiterhaufen mit Kanonenpulver in Brand setzten. In Limburg sah er eine ganze Familie, Männer und Frauen, Töchter und Schwiegersöhne, Psalmen singend zur Marter schreiten. Der Älteste schrie, als er brannte. Und Ulenspiegel durchwanderte, von Angst und Seelenschmerz erfüllt, das arme Land.

XXXIV

Als er in freies Land kam, schüttelte er sich wie ein Vogel, wie ein freigelassener Hund, und sein Herz stärkte sich von Neuem beim Anblick der Bäume, der Wiesen und der hellen Sonne. Als er drei Tage lang marschiert war, kam er in die reiche Gemeinde Uccle im Kreis von Brüssel. Als er an dem Gasthaus »Zur Trompete« vorbeikam, wurde er von dem himmlischen Duft eines Frikassees angelockt. Er fragte einen kleinen Bettler, der sich mit erhobener Nase an dem Geruch der Soßen ergötzte, zu wessen Ehre sich dieser Weihrauch festlicher Bewirtung in den Himmel erhebe. Die Antwort besagte, dass die »Brüder vom guten Weingesicht« [3] sich nach der Vesper hier versammeln sollten, um die seinerzeitige Befreiung der Gemeinde durch die Mädchen und Frauen zu feiern. Als Ulenspiegel in der Ferne eine Stange sah, auf der ein künstlicher Papagei befestigt war und um die sich mit Bogen bewaffnete Frauen scharten, frag-

---

[3] Ich bediene mich dieser nicht eigenen Übersetzung, um denen, die de Costers »Vlämische Märchen« gelesen haben, die Freude der Wiederbegegnung mit den »Freres de la Bonne Trogne« zu machen. (Anmerkung des Übersetzers.)

te er, ob denn die Frauen jetzt Bogenschützen werden sollten. Der Junge, der den Duft der Soßen einsog, antwortete, dass zur Zeit des »guten Herzogs« dieselben Bogen in den Händen der Frauen von Uccle gewesen wären, die mehr als hundert Räuber vom Leben zum Tode befördert hätten.

Ulenspiegel wollte mehr wissen, aber der Bettler sagte, dass er solchen Hunger und Durst habe, dass er nicht mehr sprechen könne, es wäre denn, dass Ulenspiegel ihm einen Patard gebe, damit er essen und trinken könne. Aus Mitleid gab ihm Ulenspiegel das Verlangte. Als der Bettler den Patard hatte, trat er mit einer Miene in den Gasthof »Zur Trompete« wie ein Fuchs in den Hühnerstall und kam im Triumph zurück, eine halbe Schlackwurst und eine große Schnitte Brot in der Hand.

Plötzlich vernahm Ulenspiegel ein liebliches Tönen von Tamburinen und Geigen und erblickte einen großen Trupp tanzender Frauen, unter denen eine schöne Gesellin war, die eine Kette von Gold um den Hals trug. Der Bettler, der, nachdem er gegessen hatte, vor Behaglichkeit lachte, sagte zu Ulenspiegel, dass das junge, schöne Weib die Königin der Bogenschützinnen sei, Mietje heiße und die Frau des ehrenwerten Herrn Renonckel, des Schöffen der Gemeinde, sei. Dann erbat er sich von Ulenspiegel sechs Heller für einen Trunk, und Ulenspiegel gab sie ihm. Nachdem der Bettler also gegessen und getrunken hatte, setzte er sich in der Sonne auf seine vier Buchstaben und putzte sich die Zähne mit den Fingernägeln. Als die Bogenschützinnen Ulenspiegels in seinem Pilgerrock gewahr wurden, umkreisten sie ihn und tanzten um ihn herum. »Guten Tag, schöner Pilger«,

sagten sie dabei, »kommst du von weit her, junger Wall-
fahrer?« Und Ulenspiegel erwiderte: »Ich komme aus
Flandern, dem Lande, das überreich an liebesfreudigen
Mädchen ist.« Und traurig gedachte er Neles. »Was war
deine Sünde?«, fragten sie ihn, während sie zu tanzen
fortfuhren. »Sie ist so groß, dass ich nicht wage, sie zu
bekennen«, sagte er, »aber es sind noch andere Dinge an
mir, die nicht klein sind.« Darob lachten sie und fragten
ihn, warum er so wandern müsse mit Pilgerstab, Ranzen
und Lazarusklapper. [4] Er antwortete, indem er ein
bisschen log, dass er so tun müsse, weil er gesagt habe,
dass die Totenmessen den Priestern Vorteile brächten.
»Sie tragen ihnen klingende Münzen ein, aber sie gereichen auch den Seelen im Fegefeuer zum Heil«, antworteten sie. »Ich war nicht darin«, sagte Ulenspiegel.
»Willst du mit uns essen, Pilger?«, fragte die lieblichste
der Bogenschützinnen. »Ich will mit euch essen«, sagte
er, »will dich selbst aufessen, dich und alle andern, der
Reihe nach, denn ihr seid königliche Bissen, köstlicher
zu kauen als Ammern, Drosseln und Schnepfen.« »Dann
muss Gott dich nähren«, sagten sie, »denn dies Wildbret
ist unbezahlbar.« »Wie ihr alle, meine Schätzchen«, antwortete Ulenspiegel. »Stimmt so«, sagten sie, »aber wir
sind nicht zu verkaufen.« »Und zu verschenken?«, fragte
er. »Ja, Schläge für die allzu Frechen«, sagten sie; »und
wenn's nottut, mahlen wir dich wie einen Haufen Körner.« »Dann werd' ich mich zurückziehen«, sagte er.
»Komm essen!« Er folgte ihnen in den Hof des Gasthau-
ses und war froh, heitere Gesichter um sich zu sehen.

₄ Eine aus Muschelschalen hergestellte Klapper, das Kennzeichen der
Bettelmönche und Bußpilger. (Anmerkung des Übersetzers.)

Plötzlich sah er die Brüder vom guten Weingesicht mit großer Feierlichkeit in den Hof einziehen, sie kamen mit Fahnen, Trompeten, Flöten und Schellentrommeln und führten den lustigen Namen ihrer Brüderschaft mit Würde. Als sie über Ulenspiegel erstaunten, sagten ihnen die Frauen, dass er ein armer Pilger sei, dessen sie sich unterwegs angenommen hätten, und dass sie ihn an ihrer Festlichkeit teilnehmen lassen wollten, da sie ihn, gleich ihren Gatten und Angelobten, als wackeren Trinker befunden hätten. Die Männer fanden ihre Rede gut, und einer sprach: »Pilgernder Pilger, willst du quer durch Soßen und Frikassees pilgern?« »Ich werde Siebenmeilenstiefel anziehen«, antwortete Ulenspiegel. Als er mit den andern den Festsaal betrat, ward er plötzlich zwölf Blinder ansichtig, die auf dem Weg von Paris daherkamen. Als sie an ihm vorbeigingen, klagten sie über Hunger und Durst, und Ulenspiegel sagte ihnen, dass sie an diesem Abend wie Könige speisen würden, und zwar zum Angedenken an die Totenmessen auf Kosten des Dechanten von Uccle. Er trat auf sie zu und sagte: »Hier sind neun Gulden – kommt essen. Spürt ihr den Duft vom Frikassee?« »Ach«, sagten sie, »schon eine halbe Meile, aber ohne Hoffnung.« »Ihr werdet essen«, sagte er, »denn ihr habt ja neun Gulden.« Aber er gab ihnen in Wahrheit gar nichts, und sie sagten: »Gesegnet seist du!« Von Ulenspiegel geführt, setzten sie sich rund um einen kleinen Tisch, während sich die Brüder vom guten Weingesicht mit ihren Gattinnen und Mädchen an einer großen Tafel niederließen. Im Vertrauen auf die neun Gulden sagten die Blinden ganz stolz: »Wirt, bring uns vom Besten zu essen und zu trinken!«

Der Wirt, der von neun Gulden reden gehört hatte, meinte nicht anders, als dass sie dieselben in ihren Geldkatzen hätten, und fragte sie, was sie wollten. Da sprachen alle durcheinander und riefen: »Erbsen mit Speck, ein Rindsragout, Kalbfleisch, Lamm, Huhn. – Die Würste sind für die Hunde gemacht? – Wer hat denn im Vorbeigehen die Blutwürste gewittert, ohne sie am Kragen zu fassen? – Ich würde sie sehen, ach! Wenn meine armen Augen wenigstens soviel sähen wie eine Talgkerze. – Wo sind die koekebakken mit Butter von Anderlecht ? Sie singen in der Pfanne, die saftigen, knusprigen, die die Kannen immer durstig machen. – Wer wird mir Eier mit Schinken oder Schinken mit Eiern, diese zärtlichen Brüder, des Schlundes Freunde, unter die Nase halten? Wo seid ihr, himmlische Brühen, darinnen Nieren, Hahnenkämme, Kalbsvären, Ochsenschwänze und Lammfüße sind, gewürzt mit Zwiebeln, Pfeffer, Gewürznelken und Muskatnüssen und geschmort in einer Soße von drei Kannen weißen Weins? – Wer wird euch mir zuführen, göttliche Würstchen, die ihr so gut seid, dass ihr kein Wörtlein sagt, wenn man euch verschlingt? Ihr kommt geradeswegs aus Luyleckerland, dem großen Land der braven Nichtstuer und der Lecker nimmer versiegender Soßen. Wo aber seid ihr, dürre Blätter der letzten Herbste? – Ich will eine Hammelkeule mit Bohnen. – Ich des Schweines Helmzier, nämlich seine Ohren. – Ich einen Rosenkranz von Fettammern, die Paternoster sollen Schnepfen sein und ein feister Kapaun das Kredo.«

Der Wirt antwortete mit Ruhe: »Ihr werdet eine Omelette von sechzig Eiern bekommen und, zur Führung eurer Löffel, fünfzig Schwarzwürste als Wegweiser in dieses Speisengebirge hineingesteckt, und zum Schluss Dobbel-Petermann, der den Fluss vorstellen soll.« Den armen Blinden lief das Wasser im Mund zusammen, und sie sagten: »Bring uns das Gebirge, die Pfähle und den Fluss.«

Die Brüder vom guten Weingesicht und ihre Frauen, die schon mit Ulenspiegel an der Tafel saßen, sagten, dass dieser Tag für die Blinden der Tag der unsichtbaren Schlemmerei sei und dass den armen Leuten solcherart die Hälfte des Genusses entginge. Als die Omelette, mit Petersilie und Kapuzinerkraut gleichsam bewachsen, vom Wirt und vier Köchen getragen, zu Tische kam, wollten sich die Blinden drauflosstürzen und schnalzten schon mit den Zungen, aber der Wirt leerte jedem, freilich nicht ohne Mühe, seinen Teil unversehrt auf den Teller. Die Bogenschützinnen waren gerührt, als sie die Blinden so schlingen sahen und vor Behagen stöhnen hörten, denn sie hatten gewaltigen Heißhunger und schluckten die Würste wie Austern. Wie Wasserfälle von hohen Bergen stürzen, so strömte der Dobbel-Petermann in ihre Kehlen. Als sie ihre Teller gesäubert hatten, verlangten sie weiter nach koekebakken, Ammern und neuem Frikassee. Der Wirt brachte ihnen aber nur eine große Schüssel voll Knochen von Rindern, Kälbern und Lämmern, die in einer guten Soße schwammen und die er nicht unter sie verteilte.

Als sie ihre Brotschnitten in die Soße tauchten und dabei bis an die Ellbogen hineinfuhren und nichts anders herausholten als Knochen von Kalb und Hammel, ja selbst einige Ochsenkieferknochen, da meinte jeder, dass sein Nachbar alles Fleisch genommen habe, und zornentbrannt schlugen sie sich die Knochen gegenseitig ins Gesicht. Als die Brüder vom guten Weingesicht darob zur Genüge gelacht hatten, taten sie aus Mitleid einen Teil ihrer Gerichte in die Schüssel der armen Blinden, sodass, wer von ihnen nun nach einer knöchernen Waffe tappte, die Hand auf eine Drossel legte, auf ein Huhn und ein oder zwei Lerchen, gleichzeitig bogen ihnen die Weibsleute die Köpfe hintenüber und gössen ihnen Brüsseler Wein ein, dass es nur so eine Art hatte.

Wenn die Blinden dann um sich griffen, um zu erfahren, woher diese himmlischen Bäche denn kämen, so fassten sie nichts als einen Rock und wollten ihn festhalten. Aber im Nu entzogen sich die Frauen ihnen.

Nun war ihnen recht wohl, sie lachten, tranken, aßen und sangen. Einige, die die lieblichen Frauen witterten, rannten, von der Liebe behext, wie närrisch durch den Saal, aber die bösen Mädchen führten sie irre, verbargen sich hinter einem Weingesicht und riefen: »Küsse mich!« Die Blinden gehorchten und küssten statt einer Frau das bärtige Gesicht eines Mannes, der es an Grobheiten nicht fehlen ließ.

Die Brüder vom guten Weingesicht sangen im Chor, und die lustigen Weiber lachten zärtlich, als sie ihren Frohsinn sahen.

Als aber die Stunden der Völlerei um waren, sagte der Baes: »Ihr habt reichlich gegessen und getrunken, dafür müsst ihr nun sieben Gulden bezahlen.« Jeder von ihnen schwor, dass er nicht die Börse habe, und schob seinem Nachbar die Verantwortung zu. Das führte zu einem Kampf unter ihnen, in dem sie mit den Füßen, Fäusten und Köpfen gegeneinander losschlugen, aber sie schlugen aufs Geratewohl und konnten sich nicht treffen, denn als die Brüder vom guten Weingesicht dies Spielchen sahen, trennten sie die Streitenden. So gingen die Hiebe ins Leere, von einem abgesehen, der unglücklicherweise auf das Gesicht des Baes niedersauste, der, höchst erzürnt, alle einer Durchsuchung unterzog, aber nichts anderes fand als ein altes Skapulier, [5] sieben Heller, ihre Rosenkränze und drei Hosenknöpfe. Er wollte sie in den Schweinekoben werfen und dort solange bei Wasser und Brot warten lassen, bis man für sie bezahlt haben würde, was sie schuldeten. Da sagte Ulenspiegel: »Willst du, dass ich für sie gutstehe?« »Ja«, sagte der Baes, »wenn jemand für dich gutsteht.«

Die guten Weingesichter schickten sich an, es zu tun, doch Ulenspiegel wehrte ihnen und sagte: »Der Dechant wird Bürgschaft leisten, ich gehe, ihn aufzusuchen.« Als er sich zum Dechanten begab, gedachte er der Totenmessen und berichtete ihm, wie der Baes von der »Trompete« vom Teufel besessen sei und immer von Schweinen, Blinden, Braten und Frikassees rede und in lästerlichen Ausdrücken erzähle, dass die Schweine die Blinden äßen und die Blinden die Schweine. Während dieses Zustandes habe der Baes die ganze Wohnung zerschlagen, und er, Ulenspiegel, bitte ihn, in die »Trompete« zu kommen und den armen Mann von diesem bösen Dämon zu befreien.

Der Dechant versprach ihm, zu kommen, sagte aber, dass er ihm nicht sogleich folgen könne, da er im Au-

---

⁵ Ein Stück geweihten Tuches, das als Amulett getragen wurde. (Anmerkung des Übersetzers.)

genblick die Rechnungen des Domkapitels aufstellte, bei denen er auf seinen Profit bedacht war. Als Ulenspiegel sah, dass er ungeduldig wurde, sagte er, dass er mit der Frau des Wirtes wiederkommen werde, damit der Dechant mit ihr spreche. »Kommt alle beide«, sagte er. Da kehrte Ulenspiegel zum Wirt zurück und sagte: »Ich komme vom Dechanten – er setzt sich für die Blinden zur Bürgschaft ein. Während Ihr sie bewacht, soll die Frau mit mir zu ihm kommen, er wird ihr wiederholen, was ich Euch sagte.« »Geh hin, Frau!«, sagte der Baes. Die Baisine kam mit Ulenspiegel zum Dechanten, der sich in den Berechnungen um seinen Profit nicht unterbrach. Als sie mit Ulenspiegel bei ihm eintrat, winkte er ihr ungeduldig, dass sie sich wieder zurückziehen möge, und sagte: »Beruhige dich, in ein oder zwei Tagen werde ich deinem Mann zu Hilfe kommen.«

Als Ulenspiegel zur »Trompete« zurückkehrte, sprach er zu sich: »Er wird sieben Gulden zahlen, und das soll meine erste Totenmesse sein!« Dann machte er sich auf den Weg und die Blinden desgleichen.

XXXV

Nächsten Tags fand sich Ulenspiegel auf einer Landstraße inmitten einer großen Menge von Menschen und erfuhr bald, dass es der Tag der Wallfahrt nach Alsemberg sei. Da sah er arme alte Frauen, die barfüßig rückwärts einhergingen, um die Sünden irgendwelcher großer Damen zu tilgen, wofür sie einen Gulden erhielten. Am Straßenrand feierte mehr als ein Pilger beim Klang von Rebecs, Geigen und Dudelsäcken Bratenschmäuse und Bruinbiergelage. Und der Dampf des Ragouts stieg als köstlicher Weihrauch des nahrhaften Gottesdienstes zum Himmel auf.

Aber es gab auch andere Pilger, solche von niederer Gesinnung, arme und solche, die vor Not mit den Zähnen klapperten, die, von der Kirche bezahlt, für sechs Groschen rückwärts gingen. Ein kleiner, ganz kahlköpfiger Mann mit blinkenden Augen und ungebärdigem Gehaben hüpfte hinter den andern her und leierte, wie ein Krebs nach hinten gehend, sein Vaterunser herunter. Ulenspiegel, der wissen wollte, warum er so den Krebs nachahme, näherte sich ihm solcherart, dass er vor ihm ging, und schlug lachend die gleiche Gangart ein. Die Rebecspieler, Pfeifer, Geiger und Dudelsackbläser machten, im Verein mit den Seufzern der Pilger, die Musik zu diesem Tanz. »Jan van den Duivel«, sagte Ulenspiegel, »läufst du solcherart, damit du umso sicherer stürzest?« Der Mann antwortete nicht und fuhr fort, sein Paternoster zu murmeln. »Vielleicht«, sagte Ulenspiegel, »willst du in Erfahrung bringen, wie viel Bäume an dieser Straße stehen. Aber zählst du nicht auch die Blätter?« Der Mann, der eben ein Kredo hersagte, machte Ulenspiegel ein Zeichen, dass er schweigen solle. »Vielleicht«, begann Ulenspiegel von Neuem, immer vor ihm her hüpfend und ihm nachahmend, »ist es die Folge plötzlicher Narrheit, dass du so der ganzen Welt wider den Strich läufst! Aber wer aus einem Narren eine kluge Antwort herausbekommen will, ist selbst nicht klug. Ists nicht wahr, mein Herr Kahlkopf?« Der Mann gab noch immer keine Antwort, und Ulenspiegel ließ nicht davon ab, zu hüpfen, aber er machte mit seinen Sohlen dermaßen Lärm, dass der Boden wie eine Holzkiste widerhallte.

»Vielleicht seid Ihr stumm?«, fragte Ulenspiegel. Da sagte der Mann: »Ave Maria, gratia plena et benedictus fructus ventris tui, Jesu.« »Seid Ihr vielleicht taub?«, fragte Ulenspiegel weiter, »wir werden sehen – man sagt, dass die Tauben weder Freundlichkeiten noch Beleidigungen hören. Wir wollen also sehen, ob dein Trommelfell aus Haut ist oder aus Erz. Denkst du, Laterne ohne Kerze, Karikatur eines Fußgängers, dass du einem Menschen ähnlich bist? Wenn die Menschen aus Hadern gemacht wären, dann vielleicht. Wo anders als auf dem Galgenrain sieht man solch eine gelbliche Säuferfratze, so einen kahlen Schädel? Hast du nicht schon einmal gehangen?«

Ulenspiegel tänzelte weiter, und der Mann geriet in Zorn, er lief wütend rückwärts und murmelte seine Vaterunser mit geheimem Groll. »Vielleicht verstehst du das Hochflämische nicht, ich will also in der Sprache des flachen Landes mit dir reden: Wenn du kein Fresser bist, bist du ein Säufer, wenn du kein Säufer, sondern ein Wassertrinker bist, so hat einer deiner Körperteile eine böse Verstopfung, bist du nicht hartleibig, so bist du ein Hosenscheißer, bist du kein geiler Hengst, so bist du ein Kapaun, wenn es eine Mäßigkeit gibt, so ist nicht sie es, welche die Tonne deines Bauches füllt, und wenn es unter den tausend Millionen Menschen, welche die Erde bevölkern, nur einen Hahnrei gibt, so bist du es.«

Auf das hin stürzte Ulenspiegel auf sein Gesäß und streckte die Beine in die Luft, denn der Mann hatte ihm einen solchen Faustschlag unter die Nase versetzt, dass er mehr als hundert Lichter sah. Dann warf er sich trotz der Last seines Wanstes hurtig über ihn und schlug ihn überallhin, und die Hiebe regneten wie Hagelschloßen auf Ulenspiegels mageren Körper, und sein Stock fiel zu Boden. »Lerne aus dieser Lektion«, sagte der Mann, »dass man ehrenwerte Leute, die auf ihrer Pilgerfahrt begriffen sind, nicht anzuflegeln hat. Denn, merke gut, ich gehe, altem Brauch gemäß, so nach Alsemberg, um die heilige Maria zu bitten, dass sie ein Kind verkümmern lasse, das meine Frau empfangen hat, als ich auf Reisen war. Um eines so großen Segens teilhaftig zu werden, muss man, ohne zu sprechen, vom zwanzigsten Schritt seiner Wohnung an bis zur untersten Kirchenstufe rückwärts tanzen und marschieren. Ach! Jetzt muss ich noch einmal anfangen!«

Ulenspiegel hatte seinen Stock aufgehoben und sagte: »Ich werd' dir helfen, du Tunichtgut, der du Unsere Liebe Frau missbrauchen willst, um die Kinder im Leib ihrer Mütter zu töten!« Und er schlug den bösen Hahnrei so grausam, dass er ihn nachher wie tot auf der Straße liegen ließ. Währenddessen stiegen die Seufzer der Pilger und die Klänge der Pfeifen, Geigen, Rebecs und Dudelsäcke fortwährend zum Himmel auf und, gleich ihnen, der Duft der Braten, wie reiner Weihrauch.

XXXVI

Claes, Soetkin und Nele plauderten zusammen in einer Ecke am Feuer und unterhielten sich über den pilgernden Pilger. »Mädchen«, sagte Soetkin, »könntest du ihn nicht durch die Macht deiner jugendlichen Reize für immer in unserer Nähe festhalten?« »Ach, das kann ich nicht«, sagte Nele. »Das macht«, sprach Claes, »dass er einen entgegengesetzten Trieb hat, der ihn zwingt zu laufen, ohne sich jemals auszuruhen, es sei denn, um seine Kehle zu versorgen.«

»Der hässliche Bösewicht!«, seufzte Nele. »Bösewicht«, sagte Soetkin, »das geb' ich zu, aber hässlich – nein! Wenn mein Sohn Ulenspiegel auch nicht das Gesicht eines Griechen oder Römers hat, so kann er's eben nicht besser haben, denn von Flandern sind seine munteren Füße, von dem Freimut von Brügge sein zärtliches braunes Auge, seine Nase und sein Mund aber sind von zwei Füchsen gemacht, die wohlgestaltet sind, und erfahren in der Wissenschaft von Listen.« »Wer hat ihm aber die Arme des Nichtstuers gemacht«, fragte Claes, »und die Beine, die allzu eilfertig sind, wenn's gilt, zu einem Vergnügen zu laufen?«

»Sein allzu junges Herz«, antwortete Soetkin.

XXXVII

Katheline kurierte zu dieser Zeit einen Ochsen, drei Schafe und ein Schwein, die Speelman gehörten, aber eine Kuh, die Jan Beloen gehörte, vermochte sie nicht zu heilen. Deshalb klagte er sie der Hexerei an. Er bekundete, dass sie das Tier bezaubert habe, was schon daraus hervorgehe, dass sie, während sie ihm die Mittelchen gegeben habe, es geliebkost und zu ihm gesprochen habe, ohne Zweifel in einer teuflischen Sprache, denn eine ehrsame Christin dürfe ja nicht zu einem Tiere sprechen.

Besagter Jan Beloen fügte noch hinzu, dass er Speelmans Nachbar sei, dessen Ochsen und Schafe und dessen Schwein sie kuriert habe, und wenn sie seine Kuh getötet habe, so sei das ohne Zweifel auf Speelmans Anstiftung geschehen, der auf sein, Beloens, Land eifersüchtig sei, da es besser bestellt und reicher tragend sei als das seine, nämlich Speelmans. Auf die Zeugenaussagen Jan Beloens und des Pieter Meulemeester hin, eines Mannes von rechtschaffener Lebensführung und guten Sitten, die bekundeten, dass Katheline in Damme als Hexe gelte und ohne Zweifel die Kuh getötet habe, wurde Katheline in den Kerker geworfen und verurteilt, so lange gefoltert zu werden, bis sie ihre Verbrechen und Missetaten eingestünde.

Sie wurde von einem Schöffen verhört, der immer zornig war, denn er trank den ganzen Tag Branntwein. Vor ihm und den Leuten der »Vierschar« wurde Katheline auf die erste Folterbank gebracht. Der Henker zog sie nackend aus, schor ihr am ganzen Körper die Haare ab und sah überall nach, ob sie nicht irgendein zauberisches Amulett verberge. Nachdem er nichts gefunden hatte, band er sie mit Stricken auf die Folterbank.

Da sprach sie: »Ich schäme mich, vor diesen Männern so nackt zu sein, heilige Maria, mache, dass ich sterbe!«

Der Henker legte ihr feuchte Leinwand auf Brust, Bauch und Beine, dann hob er die Bank hoch und schüttete ihr eine so große Menge heißen Wassers in den Magen, dass sie ganz aufgebläht wurde. Dann ließ er die Bank zurückfallen.

Der Schöffe fragte Katheline, ob sie ihr Verbrechen gestehen wolle. Sie verneinte durch eine Wendung des Kopfes, und der Henker goss weiter heißes Wasser in sie, aber Katheline erbrach alles. Sodann wurde sie auf Geheiß des Chirurgen losgebunden. Sie sprach kein Wort, schlug sich aber die Brust, um zu bedeuten, dass sie von dem heißen Wasser verbrüht sei. Als der Schöffe sah, dass sie sich von dieser ersten Folter erholt hatte, sagte er zu ihr: »Bekenne, dass du eine Hexe bist und einen Zauber über die Kuh geworfen hast.« »Ich bekenne nicht!«, sagte sie. »Ich liebe alle Tiere mit der Kraft meines schwachen Herzens und würde eher mir selbst ein Übel tun als ihnen, die sich nicht verteidigen können. Ich habe alle Mittel, die es gibt, angewendet, um die Kuh gesund zu machen.«

Aber der Schöffe sagte: »Du hast ihr Gift gegeben, denn die Kuh ist tot.« »Mein Herr Schöffe«, antwortete Katheline, »ich stehe hier vor Euch, in Eurer Macht, und wage dennoch, Euch zu sagen, dass ein Tier trotz Beistand des Arztes an einer Krankheit sterben kann wie ein Mensch. Und ich schwöre beim Herrn Christus, der für unsere Sünden am Kreuze verstarb, dass ich dieser Kuh nichts Schlimmes tun, sondern sie durch einfache Heilmittel gesund machen wollte.«

Da ward der Schöffe zornig und sprach: »Man bringe diesen Teufelsaffen auf eine andre Folterbank, dann wird er nicht mehr leugnen!« Und er trank ein großes Glas Branntwein.

Der Henker setzte Katheline auf den Deckel eines Sarges von Eichenholz, der auf einem Brettergerüst stand. Besagter Deckel, dem man die Form eines Daches gegeben hatte, war an seinem First scharf wie eine Degenklinge. Im Kamin brannte ein mächtiges Feuer, denn man war tief im November.

Katheline, die auf dem Deckel saß, der mit einem spitzigen Holzbolzen versehen war, wurden Schuhe aus neuem Leder angezogen, die ihr viel zu eng waren, und so wurde sie vor das Feuer geschoben. Als sie das schneidende Holz des Deckels und das Eindringen des spitzen Holzes in ihr Fleisch fühlte, und als das Feuer das Leder ihrer Schuhe erhitzte und zusammenschrumpfen ließ, da schrie sie: »Ich leide tausend Qualen! Wer gibt mir doch schwarzes Gift!«

»Nähert sie dem Feuer noch mehr!«, sagte der Schöffe. Dann fragte er Katheline: »Wie viele Male bist du auf einem Besen zum Hexensabbat geritten? Wie oft ließest du das Korn an der Ähre, die Frucht auf dem Baum, das Kind im Mutterleib verdorren? Wie viele Male machtest du zwei Brüder zu geschworenen Feinden und zwei Schwestern zu hasserfüllten Nebenbuhlerinnen?« Katheline wollte sprechen, aber sie vermochte es nicht und gestikulierte mit den Armen, um zu bedeuten, dass sie es nicht könne.

Da sagte der Schöffe: »Sie wird nicht eher sprechen, als bis sie ihr ganzes Hexenfett am Feuer schmelzen fühlt. Schiebt sie noch näher daran!« Katheline schrie, aber der Schöffe sagte: »Bitte Satan, dass er dich erlabe.« Sie machte eine Bewegung, als wollte sie die Schuhe ausziehen, die in der Gluthitze des Feuers rauchten. »Bitte Satan, dass er dich von den Schuhen befreie«, sagte der Schöffe. Da schlug's die zehnte Stunde, und das war die Stunde der Mahlzeit des Wüterichs, er ging mit dem Henker und dem Gerichtsschreiber davon und ließ Katheline allein vor dem Feuer in der Folterkammer.

Um elf kamen sie zurück und fanden Katheline starr und regungslos dasitzend vor. Der Gerichtsschreiber sagte: »Ich denke, sie ist tot.« Der Schöffe befahl dem Henker, Katheline vom Deckel zu nehmen und ihr die Schuhe von den Füßen zu ziehen. Da er das nicht konnte, schnitt er die Schuhe ab, und man sah Kathelines Füße rot und blutig. Der Schöffe, der noch an seine Mahlzeit dachte, sah sie an, ohne ein Wort laut werden zu lassen, aber bald erwachten ihre Sinne wieder, sie stürzte zur Erde und konnte sich trotz aller Anstrengungen nicht wieder erheben, dann sagte sie zum Schöffen: »Du wolltest mich einst zur Frau haben, jetzt kannst du mich nicht mehr bekommen. Vier mal drei, das ist die heilige Zahl, und der Dreizehnte ist der Angetraute.«

Als dann der Schöffe reden wollte, sagte sie: »Bleib still, er hat ein feineres Gehör als der Erzengel im Himmel, der die Herzschläge der Gerechten zählt. – Warum kommst du so spät ? Vier mal drei ist die heilige Zahl – er tötet alle, die nach mir verlangen.«

Der Schöffe sagte: »Sie empfängt den Teufel in ihrem Bett.« »Sie ist durch den Schmerz der Folter toll geworden«, sagte der Gerichtsschreiber. Katheline wurde ins Gefängnis zurückgebracht. Drei Tage später versammelte sich die Schöffenkammer in der Vierschare, und Katheline wurde nach der Beratung zur Feuerstrafe verurteilt. Sie wurde vom Henker und seinen Gehilfen auf den Großen Markt von Damme gebracht, wo ein Scheiterhaufen errichtet war, den sie besteigen musste. Der Profos, der Herold und die Richter hatten sich auf dem Platz eingefunden. Die Trompeten des Stadtherolds erklangen dreimal, dann wandte er sich zum Volk und sprach:

»Der Magistrat von Damme, erfüllt von Mitleid für die Frau Katheline, wollte nicht, dass sie die Strafe in der höchsten Strenge des Gesetzes der Stadt erleide; aber zum Zeugnis dessen, dass sie eine Hexe ist, werden ihr die Haare verbrannt werden, und sie wird als Buße zwanzig Carolusgulden in Gold zahlen und für drei Jahre aus dem Bereich von Damme verbannt sein, bei Strafe des Verlustes eines Gliedes.«

Und das Volk zollte dieser harten Gnade Beifall. Der Henker band Katheline an den Pfahl, setzte ihr eine Perücke von Werg auf den kahl geschorenen Kopf und steckte sie in Brand. Und die Perücke brannte lange, und Katheline schrie und weinte. Dann wurde sie losgebunden und, weil ihre Füße verbrannt waren, auf einem Karren aus dem Gebiet von Damme gebracht.

XXXVIII

Ulenspiegel war zu dieser Zeit ins Hertogenbosch in Brabant, wo ihn die Stadtherren zu ihrem Narren ernennen wollten, aber er verzichtete auf diese Würde mit den Worten: »Ein pilgernder Pilger kann seine Possen nicht ständig an einem Ort treiben, sondern nur in den Herbergen und auf den Straßen.«

Eben damals kam Philipp, der König von England war, um seine künftigen Erblande Flandern, Brabant, Hainaut, Holland und Zeeland zu besuchen. Er stand damals im neunundzwanzigsten Lebensjahr, in seinen gräulichen Augen schimmerte trübe Melancholie, wilde

Falschheit und grausame Entschlossenheit. Sein Antlitz war kalt, sein Kopf, von fahlen Haaren bedeckt, schwerfällig; sein magerer Körper war, ebenso wie die rauen Beine, steif und ungelenk. Seine Sprache war langsam und gedehnt, als hätte er Wolle im Mund gehabt.

Zwischen Turnieren, Spielen und Festlichkeiten besuchte er das fröhliche Herzogtum Brabant, die reiche Grafschaft Flandern und seine anderen Besitztümer. Überall schwor er, die Privilegien zu schützen, als er aber in Brüssel beim Evangelium schwor, die Goldene Bulle von Brabant zu achten, krümmte sich seine Hand so stark, dass er sie von dem heiligen Buch wegziehen musste.

Er begab sich nach Antwerpen, wo man zu seinem Empfang dreiundzwanzig Triumphbogen errichtete. Die Stadt hatte für diese Bogen, für die Kostüme von achtzehnhundertneunundsiebzig Kaufleuten, die alle mit karmesinrotem Sammet bekleidet waren, für die reichen Livreen von vierhundertsechzehn Lakaien und für die seidenen Prunkgewänder von viertausend ganz gleich gekleideten Bürgern zweihundertsiebenundachtzigtausend Gulden bezahlt. Von den Rednern aller Städte der Niederlande wurden zahlreiche Feste gegeben. Da sah man mit ihren Narren und Närrinnen den »Prinzen von Amorien« aus Tournai, der auf einer Sau ritt, die Astarte hieß, den König der Dummen aus Lille, der ein Pferd am Schwanz hielt und hinter ihm her ging, den Prinzen der Unterhaltung aus Valenciennes, der sich damit belustigte, die Fürze seines Esels zu zählen, den Abt des Genusses aus Arras, der aus einer Flasche in der Form eines Breviariums Brüsseler Wein trank – fürwahr, eine fröhliche Lektüre –, den Abt der Wohlversorgten aus Ath, der mit nichts anderem versorgt war als mit einem löchrigen Umhang und Schlapp-Pantoffeln, doch hatte er eine Leberwurst, mit der er gar trefflich für seinen Wanst sorgte, den Propst der Unbedachten, einen jungen Burschen, der auf einer verängstigten Ziege saß und, durch die Menge trottend, wegen des Tieres manch einen Rippenstoß erhielt, den Abt der Silbernen Schüssel aus Quesnoy, der, auf seinem Pferde sitzend, sich gebärdete, als säße er in einer Schüssel, und sprach: »Es gibt kein so großes Tier, dass es das Feuer nicht schmoren könnte.« Und sie spielten allerlei fromme Possen, doch der König blieb traurig und ernst.

Am selben Abend taten sich der Markgraf von Antwerpen, die Bürgermeister, Kapitäne und Dechanten zusammen, um ein Spiel ausfindig zu machen, das den König Philipp zum Lachen bringen könnte. Der Markgraf sagte: »Habet ihr nicht von einem gewissen Pierkin Jacobsen, dem Narren der Stadt 's Hertogenbosch, sprechen gehört, der wegen seiner Possen wohlberufen ist?« Sie bejahten. »Wohlan«, sagte der Markgraf, »lassen wir ihn herkommen, und er soll uns seine Sprünge machen, da unser Narr ja Blei in den Pantinen hat.« »Lassen wir ihn kommen«, sagten sie.

Als der Bote von Antwerpen nach 's Hertogenbosch kam, sagte man ihm, dass der Narr Pierkin durch die Gewalt seines Gelächters zerplatzt sei, dass aber ein andrer, durchreisender Narr in der Stadt sei, mit Namen Ulenspiegel. Der Bote fand ihn in einer Kneipe, wo er eben ein Frikassee von Muscheln aß und einem kleinen Mädchen aus den Muschelschalen einen Rock anfertigte.

Ulenspiegel war entzückt, als er erfuhr, dass der Gemeindekurier von Antwerpen seinetwegen auf einem schönen Pferd von Veurne-Ambacht, und ein zweites am Zügel führend, dahergekommen war. Ohne abzusteigen, fragte ihn der Kurier, ob er ein neues Stücklein wisse, um König Philipp zum Lachen zu bringen. »Ich habe eine ganze Schatzkammer voll davon unter meinen Haaren«, antwortete Ulenspiegel. Sie machten sich auf den Weg, und die beiden Pferde liefen mit verbundenen Zügeln und trugen Ulenspiegel und den Kurier nach Antwerpen. Ulenspiegel erschien vor dem Markgrafen, den zwei Bürgermeistern und den Stadtherren. »Was gedenkst du also zu machen?«, fragte der Markgraf. »In der Luft zu fliegen«, antwortete Ulenspiegel. »Wie wirst du das bewerkstelligen?«, fragte der Markgraf. »Wisst Ihr«, fragte Ulenspiegel wider, »was wertloser ist als eine zerplatzte Blase?« »Ich weiß es nicht«, sagte der Markgraf. »Das ist ein verratenes Geheimnis«, sagte Ulenspiegel.

Indessen bestiegen die Festherolde ihre schönen, mit karmesinrotem Sammet aufgezäumten Pferde und ritten durch alle großen Straßen, über alle Plätze und Kreuzungen der Stadt, bliesen die Hörner und schlugen die Trommeln. Dabei kündigten sie den signorkes und signorkinnes an, dass Ulenspiegel, der Narr von Damme, über dem Kai in der Luft fliegen werde und dass der König Philipp mit seiner hohen, erhabenen und hochedlen Gefolgschaft auf einer Estrade anwesend sein werde.

Der Estrade gegenüber stand ein Haus italienischer Bauart, längs dessen Dach eine Regentraufe lief, vor der sich ein Bodenfenster öffnete. Ulenspiegel ritt an diesem

Tage auf seinem Esel durch die Stadt, an seiner Seite lief ein Diener. Ulenspiegel hatte das schöne Kleid von karmesinroter Seide angelegt, das ihm die Stadtherren geschenkt hatten. Seine Kopfbedeckung war eine ebenfalls karmesinrote Kapuze, an der man zwei Eselsohren sah, deren jedes an seiner Spitze eine Schelle trug. Auch trug er ein Halsband von kupfernen Medaillen, in die das Wappen von Antwerpen reliefartig eingetrieben war. An den Ärmeln des Kleides hing jederseits am Ellbogen eine goldene Schelle. Er hatte hohe goldene Schuhe an und an der Spitze jedes Schuhes wieder eine Schelle. Sein Esel hatte eine Schabracke von karmesinroter Seide und trug an jedem Schenkel das Wappen von Antwerpen, in feinem Gold gestickt. Der Diener hielt in einer Hand einen Eselskopf, in der anderen einen Ast, an dessen Ende eine Glocke klingelte, wie weidende Kühe sie haben.

Ulenspiegel ließ seinen Diener und seinen Esel auf der Straße zurück und kroch in die Regentraufe. Dort ließ er seine Schellen klingeln und streckte die Arme weit aus, als wollte er fliegen. Dann verbeugte er sich vor König Philipp und sagte: »Ich meinte, dass es in Antwerpen außer mir keinen Narren gäbe, aber ich sehe, dass die Stadt voll davon ist. Wenn ihr mir gesagt hättet, dass ihr fliegen werdet – ich hätte es nicht geglaubt; aber wenn ein Narr daherkommt und euch sagt, er werde es tun, so glaubt ihr ihm. Wie wollt ihr, dass ich fliege, wenn ich doch keine Flügel habe?«

Die einen lachten, die andern fluchten, aber alle sprachen: »Dieser Narr sagt immerhin die Wahrheit.« Aber König Philipp blieb steif wie ein König von Stein. Und die Stadtherren sagten sehr verstimmt zueinander: »Es war überflüssig, für ein so mürrisches Gesicht so festliche Vorbereitungen zu treffen«, und sie gaben Ulenspiegel drei Gulden, der sich davonmachte, nachdem sie ihn gezwungen hatten, ihnen das Kleid von karmesinroter Seide zurückzugeben.

»Was sind drei Gulden in der Tasche eines jungen Burschen denn andres als eine Schneeflocke vor dem Feuer oder eine volle Flasche, die vor euch steht, ihr breitkehligen Trinker? Drei Gulden! Die Blätter fallen von den Bäumen und erneuern sich wieder, aber die Gulden verlassen die Tasche und kehren nie wieder dahin zurück, die Schmetterlinge fliegen mit dem Sommer fort, und die Gulden desgleichen, obwohl sie zwei Estrelins und neun Unzen wiegen.« [6]

So sprechend, sah Ulenspiegel seine drei Gulden genau an. »Welch stolze Miene«, murmelte er, »macht hier auf dem Avers der gepanzerte und behelmte Kaiser Karl, in einer Hand ein Schwert haltend, in der andern den Globus dieser armen Welt! Durch Gottes Gnade ist er römischer Kaiser, König von Spanien und so weiter, und er ist unseren Landen auch sehr gnädig, der gepanzerte Kaiser. Und hier, auf dem Revers, ein Wappen, darauf man die Waffen der Herzöge, Grafen usw. seiner unterschiedlichen Besitztümer nebst diesem schönen Spruch geprägt sieht: ›Da mihi virtutem contra hostes tuos!‹ (Gib mir Kraft gegen deine Feinde.) Er war stark, in der Tat, gegen die Reformierten, die ein Vermögen besaßen, das er einziehen lassen konnte und das er erbte. – Ach! Wenn ich Kaiser Karl wäre, ich ließe für die ganze Welt

---

⁶ Alte Gewichtsmaße, ungefähr 13 Gramm insgesamt. (Anmerkung des Übersetzers.)

Gulden machen, und jedermann wäre reich, und niemand müsste arbeiten!«

Aber Ulenspiegel hatte das schöne Geld gut ansehen, es schwand beim Klappern der Krüge und Klingen der Flaschen rasch dahin.

XXXIX

Während Ulenspiegel, in karmesinrote Seide gekleidet, in der Regentraufe gestanden hatte, hatte er Nele nicht erblickt, die in der Menge gewesen war und ihm lachend zugesehen hatte.

Sie hielt sich zu dieser Zeit in Bergerhout bei Antwerpen auf und dachte, als sie hörte, ein Narr solle vor dem König Philipp fliegen, dass der niemand andrer sein könne als ihr Freund Ulenspiegel. Als er nun träumerisch auf der Straße dahinzog, hörte er nicht das Geräusch eiliger Schritte hinter sich, wohl aber fühlte er zwei Hände, die sich flach über seine Augen legten.

Nele ahnend, sagte er: »Bist du es?« »Ja«, sagte sie, »ich laufe hinter dir her; seit du die Stadt verlassen hast. Komm mit mir.« »Aber«, sagte er, »wo ist Katheline?« »Weißt du nicht«, sagte sie, »dass sie ungerechterweise als Hexe gefoltert und dann für drei Jahre aus Damme verbannt worden ist, nachdem man ihr die Füße und die Haare am Kopf verbrannt hat? Ich sage dir das, damit du nicht Furcht vor ihr haben mögest, denn die großen Leiden haben sie irrsinnig gemacht. Oft betrachtet sie stundenlang ihre Füße und sagt: ›Hanske, mein süßer Teufel, schau, was man mit deinem Lieb gemacht hat. Und seine armen Füße gleichen zwei Wunden.‹ Dann weint sie und sagt: ›Die anderen Frauen haben einen Gatten oder einen Geliebten, ich lebe wie eine Witwe auf dieser Welt.‹

Dann sage ich ihr, dass ihr Hanske einen Hass gegen sie haben werde, wenn sie vor andern von ihm spräche als vor mir. Und sie folgt mir wie ein Kind, außer, wenn sie eine Kuh oder einen Ochsen sieht, denn dieser Tiere wegen ist sie gefoltert worden, dann entflieht sie in raschem Lauf, und nichts vermag sie aufzuhalten, weder Balken noch Bäche noch Gräben, bis sie erschöpft in einem Straßenwinkel niederstürzt oder gegen eine Sperrmauer taumelt, wo ich sie aufheben und ihr die Füße verbinden muss, die dann wieder bluten.

Ich glaube, dass man ihr mit der Perücke das Gehirn im Kopf verbrannt hat.« Und beide waren betrübt, als sie Kathelines gedachten.

Sie näherten sich ihr und sahen sie auf einer Bank an der Mauer des Hauses in der Sonne sitzen. Ulenspiegel sagte zu ihr: »Erkennst du mich?« Sie sagte: »Vier mal drei, das ist die heilige Zahl, und der Dreizehnte ist Thereb. Wer bist du, Kind dieser bösen Welt?« »Ich bin«, antwortete er, »Ulenspiegel, der Sohn von Claes und Soetkin.« Sie hob den Kopf und erkannte ihn. Dann winkte sie mit dem Finger und näherte sich seinem Ohr.

»Wenn du ihn siehst, dessen Küsse wie Schnee sind, sag ihm, er solle wiederkommen, Ulenspiegel.« Dann zeigte sie auf ihr verbranntes Haar und sagte: »Ich habe Schmerzen, man hat mir den Geist genommen, aber wenn er kommt, wird er mir den Kopf wieder füllen, der jetzt ganz leer ist. Hörst du? Sie klingt wie eine Glocke, das ist meine Seele, die ans Tor pocht, um zu entfliehen, denn sie brennt. Wenn Hanske kommt und mir den Kopf nicht füllen will, werd' ich ihm sagen, dass er mit einem Messer ein Loch hineinmachen soll, das ist die Seele, die da immer hämmert, um frei zu werden, und mich grausam martert – ich werde sterben, ja. Und ich schlafe nie mehr und harre immer seiner, aber er muss mir den Kopf wieder füllen, jawohl.«

Und kraftlos stöhnte sie.

Und wenn die Bauern von den Feldern zurückkamen, während sie die Kirchenglocke rief, sagten sie, wenn sie an Katheline vorbeikamen: »Da ist die Irre«, und bekreuzigten sich.

Und Nele und Ulenspiegel weinten, und Ulenspiegel musste seine Wallfahrt fortsetzen.

XL

Kurz darauf trat unser Pilger in den Dienst eines gewissen Josse, der den Beinamen Kwaebakker, Bäcker Griesgram, führte, weil er ein mürrisches Gesicht zeigte. Der Kwaebakker gab ihm als Kost für die Woche drei altbackene Brote und als Wohnung eine Kammer unterm Dach, in die es auf beste Art hineinregnete und -stürmte. Da Ulenspiegel sich so schlecht behandelt sah, spielte er ihm manchen Streich, unter anderen auch den: Wenn man zeitig am Morgen bäckt, muss das Mehl in der Nacht vorher gebeutelt werden. In einer Mondscheinnacht erbat sich Ulenspiegel eine Kerze, um sehen zu können, erhielt aber von seinem Meister folgende Antwort: »Beutle das Mehl im Mondlicht!«

Ulenspiegel gehorchte und beutelte das Mehl dort auf die Erde, wo sie vom Mond beschienen wurde. Als der Kwaebakker am Morgen kam, um nach Ulenspiegels Arbeit zu sehen, fand er ihn noch immer beutelnd und sagte zu ihm: »Kostet denn das Mehl nichts mehr, dass man es heute auf die Erde beutelt?« »Ich habe das Mehl im Mondlicht gebeutelt, wie Ihr mir befohlen habt«, antwortete Ulenspiegel. Da sagte der Bäcker: »Kapitalesel! In ein Sieb hättest du es beuteln müssen.« »Ich habe geglaubt, dass der Mond ein Sieb neuer Erfindung sei«, erwiderte Ulenspiegel, »aber der Verlust wird nicht groß sein, ich will das Mehl zusammenscharren.« »Es ist schon zu spät«, sagte der Kwaebakker, »um den Teig zuzubereiten und zu backen.«

Ulenspiegel fuhr fort: »Herr, der Teig des Nachbarn liegt fertig in der Mühle – soll ich mich seiner bemächtigen?« »Geh zum Galgen«, sagte der Kwaebakker, »und hole, was du dort findest.« »Ich gehe hin, Herr«, antwortete Ulenspiegel. Er lief aufs Galgenfeld und fand dort die vertrocknete Hand eines Diebes, die brachte er dem Kwaebakker und sagte: »Hier ist eine Ruhmeshand, die alle jene unsichtbar macht, die sie tragen. Willst du fürder deinen schlechten Charakter verbergen?« »Ich werde dich bei der Gemeinde anzeigen«, sagte da der Kwaebakker, »und du wirst sehen, dass du dich gegen das Recht des Brotherrn vergangen hast.«

Als sie beide vor dem Bürgermeister standen und der Kwaebakker eben den Rosenkranz der Missetaten Ulenspiegels ableiern wollte, sah er, dass dieser die Augen groß aufgerissen hatte. Darob geriet er dermaßen in Zorn, dass er seine Aussage unterbrach und zu ihm sagte: »Was ist denn los?« Ulenspiegel antwortete: »Du hast mir gesagt, dass du mich solcherart verklagen würdest, dass ich es sehen sollte. Ich suche zu sehen, und darum schau ich.« »Geh mir aus den Augen!«, rief der Bäcker. »Wenn ich in deinen Augen wäre, könnte ich, wenn du sie geschlossen hast, nicht anders herausgehen als durch deine Nasenlöcher.«

Der Bürgermeister wollte sie nicht mehr weiter anhören, da er sah, dass an diesem Tag Hans Wursts Jahrmarkt war. Ulenspiegel und der Kwaebakker gingen zusammen fort, und der Kwaebakker erhob seinen Stock gegen ihn, Ulenspiegel wich ihm aus und sagte: »Meister, da man das Mehl mit Schlägen beutelt, so nimm die Kleie für dich, das ist deine Zornmütigkeit, ich bewahr' mir die Blume, das ist meine Fröhlichkeit.« Dann zeigte er ihm sein hinteres Antlitz und fügte hinzu: »Und das hier ist das Backofenrohr, wenn du backen willst.«

XLI

Der pilgernde Ulenspiegel wäre gerne an den langen Straßen zum Dieb geworden, aber er fand, dass die Steine zum Forttragen zu schwer seien.

Er wanderte aufs Geratewohl über die Straße, die nach Audenaerde führt, wo er eine Garnison flämischer Reiter vorfand, deren Aufgabe es war, die Stadt gegen die französischen Banden zu verteidigen, die gleich Heuschrecken das Land verwüsteten. Der Anführer der Reiter war ein gewisser Kornjuin, ein Friese von Geburt. Auch diese Leute ritten ins flache Land und plünderten das Volk, das solcherart wie gewöhnlich von zwei Seiten geschröpft wurde. Sie hießen alles gut: Hühner, Küken,

Enten, Tauben, Kälber und Schweine. Als sie eines Tages mit Beute beladen heimkehrten, bemerkte Kornjuin, von seinen Leutnants begleitet, Ulenspiegel, der am Fuß eines Baumes schlief und von Frikassees träumte.

»Wovon lebst du?«, fragte Kornjuin. »Ich sterbe Hungers«, antwortete Ulenspiegel. »Was ist dein Beruf?« »Meiner Sünden wegen pilgern, die andern arbeiten sehen, auf dem Seil tanzen, schöne Gesichter porträtieren, Messerschäfte schnitzen, Rommelpott spielen und Trompete blasen.« Wenn Ulenspiegel so kühn von der Trompete sprach, so geschah das deshalb, weil er erfahren hatte, dass die Stelle des Schlosswächters von Audenaerde durch den Tod eines alten Mannes frei geworden war, der dies Amt versehen hatte. Kornjuin sagte: »Du wirst Stadttrompeter.« Ulenspiegel folgte ihm und wurde auf dem höchsten Turm des Walles in eine kleine Behausung gebracht, in die die vier Winde trefflich hineinblasen konnten, den Südwind ausgenommen, der dort flügellahm war. Er wurde beauftragt, in die Trompete zu blasen, wenn er die Feinde kommen sähe, damit er aber immer freien Kopf und klare Augen hatte, gab man ihm nicht zu viel zu essen und zu trinken.

Der Kapitän und seine Soldaten wohnten im Turm und feierten dort den ganzen Tag ihre Feste auf Kosten des Flachlandes. Mehr als ein Kapaun wurde getötet und verzehrt, der nichts anderes verbrochen hatte, als dass er fett war. Ulenspiegel, der immer vergessen wurde und sich mit seiner mageren Suppe bescheiden musste, war der Duft der Soßen nicht erfreulich.

Die Franzosen kamen und stahlen viel Vieh, aber Ulenspiegel blies die Trompete nicht. Kornjuin stieg zu ihm

hinauf und fragte: »Warum hast du nicht geblasen?«
Und Ulenspiegel sagte: »Ich weiß Euch keinen Dank für
Eure Schmauserei.«

Am nächsten Tage ordnete der Kapitän ein großes Fest
für sich und seine Soldaten an, aber Ulenspiegel wurde
wieder vergessen. Als sie eben zu fressen begannen,
blies Ulenspiegel in die Trompete. Kornjuin und seine
Soldaten glaubten, dass die Franzosen kämen, ließen die
Weine und Braten im Stich, bestiegen ihre Pferde und
verließen hastig die Stadt, aber sie fanden nichts im Felde als einen in der Sonne käuenden Ochsen, den sie
wegführten. Indessen hatte Ulenspiegel sich an Wein
und Braten gütlich getan. Als der Kapitän zurückkam
und ihn lachend mit schwankenden Beinen sich an der
Tür des Festsaales aufrecht halten sah, sagte er: »Das
heißt, Verrätergeschäfte treiben, wenn du Alarm bläst,
wo kein Feind zu sehen ist, und nicht bläst, wenn du ihn
siehst.« »Herr Kapitän«, antwortete Ulenspiegel, »ich bin
in meinem Turm von den vier Winden so aufgebläht
worden, dass ich wie eine Blase auf und davon geflogen
wäre, wenn ich nicht die Trompete geblasen hätte, um
mich zu entlasten. Lasset mich jetzt henken oder ein an-
dermal, wann Ihr für Eure Trommeln einer Eselshaut
bedürft.« Kornjuin ging fort, ohne ein Wort zu sagen.
Dieweil traf in Audenaerde die Kunde ein, dass der
gnädige Kaiser Karl mit großem Gefolge in die Stadt
einziehen werde. Aus diesem Anlass gaben die Schöffen
Ulenspiegel ein paar Brillengläser, damit er Seine heilige
Majestät besser kommen sehe. Ulenspiegel sollte drei
Trompetenstöße tun, wenn er den Kaiser in Luppeghem
einziehen sähe, welches eine Viertelmeile von der Borg-

poort entfernt ist. Solchermaßen könnten die Leute in der Stadt zu rechter Zeit die Glocken läuten, die Böller laden, die Braten in den Ofen schieben und die Fässer anschlagen.

Eines Tages – der Wind wehte von Brabant her, und der Himmel war klar – sah Ulenspiegel auf der Straße von Luppeghem einen großen Trupp von Reitern, die auf stolzen Pferden saßen, und auf deren Hüten die Federn im Winde wehten. Einige trugen Banner. Der an der Spitze ritt, trug eine Mütze von goldenem Tuch mit großen Federn. Er war in braunen Sammet gekleidet, der mit gewirkter Seide gesäumt war.

Ulenspiegel nahm seine Brille und sah, dass es Kaiser Karl der Fünfte war, der da kam, um den Leuten von Audenaerde zu erlauben, dass sie ihn mit ihren köstlichsten Weinen und besten Braten bewirteten. Der ganze Trupp bewegte sich langsam vorwärts und sog die Luft ein, die Appetit macht, aber Ulenspiegel überlegte, dass sie fette Kost gewohnt seien und wohl einen Tag fasten könnten, ohne deshalb zu sterben. So sah er sie also kommen und blies nicht in die Trompete.

Sie näherten sich lachend und plaudernd, während Seine heilige Majestät ihren Bauch besah, um festzustellen, ob sie genug Platz für das Festmahl von Audenaerde darin habe. Er schien überrascht und unzufrieden, weil keine Glocke läutete, sein Kommen anzuzeigen.

In diesem Augenblick kam ein Bauer in vollem Laufe in die Stadt und meldete, dass er auf der Straße eine französische Bande reiten gesehen habe, die auf die Stadt zukäme, um alles aufzufressen und zu plündern.

Daraufhin schloss der Torwart das Tor und schickte einen Gemeindediener zu den anderen Torwarten der Stadt. Die Reiter aber saßen ahnungslos bei ihrer festlichen Tafel.

Seine Majestät kam immer näher und war erzürnt, die Glocken nicht läuten, die Kanonen nicht donnern und die Arkebusen nicht knattern zu hören. Vergeblich spitzte er die Ohren, sie hörten nichts als das Glockenspiel, das jede halbe Stunde läutete. Er kam ans Tor und fand es geschlossen, da klopfte er mit der Faust, dass man es öffne. Und die Edelleute des Gefolges, erzürnt wie Seine Majestät, murmelten zornige Worte.

Der Torwächter, der auf die Höhe des Walles geklettert war, rief ihnen zu, dass er sie mit der Kartätsche begießen werde, um ihre Ungeduld zu stillen, wenn sie nicht aufhören wollten, solchen Lärm zu machen. Aber Seine Majestät schrie wutentbrannt: »Blindes Schwein, erkennst du deinen Kaiser nicht?« Und der Torwart erwiderte, dass nicht immer die zum wenigsten Schweine seien, die am meisten Gold an den Kleidern trügen, und dass er wohl wisse, wie die Franzosen von Natur aus gute Possenreißer seien, und dass der Kaiser Karl, der gegenwärtig in Italien Krieg führe, sich nicht vor den Toren von Audenaerde befinden könne.

Unten schrie Karl mit seinen Edelleuten weiter, und sie sagten: »Wenn du nicht öffnest, lassen wir dich auf einer Lanzenspitze braten, und zuvor musst du noch deine Schlüssel fressen.« Auf den Lärm, den sie machten, kam ein alter Soldat aus dem Arsenal heraus, steckte die Nase über die Mauer und sagte: »Torwart, du täuschest dich, das ist unser Kaiser; ich erkenne ihn wohl, obgleich er gealtert ist, seit er Maria van der Gheynst von hier auf das Schloss Lallaing entführt hat.« Der Wächter erstarrte und fiel vor Angst wie tot zu Boden, der Soldat nahm die Schlüssel und ging, das Tor zu öffnen.

Der Kaiser fragte, warum man ihn so lange habe warten lassen. Der Soldat berichtete, und Seine Majestät befahl, das Tor wieder zu schließen, und ließ die Reiter Kornjuins holen, die er vor sich her traben, ihre Trommeln schlagen und auf ihren Pfeifen spielen ließ. Bald erwachten die Glocken, eine nach der andern, um nach Kräften zu läuten. So traf Seine Majestät mit kaiserlichem Getöse auf dem Großen Markt ein.

Die Bürgermeister und Schöffen hielten eben Versammlung, da kam der Schöffe Guigelaer lärmend in den Ratssaal und rief: »Keyser Karel is alhier!« Ob der Neuigkeit, die sie da erfuhren, gewaltig erschrocken, verließen die Bürgermeister, Schöffen und Ratsherren das Stadthaus und eilten allesamt, den Kaiser zu begrüßen, während ihre Diener durch die ganze Stadt liefen, um zu veranlassen, dass die Böller geladen, die Hühner ans Feuer gebracht und die Fässer angeschlagen würden. Männer, Frauen und Kinder kamen von allen Seiten gelaufen und riefen: »Keyser Karel is op't groot marckt!«

Bald war eine große Menschenmenge am Platz versammelt. Der Kaiser fragte die beiden Bürgermeister in hellem Zorn, ob sie nicht verdienten, gehenkt zu werden, weil sie es so an Respekt vor ihrem Herrscher hatten fehlen lassen. Die Bürgermeister antworteten, dass sie das in der Tat verdienten, dass aber Ulenspiegel, der Trompeter vom Turm, das noch viel mehr verdiene, man habe ihn, als laut geworden war, dass Seine Majestät kommen wolle, auf den Turm gesetzt, mit einem Paar trefflicher Bandbrillen versehen und ihm den ausdrücklichen Befehl gegeben, dreimal in die Trompete zu stoßen, wenn er den kaiserlichen Zug kommen sehen würde. Aber er habe es nicht getan.

Der Kaiser wütete fort und verlangte, dass man Ulenspiegel kommen lasse. »Warum hast du«, sagte er, »trotz deiner guten Brillen bei meinem Kommen nicht in die Trompete geblasen?« Während er dies sprach, legte er die Hand über die Augen, weil ihn die Sonne blendete, und sah Ulenspiegel an.

Dieser legte seine Hand ebenfalls über die Augen und antwortete, dass er sich nicht mehr der Brille bedienen wolle, weil er gesehen habe, dass Seine heilige Majestät durch die Finger sähe. Der Kaiser sagte ihm, dass er gehenkt würde, der Torwart der Stadt meinte, dass das wohlgetan wäre, und die Bürgermeister waren über dieses Urteil so erschreckt, dass sie kein Wort erwiderten, weder um zuzustimmen, noch um zu widersprechen.

Man ließ den Henker und seine Häscher rufen. Sie kamen und brachten eine Leiter und einen neuen Strick, den sie Ulenspiegel um den Hals legten, der vor den hundert Reitern Kornjuins einherging, sich ganz ruhig verhielt und seine Gebete sprach. Aber die Reiter höhnten bitter hinter ihm her.

Das Volk, das sich anschloss, sprach: »Es ist eine sehr große Grausamkeit, einen armen jungen Burschen wegen eines so geringen Vergehens in den Tod zu befördern!« Und die Weber hatten sich in großer Zahl bewaffnet eingefunden und sprachen: »Wir lassen es nicht zu, dass Ulenspiegel gehenkt wird, das widerspricht dem Gesetz von Audenaerde.« Als man aufs Galgenfeld kam, wurde Ulenspiegel auf der Leiter in die Höhe gezogen, und der Henker legte ihm den Strick um den Hals. Die Weber umstanden den Galgen. Der Profos war hoch zu Rosse da und stützte den Stab der Gerechtigkeit auf die Schulter seines Pferdes, auf Befehl des Kaisers sollte er mit diesem Stab das Zeichen zur Hinrichtung geben. Das Volk rief einstimmig: »Gnade! Gnade für Ulenspiegel!« Ulenspiegel rief auf seiner Leiter: »Barmherzigkeit! Gnädiger Kaiser!« Der Kaiser hob die Hand und sprach: »Wenn der Tunichtgut etwas von mir verlangt, was ich ihm nicht gewähren kann, so bleibe sein Leben erhalten!« »Sprich, Ulenspiegel«, rief das Volk. Die Frauen weinten und riefen: »Er kann so etwas nicht verlangen, der kleine Mann, denn der Kaiser weiß alles.« Und wieder riefen alle: »Sprich, Ulenspiegel!«

»Heilige Majestät«, begann Ulenspiegel, »ich werde weder Geld noch Land noch mein Leben von Euch verlangen, aber wenn ich das einzige, was ich zu sagen wage, verlangen werde, möget Ihr mich weder peitschen noch rädern lassen, ehe ich ins Land der Seelen eingehe.« »Das verspreche ich dir«, sagte der Kaiser. »Majestät«, sagte Ulenspiegel, »ich verlange, dass Ihr mir, ehe ich gehenkt werde, den Mund küsset, mit dem ich nicht flämisch spreche.« Der Kaiser und das ganze Volk lachten, und er erwiderte: »Ich kann nicht tun, was du verlangst, und man wird dich nicht henken, Ulenspiegel. Aber ich verurteile die Bürgermeister und Schöffen, sechs Monate lang am Hinterkopf Brillen zu tragen, damit die Audenaerder, wenn sie schon nicht von vorne sehen können, doch wenigstens von hinten sehen.«

Diese Brillen finden sich, einem kaiserlichen Dekret zufolge, noch heutigestags im Wappen der Stadt. Und Ulenspiegel drückte sich mit einem kleinen Sack voll Geld, den ihm die Frauen gegeben hatten.

XLII

Ulenspiegel kam nach Lüttich und ging auf dem Fischmarkt hinter einem dicken Jungen her, der ein Netz voll verschiedenartigstem Geflügel unterm Arm hielt und eben dabei war, ein andres mit Stockfischen, Forellen, Aalen und Hechten anzufüllen. Ulenspiegel erkannte in ihm Lamme Goedzak. »Was tust du hier, Lamme?«, fragte er. »Du weißt«, antwortete er, »wie gern gesehen die Flandern in diesem lieblichen Landstrich von Lüttich sind, hier lebe ich meiner Liebe. Und du?« »Ich suche einen Herrn, um ihm für Brot zu dienen«, antwortete Ulenspiegel. »Das ist eine sehr trockene Kost«, meinte Lamme, »und es wäre besser, wenn du zwischen Schüssel und Mund einen Rosenkranz von Ammern mit einer Drossel als Kredo abbetetest.« »Bist du reich?«, fragte Ulenspiegel. Lamme Goedzak erwiderte: »Ich habe meinen Vater verloren, desgleichen meine Mutter und meine Schwester, die mich so kräftig schlug, ich habe ihr Vermögen geerbt und lebe mit einer einäugigen Dienstmagd, einer Gelehrten im Zubereiten von Frikassees.« »Willst du, dass ich dir deine Fische und Hühner trage?«, fragte Ulenspiegel, und Lamme sagte: »Ja.«

Und so schlenderten sie zu zweit vom Markt hinweg. Plötzlich sagte Lamme: »Weißt du, warum du ein Narr bist?« »Nein«, erwiderte Ulenspiegel. »Weil du Fisch und Huhn mit der Hand trägst, statt sie im Magen zu tragen.« »Das sagst du so, Lamme«, antwortete Ulenspiegel, »aber, seit ich kein Brot mehr habe, wollen mich die Fettammern nicht mehr ansehen.« »Du wirst sie essen, Ulenspiegel«, sagte Lamme, »und wirst mir dienen, wenn meine Köchin dich mag.«

Während sie so dahingingen, zeigte Lamme dem Ulenspiegel ein schönes liebliches Mädchen, das, in Seide gekleidet, über den Markt trippelte und ihn mit ihren sanften Augen ansah. Ein alter Mann, ihr Vater, ging hinter ihr, mit zwei Netzen beladen, deren eines Fische enthielt und das andere Wildbret. »Diese will ich zu meiner Frau machen«, sagte Lamme, während er auf sie deutete. »Ja«, sagte Ulenspiegel, »ich kenne sie, sie ist eine Flämin aus Zotteghem und wohnt in der Rue Vinave-d'Isle, die Nachbarn sagen, dass ihre Mutter für sie die Straße vor dem Haus säubert und dass ihr Vater ihre Hemden plättet.« Lamme gab aber keine Antwort und sprach ganz selig: »Sie hat mich angesehen!«

Sie kamen beide zu Lammes Haus am Pont-des-Arches und klopften an die Tür, eine einäugige Dienstmagd kam, ihnen zu öffnen. Ulenspiegel sah, dass sie alt, hager, flachbrüstig und mürrisch war. »Sanginne«, sagte Lamme zu ihr, »willst du den als Helfer bei deiner Arbeit?« »Ich will ihn probeweise aufnehmen«, sagte sie. »Nimm ihn auf«, sagte er, »und lass ihn die Köstlichkeiten deiner Küche versuchen.« Die Sanginne stellte also drei Schwarzwürste, eine Kanne Kräuterbier und eine große Schnitte Brot auf den Tisch. Während Ulenspiegel aß, ergötzte sich auch Lamme an einer Wurst. »Weißt du, wo unsere Seele geborgen ist?«, fragte er. »Nein, Lamme«, sagte Ulenspiegel. »In unsrem Magen«, erwiderte Lamme, »um ihn ohne Unterlass zu erweitern und immerwährend die Kraft des Lebens in unserem Körper zu erneuern. Und welches sind die besten Kameraden? Das sind die köstlichen und feinen Speisen und der Wein von der Maas, mit dem wir sie begießen.« »Ja«, sagte Ulenspiegel, »die Würste sind eine angenehme Gesellschaft für einsame Seelen.« »Er will noch mehr, gib ihm, Sanginne«, sagte Lamme.

Diesmal bekam Ulenspiegel von Sanginne Weißwürste vorgesetzt. Während er sie hinunterschlang, geriet Lamme in tiefes Sinnen und sprach: »Wenn ich sterbe, wird mein Bauch mit mir sterben, und nachher, im Fegefeuer, wird man mich fasten und mit meinem schlaffen und hohlen Wanst einhergehen lassen.« »Die Schwarzwürste scheinen mir besser zu sein«, sagte Ulenspiegel. »Du hast sechs Würste gegessen«, meinte die Sanginne, »und bekommst nichts mehr.« »Nun weißt du, dass du hier gut behandelt werden und zu essen bekommen wirst wie ich selbst.« »Diese Rede gefällt mir«, sagte Ulenspiegel und war glücklich, als er sah, dass er zu essen bekam, wie Lamme. Die verzehrten Würste verliehen ihm so großen Mut, dass er an diesem Tage alle Kessel, Pfannen und Näpfe wie die Sonne glänzen machte. Er lebte gut in diesem Hause, tat sich gerne in Küche und Keller um und überließ den Dachboden den Katzen.

Eines Tages wollte die Sanginne zwei Hühner braten und sagte Ulenspiegel, er solle den Spieß drehen, während sie auf den Markt gehen und die köstlichen Kräuter zur Zubereitung holen wollte. Als die zwei Hühner gebraten waren, aß Ulenspiegel eines davon. Als die Sanginne zurückkehrte, sagte sie: »Es waren zwei Hühner da, und ich sehe nur noch eines.« »Öffne auch dein zweites Auge, und du wirst sie beide sehen«, antwortete Ulenspiegel. Ganz erzürnt ging sie zu Lamme Goedzak, um ihm zu erzählen, was geschehen war, er kam in die Küche hinab und sprach zu Ulenspiegel: »Warum machst du dich über meine Dienstmagd lustig? Es waren zwei Hühner da.« »In der Tat, Lamme«, sagte Ulenspiegel, »als ich aber hier eintrat, sagtest du zu mir, dass ich trinken und essen würde wie du. Es waren zwei Hühner da: Ich habe das eine gegessen, das andre wirst du essen, mein Genuss ist vorbei, der deine steht dir noch bevor – bist du da nicht glücklicher als ich?« »Ja«, sagte Lamme lachend, »tu aber fein das, was dir Sanginne befiehlt, und du wirst nur halb soviel zu tun haben.« »Ich werde darauf achten«, sagte Ulenspiegel.

Und wirklich, jedes Mal, wenn die Sanginne ihm befahl, irgendetwas zu tun, tat er nur die Hälfte davon. Wenn sie ihm sagte, er solle zwei Eimer Wasser schöpfen, brachte er nur einen, wenn sie ihm sagte, er solle einen Krug am Fass mit Kräuterbier füllen, goss er unterwegs die Hälfte in seine Kehle und brachte nur den Rest. Endlich war die Sanginne dieses Gehabens müde und sagte zu Lamme, dass sie unverzüglich fortginge, wenn dieser Taugenichts noch länger im Hause bliebe. Lamme kam zu Ulenspiegel herunter und sagte zu ihm: »Du musst gehen, mein Sohn, obgleich du in diesem Hause ein volles Gesicht bekommen hast. Höre den Hahn krähen, es ist zwei Uhr nachmittags, und da ist das ein Vorzeichen des Regens. Ich wollte dich in der bösen Zeit, die kommen wird, nicht auf die Wanderschaft schicken, aber bedenke, mein Sohn, dass die Sanginne mit ihren Frikassees die Hüterin meines Lebens ist, ich kann, ohne den baldigen Tod zu riskieren, nicht zugeben, dass sie mich verlässt. Geh also, mein Junge, unter Gottes Schutz und nimm zum Labsal auf deiner Wanderung diese drei Gulden und diesen Rosenkranz von Zervelatwürsten.«

Verdutzt machte sich Ulenspiegel auf den Weg und gedachte trauernd Lammes und seiner Köchin.

XLIII

Der November war ins Land gezogen und auch nach Damme, aber der Winter zögerte zu kommen. Weder Schnee noch Regen noch Frost, die Sonne leuchtete vom Morgen bis zum Abend und ward nicht bleicher. Die Kinder wälzten sich im Staub der Straßen und Wege, in der Feierstunde, nach dem Abendessen, traten die Kaufleute, Gastwirte, Goldschmiede, Kärrner und Handwerker auf die Schwelle ihrer Türen, sahen nach dem immer blauen Himmel, nach den Bäumen, die ihre Blätter nicht fallen ließen, nach den Störchen, die auf den Dachfirsten verweilten, und nach den Schwalben, die noch nicht fortgezogen waren. Die Rosen hatten dreimal geblüht und trugen zum vierten Mal Knospen, die Nächte waren lind, und die Nachtigallen hatten nicht aufgehört zu singen.

Die Leute von Damme sagten: »Der Winter ist tot! Lasst uns den Winter verbrennen.« Und sie fertigten einen riesenhaften Puppenmann an, gaben ihm ein Bärenmaul, einen langen Bart aus Hobelspänen und eine dichte Perücke aus Flachs. Dann kleideten sie ihn in weiße Gewänder und verbrannten ihn mit großem Pomp.

Claes war trüben Sinnes und segnete weder den ewig blauen Himmel noch die Schwalben, die nicht ziehen wollten. Denn niemand in Damme brannte Kohlen, außer in der Küche, und jeder hatte genug Vorrat, um nicht bei Claes kaufen zu müssen, der all seine Ersparnisse ausgegeben hatte, um seinen Unterhalt zu bezahlen. Wenn er dann, auf der Schwelle seiner Tür stehend, seine Nasenspitze bei irgendeinem schärferen Windstoß erfrischt fühlte, sagte er: »Ah, das ist mein Brot, was mir da zugeweht kommt!« Aber der schärfere Wind hielt nicht an, und der Himmel blieb immer blau, und die Blätter wollten nicht fallen. Und Claes weigerte sich, dem geizigen Grypstniver, dem Meister der Fischhändlergilde, seinen Wintervorrat um den halben Preis zu verkaufen.

Aber bald fehlte es in der Hütte an Brot.

XLIV

König Philipp aber litt nicht Hunger, sondern aß Kuchen bei seiner Frau, Maria der Hässlichen, aus der königlichen Familie der Tudors. Er empfand keine Liebe für sie, hoffte aber der englischen Nation einen spanischen Monarchen schenken zu können, indem er diese armselige Frau befruchtete. Aber diese Vereinigung eines Steines mit einem Feuerbrand blieb fruchtlos. Immerhin vereinigten sie sich hinreichend, um etliche Hunderte armer Reformierter ertränken und verbrennen zu lassen.

Wenn Philipp nicht außerhalb Londons war und auch nicht verkleidet ausging, um sich an einem üblen Orte auszutoben, führte die Stunde des Schlafengehens die beiden Gatten zusammen. Dann lehnte sich die Königin Maria, in Leinen von Tournay und Spitzen von Irland gekleidet, ans Ehebett, während Philipp, steif wie ein Pfahl, vor ihr stand und nach irgendeinem Anzeichen der Mutterschaft an seiner Frau suchte, aber er konnte nichts dergleichen sehen, war zornig, sagte kein Wort und besah seine Fingernägel.

Dann sprach dies unfruchtbare Missgeschöpf zärtliche Worte und bat mit den Augen, die sie lieblich scheinen lassen wollte, den eisigen Philipp um Liebe. Tränen, Schreien, Flehen, nichts sparte sie, um eine laue Liebkosung von dem zu erhalten, der sie nicht liebte. Vergeblich faltete sie die Hände und warf sich ihm zu Füßen, vergeblich lachte und weinte sie zu gleicher Zeit wie eine Irre, um ihn zu rühren, weder Lachen noch Tränen rührten den Stein seines harten Herzens. Umsonst schlang sie ihre dürren Arme um ihn und schmiegte sich an seine flache Brust, das enge Verlies, darin die verkrüppelte Seele des Blutkönigs wohnte. Er rührte sich nicht von der Stelle, gleich einem Grenzstein.

Sie bemühte sich, die arme Hässliche, sich liebenswert zu machen, sie nannte ihn mit allen zärtlichen Namen, wie sie nach Liebe dürstende Frauen dem Geliebten ihrer Wahl verleihen, Philipp besah seine Fingernägel. Ab und zu sagte er dann: »Wirst du keine Kinder haben?« Daraufhin fiel Marias Kopf vornüber auf ihre Brust. »Ist es denn meine Schuld«, sagte sie, »dass ich unfruchtbar bin? Hab Erbarmen mit mir, ich lebe ja wie eine Witwe!«

»Warum hast du keine Kinder?«, fragte Philipp. Und die Königin stürzte auf den Teppich nieder, als hätte der Tod sie hingemäht. Ihre Augen waren voll Tränen, und hätte sie Blut weinen können, sie hätte es getan, die arme Missratene.

So rächte Gott die Opfer, die Englands Boden bedeckten, an ihren Henkern.

XLV

Im Volke munkelte man, dass Kaiser Karl sich mit der Absicht trage, den Mönchen das freie Erbrecht auf das Vermögen derer zu nehmen, die in ihrem Konvent stürben, was dem Papst höchlich missfiel.

Ulenspiegel, der an den Ufern der Maas weilte, dachte bei sich, dass der Kaiser solcherart immer seinen Vorteil fände, denn wenn die Familie des Verstorbenen auch nicht erbte – er erbte doch.

Er ließ sich am Flussufer nieder und warf seine gut geköderte Angel aus. An einem Stück alten Brotes knabbernd, bedauerte er gar sehr, keinen Wein aus der Romagne zu haben, um es besprengen zu können, besann sich aber darauf, dass einem nicht alle Wünsche in Erfüllung gehen könnten. Indessen warf er Brotkrumen ins Wasser und sagte sich, dass der nicht zu essen verdiene, der sein Mahl nicht mit dem Nächsten teile.

Den Bissen witternd, tauchte ein Weißfischchen auf, stieß mit seinen Lippen daran und öffnete seinen unschuldigen Schlund, ohne Zweifel in der Meinung, dass das Brot von selbst hineinfallen werde. Während es so in die Luft guckte, wurde es plötzlich von einem tücki-

schen Hechte verschlungen, der wie ein Pfeil drauf zugeschossen kam. Der Hecht ließ einem Karpfen dasselbe
Schicksal zuteilwerden, der, ohne Gefahr zu besorgen,
Fliegen schnappte. So vollgefressen, hielt er sich unbeweglich im Wasser und achtete des kleinen Fischgesindels nicht, das sich übrigens mit der ganzen Kraft seiner
Flossen von ihm entfernte. Während er sich so siegesgewiss ausruhte, kam ein junger Hecht mit gefräßig aufgerissenem Maul auf ihn zugeschossen. Da entspann
sich ein wütender Kampf zwischen den beiden, der mit
gewaltigen Bissen geführt wurde, und das Wasser rötete
sich von dem Blut der zwei Streiter.

Der vollgefressene Hecht verteidigte sich nur schlecht
gegen den mit dem leeren Magen; dieser zog sich zurück, nahm all seine Gewalt zusammen und schnellte
sich dann wie ein Ball auf seinen Gegner, der ihn mit
aufgesperrtem Rachen erwartete und nun bis weit über
die Hälfte des Kopfes verschlang; als er sich aber von
ihm befreien wollte, konnte er es nicht wegen der rückwärts gebogenen Zähne, und so zappelten sie beide gar
kläglich.

So ineinander verbissen, sahen sie einen kräftigen Angelhaken nicht, der, an einer Seidenschnur hängend, sich
vom Grund des Wassers erhob, sich in die Bauchflosse
des vollgefressenen Hechtes bohrte, ihn samt seinem
Gegner aus dem Wasser zog und rücksichtslos auf den
Rasen warf.

Als Ulenspiegel ihnen die Köpfe abschlug, sprach er:
»Meine lieben Hechte, seid ihr nicht der Papst und der
Kaiser, die sich gegenseitig auffressen, und bin ich nicht

das Volk, das euch am Tage des Jüngsten Gerichts mit seinem Haken mitten in eurem Raufen abfängt?«

XLVI

Indessen hatte Katheline Borgerhout nicht verlassen und fuhr fort, die Nachbarschaft zu durchstreifen, immer wiederholend; »Hanske, mein Mann, sie haben Feuer auf meinem Kopfe angelegt, mach ein Loch hinein, dass meine Seele entfliehen kann. Ach! Da klopft sie immerzu, und jedes Klopfen bereitet bittren Schmerz!« Und Nele sorgte für die arme Irre und gedachte neben ihr voll Schmerz ihres Freundes Ulenspiegel.

Und in Damme band Claes seine Reisigbündel und verkaufte seine Kohlen, manchmal, wenn er des verbannten Ulenspiegel gedachte, der noch lange nicht in die Hütte zurückkehren durfte, kam große Traurigkeit über ihn. Soetkin stand den ganzen Tag am Fenster und blickte hinaus, ob sie nicht ihren Sohn Ulenspiegel heimkehren sähe.

Der war damals gerade in der Gegend von Köln und meinte, dass ihm gegenwärtig die Gartenbaukunst Freude bereiten würde. Er bot einem gewissen Jan de Zuursmoel seine Gehilfendienste an, der einmal Landsknechtskapitän gewesen war und der, weil es ihm an Lösegeld gefehlt, gehenkt werden sollte, seither flößte ihm der Hanf, der in flämischer Sprache Kennip heißt, großen Schrecken ein. –

Eines Tages wollte Jan de Zuursmoel Ulenspiegel zeigen, wie er seine Arbeit zu verrichten habe, und führte ihn an das Ende seiner Gartenumzäunung, von wo aus sie, hinter dem benachbarten Zaun, ein Ar Land sahen, das ganz mit grünem Kennip bepflanzt war. Jan de Zuursmoel sagte zu Ulenspiegel: »Wann immer du diese abscheuliche Pflanze siehst, musst du sie schändlich verunglimpfen, denn sie ist es, die an Rad und Galgen bringt.« »Ich werde sie verunglimpfen«, antwortete Ulenspiegel.

Als Jan de Zuursmoel eines Tages mit trinkfesten Freunden an der Tafel saß, sagte der Koch zu Ulenspiegel: »Geh in den Keller und hole Zennip.« Ulenspiegel verstand böswilligerweise Kennip statt Zennip und tat dem Senftopf im Keller schändlichen Unglimpf an, dann trug er ihn, nicht ohne zu lachen, zu Tische. »Warum lachst du?« fragte Jan de Zuursmoel, »denkst du, unsere Nasen sind aus Erz? Iss von diesem Zennip, denn du selbst hast ihn ja zubereitet.« »Röstkuchen in Zimmet ziehe ich vor«, antwortete Ulenspiegel. Jan de Zuursmoel stand auf, um ihn zu schlagen. »In diesem Senftopf ist Unrat«, sprach er. »Meister«, erwiderte Ulenspiegel, »erinnert Ihr Euch nicht mehr des Tages, da ich Euch ans Ende Eures Zaunes folgte? Da sagtet Ihr mir, indem Ihr mir den Zennip zeigtet: ›Überall, wo du diese Pflanze siehst, sollst du sie schändlicherweise verunglimpfen, denn sie ist es, die an Rad und Galgen bringt.‹ Ich habe sie verunglimpft, Meister, ich habe ihr tiefe Erniedrigung zuteilwerden lassen, schlagt mich nicht tot für meinen Gehorsam.«

»Ich habe Kennip gesagt, und nicht Zennip«, schrie Jan de Zuursmoel wütend. »Meister, Ihr habt Zennip gesagt und nicht Kennip«, erwiderte Ulenspiegel. So redeten sie lange Zeit hin und her, und Ulenspiegel drückte sich sehr unterwürfig aus. Jan de Zuursmoel aber schrie wie ein Adler und verwirrte die Worte Zennip, Kennip, kemp, zemp, kemp, zemp wie eine Strähne geflochtener Seide. Und die diesem Streit beiwohnten, lachten wie Teufel beim Verzehren von Dominikanerkoteletts oder Inquisitorennieren.

Ulenspiegel aber musste von Jan de Zuursmoel fortgehen.

XLVII

Nele war um ihrer selbst willen wie auch ihrer irren Mutter wegen immer tief betrübt.

Ulenspiegel nahm bei einem Schneider Dienst, und der sagte zu ihm: »Wenn du nähst, so nähe gedrängt, damit man nichts davon sieht.« Ulenspiegel setzte sich unter ein Fass und begann da zu nähen. »Das habe ich damit nicht sagen wollen«, rief der Schneider. »Ich dränge mich in ein Fass, wie wollt Ihr, dass man da etwas sehe!« erwiderte Ulenspiegel. »Komm«, sagte der Schneider, »setz dich wieder hier auf den Tisch und mach deine Stiche ganz eng, einen am andern, und mach den Rock wie den Wolf.« – »Wolf« war aber der Name eines engen Bauernrocks.

Ulenspiegel nahm den Rock, schnitt ihn in Stücke und nähte sie in solcher Form zusammen, dass sie der Gestalt eines Wolfes glichen. Als der Schneider das sah, rief er: »Was hast du gemacht, zum Teufel noch mal?« »Einen Wolf«, antwortete Ulenspiegel. »Boshafter Narr«, erwiderte der Schneider, »ich habe dir gesagt, einen Wolf,

das ist wahr, aber du weißt sehr wohl, dass ein Bauern-
rock so heißt.«

Einige Zeit später sagte er: »Bursche, wirf die Ärmel an
diesen Rock, ehe du dich zu Bett begibst.« – »Werfen«
heißt aber in der Schneidersprache anheften.

Ulenspiegel hängte den Rock an den Nagel und ver-
brachte die ganze Nacht damit, die Ärmel daranzuwer-
fen. Auf das Geräusch hin kam der Schneider herbei.
»Nichtsnutz du«, sagte er, »welchen neuen bösartigen
Streich spielst du mir da?« »Ist das ein bösartiger
Streich?«, fragte Ulenspiegel. »Seht doch diese Ärmel an,
die ich die ganze Nacht hindurch an den Rock geworfen
habe und die noch immer nicht an ihm haften bleiben.«
»Das ist selbstverständlich«, sagte der Schneider, »und
deshalb werfe ich dich auf die Straße, sieh zu, ob du dort
haften bleiben wirst.«

XLVIII

Indessen ging Nele – Katheline war bei einem guten
Nachbar wohl aufgehoben – ganz allein fort, weit fort,
bis nach Antwerpen, die Schelde entlang und nach
manch anderer Gegend und suchte immer, auf den Barken der Flüsse und auf den staubigen Landstraßen, ob
sie nicht ihren Freund Ulenspiegel erblicken könnte. Der
befand sich in Hamburg, wo gerade Jahrmarktstag war,
überall sah er Kaufleute und unter ihnen einige alte Juden, die vom Wanderhandel lebten. Ulenspiegel, der
auch Kaufmann werden wollte, sah einige Rossäpfel auf
der Erde liegen und trug sie in seine Wohnung, die eine
Nische in der Festungsmauer war. Dort ließ er sie trocknen. Dann kaufte er rote und grüne Seide, machte Säck-

chen daraus und tat die Rossäpfel hinein, dann schloss er sie mit einem Band, als ob sie mit Moschus gefüllt wären, und machte sich aus einigen Brettern ein hölzernes Traggestell, hängte es sich mit Schnüren um den Hals und ging auf den Markt, das Holzgestell vor sich her tragend, das mit den Säckchen angefüllt war. Abends entzündete er, um sie zu beleuchten, eine kleine Kerze in der Mitte.

Als man kam und ihn fragte, was er denn verkaufe, antwortete er geheimnisvoll: »Ich werd's Euch sagen, aber sprechen wir nicht zu laut!« »Was ist es also?«, fragten die Kunden. »Das sind«, antwortete Ulenspiegel, »Körner, mit denen man in die Zukunft sehen kann, sie sind direkt von Arabien nach Flandern gebracht und mit großer Kunstfertigkeit von dem Meister Abdul-Medil, aus dem Geschlecht des großen Mohammed, hergestellt worden.«

Einige Kunden sagten untereinander: »Das ist ein Türke.« Andre aber sagten: »Das ist ein Pilger, der aus Flandern kommt, hört Ihr das nicht an seiner Aussprache?« Und die armen Schelme, Windfresser und Bettellumpen kamen zu Ulenspiegel und sagten zu ihm: »Gib uns von diesen prophetischen Körnern!« »Wenn Ihr Gulden habt, um sie zu kaufen«, antwortete Ulenspiegel. Und die armen Windfresser, Schelme und Bettellumpen gingen beschämt ihrer Wege und sagten: »Es gibt keine Freude auf dieser Welt, die nicht nur für die Reichen ist.«

Das Gerücht von diesen käuflichen Körnern verbreitete sich bald über den ganzen Markt, und die Bürger sagten untereinander: »Es ist da ein Flame, der hat prophetische Körner, die auf dem Grabe unseres Herrn Jesus in Jerusalem geweiht sind, aber man sagt, er wolle sie nicht verkaufen.« Und alle Bürger kamen zu Ulenspiegel und fragten ihn nach seinen Körnern. Aber Ulenspiegel, der ein großes Geschäft machen wollte, sagte, sie wären noch nicht reif, denn er hatte seine Aufmerksamkeit auf zwei reiche Juden gerichtet, die auf dem Markt hin und her gingen. »Ich wüsste gar zu gern«, sagte einer der Bürger, »was aus meinem Schiff geworden ist, das auf dem Meere draußen schwimmt.« »Es wird bis in den Himmel kommen, wenn die Wogen hoch genug sind«, antwortete Ulenspiegel. Ein anderer sagte, indem er auf sein liebliches Töchterlein zeigte, das über und über rot wurde: »Sie wird doch, ohne Zweifel, wohlgeraten?« »Alles gerät, wie die Natur es will«, antwortete Ulenspiegel, denn er bemerkte, wie das Mädchen einem jungen Burschen einen Schlüssel gab, der, ganz benommen von seiner Seligkeit, zu Ulenspiegel sagte: »Herr Kaufmann, überlasst mir eins Eurer prophetischen Säckchen, damit ich darin sehen kann, ob ich in dieser Nacht allein schlafen werde.« »Es steht geschrieben«, antwortete Ulenspiegel, »dass, wer das Korn der Verführung sät, die Giftfrucht des Hahnreitums ernten wird.«

Der junge Bursche ward zornig und sprach: »Wem hast du das bestimmt?« »Die Körner sagen«, antwortete Ulenspiegel, »dass sie dir eine glückliche Ehe wünschen und eine Frau, die dich nicht mit der Kopfbedeckung des Vulcanus [7] krönt. Kennst du diese Kopfbedeckung?«

---

[7] Der Gott der Schmiedekunst, der Hörner trägt. (Anmerkung des Über-setzers.)

Dann fuhr er in pastoralem Ton fort: »Denn diejenige, die auf dem Heiratsmarkt noch ein Draufgeld gibt, verschenkt später ihre Ware an die anderen.« Auf das hin sagte das Mädchen, das so tun wollte, als fühlte es sich nicht getroffen: »Sieht man all das in den prophetischen Säckchen?« »Man sieht auch einen Schlüssel darin«, sagte er ihr leise ins Ohr. Der junge Bursche aber war mit dem Schlüssel fortgegangen.

Plötzlich gewahrte Ulenspiegel einen Dieb, der von der Fleischbank eines Metzgers eine Wurst stahl, die eine Elle maß, und sie unter seinen Mantel schob. Der Kaufmann hatte es nicht gesehen.

Der Dieb kam, höchlich erfreut, zu Ulenspiegel und sagte: »Was verkaufst du da, Prophet des Unglücks?« »Säckchen, in denen du sehen kannst, dass du gehenkt werden wirst, weil du die Würste allzu sehr liebst«, antwortete Ulenspiegel. Als der Dieb das hörte, ergriff er schleunigst die Flucht, während der bestohlene Kaufmann rief: »Auf den Dieb! Verfolgt ihn, den Dieb!« Aber es war zu spät.

Inzwischen näherten sich die zwei reichen Juden Ulenspiegel, die ihn mit großer Aufmerksamkeit sprechen gehört hatten, und fragten: »Was verkaufst du da, Flame?« »Säckchen«, antwortete Ulenspiegel. »Was sieht man«, fragten sie weiter, »mittels dieser prophetischen Körner?« »Die künftigen Ereignisse, wenn man nämlich an ihnen saugt«, erwiderte Ulenspiegel. Die beiden Juden berieten sich, und der ältere sagte zum andern: »Auf diese Art können wir sehen, wann unser Messias kommt; das wird uns ein großer Trost sein. Kaufen wir eines von diesen Säckchen. Wie teuer verkaufst du sie?«

»Für fünfzig Gulden«, antwortete Ulenspiegel, »wenn ihr mir nicht soviel bezahlen wollt, dann packt euch. Wer das Feld nicht kauft, muss den Dung lassen, wo er ist.« Als sie Ulenspiegel so entschlossen sahen, bezahlten sie ihm das verlangte Geld, nahmen eines der Säckchen und brachten es an ihren Versammlungsort, wo sich alle Juden bald in großer Menge einfanden, da sie dachten, dass einer der beiden Alten ein geheimnisvolles Ding gekauft habe, durch das er das Kommen des Messias erfahren und ihnen anzeigen könnte. Da sie wussten, was es galt, wollten sie, ohne zu bezahlen, an dem prophetischen Säckchen saugen. Aber der Älteste – mit Namen Jehu –, der es gekauft hatte, verlangte, es allein zu tun.

»Kinder Israels«, sagte er, das Säckchen in der Hand, »die Christen verlachen uns, man jagt uns zwischen den Völkern hin und her, und man schreit hinter uns wie hinter Dieben. Die Philister wollen unseren Nacken zur Erde beugen und speien uns ins Antlitz, denn Gott hat unsere Bogen entspannt und den Zügel von uns genommen. Wird es noch lange währen, o Herr, Gott Abrahams, Isaaks und Jakobs, dass uns nur Übles zuteilwird, wo wir des Guten harren, und dass Finsternis über uns kommt, wo wir das Licht erhoffen? Wirst du bald auf der Erde erscheinen, göttlicher Messias? Wann werden sich die Christen in den Klüften und Löchern der Erde verbergen, erfüllt von dem Schrecken, den du ihnen einflößest und deine herrliche Glorie, wann du dich erhebst, sie zu züchtigen?«

Und die Juden riefen aus: »Komme, Messias! Sauge, Jehu!«

Jehu saugte, aber es presste ihm die Kehle zusammen, und er rief mit kläglicher Stimme: »Ich sage euch in Wahrheit, das ist nichts als Kot, und der Pilger aus Flandern ist ein Spitzbube!« Da stürzten sich alle Juden auf das Säckchen, öffneten es und sahen, was es enthielt, dann rannten sie in hellem Zorn auf den Markt, um Ulenspiegel zu suchen, der aber nicht auf sie gewartet hatte.

XLIX

Ein Mann aus Damme, der Claes seine Kohlen nicht bezahlen konnte, gab ihm seinen kostbarsten Gegenstand, eine Armbrust mit zwölf scharfspitzigen Bolzen, die als Geschosse dienten. In den Feierstunden schoss Claes mit der Armbrust, und mehr als ein Hase wurde durch sie erlegt und dann in Frikassee verwandelt, weil er die Kohlköpfe zu sehr geliebt hatte. Wenn Claes dann fest einhieb, sagte Soetkin, indem sie auf die öde Landstraße hinaussah: »Thyl, mein Sohn, spürst du nicht den Duft des Bratens? – Sicher hat er jetzt Hunger!« Und ganz in Gedanken versunken, wollte sie ihm seinen Anteil an diesem Festmahl aufheben.

»Wenn er Hunger hat, so ist das seine Schuld«, sagte Claes, »wenn er wiederkommt, wird er wie wir essen.«

Claes hielt Tauben und liebte nichts so sehr, wie wenn rund um ihn Rotkehlchen, Stieglitze, Sperlinge und andre Sing- und Zwitschervögel sangen und piepten. Auch schoss er mit Vorliebe Bussarde, die königlichen Verspeiser dieses Völkchens. Einmal, als er im Hof Kohle abwog, machte Soetkin ihn auf einen großen Vogel aufmerksam, der in der Luft über dem Taubenschlag schwebte. Claes nahm seine Armbrust zur Hand und sprach: »Mag der Teufel Seine Majestät den Sperber retten!« Er legte die Armbrust an und verfolgte vom Hof aus alle Bewegungen des Vogels, um nicht fehlzuschießen. Im Dämmerlicht, das eben den Tag von der Nacht schied, konnte Claes nichts als einen schwarzen Punkt ausnehmen. Er schoss den Bolzen ab und sah einen Storch in den Hof stürzen.

Claes war tief betrübt, Soetkin entsetzt: »Unseliger, du hast den Vogel Gottes getötet!« rief sie aus. Als sie den Storch anfasste, sah sie, dass er nur am Flügel verletzt war, ging, Balsam zu holen, und sagte, während sie seine Wunde verband: »Storch, mein Freund, es ist ungeschickt von dir, der du geliebt bist, im Himmel zu schweben wie der Sperber, der gehasst wird. Auch die Pfeile des Volkes können das falsche Wild treffen. Hast du in deinem armen Flügel Schmerzen, mein Storch, den du so geduldig behandeln lässt, weil du weißt, dass unsere Hände Freundeshände sind?«

Als der Storch geheilt war, gab sie ihm zu fressen, was er wollte; den Vorzug gab er aber den Fischen, die Claes für ihn im Kanal fing. Und immer, wenn der Vogel Gottes ihn kommen sah, sperrte er seinen großen Schnabel auf. Er ging wie ein Hund hinter Claes her, hielt sich aber am liebsten in der Küche auf, wo er sich den Magen am Feuer wärmte und Soetkin mit dem Schnabel auf den Bauch klopfte, als wollte er sagen: »Hast du nichts für mich?«

Es war ein heiterer Anblick, ihn auf seinen langen Beinen durch die Hütte stolzieren zu sehen, diesen würdigen Boten des Glücks.

135

L

Indessen waren die bösen Tage wiedergekommen. Claes bearbeitete traurig und allein den Acker, denn für zwei war keine Arbeit. Soetkin blieb allein in der Hütte und bereitete Bohnen, ihr tägliches Mahl, auf mannigfachste Art, um den Appetit ihres Mannes rege zu erhalten. Und sie sang und lachte, damit er nicht darunter leide, sie betrübt zu sehen. Der Storch hielt sich stets in ihrer Nähe, stand auf einem Fuß und hatte den Schnabel in die Federn gedrückt.

Eines Tages hielt ein Mann, hoch zu Roß, vor der Hütte, er war ganz schwarz gekleidet, sehr hager und trug ein tieftrauriges Gesicht zur Schau. »Ist jemand zu Hause?«, fragte er. »Gott segne Euch, Herr Melancholicus«, antwortete Soetkin, »bin ich denn ein Phantom, dass Ihr mich fragt, ob jemand zu Hause sei, da Ihr mich doch hier seht?«

»Wo ist dein Vater?«, fragte der Reiter. »Wenn mein Vater sich Claes nennt«, antwortete Soetkin, »dann ist er dort unten, wo Ihr ihn Getreide säen seht.« Der Reiter ritt an die bezeichnete Stelle, und Soetkin war sehr traurig, denn sie musste zum sechsten Male zum Bäcker gehen und, ohne zu bezahlen, Brot holen. Als sie mit leeren Händen wiederkam, war sie verblüfft, Claes triumphierend und selbstbewusst auf dem Pferd des schwarzgekleideten Mannes nach Hause kommen zu sehen, während dieser zu Fuß nebenher ging und die Zügel hielt. Claes hatte die Hand stolz auf einen anscheinend wohlgefüllten Ledersack gelegt, der auf seinem Schenkel lag. Als er vom Pferde gestiegen war, umarmte er den Mann, klopfte ihm freundschaftlich auf den Rücken und rief, während er den Sack schüttelte: »Es lebe mein Bruder Josse, der gute Eremit! Gott erhalte ihn in Frohsinn, Fett, Heiterkeit und Gesundheit! Das ist Josse vom Segen, Josse vom Überfluss, Josse von den fetten Suppen! Der Storch hat nicht gelogen!« Und er legte den Sack auf den Tisch. Da sagte Soetkin mit klagender Stimme: »Lieber Mann, wir werden heute nicht essen, denn der Bäcker hat sich geweigert, mir Brot zu geben.« »Brot«, sagte Claes, während er den Sack öffnete, sodass ein Bach von Gold über den Tisch floss. »Brot? Hier ist Brot, Butter, Fleisch, Wein, Bier! Da sind Schinken, Markknochen, Reiherpasteten, Fettammern und Poularden, wie bei den hohen Herren! Hier ist Bier in Tonnen und Wein in Fässern! Ein rechter Narr wird der Bäcker sein, der sich weigert, uns Brot zu geben, wir werden bei ihm nichts mehr kaufen!« »Aber Mann!«, sagte Soetkin, ganz verblüfft. »Hört also und freut Euch«, sagte Claes, »Katheline ist, anstatt die Zeit ihrer Verbannung in der Grafschaft Antwerpen zuzubringen, von Nele begleitet, zu Fuß bis Meyborg gegangen. Dort erzählte Nele meinem Bruder Josse, dass wir, trotz unserer harten Arbeit, in Not leben. Wie dieser ehrenwerte Botschafter mir gesagt hat«– Claes zeigte bei diesen Worten auf den schwarz gekleideten Reiter –, »hat Josse sich vom heiligen römischen Glauben losgesagt und der Ketzerei Luthers zugewendet.« Der Schwarzgekleidete sprach: »Ketzer sind die, welche die große Dirne verehren, denn der Papst missbraucht seine Macht zu Geschäften mit den Heiligtümern.« »Ach! Sprecht nicht so laut, Ihr werdet uns ins Feuer bringen!« sagte Soetkin. Claes aber fuhr fort: »Sodann hat Josse diesem ehrenwerten Botschafter gesagt, dass er sich den Truppen Friedrichs von Sachsen anschließen und ihm fünfzig bewaffnete und gut ausgerüstete Männer zuführen wolle und dass er, da er in den Krieg zöge, nicht so vielen Geldes bedürfe, um es, wenn's das Unglück wolle, irgendeinem nichtsnutzigen Landsknecht überlassen zu müssen. Deshalb – hat er gesagt – überbringe diese siebenhundert goldnen Karlsgulden samt meinen Segenswünschen meinem Bruder Claes und sag ihm, dass er gut leben und auf sein Seelenheil bedacht sein solle.«

»Ja, es ist an der Zeit«, sagte der Reiter, »denn Gott richtet die Menschen nach ihren Werken und belohnt sie nach den Verdiensten ihres Lebens.«

»Mein Herr«, sagte Claes, »es wird mir doch nicht verboten sein, mich inzwischen über das glückliche Ereignis zu freuen. Geruht hierzubleiben, dann wollen wir köstlichen Kuttelfleck essen, ein tüchtig Stück Geschmortes und einen lieblichen Schinken, den ich so rundlich und appetitreizend beim Metzger hängen sah, dass es mir die Zähne lang machte.« »Ach!«, sagte der Mann, »die Unbedachten ergötzen sich, während das Auge Gottes über ihren Wegen ist.« »Willst du also mit uns essen und trinken, Bote, oder nicht?«, fragte Claes. Der Mann antwortete: »Für die Gläubigen wird es erst dann an der Zeit sein, ihre Seelen durch irdische Wonnen zu erlaben, wenn das große Babylon gestürzt sein wird!«

Soetkin und Claes bekreuzigten sich, er aber wollte fortgehen, und Claes sagte zu ihm: »Da es dir also gefällt, so übel bewirtet zu sein, so überbringe meinem

Bruder Josse den Friedenskuss und wache über ihn in der Schlacht.« »Ich werde es tun«, sagte der Mann, und er ging fort, während Soetkin Vorbereitungen traf, um dieses günstige Geschick zu feiern. Der Storch bekam an diesem Tage zwei Gründlinge und den Kopf eines Stockfisches zum Souper.

Die Neuigkeit, dass der arme Claes durch die Tat seines Bruders Josse ein reicher Claes geworden sei, verbreitete sich bald in Damme, und der Dechant sagte, dass Katheline ohne Zweifel einen Zauber über Josse geworfen habe, denn Claes habe wohl eine sehr große Summe Geldes von ihm erhalten, habe aber nicht daran gedacht, Unserer Lieben Frau auch nur das einfachste Gewand zu stiften.

Claes und Soetkin waren glücklich, er das Feld bearbeitend oder Kohlen verkaufend, sie, indem sie sich daheim als tüchtige Wirtschafterin erwies. Dennoch war Soetkin immer bekümmert und ließ ihre Augen unentwegt über die Straße schweifen, um nach ihrem Sohn Ulenspiegel zu suchen.

Und alle drei genossen das Glück, das ihnen von Gott kam, und harrten dessen, was ihnen von den Menschen kommen sollte.

LI

Kaiser Karl empfing an diesem Tag einen Brief aus England, in dem sein Sohn schrieb:

»Mein Herr und Vater!

Es missfällt mir, in diesen Landen zu leben, wo sich die verfluchten Ketzer wie die Flöhe, Raupen und Heuschrecken vermehren. Es wäre gut, sie mit Feuer und Schwert vom Stamm des Leben spendenden Baumes, unserer heiligen Mutter Kirche, zu vertilgen.

Als ob ich durch sie nicht schon genug des Kummers hätte, betrachten mich die Leute noch überdies nicht als König, sondern als den Gemahl ihrer Königin, der ohne sie keine Macht besäße. Sie verhöhnen mich in bösartigen Pamphleten, deren Verfasser sowenig ausfindig zu machen sind wie die Drucker, und sagen darin, dass der Papst mich bezahle, damit ich das Königreich in Unruhe und Verderbnis bringe durch lästerliches Henken und Brennen, und wenn ich ihnen irgendeine Steuer auferlege – denn oft lassen sie mich aus Bosheit ohne Geld –, antworten sie mir in tückischen Spottversen, warum ich nicht vom Satan Geld verlangte, dessen Sachwalter ich ja wäre. Die Herren vom Parlament entschuldigen sich und krümmen die breiten Rücken, aus Furcht, ich könnte sie beißen, aber sie gewähren nichts.

Zu alledem sind die Mauern von London über und über mit Schmähbildern bedeckt, die mich als Vatermörder darstellen, eben bereit; Eure Majestät um des Erbes willen zu erschlagen. Doch wisst Ihr, mein Herr und Vater, dass ich, ungeachtet alles Ehrgeizes und alles angemessenen Stolzes, Eurer Majestät lange Tage ruhmreicher Herrschaft wünsche. Auch verbreiten meine Feinde in der Stadt einen nur allzu geschickt gemachten Kupferstich, auf dem ich zu sehen bin, wie ich mit den Pfoten von Katzen Piano spiele, die im Kasten des Instrumentes eingeschlossen und deren Schwänze durch runde Löcher durchgesteckt sind, wo sie von eisernen Klammern festgehalten werden. Ein Mann – der bin ich

– versengt ihnen die Schwänze mit einem glühenden Eisen, sodass sie mit den Pfoten auf die Tasten schlagen und wütend schreien. Ich bin dort so hässlich dargestellt, dass ich mich nicht ansehen kann.

Und sie stellen mich lachend dar! Ihr wisst aber doch, mein Herr und Vater, dass es mich noch bei keiner Gelegenheit nach diesem profanen Vergnügen gelüstet hat. Zweifellos habe ich versucht, mich zu zerstreuen, indem ich diese Katzen miauen machte, aber gelacht habe ich nicht.

In ihrer Rebellensprache machen sie mir ein Verbrechen daraus, indem sie dies Piano eine grausame Erfindung nennen, obgleich die Tiere doch keine Seele haben und es allen Menschen, vornehmlich aber solchen königlichen Geschlechts, wohl verstattet ist, sich bis zum Tod ihrer zu bedienen, um die Langeweile zu verscheuchen. Aber in diesem England gehen die Leute mit den Tieren so albern um, dass sie sie besser behandeln als ihre Dienstleute. Die Pferdeställe und Hundekotter sind hier Paläste, und es gibt Edelleute, die mit ihrem Pferd auf demselben Lager schlafen.

Zu allem Übel ist meine edle Frau und Königin unfruchtbar, in roher Spottlust sagen die Leute, dass das an mir läge und nicht an ihr, die eifersüchtig, gereizt und über die Maßen liebesbedürftig ist.

Mein Herr und Vater, täglich bitte ich Gott, dass er mir gnädig sei und meine Hoffnung auf einen anderen Thron stille, sei es der des Türken, jedoch harre ich dessen, für den mich die Ehre, der Sohn Eurer ruhmreichs-

ten und siegreichsten Majestät zu sein, bestimmt hat.«
Unterzeichnet: Phle.

Der Kaiser antwortete mit folgendem Brief:

»Mein Herr und Sohn!

Eure Feinde sind zahlreich, das bestreite ich nicht, aber
bemüht Euch, die Zeit des Wartens auf eine strahlendere
Krone ohne Zorn zu verbringen. Ich habe schon zu meh-
ren Malen angekündigt, dass ich mich von den Niederlanden und von meinen anderen Besitztümern zurückzuziehen gedenke, denn ich weiß, dass ich, seit das Alter
und das Podagra über mich gekommen sind, Heinrich
von Frankreich, dem zweiten seines Namens, nicht mehr
den rechten Widerstand entgegensetzen kann, denn Fortuna liebt die jungen Leute.

Bedenket auch, Herr von England, dass Frankreich, unser Feind, sich durch Eure Macht bedroht sieht. Ich habe
vor Metz eine schändliche Niederlage erlitten, verlor
dabei vierzigtausend Mann und musste vor dem von
Sachsen fliehen. Wenn mir der Allmächtige nicht durch
das Walten seiner Güte und seines göttlichen Willens zu
meiner früheren Kraft und Macht wieder verhilft, so sehe ich mich bewogen, mein Herr und Sohn, mein König-
tum aufzugeben und Euch zu überlassen.

Habt also Geduld und tut in der Zwischenzeit Eure
Pflicht gegen die Ketzer, schont weder Männer noch
Frauen, weder Mädchen noch Knaben, denn es kam mir,
zu meinem großen Schmerz, zu Ohren, dass Madame,
die Königin, ihnen zu oft Malen Gnade schenken will.

Gezeichnet: Charles. Euer wohlgeneigter Vater.«

LII

Ulenspiegel waren von dem langen Marsch die Füße blutig geworden, als er im Bistum Mainz einem Gefährt von Pilgern begegnete, das ihn bis Rom führte.

Als er von dem Karren herunterstieg und die Stadt betrat, gewahrte er ein liebenswürdiges Weib, das auf der Schwelle einer Herbergstür stand und ihn lächelnd ansah. Diese Freundlichkeit schien ihm von guter Vorbedeutung, und er sagte: »Wirtsfrau, willst du einem pilgernden Pilger Obdach gewähren? Ich bin am Ziel und will warten, bis ich für meine Sünden Ablass erhalten habe.« »Wir geben jedem Obdach, der uns bezahlt.« »Ich habe hundert Dukaten in meinem Ranzen«, antwortete Ulenspiegel, der nicht einen einzigen hatte, »und mit dir will ich den ersten ausgeben, lass uns also eine Flasche alten römischen Weins trinken!« »An diesen heiligen Stätten ist der Wein nicht teuer«, antwortete sie, »tritt ein und trink für einen Soldo.«

Sie tranken so lange Zeit und leerten gemeinsam unter munteren Gesprächen so viele Flaschen, dass die Wirtin genötigt war, ihrem Dienstmädchen zu sagen, sie solle den Gästen an ihrer Statt zu trinken geben, während sie sich mit Ulenspiegel in einen rückwärts gelegenen, marmorgetäfelten Saal zurückzog, in dem es kühl war wie im Winter. Den Kopf auf seine Schulter gestützt, fragte sie ihn, wer er sei, und Ulenspiegel antwortete: »Ich bin Sire von Geeland, Graf von Gavergeeten, Baron von Tuchtendeel und habe in meinem Geburtsort Damme fünfundzwanzig Hektar Mondlicht.« »Was für ein Land ist das?«, fragte die Wirtin und trank aus Ulenspiegels Humpen. »Das ist ein Land«, sagte er, »in dem man den Samen der Illusion, der närrischen Hoffnungen und der leeren Versprechungen sät. Du aber bist nicht im Mondlicht geboren, süße Wirtsfrau mit der ambraduftenden Haut und den Augen, die wie Perlen blinken. Es ist die Sonne, die dein Haar vergoldet hat, es ist Venus, die, ohne Eifersucht, deine vollen Schultern gemacht hat, deine schwellenden Brüste, deine runden Arme und deine zarten Hände. Wollen wir diesen Abend gemeinsam speisen?«

»Schöner Pilger aus Flandern«, sagte sie, »warum kamst du hierher?« »Um mit dem Papst zu sprechen«, antwortete Ulenspiegel. »Ach!«, sagte sie und rang die Hände: »Mit dem Papst sprechen! Ich lebe in diesem Lande und habe es noch niemals tun können.« »Ich werd's tun!«, sagte Ulenspiegel. »Aber«, sagte sie, »weißt du, wo du ihn triffst, welches seine Gewohnheiten und seine Lebensformen sind?« »Man sagte mir unterwegs«, antwortete Ulenspiegel, »dass er Julius der Dritte heißt, gierig, frohsinnig und ausschweifend ist und ein guter, schlagfertiger Schwätzer. Überdies sagte man mir, dass er eine ungewöhnliche Freundschaft zu einem kleinen Bettler gefasst habe, einem schwarzen, dreckigen und verwahrlosten Menschen, der, einen Affen auf der Hand, um Almosen bat und den er bei seiner Thronbesteigung zum Kardinal von Monte gemacht habe, und dass er krank sei, wenn ein Tag vergehe, ohne dass er ihn nicht gesehen habe.«

»Trink«, sagte sie, »und sprich nicht so laut.«

»Auch sagt man«, fuhr Ulenspiegel fort, »dass er wie ein Söldner fluche: ›Al dispetto di Dio, potta di Dio‹, sagte er, als er eines Abends beim Souper einen kalten Pfau nicht vorfand, der hätte aufbewahrt werden sollen, und fuhr fort: ›Ich, Gottes Stellvertreter, kann wohl wegen eines Pfauen fluchen, da mein Herr sich eines Apfels wegen erzürnt hat!‹ Du siehst also, Schätzchen, dass ich den Papst kenne und weiß, wie er ist.« »Ach«, sagte sie, »sprich nicht vor anderen davon! Aber sehen wirst du ihn dennoch nicht.« »Ich werde mit ihm sprechen«, sagte Ulenspiegel. »Wenn dir das gelingt, schenk' ich dir hundert Gulden.« »Dann habe ich sie schon verdient«, sagte Ulenspiegel.

Am nächsten Tage lief er, obgleich er müde Beine hatte, durch die Stadt und erfuhr, dass der Papst an diesem Tage in der Kirche von San Giovanni di Laterano die Messe lesen werde. Ulenspiegel ging in die Kirche und setzte sich so hin, dass ihn der Papst möglichst gut sehen konnte, und jedes Mal, wenn der Papst den Kelch oder die Hostie hob, wandte Ulenspiegel dem Altar den Rücken zu.

Neben dem Papst stand der Kardinal mit gebräuntem Gesicht, feist und boshaft, der auf der Schulter einen Affen trug und dem Volk mit deutlichen zuchtlosen Gesten das Sakrament darbot. Er machte den Papst auf Ulenspiegels Tun aufmerksam, der, als die Messe beendet war, vier handfeste Soldaten kommen ließ, wie man sie in diesen kriegerischen Ländern gut kennt, die sich des Pilgers bemächtigen sollten.

»Welches ist dein Glaube?«, fragte ihn der Papst. »Hochheiliger Vater«, antwortete Ulenspiegel, »ich habe denselben Glauben wie meine Wirtsfrau.« Der Papst ließ die Frau kommen. »Was glaubst du?«, fragte er sie.

»Das, was Eure Heiligkeit glaubt«, antwortete sie. »Und ich desgleichen«, fügte Ulenspiegel hinzu. »Du bist Pilger?«, fragte der Papst. »Ja«, sagte er, »und ich komme aus Flandern, den Ablass für meine Sünden zu erbitten.«

Der Papst segnete ihn, und Ulenspiegel ging mit der Wirtin weg, die ihm hundert Gulden bezahlte. So beladen, verließ er Rom, um nach Flandern zurückzukehren. Aber er musste sieben Dukaten für seinen Ablass bezahlen, der auf Pergament geschrieben war.

LIII

Zu dieser Zeit kamen zwei Prämonstratenserpatres nach Damme, um Ablässe zu verkaufen. Über ihren Mönchskutten trugen sie schöne spitzenbesetzte Hemden. Bei schönem Wetter hielten sie sich an der Kirchentür auf, bei Regenwetter in der Vorhalle und gaben die Preise bekannt, für die sie zwei-, drei- oder vierhundert Jahre Ablass gewährten, gegen Zahlung von sechs Hellern, einem Patard, einem halben Pariser Pfund, für sieben oder zwölf Karlsgulden, je nachdem, dem Preis entsprechend, gaben sie halben oder ganzen Ablass und gaben selbst für die schlimmsten Verbrechen Pardon, sogar für den Wunsch, die Heilige Jungfrau zu vergewaltigen. Dieser Ablass aber kostete siebzehn Gulden.

Den Kunden, die bezahlt hatten, übergaben sie kleine Stücke Pergaments, auf denen die Zahl der Jahre des Ablasses geschrieben stand, darunter war folgende Inschrift zu lesen: »Wer da nicht gesotten, gebraten oder zerhackt will werden, im Fegefeuer tausend Jahr und immerdar brennen in den Flammen, der kaufe sich die Ablässe, Gnaden und barmherzigen Verzeihungen für ein wenig Geldes, das Gott ihm wiedergeben wird.« Und die Käufer kamen zehn Meilen weit aus der Runde.

Einer der guten Brüder hielt oft Predigten vor dem Volke, er hatte ein blühendes Säufergesicht und trug sein dreimal gefaltetes Kinn und seinen Wanst gar stolz zur Schau.

»Unglückseliger!«, sagte er und heftete die Augen nach der Reihe auf jeden seiner Zuhörer, »Unglückseliger! Nun bist du in der Hölle! Grausam brennt dich das Feuer, und man siedet dich in einem Kessel voll Öl, darin man Astartes oeli-koekjes zubereitet, du bist nichts andres als eine Blutwurst in Luzifers Pfanne und ein Hammelbraten in der Gilgeroths, des großen Teufels, denn man schneidet dich sogleich in Stücke. Sieh diesen großen Sünder, der die Ablässe verachtet hat, sieh diese Schüssel gehackten Fleisches: Das ist er, er, sein sündiger Leib, verdammt, so zerfetzt zu werden. Und welche Soße! Schwefel, Pech und Teer! Und alle diese armen Sünder werden so gefressen, um ewig zu neuen Schmerzen wiedergeboren zu werden. Das ist der Ort, wo wahrhaftig Weinen ist und Zähneklappern. Hab Mitleid, Gott des Erbarmens!

Ja, da bist du in der Hölle, armer Verdammter, all diese Leiden erduldend. Gibt man einen Groschen für dich, so fühlst du sofort eine Erleichterung an der rechten Hand; gibt man noch einen halben dazu, siehe da, beide Hände sind vom Feuer befreit. Aber der ganze übrige Körper? Einen Gulden, und der Tau der Vergebung fällt auf dich. O köstliches Labsal! Und während zehn Tagen, hundert Tagen, tausend Jahren gibt es keinen Braten, keine oeli-koekjes und kein Hackfleisch mehr. Und wenn es auch dir nicht zugutekommt, Sünder, gibt es in den geheimen Tiefen des Feuers nicht andre arme Seelen, deine Eltern, eine geliebte Gattin, irgendein liebliches Mädchen, mit dem du zu sündigen liebtest?«

Bei diesen Worten versetzte der Mönch dem Bruder, der ihm zur Seite stand und einen Sammelteller hielt, einen Stoß mit dem Ellbogen. Der Bruder schlug auf dies Zeichen die Augen nieder und schwenkte den Teller mit salbungsvoller Gebärde, um Geld zu bekommen. Und der Prediger fuhr fort:

»Hast du nicht einen Sohn, eine Tochter, ein geliebtes Kindlein in diesem schrecklichen Feuer? Sie schreien, weinen und rufen nach dir. Kannst du diesen kläglichen Stimmen taub bleiben? Du kannst es nicht, dein eisiges Herz muss schmelzen, aber das kostet dich einen Karlsgulden. Und siehe, beim Klang dieses Karlsguldens auf dieser Metallplatte – der andere Mönch schüttelte wieder seinen Teller – spalten sich die Flammen, und die arme Seele steigt auf, bis an die Mündung eines Vulkans. Hier ist sie in frischer, freier Luft! Wo sind die Schmerzen des Brandes? Das Meer ist nahe, sie taucht darein, schwimmt auf dem Rücken, auf dem Bauch, über den Wellen und unter ihnen. Höre, wie sie jauchzt vor Freude, sieh, wie sie sich im Wasser tummelt! Die Engel erblicken sie und sind glücklich. Sie harren ihrer, sie aber hat noch nicht genug, als wollte sie zum Fisch werden. Sie weiß nicht, dass dort oben köstliche Bäder, voll von herrlichen Düften, sind, wo große Stücke Kandiszucker umherrollen, weiß und frisch wie Eis. Da erscheint ein Haifisch – sie fürchtet sich nicht vor ihm. Sie steigt auf seinen Rücken, er aber fühlt sie nicht, sie will mit ihm in die Tiefen des Meeres hinab. Dort begrüßt sie die Wasserengel, die aus Korallenschüsseln waterzoey essen und frische Austern aus perlmuttnen Tellern. Wie wird sie so herzlich empfangen, gefeiert, geherzt, und immerdar rufen ihr die Engel aus dem Himmel zu.

Endlich siehst du sie, köstlich erfrischt und glückselig, sich aufschwingen bis in den höchsten Himmel, wo Gott thront in seiner Glorie. Dort findet sie alle ihre irdischen Verwandten und Freunde, außer jenen, welche die Ablässe und unsere heilige Mutter Kirche verachtet haben und im tiefsten Grunde der Hölle brennen. Und so leiden sie weiter, immerdar, bis in die Jahrhunderte der Jahrhunderte, in flammender Ewigkeit. Die andre Seele aber, die bei Gott ist, erlabt sich in köstlichen Bädern und knabbert Kandiszucker.

Kaufet also Ablässe, meine Brüder, ihr bekommt sie für Cruzados, für Goldgulden, für englische Pfunde! Auch kleine Münzen werden nicht zurückgewiesen. Kauft, kauft! Dies ist der heilige Handelsladen, hier gibt's für Arme und Reiche etwas! Aber zum größten Unglück kann man hier keinen Kredit geben, meine Brüder, denn kaufen und nicht bezahlen ist eine Sünde in den Augen des Herrn.«

Der Bruder, der nicht predigte, schwenkte seinen Teller und die Gulden, Cruzados, Dukaten, Patards, Soldi und Groschen fielen dicht wie Hagelkörner. Claes, der sich reich wusste, zahlte einen Gulden für zehntausend Jahre Ablass, und die Mönche gaben ihm als Tauschobjekt ein Stück Pergament. Als sie bald nach diesem Fischzug erkannten, dass in Damme keine Kundschaft mehr war, außer den Bettlern, die keine Ablässe kaufen konnten, begaben sie sich selbander nach Heyst.

LIV

In sein Pilgergewand gekleidet und seiner Sünden auf gute Art ledig geworden, verließ Ulenspiegel Rom, marschierte immer geradeswegs weiter und kam nach Bamberg, wo es die besten Gemüse der Welt gibt. Er betrat eine Herberge, in der eine fröhliche Wirtin hauste, die zu ihm sagte: »Junger Meister, willst du für dein Geld essen?« »Ja«, sagte Ulenspiegel, »aber für welchen Betrag isst man hier?« Die Wirtin antwortete: »Am Tisch der Edelleute isst man für sechs Gulden, am Tisch der Bürger für vier und am Familientisch für zwei.« »Für mich ums meiste Geld und vom Besten«, antwortete Ulenspiegel und setzte sich an den Tisch der Edelleute.

Als er gut geschmaust und seine Mahlzeit mit Rheinwein begossen hatte, sagte er zur Wirtin: »Gevatterin, ich habe gut gegessen für mein Geld, gebt mir also sechs Gulden.« Die Wirtin sagte: »Machst du dich über mich lustig? Zahl deine Zeche!« »Liebreizende Hausfrau, Ihr habt nicht das Gesicht einer böswilligen Schuldnerin, ich sehe im Gegenteil so große Treue, so viel Biederkeit und Nächstenliebe darin, dass Ihr mir eher achtzehn Gulden zahlen als die sechs verweigern würdet, die Ihr mir schuldet. Die schönen Augen! Sie sind Sonnen, die mich mit ihren Strahlen durchdringen und die Liebestollheit in mir höher sprießen lassen als den Hundszahn an einem überwucherten Zaun.«

Die Wirtin erwiderte: »Ich habe mit deiner Tollheit sowenig zu tun wie mit deinem Hundszahn, zahle und geh!« »Fortgehen und dich nicht mehr sehen?«, sagte Ulenspiegel, »lieber hauchte ich sogleich mein Leben aus. Baesine, süße Baesine, ich bin nicht gewohnt, für sechs Gulden zu essen, ich armer kleiner Mann, der über Berge und durch Täler wandert, ich habe mich vollgefressen und werde bald die Zunge aus dem Mund hängen lassen wie ein Hund in der Sonne. Geruhet, mich zu bezahlen, ich habe die sechs Gulden mit der harten Arbeit meiner Kiefer wohl verdient, gebt sie mir, und ich will Euch mit solch gewaltiger Glut der Erkenntlichkeit liebkosen, küssen und umarmen, dass siebenundzwanzig Geliebte zusammengenommen nicht die gleichen Geschäfte besorgen könnten.«

»Du redest ums Geld«, sagte sie. »Willst du, dass ich dich umsonst verzehre?«, fragte er. »Nein«, sagte sie, sich gegen ihn verteidigend. »Ach«, sprach er, während er nach ihr haschte, »deine Haut ist wie Milch, dein Lockenkopf wie Goldfasan am Spieß, deine Lippen wie Kirschen! Gibt's eine, die verführerischer ist als du?«

»Du kennst dich gut aus, du wilder Bösewicht«, sagte sie lachend, »du lässt dir noch einfallen, von mir sechs Gulden zu fordern! Sei glücklich, dass ich dir umsonst und ohne etwas zu verlangen zu essen gegeben habe.« »Wenn du wüsstest, wie viel Platz ich da noch habe!«, sagte Ulenspiegel. »Marsch! Bevor mein Gatte kommt«, sagte die Wirtin. »Ich werde ein zartfühlender Gläubiger sein«, antwortete Ulenspiegel, »gib mir nur einen Gulden für den künftigen Durst.« »Nimm, böser Junge«, sagte sie und gab ihm einen Gulden. »Erlaubt ihr mir aber wiederzukommen?«, fragte Ulenspiegel. »Willst du wohl deiner Wege gehen?«, fragte sie. »Meiner Wege gehen, hieße zu dir gehen, Schätzchen«, sagte Ulenspiegel, »das Unglück will aber, dass ich mich von deinen schönen Augen trennen muss. Wenn du geruhtest, mich in deine Obhut zu nehmen, ich äße keinen Tag mehr als für einen Gulden.«

»Ist ein Stock vonnöten?«, sagte sie. »Nimm den meinen«, erwiderte Ulenspiegel, und sie lachte, er aber musste gehen.

LV

Um diese Zeit kam Lamme Goedzak wieder nach Damme, um dort zu bleiben, denn im Gebiet von Lüttich war wegen der Ketzerei kein ruhiges Leben. Seine Frau folgte ihm willig, weil die Herren von Lüttich, geborene Spötter, sich über die Gutmütigkeit ihres Mannes lustig machten.

Lamme ging häufig zu Claes, der, seit er geerbt hatte, die Schenke »Zum Blauen Turm« oft besuchte, wo er für sich und seine Trinkgenossen einen Stammtisch bestimmt hatte. Am benachbarten Tisch fand sich Josse Grypstuiver, der geizige Meister der Fischergilde, ein und trank, auf Sparsamkeit bedacht, seine halbe Kanne; er war ein knauseriger Duckmäuser, der von Bücklingen lebte und dem am Geld mehr gelegen war als an seinem Seelenheil.

Claes hatte das Stück Pergament, auf dem ihm seine zehntausend Jahre Ablass verschrieben waren, in seine Jagdtasche gesteckt.

Eines Abends war Claes in Gesellschaft Lamme Goedzaks, Jan van Roosebekes und Matthys van Assches im

»Blauen Turm«, Josse Grypstuiver war auch anwesend, und Jan Roosebeke sagte zu Claes, der tüchtig drauflos-trank: »Es ist eine Sünde, so viel zu trinken!« Claes ant-wortete: »Man brennt nicht mehr als einen halben Tag für eine Kanne übers Maß. Und ich habe zehntausend Jahre Ablass in meiner Jagdtasche. Wer will hundert da-von haben, um seinen Magen ohne Furcht ersäufen zu können?«

Alle riefen: »Wie teuer verkaufst du sie?« »Für eine Kanne«, antwortete Claes, »aber hundertfünfzig gebe ich für eine muske conyn« – das ist eine Portion Kaninchen-braten. Etliche Trinker zahlten Claes, einer einen Schop-pen, ein andrer ein Stück Schinken und so fort, und er schnitt für jeden einen kleinen Streifen vom Pergament ab. Aber es war nicht Claes, der den Preis der Ablässe aß und trank, sondern Lamme Goedzak, der so viel in sich hineinstopfte, dass er sich sichtlich blähte, während Claes, seine Geschäfte abschließend, in der Schenke auf und ab ging.

Grypstuiver wandte ihm seine verärgerte Fratze zu: »Hast du auch für zehn Tage?« fragte er. »Nein«, ant-wortete Claes, »das ist zu schwer abzuschneiden.« Und alles lachte, Grypstuiver aber schluckte seinen Zorn hin-unter.

Dann kehrte Claes in seine Hütte zurück, und Lamme folgte ihm mit einem Gang, als wären seine Beine aus Wolle gewesen.

LVI

Als das dritte Jahr der Verbannung sich seinem Ende näherte, kehrte Katheline nach Damme und in ihre Wohnung zurück. Sie hörte nicht auf zu sagen: »Feuer auf dem Kopf – die Seele pocht – macht ein Loch, sie will entfliehen!« Und wenn sie Rinder oder Schafe sah, lief sie immer davon. Gewöhnlich saß sie auf einer Bank unter den Lindenbäumen, wackelte mit dem Kopf und sah die Leute von Damme an, ohne sie zu erkennen, diese sagten, wenn sie an ihr vorbeikamen: »Da ist die Irre.«

Indessen wanderte Ulenspiegel über Straßen und Wege und erblickte eines Tages auf der Landstraße einen Esel, dessen ledernes Zaumzeug mit kupfernen Nägeln beschlagen war und an dessen Kopf Quasten und Schnüre aus roter Wolle hingen. Einige alte Weiber standen um den Esel herum und redeten und schwatzten alle auf einmal: »Niemand kann sich dieses erschrecklichen Reittiers bemächtigen, das dem großen Zauberer Baron de Raix gehörte, der, weil er acht Kinder dem Teufel geopfert hat, lebendig verbrannt wurde.« – »Liebe Frauen, es ist so schnell entwischt, dass man es nicht wieder einfangen konnte, Satan behütet es.« – »Denn, als es müde war und in seinem Lauf anhielt, kamen die Gemeindewächter, um es einzuschüchtern, aber es schlug so schrecklich aus und schrie dermaßen, dass sie nicht wagten, näher zu kommen.«– »Und es schreit nicht wie ein Esel, sondern wie ein Dämon.« – »Also ließ man es Disteln abweiden, ohne ihm den Prozess zu machen oder es als Zauberer lebendig zu verbrennen.« – »Diese Männer haben keinen Mut!«

Ungeachtet dieser schönen Auseinandersetzungen ergriffen sie kreischend die Flucht, wenn der Esel die Ohren reckte oder sich mit dem Schwanz die Flanken peitschte, bald darauf kamen sie gackernd und schnatternd wieder näher, um bei der kleinsten Bewegung des Esels dasselbe Schauspiel aufzuführen.

Ulenspiegel beobachtete sie lachend und sprach: »Ach! Neugierde ohne Ende und ewiges Geschwätz, das wie ein Fluss den Mündern der Weiber entströmt, vornehmlich der alten! Denn bei den jungen ist der Redeschwall wegen ihrer Liebesangelegenheiten nicht so groß.« Dann betrachtete er den Esel und fuhr fort: »Dieses verhexte Tier ist munter und hat ohne Zweifel einen guten Gang, ich kann es besteigen oder verkaufen.« Ohne ein Wort zu verlieren, holte er eine Metze Hafer, gab sie dem Esel zu fressen, sprang mit einem Satz auf seinen Rücken und trieb ihn in alle Winde, während er die alten Weiber von Weitem segnete. Diese knieten nieder und wurden vor Angst ohnmächtig, an diesem Tage aber wurde in schlafloser Nacht erzählt, dass ein Engel, einen Filzhut mit einer Fasanenfeder auf dem Kopf, gekommen sei, sie alle gesegnet und den Esel des Zauberers durch eine besondere Gunst Gottes entführt habe.

Und Ulenspiegel trabte mit seinem Esel in die fetten Weiden, wo die Pferde frei umhersprangen und Kühe und Färsen voll beschaulicher Ruhe angekettet in der Sonne lagen. Und er gab ihm den Namen Jef. Der Esel blieb stehen und speiste fröhlichen Mutes Disteln. Währenddessen zuckte er des Öftern mit dem Fell oder schlug sich mit dem Schwanz die Flanken, um die gierigen Bremsen zu verjagen, die gleich ihm speisen wollten, aber von seinem Fleisch. Ulenspiegel, dessen Magen Hunger vermeldete, war betrübt: »Du wärest sehr glücklich, Herr Esel«, sagte er, »wenn du, wie soeben, fette Disteln speisend, durch nichts in deiner Behaglichkeit gestört und auch nicht daran erinnert würdest, dass du sterblich bist, das heißt: nur geboren, um alle Arten der Gemeinheit zu ertragen. So wie du«, fuhr er fort, während er ihn antrieb, »hat auch der Mann vom heiligen Pantoffel seine Bremse, das ist der Herr Luther, auch Seine Allerhöchste Majestät Karl hat die ihre, das ist der Herr Franz, erster seines Namens, König der langen Nase und des noch längeren Degens.

Auch mir armem kleinem Biedermann, umherirrend wie ein Jude, wird es erlaubt sein, meine Bremse zu haben, Herr Esel. Ach! Alle meine Taschen sind durchlöchert, und durch die Löcher laufen all meine schönen Dukaten, Gulden und Taler davon wie eine Legion von Mäusen, die dem Rachen einer Katze entflieht. Ich weiß nicht, warum das Geld nichts von mir will, ich will so viel von ihm.

Fortuna ist kein Weib, obgleich man das sagt, denn sie liebt nur die geizigen Knauser, die sie mit zwanzig Schlüsseln in Truhen, Taschen und Kästen sperren und ihr niemals erlauben, auch nur die Spitze ihrer eitel goldenen Nase aus dem Fenster zu stecken. Das ist die Bremse, die an mir saugt und mich juckt und kitzelt, ohne dass ich dabei lachen könnte.

Du hörst mir nicht zu, lieber Esel, und denkst nur ans Weiden. Ach, du Fresser, der sich den Wanst füllt, deine langen Ohren sind taub für den Schrei leerer Gedärme. Hör mich, ich will es!« Er schlug heftig auf ihn ein, und der Esel begann zu schreien. »Gehen wir also, da du schon gesungen hast«, sagte Ulenspiegel. Aber der Esel rührte sich nicht mehr vom Fleck als ein Meilenstein und schien den Entschluss gefasst zu haben, alle Disteln an der Straße bis zur letzten zu verspeisen. Und an ihnen mangelte es nicht. Als Ulenspiegel das sah, stieg er aus dem Sattel und schnitt ein Büschel Disteln ab, setzte sich wieder auf den Esel, hielt ihm die Disteln unters Maul und führte ihn an der Nase durch das Gebiet des Landgrafen von Hessen.

»Herr Esel«, sprach Ulenspiegel unterwegs, »du läufst meinem Distelbuschen, dieser mageren Mahlzeit, nach und lässt die schönen Wege, die von dieser leckern Pflanze voll sind, hinter dir. So machen es auch die Menschen: Die einen wittern den Strauß des Ruhms, den ihnen Fortuna unter die Nase hält, die anderen den Strauß des Reichtums und wieder andere den der Liebe. Am Ende des Wegs machen säe dann wie du die Entdeckung, dass sie hinter einem geringen Ding her waren und hinter sich ließen, was wertvoll war, nämlich Gesundheit, Arbeit, Behaglichkeit und ein trautes Heim.«

Solcherart mit seinem Esel schwatzend, kam Ulenspiegel vor den Palast des Landgrafen. Zwei Arkebusierkapitäne machten auf der Treppe ein Spielchen. Der eine der beiden, der rote Haare und eine gigantische Statur hatte, bemerkte Ulenspiegel, der sich bescheidentlich auf Jef hielt und ihnen zusah. »Was willst du von uns«, sagte er, »du verhungertes Pilgergesicht?« »Ich habe Heißhunger, wahrhaftig«, sagte Ulenspiegel, »und pilgere gegen meinen Willen.« »Wenn du Hunger hast«, antwortete der Kapitän, »so friss den Strick mit dem Hals,

157

der dort am nahen Galgen hängt, der für die Vagabunden bestimmt ist.« »Mein Herr Kapitän«, antwortete Ulenspiegel, »wenn Ihr mir die schöne goldene Schnur gebt, die Ihr auf Eurem Hute tragt, so will ich mich mit den Zähnen an diesen fetten Schinken hängen, der dort unten in der Bratküche baumelt.« »Woher kommst du?«, fragte der Kapitän. »Aus Flandern«, antwortete Ulenspiegel. »Und was willst du?« »Seiner Landgräflichen Hoheit ein Bild meiner Art zeigen.« »Wenn du ein Maler bist und aus Flandern stammst, so will ich dich zu meinem Herrn führen, tritt hier ein«, sagte der Kapitän.

Als Ulenspiegel vor den Landgrafen trat, verbeugte er sich dreimal und noch öfter, dann sagte er: »Möge Eure Hoheit geruhen zu vergeben, dass ich so unverschämt bin, es zu wagen, ein Gemälde, das ich für Euch gemacht und darauf ich die Heilige Jungfrau in königlichem Ornat dargestellt habe, zu Euren Füßen niederzulegen.

Dieses Gemälde«, fuhr er fort, »wird vielleicht Euern Gefallen erregen, und in diesem Falle bin ich vermessen genug, zu hoffen, dass mein Sitz sich bis zu jenem Fauteuil von tiefrotem Samt erhöhen wird, das der immerdar bedauernswerte Maler Eurer Herrlichkeit zu seinen Lebzeiten eingenommen hat.«

Nachdem der Herr Landgraf das wirklich schöne Gemälde betrachtet hatte, sagte er: »Du wirst Unser Maler sein, setz dich auf den Fauteuil.« Und fröhlich küsste er ihm beide Wangen, während Ulenspiegel sich setzte. »Du bist recht heruntergekommen«, sagte der Landgraf, indem er ihn in Augenschein nahm. Ulenspiegel antwortete: »In der Tat, mein Herr, Jef, das ist mein Esel, hat Disteln diniert, ich aber habe seit drei Tagen nichts als

Missgeschick gesehen und mich nur vom Dunst der Hoffnung genährt.« »Du wirst bald köstlichen Braten essen«, antwortete der Landgraf, »aber wo ist dein Esel?« Ulenspiegel antwortete: »Ich habe ihn auf dem Großen Platz gegenüber dem Palais Euer Gnaden stehen lassen, ich wäre sehr beruhigt, wenn Jef eine Nachtherberge, Streu und Futter bekäme.« Unverzüglich befahl der Herr Landgraf einem seiner Pagen, für Ulenspiegels Esel so zu sorgen, als ob er sein eigner wäre.

Bald kam die Stunde des Abendessens, das zu einem wahren Festgelage wurde. Die Braten dampften, und die Weine flossen in die Kehlen. Ulenspiegel und der Landgraf waren beide rot wie glühende Kohlen, Ulenspiegel kam in fröhliche Stimmung, aber der Landgraf blieb nachdenklich. Plötzlich begann er: »Unser Maler muss mich porträtieren, denn es bedeutet für einen Fürsten eine große Genugtuung, seinen Nachkommen eine Erinnerung an sein Gesicht hinterlassen zu können.«

»Herr Landgraf«, sagte Ulenspiegel, »Euer Wunsch ist mir Befehl, aber meiner Wenigkeit scheint, dass Eure Herrlichkeit, ganz allein porträtiert, in den kommenden Jahrhunderten rechte Langeweile haben würde. Ihr müsstet vielmehr in Gesellschaft Eurer edlen Gemahlin, der Frau Landgräfin, Eurer Damen und Edelleute, Kapitäne und höchsten Offiziere sein, in deren Mitte Monseigneur und Madame wie zwei Sonnen zwischen Laternen strahlen würden!« »In der Tat!«, antwortete der Landgraf, »und was müsste ich dir für diese große Arbeit bezahlen, mein Maler?« »Hundert Gulden im Voraus, oder wie Ihr wollt«, sagte Ulenspiegel. »Hier sind sie im Voraus«, sagte der Herr Landgraf. »Großmütiger

Herr«, sagte Ulenspiegel, »Ihr gießt Öl auf meine Lampe, und sie soll Euch zu Ehren brennen.«

Am nächsten Tage bat er den Herrn Landgrafen, diejenigen Personen vor ihm defilieren zu lassen, denen er die Ehre vorbehielt, gemalt zu werden. Da kam der Herzog von Lüneburg, Kommandant der Landsknechte im Dienste des Landgrafen. Das war ein dicker Mann, der seinen vom Bratenessen aufgedunsenen Wanst mit schwerer Mühe trug, er kam auf Ulenspiegel zu und flüsterte ihm ins Ohr: »Wenn du mich auf dem Bild nicht der Hälfte meines Fettes entledigst, lasse ich dich von meinen Soldaten aufknüpfen.« Damit entfernte sich der Herzog.

Dann kam eine lang aufgeschossene Dame, die einen Höcker auf dem Rücken hatte und eine Brust, die so flach war wie die Klinge eines Richtschwerts. Die sprach: »Edler Maler, wenn du mir statt des einen Höckers, den du mir wegzunehmen hast, nicht zwei machst und sie vorne anbringst, werde ich dich als Giftmischer vierteilen lassen.« Die Dame entfernte sich. Dann kam eine junge Hofdame, blond, frisch und lieblich, der aber drei Zähne im Oberkiefer fehlten. »Herr Maler«, sagte sie, »wenn du mich nicht lachend und zweiunddreißig Zähne zeigend porträtierst, so lass ich dich von meinem Kavalier da in kleine Stückchen hacken.« Dabei zeigte sie auf den Arkebusierkapitän, der früher auf den Stufen der Palasttreppe gespielt hatte, und ging vorbei.

Der Umzug setzte sich fort, als Ulenspiegel nachher mit dem Landgrafen allein war, sagte dieser: »Wenn dir das Unglück zustoßen sollte, während des Porträtierens all dieser Physiognomien auch nur mit einem Strich zu lügen, so lasse ich dir den Hals abschneiden wie einem Huhn.« Geköpft, geviertelt, klein gehackt oder zum wenigsten gehenkt, dachte Ulenspiegel – es wird am einfachsten sein, überhaupt keine Porträts zu machen, da werd' ich mich vorsehen. »Wo ist der Saal«, fragte er den Landgrafen, »den ich mit all diesen Bildern schmücken soll?« »Folge mir«, sagte der Landgraf und führte ihn in ein großes Zimmer mit breiten, ganz kahlen Mauern. »Das ist der Saal«, sagte er. »Es wäre mir sehr lieb«, sagte Ulenspiegel, »wenn man vor diesen Wänden große Vorhänge anbrächte, damit meine Bilder gegen Fliegen und Staub geschützt werden.« »Das soll geschehen«, sagte der Landgraf. Die Vorhänge wurden angebracht, und Ulenspiegel erbat sich drei Gehilfen, die ihm, wie er sagte, die Farben reiben sollten.

Dreißig Tage lang tat Ulenspiegel samt seinen Gehilfen nichts anderes als Gelage und Schmausereien feiern, wobei weder an feinen Braten noch an alten Weinen gespart wurde. Der Landgraf sorgte für alles. Indessen, am einunddreißigsten Tag, steckte er die Nase durch die Tür des Zimmers, das nach Ulenspiegels Anordnung niemand betreten sollte. »Nun, Thyl, wo sind die Porträts?« »Sie sind weit«, antwortete Ulenspiegel. »Kann man sie nicht sehen?« »Noch nicht.« Am sechsunddreißigsten Tag steckte er die Nase wieder durch die Tür. »Nun, Thyl?«, fragte er. »Heia, sie gehen ihrem Ende entgegen.« Am sechzigsten Tag ward der Landgraf böse, ging in das Zimmer hinein und sagte: »Zeige mir unverzüglich die Bilder!« »Jawohl, gestrenger Herr«, antwortete Ulenspiegel, »geruht aber, diesen Vorhang nicht zu öffnen, ehe Ihr alle Edelleute, Kapitäne und Damen Eures Hofes habt hierherkommen lassen.« »Ich bin damit einverstanden«, sagte der Landgraf. Und alle kamen auf seinen Befehl herbei.

Ulenspiegel stand vor dem fest geschlossenen Vorhang und sprach: »Edler Herr Landgraf, und Ihr, Frau Landgräfin! Hoher Herr von Lüneburg und ihr anderen, schöne Frauen und tapfere Kapitäne! Ich habe eure lieblichen oder kriegerischen Gesichter nach bestem Können hinter diesem Vorhang porträtiert. Es wird jedem von euch ein leichtes sein, sich auf dem Bilde zu erkennen. Ihr seid neugierig, euch zu sehen, das ist recht, geruhet aber, euch in Geduld zu fassen, und lasset mich ein Wort oder sechse sagen:

Schöne Frauen und tapfere Kapitäne, die ihr alle von edlem Blute seid, ihr könnt meine Bilder sehen und bewundern, wenn aber ein Bastard unter euch ist – er wird nichts sehen als die weiße Wand. Und nun geruhet, eure edlen Augen zu öffnen.« Damit zog Ulenspiegel den Vorhang fort und sprach: »Nur Edelmänner sehen da etwas und Damen von hoher Geburt, und bald wird man sagen: Blind vor Bildern wie ein Bastard, klarsichtig wie ein Edelmann!« Alle blinzelten mit den Augen, behaupteten zu sehen, machten sich gegenseitig auf Einzelheiten aufmerksam, zeigten und erkannten sich, sahen aber tatsächlich nichts als die nackte Mauer, worob sie sehr beschämt waren.

Plötzlich sprang der Narr, der auch anwesend war, drei Fuß hoch in die Luft, schüttelte seine Schellen und sagte: »Möge man mich als Bastard betrachten, als bastardierenden Bastard der Bastarderei, ich werde es mit Trompeten und Fanfaren ausrufen, dass ich da eine nackte

Mauer sehe, eine weiße, nackte Mauer. So wahr mir Gott beistehe und alle seine Heiligen!« »Wenn die Narren sich in die Rede mengen«, sagte Ulenspiegel, »dann ist's für die Weisen an der Zeit zu gehen.«

Er wollte den Palast verlassen, aber der Landgraf hielt ihn zurück und sagte: »Du toller Narr, der du durch die Welt wanderst, das Gute und Edle zu loben, und mit vollem Mund die Dummheit verhöhnst, der du gewagt hast, im Angesichte so hochgestellter Damen und noch höher gestellter großer Herren Wappen- und Adelsstolz mit dem Witz des Volkes zu verspotten, du wirst eines Tages für deine freie Rede gehenkt werden.« »Wenn der Strick aus Gold ist, wird er aus Angst zerreißen, wenn er mich kommen sieht.« »Nimm«, sagte der Landgraf und gab ihm fünfzig Gulden, »das ist das erste Ende vom Strick.« »Großen Dank, mein Herr«, antwortete Ulenspiegel, »jede Herberge am Wege soll einen Faden davon haben, einen Faden aus purem Gold, der alle diebischen Herbergswirte zu Krösussen macht.«

Und fröhlich bestieg er seinen Esel, trug seine Kappe hoch und ließ die Feder im Winde spielen.

LVII

Die Blätter auf den Bäumen wurden gelb, und der Herbstwind begann zu blasen. Katheline war hier und da für einige Stunden im Besitz ihrer Vernunft. Dann sagte Claes, dass der Geist Gottes in gütigem Erbarmen gekommen sei, sie zu besuchen. In solchen Augenblicken vermochte sie durch Gestikulieren und Besprechen über Nele einen Zauber zu werfen, die dann mehr als hundert Meilen weit alles sah, was sich auf Plätzen, Straßen und in Häusern zutrug.

An diesem Tag hatte Katheline, die gut bei Sinnen war, mit Claes, Soetkin und Nele oeli-koekjes gegessen und tüchtig mit Dobbelkuyt befeuchtet. Claes sagte: »Dies ist heute der Tag der Abdankung Seiner heiligen Majestät Kaiser Karls V. Nele, mein Liebling, könntest du bis Brüssel in Brabant sehen?« »Ich kann es, wenn Katheline will«, sagte Nele.

Katheline ließ also das Mädchen sich auf eine Bank setzen, das durch ihre Reden und Bewegungen, die bezaubernd wirkten, in tiefen Schlummer versank. Katheline sagte: »Tritt in das kleine Parkhaus ein, das Kaiser Karls V. liebster Aufenthaltsort ist.« »Ich bin«, sagte Nele mit tiefer und wie erstickter Stimme, »ich bin in einem kleinen Saal, der mit grüner Ölfarbe ausgemalt ist. Darin befindet sich ein Mann von über fünfundvierzig Jahren mit kahlem Scheitel und grauen Haaren rundum, er trägt einen blonden Bart an vorstehendem Kinn, und aus seinen grauen Augen strahlt ein böser Blick voll Falschheit, Grausamkeit und vorgetäuschter Güte. Und diesen Mann nennt man heilige Majestät. Er ist erkältet und hustet viel.

Neben ihm befindet sich ein andrer, junger, mit einem hässlichen Zerrkopf, gleich einem wasserköpfigen Affen, dieser, ich habe ihn in Antwerpen gesehen, ist der König Philipp. Seine heilige Majestät wirft ihm augenblicklich vor, dass er die Nacht außer Hause geschlafen habe, ohne Zweifel, sagt der Kaiser, habe er in irgendeinem üblen Gelass ein Affenweib des verworfenen Stadtviertels aufgesucht. Weiter sagt er, dass an seinen Haaren ein

Schenkengeruch hafte, was kein Vergnügen für einen König sei, der sich die lieblichen Körper mit kühler, atlasgleicher Haut in den dufterfüllten Bädern und die Hände der edlen Liebesfrauen aussuchen sollte, was weit besser wäre als eine tolle Sau, die aus der Umarmung eines betrunkenen Söldners käme. Es gibt kein Mädchen, keine Ehefrau, keine Witwe – sagt er –, die ihm Widerstand leisten wollte, unter den edlen und schönen Frauen, die ihre Liebkosungen beim Scheine wohlduftender Wachslichter verschenken und nicht beim dumpfen Flackern stinkender Talgkerzen.

Der König antwortete Seiner heiligen Majestät, dass er ihr in allem folgen werde. Nun hustet Seine heilige Majestät und tut einige Schlucke Hypocras. Dann wendet sie sich Philipp zu und sagt: ›Du wirst bald die Staatsoberhäupter sehen, die Kirchenfürsten, Adligen und Bürger: Oranien den Schweiger, Egmont den Eitlen, Hoorne den Gemiedenen, Brederode den Leuen und alle anderen Ritter vom Goldenen Vlies, zu dessen Großmeister ich dich machen werde. Da wirst du hundert Narren sehen, die sich alle die Nase abschneiden würden, wenn sie sie als Zeichen größerer Vornehmheit an einer goldenen Kette über der Brust tragen dürften.‹

Nun verändert Seine heilige Majestät den Ton der Stimme und spricht schmerzlich bewegt: ›Du weißt, mein Sohn, dass ich im Begriff bin, zu deinen Gunsten dem Thron zu entsagen; ich werde der Welt ein Schauspiel geben und vor einer großen Menge sprechen – gleichwohl mit Räuspern und Husten, denn ich habe mein Lebtag zu viel gegessen, mein Sohn –, und du müsstest ein sehr hartes Herz haben, um, nachdem du mich angehört haben wirst, nicht etliche Tränen zu vergießen.‹ ›Ich werde weinen, mein Vater‹, antwortet König Philipp.

Jetzt spricht Seine heilige Majestät mit einem Diener, der den Namen Dubois trägt: ›Dubois, gib mir ein Stück Madeirazucker, ich habe das Schlucken. Wenn es mir nur nicht kommt, wann ich zu dem versammelten Volk spreche! Diese Gans von gestern will sich wohl niemals verdauen lassen. Wenn ich einen Humpen Orleanswein tränke? Nein, er ist zu herb! Wenn ich aber ein paar Anchovis äße? Sie haben zu viel Öl. Dubois, gib mir Romagner Wein.‹

Dubois gibt Seiner heiligen Majestät, was sie verlangt, reicht ihr dann ein Kleid von karmesinrotem Samt, hängt ihr einen goldenen Mantel über die Schultern, legt ihr das Degengehenk um die Hüften, gibt ihr Zepter und Kugel in die Hände und setzt ihr die Krone aufs Haupt. Sodann verlässt Seine heilige Majestät das Parkhaus, besteigt ein kleines Maultier und begibt sich, von König Philipp und einigen hohen Herren gefolgt, in ein großes Gebäude, das der Palast genannt wird; dort treffen sie in einem Zimmer einen großen Mann von schlankem Wuchs und reich gekleidet; er heißt Oranien. Seine heilige Majestät redet den Mann mit diesen Worten an: ›Ist mein Aussehen gut, Vetter Wilhelm?‹ Doch der Mann gibt keine Antwort. Halb lachend, halb erzürnt sagt nun Seine heilige Majestät: ›Wirst du denn immer stumm sein, Vetter, selbst dann, wann du den verzopften Rückschrittlern die Wahrheit sagen sollst? Soll ich weiterregieren oder abdanken, Schwager?‹ ›Heilige Majestät‹, antwortete der schlanke Mann, ›wann der Winter kommt, lassen die stärksten Eichen ihre Blätter fallen.‹

Es schlägt die dritte Stunde.

›Schweiger, leih mir deine Schulter, dass ich mich auf sie stütze‹, sagt der Kaiser. Und er betritt mit ihm und seinem Gefolge einen großen Saal und setzt sich unter einen Thronhimmel, der auf einer mit Seide oder karmesinroten Teppichen bedeckten Estrade steht. Da stehen drei Sessel, Seine heilige Majestät nimmt den mittleren ein, der reicher geschmückt als die anderen und von einer Königskrone überragt ist, König Philipp setzt sich auf den zweiten, und der dritte ist für eine Frau bestimmt, ohne Zweifel für eine Königin. Rechts und links haben sich auf gepolsterten Bänken rot gekleidete Männer niedergelassen, die ein goldenes Lamm um den Hals tragen. Hinter ihnen stehen viele Personen, ohne Zweifel Fürsten und Edelleute. Gegenüber und unterhalb der Estrade sitzen Männer in Tuchkleidern auf ungepolsterten Bänken. Ich höre sie sagen, dass sie deshalb so bescheidene Sitzplätze und Kleider haben, weil sie allein für die anderen alle Steuern zahlen.

Als Seine Majestät eintritt, erhebt sich alles, sie setzt sich aber gleich nieder und gibt durch ein Zeichen zu verstehen, dass alle das gleiche tun sollten. Ein alter Mann spricht nun eine gute Weile vom Trinken, dann überreicht die Frau, die eine Königin zu sein scheint, Seiner heiligen Majestät eine Pergamentrolle, deren Schrift Seine heilige Majestät hustend und mit dumpfer, tiefer Stimme abliest. Von sich selbst sprechend, sagt sie: ›Ich habe mancherlei Reisen gemacht, in Spanien, Italien, in den Niederlanden und in Afrika, alle zum Ruhme

Gottes, für das Ansehen meiner Waffen und zum Wohl meiner Völker.‹ Nachdem er noch lange gesprochen hat, sagt er, dass er kränklich und müde sei und die Krone Spaniens, die Grafschaften, Herzogtümer und Marquisate dieser Länder in die Hände seines Sohnes legen wolle. Dann weint er, und alle weinen mit ihm.

Da steht König Philipp auf, lässt sich auf die Knie fallen und spricht: ›Heilige Majestät, ist es mir erlaubt, die Krone aus Eurer Hand entgegenzunehmen, wenn Ihr so wohlbefähigt seid, sie noch selbst zu tragen?‹

Da sagt ihm Seine heilige Majestät ins Ohr, er solle einige wohlwollende Worte an die Männer auf den gepolsterten Bänken richten. König Philipp wendet sich ihnen zu und spricht, ohne sich zu erheben, in unfreundlichem Tone: ›Ich beherrsche die französische Sprache hinlänglich gut, aber nicht gut genug, um in ihr zu euch zu sprechen. Ihr werdet es daher begreiflich finden, wenn Herr Granvella, der Erzbischof von Arras, an meiner Stelle zu euch sprechen wird.‹›Du sprichst schlecht, mein Sohn‹, sagt Seine heilige Majestät. Und in der Tat, die Versammlung murrt, da sie den jungen König so stolz und hochfahrend sieht.

Auch die Königin ergreift das Wort, um ein paar Höflichkeiten zu sagen; dann kommt ein alter Gelehrter an die Reihe, der, nachdem er geendet hat, von der Hand Seiner heiligen Majestät einen Wink erhält, der Dank bedeutet. Diese Zeremonien und feierlichen Reden sind nun zu Ende; Seine heilige Majestät erklärt seine Untertanen des ihm geleisteten Treueides entbunden, unterschreibt die Akten, die diese Erklärung festlegen, und erhebt sich von seinem Thron, den sein Sohn einnimmt. Und alle im Saale weinen.

Dann kehren sie ins Parkhaus zurück. Dort angelangt, wieder in dem grünen Zimmer, dessen sämtliche Türen geschlossen sind, spricht Seine heilige Majestät hell auflachend zu König Philipp, der nicht lacht: ›Hast du gesehen, wie wenig es braucht, um diese braven Männer zu rühren?‹ Schluckend und hustend fährt er fort: ›Welche Flut von Tränen! Und dieser große Maes, der, als er seine Rede beendete, wie ein Kalb heulte. Selbst du schienst bewegt, aber nicht genug. Dies ist das wahre Schauspiel, welches das Volk braucht. Mein Sohn, wir klügeren Menschen lieben unsere Freundin umso mehr, je mehr sie uns kostet. So machen's auch die Völker. Je mehr wir sie zahlen lassen, desto inniger lieben sie uns. Ich dulde in Deutschland die Religion der Reformierten, deren Anhänger ich in den Niederlanden streng bestrafe. Wenn die deutschen Fürsten Katholiken wären, wäre ich lutherisch geworden und hätte ihre Güter eingezogen. Sie glauben an die Reinheit meines Eifers für die römische Kirche und sind bekümmert, mich sie verlassen zu sehen. Unter meiner Regierung haben die Niederlande fünfzigtausend ihrer tapfersten Männer und lieblichsten Mädchen wegen der Ketzerei verloren. Ich gehe, und sie klagen darüber. Ohne die Konfiskationen mitzurechnen, habe ich ihnen höhere Tribute auferlegt als Indien und Peru: Sie sind traurig, mich zu verlieren.

Ich habe den Frieden von Cadzant zerrissen, Gent bezwungen und alles unterdrückt, was mich stören konnte; Freiheiten, Vorrechte, Privilegien, alles wurde durch das Vorgehen der Offiziere des Prinzen unterdrückt.

Diese guten Leutchen glauben sich noch im Besitz der Freiheit, weil ich sie mit der Armbrust schießen und ihre Innungsfahnen bei Umzügen tragen lasse. Sie empfinden meine Hand als die ihres Meisters: in den Kerker gesteckt, fühlen sie sich behaglich, singen und weinen mir nach.

Mein Sohn, behandle sie, wie ich sie behandelt habe: segensreich in Worten, hart im Handeln! Schlürfe so viel, dass du nicht zu beißen brauchst. Schwöre ihnen täglich ihre Freiheiten, Vorrechte und Privilegien zu, wenn sie dir aber gefährlich werden können, vertilge sie. Wenn man sie mit zögernder Hand berührt, sind sie aus Eisen, aus Glas, wenn man sie mit kräftigem Arme bricht. Schlage die Ketzerei nieder, nicht wegen des Unterschiedes zwischen ihrem Glauben und dem römischen, sondern weil sie in den Niederlanden unsere Autorität zerstört. Die den Papst angreifen, der drei Kronen trägt, machen mit den Fürsten, die nur eine tragen, bald Schluss. Mache, wie ich, aus der Gewissensfreiheit ein Verbrechen der Majestätsbeleidigung, das du mit Konfiskation des Vermögens bestrafst, und du wirst erben, wie ich es mein ganzes Leben getan habe. Und wenn du scheidest, sei es, um abzudanken oder um zu sterben, wird man sagen: Ach, der gute Fürst! Und wird weinen.

Und jetzt höre ich nichts mehr«, sagte Nele, »denn Seine heilige Majestät hat sich auf ein Lager hingestreckt und schläft, und König Philipp, hochmütig und stolz, betrachtet ihn ohne Liebe.«

Nach diesen Worten wurde Nele von Katheline aufgeweckt. Und Claes sah grübelnd in die Flamme des Herdes, die den Schornstein erleuchtete.

LVIII

Als Ulenspiegel den Landgrafen von Hessen verlassen hatte, bestieg er seinen Esel und überquerte den Großen Platz, wo er einigen Edelleuten und Damen begegnete, die erzürnte Gesichter zur Schau trugen, doch bereitete ihm das keinen Kummer.

Bald gelangte er in das Land des Herzogs von Lüneburg und begegnete dort einem Trupp Smaedelyke broeders, das waren lustige Flamen aus Sluys, die alle Samstage etwas Geld auf die Seite legten, um einmal im Jahr nach Deutschland zu reisen. Sie zogen singend dahin, in einem ungedeckten Karren, der von einem stämmigen Pferd aus Veurne-Ambacht gezogen wurde, das sie leichten Schrittes über die Wege und Moore des Herzogtums Lüneburg führte. Unter ihnen waren Pfeifer, Rebecspieler, Geiger und Dudelsackbläser, die einen gewaltigen Lärm vollführten. Neben dem Karren ging ein dikzak zu Fuß daher, in der Hoffnung, dass sein Wanst schwinden würde. Als sie eben ihren letzten Gulden in der Hand hatten, sahen sie Ulenspiegel auf sich zukommen, mit dem Ballast klingender Münze beladen, sie betraten eine Herberge und zahlten ihm zu trinken, was Ulenspiegel gerne annahm. Als er jedoch sah, dass die Smaedelyke broeders mit den Augen blinzelten, wenn sie ihn ansahen, und lächelten, wenn sie ihm zu trinken gaben, bekam er Wind von einem Schabernack, ging hinaus und blieb an der Tür stehen, um zu hören, was sie untereinander sprachen. In der Tat hörte er, wie der dikzak von ihm sagte: »Das ist der Maler des Landgrafen, der ihm für ein Bild mehr als tausend Gulden gegeben hat. Feiern wir ihn mit Bier und Wein, er soll es uns verdoppelt wiedergeben.« »Amen«, sagten die andern.

Ulenspiegel entfernte sich, um seinen völlig gesattelten Esel bei einem tausend Schritte von der Herberge wohnenden Bauern anzubinden, und gab einem Mädchen zwei Patards, damit sie auf ihn achte, dann kehrte er in den Saal der Herberge zurück und setzte sich, ohne ein Wort zu sprechen, an den Tisch der Smaedelyke broeders. Diese schenkten ihm Bier ein und bezahlten. Ulenspiegel ließ die Gulden des Landgrafen in seiner Jagdtasche klimpern und sagte, dass er soeben seinen Esel um siebzehn Silbertaler an einen Bauern verkauft habe. Dann zogen sie essend und trinkend weiter, pfiffen, bliesen auf den Dudelsäcken und spielten Rommelpott und klaubten unterwegs alle Weiber auf, die ihnen willig schienen. Solcherart setzten sie eine Anzahl Kinder in Gottes schöne Welt, und insbesondere Ulenspiegel tat sich dabei hervor, dessen Gesponsin später einen Knaben gebar, den sie Eulenspiegelken nannte, weil die Gute die Bedeutung des Namens ihres Zufallsgatten nicht richtig verstand, und vielleicht auch zur Erinnerung an die Stunde, in der der Kleine gemacht worden war. Und das ist jenes Eulenspiegelchen, von dem es irrtümlicherweise heißt, es hätte in Knittlingen, im Lande Sachsen, das Licht der Welt erblickt.

So ließen sie sich von ihrem munteren Pferde die Straße entlangziehen, an deren Rand ein Dorf mit einem Wirtshaus »In den ketele« – Zum Kessel – lag, daraus herrlicher Bratenduft hervordrang. Der dikzak, der Rommelpott spielte, ging zum Wirt und sagte zu ihm mit Bezug auf Ulenspiegel: »Das ist der Maler des Landgrafen, er wird alles bezahlen.« Der Wirt betrachtete Ulenspiegels Erscheinung, die nichts zu wünschen übrig ließ, und als er das Klappern der Gulden und Taler hörte, stellte er Speisen und Getränke auf den Tisch. Ulenspiegel ließ es sich an nichts fehlen, und in seinem Beutel klangen immerfort die Taler und Gulden. Dabei schlug er oft auf seinen Hut und sagte, dass da sein größter Schatz sei.

Zwei Tage und eine Nacht hatte das Gelage gewährt, als die Smaedelyke broeders zu Ulenspiegel sagten: »Machen wir uns auf den Weg, und bezahlen wir die Zeche.« Ulenspiegel antwortete: »Wenn die Ratte im Käse ist, verlangt es sie, zu gehen?« »Nein«, sagten sie. »Und wann der Mensch gut isst und trinkt, sucht er dann den Staub der Straßen und das Wasser der Quellen auf, das voll von Blutegeln ist?« »Nein«, sagten sie. »Dann lasst uns so lange hierbleiben«, sagte Ulenspiegel, »als meine Gulden und Taler als Trichter dienen, um jene Getränke in unsere Kehlen fließen zu lassen, die das Lachen lehren.« Und er trug dem Wirt auf, noch mehr Wein und Würste herbeizubringen.

Während alle aßen und tranken, sagte Ulenspiegel: »An mir ist's, zu zahlen, denn ich bin im Augenblick der Landgraf. Was tätet ihr nun, Kameraden, wenn mein Beutel leer wäre? Ihr würdet meinen weichen Filzhut anfassen und ihn bis zum Rand voll von Karlsgulden finden.« »Lasst uns fühlen«, sagten sie alle zugleich. Und seufzend fühlten sie unter ihren Fingern große Stücke von der Form der Karlsgulden. Aber einer von ihnen fasste mit solcher Leidenschaft zu, dass Ulenspiegel ihn abwehrte und sprach: »Man muss die Stunde des Melkens abwarten, du ungestümer Milchdurstiger!« »Gib mir die Hälfte deines Hutes«, sagte der Smaedelyke broeder. »Nein«, antwortete Ulenspiegel, »denn ich will nicht, dass du ein Narrenhirn bekommst, die eine Hälfte im Schatten, die andre in der Sonne.« Dann gab er seine Mütze dem Wirt und sprach: »Du, gib fein acht auf sie, denn es ist heiß, was mich betrifft – ich gehe hinaus, mich zu erleichtern.« Er ging, und der Wirt nahm die Mütze in seine Obhut.

Ulenspiegel verließ sofort die Herberge, ging zu dem Bauern, bestieg seinen Esel und ritt in schnellem Trab auf der Straße dahin, die nach Emden führt. Als die Smaedelyke broeders sahen, dass er nicht wiederkam, sagten sie zueinander: »Ist er etwa fort? Wer wird die Zeche bezahlen?« Der Wirt, der's mit der Angst bekam, öffnete Ulenspiegels Hut mit einem Messerschnitt, fand aber statt der Karlsgulden zwischen dem Filz und dem Stofffutter nichts als schlechte Spielmünzen aus Kupfer. Da wandte sich sein Zorn gegen die Smaedelyke broeders, und er sagte zu ihnen: »Ihr Saufbrüder, ihr geht nicht von hier fort, ohne all eure Kleider, die Hemden einzig ausgenommen, zurückzulassen.« Und so mussten sie sich ganz ausschälen, um ihre Zeche zu bezahlen.

Dann zogen sie im Hemd über Berg und Tal von dannen, denn sie hatten weder ihr Pferd noch ihren Karren verkaufen wollen. Und jeder, der sie so erbärmlich sah, gab ihnen willig Brot zur Zehrung, und hier und da erhielten sie auch Fleisch und Bier, denn sie sagten allerorts, dass sie von Dieben ausgeplündert worden seien. Besaßen sie doch alle zusammen nur eine Hose! So kehrten sie, in ihrem Karren tanzend und Rommelpott spielend, im Hemd nach Sluys zurück.

LIX

Inzwischen ritt Ulenspiegel auf Jefs Rücken quer durch die Lande und Moore des Herzogs von Lüneburg. Die Flamen nannten diesen Herzog Water-Signorke, weil es in seinem Gebiet immer feucht war.

Jef gehorchte Ulenspiegel wie ein Hund, trank Braunbier, tanzte besser als ein ungarischer Tanzmeister, stellte sich tot und legte sich auf einen kleinen Wink rücklings nieder. Ulenspiegel wusste, dass der Herzog von Lüneburg wegen des Spottes; den er ihm in Darmstadt in Gegenwart des Landgrafen von Hessen angetan hatte, beleidigt und erzürnt war und ihm bei Strafe des Hängens das Betreten seines Landes untersagt hatte. Plötzlich sah er Seine Herzogliche Hoheit in Person daherkommen. Da er seine Gewalttätigkeit kannte, sagte er zu seinem Esel: »Jef, da kommt der Herr von Lüneburg. Mich juckt's am Hals wie von einem Strick; möge es doch nicht der Henker sein, der mich kratzt. Jef, gekratzt will ich wohl werden, aber nicht gehenkt. Bedenke, dass wir durch das Schicksal und die langen Ohren Brüder sind, und bedenke auch, welch guten Freund du verlörest, wenn du mich verlörest.«

Ulenspiegel trocknete sich die Augen, und der Esel schrie. Dann setzte er seine Ansprache fort: »Wir leben zusammen in Frohsinn oder Trauer, wie es der Zufall will; erinnerst du dich, Jef?« Der Esel setzte sein Geschrei fort, denn er hatte Hunger. »Und nimmer wirst du mich vergessen können, denn zwischen wem sollte dauerhafte Freundschaft sein, wenn nicht zwischen jenen, die über dieselben Freuden lachen und über dieselben Leiden weinen ? Jef, du musst dich auf den Rücken legen.«

Das sanfte Tier gehorchte und streckte seine vier Hufe in die Luft. In dieser Lage wurde es vom Herzog bemerkt, und Ulenspiegel setzte sich geschwind auf den Bauch des Esels. Der Herzog kam auf ihn zu und sagte zu ihm: »Was machst du da? Weißt du nicht, dass ich dir durch meinen letzten Erlass bei der Strafe des Strickes verboten habe, deine staubigen Füße auf mein Land zu setzen?« Ulenspiegel antwortete: »Gnädiger Herr, habt Erbarmen mit mir!« Dann zeigte er auf seinen Esel und fuhr fort: »Ihr wisst wohl, dass nach Recht und Gesetz derjenige frei ist, der sich zwischen seinen vier Pfählen aufhält.« Der Herzog antwortete: »Verlasse mein Land, sonst stirbst du!« »Gnädiger Herr, mit ein oder zwei Gulden versehen, würde ich sehr schnell davongehen.« »Taugenichts!«, sagte der Herzog, »nicht genug an deinem Ungehorsam, bittest du mich noch um Geld?« »Ich muss wohl, gnädiger Herr, da ich's Euch nicht nehmen kann ...« Der Herzog gab ihm einen Gulden. Dann sagte Ulenspiegel zu seinem Esel: »Jef, steh auf und entbiete dem Herrn deinen Gruß!« Da stand der Esel auf und begann zu schreien. Dann trollten sich die beiden.

LX

Soetkin und Nele saßen an einem der Fenster der Hütte und sahen auf die Straße hinaus. Und Soetkin sagte zu Nele: »Liebling, siehst du nicht meinen Sohn Ulenspiegel kommen?« »Nein«, sagte Nele, »wir werden ihn nicht mehr sehen, diesen bösen Vagabunden.« »Nele«, sagte Soetkin, »du musst nicht erzürnt sein über ihn, denn er ist nicht unter seinem Dach, der kleine Mann.« »Das weiß ich wohl«, sagte Nele, »er hat weit von hier ein andres Haus, das reicher ist als das seine und das ihm ohne Zweifel irgendeine schöne Dame gegeben hat, darin zu wohnen.« »Das wäre ein großes Glück für ihn«, sagte Soetkin, »vielleicht wird er dort mit Fettammern verköstigt.« »Wenn man ihm doch Steine zu essen gäbe: er wäre schnell hier, der Fresser!« sagte Nele. Da lachte Soetkin und sprach: »Woher kommt dieser große Zorn, Liebling?«

Der immer nachdenkliche Claes aber, der in einer Ecke Reisig bündelte, sagte: »Siehst du nicht, dass sie in ihn vernarrt ist?« »Seht doch, die Verschmitzte, die mir nicht ein Wort davon hat laut werden lassen«, sagte Soetkin, »ist's wahr, dass du ihn gerne magst?« »Glaubt das nicht«, sagte Nele. »Du wirst da einen wackeren Gatten haben«, sagte Claes, »mit großem Schlund, weitem Magen und langer Zunge, der die Gulden zu Hellern macht und niemals mit seiner Arbeit einen Groschen verdient, immer mit seinen Füßen die Pflastersteine klopft und die Wege mit der Landstreicherelle misst.«

Aber Nele wurde über und über rot und erwiderte gekränkt: »Warum habt ihr nichts andres aus ihm gemacht?« »Da, jetzt weint sie«, sagte Soetkin, »sei doch still, lieber Mann!«

LXI

Ulenspiegel kam eines Tages nach Nürnberg und gab sich da als großer Arzt aus, als Besieger aller Krankheiten, als hochberühmten Darmfeger, gefeierten Unterdrücker des Fiebers und als wohlberufenen Austreiber der Pest und der Krätze.

In dem dortigen Spital waren so viele Kranke, dass man nicht wusste, wo man sie unterbringen sollte. Der Vorsteher des Spitals, der von Ulenspiegels Ankunft gehört hatte, suchte ihn auf und erkundigte sich bei ihm, ob es wahr sei, dass er alle Krankheiten heilen könne.

»Die letzte ausgenommen«, sagte Ulenspiegel, »doch versprecht mir zweihundert Gulden für die Heilung aller andern, und ich will nicht einen Heller annehmen, wenn alle Eure Kranken nicht das Spital verlassen und sagen werden, dass sie geheilt sind.«

Mit siegesgewissem Blick und feierlichem Gelehrtenantlitz kam er am nächsten Tag in besagtes Spital. Als er die Säle betrat, nahm er jeden Kranken beiseite und sagte zu ihm: »Schwöre mir, niemand anzuvertrauen, was ich dir ins Ohr sagen werde. Welche Krankheit hast du?« Der Kranke sagte es ihm und schwor bei Gott, zu schweigen. »Wisse«, sagte Ulenspiegel, »dass ich einen von euch zu Asche verbrennen und aus dieser Asche eine wunderbare Mixtur herstellen soll, um sie allen Kranken zu trinken zu geben. Wer nicht marschieren kann, wird verbrannt. Morgen werde ich herkommen, mich mit dem Vorsteher des Spitals auf die Straße stellen und euch anrufen: »Wer nicht krank ist, der packe seine Siebensachen und komme!«

Am nächsten Morgen kam Ulenspiegel und rief, wie er gesagt hatte. Da wollten alle Kranken – Hinkende, Gichtische, Hustende und Fieberische – gleichzeitig fortge-

hen. Alle waren auf der Straße, selbst solche, die seit
zehn Jahren ihr Bett nicht verlassen hatten. Der Spital-
vorsteher fragte sie, ob sie geheilt seien und gehen könnten, und sie antworteten: »Ja«, da sie meinten, dass einer
im Hof verbrannt werden sollte. Und Ulenspiegel sagte
zu dem Vorsteher: »Bezahle mich, da alle herausge-
kommen sind und erklärt haben, sie seien geheilt.«

Der Vorsteher zahlte ihm zweihundert Gulden aus,
und Ulenspiegel machte sich davon. Aber am zweiten
Tag sah der Vorsteher seine Kranken in schlimmerem
Zustand als vorher wiederkommen, einen einzigen ausgenommen, der, durch die frische Luft geheilt, betrunken durch die Straßen zog und sang: »Gelobt sei der
große Doktor Ulenspiegel!«

LXII

Ulenspiegel kam nach Wien, wo er bei einem Wagenbauer Dienst nahm, der seine Gehilfen immer schalt,
dass sie den Blasebalg der Schmiede nicht kräftig genug
handhabten. »Folgt mir im Takt mit den Blasebälgen«,
rief er immerzu. Als der Meister eines Tages in den Garten ging, nahm Ulenspiegel den Blasbalg aus seinem
Rahmen, lud sich ihn auf die Schulter und folgte seinem
Meister. Dieser staunte, als er Ulenspiegel so schwer bepackt sah, und Ulenspiegel sagte zu ihm: »Meister, Ihr
habt mir befohlen, mit den Blasebälgen zu folgen – wo
soll ich den lassen, während ich gehe, die anderen zu
holen?« »Lieber Junge«, antwortete der Meister, »das
habe ich dir nicht gesagt, geh und bringe den Blasbalg
an seinen Platz zurück.« Indessen dachte er darüber
nach, wie er ihm diesen Streich heimzahlen könnte.

Von nun an stand er alle Tage um Mitternacht auf, weckte seine Gehilfen und ließ sie arbeiten. Die Gehilfen aber fragten: »Meister, warum weckst du uns mitten in der Nacht?« »Es ist eine Gewohnheit, die ich so an mir habe«, antwortete der Meister, »meine Gehilfen während der ersten sieben Tage nicht länger als die halbe Nacht im Bett liegen zu lassen.«

In der folgenden Nacht weckte er seine Gehilfen wieder um zwölf Uhr. Ulenspiegel, der auf dem Dachboden schlief, lud sich sein Bett auf den Rücken und kam so bepackt in die Schmiede hinunter. Der Meister sagte zu ihm: »Bist du närrisch? Was lässt du dein Bett nicht an seinem Platz?« »Es ist eine Gewohnheit, die ich so an mir habe«, antwortete Ulenspiegel, »während der ersten sieben Tage die eine Hälfte der Nacht auf dem Bett zuzubringen, die andre darunter.«

»Ausgezeichnet«, antwortete der Meister, »aber es ist eine zweite Gewohnheit, die ich so an mir habe, meine widerspenstigen Gehilfen auf die Straße zu werfen mit der Erlaubnis, dass sie die erste Woche auf dem Pflaster verbringen dürfen und die zweite darunter.« »Wenn Ihr wollt, in Eurem Keller, Meister, bei den Braunbierfässern«, antwortete Ulenspiegel.

LXIII

Als er den Wagenbauer verlassen hatte und auf dem Rückweg nach Flandern war, musste er seine Dienste einem Schuhmacher widmen, dem es lieber war, sich auf der Straße herumzutreiben, als in seiner Werkstatt mit der Ahle umzugehen. Als Ulenspiegel zum hundertsten

Male sah, wie er im Begriff war fortzugehen, fragte er ihn, wie er das Leder der Oberteile schneiden solle.

»Schneide es für große und mittlere Füße«, antwortete der Meister, »damit alles, was großes und kleines Vieh treibt, sie bequem anziehen kann.« »Es soll so geschehen, Meister«, antwortete Ulenspiegel. Als der Schuhmacher fortgegangen war, schnitt Ulenspiegel das Oberleder nur als Schuhzeug für Stuten, Eselinnen, Färsen, Säue und Schafe. Als der Meister in die Werkstatt zurückkehrte und sein Leder in solche Stücke zerschnitten sah, sagte er: »Was hast du da gemacht, stümpernder Tunichtgut?« »Das, was Ihr mir gesagt habt«, antwortete Ulenspiegel. »Ich habe dir befohlen«, erwiderte der Meister, »mir die Schuhe so zuzuschneiden, dass alle jene sie bequem tragen können, die Ochsen, Schweine und Schafe treiben, und du machst mir Schuhzeug für die Füße dieser Tiere!« Ulenspiegel sagte: »Meister, wer anders als die Sau treibt den Werst in der Liebeszeit der Tiere, wer den Esel als die Eselin, wer den Stier als die Kuh und den Hammel als das Schaf?«

Dann ging Ulenspiegel fort und musste seines Weges ziehen.

LXIV

Es war im April, und nach einer Zeit milden Wetters gab es strengen Frost, und der Himmel war grau wie am Totensonntag.

Das dritte Jahr von Ulenspiegels Verbannung war seit Langem abgelaufen, und Nele harrte täglich ihres Freundes: »Ach!« sagte sie, »es wird auf die Birnbäume und Jasminsträucher schneien, die in Blüte stehen, und auf all die armen Pflanzen, die im Vertrauen auf die sanfte Wärme, die sie zu vorzeitiger Erneuerung weckte, aufgeblüht sind. Schon fallen kleine Flocken vom Himmel auf die Wege, und auch mein armes Herz wird von Schnee bedeckt! Wo sind die hellen Strahlen, die auf fröhlichen Gesichtern spielen, auf den Dächern tanzen und sie röter glänzen lassen und die Scheiben mit Flammenglut überziehen ? Wo sind die Vögel und Insekten, die Himmel und Erde neu beleben? Ach! Nun bin ich erstarrt vor Traurigkeit und bangem Warten, Tag und Nacht. Wo bist du, mein Freund Ulenspiegel?«

LXV

Ulenspiegel war nahe von Renaix in Flandern und hatte Hunger und Durst, aber er wollte nicht klagen und versuchte es, die Leute lachen zu machen, damit sie ihm Brot gäben. Aber er lachte allemal schlecht, und die Leute gingen vorbei, ohne ihm etwas zu geben.

Es fror ihn, und abwechselnd schneite, regnete und hagelte es auf den Rücken des Vagabunden. Wenn er ein Dorf durchzog, so lief ihm schon das Wasser im Mund zusammen, wenn er einen Hund in einer Mauerecke an einem Knochen nagen sah. Er wollte gar zu gern einen Gulden verdienen, wusste aber nicht, wie er ihm in den Ranzen fallen sollte. Hielt er nach oben Umschau, so sah er die Tauben, die vom Dach ihres Schlages weiße Klümpchen auf den Weg fallen ließen, das waren aber keine Gulden. Dann sah er wohl auf das Straßenpflaster hinab, aber da blühten keine Gulden zwischen den Steinen. Suchte er zur Rechten, so sah er eine Wolke, die sich wie eine große Gießkanne am Himmel hinzog, und er wusste, wenn diese Wolke etwas fallen ließe, so würde es kein Sturzregen von Gulden sein. Forschte er zur Linken, so gewahrte er einen großen indischen Kastanienbaum, einen Nichtstuer, der da lebte, ohne was zu schaffen. »Ach!« sprach er bei sich, »warum gibt es keine Guldenbäume? Das wären gar schöne Bäume!«

Plötzlich barst die große Wolke, und die kieselsteingroßen Hagelschloßen fielen dicht auf seinen Rücken. »Ach«, sagte er, »ich fühl's nur zu gut, man wirft mit Steinen nach mir wie nach tollen Hunden.« Dann begann er, zu laufen. »Es ist nicht meine Schuld«, fuhr er in seinem Selbstgespräch fort, »dass ich keinen Palast, ja nicht einmal ein Zelt habe, um meinen mageren Körper zu schützen. Oh! Die bösen Schlossen, sie sind hart wie Kanonenkugeln. Nein, es ist kein Vergehen, dass ich meine Lumpen durch die Welt schleife, das geschieht einzig deshalb, weil es mir Vergnügen bereitet. Warum bin ich nicht Kaiser! Diese Hagelschloßen wollen mit Gewalt in meine Ohren eindringen wie böse Reden.« –

Und er lief. »Arme Nase«, setzte er hinzu, »bald wirst du so durchbohrt sein, dass du als Pfefferbüchse bei den Schmausereien der Großen dieser Welt dienen kannst, auf die es nicht hagelt.« Dann trocknete er sich die Wangen. »Die werden den Köchen, die sich an ihren Backöfen wärmen, trefflich als Schaumquirl dienen. Ach, ferne Erinnerung an gewesene Soßen! Ich habe Hunger. Leerer Bauch, klage nicht! Schmerzende Eingeweide, plumpert nicht mehr! Wo versteckst du dich, freundliches Geschick? Führe mich in das Land, in dem es eine Weide für mich gibt.«

Während er so zu sich selbst sprach, wurde der Himmel hell, die Sonne glänzte, der Hagel hörte auf, und Ulenspiegel sagte: »Guten Tag, Sonne, mein einziger Freund, der kommt, mich zu trocknen!« Er lief weiter und fror. Plötzlich sah er einen schwarz- und weißgefleckten Hund auf der Straße, der mit heraushängender Zunge und Augen, die aus dem Kopf zu treten schienen, geradeswegs auf ihn zukam. »Dieses Tier hat die Tollwut im Bauch«, sagte Ulenspiegel, hob in der Hast einen großen Stein auf und kletterte auf einen Baum. Als er den ersten Ast erreicht hatte, lief der Hund vorbei, und Ulenspiegel ließ ihm den Stein auf den Schädel fallen. Der Hund blieb stehen und versuchte mit traurigen und steifen Bewegungen, auf den Baum zu klettern, um Ulenspiegel zu beißen, er vermochte es aber nicht, stürzte zu Boden und starb.

Ulenspiegel war dessen umso weniger froh, als er, vom Baum herabgestiegen, bemerkte, dass der Hund keinen trockenen Rachen hatte, wie seinesgleichen bei der Tollwut zu haben pflegt. Als er aber das Fell betrachtete, sah er, dass es schön und gut zu verkaufen war, zog es ab und wusch es, dann hängte er es auf einen Pfahl, ließ es ein wenig von der Sonne trocknen und tat es dann in seinen Ranzen.

Hunger und Durst quälten ihn weiter, er betrat mehrere Bauernhöfe, wagte aber nicht, sein Fell dort zu verkaufen, aus Furcht, der Hund könnte dem betreffenden Bauern gehört haben. Er bat um Brot, aber man gab ihm keines. Die Nacht kam. Seine Beine waren müde, und er trat in eine kleine Herberge. Da sah er eine alte Wirtsfrau, die einen alten hustenden Hund liebkoste, dessen

Fell dem des toten ähnlich war. »Woher kommst du, Wanderer?«, fragte ihn die alte Wirtin. Ulenspiegel antwortete: »Ich komme aus Rom, wo ich den Hund des Papstes von einem Nasenleiden geheilt habe, das ihm ganz ungewöhnlich beschwerlich war.« »Dann hast du also den Papst gesehen?«, fragte sie und gab ihm ein Glas Bier. »Ach!«, sagte Ulenspiegel, »es war mir nur verstattet, seine heiligen Füße und Pantoffeln zu küssen.« Währenddessen hustete der alte Hund der Wirtin, spuckte aber nicht.

»Wann tatest du das?«, fragte die Alte. »Im vorletzten Monat«, antwortete Ulenspiegel. »Man hatte mich erwartet, ich kam an und klopfte an das Tor. ›Wer ist da?‹, fragte der erzkardinale, erzgeheime, erzaußerordentliche Kämmerer Seiner dreimal heiligen Heiligkeit. ›Das bin ich‹, antwortete ich, ›mein Herr Kardinal, der ausdrücklich deshalb aus Flandern kommt, um den Fuß des Papstes zu küssen und seinen Hund vom Nasenleiden zu kurieren.‹

›Ah, du bist's‹, ließ sich der Papst durch eine gegenüberliegende kleine Tür vernehmen. ›Ich wäre sehr froh, dich zu sehen, aber es ist augenblicklich unmöglich. Es ist mir durch die heiligen Dekretalien verboten, mein Gesicht einem Fremden zu zeigen, wenn man gerade das heilige Rasiermesser darüberführt.‹ ›Ach!‹, sagte ich, ›ich bin wahrlich unglücklich, ich komme aus einem so weitab gelegenen Land, um Eurer Heiligkeit die Füße zu küssen und Eurer Heiligkeit Hund von seinem Nasenleiden zu heilen. Muss ich also unverrichteter Dinge wieder zurückkehren?‹ ›Nein‹, sagte der Heilige Vater, dann hörte ich ihn rufen: ›Erzkämmerer, schiebe meinen

Fauteuil bis vor die Tür und öffne die Klappe, die darunter ist.‹ Das geschah. Dann sah ich einen Fuß durch die Öffnung stecken, der mit einem goldenen Pantoffel bekleidet war, und hörte eine donnergleiche Stimme folgende Worte sprechen: ›Das ist der furchtbare Fuß des Fürsten der Fürsten, des Königs der Könige, des Kaisers der Kaiser. Küsse den heiligen Pantoffel, Christ, küsse ihn!‹ Und ich küsste den heiligen Pantoffel und hatte die Nase voll von dem balsamischen Himmelsduft, den dieser Fuß ausströmte. Sodann schloss die Klappe sich, und dieselbe furchtbare Stimme sagte mir, ich solle warten.

Als sich die Klappe wieder öffnete, kam, mit allem Respekt sei's gesagt, ein Tier heraus, das kahlhäutig, triefäugig und wie ein Schlauch aufgebläht war und wegen der Breite seines Wanstes mit gespreizten Beinen gehen musste. Der Heilige Vater geruhte mir noch zu sagen: »Ulenspiegel, du siehst da meinen Hund, er hat durch das Benagen der Knochen, die man den Ketzern gebrochen hat, ein Nasenleiden und noch andere Krankheiten abbekommen. Heile ihn, mein Sohn, du wirst deinen Lohn bekommen.«

»Trink«, sagte die Alte. »Schenk ein«, antwortete Ulenspiegel und fuhr in seinem Bericht fort: »Ich klistierte den Hund mit einer wunderbaren Mixtur, die ich selbst gebraut hatte. Daraufhin pisste er drei Tage und drei Nächte lang ohne Unterbrechung und genas.«

»Jesus, God en Maria!«, sagte die Alte, »lass mich dich küssen, glorreicher Pilger, der du den Papst gesehen hast und auch meinen Hund wirst heilen können!« Ulenspiegel aber, dem an den Küssen der Alten nichts gelegen war, sagte: »Wessen Lippen den heiligen Pantoffel geküsst haben, der darf zwei Jahre lang von keiner Frau einen Kuss empfangen. Gib mir zunächst einige gute Fleischklöße, ein oder zwei Würste und entsprechend viel Bier dazu, und ich werde deinem Hund eine so klare Stimme verleihen, dass er die Aves im Chor der großen Kirche singen kann.« »Sprächst du wahr«, seufzte die Alte, »ich würde dir einen Gulden geben.« »Ich werd's schon machen«, erwiderte Ulenspiegel, »aber erst nach dem Abendessen.«

Sie wartete ihm mit allem auf, was er verlangt hatte. Er aß und trank, was Platz hatte, und wollte die Alte zum Dank für die Atzung schier umarmen, wenn er nicht gesagt hätte, dass ihm das verboten sei. Während er aß, legte der alte Hund die Pfoten auf seine Knie, um einen Knochen zu bekommen. Ulenspiegel gab ihm mehrere und sagte dann zur Wirtin: »Wenn einer bei dir gegessen hätte und nicht bezahlte, was würdest du tun?« »Ich nähme dem Schlingel sein bestes Kleid«, antwortete die Alte. »So ist's gut«, erwiderte Ulenspiegel, dann nahm er den Hund unter den Arm und ging mit ihm in den Pferdestall. Dort sperrte er ihn mit einem Knochen ein, nahm das Fell des toten Hundes aus seinem Ranzen und kehrte zu der Alten zurück, er fragte sie, ob sie nicht gesagt habe, dass sie dem, der seine Mahlzeit nicht bezahlen würde, das beste Kleid ausziehen wollte. Sie bejahte.

»Sehr gut! Dein Hund hat mit mir gegessen und hat mir nichts bezahlt, ich habe ihm, deiner Vorschrift gemäß, sein bestes Gewand ausgezogen.« Damit zeigte er ihr das Fell des toten Hundes.

»Ach«, rief die Alte weinend, »das ist grausam von Euch, Herr Arzt. Armes Hündchen! Es war mir in meinem Witwenstand wie ein Kind. Warum hast du mich des einzigen Freundes beraubt, den ich auf der Welt hatte ? Jetzt bleibt mir nichts mehr als der Tod.« »Ich werde ihn wieder zum Leben erwecken«, sagte Ulenspiegel. »Erweckt ihn!«, sagte sie, »er wird mich wieder liebkosen, mich wieder ansehen, mich wieder lecken und wieder mit seinem armseligen alten Schwanzstummel wedeln, wenn er mich sieht! Tut es, Herr Arzt, und Ihr sollt hier ein gar köstliches Essen umsonst haben, und ich werde Euch obendrein mehr als einen Gulden für Euer Werk geben.« »Ich werde ihn wieder erwecken«, sagte Ulenspiegel, »aber ich brauche dazu heißes Wasser, Sirup, um die Schnitte zu verkleben, eine Nadel und Zwirn und Bratensoße, auch will ich bei der Operation allein bleiben.«

Die Alte gab ihm, was er verlangt hatte, dann nahm er das Fell wieder an sich und ging in den Pferdestall. Dort schmierte er dem alten Hund die Soße ums Maul, was der freudig geschehen ließ. Dann machte er ihm mit Sirup einen breiten Streifen auf den Bauch, bestrich ihm auch die Zehen mit Sirup und den Schwanz mit Bratensoße. Dann stieß er drei laute Schreie aus und rief: »Staet op! Staet op! Ik't bevel, vuilen hond!« [8] Hierauf steckte er das Fell des toten Hundes schleunig in seinen Ranzen, gab dem lebenden einen kräftigen Fußtritt und beförderte ihn so in die Gaststube der Herberge.

Als die Alte ihren Hund am Leben und sich die Schnauze lecken sah, wollte sie ihn voll Entzücken umarmen, aber Ulenspiegel erlaubte das nicht. »Du darfst

---

[8] »Steh auf, steh auf, ich befehl's dir, fauler Hund!« (Anmerkung des Übersetzers.)

den Hund nicht eher liebkosen«, sagte er, »als bis er mit seiner Zunge den ganzen Sirup abgeleckt hat, mit dem er bestrichen ist, dann erst werden die Schnitte in der Haut fest verwachsen sein. Und nun zahle mir meine zehn Gulden.« »Ich habe nur von einem gesagt«, erwiderte die Alte. »Einen für die Operation und neun für die Wiedererweckung«, sagte Ulenspiegel. Und sie bezahlte ihm die zehn Gulden.

Als Ulenspiegel sich dann zum Weggehen anschickte, warf er die Haut des toten Hundes in die Gaststube und sagte: »Nimm seine alte Haut, Frau, und hebe sie gut auf, sie wird dir nützlich sein, um das neue Fell zu flicken, wenn es Löcher bekommt.«

An diesem Sonntag fand in der Stadt Brügge die Prozession vom heiligen Blute statt. Claes sagte zu seinem Weib und Nele, sie sollten hingehen, um ihr beizuwohnen; vielleicht könnten sie auch Ulenspiegel in der Stadt treffen. Er wollte, sagte er, inzwischen die Hütte bewachen und warten, ob der Pilger nicht heimkäme.

Die Frauen machten sich zu zweit auf den Weg, Claes blieb in Damme, setzte sich auf die Schwelle seiner Tür und machte da die Beobachtung, dass die Stadt ganz verödet war. Außer dem kristallklaren Läuten irgendeiner dörflichen Glocke vernahm er keinen Laut, einzelne Windstöße trugen ihm aus Brügge das Klingen der Glockenspiele und das gewaltige Krachen der Geschütze und Mörser zu, die zu Ehren des heiligen Blutes abgeschossen wurden.

Claes hielt gedankenvoll nach Ulenspiegel Umschau, sah aber nichts andres als den klaren, wolkenlos blauen

Himmel, einige Hunde, die mit heraushängender Zunge in der Sonne lagen, kecke Spatzen, die piepsend im Staub badeten, eine Katze, die ihnen auflauerte, und das Sonnenlicht, das freundlich in alle Häuser strahlte und die Kupferkessel und Zinnhumpen auf den Borden erglänzen ließ. Aber Claes war traurig inmitten dieses Frohsinns, denn er sehnte sich nach seinem Lohn, er mühte sich, ihn hinter dem grauen Nebel der Wiesen zu sehen, ihn im freudigen Rauschen der Blätter und im lustigen Konzert der Vögel auf den Bäumen zu hören.

LXVI

Plötzlich sah er auf dem Wege, der von Maldeghem nach Damme führt, einen Mann von hoher Gestalt, erkannte aber gleich, dass es nicht Ulenspiegel war. Er sah ihn am Rand eines Mohrrübenfeldes stehen bleiben und gierig von diesem Gemüse essen. »Das ist einer, der Heißhunger hat«, sagte Claes. Dann verlor er ihn einen Moment lang aus den Augen, sah ihn aber an der Ecke der Rue d'Heron wieder auftauchen und erkannte in ihm den Boten Josses, der ihm die siebenhundert goldnen Karlsgulden gebracht hatte.

Er ging ihm auf der Straße entgegen und sagte zu ihm: »Tritt bei mir ein!« Der Mann antwortete: »Gesegnet sind, die den irrenden Wanderer erlaben.« Soetkin hatte auf dem äußeren Fenstersims der Hütte Brot ausgestreut, das für die Vögel bestimmt war. Im Winter kamen sie dahin, um Nahrung zu suchen. Der Mann nahm einige von den Krumen und aß sie. »Du hast Hunger und Durst«, sagte Claes. Der Mann erwiderte: »Ich bin vor acht Tagen von Dieben geplündert worden und habe mich seitdem nur von Mohrrüben im Feld und von Wurzeln im Wald genährt.« »Dann ist es Zeit zu schmausen«, sagte Claes, öffnete die Speisekammer und sprach: »Da ist ein Sack voll Erbsen, da sind Eier, Würste, Schinken, Genter Schwarzwürste, waterzoey und Fischragout. In der Tiefe des Kellers schlummert der Wein von Louvain, auf Burgunder Art bereitet, rot und hell wie Rubin; er bittet förmlich darum, durch die Gläser geweckt zu werden. Lass uns also Holz ins Feuer tun! Hörst du die Würste auf dem Rost singen? Das ist das Lied der köstlichen Nahrung.«

Claes fragte den Mann, während er die Würste hin und her drehte: »Hast du meinen Sohn Ulenspiegel nicht gesehen?« »Nein«, antwortete er. »Bringst du Nachrichten von meinem Bruder Josse?«, fragte Claes weiter, während er die gebratenen Würste auf den Tisch setzte nebst einer Omelette mit fettem Schinken, Käse und großen Humpen Weins von Louvain, der rot und klar in den Flaschen schimmerte. Der Mann antwortete: »Dein Bruder Josse ist in Sippenaken bei Aachen auf dem Rad gestorben, weil er als Ketzer die Waffen gegen den Kaiser geführt hat.«

Da ward Claes fast irre vor großem Zorn und sprach, am ganzen Körper bebend: »Elende Henker! Ach, Josse, mein armer Bruder!« Und der Mann sagte ohne Sanftmut: »Unsere Wonnen und Leiden sind nicht von dieser Welt!« Dann machte er sich ans Essen und fuhr fort: »Ich habe deinem Bruder im Gefängnis beigestanden, indem ich mich als einen Verwandten, einen Bauern aus Niesweiler, ausgab. Ich bin hierhergekommen, weil er zu mir sagte: Wenn du nicht wie ich für den Glauben stirbst, gehe gleich zu meinem Bruder Claes, ermahne ihn, im Frieden des Herrn zu leben, Werke der Barmherzigkeit zu tun und seinen Sohn im geheimen nach dem Gebot Christi aufzuziehen.

Das Geld, das ich ihm gegeben habe, möge er dazu verwenden, Thyl nach den Lehren Gottes und der Heiligen Schrift zu erziehen.‹« Nach diesen Worten gab der Bote Claes den Kuss des Friedens. Und Claes klagte: »Auf dem Rad gestorben! Mein armer Bruder!« Und er konnte sich von seinem großen Schmerz nicht erholen. Als er aber sah, dass der Mann Durst hatte und sein Glas hinhielt, schenkte er ihm Wein ein und aß und trank selber, aber ohne Freude.

Soetkin und Nele waren sieben Tage lang abwesend, und während dieser Zeit wohnte der Bote Josses unter Claesens Dach. Allnächtlich hörten sie Katheline in ihrer Hütte stöhnen: »Das Feuer! Das Feuer! Macht ein Loch, die Seele will entfliehen!« Claes ging zu ihr, tröstete sie durch sanfte Worte und kehrte dann in seine Wohnung zurück. Als der siebente Tag um war, machte sich der Mann auf den Weg und wollte von Claes nicht mehr als zwei Karlsgulden für Wegzehrung und Obdach annehmen.

LXVII

Nele und Soetkin waren von Brügge zurückgekehrt. Claes saß in der Küche, nach Art der Schneider auf dem Boden, und nähte an eine alte Hose Knöpfe an. Nele war bei ihm und hetzte Titus Bibulus Schnuffius auf den Storch, abwechselnd schoss er auf ihn zu und zog sich wieder zurück und keifte mit seiner höchsten Stimme.

Der Storch stand auf einem Bein, sah ihn würdevoll und nachdenklich an und zog seinen langen Hals ins Brustgefieder zurück. Als Titus Bibulus Schnuffius ihn so friedlich sah, kläffte er noch lauter. Aber plötzlich schnellte der Vogel, den diese Musik verdross, seinen Schnabel wie einen Pfeil nach dem Rücken des Hundes, der die Flucht ergriff und schrie: »Zu Hilfe!«

Claes lachte, Nele desgleichen, Soetkin aber hörte nicht auf, die Straße entlang zu schauen und zu suchen, ob sie Ulenspiegel nicht kommen sähe. Plötzlich sagte sie: »Da ist der Profos mit vier Justizsoldaten. Von uns wollen sie doch nichts – ohne Zweifel. Da gehen zwei rund um die Hütte herum.« Claes hob die Nase von seiner Arbeit auf. »Und zwei bleiben davor stehen«, fuhr Soetkin fort. Claes erhob sich. »Wen will man denn in dieser Straße verhaften?«, sagte Soetkin, »Herr Jesus! Lieber Mann, sie treten hier ein.«

Claes sprang aus der Küche in den Garten, Nele folgte ihm. »Rette die Karlsgulden«, sagte er zu ihr, »sie sind hinter dem Kamin.« Nele verstand ihn und sah dann, wie er über die Hecke sprang, von den Schergen am Kragen gefasst wurde und auf« sie einschlug, um sich von ihnen loszumachen. Sie weinte und schrie: »Er ist unschuldig! Er ist unschuldig! Tut ihm nichts Böses, meinem Vater Claes! Ulenspiegel, wo bist du ? Du schlügest sie beide tot!« Und sie stürzte sich auf einen der Schergen und zerriss ihm mit den Nägeln das Gesicht. Dann schrie sie: »Sie töten ihn!«, fiel auf den Rasen des Gartens nieder und wälzte sich vor Verzweiflung. Katheline war auf den Lärm herbeigeeilt und sah dieses Schauspiel steif und regungslos mit an, dann wiegte sie den Kopf und sagte: »Das Feuer, das Feuer! Macht ein Loch, die Seele will entfliehen!«

Soetkin hatte nichts gesehen und sprach zu den Schergen, die in die Hütte eingetreten waren: »Meine Herren, was sucht ihr in unserer armen Hütte? Wenn ihr meinen Sohn sucht – der ist weit. Sind eure Beine lang?« Nach diesen Worten war sie froh.

In diesem Augenblick rief Nele um Hilfe, Soetkin lief in den Garten und sah ihren Mann, wie er, am Kragen festgehalten, auf der Straße neben der Hecke stand und sich gegen die Häscher zur Wehr setzte. »Schlag drein!«, rief sie, »töte sie! Ulenspiegel, wo bist du?« Und sie wollte ihrem Mann zu Hilfe eilen, aber einer der Schergen hielt sie fest, was nicht ohne Gefahr für ihn war. Claes setzte sich mit so guten Schlägen zur Wehr, dass es ihm wohl geglückt wäre, zu entwischen, wenn die beiden Schergen, zu denen Soetkin gesprochen hatte, nicht denen, die ihn festhielten, zu Hilfe gekommen wäre. Beide Hände gefesselt, führten sie ihn in die Küche zurück, wo Soetkin und Nele blutige Tränen weinten. »Mein Herr Profos«, sagte Soetkin, »was hat mein Mann denn getan, dafür man ihn so mit Stricken fesselt?« »Er ist ein Ketzer«, sagte einer der Schergen. »Ketzer?«, erwiderte Soetkin, »du bist Ketzer, du? Diese Dämonen haben gelogen.« Claes aber sprach: »Ich begebe mich in Gottes Obhut.« Dann musste er gehen.

Nele und Soetkin folgten ihm weinend und glaubten, dass man auch sie vor den Richter führen werde. Männer und Weiber kamen herbei, als sie sahen, dass Claes so gefesselt einherging, weil man ihn der Ketzerei verdächtigte, erfasste sie so große Angst, dass sie hastig in ihre Häuser zurückkehrten und alle Türen hinter sich verschlossen. Nur einige kleine Mädchen wagten, auf Claes zuzukommen und ihn zu fragen: »Wohin gehst du so gefesselt?« »Zur Gnade Gottes, Kinderchen«, antwortete er.

Man brachte ihn ins Gemeindegefängnis. Soetkin und Nele setzten sich auf die Schwelle. Gegen Abend sagte Soetkin zu Nele, sie solle sie verlassen und nach Hause gehen, um zu sehen, ob Ulenspiegel nicht zurückgekehrt sei.

LXVIII

Die Nachricht, dass man einen Mann wegen Ketzerei gefangen gesetzt habe und dass der Inquisitor Titelman, Dechant von Renaix, mit dem Beinamen »Inquisitor Herzlos«, die Befragung leiten werde, hatte sich rasch in der Umgebung von Damme verbreitet.

Ulenspiegel lebte damals zu Koolkerke in intimster Gunst einer lieblichen Pächterin, einer sanften Witwe, die ihm nichts von dem, was sie hatte, verweigerte. Er war da sehr glücklich, verwöhnt und liebkost, bis zu dem Tage, an dem ein verhasster Rivale, ein Gemeindeschöffe, morgens wartete, wann er aus der Schenke kommen würde, um ihn mit Eiche abzureiben. Ulenspiegel stieß ihn aber in eine Moorlache, um seine Wut abzukühlen, aus der der Schöffe heil herauskam, aber grün wie eine Kröte und vollgesogen wie ein Schwamm. Wegen dieser hehren Tat musste Ulenspiegel Koolkerke verlassen und eilte, was ihn seine Beine tragen konnten, Damme zu, da er die Rache des Schöffen fürchtete.

Ein kühler Abend senkte sich über das Land, und Ulenspiegel eilte; er wollte schon bald zu Hause ein. Er sah im Geist Nele nähen, Soetkin das Abendessen bereiten, Claes Reisig bündeln, Schnuffius einen Knochen nagen und den Storch der Hausfrau auf den Bauch klopfen, um ein paar Bissen abzubekommen. Ein Straßenhändler sprach ihn im Vorbeigehen an: »Wohin läufst du so schnell?« »Nach Damme, in mein Heim«, antwortete Ulenspiegel. Der Händler sagte: »Die Stadt ist wegen der Reformierten, die man dort verhaftet hat, nicht sicher«, dann ging er weiter. Vor der Herberge »Zum Roten Schild« angelangt, trat Ulenspiegel ein, um ein Glas Dobbelkuyt zu trinken, und der Wirt sagte zu ihm: »Bist du nicht Claesens Sohn?« »Der bin ich«, antwortete Ulenspiegel. »Beeile dich, denn für deinen Vater hat die Stunde des Unglücks geschlagen.« Ulenspiegel fragte ihn, was das besagen solle, aber der Wirt antwortete, dass er's noch allzu früh erfahren würde. Und Ulenspiegel setzte seinen Lauf fort.

Als er vor das Tor von Damme kam, stürzten sich die Hunde, die auf den Torschwellen lagen, auf seine Beine, schnappten nach ihm und kläfften. Die Weiber kamen auf den Lärm hin aus den Häusern und sagten, alle zugleich sprechend, zu ihm: »Woher kommst du? Hast du Nachrichten von deinem Vater? Wo ist deine Mutter? Ist sie auch im Gefängnis? Ach! Wenn man ihn nur nicht verbrennt!«

Ulenspiegel lief immer schneller. Da begegnete ihm Nele, die zu ihm sagte: »Thyl, geh nicht in dein Haus, die Ratsherren haben auf Befehl Seiner Majestät einen Wachtposten hingestellt.« Ulenspiegel hielt im Lauf an und sagte: »Nele, ist es wahr, dass Claes, mein Vater, im Gefängnis ist?« »Ja«, sagte Nele, »und Soetkin weint auf der Schwelle.« Da schwoll das Herz des Sohnes gewaltig an vor Schmerz, und er sprach zu Nele: »Ich gehe, ihn zu besuchen.« »Du tätest damit nicht recht«, sagte sie, »du sollst vielmehr Claes gehorchen, der, ehe er gefangen genommen ward, zu mir gesagt hat: ›Rette die Karlsgulden, sie sind hinter dem Kamin.‹ Das musst du zunächst tun, denn diese Gulden sind das Erbe Soetkins, des armen Weibes.«

Ulenspiegel hörte nichts und lief zum Gefängnis. Dort sah er Soetkin auf der Schwelle sitzen. Sie umarmte ihn unter Tränen, und beide weinten zusammen. Bei diesem Anblick sammelte sich eine Menge Volks vor dem Gefängnis an, und ein Soldat kam auf Ulenspiegel und Soetkin zu und sagte ihnen, sie sollten sich so schnell wie möglich aus dem Staube machen.

Mutter und Sohn gingen in Neles Hütte, die der ihren benachbart war, vor der sie einen Landsknecht aus Brügge stehen sahen, da befürchtet wurde, dass während der Gerichtshaltung und der Exekution Unruhen ausbrechen könnten. Denn die Bürger von Damme liebten Claes gar sehr. Der Landsknecht saß auf dem Stein, der vor der Tür lag, und war damit beschäftigt, den letzten Tropfen Branntwein aus seiner Flasche zu schlürfen. Da er nichts mehr darin fand, warf er sie einige Schritte weit weg und vergnügte sich, indem er mit seiner Hellebarde die Pflastersteine lockerte.

Soetkin trat laut weinend zu Katheline ins Zimmer. Die wackelte mit dem Kopf und sagte: »Das Feuer! Macht ein Loch, die Seele will entfliehen!«

LXIX

Die Glocke läutete Burgsturm und rief damit die Richter zum Tribunal, die sich zur vierten Stunde in der Vierschar um die Gerichtslinde versammelten. Claes wurde vor sie geführt und sah den Vogt von Damme unter dem Richterhimmel sitzen, ihm zur Seite und das Gesicht ihm zugewandt, den Bürgermeister, die Schöffen und den Gerichtsschreiber. Auf das Glockengeläute hin kam das Volk in großer Menge herbeigelaufen und rief: »Viele von den Richtern sind nicht da, um Werke der Gerechtigkeit zu tun, sondern um dem König Schergendienste zu leisten.« Der Gerichtsschreiber erklärte, dass das Tribunal nach Sichtung und Anhörung der Anzeigen und Zeugenaussagen gelegentlich einer vorhergegangenen Versammlung um die Gerichtslinde beschlossen habe, Claes, den Köhler, zu Damme geboren, Gatte Soetkins, der Tochter Joostens, in Haft zu nehmen. Nunmehr wollten sie – fuhr er fort – das Zeugenverhör vornehmen.

Zunächst wurde Hans Barbier, Claesens Nachbar, angehört. Nachdem er den Eid geleistet hatte, sagte er: »Beim Heil meiner Seele! Ich bestätige und versichere, dass Claes, der hier vor dem Tribunal steht und der mir seit bald siebzehn Jahren wohlbekannt ist, immer ehrbar den Geboten unserer heiligen Mutter Kirche folgend gelebt hat, dass er niemals schmähende Reden über sie geführt, niemals irgendeinem Ketzer Unterschlupf gewährt hat, weder das Buch Luthers verborgen hielt noch darüber sprach, und dass er nichts getan hat, weswegen man ihn beschuldigen könnte, gegen die Gesetze und

Erlasse der Krone gefehlt zu haben. So wahr mir Gott helfe und alle seine Heiligen!«

Jan van Roosebeke wurde als nächster angehört und sagte, dass er während der Abwesenheit Soetkins, Claesens Frau, mehrere Male zwei Männerstimmen gehört zu haben glaube, und dass er oft des Abends, nach dem Aveläuten, in einem kleinen Zimmer unter dem Dach zwei Männer, deren einer Claes war, bei einem Licht miteinander habe reden sehen. Ob der andere Mann ein Ketzer war oder nicht, könne er nicht sagen, da er ihn nur von Weitem gesehen habe. »Was sonst Claes betrifft«, fügte er hinzu, »sage ich in voller Wahrheit, dass er, seit ich ihn kenne, seine Ostern immer regelmäßig gefeiert, und dass er bei allen großen Festen zur Kommunion gegangen ist, auch ging er jeden Sonntag zur Messe, ausgenommen die vom heiligen Blut und die danach folgten. Sonst weiß ich nichts zu sagen. So wahr mir Gott helfe und alle seine Heiligen.«

Gefragt, ob er nicht gesehen habe, wie Claes in der Schenke »Zum Blauen Turm« Ablässe verkauft und das Fegefeuer verspottet habe, antwortete Jan van Roosebeke, dass Claes in der Tat Ablässe verkauft habe, dass er aber weder Hohn noch Spott dabei getrieben habe und dass er, Roosebeke, welche gekauft habe, wie es auch Josse Grypstuiver, der Gildenmeister der Fischhändler, habe machen wollen, der da inmitten des Volkshaufens stünde.

Darauf sagte der Vogt, dass er nun die Tatsachen und Umstände bekannt machen werde, derentwillen Claes vor das Tribunal der Vierschar geführt worden sei.

»Der Anzeiger«, begann er, »der durch Zufall in Damme geblieben war, um sein Geld nicht in Brügge für Gelage und Schmausereien auszugeben, wie das ja bei solch heiligen Anlässen allzu oft Brauch ist, begnügte sich damit, auf der Schwelle seiner Tür Luft zu schöpfen. Da sah er einen Mann durch die Rue d'Heron daherkommen. Als Claes diesen Mann gewahrte, ging er auf ihn zu und begrüßte ihn. Dieser Mann trug schwarze Kleidung. Er trat bei Claes ein, und die Tür der Hütte blieb offen. Neugierig zu erfahren, wer dieser Mann sei, trat der Anzeiger in den Vorraum der Hütte und hörte, wie Claes in der Küche mit dem Fremden über einen gewissen Josse, seinen Bruder, sprach, der, mit den Truppen der Reformierten gefangen genommen, wegen seines Tuns unweit von Aachen lebend auf das Rad geflochten worden war. Der Fremde sagte zu Claes, dass das Geld, welches er von seinem Bruder empfangen habe, an der Unwissenheit des Volkes verdient sei und dass er es dazu verwenden solle, seinen Sohn in der reformierten Religion aufzuziehen. Auch trug er Claes auf, den Schoß unserer heiligen Mutter Kirche zu verlassen, und ließ noch andere lästerliche Reden laut werden, auf die Claes nur mit diesen Worten erwiderte: ›Grausame Henker! Mein armer Bruder!‹

Und er klagte unseren Heiligen Vater, den Papst und Seine Königliche Majestät der Grausamkeit an, dieweil sie die Ketzerei gerechterweise als Verbrechen der Beleidigung gegen die göttliche und menschliche Majestät bestraften. Als der Mann seine Mahlzeit beendet hatte, hörte der Anzeiger, wie Claes ausrief: ›Armer Josse! Gott möge dir beistehen in seiner Gnade! Sie haben dich grausam behandelt!‹ So beschuldigte er Gott selbst der Lästerung, indem er behauptete, dass Ketzer in seinen Himmel aufgenommen werden könnten. Und er rief ohne Unterlass: ›Mein armer Bruder!‹ Der Fremde, der nun, gleich einem Prädikanten bei der Predigt, in Begeisterung versetzt wurde, rief aus: ›Es wird stürzen, das große Babylon, die römische Hure, und wird zum Asyl werden für alle Dämonen und zum Schlupfwinkel für alles ekle Gevögel!‹ Claes sagte: ›Grausamer Henker! Mein armer Bruder!‹ Der Fremde fuhr in seiner Rede fort und sagte: ›Und der Engel wird einen Stein nehmen, groß wie eine ganze Mühle, wird ihn ins Meer schleudern und sprechen: ›So wird das große Babylon gestürzt und nimmer aufgefunden werden.‹ ›Herr‹, sagte Claes, ›Euer Mund ist voll des Zornes, aber sagt mir, wann wird die Herrschaft derer kommen, die sanften Herzens sind und in Frieden auf Erden leben können?‹ ›Niemals‹, antwortete der Fremde, solange der Antichrist regiert, der Papst, der aller Wahrheit Feind ist.‹ ›Ach‹, sagte Claes, ›Ihr sprecht ohne Ehrfurcht von unserem Heiligen Vater. Er weiß sicher nichts von den grausamen Martern, die man die armen Reformierten erleiden lässt.‹ Der Fremde antwortete: ›Er weiß es wohl, denn er ist es, der ihre Urteile bestimmt und sie durch den Kaiser – jetzt durch den König – vollstrecken lässt, der die Vorteile der Konfiskation genießt, die Hingerichteten beerbt und freudigen Herzens den Reichen wegen Ketzerei den Prozess macht.‹ Claes antwortete: ›Man spricht in Flandern von diesen Dingen, ich muss wohl daran glauben! Das Fleisch der Menschen ist schwach, selbst wenn es königliches Fleisch ist. Mein armer Josse!‹

Und so gab Claes zu verstehen, dass es der niedrige Wunsch, sich zu bereichern, sei, der Seine Majestät dazu veranlasse, die Ketzer zu bestrafen. Der Fremde wollte weiterschwatzen, aber Claes sagte: ›Habt die Güte, mein Herr, nicht weiter solcher Unterhaltung zu pflegen, die mir, wenn sie gehört würde, einen bösen Prozess einbringen könnte.‹ Claes erhob sich, um in den Keller zu gehen, und kehrte mit einem Krug Bier zurück. ›Ich werde die Tür schließen‹, sagte er dann, und der Anzeiger hörte nichts mehr, denn er musste das Haus schleunigst verlassen.

Die Tür blieb verschlossen, wurde jedoch bei einbrechender Nacht wieder geöffnet, der Fremde ging fort, kam aber nach kurzer Zeit wieder, klopfte und sprach: ›Claes, mich friert, ich weiß nicht, wo ich übernachten soll. Gib mir Obdach! Es hat mich niemand kommen sehen, die Stadt ist ganz verödet.‹ Claes nahm ihn bei sich auf, zündete die Laterne an, und man sah, wie er hinter dem Ketzer die Treppe hinaufging und den Fremden in ein kleines Zimmer unter dem Dach führte, dessen Fenster sich nach dem Felde öffnen ...«

»Wer kann all das berichtet haben«, rief Claes aus, »wenn nicht du, elender Fischhändler? Ich habe dich am Sonntag, steif wie ein Pfahl, auf deiner Schwelle stehen und scheinheilig dem Flug der Schwalben folgend in die Luft starren sehen.« Und er zeigte mit dem Finger auf Josse Grypstuiver, den Meister der Fischhändlergilde, dessen hässliche Fratze in der Volksmenge sichtbar war.

Der Fischhändler lächelte boshaft, als er sah, wie Claes sich solcherart verriet. »Der arme, brave Claes«, sagten alle, Männer, Frauen und Kinder zueinander, »diese Worte werden ohne Zweifel seinen Tod herbeiführen.«

Aber der Gerichtsschreiber fuhr in seiner Erklärung fort: »Der Ketzer und Claes führten in dieser Nacht, wie in den sechs folgenden Nächten, lange Gespräche, während deren man den Fremden mit zum Himmel erhobenen Armen Gesten des Fluches oder des Segens machen sehen konnte, wie seinesgleichen im Ketzerglauben zu tun pflegen. Claes schien seine Ausführungen gutzuheißen. Sicherlich sprachen sie während dieser Tage, Abende und Nächte Schimpfliches über die Messe, über den Glauben und die Ablässe und über Seine Königliche Majestät ...«

»Niemand hat das gehört«, sagte Claes, »und man kann mich nicht so ohne Beweise beschuldigen!«

Der Gerichtsschreiber erwiderte: »Man hat anderes gehört» als der Fremde am siebenten Tag, um die sechste Stunde, von dir fortging, hast du ihn – der Abend war schon angebrochen – bis an den Rand von Kathelines Feld begleitet. Dort befragte er dich, was du mit den verfluchten Götzenbildern« – hier bekreuzigte sich der Vogt – »der Heiligen Jungfrau, des heiligen Nicolas und des heiligen Martin gemacht habest. Du antwortetest, dass du sie zerbrochen und in den Brunnen geworfen habest. Tatsächlich wurden in der darauffolgenden Nacht in deinem Brunnen die Trümmer gefunden, sie befinden sich in der Folterkammer.«

Nach diesen Worten schien Claes überwältigt. Der Vogt fragte ihn, ob er nichts zu erwidern habe, und Claes verneinte durch eine Kopfbewegung. Der Vogt fragte ihn weiter, ob er den fluchwürdigen Gedanken, der ihn die Figuren habe zertrümmern lassen, widerrufen wolle, ebenso die lasterhafte Verirrung, in der er gegen Seine Göttliche Majestät und gegen Seine Königliche Majestät Worte der Schmähung ausgesprochen habe. Claes antwortete, dass sein Körper wohl Seiner Königlichen Majestät gehöre, sein Gewissen aber Christo, dessen Geboten er folgen wolle.

Der Vogt fragte ihn, ob dieses Gesetz dasjenige der heiligen Mutter Kirche sei, und Claes erwiderte: »Es steht im Heiligen Evangelium.« Aufgefordert, die Gewissensfrage zu beantworten, ob der Papst Gottes Vertreter auf Erden sei, antwortete er: »Nein.« Befragt, ob er glaube, dass es unzulässig sei, die Bilder der Heiligen Jungfrau und der Heiligen anzubeten, antwortete er, dass dies Götzendienst sei. Auf die weitere Frage, ob er die Ohrenbeichte als eine gute und dem Seelenheil förderliche Institution betrachte, antwortete er: »Christus hat gesagt: ›Bekennet euch einer vor dem anderen.‹«

Obgleich er im Grunde seines Herzens betrübt und voll Schrecken war, waren seine Antworten kraftvoll. Es schlug acht Uhr, und der Abend senkte sich hernieder. Die Herren des Tribunals zogen sich zurück und verschoben die endgültige Urteilsfällung auf den nächsten Tag.

LXX

Soetkin weinte in Kathelines Hütte vor rasendem Schmerz und sagte ohne Unterlass: »Mein Mann, mein armer Mann!« Ulenspiegel und Nele umarmten sie mit überströmender Zärtlichkeit. Sie schloss sie in ihre Arme und weinte still vor sich hin. Dann gab sie durch Zeichen zu verstehen, dass man sie allein lassen solle. Nele sagte zu Ulenspiegel: »Lassen wir sie hier, sie will es, retten wir die Karlsgulden.« Und sie gingen zu zweit fort. Katheline umkreiste Soetkin und sagte: »Macht ein Loch, die Seele will von dannen!« Soetkin starrte sie an, ohne sie zu sehen.

Die Hütten von Claes und Katheline stießen aneinander, die von Claes hatte eine Ausbuchtung mit einem Vorgärtchen, die von Katheline hatte einen mit Bohnen bepflanzten Garten, der bis zur Straße reichte und von einer Strauchhecke umgeben war, in die Nele und Ulenspiegel in ihren Kinderjahren ein großes Loch gemacht hatten, um zueinander kommen zu können.

Nele und Ulenspiegel kamen in das Gärtchen und sahen den Wachtsoldaten, der mit schwankendem Kopf in die Luft zu speien versuchte, wobei der Speichel auf seinen Rock zurückfiel, neben ihm lag eine Korbweidenflasche. Nele sagte zu Ulenspiegel: »Der betrunkene Söldner hat seinen Durst noch nicht gestillt, er muss mehr trinken, dann werden wir ihn übertölpeln können. Nehmen wir die Flasche an uns.« Bei dem Klang ihrer Stimmen wandte der Landsknecht ihnen seinen schweren Kopf zu und suchte nach seiner Flasche, als er sie nicht fand, fuhr er fort zu spucken und versuchte, den Speichel im Mondlicht niederfallen zu sehen. »Er ist bis ins Maul voll Branntwein«, sagte Ulenspiegel, »hörst du, wie mühsam er spuckt?«

Indessen hatte der Söldner genug gespuckt und in die Luft gestarrt und streckte wieder den Arm aus, um die Flasche in die Hand zu bekommen. Er fand sie, setzte die Öffnung an den Mund, bog den Kopf zurück und versetzte der Flasche kleine Schläge, um ihr jeden Tropfen zu entlocken, so sog er wie ein Kind an der Brust seiner Mutter. Aber er fand nichts darin, verzichtete auf weitere Versuche und legte die Flasche neben sich, dann fluchte er ein wenig auf Hochdeutsch, spuckte noch einmal, ließ den Kopf nach rechts und links wanken, murmelte noch ein unverständliches Paternoster und schlief endlich ein. Ulenspiegel wusste wohl, dass dieser Schlaf nicht von Dauer sein werde und dass er ihn fördern müsse, er schlüpfte durch das Loch, das in die Hecke gemacht worden war, nahm die Flasche des Söldners und gab sie Nele, die sie mit Branntwein füllte. Der Söldner hörte nicht auf zu schnarchen, Ulenspiegel kroch wieder durch das Loch in der Hecke, legte ihm die Flasche zwischen die Beine und kehrte dann in Kathelines Gärtchen zurück, wo er mit Nele hinter der Hecke des Kommenden harrte.

Durch die Kühle des eben erst abgezogenen Branntweins erwachte der Söldner ein bisschen, und seine erste Geste tastete nach dem, was ihn unter dem Wams so kalt machte. Von der Eingebung der Betrunkenen geleitet, schloss er, dass das sehr wohl eine volle Flasche sein könne, und fasste mit der Hand danach. Ulenspiegel und Nele sahen ihn im Mondlicht die Flasche schütteln, um die Flüssigkeit plätschern zu hören, dann kostete er, lachte, erstaunt, die Flasche voll zu finden, tat ein Schlückchen und dann einen Schluck, stellte sie zur Erde, nahm sie wieder zur Hand und trank weiter. Dann sang er:

»Wann er kommt, der Herr Mond,
Die Frau See zu grüßen.«

Bei den Deutschen ist die Dame See die Gattin des Herrn Mond, des Beherrschers der Frauen.

»Wann er kommt, der Herr Mond,
Die Frau See zu grüßen,
Reicht sie ihm den Humpen dar
Und lässt Wein drein fließen,
Wann er kommt, der Herr Mond.

Schmaust mit ihm zur Nacht sie dann,
Küsst sie ihn ohn' Ende
Und schlüpft nach diesem Festgelag
In sein Bett behände,
Wann er kommt, der Herr Mond.

So soll auch mein Schätzchen tun,
Braten, Wein, das frommt,
Soll an meiner Seite ruh'n,
Wann er kommt, der Herr Mond.«

Abwechselnd trinkend und eine Strophe singend, schlief er wieder ein und konnte nicht hören, wie Nele sagte: »Sie sind in einem Topf hinter dem Kamin«, noch konnte er sehen, wie Ulenspiegel durch den Stall in Claesens Küche ging, den Deckel des Kaminverschlages aufhob, den Topf und die Gulden fand und dann in Kathelines Gärtchen zurückkehrte, wie er sie dann neben der Brunnenmauer vergrub, da er wohl wusste, dass man, wenn sie gesucht würden, drinnen suchen werde und nicht draußen. Hierauf kehrten die beiden zu Soetkin zurück und fanden die schmerzenreiche Frau weinend und immer wiederholend: »Mein Mann! Mein armer Mann!« Und Nele und Ulenspiegel wachten bis zum Morgen bei ihr.

LXXI

Am nächsten Tag rief die Burgsturmglocke die Richter mit gewaltigen Schlägen zum Tribunal der Vierschar. Als sie auf den vier Bänken, die rund um den Baum der Gerechtigkeit herumstanden, Platz genommen hatten, begannen sie das Verhör Claesens von Neuem und fragten ihn zunächst, ob er seine Irrungen widerrufen wolle.

Claes erhob die Hand zum Himmel und sagte: »Christus, mein Herr, sieht mich von oben. Ich habe seine Sonne angesehen, als mein Sohn Ulenspiegel geboren ward. Wo ist er nun, der Vagabund? Soetkin, mein sanftes Weib, wirst du tapfer sein gegen das Ungemach?«

Dann richtete er seinen Blick auf die Linde und sprach, sie verfluchend: »Sturm und Dürre! Lasst eher alle Bäume des Landes der Väter von den Wurzeln auf verderben, als dass man mit ansehe, wie in ihrem Schatten das freie Gewissen zum Tode verurteilt wird. Wo bist du, mein Sohn Ulenspiegel? Ich war hart gegen dich. Meine Herren, habt Erbarmen mit mir und verurteilt mich, wie unser barmherziger Herr es täte.«

Alle, die das hörten, weinten, die Richter ausgenommen. Dann fragte er, ob es denn keine Verzeihung für ihn gäbe, und sagte: »Ich habe immer gearbeitet und wenig verdient, ich habe den Armen Gutes getan und war zu jedermann freundlich. Ich habe die römische Kirche verlassen, um dem Geist Gottes zu gehorchen, der zu mir sprach. Ich erflehe keine andere Gnade als die, dass die Strafe des Feuers in die der lebenslänglichen Verbannung aus dem Lande Flandern umgewandelt werde, was immerhin schon eine große Strafe wäre.«

Da riefen alle Anwesenden: »Gnade, ihr Herren! Barmherzigkeit!« Aber Josse Grypstuiver rief nicht.

Der Vogt machte ein Zeichen, dass die Anwesenden schweigen sollten, und sagte, dass die Erlasse das ausdrückliche Verbot der Gnadenbitte für Ketzer enthielten; dass Claes aber, wenn er seinen Irrtum abschwören wolle, mit dem Strick hingerichtet werden würde statt durch das Feuer. Und im Volke hieß es: »Feuer oder Strick, Tod ist Tod!« Und die Frauen weinten, während die Männer finster murrten.

Claes sagte: »Ich schwöre nichts ab. Macht mit meinem Körper, was euch in eurer Barmherzigkeit gefällt!«

Titelman, der Dechant von Renaix, rief aus: »Es ist unerträglich, solch ketzerisches Gewürm vor seinen Richtern den Kopf erheben zu sehen, ihre Körper verbrennen ist eine vorübergehende Strafe, aber man muss ihre Seelen retten und sie durch die Folter zwingen, ihre Irrtümer abzuschwören, damit sie dem Volk nicht das gefährliche Schauspiel des Ketzertodes in Unbußfertigkeit darbieten.« Daraufhin weinten die Frauen wieder, und die Männer sagten: »Wenn einer ein Geständnis abgelegt hat, wird er bestraft, aber nicht gefoltert.«

Das Tribunal entschied, dass man Claes die Folter nicht erleiden lassen würde, da sie durch die Verordnungen nicht vorgeschrieben sei. Noch einmal befragt, ob er abschwören wolle, antwortete er: »Ich kann nicht.«

Kraft der Erlasse wurde er der Simonie schuldig erklärt, und zwar wegen des Verkaufs von Ablässen, wegen Ketzerei und ketzerischer Hehlerei. Demgemäß wurde er verurteilt, den Tod des Verbrennens zu erleiden. Die Exekution sollte vor dem Gemeindehaus stattfinden, sein Leichnam sollte zwei Tage lang als abschreckendes Beispiel am Pfahl festgebunden bleiben; dann sollte er am Friedhof der Gerichteten begraben werden.

Das Tribunal sagte dem Anzeiger Josse Grypstuiver, dessen Name aber nicht genannt wurde, von den ersten hundert Gulden der Hinterlassenschaft fünfzig zu und außerdem ein Zehntel vom übrigen.

Als Claes dieses Urteil gehört hatte, sagte er zum Gildenmeister der Fischhändler: »Du wirst eines schlimmen Todes sterben, du böser Mensch! Denn für einen lumpigen Groschen machst du aus einer glücklichen Gattin eine Witwe und aus einem fröhlichen Sohn eine kummervolle Waise.«

Die Richter hatten Claes sprechen lassen, denn auch sie, Titelman ausgenommen, hegten tiefe Verachtung für die Angeberei des Gildenmeisters der Fischhändler, der leichenblass vor Scham und Wut dastand.

Dann wurde Claes ins Gefängnis zurückgeführt.

LXXII

Am nächsten Tage, dem Vortag von Claesens Hinrichtung, erfuhren Nele, Ulenspiegel und Soetkin den Urteilsspruch. Sie baten die Richter um Erlaubnis, ins Gefängnis zu gehen, diese wurde ihnen erteilt, nur Nele durfte nicht gehen.

Als sie den Kerker betraten, sahen sie Claes mit einer langen Kette an die Mauer gefesselt. Wegen der Feuchtigkeit brannte ein kleines Holzfeuer im Kamin, denn nach flandrischem Gesetz und Recht ist es vorgeschrieben, die, welche sterben sollen, gütig zu behandeln und ihnen Brot, Fleisch, Käse und Wein zu geben. Aber die habgierigen Wächter handelten oft dem Gesetz entgegen, und es ereignete sich nicht selten, dass sie den armen Gefangenen den größten Teil und die besten Stücke der Mahlzeit wegaßen.

Claes umarmte weinend Ulenspiegel und Soetkin, aber er war der erste, der seine Augen trocknete, weil er sich als Oberhaupt der Familie bewähren wollte. Soetkin weinte, und Ulenspiegel sprach: »Ich will diese verfluchten Eisenringe zerbrechen.« Soetkin sagte, immer weinend: »Ich gehe zu König Philipp, er wird Gnade üben.«

Claes aber antwortete: »Der König erbt die Güter der Märtyrer.« Dann fuhr er fort: »Geliebte Frau und teurer Sohn, ich gehe traurig und voll Schmerz von dieser Welt. Wenn ich auch Furcht vor den Leiden habe, die meinem Körper bestimmt sind, so bin ich doch tief bekümmert, wenn ich denke, dass ihr beide, wenn ich nicht mehr bin, arm und elend sein werdet, denn der König wird euch euer Hab und Gut nehmen.« Ulenspiegel antwortete mit leiser Stimme: »Nele hat gestern mit mir zusammen alles gerettet.« »Dann bin ich ruhig«, sagte Claes, »der Anzeiger wird über seine Beute nicht viel lachen.« »Möge ihn ein baldiger Tod ereilen!«, sagte Soetkin mit hassfunkelnden Augen, ohne zu weinen. Aber Claes dachte an die Karlsgulden und sagte: »Du warst scharfsinnig, Thylken, mein Liebling, sie wird also nicht Hunger leiden in ihren alten Jahren, Soetkin, meine Witwe.« Und Claes umarmte sie und drückte sie an seine Brust, und sie weinte immerfort und dachte, dass sie bald seinen süßen Schutz verlieren würde.

Dann sah Claes Ulenspiegel an und sprach: »Sohn, du hast dich oft versündigt, während du über die Straßen wandertest, wie die Lumpen tun, das darfst du nun nicht mehr, mein Kind, du darfst sie nicht allein daheim lassen, die betrübte Witwe, denn du, der Mann, du musst ihr Wehr und Schutz sein.« »Ich werde so tun, Vater«; sagte Ulenspiegel.

»Ach, mein armer Mann!«, sagte Soetkin, ihn umarmend. »Welches große Verbrechen haben wir begangen? Wir lebten zu zweit ein ehrbares und einfaches Leben in Frieden und liebten uns aus ganzem Herzen, Herrgott, du weißt es! Früh standen wir zur Arbeit auf und aßen abends, dir dankend, das tägliche Brot. Ich will zum König gehen und ihn mit meinen Nägeln zerreißen. Herrgott! Wir waren nicht schuldig!«

Da trat der Wächter ein und sagte, dass sie gehen müssten. Soetkin bat, bleiben zu dürfen. Claes fühlte ihr armes Gesicht an dem seinen brennen, Soetkins strömende Tränen benetzten seine Wangen, und ihr armer Körper bebte und zitterte in seinen Armen. Und er bat, dass sie bei ihm bleiben dürfe. Der Wächter wiederholte, dass sie gehen müssten, und riss Soetkin aus Claesens Armen. Claes sagte zu Ulenspiegel: »Wache über sie.« Er antwortete, dass er's wohl tun werde.

Und Ulenspiegel und Soetkin gingen fort, der Sohn die Mutter stützend.

LXXIII

Am nächsten Tag – es war der Tag der Hinrichtung – kamen die Nachbarn und sperrten Ulenspiegel, Soetkin und Nele aus Mitleid in Kathelines Hütte ein. Sie hatten aber nicht bedacht, dass sie die Schreie des Leidenden aus der Ferne hören und die Flammen des Scheiterhaufens sehen könnten.

Katheline wanderte durch die Stadt und sagte mit wackelndem Kopfe: »Macht ein Loch, die Seele will entfliehen.«

Um neun Uhr wurde Claes im Hemd, die Hände hinter dem Rücken gefesselt, aus dem Gefängnis geführt. Dem Urteil entsprechend, war der Scheiterhaufen in der Rue de Notre-Dame rund um einen Pfahl herum errichtet worden, der vor dem Wall des Gemeindehauses aufgerichtet war. Der Henker und seine Gehilfen waren mit dem Aufschichten des Holzes noch nicht zu Ende gekommen. Claes wartete inmitten seiner Häscher geduldig, bis diese Arbeit getan war, während der Profos zu Pferde, die Gardisten der Vogtei und die neun Landsknechte, die aus Brügge herbeigeholt worden waren, große Mühe hatten, das murrende Volk in Ruhe zu halten. Alle sagten, dass es eine Grausamkeit sei, einen armen, braven Mann, der so sanft, barmherzig und arbeitsam gewesen, in seinen alten Jahren so ungerechterweise zu töten. Plötzlich fielen sie auf die Knie und beteten, während die Glocken von Notre-Dame den Toten läuteten. Auch Katheline war, völlig irre, unter der Volksmenge und stand in der ersten Reihe. Als sie Claes und den Scheiterhaufen sah, schüttelte sie den Kopf und sagte: »Das Feuer, das Feuer! Macht ein Loch, die Seele will entfliehen!«

Soetkin und Nele bekreuzigten sich, als sie das Läuten der Glocken hörten. Ulenspiegel aber tat es nicht und sagte, er wolle Gott nicht auf die gleiche Art anbeten, wie die Henker es täten. Und er lief in der Hütte umher und versuchte die Türen einzuschlagen oder aus dem Fenster zu springen; aber alle waren verschlossen.

Plötzlich schrie Soetkin auf und barg das Gesicht in der Schürze: »Der Rauch!« Die drei Trauernden sahen in der Tat einen großen schwarzen Rauchwirbel am Himmel. Es war der Rauch vom Scheiterhaufen, auf dem Claes, an einen Pfahl gebunden, stand und den der Henker an drei Stellen im Namen Gottes des Vaters, Gottes des Sohnes und Gottes des Heiligen Geistes entzündet hatte.

Claes blickte um sich und war froh, Soetkin und Ulenspiegel nicht in der Menge zu sehen, er glaubte, sie würden es nicht ertragen, seine Leiden mit anzusehen. Man hörte nur die Stimme des betenden Claes, das Knistern des Holzes, das Murren der Männer, das Weinen der Frauen und die Worte Kathelines: »Erstickt das Feuer, macht ein Loch, die Seele will von dannen!«, die von dem Läuten der Totenglocken von Notre-Dame begleitet wurden.

Plötzlich wurde Soetkin weiß wie Schnee, zitterte am ganzen Körper und wies, ohne zu weinen, mit dem Finger auf den Himmel. Eine lange und schmale Flamme loderte vom Scheiterhaufen auf und erhob sich für einen Augenblick über die Dächer der niedrigen Häuser. Sie verursachte Claes grausame Schmerzen, denn, den Launen des Windes folgend, nagte sie an seinen Beinen, berührte seinen Bart, dessen Haare sie in Brand setzte, und entzündete auch das Kopfhaar.

Ulenspiegel hielt Soetkin in den Armen und wollte sie vom Fenster wegreißen. Da hörten sie, wie Claes, dessen Körper auf einer Seite brannte, einen gellenden Schrei ausstieß. Aber gleich darauf war er still und weinte, dass seine ganze Brust von den Tränen benetzt ward. Dann hörten Soetkin und Ulenspiegel ein lautes Stimmengewirr. Es kam von den Bürgern, Frauen und Kindern, die allesamt riefen: »Claes ist nicht verurteilt worden, in kleinem Feuer zu verbrennen, sondern in großem. Henker, schüre den Scheiterhaufen!« Der Henker tat so, aber das Feuer griff nicht schnell genug um sich. »Erwürgt ihn«, riefen die Leute und warfen Steine nach dem Profosen.

»Die Flamme, die große Flamme!«, schrie Soetkin. In der Tat stieg inmitten der Rauchsäule eine rote Flamme zum Himmel auf. »Er stirbt«, sagte die Witwe, »Herrgott, nimm die Seele dieses Schuldlosen auf in Barmherzigkeit! – Wo ist der König, dass ich ihm mit meinen Nägeln das Herz zerreiße?« Die Glocken von Notre-Dame läuteten für die Toten.

Soetkin hörte Claes wieder einen Schrei ausstoßen, aber sie sah weder seinen Körper, der sich in den Schmerzen des Brandes wand, noch sein verzerrtes Antlitz, noch seinen Kopf, den er nach allen Seiten streckte und gegen das Holz des Pfahles schlug. Das Volk fuhr fort zu schreien und zu pfeifen, und die Jungen warfen Steine, als der Scheiterhaufen plötzlich vollends in Flammen aufging, und alle hörten, wie Claes inmitten der Flammen und des Rauches rief: »Soetkin! Thyl!« Dann fiel sein Kopf auf die Brust, als wäre er von Blei gewesen.

Ein klagender, durchdringender Schrei ward aus Kathelines Hütte hörbar, dann vernahm man nichts mehr als die Worte der armen Irren, die den Kopf schüttelte und sagte: »Die Seele will von dannen!«

Claes hatte ausgelitten. Der verbrannte Scheiterhaufen fiel am Fuße des Pfahls in sich zusammen, und der arme verkohlte Körper blieb am Halse hängen. Die Glocken von Notre-Dame läuteten für die Toten.

LXXIV

Soetkin war bei Katheline und stand mit gesenktem Kopf und gefalteten Händen an die Wand gelehnt da. Ohne zu sprechen und zu weinen, hielt sie Ulenspiegel umarmt. Auch Ulenspiegel verharrte in Schweigen, er war entsetzt, als er fühlte, welch fieberisches Feuer in dem Körper seiner Mutter brannte.

Die Nachbarn kamen vom Platz der Hinrichtung zurück und sagten, dass Claesens Leiden nun beendet seien. »Er ist in der Glorie«, sagte die Witwe.

»Bete«, sagte Nele zu Ulenspiegel und gab ihm ihren Rosenkranz, aber er wollte sich nicht seiner bedienen, weil die Kugeln, wie er sagte, vom Papst gesegnet worden seien.

Die Nacht brach herein, und Ulenspiegel sagte zur Witwe: »Mutter, du musst zu Bett gehen, ich werde bei dir wachen.« »Du musst nicht bei mir wachen«, sagte Soetkin, »der Schlaf ist nur gut für junge Menschen.« Nele richtete für jeden ein Lager in der Küche zurecht und ging dann fort. So blieben die beiden allein, und im Kamin brannte der Rest eines Holzfeuers. Soetkin ging zu Bett, Ulenspiegel tat ein gleiches und hörte die Mutter unter der Decke weinen.

Draußen, in der nächtlichen Stille, heulte der Wind und ließ die Bäume am Kanal rauschen wie das Meer und wehte, ein Vorläufer des Herbstes, den Staub in Wirbelwolken gegen die Fenster. Ulenspiegel schien es, als käme ein Mann dahergegangen und als hörte er in der Küche das Geräusch von Schritten. Er blickte um sich und sah niemand und hörte nichts andres als den Wind im Kamin heulen und Soetkin unter dem Laken weinen. Nach einiger Zeit hörte er neuerlich Schritte und hinter seinem Kopf einen Seufzer.

Da ward er von Furcht erfasst und sprach: »Wer ist da?« Aber er erhielt keine Antwort, sondern es wurden drei Schläge auf den Tisch getan, und er fühlte sich von zwei Armen umfangen und spürte einen Körper an seinem Gesicht lehnen, dessen Haut runzlig war, in seiner Brust klaffte ein großes Loch, und ein Brandgeruch ging von ihm aus.

»Vater«, sagte Ulenspiegel, »ist es dein armer Leib, der sich da an mich lehnt?« Aber er erhielt keine Antwort, und obwohl der Schatten ganz nahe bei ihm war, hörte er von draußen rufen: »Thyl! Thyl!«

Plötzlich erhob sich Soetkin und kam an Ulenspiegels Bett. »Hast du nichts gehört?«, fragte sie. »Wohl«, antwortete er, »der Vater hat nach mir gerufen.« »Ich«, sagte Soetkin, »ich habe einen kalten Körper im Bette neben dem meinen gefühlt, und die Matratze hat sich bewegt, und die Vorhänge flatterten, und ich hörte eine Stimme sagen: ›Soetkin‹, eine ganz leise Stimme wie ein Seufzer: Dann vernahm ich einen Schritt, so leicht wie der Flügelschlag einer Mücke.« Und Soetkin sprach zu Claesens Geist: »Lieber Mann, wenn du irgendetwas wünschest im Himmel, wo Gott dich in seiner Glorie behütet, so musst du uns sagen, was es ist, damit wir deinem Willen nachkommen können.«

Plötzlich riss ein gewaltiger Windstoß die Tür auf und erfüllte das Zimmer mit Staub und Soetkin und Ulenspiegel vernahmen fernes Rabengekrächz. Da gingen sie zusammen hinaus und kamen an den Scheiterhaufen. Die Nacht war schwarz, nur wenn die Wolken, vom scharfen Wind gejagt, gleich Hirschen über das Firmament liefen, sah man das strahlende Antlitz des Sternenhimmels. Ein Gemeindesoldat ging, den Scheiterhaufen bewachend, auf und ab. Ulenspiegel und Soetkin hörten seine Schritte auf der harten Erde, und als sie sich dem Scheiterhaufen näherten, ließ sich der Rabe auf Claesens Schulter nieder, und sie hörten, wie er mit dem Schnabel auf den Leichnam schlug, bald kamen auch andere Raben herbei.

Ulenspiegel wollte auf den Scheiterhaufen springen und die Raben durch Schläge verjagen, aber der Soldat sagte zu ihm: »Zauberer, suchst du Ruhmeshände? Wisse, dass die Hände der Verbrannten nicht unsichtbar machen, sondern einzig die der Gehenkten, wie du selbst eines Tages einer sein wirst.« »Herr Söldner«, sagte Ulenspiegel, »ich bin kein Zauberer, sondern der verwaiste Sohn dessen, der da angebunden ist, und diese Frau ist seine Witwe. Wir wollen ihn nur noch einmal küssen und ein wenig von seiner Asche mitnehmen, zum Angedenken an ihn. Erlaubt uns das, mein Herr, der Ihr zwar ein fremder Söldner, aber doch ein braver Sohn dieses Landes seid.« »Tu, was du willst«, antwortete der Söldner.

Der Verwaiste und die Witwe stiegen auf die verbrannten Holzscheite und näherten sich dem Leichnam, unter strömenden Tränen küssten sie beide Claesens Antlitz. Ulenspiegel nahm von der Herzgegend, wo die Flamme ein tiefes Loch gebrannt hatte, ein wenig Asche an sich. Dann knieten sie nieder, Soetkin und er, und beteten. Als die zarte Morgenröte den Himmel überzog, waren sie beide noch immer am Scheiterhaufen, doch der Söldner verjagte sie, aus Furcht, wegen seines Wohlwollens bestraft zu werden.

Heimgekehrt, nahm Soetkin ein Stück roter Seide und ein anderes Stück schwarzer Seide, daraus machte sie ein Säckchen und tat die Aschenreste hinein. Dann befestigte sie zwei Bänder an dem Säckchen, damit es Ulenspiegel immer um den Hals tragen könne. Sie gab es ihm und sagte: »Diese Asche, das Herz meines Gatten, dieses Rote, sein Blut und dieses Schwarze, unsere Trauer, es sei immerdar auf deiner Brust, wie das Feuer der Rache an den Henkern in ihr sei!« »Des will ich eingedenk sein«, sagte Ulenspiegel. Und die Witwe schloss den Verwaisten in ihre Arme, während am Horizont die Sonne aufstieg.

LXXV

Am nächsten Tag kamen die Söldner und Gemeindeherolde in Claesens Behausung an, um alle Einrichtungsgegenstände auf die Straße zu schaffen und zum gerichtlichen Verkauf zu bringen. Soetkin sah von Kathelines Hütte aus die Wiege fortschaffen, die, aus Eisen und Kupfer gefertigt, in Claesens Familie von Vater auf Sohn vererbt war und in der der arme Tote ebenso wie Ulenspiegel als Neugeborener gelegen hatte. Dann schleppten sie das Bett heraus, in dem Soetkin ihr Kind empfangen und in dem sie so süße Nächte an der Brust ihres Mannes verbracht hatte. Dann kam der Brotschrank daran, der Trog, in dem zu glücklichen Zeiten das Fleisch gewesen, Pfannen, Kessel und Kochgeräte, die alle nicht mehr so blinkten wie in den Tagen des Glücks, sondern vernachlässigt und von Staub bedeckt waren. Sie riefen ihr die Familiengelage ins Gedächtnis zurück, zu denen die Nachbarn, vom Duft der Speisen angelockt, herbeigekommen waren.

Dann brachte man eine Tonne und ein Fässchen Simpel- und Dobbelkuyt und in einem Korb die Flaschen voll Wein – mindestens dreißig waren noch da. Und alles, bis auf den letzten Nagel, den die arme Witwe mit großem Lärm aus der Mauer ziehen hörte, wurde auf die Straße gebracht. Ohne zu schreien oder zu weinen, saß sie tief bekümmert da und sah, wie ihre kleinen Schätze weggebracht wurden.

Der Rufer entzündete eine Kerze, und nun kam das ganze Hausgerät zur Versteigerung. Die Kerze war fast heruntergebrannt, als der Gildenmeister der Fischhändler alles für geringen Preis gekauft hatte, um es wieder zu verkaufen, er schien sich daran zu ergötzen wie ein Wiesel, das einem Huhn das Gehirn aussaugt.

Ulenspiegel dachte in seinem Herzen: »Du wirst nicht lange lachen, Mörder!«

Der Verkauf war indessen zu Ende, und die Soldaten hatten alles durchsucht, aber die Karlsgulden nicht gefunden. Der Fischhändler schrie: »Ihr sucht schlecht! Ich weiß, dass Claes vor sechs Monaten noch siebenhundert Gulden hatte.«

Ulenspiegel dachte in seinem Herzen: »Du wirst nicht erben, Mörder!« Plötzlich wandte sich Soetkin Ulenspiegel zu und sagte, während sie auf den Fischhändler zeigte: »Der Angeber!« »Ich weiß es«, antwortete er. »Willst du, dass er Vaters Blut erbe?«, fragte sie. »Eher wollte ich einen ganzen Tag auf der Folterbank liegen«, antwortete Ulenspiegel. »Ich auch – aber verrate mich nicht aus Mitleid, wie groß auch die Schmerzen sein mögen, die du mich erdulden siehst.« »Ach, du bist ein Weib!« »Armer Schelm«, sagte sie, »ich habe dich zur Welt gebracht und verstehe zu leiden. Wenn ich aber dich sähe, dich ...«, und zitternd fuhr sie fort: »Ich werde die Heilige Jungfrau anflehen, die ihren Sohn am Kreuz gesehen hat.« Und weinend liebkoste sie Ulenspiegel. So schlossen sie untereinander einen Pakt von Hass und Kraft.

LXXVI

Der Fischhändler musste nicht mehr als die Hälfte des Kaufpreises bezahlen, da die andere Hälfte vorläufig dazu dienen sollte, ihn für die Denunziation zu bezahlen, bis man die siebenhundert Karlsgulden aufgefunden haben würde, die ihn zu seiner Niedertracht verführt hatten.

Soetkin brachte die Nächte mit Weinen zu und die Tage mit Arbeiten im Hause. Oft hörte Ulenspiegel sie im Selbstgespräch sagen: »Wenn er erbt, töte ich mich.« Da er und Nele wohl einsahen, dass sie ausführen würde, was sie sagte, taten sie ihr möglichstes, um Soetkin zu veranlassen, sich nach Walchern zurückzuziehen, wo sie Verwandte hatte. Soetkin wollte das nicht und sagte, dass ihr nichts daran liege, den Würmern zu entrinnen, die bald ihre Witwenknochen fressen sollten.

Inzwischen war der Fischhändler wieder zum Vogt gegangen und hatte ihm gesagt, dass der Verstorbene erst vor einigen Monaten siebenhundert Karlsgulden geerbt habe und dass er, der einfach und von wenigem lebte, diese große Summe nicht ausgegeben haben könne, sondern dass er sie ohne Zweifel in irgendeinem Winkel vergraben habe. Der Vogt fragte ihn, was ihm Ulenspiegel und Soetkin angetan hätten, dass er, nachdem er den einen des Vaters und die andre des Mannes beraubt habe, noch darauf bedacht sei, sie so grausam zu verfolgen. Der Fischhändler antwortete, dass er als vornehmer Bürger von Damme den Gesetzen des Königreichs Achtung verschaffen und sich so die Gewogenheit Seiner Majestät verdienen wolle.

Nach diesen Worten ließ er eine schriftliche Klage in den Händen des Vogts zurück und führte Zeugen an, die, die lautere Wahrheit sprechend, gegen ihre eigene Überzeugung bekundeten, dass der Fischhändler nicht gelogen habe.

Nachdem die Herren von der Schöffenkammer diese Zeugenschaft gehört hatten, erklärten sie, dass der Schuldbeweis hinreiche, um die Folter zu rechtfertigen.

Infolgedessen entsandten sie einige Schergen nach dem Haus, die eine neuerliche Durchsuchung vornehmen sollten und den Auftrag hatten, Mutter und Sohn ins Stadtgefängnis zu bringen, wo sie festgehalten werden sollten, bis der Henker aus Brügge kam, den man sofort hatte rufen lassen.

Als Ulenspiegel und Soetkin mit auf dem Rücken gefesselten Händen über die Straße gingen, stand der Fischhändler auf der Schwelle seines Hauses und betrachtete sie. Und die andern Bürger von Damme standen mit ihren Frauen auf den Schwellen ihrer Häuser. Mathyssen, der nächste Nachbar des Fischhändlers, hörte, wie Ulenspiegel zu dem Angeber sagte: »Gott wird dich verfluchen, Henker der Witwen!« Und Soetkin sagte zu ihm: »Du wirst eines schlimmen Todes sterben, Verfolger der Waisen!« So erfuhren die Leute von Damme, dass es eine zweite Angeberei Grypstuivers war, weshalb man die Witwe und den Verwaisten ins Gefängnis brachte, sie schmähten den Fischhändler und warfen abends Steine in seine Fenster. Und er wagte nicht mehr, aus dem Hause zu gehen.

LXXVII

Gegen die zehnte Vormittagsstunde wurden Ulenspiegel und Soetkin in die Folterkammer gebracht, in der der Vogt, der Gerichtsschreiber, die Schöffen, der Henker von Brügge, sein Knecht und ein Wundarzt anwesend waren. Der Vogt fragte Soetkin, ob sie nicht dem Kaiser etwas vorenthalte, was rechtlicherweise ihm zugehöre. Sie antwortete, dass sie nichts vorenthalten könne, weil sie nichts besitze. »Und du?« wandte sich der Vogt an

Ulenspiegel. »Vor sieben Monaten«, antwortete er, »haben wir siebenhundert Karlsgulden geerbt, etliche haben wir verzehrt, und was aus den anderen geworden ist, weiß ich nicht, ich denke jedenfalls, dass der Wanderer, der zu unserem Unglück bei uns wohnte, den Rest davongetragen hat, denn ich habe seit damals nichts mehr davon gesehen.«

Der Vogt fragte neuerdings, ob beide darauf bestünden, sich für unschuldig zu erklären. Sie antworteten, dass sie keinerlei Gut zurückhielten, das dem Kaiser zugehöre. Darauf sagte der Vogt mit Trauer und Würde: »Die Beschuldigungen gegen euch sind schwer, und die Anklage ist wohlbegründet, wenn ihr nicht bekennet, müsset ihr die hochnotpeinliche Befragung über euch ergehen lassen.«

»Schonet die Witwe«, sagte Ulenspiegel, »der Fischhändler hat alles gekauft.« »Armer Schelm«, sagte Soetkin, »die Männer wissen nicht, welche Schmerzen die Frauen ertragen können!« Als sie sah, dass Ulenspiegel ihretwegen bleich war wie ein Toter, fügte sie noch hinzu: »Ich habe Hass und Kraft!« »Schonet die Witwe!«, sagte Ulenspiegel. »Nehmt mich an seiner Stelle«, sagte Soetkin.

Der Vogt fragte den Henker, ob alle Gegenstände zur Stelle seien, deren er bedürfe, um die Wahrheit zu erfahren, der Henker antwortete: »Sie sind alle hier.« Nachdem sich die Richter beraten hatten, entschieden sie, dass man, um die Wahrheit zu erfahren, bei der Frau den Anfang machen müsse. »Denn«, sagte einer der Schöffen, »der Sohn ist nicht grausam genug, um seine Mutter leiden zu sehen, ohne sie durch das Geständnis des Verbrechens zu befreien, jede Mutter täte dasselbe für die Frucht ihres Leibes, auch wenn sie das Herz einer Tigerin hätte.« Dann sagte der Vogt zum Henker: »Setze die Frau auf den Stuhl und leg ihr die Stäbchen an Hände und Füße.« Der Henker gehorchte.

»Oh! Tut das nicht, meine Herren Richter!« schrie Ulenspiegel, »bindet mich statt ihrer, brecht die Finger meiner Hände und die Zehen meiner Füße, aber schonet die Witwe!« »Der Fischhändler«, sagte Soetkin, »ich habe Hass und Kraft!« Ulenspiegel erblasste, zitterte, war dem Irrsinn nahe und schwieg still.

Die Stäbchen waren kleine Buchsbaumhölzer, die zwischen die Finger gelegt wurden und mithilfe dünner Schnüre zu einem Instrument von so feiner Erfindung verbunden waren, dass der Henker, je nach dem Willen des Richters, alle Finger gleichzeitig zusammenschnüren oder das Fleisch von den Knochen reißen, die Finger zerdrücken oder dem Gefolterten nur geringen Schmerz bereiten konnte. Er legte die Stäbchen also Soetkin an Händen und Füßen an.

»Streckt!«, sagte der Vogt. Er tat es grausam. Dann wandte sich der Vogt an Soetkin: »Bezeichne mir den Ort, an dem die Karlsgulden vergraben sind.« »Ich kenne ihn nicht«, antwortete sie stöhnend. »Streckt stärker!«, sagte er. Ulenspiegel dehnte die Arme, die ihm hinter dem Rücken gefesselt waren, um den Strick zu zerreißen und Soetkin zu Hilfe zu kommen.

»Streckt nicht, meine Herren Richter«, sagte er, »das sind die zarten und zerbrechlichen Knochen einer Frauenhand! Ein Vogel bräche sie mit seinem Schnabel.

Streckt nicht! Herr Henker, ich spreche nicht zu Euch, denn Ihr müsst Euch den Befehlen der Herren gehorsam erweisen. Streckt nicht, hab Erbarmen!« »Der Fischhändler«, sagte Soetkin, und Ulenspiegel schwieg.

Als er jedoch sah, wie der Henker die Stäbchen noch stärker zusammenschnürte, rief er von Neuem: »Erbarmen, meine Herren! Ihr brecht der Witwe die Finger, die sie zur Arbeit braucht. Ach! Ihre Füße! Soll sie nun nicht mehr gehen können? Erbarmen, ihr Herren!« »Du wirst eines schlimmen Todes sterben, Fischhändler!«, schrie Soetkin. Ihre Knochen krachten, und von ihren Füßen fielen kleine Tropfen Bluts zur Erde. Ulenspiegel sah alles mit an und schrie, zitternd vor Schmerz und Wut: »Frauenknochen, brecht sie nicht, meine Herren Richter!« »Der Fischhändler!«, stöhnte Soetkin, und ihre Stimme war tief und dumpf wie die eines Gespenstes. Ulenspiegel bebte und schrie: »Meine Herren Richter! Die Hände bluten und die Füße auch. Man bricht der Witwe die Knochen!«

Der Wundarzt berührte die Wunden mit dem Finger, und Soetkin stieß einen lauten Schrei aus. »Gestehe für sie«, sagte der Vogt zu Ulenspiegel. Aber Soetkin sah ihn mit weit geöffneten Augen an, die denen einer Toten glichen. Da verstand er, dass er nicht sprechen durfte, und weinte lautlos vor sich hin. Aber der Vogt sprach: »Da diese Frau mit der Widerstandskraft eines Mannes begabt ist, muss ihr Mut an der Folter ihres Sohnes erprobt werden.«

Soetkin hörte diese Worte nicht, denn sie hatte durch den großen Schmerz die Besinnung verloren. Mit Weinessig brachte man sie wieder zu sich. Dann wurde Ulenspiegel entkleidet und nackt vor die Augen der Witwe gestellt. Der Henker schor ihm die Haare am Kopf und am ganzen Körper ab, um zu sehen, ob er nicht ein Teufelszeichen trüge. Er bemerkte das schwarze Pünktchen, das er seit seiner Geburt auf dem Rücken hatte, und stach mehrere Male mit einer langen Nadel hinein; da aber Blut kam, urteilte er, dass nichts von Zauberei an diesem Pünktchen sei. Auf Befehl des Vogts wurden Ulenspiegel die Hände mit zwei Stricken festgebunden, die über eine am Plafond befestigte Winde liefen, vermittels der ihn der Henker nach den Weisungen der Richter aufziehen und herablassen konnte, wobei er ihn grausam schüttelte. Nachdem er ihm noch an jedes Bein ein Gewicht von fünfundzwanzig Pfund gebunden hatte, zog er ihn wohl neunmal so auf und ab. Beim neunten Zug zerriss die Haut über den Hand- und Fußgelenken, und die Knochen der Beine begannen, aus den Gelenken zu springen.

»Gestehe!«, sagte der Vogt. »Nein«, antwortete Ulenspiegel.

Soetkin sah ihren Sohn an und fand nicht die Kraft, zu schreien oder zu weinen. Sie hob nur die Arme und gestikulierte mit ihren blutenden Händen, um zu bedeuten, dass man diese Qual beenden solle. Der Henker fuhr fort, Ulenspiegel hochzuziehen und zu senken. Und die Haut der Hand- und Fußgelenke riss noch weiter, und die Knochen seiner Beine traten noch mehr aus den Gelenken, aber er schrie nicht, während Soetkin mit ihren blutigen Händen gestikulierte. »Gestehe die Hehlerei ein, und man wird dir verzeihen«, sagte der Vogt. »Verzeihung braucht der Fischhändler«, antwortete

Ulenspiegel. »Willst du die Richter verspotten?«, fragte einer der Schöffen. »Ich die Richter verspotten?«, sagte Ulenspiegel, »so etwas tu ich nicht, glaubt mir!«

Nun sah Soetkin, wie der Henker auf Befehl des Vogts ein Kohlenfeuer schürte, während ein Gehilfe zwei Kerzen anzündete. Sie wollte sich auf ihre zerquetschten Füße stellen, fiel aber auf den Sitz zurück und schrie: »Tut das Feuer weg! Ach, ihr Herren Richter, schont seine arme Jugend, tut das Feuer weg!« »Der Fischhändler!«, rief Ulenspiegel, als er sie schwach werden sah. »Setzt Ulenspiegel einen Fuß auf den Boden«, sagte der Vogt, »stellt ihm das Kohlenfeuer unter die Füße und unter jede Achsel eine Kerze.« Der Henker gehorchte.

Was unter den Achseln an Haaren geblieben war, knisterte und rauchte über der Flamme. Ulenspiegel schrie, und Soetkin rief unter Tränen: »Tut das Feuer weg.« Der Vogt sprach: »Gesteh die Hehlerei, und du wirst befreit werden. Gesteh für ihn, Frau!« Und Ulenspiegel sagte: »Wer will den Fischhändler ins ewige Feuer werfen?« Soetkin bedeutete durch eine Kopfbewegung, dass sie nichts zu sagen habe. Ulenspiegel knirschte mit den Zähnen, und Soetkin sah ihn mit flackerndem, tränenvollem Blick an. Als sie bemerkte, wie der Henker die Kerzen anzündete und das Kohlenfeuer unter Ulenspiegels Füße stellte, schrie sie: »Meine Herren Richter! Habt Mitleid mit ihm, er weiß nicht, was er spricht!« »Warum weiß er nicht, was er spricht?«, fragte der Vogt verschmitzt. »Fragt sie nicht aus, meine Herren Richter«, sagte Ulenspiegel, »ihr seht doch wohl, dass sie irre ist vor Schmerzen. Der Fischhändler hat gelogen!« »Sagst du dasselbe wie er, Frau?«, fragte sie der Vogt. Soetkin

bejahte durch Kopfnicken. »Verbrennt den Fischhändler!«, rief Ulenspiegel. Soetkin schwieg: Aber sie streckte
ihre geballte Faust in die Höhe, wie um den Fischhändler zu verfluchen.

Da sah sie mit einem Male das Kohlenfeuer unter den
Füßen ihres Sohnes noch stärker aufflammen und schrie:
»Herrgott und heilige Maria, die ihr in den Himmeln
thronet, lasst diese Qual enden! Habet Erbarmen, nehmt
den Brand weg!« »Der Fischhändler!«, stöhnte Ulenspiegel noch einmal. Sein Blut floss in Strömen aus Nase und
Mund, und mit herabhängendem Kopf schwebte er über
den glühenden Kohlen. Da schrie Soetkin: »Er ist tot,
mein armer Verwaister! Sie haben ihn getötet! Nehmt
den Brand fort, meine Herren Richter! Lasst mich ihn in
die Arme schließen, dass auch ich sterbe, ich mit ihm.
Ihr wisst ja, dass ich nicht entfliehen kann auf meinen
zerbrochenen Füßen.« »Gebt der Witwe ihren Sohn!«,
sagte der Vogt.

Dann hielten die Richter Rat. Der Henker band Ulenspiegel los und legte ihn nackt und blutüberströmt über
Soetkins Knie, während ihm der Wundarzt die Knochen
wieder in die Gelenke einrenkte. Indessen umarmte
Soetkin Ulenspiegel und sagte weinend: »Sohn, armer
Märtyrer! Wenn es die Herren Richter wollen, werde ich
dich heilen, ich; aber erwache doch, Thyl, mein Sohn! Ihr
Herren Richter, wenn ihr ihn mir getötet habt, so gehe
ich zu Seiner Majestät; denn ihr habt gegen Recht und
Gerechtigkeit gehandelt, und ihr werdet sehen, was ich
armes Weib gegen die Missetäter vermag. Aber, meine
Herren, lasset uns doch beide frei! Wir haben nichts auf
dieser Welt als er die Mutter und ich den Sohn, wir ar-

men Leute, auf denen Gottes Hand so schwer ruht!« Nach der Beratung verkündeten die Richter folgendes Urteil:

»Dieweil Ihr, Soetkin, verwitwete Frau des Claes, und Ihr, Thyl, Sohn des Claes, genannt Ulenspiegel, angeklagt seid, Güter der Konfiskation Seiner Königlichen Majestät entzogen zu haben, die ungeachtet aller entgegengesetzten Privilegien ihr zugehören, und da ihr trotz schwerer Folter und überstandener Probe nichts bekannt habt, beschließt das Tribunal, wegen Mangels zureichender Beweise und in Rücksicht auf den erbarmungswürdigen Zustand Eurer Glieder, Frau, und auf die harte Tortur, die Ihr erduldet habt, Mann, euch freizusprechen und zu gestatten, dass ihr euch ansässig macht bei demjenigen Bürger oder derjenigen Bürgerin der Stadt, der oder die euch, ungeachtet eurer Armut, zu beherbergen beliebt. – So gegeben zu Damme, den dreiundzwanzigsten des Oktobers, im Jahre des Herrn 1558.«

»Dank sei euch, meine Herren Richter«, sagte Soetkin. »Der Fischhändler!«, stöhnte Ulenspiegel.

Und Mutter und Sohn wurden auf einem Karren zu Katheline gebracht.

LXXVIII

Es war im achtundfünfzigsten Jahre des Säkulums, als Katheline einmal bei Soetkin eintrat und sagte: »In dieser Nacht – ich hatte mich mit Balsam bestrichen – wurde ich auf den Turm von Notre-Dame getragen und sah, wie die Elementargeister die Gebete der Menschen den

Engeln überbrachten, die in die höchsten Himmel hin-
aufflogen, um sie vor den Thron zu tragen. Und der
Himmel war ganz übersät von strahlenden Sternen.

Plötzlich erhob sich von einem Scheiterhaufen eine Gestalt, die mir schwarz schien, und nahm den Platz neben
mir auf dem Turm ein. Ich erkannte Claes, der, wie bei
Lebzeiten, mit seinem Köhlergewand bekleidet war.
›Was tust du auf dem Turm von Notre-Dame?‹, fragte er
mich. ›Wohin willst aber du?‹, fragte ich, ›durch die Lüfte fliegend wie ein Vogel?‹ ›Ich gehe zum Gericht‹, sagte
er; ›hörst du nicht die Fanfare des Engels?‹

Ich stand nahe bei ihm und fühlte, dass sein Leib nicht
fest war wie der Leib der Lebenden, sondern geisterhaft
und so fein, dass ich, als ich auf ihn zuging, in ihn eintrat wie in warmen Dampf. Zu meinen Füßen lag das
ganze Land Flandern, und ich sagte mir: ›Die früh aufstehen und spät noch schaffen, sind von Gott gesegnet.‹
Und immerwährend hörte ich die Fanfare des Engels
durch die Nacht ertönen.

Dann sah ich von Spanien her einen anderen Schatten
aufsteigen, dieser war alt und gebrechlich, sein Kinn sah
wie ein Pantoffel aus und seine Lippen wie Quittenmus.
Auf dem Rücken hatte er einen Mantel von karmesinro-
tem Samt, der mit Hermelin gefüttert war, und auf dem
Kopf trug er eine Königskrone, in der Hand hielt er eine
Anchovis, an der er knabberte, in der anderen einen
Humpen voll Bier. Er setzte sich, zweifelsohne aus
Müdigkeit, auf den Turm von Notre-Dame.

Ich kniete nieder und sagte zu ihm: ›Gekrönte Majestät,
ich verehre Euch, aber ich kenne Euch nicht. Woher

kommt Ihr, und was wollt Ihr in der Welt?‹ ›Ich komme von San Justo in Estremadura und war der Kaiser Karl der Fünfte‹, sagte er. ›Aber‹, fragte ich, ›wohin begebt Ihr Euch jetzt, in dieser kalten Nacht, quer durch die hagelschwangeren Wolken?‹ ›Ich gehe zum Gericht‹, sagte er.

Als der Kaiser seine Anchovis aufessen und das Bier aus seinem Humpen austrinken wollte, erschallte die Fanfare des Engels, er erhob sich in die Lüfte und brummte, weil er so in seiner Mahlzeit unterbrochen worden war. Ich folgte Seiner heiligen Majestät. Sie durcheilte die Räume, vor Müdigkeit schluchzend, asthmatisch röchelnd und von Zeit zu Zeit speiend, denn der Tod hatte sie während eines Magenleidens ereilt. Wir stiegen immerwährend in die Höhe wie Pfeile, von einem Bogen aus Kamelholz abgeschossen. Die Sterne flimmerten neben uns und zogen feurige Streifen über den Himmel, die wir sich lösen und in die Tiefe stürzen sahen. Die Fanfare des Engels schallte. Welch klingender und gewaltiger Ton! Bei jedem Fanfarenstoß, der gegen die Dunstwolken der Luft traf, spalteten sie sich, als ob ein Orkan gegen sie geblasen hätte. So ward uns der Weg gebahnt.

Nachdem wir tausend Meilen und mehr in die Höhe gestiegen waren, sahen wir Christum in seiner Glorie auf einem Thron von Sternen sitzen, ihm zur Rechten war ein Engel, der die Taten der Menschen in ein erzenes Buch schreibt, und ihm zur Linken Maria, seine Mutter, die ihn ohne Unterlass für die Sünder um Gnade bittet. Claes und Kaiser Karl knieten vor dem Thron nieder.

Der Engel warf ihm die Krone vom Kopf und sagte: ›Hier gibt es nur einen Kaiser, und der ist Christus.‹ Seine heilige Majestät schien erzürnt, sagte aber dennoch ehrerbietig: ›Könnte ich nicht diese Anchovis und diesen Humpen Bier behalten? Die lange Reise hat mir großen Hunger gemacht.‹ ›Wie du ihn dein ganzes Leben lang hattest‹, erwiderte der Engel, ›aber iss und trink immerhin.‹ Der Kaiser leerte den Humpen voll Bier und knabberte an der Anchovis.

Dann ergriff Christus das Wort und sprach: ›Kommst du mit reiner Seele vors Gericht?‹ ›Ich hoffe es, mein sanfter Herr‹', antwortete Kaiser Karl. ›Und du, Claes?‹, sagte Christus, ›du zitterst nicht wie dieser Kaiser.‹ ›Mein Herr Jesus‹, antwortete Claes, ›es gibt keine so reine Seele, dass ich ganz ohne Furcht vor Euch sein könnte, der Ihr die höchste Güte und die allmächtige Gerechtigkeit seid, dennoch fürchte ich mich wegen meiner Sünden, die zahlreich waren.‹ ›Sprich, Elender‹, sagte der Engel, indem er sich an den Kaiser wandte.

›Ich, Herr‹, antwortete Karl mit beklommener Stimme, ›ich wurde von der Hand Eurer Priester gesalbt und geweiht zum König von Kastilien, zum Kaiser von Deutschland und zum König von Rom. Stets lag mir die Erhaltung der Macht am Herzen, die von Euch kam, und deshalb habe ich mit Strick und Eisen, Grab und Feuer gegen all die Reformierten angekämpft.‹

Doch der Engel sprach: ›Fraßgieriger Lügner, du willst uns täuschen. In Deutschland duldetest du die Reformierten, denn du hattest Angst vor ihnen, aber in den Niederlanden, wo du fürchtetest, von diesen arbeitsamen Bienen, die überreich an Honig sind, zu wenig zu erben, da köpftest du sie, verbranntest sie, henktest sie und begrubst sie lebendigen Leibes. Hunderttausend Seelen sind durch dein Tun zugrunde gegangen, aber nicht, weil du Christum, meinen Herrn, liebtest, sondern weil du ein Tyrann, ein Despot, ein Verzehrer des Landes warst und niemand liebtest außer dir selbst und nach dir Braten, Fische, Wein und Bier, denn du schlangst wie ein Hund und trankst wie ein Schwamm.‹

›Und du, Claes, sprich!‹, sagte Christus. Aber der Engel erhob sich: ›Der hat nichts zu sagen. Er war gut und arbeitsam wie das Volk von Flandern, schaffte gern, lebte in dem Glauben, dass er seinen Fürsten etwas schulde, und meinte, dass auch seine Fürsten den Glauben hegten, ihm gegenüber Pflichten zu haben. Er besaß Geld und wurde, weil er einen Reformierten beherbergt hatte, angeklagt und lebend verbrannt.‹

›Ach‹, sagte Maria, ›armer Märtyrer, aber im Himmel gibt es frische Quellen, Springbrunnen von Milch und köstlichem Wein, die dich erquicken werden, und ich selbst werde dich zu ihnen führen, Köhler.‹ Die Fanfare des Engels erklang wieder, und ich sah einen nackten, schönen Mann mit einer eisernen Krone aus den Tiefen des Abgrunds emporsteigen. Und auf dem Reifen der Krone waren diese Worte geschrieben: ›Traurig bis zum Tage des Gerichts.‹ Er näherte sich dem Thron Christi und sagte: ›Ich bin dein Sklave, bis ich dein Herr sein werde.‹ ›Satan‹, sagte Maria, ›es wird ein Tag kommen, da es weder Sklaven noch Herren geben wird, und Christus, die Liebe, und Satan, der Stolz, werden heißen: Kraft und Weisheit.‹

›Weib, du bist gut und schön‹, sagte der Satan. Dann zeigte er auf den Kaiser und sagte zu Christo: ›Was soll mit dem da geschehen?‹ Christus antwortete: ›Bringe diesen gekrönten Wurm in eine Halle, in der du alle Folterinstrumente aufstapelst, die unter seiner Regierung in Gebrauch waren. Jedes Mal, wenn ein unglücklicher Schuldloser die Tortur des Wassers erleidet, die die Menschen aufbläht wie Schläuche, wenn einer die Folter der Kerzen erduldet, die die Fußsohlen und Achselhöhlen verbrennt, wenn man ihn auf das Wippholz stellt, das die Glieder bricht, wenn einer auf das Vierholz gelegt wird, und jedes Mal, wenn eine freie Seele ihren letzten Seufzer auf dem Scheiterhaufen verhaucht, soll er der Reihe nach all diese Tode und Folterqualen erleiden, damit er erfährt, was ein Ungerechter, der über Millionen andrer befiehlt, Übles tun kann.

Er vermodere in den Gefängnissen, sterbe auf den Schafotten und jammere in der Verbannung, fern vom Vaterland, er werde verhöhnt, geschmäht und gepeitscht, er sei reich, und der Steuereintreiber schröpfe ihn, die Angeberei verklage ihn, und die Konfiskation richte ihn zugrunde. Mache einen Esel aus ihm, damit er sanft sei, gequält und schlecht genährt werde, mache ihn arm, dass er um Almosen bitte und mit Schmähungen empfangen werde, lasse ihn einen Handwerker sein, damit er zu viel arbeite und zu wenig zu essen bekomme, wann er dann am Leib und in der Seele des Menschen genugsam erduldet hat, mache einen Hund aus ihm, damit er gut sei und Schläge erhalte, einen indischen Sklaven, damit man ihn versteigere, einen Soldaten, dass er für einen andern kämpfe und sich töten lasse, ohne zu wissen, warum.

Und wenn er dann nach Ablauf von dreihundert Jahren alle Leiden und alles Unglück ausgekostet haben wird, so mache einen freien Menschen aus ihm, und wenn er in diesem Zustand gut sein wird, wie Claes war, dann gib ihm in einer Ecke der Erde, in der mittags die Kühle des Schattens herrscht und die von der Morgensonne beschienen wird, unter einem schönen Baum, von kühlem Rasen bedeckt, die ewige Ruhestatt. Und seine Freunde sollen herbeikommen und bittere Tränen auf seinem Grab vergießen, und sie sollen Veilchen darauf pflanzen, die Blumen der Erinnerung.‹

›Gnade, mein Sohn‹, sagte Maria, ›er wusste nicht, was er tat, denn die Macht verhärtete sein Herz.‹ ›Es gibt keine Gnade‹, sagte Christus. ›Ach!‹, sagte Seine heilige Majestät, ›wenn ich nur ein Glas andalusischen Weines hätte!‹ ›Komm‹, sagte Satan, ›die Zeit des Weins, der Braten und Geflügel ist vorbei.‹ Und er führte die Seele des armen Kaisers, die noch an einem Stück Anchovis knabberte, in den tiefsten Abgrund der Hölle. Satan ließ ihn aus Mitleid gewähren.

Dann sah ich die Heilige Jungfrau, die Claes in den höchsten Himmel führte, wo es nichts andres gab als Sterne, die, zu Trauben zusammengebunden, am Gewölbe hingen. Da wuschen ihn die Engel, und er ward schön und jung. Dann gaben sie ihm mit silbernen Löffeln rystpap zu essen. Und der Himmel schloss sich.«

»Er ist in der Glorie«, sagte die Witwe. »Die Asche schlägt über meinem Herzen«, sagte Ulenspiegel.

LXXIX

Während der folgenden dreiundzwanzig Tage wurde Katheline weiß, mager und dürr, denn sie ward von einem inneren Feuer verzehrt, das schlimmer an ihr nagte als das des Irrsinns. Sie sagte nicht mehr: »Das Feuer! Macht ein Loch, die Seele will entfliehen«, aber sie geriet täglich in eine Ekstase der Verzückung und sagte dann zu Nele: »Gattin bin ich, und Gattin sollst auch du sein. Er ist schön: Lange Haare – heiße Liebe – kalte Knie und kalte Arme!«

Und Soetkin sah sie traurig an und meinte, dass sie von einer neuen Tollheit befallen sei. Katheline aber fuhr in ihrer Rede fort: »Dreimal drei macht neune, die heilige Zahl. Wer leuchtende Augen hat in dieser Nacht wie Katzenaugen, der allein sieht das Mysterium.«

Eines Abends machte Soetkin, die ihr zuhörte, eine Geste des Zweifels. Aber Katheline sagte: »Vier und drei, Unglück unterm Saturn. Unter der Venus die Zahl der Hochzeit. Kalte Arme! Kalte Knie! Herz von Feuer!« »Du sollst nicht von diesen verderblichen heidnischen Götzenbildern sprechen«, sagte Soetkin. Als Katheline das hörte, machte sie das Zeichen des Kreuzes und sagte: »Gesegnet sei der graue Kavalier. Für Nele braucht's einen Gatten, einen schönen Gatten, der einen Degen trägt, einen schwarzen Gatten mit strahlendem Gesicht.«

»Ja«, sagte Ulenspiegel, »ein Frikassee von Gatten, dessen Soße ich mit meinem Messer machen werde.« Nele sah ihren Freund mit fröhlichen Augen an, die feucht wurden, als sie ihn so eifersüchtig sahen, und sie sagte: »Ich will nicht.« Katheline antwortete: »Wenn er kommt, der grau Gekleidete, jeden Tag anders gestiefelt und gespornt ...« »Betet zu Gott für die Irre!« sagte Soetkin.

»Ulenspiegel, geh, uns vier Liter Dobbelkuyt zu holen, während ich die heete-koeken zubereite«, sagte Katheline, »in Frankreich heißen sie Krauskuchen.«

Soetkin fragte sie, warum sie den Samstag feiere wie die Juden, und Katheline antwortete: »Weil der Teig fertig ist.« Ulenspiegel stand auf, den Topf aus englischem Zinn in der Hand, der eben das Maß fasste, und fragte: »Mutter, was soll ich tun?« »Geh«, sagte Katheline. Soetkin wollte nicht antworten, weil sie in dem Haus nicht Herrin war, und sagte zu Ulenspiegel: »Geh, mein Sohn!« Ulenspiegel lief zum Scaeck und brachte von dort die vier Liter Dobbelkuyt nach Hause. Bald verbreitete sich der Duft der heete-koeken in der Küche, und alle hatten Hunger, selbst die schmerzenvolle, betrübte Witwe. Ulenspiegel aß tüchtig, Katheline hatte ihm einen großen Humpen gegeben, da sie sagte, dass er der einzige Mann und das Oberhaupt des Hauses sei und deshalb mehr trinken müsse als die anderen, und nach der Mahlzeit solle er singen. Bei diesen Worten machte sie eine boshafte Miene. Ulenspiegel trank, aber er sang nicht. Nele weinte, wenn sie Soetkin ansah, die bleich und ganz in sich zusammengesunken war, Katheline allein war fröhlich.

Nach der Mahlzeit stiegen Soetkin und Ulenspiegel auf den Dachboden hinauf, um sich schlafen zu legen, Katheline und Nele blieben in der Küche, wo ihre Betten hergerichtet waren.

Es war gegen zwei Uhr morgens, Ulenspiegel war durch das schwere Getränk längst eingeschlafen, Soetkin lag, wie jede Nacht, mit offenen Augen im Bett und bat die Heilige Jungfrau, ihr Schlaf zu schenken, aber die erhörte sie nicht. Plötzlich vernahm sie den Schrei eines Seeadlers, dem ein ähnlicher Schrei aus der Küche antwortete. Dann hallten noch andere Schreie aus der Ferne, vom Feld her, und immer schien ihr, als ob von der Küche darauf geantwortet würde. Sie dachte, dass das Nachtvögel seien, und wendete den Geräuschen keine Aufmerksamkeit zu. Dann hörte sie Pferdegewieher und das Geräusch eiserner Hufe auf der Landstraße. Sie öffnete das Fenster des Dachbodens und sah in der Tat zwei gesattelte Pferde unten stehen, die das Gras des Wegrandes abweideten.

Nun hörte sie eine Frauenstimme schreien und eine Männerstimme drohen, es fielen Schläge, neue Schreie wurden hörbar, eine Tür fiel krachend ins Schloss, und angstbeflügelte Schritte kamen die Treppe herauf. Ulenspiegel schnarchte und hörte nichts, die Tür des Dachbodens öffnete sich, und Nele trat ein, fast nackt, tränenüberströmt, außer Atem, und stellte in hastiger Eile einen Tisch, Stühle, einen alten Eisenofen und alles, was sie an Möbeln finden konnte, gegen die Tür. Die letzten Sterne waren nahe am Erlöschen, und die Hähne krähten.

Ulenspiegel hatte sich bei dem Lärm, den Nele gemacht hatte, im Bett umgedreht, schlief aber weiter. Dann warf sich Nele an Soetkins Brust und sagte: »Soetkin, ich habe Angst, zünde die Kerze an.« Soetkin tat es, und Nele stöhnte immerwährend. Als die Kerze entzündet war, betrachtete Soetkin Nele und sah, dass das Hemd des Mädchens an der Schulter zerrissen war, über Stirn, Wange und Hals zogen sich blutige Striche, als ob man sie mit Fingernägeln misshandelt hätte. »Nele«, sagte Soetkin, während sie das Mädchen umarmte, »woher kommst du so verletzt?« Die sagte, immer bebend und stöhnend: »Bring uns nicht ins Feuer, Soetkin.«

Indessen erwachte Ulenspiegel und blinzelte beim Licht der Kerze mit den Augen. Soetkin fragte: »Wer ist dort unten?« »Schweig still«, antwortete Nele, »es ist der Gatte, den sie mir geben will.« Plötzlich hörten Soetkin und Nele Katheline schreien, und beiden versagten die Beine den Dienst. »Er schlägt sie, er schlägt sie meinetwegen!«, sagte Nele. »Wer ist im Haus?«, schrie Ulenspiegel, während er aus dem Bett sprang. Dann fuhr er sich über die Augen und eilte im Zimmer umher, bis er einen schweren Schürhaken fand, der in einer Ecke lag und den er in die Hand nahm.

»Niemand«, sagte Nele, »niemand, geh nicht hinab, Ulenspiegel!« Aber er hörte nicht, rannte zur Tür und warf die Stühle, den Tisch und den Eisenofen beiseite. Katheline hörte unten nicht auf, zu schreien. Nele und Soetkin hielten Ulenspiegel auf dem Flur zurück, indem Nele den Arm um ihn schlang, während Soetkin ihn an den Beinen fasste und sagte: »Geh nicht hinunter, Ulenspiegel, es sind Teufel.« »Ja«, antwortete er, »Neles teuflischer Gatte; ich werde ihn mit meinem Schürhaken ehelich paaren. Eine Verlobung von Eisen und Fleisch! Lasst mich hinunter!« Doch sie ließen keineswegs los, denn sie waren stark, weil sie sich am Geländer festhielten. Er zog sie die Treppe hinunter, und nun hatten sie

Angst, solcherart den Teufeln näher zu kommen, sie konnten aber nichts gegen ihn ausrichten.

In Sprüngen und Sätzen kam er hinab wie ein Schneeball von der Höhe eines Berges und trat in die Küche, wo er Katheline beim Licht der Morgendämmerung verstört und bleich dasitzen sah, er hörte, wie sie sagte: »Hanske, warum lässt du mich allein? Es ist nicht meine Schuld, dass Nele so böse ist.« Ulenspiegel öffnete, ohne ihr weiter zuzuhören, die Stalltür. Als er niemand darin fand, sprang er in das Gärtchen und von dort auf die Landstraße. Da sah er in der Ferne zwei Pferde laufen und sich im Nebel verlieren. Er rannte, sie einzuholen, doch er vermochte es nicht, denn sie flogen dahin wie der Herbstwind, der die dürren Blätter fortfegt.

Von Zorn und Verzweiflung erfüllt, machte er kehrt und murmelte zwischen den Zähnen: »Sie haben sie missbraucht! Sie haben sie missbraucht!« Und mit düster flammenden Augen sah er Nele an, die erschauernd vor Katheline und der Witwe stand, und sprach: »Nein, Thyl, mein Geliebter, nein!« Bei diesen Worten sah sie Ulenspiegel so traurig und doch so unbefangen an, dass er wohl erkannte, dass sie die Wahrheit spreche. Dann fragte er sie aus: »Woher kamen diese Schreie? Wohin sind diese Männer gegangen? Warum ist dein Hemd an der Schulter und am Rücken zerrissen? Warum hast du auf der Stirn und Wange Spuren von Fingernägeln?« »Höre«, sagte sie, »aber bring uns nicht ins Feuer, Ulenspiegel! Katheline, die Gott vor der Hölle bewahren möge, hat seit dreiundzwanzig Tagen einen schwarz gekleideten, gestiefelten und gespornten Teufel zum

Freund. Er hat ein feuerstrahlendes Gesicht, wie man es an heißen Tagen über den Wogen des Meeres sieht.«

»Warum bist du gegangen, Hanske, mein Liebling?«, sagte Katheline, »Nele ist böse.«

Nele setzte ihren Bericht fort und sagte: »Um seine Anwesenheit anzukündigen, schreit er wie ein Seeadler. Meine Mutter empfängt ihn jeden Samstag in der Küche, sie sagt, seine Küsse seien kalt und sein Körper wie Schnee. Wenn sie nicht alles tut, was er will, so schlägt er sie. Einmal brachte er ihr einige Gulden mit, aber er hat ihr alle andern weggenommen.«

Während dieser Erzählung faltete Soetkin die Hände und betete für Katheline. Katheline sagte in fröhlicher Laune: »Mein Leib gehört nicht mehr mir, mein Geist gehört nicht mehr mir, alles ist sein. Hanske, mein Liebling, führ mich wieder zum Sabbat! Es ist nun einmal so, dass Nele nie kommen will, Nele ist böse.«

»Wenn der Morgen dämmert, dann geht er«, fuhr das Mädchen fort, »am folgenden Tag erzählt mir meine Mutter dann hundert Sonderbarkeiten ... Aber du musst mich nicht mit so bösen Augen ansehen, Ulenspiegel. Gestern sagte sie mir, dass ein schöner Edelmann, grau gekleidet und Hilbert mit Namen, mich heiraten und hierherkommen wolle, um sich mir zu zeigen. Ich antwortete ihr, dass ich keinen Gatten wolle, weder einen hässlichen noch einen schönen. Durch die mütterliche Autorität zwang sie mich, wach zu bleiben und sie zu erwarten, denn sie ist nicht aller Vernunft bar, wenn es sich um ihre Liebesangelegenheiten handelt.

Wir waren halb entkleidet und wollten uns eben nie-
derlegen, ich schlief auf diesem Stuhl da. Als sie eintra-
ten, erwachte ich nicht. Plötzlich fühlte ich, wie jemand
mich umarmte und auf den Hals küsste. Und ich sah im
Mondlicht ein Gesicht, so weiß wie die Kämme der Meereswogen im Juli, wenn ein Gewitter im Anzug ist, und
ich hörte eine tiefe Stimme zu mir sprechen: ›Ich bin
Hilbert, dein Gatte, sei die Meine, und ich werde dich
reich machen.‹ Das Gesicht dessen, der da sprach, hatte
einen Fischgeruch, ich stieß ihn zurück, und er wollte
mir Gewalt antun, aber ich hatte die Kraft von zehn solchen Männern. Allerdings zerriss er mir das Hemd und
verletzte mich im Gesicht, und immer wiederholte er:
›Sei die Meine, ich werde dich reich machen!‹ ›Ja, wie
meine Mutter‹, sagte ich, ›der du die letzten Heller weggenommen hast.‹ Dann verdoppelte er seine Anstrengungen, aber er konnte nichts gegen mich ausrichten.

Als ich ihn dann, hässlich wie eine Leiche, so vor mir
sah, fuhr ich ihm so heftig mit den Fingernägeln in die
Augen, dass er vor Schmerz aufschrie, während ich
entwischen und hierher zu Soetkin kommen konnte.«

Katheline sagte immer wieder: »Nele ist böse. Warum
bist du fortgegangen, Hanske, mein Liebling?«

»Wo warst du, schlechte Mutter«, sagte Soetkin, »während man deinem Kind die Ehre rauben wollte ?« »Nele
ist schlecht«, sagte Katheline. »Ich war bei meinem
schwarzen Edelmann, als der graue Teufel mit blutüber-
strömtem Gesicht zu uns kam und sagte: ›Komm, Junge,
das Haus ist schlecht: die Männer wollen einen hier totschlagen, und die Frauen haben Messer an den Finger-

spitzen.‹ Dann liefen sie zu ihren Pferden und verschwanden im Nebel. Nele ist böse!«

LXXX

Am nächsten Tag sagte Soetkin zu Katheline, während sie die warme Milch tranken: »Du siehst, dass mich der Schmerz schon aus dieser Welt jagt, willst du mich durch deine verdammte Zauberei vertreiben?« Aber Katheline sagte nur immer: »Nele ist böse. Komm doch zurück, Hanske, mein Liebling!«

Am nächsten Mittwoch kamen die Teufel zu zweit wieder. Nele schlief seit dem letzten Samstag bei der Witwe van den Houte, der sie sagte, dass sie wegen der Anwesenheit Ulenspiegels, des jungen Burschen, nicht bei Katheline bleiben könnte. Katheline empfing ihren schwarzen Edelmann und seinen Freund in der keet, die als Waschraum und zum Brotbacken diente und an die eigentliche Wohnung angrenzte. Da feierten sie Schmause und Gelage mit altem Wein und geräucherten Ochsenzungen, was alles immer ihrer harrte. Der schwarze Teufel sagte zu Katheline: »Wir brauchen, um ein großes Werk zu tun, eine große Summe Geldes, gib uns, soviel du kannst.«

Katheline wollte ihnen nicht mehr als einen Gulden geben, aber sie drohten ihr, sie zu töten. Doch gaben sie sich mit zwei Goldgulden und sieben Groschen zufrieden. »Kommt nicht mehr am Samstag«, sagte sie ihnen, »denn Ulenspiegel kennt diesen Tag und würde euch mit Waffen erwarten, um euch totzuschlagen, und ich stürbe nach euch.« »Wir werden am nächsten Dienstag kommen«, sagten sie.

An diesem Tage schliefen Nele und Ulenspiegel ohne Furcht vor den Teufeln, denn sie glaubten, dass sie nur samstags kämen. Katheline stand auf und ging in die keet, um nachzusehen, ob ihre Freunde gekommen seien. Sie war sehr ungeduldig, denn seit sie Hanske wiedergesehen hatte, hatte sich ihre Tollheit stark verringert, weil das, sagte man, Liebestollheit war. Da sie sie nicht sah, war sie bekümmert, als sie aber aus der Richtung von Sluys den Seeadler im Felde schreien hörte, ging sie dem Schrei entgegen.

Als sie an der Sohle eines Dammes von Reisigbündeln und Rasen dahinging, hörte sie auf der anderen Seite des Dammes die beiden Teufel schwatzen, der eine sagte: »Ich will die Hälfte.« Der andre antwortete: »Du bekommst nichts, denn es gehört Katheline, das heißt: mir.« Dann stritten sie darüber, wer Kathelines und Neles Liebe zusammen genießen sollte, und stießen wutentbrannt lästerliche Flüche aus.

Starr vor Angst, wagte Katheline weder zu sprechen noch sich von der Stelle zu rühren, gleich darauf hörte sie, wie die beiden aufeinander losschlugen und wie dann einer von ihnen sagte: »Dies Eisen ist kalt!« Dann vernahm sie ein Röcheln und den Sturz eines schweren Körpers. Angsterfüllt ging sie zur Hütte zurück.

Um zwei Uhr nachts hörte sie den Schrei des Seeadlers von Neuem, aber diesmal aus ihrem Garten. Sie ging, um zu öffnen, und sah ihren teuflischen Freund allein vor der Tür. Da fragte sie ihn: »Was hast du mit dem anderen gemacht?« »Er wird nicht mehr kommen«, war die Antwort. Dann umarmte und liebkoste er sie. Und ihr schien, als wäre er noch kälter als gewöhnlich. Aber

Kathelines Geist war schwach. Als er fortging, bat er sie um zwanzig Gulden, das war alles, was sie hatte, sie gab ihm siebzehn.

Am nächsten Tag trieb sie die Neugier, den Damm entlangzugehen, aber sie sah nichts, außer einem blutigen Flecken Grases, den der Fuß weich fühlte und der von der Größe eines Männersarges war. Aber abends wusch der Regen das Blut fort.

Am nächsten Mittwoch hörte sie wieder den Schrei des Seeadlers aus ihrem Garten.

LXXXI

Jedes Mal, wenn Ulenspiegel Katheline die gemeinsamen Ausgaben bezahlen wollte, hob er nachts den Stein von dem Loch, das neben dem Brunnen gegraben war, und nahm einen Karlsgulden heraus.

Eines Abends, während die Frauen beim Spinnrocken saßen, schnitzte Ulenspiegel mit dem Messer ein Schränkchen, das anzufertigen ihn der Vogt beauftragt hatte, und gravierte darauf mit großer Geschicklichkeit eine schöne Jagd mit einer Meute von Hunden, aus Hainaut, Molossern aus Candia, die besonders wild sind, von Brabanter Hunden, die paarweise laufen und Ohrenfresser heißen, und von anderen Hunden, schwerfälligen und Windspielen.

Nele fragte Soetkin in Kathelines Gegenwart, ob sie ihren Schatz gut verwahrt habe. Die Witwe antwortete ganz arglos, dass er nirgends besser aufgehoben sein könnte als neben der Brunnenmauer.

Am Donnerstag wurde Soetkin gegen Mitternacht von Bibulus Schnuffius geweckt, der höchst ärgerlich, aber nicht lange, bellte. Sie hielt das Bellen für falschen Alarm und schlief wieder ein. Als Soetkin und Ulenspiegel Freitagmorgen in aller Frühe aufstanden, sahen sie Katheline nicht, wie gewöhnlich, in der Küche, um Feuer zu machen oder die Milch zu kochen. Sie erstaunten und sahen nach, ob sie nicht zufällig im Garten wäre. Dort erblickten sie sie in der Tat, obgleich ein kalter Sprühregen niederging, mit zerzaustem Haar in ihrem durchnässten Hemd stehend, sie war ganz erstarrt, wagte aber nicht, in die Hütte zu kommen.

Ulenspiegel ging zu ihr und fragte sie: »Was tust du hier im Regen, fast nackt?« »Ach«, sagte sie, »ja, ja, ein großes Wunder!« Und sie zeigte auf den erwürgten Hund, der ganz steif war. Ulenspiegel dachte sofort an den Schatz und lief zum Brunnen. Das Loch war leer und die Erde weithin verstreut. Er sprang auf Katheline zu, schlug sie und fragte: »Wo sind die Karlsgulden?« »Ja, ja, ein großes Wunder!«, antwortete sie. Nele verteidigte ihre Mutter und rief: »Gnade und Barmherzigkeit, Ulenspiegel!« Er ließ davon ab, sie zu schlagen, nun erschien Soetkin und fragte, was es denn gäbe. Ulenspiegel zeigte ihr den erwürgten Hund und das leere Loch.

Soetkin erbleichte und sprach: »Du schlägst mich hart, Herrgott! Meine armen Füße!« Das sagte sie wegen der Schmerzen, die sie noch von der Folter her litt und die sie nunmehr vergeblich für die Karlsgulden erduldet hatte. Als Nele Soetkin so ergeben sah, packte sie die Verzweiflung, und sie weinte.

Katheline schwenkte ein Stück Pergament und sagte: »Ja, ein großes Wunder. Diese Nacht ist er gekommen, schön und gut. Er hatte nicht mehr den bleichen Schein im Gesicht, der mir soviel Angst verursachte. Er sprach sehr zärtlich zu mir, und ich war so entzückt, dass mein Herz schmolz. Er sagte zu mir: ›Jetzt bin ich reich und bringe dir bald tausend Goldgulden.‹ ›Ja‹, sagte ich, ›das freut mich für dich noch mehr als für mich, Hanske, mein Liebling.‹ ›Hast du aber hier nicht irgendjemand‹ – sagte er –, ›den du liebst und den ich reich machen könnte?‹ ›Nein‹, antwortete ich, ›die hier sind, brauchen nichts von dir.‹ ›Du bist stolz‹, sagte er, ›Soetkin und Ulenspiegel, sind die denn reich?‹ ›Sie leben ohne Unterstützung durch andere‹, antwortete ich. ›Trotz der Konfiskation?‹, fragte er.

Darauf antwortete ich, dass ihr lieber die Tortur erduldet habt; als dass ihr euch euer Vermögen wegnehmen ließet. ›Das habe ich nicht gewusst‹, sagte er. Leise und höhnisch lachend, begann er, den Vogt und die Schöffen zu verspotten, weil sie euch nicht geständig zu machen wussten. Und ich lachte mit ihm. ›Sie werden doch nicht so dumm gewesen sein, den Schatz in ihrem Hause zu verstecken?‹, sagte er. Ich lachte. ›Noch hier im Keller?‹ ›Gewiss nicht‹, sagte ich. ›Oder im Garten?‹ Ich antwortete nicht. ›Ach! Das wäre eine große Unvorsichtigkeit gewesen‹, sagte er. ›Eine kleine‹, sagte ich, ›denn weder das Wasser noch die Mauer werden reden.‹ Und er fuhr fort zu lachen.

Diese Nacht ging er früher fort als gewöhnlich, nachdem er mir ein Pulver gegeben hatte, mit dem ich, wie er sagte, zum schönsten Sabbat gehen könnte. Ich begleitete ihn im Hemd bis an die Gartentür und fiel in tiefen Schlaf. Ich ging, wie er gesagt hatte, zum Sabbat und kam nicht vor Morgengrauen zurück, wo ich mich dann hier fand und den erwürgten Hund und das leere Loch sah. Das ist ein schwerer Schlag für mich, die ich ihn so zärtlich liebte und ihm meine Seele geschenkt habe. Aber alles, was ich habe, ist euer, und ich werde mit Händen und Füßen arbeiten, um euch den Lebensunterhalt zu verdienen.«

»Ich bin das Korn unter dem Mühlstein. Gott und ein teuflischer Dieb schlagen mich gleichzeitig«, sagte Soetkin.

»Dieb? Sage das nicht«, erwiderte Katheline, »er ist ein Teufel, ein Teufel! Und zum Beweis dessen will ich euch das Pergament zeigen, das er im Hof liegen ließ und auf dem geschrieben steht: ›Vergiss niemals, mir zu dienen. In dreimal zwei Wochen und fünf Tagen werde ich dir den Schatz verdoppelt wiedergeben. Nähre keine Zweifel, wenn du nicht sterben willst.‹ Und er wird sein Wort halten, des bin ich sicher.«

»Arme Irre!«, sagte Soetkin. Und das war ihr letzter Tadel.

LXXXII

Die zwei Wochen waren dreimal vergangen, und die fünf Tage desgleichen, aber der teuflische Freund kam nicht wieder. Dennoch war Katheline nicht ohne Hoffnung.

Soetkin arbeitete nicht mehr und saß immer gebeugt und hustend am Feuer. Nele brachte ihr die besten und balsamischsten Kräuter, aber es gab kein Heilmittel für sie. Ulenspiegel verließ die Hütte nicht, da er fürchtete, Soetkin könnte sterben, während er außer Hause wäre. In der Folge geschah es, dass die Witwe nicht mehr essen und trinken konnte, ohne zu erbrechen. Der Arzt kam und ließ ihr zur Ader. Nachdem sie Blut verloren hatte, war sie so schwach, dass sie sich nicht mehr von ihrer Bank erheben konnte.

Endlich sagte sie eines Abends, vom Schmerz erschöpft: »Claes, mein Mann! Thyl, mein Sohn! Dank sei Gott, der mich zu sich nimmt!« Dann seufzte sie und starb.

Katheline wagte nicht, bei ihr zu wachen, Ulenspiegel und Nele taten es die ganze Nacht hindurch gemeinsam und beteten für die Tote. Als der Morgen dämmerte, flog eine Schwalbe durch das offene Fenster ins Zimmer, und Nele sagte: »Der Vogel der Seelen, das ist ein gutes Zeichen: Soetkin ist im Himmel!« Die Schwalbe flog dreimal durch das Zimmer und verließ es dann mit einem Schrei. Gleich darauf kam eine zweite Schwalbe ins Zimmer geflogen, die viel größer und dunkler gefärbt war als die erste. Sie umkreiste Ulenspiegel, und er sagte: »Vater und Mutter, die Asche schlägt über meiner Brust, ich werde tun, was ihr verlangt!« Und auch die zweite flog schreiend davon wie die erste.

Das Tageslicht nahm zu, und Ulenspiegel sah Tausende von Schwalben über die Wiesen hinsausen, während die Sonne sich am Himmel erhob.

Und Soetkin wurde auf dem Friedhof der Armen beerdigt.

LXXXIII

Seit Soetkins Tod war Ulenspiegel verträumt, bekümmert oder böse; er irrte in der Küche umher und wollte nichts hören, ohne zu wählen, nahm er an Speise und Trank, was man ihm vorsetzte. Des Nachts verließ er oft sein Bett.

Vergebens versuchte Nele mit ihrer sanften Stimme, Hoffnung in ihm wachzurufen, umsonst sagte Katheline, sie wisse, dass Soetkin bei Claes im Paradiese sei. – Ulenspiegel antwortete auf alles: »Die Asche schlägt.« So glich er einem Irren, und Nele weinte, wenn sie ihn in diesem Zustand sah.

Indessen blieb der Fischhändler in seinem Hause einsam wie ein Vatermörder und wagte nur des Abends auszugehen, denn Männer und Frauen höhnten ihn, wenn sie an ihm vorbeigingen, und nannten ihn Mörder, und die kleinen Kinder flohen vor ihm, denn man hatte ihnen gesagt, dass er der Henker sei. Er irrte einsam umher und wagte nicht, in eine der drei Schenken von Damme einzutreten, denn man zeigte mit dem Finger nach ihm, und wenn er eine Minute verweilte, gingen die Gäste fort. Daher kam es, dass ihn die Wirte nicht wiedersehen wollten und die Tür vor ihm zumachten, wenn er sich zeigte. Wenn der Fischhändler ihnen dann unterwürfige Vorstellungen machte, antworteten sie, dass es wohl ihr Recht wäre zu verkaufen, nicht aber ihre Pflicht.

Des Kampfes müde, ging der Fischhändler »In't Roode Valck« (»Zum Roten Falken«) trinken, das war eine kleine Schenke, weit von der Stadt entfernt am Ufer des Kanals von Sluys. Dort bediente man ihn, denn die Wirtsleute waren arm, und jedes Geld, das sie erhielten, war ihnen gut. Aber weder der Wirt vom Roode Valck noch seine Frau sprachen ein Wort. Sie hatten zwei Kinder und einen Hund, wenn der Fischhändler die Kinder liebkosen wollte, nahmen sie Reißaus, und wenn er den Hund rief, wollte der ihn beißen.

Ulenspiegel stand eines Abends auf der Türschwelle, und Mathyssen, der ihn so verträumt sah, sagte zu ihm: »Du musst deine Hände arbeiten lassen und diesen schmerzlichen Schlag vergessen.« Ulenspiegel antwortete: »Die Asche Claesens schlägt über meiner Brust.« »Ach«, sagte Mathyssen, »der bekümmerte Fischhändler führt ein noch traurigeres Leben als du. Niemand spricht mit ihm, und jedermann meidet ihn, so zwar, dass er zu den armen Bettlern in den Roode Valck muss, um dort einsam seine Kanne Braunbier zu trinken. Das ist eine große Sühne.« »Die Asche schlägt«, wiederholte Ulenspiegel.

Noch am selben Abend, als die Glocke von Notre-Dame die neunte Stunde schlug, ging Ulenspiegel zum Roode Valck, als er sah, dass der Fischhändler nicht dort war, ging er unter den Bäumen, die den Kanal umsäumen, auf und ab. Der Mond schien hell. Nach einer Zeit sah er den Mörder kommen. Als er an ihm vorbeiging, konnte er ihn in der Nähe sehen und hörte ihn ganz laut sprechen, wie das einsam lebende Leute zu tun pflegen, er sagte: »Wo nur diese Karlsgulden versteckt sein mögen?« »Wo der Teufel sie gefunden hat«, antwortete Ulenspiegel und schlug ihn mit der Faust ins Gesicht. »Ach«, sagte der Fischhändler, »ich erkenne dich, du bist der Sohn. Hab Erbarmen, ich bin alt und kraftlos. Was ich tat, tat ich nicht aus Gehässigkeit, sondern um Seiner Majestät zu dienen. Gewähre mir Verzeihung. Ich werde dir die Möbel zurückgeben, die ich gekauft habe, und du sollst mir keinen Patard dafür zahlen. Ist das nicht genug? Ich habe sie für sieben Goldgulden gekauft. Du wirst alles bekommen und noch einen halben Gulden dazu, denn reich bin ich nicht, das musst du dir nicht einbilden!« Und er wollte sich vor ihm auf die Knie werfen.

Als Ulenspiegel ihn so hässlich, zitternd und feige sah, warf er ihn in den Kanal. Dann ging er fort.

LXXXIV

Auf den Scheiterhaufen rauchte das Fleisch der Opfer und Ulenspiegel gedachte, einsam weinend, Claesens und Soetkins.

Eines Abends suchte er Katheline auf, um sie zu bitten, dass sie ihm helfe, all das Ungemach der Welt zu lindern und zu rächen. Sie war mit Nele allein, und die beiden plauderten beim Lampenschein. Bei dem Geräusch, das Ulenspiegels Eintreten machte, hob Katheline schwer den Kopf wie eine Frau, die aus tiefem Schlaf erwacht. Er sagte zu ihr: »Die Asche Claesens schlägt über meiner Brust, ich will das Land Flandern erretten. Ich flehe darum zu dem großen Gott des Himmels und der Erde, aber er antwortet mir nicht.« Katheline erwiderte: »Der große Gott kann dich nicht hören, du musst zuerst mit den Geistern der Elementarwelt sprechen, die, von zweierlei Natur, einer himmlischen und einer irdischen, die Klagen der armen Menschen aufnehmen und den Engeln überbringen, die sie vor den Thron tragen.«

»Hilf mir in meinem Vorhaben«, sagte er, »ich werde dich mit Blut bezahlen, wenn es sein muss.« »Ich werde dir helfen«, sagte Katheline, »wenn ein Mädchen, das dich liebt, dich zum Sabbat der Frühlingsgeister, zum Osterfest der Kraft, mitnimmt.« »Ich nehme ihn mit«, sagte Nele.

Katheline goss eine gräuliche Mixtur in einen kristallenen Humpen und gab sie den beiden zu trinken, dann rieb sie ihnen mit dieser Mixtur die Schläfen, Nasenlöcher, Handflächen und Knöchel ein, gab ihnen eine Messerspitze voll weißen Pulvers zu essen und sagte ihnen, sie sollten ihre Blicke ineinandertauchen, damit ihre zwei Seelen zu einer verflössen. Ulenspiegel sah Nele an, und die süßen Augen dieses Mädchens entzündeten ein großes Feuer in ihm. Dann hatte er, durch die Wirkung der Mixtur, ein Gefühl, als ob ihn Tausende von Krabben zwickten. Darauf legten sie ihre Kleider ab, und sie waren schön anzusehen im Schein der Lampe, er in seiner stolzen Kraft, sie in ihrer lieblichen Anmut, aber sie konnten einander nicht sehen, denn schon waren sie gleichsam entschlummert. Nun beugte Katheline Neles Hals auf Ulenspiegels Arm und legte seine Hand auf das Herz des Mädchens. Und sie blieben nackt beieinander liegen.

Es schien ihnen beiden, als ob ihre Körper sich in einem Feuer berührten, das lieblich war wie die Sonne im Monat der Rosen. Sie erhoben sich – so sagten sie später –, stiegen auf das Fenstersims und schwangen sich von dort in den Raum, dann fühlten sie, wie die Luft sie trug, gleich einem Schiffe, das vom Wasser getragen wird. Dann sahen sie nichts mehr, weder die Erde, auf der die armen Menschen schliefen, noch den Himmel, dessen Wolken bald zu ihren Füßen dahinjagten. Und nun setzten sie den Fuß auf den Sirius, den kalten Stern, von dort wurden sie auf den Pol geschleudert. Da sahen sie, nicht ohne Furcht, einen nackten Riesen, den Riesen Winter, mit fahlem Haar, der, gegen eine Mauer von Eis gelehnt, auf Eisblöcken saß. In den Wasserlachen schwammen Bären und Robben umher und umkreisten ihn, eine heulende Rotte.

Mit rauer Stimme rief er den Hagel, den Schnee, den kalten Regen, die grauen Wolken, die roten stinkenden Nebel und die Winde, von denen der raue Nordwind am schärfsten bläst. Und alle seine Hörigen wüteten gleichzeitig an diesem grausigen Ort.

Über dieses Toben lachend, legte sich der Riese auf Blumen, die seine Hand welk gemacht hatte, und auf Blätter, die in seinem Atem verdorrt waren. Dann bückte er sich und wühlte den Boden mit seinen Fingernägeln auf, biss mit seinen Zähnen hinein und grub ein Loch, um nach dem Herzen der Erde zu suchen und es zu verschlingen, auch wollte er schwarze Kohle machen, wo schattige Waldungen standen, Stroh, wo das Getreide blühte, und sandige Einöden, wo fruchtbares Erdreich war. Aber das Herz der Erde ist von Feuer. Er wagte nicht, es zu berühren, und zog sich furchtsam zurück.

So thronte er als König und leerte seinen Pokal voll Öl inmitten seiner Bären und Robben und der Skelette all derer, die er auf dem Meere und in den Hütten der Armen getötet hatte. In heiterer Laune hörte er die Bären brummen, die Robben schreien und die Skelette der Menschen und Tiere unter den Füßen der Geier und Raben klappern, die nach einem letzten Stück Fleisch suchten, und er freute sich an dem Donnern der Eisblöcke, die im trüben Wasser gegeneinanderstießen. Und die Stimme des Riesen klang wie das Brausen der Orkane, wie das Pfeifen der winterlichen Stürme und wie das Heulen der Winde in den Kaminen.

»Mich friert, und ich habe Angst«, sagte Ulenspiegel. »Er vermag nichts gegen Geister«, antwortete Nele.

Plötzlich entstand lebhafte Bewegung unter den Robben, die hastig ins Wasser zurückkehrten, unter den Bären, die angstvoll die Ohren hängen ließen und kläglich brummten, und unter den Raben, die furchtbar krächzten und sich im Gewölk verloren. Und Nele und Ulenspiegel hörten die schweren Schläge eines Beiles gegen die Mauer von Eis, die dem Riesen Winter als Stütze diente. Und die Mauer spaltete sich und wankte in ihren Grundfesten. Aber der Riese Winter hörte nichts, heulte und grölte fröhlich weiter, füllte seinen Pokal immer wieder mit Öl und leerte ihn und suchte das Herz der Erde, um es zu vereisen, wagte aber nicht, es anzufassen.

Indessen erklangen die Schläge noch stärker, die Mauer spaltete sich noch mehr, und der Eisregen hörte nicht auf, rund um ihn niederzufallen. Und die Bären brummten kläglich ohne Unterlass, und die Robben klagten in den trüben Wassern. Die Wand stürzte ein, und es wurde Tag im Himmel. Ein Mann, nackt und schön, kam herabgestiegen, mit einer Hand stützte er sich auf eine goldene Hacke. Und dieser Mann war Luzifer, der König Frühling. Als der Riese seiner ansichtig wurde, warf er seinen Ölpokal weit fort und bat ihn, er möge ihn nicht töten.

Unter dem warmen Atemhauch des Königs Frühling verlor aber der Riese Winter alle Kraft. Da nahm der König diamantene Ketten und fesselte ihn an den Pol. Dann hielt er an und stieß einen sanften, liebevollen Schrei aus. Und eine blonde Frau, schön und nackt, stieg vom Himmel herab. Sie stellte sich dem König zur Seite und sagte: »Du bist mein Besieger, starker Mann.« Er antwortete: »Wenn du Hunger hast, iss, wenn du Durst hast, trink, wenn du Angst hast, schmiege dich an mich, denn ich bin dein Gemahl.« »Nur nach dir dürstet und hungert mich«, sagte sie.

Der König stieß noch siebenmal schrecklichere Schreie aus, und es entstand ein großes Getöse von Donner und Blitz, und hernach bildete sich ein Thronhimmel von Sonnen und Sternen. Und sie setzten sich auf die Throne.

Nun schrien der König und die Frau, ohne ihre edlen Mienen zu verändern und ohne eine Bewegung zu tun, die ihrer und ihrer erhabenen Majestät unwürdig gewesen wäre. Nach diesem Schreien ging eine wellenförmige Bewegung durch die Erde, durch die harten Steine und die Eisblöcke. Und Nele und Ulenspiegel vernahmen ein Bersten, das klang, als ob gigantische Vögel die Schalen riesengroßer Eier mit Schnabelschlägen zertrümmern wollten. In dieser gewaltigen Bewegung des Grundes, der sich hob und senkte, gleich den Wogen des Meeres, bildeten sich Formen in Eigestalt.

Plötzlich wuchsen überall Bäume auf, ihre Zweige waren ineinander verschlungen, und die Stämme wankten wie trunkene Menschen. Dann zerstreuten sie sich und ließen einen breiten leeren Raum in ihrer Mitte. Dem aufgerührten Grund entstiegen die Genien der Erde, aus der Tiefe der Waldungen kamen die Baumgeister, und aus dem benachbarten Meer tauchten die Wassergenien auf. Ulenspiegel und Nele sahen da die winzigen Schatzwächter, bucklige, dicke, zottige, hässliche und grimassenschneidende Fürsten des Gesteins, Holzmännlein, die wie Bäume leben, indem sie statt eines Mundes und Magens unter dem Kinn ein Bündel von Wurzeln tragen, mit dem sie ihre Nahrung aus dem Schoß der Erde saugen. Die Kaiser der Minen, die nicht sprechen können und sich wie leuchtende Automaten bewegen.

Da gab es Zwerge von Fleisch und Blut, die hatten Eidechsenschwänze und Krötenköpfe und trugen eine Laterne auf dem Kopf, sie sind es, die nachts Betrunkenen und furchtsamen Wanderern auf die Schulter springen und dann, herabhüpfend, ihre Laterne schwingen, um die Ärmsten, die glauben, sie sähen die Kerze in ihrem Hause brennen, in die Moore und Abgründe zu führen. Da waren auch die Blütenmädchen, Blumen voll weiblicher Kraft und Gesundheit, nackt und nicht errötend, stolz auf ihre Schönheit, sie hatten keinen anderen Mantel als ihre Haare. Ihre Augen schimmerten feucht wie das Perlmutter im Wasser, das Fleisch ihres Körpers war fest, weiß und vom Licht übergoldet, aus ihren roten Lippen strömte ein Hauch, balsamischer als Jasminduft. Das sind sie, die des Abends in den Parks und Gärten oder in der Tiefe der Wälder auf schattigen Pfaden umherirren und, von Liebessehnsucht erfüllt, eine Menschenseele suchen, um sich mit ihr zu ergötzen. Sobald ein junger Bursche und ein junges Mädchen an ihnen vorbeigehen, versuchen sie, das Mädchen zu töten, da sie das aber nicht vermögen, hauchen sie dem Schätzchen, das noch Widerstand übt, die Sehnsüchte der Liebe ein, damit es sich dem Geliebten ergebe, denn dann fällt die Hälfte der Küsse für die Blütenmädchen ab.

Ulenspiegel und Nele sahen auch die Schutzgeister der Sterne aus den Himmelshöhen herabsteigen, die Genien der Winde, des Taus und des Regens, in der Gestalt junger Männer, die die Erde befruchteten. Dann tauchten an allen Stellen des Himmels die Vögel der Seelen auf, die lieblichen Schwalben. Als sie ankamen, schien das Licht heller zu werden. Blütenmädchen, Gesteinsfürsten, Minenkaiser und die Geister des Wassers, des Feuers und der Erde riefen gleichzeitig: »Licht! Kraft! Heil dem König Frühling!« Obgleich das Tosen der einstimmigen Rufe gewaltiger war als das des zürnenden Meeres, des donnernden Blitzes und des entfesselten Herbststurmes, so erklang es in Neles und Ulenspiegels Ohren, die regungslos und stumm hinter dem knorrigen Stamm einer Eiche standen, doch als herrliche Musik.

Aber noch größere Angst befiel sie, als sie sahen, wie die Geister auf Sitzen Platz nahmen, die von riesengroßen Spinnen, Kröten und Elefantenrüsseln und miteinander verflochtenen Schlangen gebildet wurden, da waren Krokodile, die auf den Schwänzen aufrecht standen und eine Gruppe von Geistern im Rachen hielten, über dreißig Zwerge und Zwerginnen saßen rittlings auf den sich windenden Schlangen, an die hunderttausend

Insekten kamen herangeflogen: größer als Goliath und mit Degen, Lanzen, gezähnten Sensen, siebenzinkigen Gabeln und allen anderen Arten mörderischer Instrumente bewaffnet. Sie bekämpften einander mit großem Getöse, der Starke fraß den Schwachen und erwies so, sich mästend, dass der Tod das Leben zeugt und das Leben den Tod.

Aus dieser Menge wogender, zusammengedrängter und verwirrter Geister erhob sich ein Lärm, wie ihn nur gewaltiger Donner hervorruft oder das gleichzeitige Arbeiten von hundert Webern, Müllern und Schlossern. Plötzlich erschienen die Geister der Kraft, sie waren klein und dick und hatten Lenden von der Ausdehnung des Heidelberger Fasses, Schenkel wie Weinfässer und Muskeln von so außergewöhnlicher Kraft und Stärke, dass man hätte sagen können, ihre Körper wären aus großen und kleinen Eiern gemacht, die durch Gelenke miteinander verbunden und von einer fetten roten Haut überzogen seien, die wie der schüttere Bart und das Haupthaar erglänzten, sie trugen ungeheure Humpen, die mit einer sonderbaren Flüssigkeit angefüllt waren.

Als die Geister sie kommen sahen, ging eine große Bewegung der Freude durch die Menge, die Bäume und alle Pflanzen regten sich, und die Erde spaltete sich, um zu trinken. Und die Geister der Kraft ließen den Wein fließen, alsobald knospete, grünte und blühte es allerorten. Die Gräser waren voll surrender Insekten, und der Himmel war von Vögeln und Schmetterlingen erfüllt. Die Geister gossen immerzu Wein aus, und die Wesen unter ihnen schlürften ihn, wie sie konnten. Die Blütenmädchen öffneten den Mund, oder sie sprangen auf ihre roten Mundschenke und küssten sie, um mehr zu bekommen, andere falteten die Hände, um zu bitten, wieder andere, glücklichere, ließen den Regen auf sich herabströmen. Und alle die Gefräßigen und Durstigen, fliegende, stehende, laufende oder unbewegliche, suchten vom Weine zu bekommen, und bei jedem Tropfen, den sie erhaschen konnten, nahm ihre Lebenskraft zu.

Da gab es weder Alte noch Hässliche noch Schöne, sondern alle waren voll grüner Kraft und lebendiger Jugend. Und sie lachten, schrien und sangen und jagten einander wie Eichhörnchen auf den Bäumen und wie Vögel in der Luft. Und jedes Männchen suchte sein Weibchen, und unter Gottes Himmel taten sie das heilige Werk der Natur.

Die Geister brachten dem König und der Königin einen großen Pokal mit Wein angefüllt, und der König und die Königin tranken und umarmten sich. Dann schüttete der König, während er die Königin umschlungen hielt, die Neige seines Pokals über die Bäume, Blumen und Geister aus und rief:

»Heil dem Leben! Heil der freien Luft! Heil der Kraft!« Und alle riefen: »Heil der Natur! Heil der Kraft!« Da nahm Ulenspiegel Nele in seine Arme.

Während sie sich umschlungen hielten, hub ein Tanz an. Ein Tanz, rasend wie sturmgepeitschte Blätter, ein Tanz, in dem alles durcheinanderwirbelte: Bäume, Pflanzen, Insekten, Schmetterlinge, Himmel und Erde, König und Königin, Blütenmädchen, Minenkaiser, Wassergeister, Buckelzwerge, Steinfürsten, Holzmännlein, Laternenträger und Schutzgeister der Sterne, darunter mengten sich die hunderttausend schreckenerregenden Insekten mit ihren Lanzen, gezähnten Hippen und siebenzinkigen Gabeln. Es war ein schwindelerregender Tanz, im Raume kreisend, den er erfüllte und an dem Sonne, Mond, Planeten, Sterne, Wind und Wolken teilnahmen.

Und die Eiche, an die Nele und Ulenspiegel sich geklammert hatten, rollte in den Wirbel, und Ulenspiegel sagte zu Nele: »Liebchen, wir müssen sterben!« Das hörte ein Geist und sah, dass sie Sterbliche waren. »Menschen!«, schrie er, »Menschen an diesem Ort!« Und er zerrte sie von dem Baum weg und schleuderte sie in die Menge.

Ulenspiegel und Nele fielen weich auf die Rücken der Geister. Die warfen sich die beiden Menschen gegenseitig zu und riefen: »Gruß den Menschen! Willkommen seien sie, die Erdenwürmer! Wer will den Knaben und wer das Mädchen? Sie kommen, uns zu besuchen, die Armseligen!«

Und Nele und Ulenspiegel riefen, während sie von einem zum andern flogen: »Gnade!«

Aber die Geister hörten sie nicht, und beide purzelten durch den Raum, die Beine nach oben, die Köpfe nach unten, und wirbelten wie Federn im Wintersturm, während die Geister sagten: »Heil den Männlein und Weiblein, die mit uns tanzen!« Die Blütenmädchen wollten Nele von Ulenspiegel trennen, schlugen sie und hätten sie getötet, wenn König Frühling den Tanz nicht durch eine Handbewegung beendet und dann gerufen hätte: »Man bringe mir die beiden Läuse vor Augen!« Und sie

wurden voneinander getrennt, und jedes einzelne Blütenmädchen versuchte, Ulenspiegel ihren Rivalinnen zu
entreißen, indem sie sagte: »Thyl, wolltest du nicht für
mich sterben?« »Ich werde es bald tun«, antwortete
Ulenspiegel. Und die Zwerggeister der Wälder, die Nele
trugen, sagten: »Warum bist du nicht nur Seele wie wir,
dass wir dich besitzen könnten!« Nele antwortete: »Habt
Geduld!«

So kamen sie vor den Thron des Königs. Als sie seine
goldene Hacke und die eiserne Krone sahen, zitterten sie
heftig. Er sprach zu ihnen: »Was hattet ihr hier vor,
Elende?« Sie gaben keine Antwort. »Ich kenne dich, Hexenknospe, und auch dich, Köhlersprosse!«, fuhr er fort,
»da ihr aber kraft des Zauberwerks in diese Werkstatt
der Natur eingedrungen seid, warum haltet ihr jetzt den
Schnabel wie Kapaune, die mit Körnern vollgefressen
sind?«

Nele bebte, als sie den schrecklichen Teufel ansah, aber
Ulenspiegel hatte seine männliche Sicherheit wiedergewonnen und antwortete: »Die Asche Claesens schlägt
über meinem Herzen. Göttliche Hoheit, der Tod zieht
durch die Gefilde von Flandern und mäht die kräftigsten
Männer und die lieblichsten Frauen im Namen des
Papstes dahin. Die Privilegien sind zerstört, die Verträge
vernichtet, der Hunger nagt, und die Weber und Tuchhändler wandern aus, um in die Fremde zu gehen und
dort freie Arbeit zu suchen. Bald wird Flandern sterben,
wenn man ihm nicht zu Hilfe kommt!

Hoheiten, ich bin nur ein armes, kleines Menschlein,
das zur Welt kam wie alle andern, ich habe gelebt, wie
ich konnte: unvollkommen, beschränkt, unwissend, tu

gendlos, unkeusch und unwert menschlicher oder göttlicher Gnade. Doch Soetkin starb an den Folgen der Tortur und an ihrem Kummer, und Claes wurde in einem schrecklichen Feuer verbrannt, ich wollte sie rächen und habe es schon einmal getan. Doch ich wollte auch diesen Boden glücklicher sehen, auf dem ihre Gebeine zerstreut sind, und ich flehte zu Gott um den Tod der Verfolger, aber er erhörte mich nicht. Der Klagen müde, habe ich Euch durch die Macht von Kathelines Zauber beschworen, und nun kommen wir, ich und meine zitternde Genossin, vor Euren Thron, göttliche Hoheit, um Euch zu bitten, dass Ihr dieses arme Land errettet.«

Der Kaiser und seine Gefährten antworteten einstimmig:

>>Durch Krieg und durch Feuer,
Durch Tod und durchs Schwert,
Suche die Sieben.
Im Tod und im Blut,
In Trümmern und Tränen,
Finde die Sieben.
Hässliche, Grausame, Böse, Entstellte,
Wahre Geißeln dem armen Lande,
Brenne die Sieben.
Harre, höre und sieh!
Sag, bist du nicht froh, du Armer?
Finde die Sieben.«

Und alle Geister sangen im Chor:

>>Im Tod und im Blut,
In Trümmern und Tränen,

Finde die Sieben.
Harre, höre und sieh!
Sag, bist du nicht froh, du Armer?
Finde die Sieben.«

»Aber, Hoheit«, sagte Ulenspiegel, »und ihr, ehrwürdige Geister, ich verstehe nichts von eurer Sprache. Ihr
spottet meiner ohne Zweifel.«

Doch ohne ihn anzuhören, sagten sie:

»Wann der Nordwind den Schläfer küsst,
Untergangs Ende ist:
Den Gürtel such und die Sieben.«

Und der Ton ihrer vereinigten Stimmen war von solcher Gewalt und widerhallte mit so furchtbarem Klang,
dass die Erde bebte und die Himmelsräume erschauer-
ten. Und alle Vögel schrien vor Angst, die Eulen kreischten, die Sperlinge piepsten, die Seeadler klagten und
schlugen erschreckt mit den Flügeln. Die Tiere der Erde,
Löwen, Schlangen, Bären, Hirsche, Rehe, Wölfe, Hunde
und Katzen brummten, zischten, klagten, heulten, bell-
ten und miauten schrecklich.

Und die Geister sangen:

»Harre, höre und sieh,
Liebe die Sieben
Und den Gürtel.«

Da krähten die Hähne, und alle Geister verschwanden
bis auf einen bösen Minenkaiser, der Ulenspiegel und
Nele jedes an einem Arm fasste und sie erbarmungslos
ins Leere schleuderte.

Sie fanden sich beieinanderliegend wie zum Schlaf und schauerten im kalten Morgenwind. Und Ulenspiegel sah Neles lieblichen Leib vergoldet von der Sonne, die am Himmel aufstieg.

Zweites Buch

I

Eines Morgens im September nahm Ulenspiegel seinen Stock, drei Gulden, die ihm Katheline gegeben hatte, ein Stück Schweinsleber und eine Schnitte Brot und verließ, während Nele noch schlief, Damme in Richtung nach Antwerpen, um die Sieben zu suchen.

Unterwegs lief ihm ein Hund nach, beschnüffelte ihn wegen der Leber und sprang an seinen Beinen hoch. Ulenspiegel wollte ihn verjagen, sah aber, dass der Hund nicht davon ablassen wollte, ihm nachzulaufen, und hielt ihm folgende Rede: »Mein liebes Hündchen, du bist übel beraten, wenn du das Heim verlässt, in dem gutes Futter, köstliche Knorpel und Knochen voll Mark deiner harren, um auf der Straße der Abenteuer einem Landstreicher nachzulaufen, der dir vielleicht nicht einmal immer Wurzeln als Futter geben kann. Glaube mir, unvorsichtiges Hündchen, kehre zu deinem Herrn zurück. Meide Regen, Schnee, Hagel, Sturzgüsse, Nebel und ähnliche magere Suppen, die dem Vagabunden auf den Rücken niederströmen. Bleibe in der Ofenecke und wärme dich, am fröhlichen Feuer liegend; lass mich in Kot und Staub, Kälte und Hitze wandern, heute geröstet, morgen erfroren, Freitag gesättigt und Sonntag verhungert. Du tätest klug, wieder dorthin zurückzukehren, woher du kommst, du unerfahrenes Hündchen.«

Das Tier schien durchaus nicht zu verstehen, was Ulenspiegel sagte. Schweifwedelnd sprang es, was es konnte, und bellte vor Appetit. Ulenspiegel hielt das für einen Freundschaftsbeweis und dachte nicht an die Leber in seinem Ranzen. Er ging weiter, und der Hund folgte ihm.

Als sie so fast eine Meile zurückgelegt hatten, sahen sie einen Karren stehen, an den ein Esel gespannt war, der den Kopf hängen ließ. Auf einer Böschung am Wegrand saß ein dicker Mann zwischen zwei Distelsträuchern, in einer Hand hielt er einen Hammelknochen, an dem er nagte, in der andern eine Flasche, aus der er die Flüssigkeit schlürfte. Wenn er nicht aß oder trank, seufzte und weinte er.

Ulenspiegel blieb stehen, der Hund desgleichen. Er witterte das Hammelfleisch und die Leber und kletterte auf die Böschung. Dort setzte er sich neben dem Mann auf die Hinterbeine und kratzte ihn am Wams, damit er ihn auch an dem Schmaus teilnehmen lasse, aber der Mann stieß ihn mit dem Ellbogen zurück und streckte seinen Hammelknochen klagend in die Luft. Der Hund heulte ebenfalls, aber aus Begehrlichkeit. Der Esel, den es erboste, an den Karren gespannt zu sein und die Disteln nicht erreichen zu können, begann zu schreien.

»Was fehlt dir, Jan?«, fragte der Mann den Esel. »Nichts, außer dass er die Disteln frühstücken will, die neben Euch blühen, wie im Kirchenchor zu Tassenderloo neben und über dem Herrn Christo. Und dieser

Hund wäre nicht böse, könnte er seinen Kinnbacken den Knochen anvertrauen, den Ihr da haltet, vorläufig werde ich ihm die Leber geben, die ich hier habe.«

Der Hund fraß die Leber, und der Mann sah seinen Knochen an, benagte ihn noch einmal, um sich das Fleisch nicht entgehen zu lassen, das daran war, und gab ihn dann, so entblößt, dem Hund, der die Pfoten darauflegte und sich daranmachte, ihn auf dem Rasen zu zerbeißen.

Dann sah der Mann Ulenspiegel an, und dieser erkannte in ihm Lamme Goedzak aus Damme. »Lamme«, sagte er, »was tust du hier, trinkend, essend und flennend ? Welcher Söldner hat dich so ohne Ehrfurcht an den Ohren gebeutelt?« »Ach, meine Frau!«, sagte Lamme. Er machte sich daran, seine Weinflasche zu leeren, aber Ulenspiegel legte ihm die Hand auf den Arm und sagte: »Trink nicht so hastig, denn das geht nur auf die Nieren. Dem, der keine Flasche hat, stünde es besser an.« »Du sprichst gut«, sagte Lamme, »wirst du aber auch besser trinken?« Damit reichte er ihm die Flasche. Ulenspiegel nahm sie, hob den Ellbogen und gab sie ihm zurück. »Nenn mich einen Spanier«, sagte er, »wenn noch genug drin ist, um einen Sperling betrunken zu machen.« Lamme sah die Flasche an und kramte, ohne sich in seinen Klagen zu unterbrechen, in seinem Ranzen herum, dann zog er eine andere Flasche und ein Stück Wurst daraus hervor, das er in Scheiben schnitt und mit melancholischer Miene kaute.

»Isst du immerwährend, Lamme?«, fragte Ulenspiegel. »Oft, mein Sohn«, antwortete Lamme, »aber das tue ich nur, um mir die traurigen Gedanken zu verjagen. – Wo bist du, Weib?« sagte er und zerdrückte eine Träne. Dann schnitt er sich zehn Scheiben von der Wurst ab. »Lamme, iss nicht so schnell und ohne Mitgefühl für den armen Pilger!«, sagte Ulenspiegel. Lamme gab ihm weinend vier Scheiben, und Ulenspiegel war ganz gerührt über ihren guten Geschmack.

Und Lamme sagte, immer weinend und essend: »Meine Frau, meine gute Frau! Wie süß war sie, wie wohlgestaltet war ihr Leib! Zierlich wie ein Schmetterling und lebhaft wie der Blitz, sie sang wie eine Lerche! Freilich liebte sie es allzu sehr, sich mit glänzendem Tand zu putzen. Ach, er stand ihr so gut! Aber die Blumen haben eben reiche Zier. Wenn du, mein Sohn, ihre kleinen Hände gesehen hättest, die so gern liebkosten, du würdest nicht erlaubt haben, dass sie jemals einen Kochtopf oder Kessel berührten. Das Feuer der Küche hätte ihre Haut geschwärzt, die so weiß war wie das Tageslicht. Und welche Augen! Ich schmolz schon in Zärtlichkeit, wenn ich nichts tat, als nur sie ansehen. – Tu einen Schluck Wein, ich werde nach dir trinken. – Ach! Wenn sie nur nicht tot ist! Thyl, ich nahm in unserem Haushalt alle Arbeit auf mich, um ihr auch die geringste Mühe zu ersparen. Ich fegte das Haus und bereitete das eheliche Bett, in dem sie sich abends, müde vom Vergnügen, ausstreckte. Ich wusch das Tafelgeschirr, reinigte die Wäsche und plättete sie. – Iss, Thyl, die Wurst ist aus Gent. – Oft kam sie vom Spaziergang zu spät zum Essen heim, doch meine Freude, sie zu sehen, war so groß, dass ich nicht zu murren wagte und überglücklich war, wenn sie mir nachts nicht schmollend den Rücken zukehrte. Nun habe ich alles verloren. – Trink von diesem Wein, er ist in Brüssel gezogen und auf Burgunder Art bereitet.«

»Warum ist sie denn fortgegangen?«, fragte Ulenspiegel.

»Weiß ich das?«, sagte Lamme, »wo sind die Zeiten, da ich zu ihr kam, in der Absicht, sie zu heiraten, und da sie mich floh, teils aus Furcht und teils aus Liebe! Wenn sie mit bloßen Armen daherkam – sie hatte schöne, runde, weiße Arme! – und sie merkte, dass ich sie ansah, dann ließ sie rasch ihre Ärmel hinuntergleiten. Zu andern Malen ließ sie sich meine Zärtlichkeiten gefallen, und ich durfte ihre schönen Augen küssen, die sie geschlossen hatte, und ihren breiten, festen Nacken, dann schauerte sie zusammen, stieß einen kleinen Schrei aus und bog den Kopf so nach rückwärts, dass sie mir an die Nase stieß. Und wenn ich ›Au!‹ schrie und sie zärtlich schlug, lachte sie, und wir trieben ein neckisches Spiel. – Thyl, ist noch etwas Wein in der Flasche geblieben?«

Ulenspiegel bejahte, Lamme trank und setzte seinen Bericht fort:

»Zu anderen Malen, wenn sie liebesfreudig gestimmt war, legte sie ihre Arme um meinen Hals und sagte: ›Du bist schön.‹ Und sie küsste mich wie toll wohl an die hundert Male auf Wange und Stirn, aber niemals auf den Mund, wenn ich sie fragte, warum sie so große Zurückhaltung übe, wo sie doch unumschränkte Freiheit habe, dann lief sie zu einem Schrank, auf dem ein Humpen stand, und nahm eine Puppe, die dort, in perlenbestickte Seide gekleidet, saß, schaukelte und wiegte sie und sprach: ›Ich will nicht so etwas wie das da.‹ Ohne

Zweifel hatte ihre Mutter, um ihre Tugend zu schützen, ihr gesagt, dass die Kinder mit dem Mund gemacht werden. Ach! Ihr süßen Augenblicke zärtlicher Liebkosungen! – Thyl, sieh doch, ob du in der Tasche dieses Ranzens nicht noch ein Schinkelein findest.«

»Ein halbes«, antwortete Ulenspiegel und reichte es Lamme, der es vollends aufaß. Ulenspiegel sah ihm dabei zu und sagte: »Dieses Schinkelein erzeugt mir großes Wohlbehagen im Magen.« »Mir desgleichen«, sagte Lamme und reinigte sich die Zähne mit den Fingernägeln, »doch ich werde mein Schätzchen nicht mehr sehen, denn sie ist aus Damme geflohen, willst du sie mit mir, in meinem Karren fahrend, suchen?« »Das will ich«, erwiderte Ulenspiegel. »Ist denn nichts mehr in der Flasche?«, fragte Lamme. »Nichts mehr«, erwiderte Ulenspiegel.

Und sie bestiegen den Karren, den der Rotesel mit wehmütigem Abschiedsgeschrei fortzog. Was den Hund betrifft, so war er, reichlich satt, davongegangen, ohne sich noch irgendwie geäußert zu haben.

II

Als der Karren auf dem Deich zwischen einem Weiher und einem Kanal dahinrollte, streichelte Ulenspiegel, tief in Gedanken versunken, liebkosend die Asche Claesens über seiner Brust. Er fragte sich, ob die Vision Trug oder Wahrheit gewesen und ob diese Geister ihn verspottet oder ob sie ihm in rätselhaften Worten gesagt hatten, was er wirklich finden müsse, um das Land seiner Väter glücklich zu machen.

Vergebens strengte er seinen Verstand an, um herauszufinden, was ›die Sieben‹ und ›der Gürtel‹ bedeuten sollten. Er gedachte des toten Kaisers und des lebenden Königs, der Regentin, des Papstes in Rom, des Großinquisitors und des Jesuitengenerals und fand so die sechs großen Henker des Landes, die er am liebsten sofort verbrannt hätte. Er kam aber zu dem Schluss, dass die es nicht sein konnten, da es zu leicht war, sie aufzufinden und zu verbrennen, also mussten sie an anderer Stelle sein. Und immer wiederholte er in Gedanken:

»Wenn der Nordwind den Schläfer küsst,
Untergangs Ende ist,
Liebe den Gürtel und die Sieben.«

»Ach!« sprach er bei sich, »in Tod, Blut und Tränen sieben finden, sieben brennen, sieben lieben! Mein armer Verstand erstarrt, denn wer brennt die, die er liebt?«

Der Karren hatte schon ein gut Stück Wegs zurückgelegt, da hörten sie Schritte auf dem Sand und eine Stimme, die sang:

»Habt, Wandrer, Ihr den Freund gesehn,
Den närrischen Freund, den ich verlor?
Er wandert ziellos hin, der Tor!
Habt Ihr ihn nicht gesehn?

So wie dem Lamm der Adler tut,
Zerriss er mir das Herz, so hart!
Er ist noch jung und ohne Bart,
Habt Ihr ihn nicht gesehn?

Wo bist du denn, geliebter Thyl?
Wenn Ihr ihn findet, sagt, dass Nele
Es an der Kraft, noch weit zu laufen, fehle,
Habt Ihr ihn nicht gesehn?

Weiß er, was Turteltäubchen spricht,
Vereinsamt und in Not?
Treu ist mein Herz dir bis zum Tod!
Saht Ihr ihn nicht?«

Ulenspiegel versetzte Lamme einen Schlag auf den Bauch und sagte zu ihm: »Halte deinen Atem an, Dickwanst!« »Ach!«, sagte Lamme, »das kommt einen Mann von meiner Korpulenz sehr hart an.« Aber Ulenspiegel hörte nicht auf ihn, verbarg sich hinter dem Wagenplan und ahmte die zittrige Stimme eines heiseren Trinkers nach, als er sang:

»Ich sah ihn, deinen närrischen Freund,
In einem alten morschen Karren.
Mit einem Dickwanst treu vereint
Sah ich ihn durch die Lande fahren.«

»Thyl«, sagte Lamme, »du hast heute Morgen eine schlimme Zunge.« Ulenspiegel hörte nicht auf ihn, steckte den Kopf durch das Loch der Plane und sagte: »Nele, erkennst du mich?« Von Schrecken erfasst, lachte und weinte sie zu gleicher Zeit, sodass ihre Wangen benetzt wurden, und sie sagte: »Ich seh' dich wohl, du garstiger Verräter!« »Nele«, sagte Ulenspiegel, »wenn du mich schlagen willst – ich habe hier einen Stock, er ist schwer genug, um ins Fleisch einzudringen, und knotig genug, um Spuren zu hinterlassen.« »Thyl, gehst du den Sieben nach?«, fragte Nele. »Ja«, antwortete er.

Nele trug eine Jagdtasche, die so voll war, dass sie schier zu platzen schien, die reichte sie ihm und sagte: »Thyl, ich dachte, dass es ungesund sei, wenn ein Mann eine Reise unternimmt, ohne eine gute, fette Gans, einen Schinken und etliche Genter Würste mitzunehmen. Er muss das essen und dabei meiner gedenken.« Als Ulenspiegel Nele ansah und zunächst nicht daran dachte, die Jagdtasche zu nehmen, steckte Lamme den Kopf durch ein andres Loch des Plans und sagte: »Vorsorgliches Mädchen, wenn er das nicht annimmt, so geschieht das aus Gedankenlosigkeit, aber gib mir diesen Schinken, reiche mir diese Gans und lasse mir diese Würste zukommen – ich will sie ihm aufheben.« »Wer ist dieses gute Vollmondsgesicht?«, fragte Nele. »Das ist ein Opfer der Ehe«, sagte Ulenspiegel, »vom Schmerz verzehrt und ausgetrocknet wie ein Apfel am Ofen, der seine Kräfte nur durch ununterbrochene Nahrungszufuhr wiederherstellen kann.« »Du sagst es, mein Sohn«, seufzte Lamme.

Die Sonne schien und brannte glühend auf Neles Kopf hernieder, und sie bedeckte ihn mit ihrer Schürze. Da Ulenspiegel mit ihr allein sein wollte, sagte er zu Lamme: »Siehst du die Frau, die dort über die Wiese geht?« »Ich sehe sie«, antwortete Lamme. »Erkennst du sie?« »Ach, sollte es die meine sein? Sie ist nicht wie eine Bürgersfrau gekleidet ...!«»Du zweifelst noch, blinder Maulwurf?« sagte Ulenspiegel. »Wenn sie es aber nicht ist?«, sagte Lamme. »Dann wirst du auch nichts verlieren, denn da ist linker Hand, in nördlicher Richtung, ein kaberdoesje, wo du treffliches Braunbier bekommst. Dort werden wir dich wiedertreffen. Und hier ist etwas Schinken, um deinen natürlichen Durst zu salzen.«

Lamme kletterte aus dem Karren und lief der Frau, die auf der Wiese dahinging, mit großen Schritten entgegen. Ulenspiegel sagte zu Nele: »Warum setzt du dich nicht neben mich?« Dann half er ihr, in den Wagen zu steigen und ließ sie neben sich setzen, er nahm ihr die Schürze vom Kopf und den Mantel von den Schultern und gab ihr hundert Küsse. Dann sagte er: »Wohin wolltest du gehen, Geliebte?« Sie gab keine Antwort und schien entzückt und begeistert.

Und Ulenspiegel, beglückt wie sie, sagte zu ihr: »Also bist du hier! Die wilden Rosen in den Hecken sind nicht von so süßem Rot wie deine frische Haut. Wenn du auch nicht Königin bist, so lass mich dir doch eine Krone von Küssen aufs Haupt drücken. Die lieblichen Arme, so weich, so rosig, dass Amor sie nur zur Umarmung geschaffen hat! Ach! Geliebtes Mädchen, werden diese Schultern unter meinen rauen Manneshänden nicht welken? Der leichte Schmetterling setzt sich auf die purpurne Knospe, aber wie kann ich mich an das pulsende Weiß deines Leibes lehnen, ohne es welken zu machen, ich Klotz ?

Gott ist im Himmel, der König auf seinem Thron, die Sonne in der alles überragenden Höhe, aber ich bin Gott, König und Licht, wenn ich bei dir bin! Oh, Haare, weicher als Seidenflocken! Nele, ich schlage dich, zerreiße dich, zerstücke dich! Aber fürchte nichts, meine Freundin. – Dein lieblicher Fuß! Wie kommt's, dass er so weiß ist? Hast du ihn in Milch gebadet?«

Sie wollte sich erheben.

»Was fürchtest du?«, sagte Ulenspiegel, »die Sonne, die über uns leuchtet und dich golden malt? Schlag die Augen nicht nieder. Sieh in die meinen, welch Feuer darin brennt. Lausche, Geliebte, höre, Schätzchen, das ist die Ruhestunde des Mittags, der Arbeiter ist daheim und lebt von Suppe, leben wir nicht von Liebe? Warum kann ich nicht tausend Jahre alt werden, um sie, gleich indischen Perlen, über deine Knie hinrollen zu lassen!«

»Goldene Zunge!«, sagte sie.

Und Frau Sonne schimmerte über dem weißen Leinen des Karrens, eine Lerche sang über den Kleefeldern, und Nele lehnte den Kopf an Ulenspiegels Schulter.

III

Indessen kam Lamme, große Tropfen schwitzend und wie ein Delfin schnaufend, zurück. »Ach«, sagte er, »ich bin unter einem üblen Stern geboren. Nachdem ich tüchtig gelaufen war, um die Frau einzuholen, sah ich, dass es nicht die meine war, und dass sie, wie ich an ihrem Gesicht erkannte, gut fünfundvierzig Jahre alt war, aus ihrer Kopfbedeckung ersah ich, dass sie niemals verheiratet gewesen war. Sie fragte mich ärgerlich, warum ich denn mit meinem Wanst in die Kleefelder käme. ›Ich suche meine Frau, die mich verlassen hat‹, antwortete ich sanft, ›und lief Euch entgegen, da ich Euch für sie hielt.‹

Darauf sagte das alte Mädchen, dass ich wieder dorthin zurückkehren sollte, woher ich gekommen sei, und dass meine Frau sehr wohl getan hätte, mich zu verlassen, da alle Männer Spitzbuben, Lumpenkerle, Ketzer, Treuebrecher und Giftmischer seien, die die Mädchen verführten, auch wenn sie in reifem Alter stünden, und dass sie mich im Übrigen von ihrem Hund auffressen lassen würde, wenn ich nicht schnellstens meine Siebensachen packte. Das tat ich nicht ohne Bangen, denn ich bemerkte einen großen Wachhund, der knurrend zu ihren Füßen lag.

Als ich die Grenze ihres Feldes hinter mir hatte, setzte ich mich nieder und biss in dein Stück Schinken, um mich zu erholen. Ich befand mich da zwischen zwei Kleefeldern, plötzlich hörte ich ein Geräusch hinter mir, wandte mich um und sah den großen Wachhund der alten Jungfer dastehen, aber nicht drohend, sondern schweifwedelnd, sanft und fressgierig. Er hatte es auf meinen Schinken abgesehen. Ich gab ihm etwas davon ab, als plötzlich seine Herrin herbeikam und rief: ›Fass den Mann, fass ihn mit dem Fangzahn, mein Sohn!‹ Ich begann zu laufen, und der große Hund heftete sich an meine Sohlen, von denen er mir ein Stück abriss, wobei auch etwas Fleisch mitging. Über den Schmerz geriet ich so in Zorn, dass ich mich nach ihm umdrehte und ihm einen so kräftigen Schlag mit dem Stock über die Vorderpfoten gab, dass wenigstens eine gebrochen wurde. Er fiel nieder und schrie in seiner Hundesprache: ›Erbarmen!‹ was ich ihm denn auch zuteilwerden ließ. Inzwischen warf seine Herrin in Ermangelung von Steinen mit Erde nach mir, und ich lief davon.

Ach! Ist es nicht grausam und ungerecht, dass eine Jungfer, weil sie nicht schön genug ist, um einen Gatten zu finden, sich an einem armen Unschuldigen, wie ich es bin, rächt? Sodann begab ich mich, immerhin betrübt, in die kaberdoesje, die du mir bezeichnet hattest, und hoffte dort Braunbier zur Tröstung zu finden. Aber ich wurde enttäuscht, denn als ich dort eintrat, sah ich einen Mann und eine Frau, die einander schlugen. Ich fragte, ob sie geruhen wollten, ihre Schlacht zu unterbrechen, um mir ein Fässchen Braunbier zu geben oder wenigstens eine bis sechs Kannen, aber das zornige Weib, ein wahrer Stockfisch, antwortete mir, dass sie, wenn ich mich nicht schnellstens aus dem Staube machte, mir den Holzpantoffel in die Kehle schieben wollte, mit dem sie auf den Kopf ihres Mannes losschlug.

Also siehst du mich hier, arg schwitzend und recht müde, mein Freund, hast du nichts zu essen für mich?« »Ja«, sagte Ulenspiegel. »Endlich!«, sagte Lamme.

IV

Also wieder vereint, setzten sie gemeinsam den Weg fort, der Esel ließ die Ohren hängen, und Ulenspiegel sagte: »Lamme, wir sind hier vier gute Gefährten: der Esel, das Tier des guten Herrgotts, das, wenn's das Geschick will, Disteln frisst, du, guter Dickwanst, auf der Suche nach der, die dir entfloh, sie, die süße Geliebte mit dem zärtlichen Herzen, die den fand, der ihrer nicht würdig ist, und ich, der ich mich als vierten nennen will.

Also auf, Kinder, Mut! Die Blätter gilben, der Himmel wird blasser, und bald wird Frau Sonne in die herbstlichen Nebel tauchen, der Winter, das Ebenbild des Todes, wird kommen und alle jene mit schneeigtem Linnen bedecken, die unter unseren Füßen schlafen, und ich werde wandern, dem Glück des Landes unserer Väter entgegen.

Arme Tote, Soetkin, die vor Schmerz verstarb, Claes, der im Feuer hinschied: du, Eiche der Güte, und du, Efeu der Liebe, ich, euer Sprössling, ich fühle tiefes Leid und werde euch rächen, deren geliebte Asche an meiner Brust schlägt.« Lamme sagte: »Die für die Gerechtigkeit starben, muss man nicht beweinen.« Aber Ulenspiegel verharrte in Nachdenklichkeit.

Plötzlich sagte er: »Nele, dies ist die Stunde des Abschieds für lange Zeit, und vielleicht werde ich dein süßes Gesicht niemals wiedersehen.« Nele sah ihn mit Augen an, die wie Sterne glänzten, und sprach: »Könntest du nicht diesen Karren verlassen, um mit mir in den Wald zu kommen, wo du köstliche Nahrung fändest? Denn ich kenne die Pflanzen und weiß die Vögel zu locken.«

»Mädchen«, sagte Lamme, »es ist schlecht von dir, Ulenspiegel auf dem Weg aufhalten zu wollen, der doch die Sieben suchen und mir helfen soll, meine Frau wiederzufinden!« »Noch nicht«, sagte Nele weinend und unter den Tränen ihrem Freund Ulenspiegel zärtlich zulächelnd. Als der das sah, antwortete er: »Deine Frau wirst du noch zeitig genug finden, wenn du dir neues Leid wirst einwirtschaften wollen.« »Thyl«, sagte Lamme, »willst du mich also wegen dieses Mädchens in meinem Karren allein lassen? – Du antwortest mir nicht und denkst an deinen Wald, in dem deine Sieben ebenso wenig sind wie meine Frau. Lass sie uns lieber auf diesem gepflasterten Wege suchen, wo die Karren so trefflich dahinrollen.«

»Lamme«, sagte Ulenspiegel, »du hast einen vollen Ranzen im Karren, sodass du nicht Hungers sterben wirst, wenn du ohne mich von hier nach Koolkerke fährst, wo ich wieder mit dir zusammentreffen werde. Dort musst du allein sein, denn du wirst dort die wichtigsten Anhaltspunkte dafür finden, wohin du dich wenden musst, um deine Frau wiederzufinden. Höre und merke auf. Du fährst sogleich mit deinem Karren nach Koolkerke, das drei Meilen von hier liegt, und gehst zur ›Frischen Kirche‹, die so genannt wird, weil sie, wie wohl auch die anderen Kirchen, von den vier Winden gleichzeitig angeblasen wird. Auf dem Glockenturm ist eine Wetterfahne in Gestalt eines Hahnes, der sich auf seinen rostigen Angeln nach allen Windrichtungen dreht. Ihr Kreischen ist es, das den armen Männern, die ihre Gefährtinnen verloren haben, den Weg anzeigt, dem sie folgen müssen, um sie wiederzufinden.

Aber vorher muss man jeden Stein der Mauer mit einem Stäbchen aus Haselholz siebenmal schlagen. Wenn die Angeln kreischen, während der Wind von Norden weht, so ist das die Richtung, in der du gehen musst, aber vorsichtig, denn der Nordwind ist der Wind des Krieges, weht er von Süden, dann geh munter dahin, denn der Südwind ist der Wind der Liebe, weht er von Osten, dann lauf in schnellem Trab, denn der Ostwind bedeutet Frohsinn und Licht, wenn er aus Westen weht, geh langsam, denn der Westwind ist der Wind des Regens und der Tränen. Geh also, geh nach Koolkerke und erwarte mich dort!«

»Ich geh' hin«, sagte Lamme und stieg in den Karren.

Während Lamme nach Koolkerke rollte, jagte ein starker, warmer Wind die grauen Wolken wie eine Herde von Schafen über den Himmel, die Bäume ächzten wie die Wogen des aufgepeitschten Meeres.

Nele und Ulenspiegel waren schon lange im Wald. Ulenspiegel hatte Hunger, und Nele suchte frische Wurzeln, fand aber nichts als die Küsse, die ihr Freund ihr gab, und einige Eicheln. Ulenspiegel hatte Schlingen gelegt und pfiff, um die Vögel anzulocken, die sich fingen, wollte er rösten. Eine Nachtigall setzte sich neben Nele ins Blätterwerk, sie fing sie nicht, weil sie wollte, dass sie weitersinge. Eine Grasmücke kam, und sie hatte Erbarmen mit ihr, weil sie so zierlich und stolz war; dann kam eine Lerche, aber Nele sagte zu ihr, dass sie besser täte, in den höchsten Himmel zu fliegen und eine Hymne an die Natur zu singen, als sich ungeschickterweise auf der Spitze eines mörderischen Bratspießes zu erlustigen.

Und sie sprach wahr, denn Ulenspiegel hatte inzwischen ein helles Feuer angelegt und einen Bratspieß geschnitzt, der nunmehr seiner Opfer harrte. Aber außer einigen Raben, die hoch über ihren Köpfen krächzten, kamen keine Vögel mehr herbei. Und solcherart bekam Ulenspiegel nichts zu essen.

Nun war es Zeit für Nele, zu gehen und zu Katheline zurückzukehren. Sie machte sich weinend auf den Weg, und Ulenspiegel sah sie aus der Entfernung wandern. Aber sie kam noch einmal zurück, warf sich an seinen Hals und sagte: »Nun gehe ich.« Dann tat sie ein paar Schritte, kam noch einmal zurück und sagte wiederum: »Nun gehe ich.« Und so zwanzigmal und öfter hintereinander. Schließlich entfernte sie sich, und Ulenspiegel blieb allein. Da machte er sich auf den Weg, um zu Lamme zurückzukehren. Als er zu ihm kam, fand er ihn am Fuß des Turmes sitzend vor, er hatte ein Fälschen Braunbier zwischen den Beinen und kaute tiefbetrübt an einem Stäbchen von Haselholz.

»Ulenspiegel«, sagte er, »ich glaube, dass du mich nur hierhergeschickt hast, um mit dem Mädchen allein zu sein. Ich habe, wie du mir empfohlen hast, siebenmal mit einem Stäbchen von Haselholz auf jeden Stein des Turmes geklopft, und obwohl der Wind wie ein Teufel blies, haben die Angeln nicht gekreischt.« »Weil man sie ohne Zweifel geölt haben wird«, antwortete Ulenspiegel.

Dann machten sie sich auf in der Richtung nach dem Herzogtum Brabant.

V

König Philipp, der Düstere, beschäftigte sich den ganzen Tag und oft auch während der Nacht damit, in Papieren zu kramen und Bogen von Pergament und Papier vollzukritzeln. Sie waren es, denen er die Gedanken seines harten Herzens anvertraute. Er liebte keinen Menschen in diesem Leben und wusste, dass auch ihn niemand liebte, darum wollte er, ein schmerzbeladener Atlas, sein ungeheures Königreich allein tragen, doch er krümmte sich unter dieser Last.

Teilnahmslos und trübsinnig, wie er war, zehrte dieses Übermaß von Arbeit an seinem schwachen Körper. Da er jedes fröhliche Gesicht verabscheute, war er gegen unsere Länder, weil sie fröhlich waren, von Hass erfüllt, war es ebenso gegen unsere Kaufleute, weil sie Überfluss und Reichtum hatten, gegen die Angehörigen unseres Adels, weil sie freie Rede führten, zwanglos dahinlebten, von ungestümem Blut und tapferem Frohsinn waren.

Er wusste, denn man hatte es ihm gesagt, dass die Erhebung gegen den Papst und die römische Kirche schon lange eingesetzt hatte, ehe der Kardinal de Cusa um das Jahr 1380 auf die Missbräuche der Kirche hingewiesen und die Notwendigkeit einer Reformation gepredigt hatte, und dass diese Erhebung in unserem Lande in Sekten der verschiedensten Formen zum Ausdruck gekommen war und in allen Köpfen brodelte wie kochendes Wasser in einem verschlossenen Kessel. Ein widerspenstiges Maultier, meinte er nicht anders, als dass sein Wille der Welt nicht minder bedeutungsvoll sein müsse als der Gottes, er wollte, dass unser Land, des Gehorsams entwöhnt, sich wieder unter das alte Joch beuge, ohne irgendeine Reformation durchzusetzen. Er wollte seine heilige katholische Mutter Kirche zur einzigen, unantastbaren und allgemeingültigen machen und keine Neuerungen oder Veränderungen dulden. Dieser Wille hatte keinen anderen Grund als sich selbst, sodass Philipp wie ein unverständiges Weib handelte, sich nachts in seinem Bett quälte und ob seiner Gedanken herumwälzte wie auf einem Lager von Dornen.

»Ja, heiliger Herr Philippus, ja, Herrgott, müsste ich selbst aus den Niederlanden ein einziges, allgemeines Grab machen, um alle seine Bewohner hineinzustoßen, damit sie zu Euch zurückkehren, mein gebenedeiter Patron, und auch zu Euch, Heilige Jungfrau, und Heilige des Paradieses – ich werde mein Werk vollenden!«

Und er bemühte sich, was er gesagt hatte, zu verwirklichen, und war so römischer als der Papst und katholischer als die Konzilien.

Und Ulenspiegel und Lamme und das ganze Volk Flanderns und der Niederlande glaubte, von Herzensangst erfüllt, diese gekrönte Spinne mit ihren langen Beinen und geöffneten Scherenkiefern von Weitem im Schatten des Eskorials lauern und ihr Netz ausspannen zu sehen, mit dem er sie einfangen wollte, um ihr bestes Blut zu saugen.

Obgleich die päpstliche Inquisition unter der Regierung Karls Hunderttausende Christen durch Verbrennen, Lebendbegraben und Henken getötet hatte; obgleich die Vermögen der armen Verurteilten in die Truhen des Kaisers und Königs geflossen waren wie der Regen in die Traufe, meinte Philipp, dass dies noch zu wenig sei, er setzte in seinen Landen neue Bischöfe ein und forderte die Einführung der spanischen Inquisition.

Und beim Klang von Trompeten und Schellentrommeln verlasen die Herolde der Städte die Dekretschriften, laut welchen alle Ketzer, Männer, Frauen und Kinder, wenn sie ihre Verirrung nicht abschworen, den Tod durch das Feuer erleiden sollten, durch den Strang aber, wenn sie abschworen. Frauen und Mädchen sollten lebendig begraben werden, und der Henker musste über ihren Leibern tanzen.

Und durch das ganze Land lief die Flamme der Empörung.

VI

Kurz vor Ostern, am fünften April, trafen die Herren Graf Ludwig von Nassau, von Kulemberg und von Brederode, der Herkules der Trinker, mit dreihundert anderen Edelleuten am Hof in Brüssel ein und begaben sich zur Frau Regentin, der Herzogin von Parma.

In Reihen zu je vieren stiegen sie so die große Treppe des Palais hinan. In dem Saale, in dem sie Madame antrafen, überreichten sie ihr eine Bittschrift, in der sie die Regentin baten, sich dafür einzusetzen, dass König Philipp die Erlasse widerrufe, die sich auf die Religion und auf die spanische Inquisition bezogen, sie erklärten, dass diese Erlasse in unseren unzufriedenen Landen nichts anderes zur Folge haben könnten als Unruhen, Niedergang und allgemeines Elend. Diese Bittschrift wurde »Das Kompromiss« genannt.

Berlaymont, der in späteren Zeiten so tückisch und grausam gegen das Land seiner Väter handelte, stand neben Ihrer Hoheit und sagte, die Armut einiger der verbündeten Edelleute verspottend, zu ihr: »Madame, fürchten Sie nichts, das sind nur Bettler!« [9] So verhöhnte er, dass diese Edelleute sich entweder im Dienst des Königs ruiniert hatten oder dadurch arm geworden waren, dass sie sich durch ihren Luxus den spanischen Granden hatten gleichsetzen wollen.

Um die Rede des Herrn von Berlaymont mit Verachtung zu vergelten, erklärten die Edlen später, dass sie es für eine Ehre hielten, Geusen genannt und als solche

---

9 »Bettler« übersetzt hier das französische gueux, das nach Herkunft und Bedeutung mit dem deutschen Wort Geusen identisch ist.

eingeschätzt zu werden, da sie sich diesen Namen im Dienst des Königs und zum Wohle dieses Landes erworben hatten. Sie fingen damals an, eine goldene Medaille um den Hals zu tragen, die auf einer Seite das Bildnis des Königs und auf der andern zwei über einem Bettelsack verschlungene Hände nebst folgender Inschrift zeigte: »Treu dem König bis an den Bettelsack.« Auch trugen sie an ihren Hüten und Kappen goldene Schmuckstücke in Form eines Tellers oder Bettelstabes.

In der Zwischenzeit schleppte Lamme seinen Wanst durch die ganze Stadt, um seine Frau zu suchen, aber er fand sie nicht.

VII

Ulenspiegel sagte eines Morgens: »Folge mir, wir wollen einer hochgestellten, edlen, mächtigen und gefürchteten Persönlichkeit unseren Gruß darbringen.« »Wird er mir sagen, wo meine Frau ist?«, fragte Lamme. »Wenn er es weiß«, antwortete Ulenspiegel.

Und sie gingen zu Brederode, dem Herkules der Trinker, der sich eben im Hof seines Hauses befand.

»Was willst du von mir?«, fragte er Ulenspiegel. »Ich will mit Euch sprechen, edler Herr«, antwortete Ulenspiegel. »Sprich«, erwiderte Brederode. »Ihr seid ein schöner, tapferer und starker Edelmann«, sagte Ulenspiegel, »Ihr habt einmal einen Franzosen in seinem Panzer erstickt wie eine Schnecke in ihrer Schale, wenn Ihr aber stark und tapfer seid, so seid Ihr doch auch klug – warum nun tragt Ihr diese Medaille, auf der ich lese: »Treu dem König bis an den Bettelsack?««

»Ja, warum das, edler Herr?«, fragte auch Lamme.

Aber Brederode antwortete nicht und sah Ulenspiegel an. Dieser setzte seine Rede fort: »Warum wollt ihr, edle Herren, dem König bis an den Bettelsack treu sein? Geschieht es wegen all des Guten, das er euch wünscht oder wegen der Freundschaft, die er für euch hegt? Warum sorgt ihr nicht dafür, statt ihm bis zum Bettelsack treu zu sein, dass dieser Henker, für alle Zeit seiner Länder beraubt, selbst für immer dem Bettelsack treu sei?« Lamme nickte zum Zeichen des Einverständnisses mit dem Kopf.

Brederode maß Ulenspiegel mit seinem lebhaften Blick und lächelte, als er ihm in das gute Gesicht sah. »Wenn du nicht Spion des Königs Philipp bist«, sagte er, »so bist du ein guter Flame, und ich will dir für jeden dieser beiden Fälle ein Entgelt geben.« Er führte ihn, von Lamme gefolgt, in seinen Arbeitssaal. Dort zog er ihn an den Ohren, bis das Blut kam, und sagte: »Das ist für den Spion.« Ulenspiegel schrie nicht. Dann sagte Brederode zu seinem Kellermeister: »Bringe diesen Bottich voll Glühwein.« Der Kellermeister brachte den Bottich und einen großen Humpen voll Glühwein, der die Luft mit balsamischem Geruch erfüllte. »Trink«, sagte Brederode zu Ulenspiegel, »das ist für den guten Flamen!«

»Ah, eine schöne, zimtgewürzte Sprache«, sagte Ulenspiegel, »die Heiligen sprechen keine desgleichen.« Nachdem er die Hälfte des Weins getrunken hatte, überließ er Lamme die andere Hälfte.

»Wer ist denn dieser Wanstträger Papzak, der belohnt wird, ohne etwas geleistet zu haben?«, fragte Brederode.

»Das ist mein Freund Lamme«, antwortete Ulenspiegel, »der immer, wenn er starken Wein trinkt, sich einbildet, dass er seine Frau wiederfinden wird.« »Ja«, sagte Lamme, indem er den Wein mit großer Ehrfurcht aus dem Humpen schlürfte.

»Wohin geht ihr jetzt?«, fragte Brederode. »Wir gehen auf die Suche nach den Sieben, die das Land Flandern retten sollen«, antwortete Ulenspiegel. »Welche Sieben?«, fragte Brederode. »Wenn ich sie gefunden haben werde, werde ich Euch sagen, wer sie sind«, erwiderte Ulenspiegel. Doch Lamme, der vom Trinken heiter geworden war, sagte: »Thyl, wenn wir uns nach dem Mond begäben, um meine Frau zu suchen?« »Bestelle die Leiter«, antwortete Ulenspiegel.

Im Mai, dem grünen Monat, sagte Ulenspiegel zu Lamme: »Er ist da, der schöne Monat Mai! Ach, der klare, blaue Himmel und die lustigen Schwalben! Die Äste röten sich vor Kraft, und die Erde atmet Liebe. Das ist der Augenblick, den Glauben zu henken und zu verbrennen. Sie sind da, die guten, kleinen Inquisitoren, welch edle Gesichter! Sie haben alle Macht, zu maßregeln, zu bestrafen, zu erniedrigen, den Händen der irdischen Richter zu überliefern und ihre Gefängnisse zu unterhalten. – Ah, der schöne Monat Mai! – Sie bemächtigen sich der Leiber, führen Prozesse, ohne die ordnungsmäßigen Formen der Gerichtsbarkeit zu wahren, sie brennen, henken, enthaupten und kreuzigen, und sie bereiten den armen Frauen und Mädchen das Grab eines vorzeitigen Todes.

Die Finken singen in den Bäumen. Die guten Inquisitoren halten nach den Reichen Ausschau, und der König wird erben. – Geht auf die Wiesen, Mädchen, und tanzt beim Klang der Dudelsäcke und Schalmeien!«

Und die Asche Claesens schlug an Ulenspiegels Brust.

»Gehen wir«, sagte er zu Lamme, »glücklich, die das Herz am rechten Fleck und den Degen gezückt halten in den schwarzen Tagen, die kommen werden!«

VIII

Ulenspiegel kam eines Tages – es war im Monat August – in die Rue de Flandre in Brüssel an dem Haus des Jan de Sapermillemente vorbei, der so genannt wurde, weil sein Großvater, wenn er zornig war, sich dieses Fluchs bediente, um den hochheiligen Namen Gottes nicht zu lästern.

Besagter Sapermillemente war Stickmeister seines Zeichens. Aber er war durch den Trunk schwerfällig und blind geworden, sodass seine Frau, ein altes Weib mit einer boshaften Fratze, an seiner Stelle die Kleider, Wämser, Mäntel und Schuhe der Herrschaften stickte. Ihr liebliches Töchterchen half ihr bei dieser gut bezahlten Arbeit.

Als Ulenspiegel nun zur Zeit des Sonnenuntergangs vor dem erwähnten Haus vorbeikam, sah er das Mädchen am Fenster sitzen und hörte sie rufen:

»August, August,
Willst, süßer Mond, mir nicht erzählen,
Wer mich einst wird zum Weib erwählen ?
Erzählst du's, süßer Mond?«

»Ich«, sagte Ulenspiegel, »wenn du mich willst.«
»Du?«, sagte sie, »komm näher, dass ich dich ansehen
kann.« Er aber sagte: »Wie kommt es, dass du im August
rufst, während die Mädchen von Brabant doch anfangs
März rufen?« »Das kommt daher«, sagte sie, »dass die
nur einen Monat haben, der ihnen einen Gatten beschert,
ich aber habe deren zwölf, und am Vortag jedes einzelnen springe ich aus meinem Bett – aber nicht um Mitternacht, sondern sechs Stunden vorher –, tue drei Schritte
nach rückwärts gegen das Fenster und rufe, wie du ja
weißt, dann drehe ich mich um, mache drei Schritte nach
rückwärts gegen mein Bett und lege mich um Mitternacht nieder, um zu schlafen und von dem Gatten zu
träumen, den ich bekommen werde. Aber die zwölf Monate sind von Natur aus gar üble Spötter, und es ist
mehr als ein Mann, von dem ich träume, nämlich es sind
ihrer zwölf auf einmal, du wirst der dreizehnte sein,
wenn du willst.«

»Dann werden die anderen eifersüchtig sein«, antwortete Ulenspiegel, »du rufst auch ›Befreiung!?‹« Das Mädchen antwortete errötend: »Ich rufe ›Befreiung!‹, und ich
weiß, wonach ich verlange.« »Ich weiß es ebenso gut
und bringe es dir«, antwortete Ulenspiegel. »Da musst
du warten«, sagte sie und zeigte lachend ihre weißen
Zähne. »Warten –«, sagte Ulenspiegel, »nein, ein Haus
kann über meinem Kopf zusammenstürzen, ein Windstoß kann mich in einen Graben werfen, ein toll gewordener Köter kann mich ins Bein beißen, nein, ich warte
nicht.«

»Ich bin zu jung«, sagte sie, »und rufe nur so aus Gewohnheit.« Ulenspiegel stieg ein Verdacht auf, als ihm

einfiel, dass die Mädchen von Brabant anfangs März rufen, um einen Gatten zu bekommen, und nicht im Erntemonat. Sie wiederholte lachend: »Ich bin zu jung und rufe nur so aus Gewohnheit.« »Willst du warten, bis du zu alt bist?« entgegnete Ulenspiegel, »das wäre schlechte Rechenkunst! Ich sah noch niemals einen so runden Hals oder weißere Brüste, flämische Brüste, voll der guten Milch, die Männer macht.« »Voll noch nicht, vorlauter Wandersmann!«, sagte sie.

»Warten«, wiederholte Ulenspiegel, »warten, bis ich keine Zähne mehr habe, um dich mit Haut und Haar aufzufressen ? Du antwortest nicht und lachst mit deinen klaren, braunen Augen und deinen kirschroten Lippen.« Das Mädchen sah ihn listig an und sagte: »Wieso liebst du mich nach so kurzer Zeit schon? – Welchen Beruf hast du? Bist du arm oder reich?« »Ich bin arm und reich zugleich, wenn du mir deinen Leib schenkst, Schätzchen!«, sagte er. Sie antwortete: »Das ist's nicht, was ich wissen wollte. Besuchst du die Messe? Bist du ein guter Christ? Wo wohnst du? Wagst du zu sagen, dass du ein Geuse bist, ein wahrhaftiger Geuse, der sich den königlichen Edikten und der Inquisition widersetzt?«

Die Asche Claesens schlug an Ulenspiegels Brust.

»Ich bin Geuse«, sagte er, »und will sie tot und von den Würmern aufgefressen sehen, die Unterdrücker der Niederlande. Du siehst mich bestürzt an. Dies Feuer der Liebe, das für dich brennt, es ist das Feuer der Jugend. Gott hat es entzündet, und es flammt wie das Sonnenlicht, bis es erlischt. Aber auch das Feuer der Rache, das in meinem Herzen glimmt, hat Gott entzündet, und es wird Schwert, Feuer, Strang, Brand, Zerstörung, Krieg und Untergang für die Henker sein.« »Du bist schön«, sagte sie traurig und küsste ihn auf beide Wangen; »aber schweige still!« »Warum weinst du?«, fragte er. »Hier und andernorts musst du dich immer umsehen, wo du bist.« »Haben diese Mauern Ohren?«, fragte Ulenspiegel. »Keine andern als die meinen«, antwortete sie. »Ich will sie mit einem Kuss verschließen, die von Amor geformten.« »Närrischer Freund, höre mir zu, wenn ich spreche.« »Warum? Was hast du mir zu sagen?« »Hör mich geduldig an«, sagte sie, »da ist meine Mutter. Schweig, schweig vor allem, wenn sie da ist ...«

Die alte Sapermillemente trat ein, Ulenspiegel betrachtete sie und sagte bei sich: »Fratze, durchlöchert wie ein Schaumquirl, Augen, mit hartem und falschem Blick, Mund, der lacht und sich verzerrt – ihr erregt meine Neugierde!« »Gott sei mit Euch, mein Herr, jetzt und immerdar«, sagte die Alte, »ich habe Geld bekommen, Töchterchen, schönes Silber, vom Herrn Egmont, dem ich den Narrenmantel gebracht habe, der den roten Hund so aufbringt.«

»Meint Ihr den Kardinal Granvella?«, fragte Ulenspiegel.

»Ja«, sagte sie, »gegen den roten Hund. Man sagt, dass er ihre Umtriebe dem König hinterbringe, deshalb wollen sie ihn unschädlich machen. Sie sind klug, nicht wahr?« Ulenspiegel antwortete nicht. »Habt Ihr sie noch nicht auf den Straßen gesehen, mit ihren grauen Wämsern und plebejischen Überröcken, auf denen sie alle den gestickten Bettelstab tragen, und mit ihren herabhängenden Ärmeln und Mönchskapuzen? Mindestens siebenundzwanzig habe ich davon angefertigt und meine Tochter fünf. Der Anblick dieser Bettelstäbe hat den roten Hund erzürnt.« Dann sagte sie Ulenspiegel ins Ohr: »Ich weiß, dass die Herren sich entschlossen haben, an die Stelle des Bettelstabes ein Ährenbündel als Zeichen der Einigkeit zu setzen. Ja, ja, sie wollen gegen den König und die Inquisition kämpfen. Daran tun sie gut, nicht wahr, mein Herr?« Ulenspiegel antwortete nicht. »Der fremde Herr ist trübselig«, sagte die Alte, »urplötzlich bringt er den Schnabel nicht mehr auf.«

Ulenspiegel ließ kein Wort laut werden und ging. Bald darauf betrat er eine Musikantenkneipe, um das Trinken nicht zu verlernen. Die Stube war voll von Zechern, die unvorsichtigerweise über den König, die verabscheuenswürdigen Edikte, über die Inquisition und den roten Hund sprachen, den man aus dem Lande jagen müsste. Da sah er auch die Alte in zerlumpten Kleidern vor einer Kanne Branntwein sitzen und anscheinend schlafen, sie verharrte lange Zeit in dieser Stellung. Dann zog sie einen kleinen Teller aus ihrer Tasche, und er sah sie zwischen den Gruppen betteln und vor allem bei jenen Männern, die am unvorsichtigsten gesprochen hatten. Und ohne Geiz gaben ihr die guten Leute Gulden, Halbgulden und Patards.

Ulenspiegel hoffte von dem Mädchen zu erfahren, was ihm die alte Sapermillemente verschwiegen hatte, und ging wieder vor dem Hause auf und ab, da sah er das Mädchen, das nicht mehr rief, ihm aber augenzwinkernd zulächelte – ein süßes Versprechen. Gleich nach ihm kehrte die Alte zurück.

Ulenspiegel, wütend, sie zu sehen, lief wie ein Hirsch durch die Straßen und schrie: »Es brennt, es brennt! Feuer, Feuer!« bis er vor das Haus des Bäckers Jacob Pietersen kam. Die Glasscheiben, die nach deutscher Art gemacht waren, strahlten rot im Schein der untergehenden Sonne. Dicker Rauch stieg aus dem Kamin der Bäckerei auf, und Ulenspiegel rannte weiter durch die Straßen und rief: »Es brennt, es brennt!«

Der Wächter von Notre-Dame de la Chapelle stieß in die Trompete, und der Küster läutete die Glocke, »Wacharm« genannt, aus Leibeskräften. Und Knaben und Mädchen kamen in Scharen herbeigerannt und sangen und pfiffen. Die Glocke und die Trompete erklangen ununterbrochen, und die alte Sapermillemente packte ihre Siebensachen und ging aus dem Haus.

Darauf hatte Ulenspiegel gelauert, und als sie sich entfernt hatte, trat er ins Haus. »Du hier?«, sagte das Mädchen, »brennt es denn nicht dort unten?« »Dort unten? Nein«, erwiderte Ulenspiegel. »Aber die Glocke läutet doch so kläglich?« »Sie weiß nicht, was sie tut«, sagte Ulenspiegel. »Und diese schreiende Trompete und all das rennende Volk?« »Die Zahl der Narren ist unendlich!« »Was brennt denn nun?«, fragte sie.

»Deine Augen und mein flammendes Herz«, antwortete Ulenspiegel und sprang ihr an den Mund. »Du verschlingst mich ja«, sagte sie. »Ich liebe die Kirschen«, war seine Antwort. Sie sah ihn lächelnd und zugleich bekümmert an und begann plötzlich zu weinen. »Komm nicht wieder her«, sagte sie, »du bist Geuse und ein Feind des Papstes, komm nicht wieder ...!«»Deine Mutter!« sagte er. »Ja«, sprach sie errötend, »weißt du, wo sie zu dieser Stunde ist? Sie belauscht die Leute dort, wo es brennt. Und weißt du, wohin sie bald gehen wird? Zum roten Hund, um ihm alles zu berichten, was sie weiß, und die Vorbereitungen für die Arbeit des Herzogs zu treffen, der kommen wird.

Flieh! Ulenspiegel, ich rette dich, flieh! Gib mir noch einen Kuss, aber komm nicht mehr wieder; noch einen – du bist so schön –, ich weine um dich, aber geh!«

»Gutes Mädchen«, sagte Ulenspiegel und hielt sie umschlungen.

»Ich war es nicht immer«, sagte sie, »auch ich war wie sie.« »Diese Gesänge«, sagte er, »diese stummen Winke deiner Schönheit für liebesdurstige Männer?« »Ja«, sagte sie, »meine Mutter wollte es. Dich rette ich, weil ich dich inbrünstig liebe! Und die anderen – ich werde sie in der Erinnerung an dich retten, du mein Geliebter! Wenn du fern sein wirst, wird dich das Herz zu dem reuigen Mädchen ziehen? Küsse mich, Liebling. Sie wird dem Scheiterhaufen keine Opfer mehr zuführen für Geld. Geh – nein, bleibe noch. Wie sanft ist deine Hand! Gib mir deine Hand, ich küsse sie, das ist das Zeichen der Sklaverei, du bist mein Herr!

Höre – näher – schweig! Lumpen und Diebe, unter ihnen ein Italiener, sind heute Nacht, einer nach dem anderen, hierhergekommen. Meine Mutter führte sie in diesen Saal, in dem wir sind, und befahl mir, hinauszugehen und die Tür zu schließen. Da hörte ich folgende Worte: »Steinernes Kruzifix, Tor von Borgerhout, Prozession, Antwerpen, Notre-Dame«, dann vernahm ich unterdrücktes Lachen und das Klingen von Gulden, die man auf den Tisch zählte ...

Flieh, da sind sie – flieh, mein Geliebter! Behalt mich in deiner süßen Erinnerung – flieh ...!«

Ulenspiegel eilte, wie sie ihm gesagt hatte, In den ouden Haen – Zum Alten Hahn – und traf dort Lamme, der melancholisch vor sich hin dämmerte, an einer Wurst kaute und die siebente Kanne Löwener Peterman schlürfte. Und ungeachtet seines Wanstes zwang er ihn, ebenso zu laufen wie er selbst.

IX

Als er so in schnellem Lauf, von Lamme gefolgt, dahineilte, fand er in der Eikenstraat ein boshaftes Pasquill gegen Brederode. Er ging geradeswegs zu ihm und brachte es ihm. »Ich bin«, sagte er, »jener gute Flame und jener Spion des Königs, den Ihr so tüchtig bei den Ohren gebeutelt habt und dem Ihr so köstlichen Glühwein zu trinken gabt. Er bringt Euch ein niedliches kleines Pamphlet, in dem man Euch unter anderen anklagt, dass Ihr Euch, wie der König, den Titel des Grafen von Holland beigelegt habet. Es kommt ganz frisch aus der Presse von Jan dem Verleumder, der dicht am Quai der Taugenichtse, in der Sackgasse der Ehrenräuber wohnt.«

Brederode antwortete lachend: »Ich werde dich zwei Stunden lang peitschen lassen, wenn du mir nicht den wahren Namen des Verfassers sagst.«

»Mein edler Herr«, sagte Ulenspiegel, »Ihr könnt mich auch zwei Jahre lang peitschen lassen, wenn Ihr wollt, aber Ihr könnt meinen Rücken nicht zwingen, Euch zu sagen, was mein Mund nicht weiß.«

Und er ging fort, nicht ohne für seine Mühe einen Gulden erhalten zu haben.

X

Seit Juni, dem Monat der Rosen, hatten in Flandern die Predigten begonnen. Die Apostel der urchristlichen Kirche predigten überall und an allen Orten, in Feldern und Gärten, auf den Hügeln, die in Zeiten der Überschwemmung den Tieren als Aufenthalt dienten, an den Flussufern und auf den Schiffen.

Auf dem Lande verschanzten sie sich wie in einem Kriegslager, indem sie ihre Karren im Kreis um sich herum aufstellten.

Auf den Flüssen und in den Häfen waren Schiffe voll bewaffneter Männer, die sie als Wache umgaben.

Auf den Feldern wurden sie von Musketieren und Arkebusiern gegen Überfälle der Feinde geschützt.

Und so wurde das Wort der Freiheit in allen Teilen des Landes unserer Väter gehört.

XI

Ulenspiegel und Lamme weilten in Brügge, sie ließen ihren Karren in einem benachbarten Hof stehen und gingen, statt in die Schenke, in die Kirche des heiligen Retters, denn sie hatten nichts mehr in ihren Säckeln, das fröhliche Klingen der Münzen war verstummt.

Der Pater Cornelis Adriaensen, ein Minoritenbruder, ein zotiger, schamloser, wilder und belfernder Prediger, stand an diesem Tag auf der Kanzel der Wahrheit. Junges und schönes Weibervolk drängte sich ehrfürchtig um ihn.

Pater Cornelis sprach von der Passion. Als er zu der Stelle des heiligen Evangeliums kam, wo die Juden, auf den Herrn Jesus zeigend, Pilatus zurufen: »Kreuzige ihn, kreuzige ihn, denn wir haben ein Gesetz, und nach diesem Gesetz muss er sterben!«, rief Pater Cornelis aus:

»Ihr seid gekommen, gute Leute, um zu hören, wie unser Herr Jesus Christus einen schrecklichen und schändlichen Tod erlitten hat, das geschah, weil es schon immer Gesetze gegeben hat, um die Ketzer zu bestrafen. Er wurde gerecht verurteilt, weil er den Gesetzen ungehorsam war. Und heutzutage wollen sie die Edikte und Erlasse als nichtssagend betrachten. Ach, Jesus! Welchen Fluch willst du über diesen Landen lasten lassen! Ehrwürdige Muttergottes! Wenn Kaiser Karl noch am Leben wäre und das Schauspiel dieser verbündeten Edelleute mit ansehen könnte, die es gewagt haben, der Regentin eine Bittschrift gegen die Inquisition und gegen die Edikte zu überreichen, die zu einem so guten Zweck erlassen und so reiflich durchdacht und nach so langen und weitschauenden Überlegungen abgefasst wurden, um alle Sekten und Ketzernester zu zerstören! Und man will sie, die notwendiger sind als Brot und Käse, null und nichtig machen!

In welchen stinkenden, verunreinigten und abscheulichen Abgrund will man uns jetzt stoßen! Luther, dieser dreckige Luther, dieser toll gewordene Ochse, er triumphiert in Sachsen, in Braunschweig, in Lüneburg, in Mecklenburg. Brentius, der beschissene Brentius, der in Deutschland von den Eicheln lebte, die die Schweine nicht mehr fressen wollten, er triumphiert in Württemberg. Servet, der Mondsüchtige, herrscht in Pommern, Dänemark und Schweden und wagt es dort, die heilige, erhabene und allmächtige Trinität zu lästern. Ja.

Aber man hat mir gesagt, dass er von Calvin lebendig verbrannt worden sei, der, davon abgesehen, nichts Gutes getan hat und der einen ätzenden Geruch verbreitet, ja, mit seiner Fratze, die lang ist wie ein Schlauch, mit seinem käsigen Gesicht und seinen Zähnen, die so groß sind wie Gärtnerschaufeln. Ja, diese Wölfe fressen sich gegenseitig auf, ja, der Ochse Luther, der toll gewordene Ochse, hat die Fürsten Deutschlands gegen den Anabaptisten Münzer bewaffnet, der ein braver Mann war, wie man sagt, und nach dem Evangelium lebte. Und durch ganz Deutschland hat man das Gebrüll dieses Ochsen gehört! Ja.

Und was sieht man in Flandern, Geldern, Friesland, Holland und Zeeland? Adamiten laufen ganz nackt durch die Straßen, ja, gute Leute, ganz nackt und so ihr mageres Fleisch ohne Scham den Vorübergehenden zeigend. Es ist zwar nicht mehr als einer, sagt ihr, gut, ich lass' es gelten – aber einer gilt hundert und hundert gelten einen, und er ist verbrannt worden, sagt ihr, lebendig verbrannt worden, auf Veranlassung der Calvinisten und Lutheraner. Diese Wölfe fressen sich gegenseitig auf, sage ich euch!

Ja, was sieht man noch in Flandern, Geldern, Friesland, Holland und Zeeland? Freigeister, die da lehren, alle

Unterwürfigkeit sei dem Wort Gottes entgegengesetzt. Sie lügen, die stinkenden Ketzer! Man muss sich der heiligen römischen Mutter-Kirche unterwerfen. Und hier, in dieser verfluchten Stadt Antwerpen, dem Sammelplatz aller ketzerischen Kanaillen der Welt, wagen sie zu predigen, dass wir die Hostie mit Hundefett büken.

Ein anderer Geuse, es ist der, der in dieser Straßenecke auf dem Nachttopf sitzt, sagt: ›Es gibt weder einen Gott noch ein ewiges Leben, noch eine Auferstehung des Fleisches, noch ewige Verdammnis.‹

›Man kann‹, sagt ein anderer dort unten mit plärrender Stimme, ›man kann taufen ohne Salz, ohne Schmalz, ohne Speichel, ohne Exorzismus und ohne Kerze.‹

›Es gibt kein Fegefeuer‹, sagt ein dritter. Es gibt kein Fegefeuer, ihr guten Leute! Ach, es wäre besser, wenn ihr euch mit euren Müttern, Schwestern und Töchtern vergangen hättet, als wenn ihr an dem Fegefeuer auch nur zweifeltet. Ja, und sie tragen die Nase hoch vor dem Inquisitor, dem heiligen Mann, ja. Sie sind nach Belem gekommen, das nahe von hier ist, viertausend Calvinisten sind nach Belem gekommen mit bewaffneten Mannen, Bannerträgern und Trommlern. Ja. Und von hier aus könnt ihr den Rauch aus ihrer Küche spüren. Sie haben sich der Kirche von Sainte-Cathelyne bemächtigt, um sie zu entehren, zu entweihen und zu entheiligen durch ihre verdammte Plapperei.

Was soll diese sündhafte und schändliche Duldsamkeit? Bei den tausend Teufeln der Hölle! Warum nehmt nicht auch ihr die Waffen zur Hand, ihr schlappschwänzigen Katholiken? Ihr habt doch, ebenso wie diese verdammten Calvinisten, Panzer, Lanzen, Hellebarden, Degen, Armbrüste, Messer, Stöcke, Pfähle und die Mörser und Feldschlangen der Stadt.

Sie sind friedfertig, sagt ihr, sie wollen in voller Freiheit und aller Ruhe dem Wort Gottes lauschen. Das ist mir alles eins. Verlasset Brügge! Verjagt sie mir, erschlagt sie mir und macht, dass sie mir aus der Kirche hüpfen, diese Calvinisten!

Ihr seid noch immer nicht ausgezogen? Pfui! Ihr seid Hühner, die aus Angst vor ihrem Misthaufen zittern. Ich sehe den Moment kommen, wo diese verdammten Calvinisten auf den Bäuchen eurer Frauen und Töchter trommeln werden, und ihr werdet sie ruhig gewähren lassen, ihr Männer von Watte und weichem Teig. Geht nicht dort hinunter, geht ja nicht dort hinunter – denn ihr würdet in der Schlacht eure Hosen benässen. Pfui, Brügger! Pfui, Katholiken! Das ist mir ein rechter Katholizismus, oh! Ihr feigen Memmen! Schande über euch, ihr Enteriche und Enten, Gänse und Truthähne, die ihr seid!

Sind das nicht gute Prediger, zu denen ihr in hellen Haufen rennet, um die Lügen anzuhören, die sie auskotzen, und zu deren Predigten die Mädchen in der Nacht laufen, ja, damit die Stadt neun Monate später voll kleiner Geusen und Geusinnen sei?

Vier waren hier, vier schändliche Nichtstuer, die auf dem Kirchfriedhof gepredigt haben. Der erste dieser Nichtstuer, der hässliche Scheißer, mager und bleich, hatte sich mit einem dreckigen Hut bedeckt, dank des man seine Ohren nicht sah. Wer von euch hat schon die

Ohren eines Prädikanten gesehen? Er hatte kein Hemd an, denn seine nackten Arme hingen ohne Leinenärmel aus seinem Wams. Das habe ich genau gesehen, obwohl er sich mit einem dreckigen kleinen Mantel umhüllen wollte, auch habe ich in seinen Hosen von schwarzem Zeug, durchlöchert wie die Turmspitze von Notre-Dame, das Gebammel seiner natürlichen Glocken und seinen Klöppel gesehen.

Ein anderer Taugenichts predigte in Hosen ohne Wams und Schuhe. Niemand hat seine Ohren gesehen. Und jeden Moment musste er in seiner Prädikasterei anhalten, sodass die Knaben und Mädchen ihm höhnisch zuriefen: ›Etsch, etsch! Er kann seine Lektion nicht auswendig.‹

Der dritte dieser schändlichen Taugenichtse hatte einen dreckigen, verkommenen kleinen Hut mit einer kleinen Feder daran auf dem Kopf. Seine Ohren konnte man nicht mehr sehen. Der vierte Tunichtgut, Hermanus mit Namen, der besser gekleidet war als die anderen, soll zweimal vom Henker an der Schulter gezeichnet worden sein.

Sie tragen alle unter ihrer Kopfbedeckung fettige Seidenkäppchen, die ihnen die Ohren bedecken. Sahet ihr schon die Ohren eines Prädikanten? Welcher dieser Taugenichtse wagte, seine Ohren zu zeigen? Ohren! Ach ja! Ihre Ohren sollten sie zeigen: Man hat sie ihnen abgeschnitten. Ja, der Henker hat ihnen allen die Ohren abgeschnitten. Dennoch sind es diese schändlichen Tunichtgute, diese Beutelschneider, diese Schuhflicker, die von ihrem Dreifuß weggelaufen sind, diese predigenden Lumpenkerle, um die sich so viele Leute aus dem Volke scharen und rufen: ›Heil den Geusen!‹, als ob sie alle toll, besoffen oder närrisch wären.

Ach! Uns bleibt nichts übrig, uns andern, den armen römischen Katholiken, als die Niederlande zu verlassen, in denen man dieses Eselsgeschrei erklingen lässt: ›Heil den Geusen! Heil den Geusen!‹ Welch ein Mühlstein des Fluches ist auf dieses verzauberte und stumpfsinnige Volk herabgestürzt, o Jesus, Reiche und Arme, Edle und Gemeine, Junge und Alte, Männer und Weiber rufen allerorten: ›Heil den Geusen!‹

Und was soll's mit all diesen Herren, all diesen glattrasierten, ledernen Arschgesichtern, die uns da aus Deutschland hergekommen sind? All ihre Habe ist zum Teufel gegangen für Mädchen, in Spielhäusern, für Leckereien, Dirnen, wüste Ausschweifungen, für das gräuliche Würfelspiel und für Luxus an Kleidern. Sie haben keinen rostigen Nagel mehr, um sich zu kratzen, wenn es sie juckt. Jetzt steht ihnen der Sinn nach den Gütern der Kirchen und Konvente.

Und hier, während ihres Banketts bei diesem Taugenichts von Kulemburg, dem auch der Taugenichts von Brederode beiwohnte, tranken sie aus hölzernen Näpfen, um dem Herrn von Berlaymont und der Frau Regentin ihre Verachtung zu erweisen. Ja. Und sie riefen: ›Heil den Geusen!‹ Ach! Wenn ich doch, bei allem Respekt, der gute Herrgott gewesen wäre! Ich hätte ihr Gesöff, gleichviel ob Bier oder Wein, in stinkendes, ekles Abwaschwasser verwandelt, ja, in dreckiges, ekliges, stinkendes, verlaugtes Wasser, in dem sie ihre beschissenen Hemden und Lumpen gewaschen haben sollten. Ja, schreit nur, Esel, die ihr seid, schreit: ›Es leben die Geusen!‹

Ja, und ich bin Prophet. Flüche, Jammer, Fieber, Cholera, Brände, Zerfall, Verwüstung, Krebsleiden, englischer Schweiß und schwarze Pest, all das wird sich über die Niederlande verbreiten. Ja, und so wird Gott euren dreckigen Ruf: ›Heil den Geusen!‹ rächen. Und es wird kein Stein eurer Häuser auf dem andern bleiben, und kein Stück eurer verdammten Beine wird übrig bleiben, mit denen ihr dieser verfluchten Calvinisterei und Prädikasterei nachlauft. So sei es, sei es, sei es, sei es, sei es, Amen!«

»Gehen wir, mein Sohn«, sagte Ulenspiegel zu Lamme.

»So schnell wie möglich«, erwiderte Lamme. Und er suchte zwischen den jungen, schönen Weibern, die andächtig der Predigt beigewohnt hatten, aber seine Frau fand er nicht.

XII

Ulenspiegel und Lamme gelangten an einen Ort, der hieß Minnewater – Liebeswasser; aber die großen Gelehrten sagten, dass das Minrewater heißen müsse.

Ulenspiegel und Lamme, die sich auf ihre Gesäße niedergelassen hatten, sahen unter Bäumen, deren Laub bis auf ihre Köpfe hinabreichte, sodass sie wie in einem Kellergelass saßen, blumenbekränzte Männer und Frauen, Knaben und Mädchen, die mit verschlungenen Händen und Hüfte an Hüfte dahingingen, sich zärtlich in die Augen sahen und nichts auf dieser Welt erblickten als sich selbst. Als Ulenspiegel sie so betrachtete, gedachte er Neles und sagte, in melancholische Erinnerung verloren: »Lass uns trinken gehen!«

Aber Lamme hörte nicht auf Ulenspiegel, sondern betrachtete seinerseits die Liebespaare. »Als meine Frau und ich bis über die Ohren ineinander verliebt waren«, sagte er, »da gingen auch wir an denen vorbei, die, wie wir zwei jetzt, einsam und ohne Frau am Rand des Straßengrabens ausgestreckt lagen.«

»Komm trinken«, sagte Ulenspiegel, »wir werden die Sieben auf dem Boden einer Kanne finden.«

Lamme lachte, und sie gingen, ihren Karren zu holen, eilten nach der Stadt und suchten die beste Herberge. Wenn sie aber, wie das öfter geschah, mürrische Wirtsgesichter und wenig mitleidige Wirtsfrauen sahen, gingen sie vorbei, weil sie dachten, dass eine unfreundliche Fratze ein schlechtes Aushängeschild für gastfreundliche Küchen sei.

Sie kamen auf den Samstagsmarkt und betraten einen Gasthof, der de Blauwe-Lanteern – die Blaue Laterne – hieß, denn da war ein Wirt mit freundlicher Miene. Sie stellten ihren Karren unter und brachten den Esel in Gesellschaft eines Scheffels Hafer in den Pferdestall. Dann ließen sie sich ein Abendessen auftragen, schliefen gut und standen auf, um weiterzuessen. Lamme barst schier vor Behagen und sagte: »Ich lausche einer himmlischen Musik in meinem Magen.«

Als der Moment des Zahlens kam, trat der Wirt zu Lamme heran und sagte: »Ich bekomme sechs Patards.« »Er hat sie«, sagte Lamme, während er auf Ulenspiegel zeigte. Der aber antwortete: »Ich habe sie nicht.« »Und der halbe Gulden?«, fragte Lamme. »Ich habe ihn nicht«, antwortete Ulenspiegel.

»Das sind ja schöne Reden«, sagte der Wirt, »ich werde euch beiden eure Wämser und Hemden ausziehen!« Plötzlich fasste sich Lamme Zechercourage und rief: »Und wenn ich essen und trinken will, ich, essen und trinken, ja, trinken für siebzehn Gulden und noch mehr, so werd' ich es tun. Denkst du, dass ich in diesem Wanst keinen Sou mehr habe? Leibhaftiger Gott! Der ist bisher mit nichts anderem gefüttert worden als mit Fettammern. Du trugst niemals etwas dergleichen unter deinem fettigen Ledergürtel, denn du hast, wie ein Galgenvogel, deinen Talg am Wamskragen und nicht wie ich drei Zoll köstlichen Specks überm Wanst!«

Der Wirt bekam einen Wutanfall, von Geburt her stotternd, wollte er rasch reden, je mehr er sich beeilte, desto mehr musste er prusten wie ein Hund, der aus dem Wasser steigt. Ulenspiegel warf ihm Brotkügelchen unter die Nase, und Lamme, der sich immer mehr ereiferte, fuhr fort:

»Ja, ich habe genug, um dir deine drei mageren Hennen hier zu bezahlen und deine vier räudigen Kücken samt dem großen albernen Pfau, der da in deinem Winkelhof umherspaziert mit seinem bedreckten Schwanz. Und wenn deine Haut nicht ausgedörrter wäre als die eines alten Hahnes, und wenn die Knochen in deiner Brust nicht zu Staub zusammenfielen, hätte ich auch noch genug, dich selbst zu essen, dich, deinen rotzigen Knecht, deine einäugige Magd und deinen Koch, dessen Arme zu kurz wären, um sich zu kratzen, wenn er die Krätze hätte.

Seht nur den guten Vogel an«, fuhr er fort, »der uns wegen eines halben Guldens Wams und Hemd wegnehmen möchte. Was sind denn alle deine Kleider zusammengenommen wert, sag mir das, du lumpiger Flegel! Ich werde dir drei Heller dafür geben.«

Der Zorn des Wirts steigerte sich immer mehr und mehr, und er schnaubte weiter. Und Ulenspiegel warf ihm Kügelchen ins Gesicht. Lamme gebärdete sich, wie ein Löwe und sagte:

»Wie viel, glaubst du, ist ein schöner Esel mit feinem Maul, langen Ohren, breiter Brust und eisenstarken Knien wert, he? Achtzehn Gulden mindestens, ist es so, du Topfwirt? Wie viel alte Nägel hast du denn in deiner Truhe, um ein so edles Tier zu bezahlen?«

Der Wirt schnaubte weiter, wagte aber nicht, sich von der Stelle zu rühren.

Lamme fuhr fort: »Wie viel, glaubst du, ist ein schöner Karren, aus purpurrot bestrichenem Eschenholz und mit einem Dach von Leinen aus Courtrai gegen Sonne und Regen bespannt, wert? Vierundzwanzig Gulden zumindest, he? Und wie viel machen vierundzwanzig Gulden und achtzehn Gulden? Antworte, du knausriger Schlechtrechner! Und weil eben Markttag ist, und weil Bauern in deinem miserablen Gasthof wohnen, werd' ich Karren und Esel im Nu verkaufen.«

Das war bald geschehen, denn alle kannten Lamme. Und er bekam in der Tat für seinen Esel und seinen Karren vierundvierzig Gulden und zehn Patards. Dann ließ er dem Wirt das Geld unter der Nase klingeln und sagte zu ihm: »Da, riechst du den Dampf der künftigen

Schmausereien?« »Ja«, antwortete der Wirt, dann sagte er mit tiefer Stimme: »Und wenn du deine Haut verkaufen wirst, so werde ich sie für einen Heller kaufen, um mir ein Amulett gegen die Verschwendung daraus zu machen.«

Indessen kam ein liebliches und zierliches Frauenzimmer mehrere Male aus dem dunklen Hof, in dem sie sich aufgehalten hatte, ans Fenster und betrachtete Lamme, zog sich aber jedes Mal zurück, wenn er ihr hübsches Gesicht hätte sehen können.

Als er abends vom Wein, den er getrunken, strauchelnd, ohne Licht die Treppe hinaufstieg, fühlte er, wie eine Frau sich an ihn drängte, ihm gierig die Wangen, den Mund und die Nase küsste, sein Gesicht mit Tränen verliebter Rührung benetzte und ihn dann allein ließ.

Lamme legte sich, vom Trunk gar schläfrig, zu Bett, schlief und stand am nächsten Morgen auf, um mit Ulenspiegel nach Gent zu wandern.

XIII

Indessen vernachlässigte Lamme das Essen und dachte in süßer Träumerei an die Treppe der »Blauen Laterne«. Sein Herz zog ihn nach Brügge, aber Ulenspiegel führte ihn mit Gewalt nach Antwerpen, wo er seine schmerzliche Suche fortsetzte.

In den Schenken sagte Ulenspiegel inmitten von guten flämischen Reformierten, ja selbst unter Katholiken, die Freunde der Freiheit waren, mit Bezug auf die Edikte: »Unter dem Vorwand, uns von der Ketzerei reinigen zu wollen, bringen sie uns die Inquisition ins Land, aber in

Wahrheit sind es unsere Geldtaschen, denen dieser Rhabarber gilt. Wir lieben es aber nicht, mit Arzneien behandelt zu werden, die uns nicht munden, wir werden zornig, revoltieren und nehmen die Waffen zur Hand. Der König sieht das voraus. Wenn er merkt, dass wir den Rhabarber nicht mögen, setzt er die Klistierspritzen in Bewegung, das heißt die großen und kleinen Kanonen, Feldschlangen, Mörser und großmäuligen Stutzgeschütze. Ein königliches Klistier!

Nach Anwendung dieser Medikamente wird kein reicher Flame mehr in Flandern übrig bleiben. Wie glücklich ist unser Land, dass es so einen königlichen Arzt hat!«

Aber die Bürger lachten.

Ulenspiegel sagte: »Lacht heute, aber flieht oder bewaffnet euch an dem Tag, an dem man in der Kirche von Notre-Dame etwas zerschmettern wird!«

XIV

Am fünfzehnten August, dem Tag der heiligen Maria und der Segnung der Kräuter und Wurzeln, wenn die Hennen, mit Körnern gemästet, taub sind für den Ruf des Hahnes, der Liebe heischt, wurde vor einem Tore von Antwerpen ein großes steinernes Kruzifix von einem Italiener im Auftrag des Kardinals Granvella zertrümmert, und die Prozession der Heiligen Jungfrau verließ, von grün, gelb und rot gekleideten Narren angeführt, die Kirche von Notre-Dame. Aber die Statue der Jungfrau wurde unterwegs von unbekannten Männern beschimpft, und man brachte sie schleunigst in das Kirchenchor zurück, dessen Gitter man absperrte.

Ulenspiegel und Lamme betraten die Kirche. Junge, zerlumpte und klapperdürre Burschen, die niemand kannte, unter ihnen auch etliche Männer, standen vor dem Chor und tauschten untereinander gewisse Zeichen und bedeutsame Blicke aus. Mit ihren Füßen und Zungen führten sie großen Lärm aus. Niemand hatte sie vorher in Antwerpen gesehen, niemand sah sie später wieder. Einer von ihnen, der einen braungebrannten Zwiebelkopf hatte, fragte, ob Mieke – damit meinte er die Heilige Jungfrau – Angst gehabt hätte, weil sie so urplötzlich in die Kirche zurückgekehrt sei.

»Vor dir hat sie nicht Angst gehabt, schwarzes Scheusal!«, antwortete Ulenspiegel. Der junge Bursche, zu dem er das gesagt hatte, ging auf ihn zu, um ihn zu schlagen, aber Ulenspiegel schnürte ihm den Hals zu und sagte: »Wenn du mich schlägst, so lass ich dich deine Zunge auskotzen!« Dann wandte er sich einigen Antwerpener Bürgern zu, die da waren, und sagte, während er auf die zerlumpten jungen Burschen zeigte: »Signorkes und pagaders, sehet euch vor, das sind falsche Flamen, Verräter, die dafür bezahlt werden, dass sie uns dem Unglück, Elend und Untergang entgegenführen!«

Dann sagte er zu den Eindringlingen: »Heda, elendsdürre Eselsfratzen! Woher habt ihr das Geld bekommen, das heute in euern Beuteln klirrt? Habt ihr eure Haut im Voraus verkauft, um Trommeln daraus machen zu lassen?« »Seht euch den Prediger an«, sagten die Eindringlinge. Dann huben sie gemeinsam zu schreien an und riefen der Marienstatue zu: »Mieke hat ein schönes Kleid! Mieke hat eine schöne Krone! Das werd' ich alles meiner Dirne geben!« Dann gingen sie fort, während einer von ihnen auf die Kanzel stieg und eine zotige Rede hielt.

Die anderen kamen wieder und riefen: »Komm herunter, Mieke, komm herunter, ehe wir dich holen. Tu ein Wunder, damit wir sehen, dass du ebenso gut laufen kannst wie dich tragen lassen, Mieke, du Nichtstuerin!« Ulenspiegel rief: »Ihr Handlanger des Verderbens, hört auf mit euren wüsten Reden, jede Lästerung ist ein Verbrechen!« Aber er hatte gut rufen, sie hörten nicht auf mit ihrem Gerede, und einige von ihnen sprachen sogar davon, dass sie das Chorgitter zerbrechen wollten, um Mieke zu zwingen, herabzusteigen.

Eine alte Frau, die in die Kirche gekommen war, um Kerzen zu verkaufen, warf ihnen die Asche ihres Fußwärmers ins Gesicht, aber sie wurde geschlagen und zur Erde geworfen. Und nun begann der Tumult.

Der Markgraf kam mit seinen Soldaten in die Kirche. Er sah das versammelte Volk und ermahnte die Leute, die Kirche zu verlassen, das tat er so milde, dass nur einige wenige fortgingen. Die anderen sagten: »Zuerst wollen wir die Domherren die Vesper zu Miekes Ehren singen hören.« Der Markgraf antwortete: »Es wird nicht gesungen werden.« »Dann singen wir für uns selbst«, sagten die zerlumpten Eindringlinge. Und das taten sie im Kirchenschiff und in der Vorhalle. Etliche spielten mit Kirschkernen und sagten: »Mieke, im Paradies spielst du niemals und langweilst dich dort, spiel doch mit uns!«

Und ohne Unterlass beleidigten sie die Statue, schrien, heulten und pfiffen.

Der Markgraf tat, als bekäme er's mit der Angst, und entfernte sich. Auf seinen Befehl wurden alle Türen der Kirche, eine ausgenommen, geschlossen. Ohne dass das Volk sich einmischte, wurden die Eindringlinge immer kühner und heulten immer lauter, sodass das Gewölbe wie vom Donner von hundert Kanonen widerhallte. Der eine, der mit dem gebräunten Zwiebelgesicht, schien einiges Ansehen bei den übrigen zu genießen, er stieg auf die Kanzel, machte mit der Hand ein Zeichen und begann zu predigen:

»Im Namen des Vaters, des Sohnes und des Heiligen Geistes, die drei machen nur einen aus, und der eine gilt soviel wie drei. Gott bewahre uns im Paradies vor dieser Rechenkunst! An diesem Tage, dem fünfzehnten August, ist Mieke in großem Triumphstaat ausgezogen, um den signorkes und pagaders von Antwerpen ihr hölzernes Gesicht zu zeigen. Aber Mieke begegnete während der Prozession dem teuflischen Satan, und Satan sagte zu ihr, indem er sich über sie lustig machte: ›Nun bist du wohl recht stolz, Mieke, ausstaffiert wie eine Königin und von vier signorkes getragen, und würdigst den armen pagader Satan, der zu Fuß wandern muss, keines Blickes mehr.‹ Und Mieke antwortete: ›Pack dich, Satan, sonst zerschmettere ich dir den Kopf noch mehr, gräuliche Schlange!‹ ›Mieke‹, sagte Satan, ›das ist die Beschäftigung, mit der du seit fünfzehnhundert Jahren deine Zeit verbringst, aber der Geist des Herrn, deines Meisters, hat mich erlöst, ich bin stärker als du, und du kannst mir nicht mehr auf dem Kopf herumtrampeln. Aber ich werde dich jetzt tanzen machen.‹

Satan nahm eine große, starke Peitsche und begann Mieke zu schlagen, die nicht zu schreien wagte, aus Angst, dass man ihre Not gewahr werden könnte, und sie setzte sich in schnellen Trab und zwang die signorkes, die sie trugen, auch zu laufen, damit diese sie nicht samt ihrer goldenen Krone und ihren Geschmeiden in die Masse des armen gemeinen Volkes fallen ließen.

Jetzt bleibt Mieke erschreckt und starr in ihrer Nische und starrt auf Satan, der dort oben auf der Kolonna unter der kleinen Kuppel sitzt, seine Peitsche in der Hand hält und grinsend sagt: ›Ich werde dich das Blut und die Tränen bezahlen lassen, die in deinem Namen fließen! Mieke, wie ist es mit deiner Jungfräulichkeit bestellt? Die Stunde der Verbannung ist gekommen, man wird dich entzwei schlagen, grausame Holzstatue, für all die Statuen von Fleisch und Bein, die in deinem Namen verbrannt, gehenkt und erbarmungslos lebend begraben wurden.‹ So sprach Satan, und er sprach recht. Und du musst aus deiner Nische herabsteigen, blutrünstige Mieke, grausame Mieke du, die du deinem Sohne Christus so gar nicht gleichst!«

Und die ganze Menge der Eindringlinge schrie und heulte: »Mieke, Mieke! Das ist die Stunde der Verbannung! Benetzt du dein Hemd vor Angst in deiner Nische?

Auf, du Brabant des guten Herzogs! Räumt sie fort, die Heiligen von Holz! Wer will ein Bad in der Schelde nehmen? Das Holz schwimmt besser als die Fische!«

Das Volk hörte sie an, ohne ein Wort zu sagen. Aber Ulenspiegel stieg auf die Kanzel, zwang den, der gesprochen hatte, die Stufen hinabzusteigen, und sagte zum Volke: »Dumme Narren, versammelte Narren, mondsüchtige Narren, seht ihr denn nicht weiter als bis zur Spitze eurer verrotzten Nase, begreift ihr nicht, dass all dies das Werk des Verrates ist? Sie wollen, dass ihr entweiht und plündert, damit sie euch als Rebellen erklären, eure Truhen leeren, euch vierteilen und lebendig verbrennen können! Und der König wird erben!

Signorkes und pagaders, schenkt den Worten dieser Handlanger des Unglücks keinen Glauben, lasset die Heilige Jungfrau in ihrer Nische, lebet zurückgezogen, arbeitet fröhlich und ernährt euch von euren Gewinsten und Verdiensten. Der schwarze Dämon der Vernichtung hat es auf euch abgesehen und will, mit Berufung auf Plünderung und Zerstörung, die feindliche Armee herbeiholen, um euch als Verräter zu denunzieren und Alba über euch herrschen zu lassen mit Gewalttätigkeit, Inquisition, Konfiskation und Tod. Und er wird erben!«

»Ach!«, sagte Lamme, »plündert nicht, signorkes und pagaders, der König ist schon höchlich erzürnt. Die Tochter der Stickerin hat es meinem Freund Ulenspiegel gesagt. Plündert nicht, meine Herren!«

Aber das Volk wollte nicht auf sie hören. Die Eindringlinge riefen: »Auf, werft sie hinaus! Auf, Brabant des guten Herzogs! Ins Wasser mit den hölzernen Heiligen! Sie schwimmen besser als die Fische!« Ulenspiegel stand auf der Kanzel und schrie ganz vergeblich: »Signorkes und pagaders, duldet die Plünderung nicht! Bewirket nicht den Untergang der Stadt!« Er wurde von der Kanzel heruntergezerrt, und man zerriss ihm das Gesicht, das Wams und die Hosen, obgleich er sich mit Händen und Füßen revanchierte. An allen Gliedern blutend, hörte er nicht auf zu rufen: »Duldet die Plünderung nicht!« Aber es war vergebens.

Die Eindringlinge und die Vagabunden aus der Stadt stürzten sich auf das Chorgitter, brachen es ein und riefen: »Es lebe der Geuse!« Alle machten sich daran, zu zerbrechen, zu zertrümmern und zu verwüsten. Noch vor Mitternacht war diese große Kirche, die siebzig Altäre, zahlreiche schöne Bilder und andere Kostbarkeiten enthalten hatte, geleert wie eine Nuss. Die Altäre waren umgestürzt, die Statuen zerschlagen und alle Schlösser gesprengt. Nachdem dies geschehen war, machten sich dieselben Eindringlinge auf den Weg zu den Minoriten und Franziskanern, zu dem Orden St. Peter, St. Andreas, St. Michael, St. Peter vom Fass, zum Burgorden und Fawkensorden, zu den Weißen Schwestern und Grauen Schwestern, zum Dritten Orden und zu den Predigern und zogen so in alle Kirchen und Kapellen der Stadt, um dort ebenso zu hausen wie in Notre-Dame.

Mit Kerzen und Leuchtern in der Hand liefen sie von Kirche zu Kirche; keiner von ihnen wurde bei diesem großen Zerschmettern von Stein und Holz und anderen Stoffen verwundet, und sie stritten nicht untereinander und schlugen sich nicht. Im Haag erschienen sie, um dort die Wegräumung der Statuen und Altäre zu verlangen, und weder hier noch an anderen Orten fanden sie an den Reformierten Helfer. Im Haag fragte sie der Magistrat, wo sie ihre Auftragsurkunde hätten. »Die ist hier«, sagte einer von ihnen und legte die Hand aufs Herz.

»Ihre Auftragsurkunde! Hört ihr, signorkes und pagaders!« sagte Ulenspiegel, als er erfuhr, was sich zugetragen hatte, »es gibt also irgendjemand, der sie beauftragt, sich als Heiligtumschänder zu betätigen. Wenn in meine Hütte irgendein diebischer Plünderer kommt, werde ich es so machen wie der Magistrat vom Haag, ich werde meinen Hut ziehen und sagen: ›Lieblicher Dieb, reizender Taugenichts, liebenswerter Lumpenkerl, zeige mir doch deine Auftragsurkunde.‹ Er wird mir antworten, dass er sie in seinem Herzen trägt, den es nach meinem Hab und Gut gelüstet – und ich werde ihm alle Schlüssel geben.

Überlegt doch, wem diese Plünderung von Nutzen ist. Misstrauet dem roten Hund, das Verbrechen ist begangen, man kommt, es zu sühnen. Misstrauet dem roten Hund! Das große steinerne Kruzifix ist zerschlagen. Misstrauet dem roten Hund!«

Der Große Rat von Mecheln hatte durch den Mund seines Präsidenten Viglius verkünden lassen, dass der Zerstörung der Statuen keinerlei Hindernis in den Weg zu legen sei.

»Ach!«, sagte Ulenspiegel, »die Ernte ist reif für die spanischen Schnitter. Der Herzog! Der Herzog zieht gegen uns. Flamen, das Meer steigt, das Meer der Rache! Arme Frauen und Mädchen, fliehet das Grab! Arme Männer, fliehet den Galgen, das Feuer und das Schwert! Philipp will Karls blutiges Werk vollenden! Der Vater säte Tod und Verbannung, der Sohn schwor, lieber einen

Friedhof regieren zu wollen als ein Volk von Ketzern. Fliehet, da kommt der Henker mit den Totengräbern!«

Das Volk hörte auf Ulenspiegel, und Hunderte von Familien verließen die Städte, und die Wege waren von Karren versperrt, die mit den Möbeln derer beladen waren, die die Flucht ergriffen.

Ulenspiegel erschien überall, und Lamme folgte ihm, betrübt und seine geliebte Frau suchend.

Und in Damme weinte Nele neben Katheline, der Irren.

XV

Im Gerstenmonat, das ist der Oktober, war Ulenspiegel in Gent und sah Egmont von einem Festgelage kommen, das er in der vornehmen Gesellschaft des Abts von St. Bavon gefeiert hatte. Er summte träumend vor sich hin und ließ sein Pferd im Schritt gehen. Plötzlich gewahrte er einen Mann, der, eine brennende Laterne in der Hand, neben ihm herging.

»Was willst du von mir?«, fragte Egmont. »Gutes«, erwiderte Ulenspiegel, »Gutes, wie es an einer Laterne ist, die man angezündet hat.« »Du willst wohl einen Peitschenhieb abbekommen?« »Ich wollte gern ihrer zehn bekommen, wenn ich Euch so eine Laterne in den Kopf stellen könnte, die Euch klar von hier nach dem Eskorial sehen lassen könnte.« »Mich kümmert weder deine Laterne noch der Eskorial«, antwortete der Graf. »So, so!«, sagte Ulenspiegel, »mich aber brennt es, Euch einen Fingerzeig zu geben.«

Dann fasste er das Pferd, das ausschlug und sich bäumte, am Zügel und sprach: »Mein edler Herr, bedenket, dass Ihr jetzt auf Eurem Pferd tänzelt und dass auch Euer Kopf auf Euern Schultern in Ruhe tänzelt, dass aber der König, wie man sagt, diesen schönen Tanz unterbrechen und Euch wohl Euern Körper lassen, aber Euern Kopf in einem so weit entfernten Lande tanzen lassen will, dass Ihr ihn niemals wieder holen könnt. Gebt mir einen Gulden, ich hab' ihn wohl verdient.«

»Die Peitsche, wenn du dich nicht davonmachst, du übler Berater!« »Mein edler Herr, ich bin Ulenspiegel, der Sohn Claesens, der den Feuertod für seinen Glauben fand, und Soetkins, die vor Schmerz verstarb. Die Asche schlägt über meiner Brust und sagt mir, dass Egmont, der tapfere Soldat, mit den Truppen, die er kommandiert, dem Herzog von Alba sein dreimal siegreiches Heer entgegenstellen könnte.« »Geh«, antwortete Egmont, »ich bin kein Verräter.« »Rette das Land, du allein vermagst es zu tun!«, sagte Ulenspiegel.

Der Graf machte Miene, Ulenspiegel zu peitschen, aber der hatte nicht darauf gewartet, sondern machte sich davon und rief: »Esset Laternen, esset Laternen, Herr Graf! Rettet das Land!«

An einem anderen Tage hielt Egmont, den der Durst quälte, vor der Herberge »Zum Bunten Ferkel«, die von einer Frau aus Courtrai, einem liebenswürdigen Frauenzimmer, bewirtschaftet wurde, das Musekin – Mäuschen – genannt wurde. Der Graf stellte sich in die Steigbügel und rief: »Zu trinken!« Ulenspiegel, der bei Musekin diente, kam auf den Grafen zu, reichte ihm mit einer Hand einen Zinnhumpen und mit der andern eine Flasche voll Rotwein.

Der Graf sah ihn an und sagte: »Du hier, du Rabe der schwarzen Weissagung!« »Mein edler Herr«, sagte Ulenspiegel, »wenn meine Weissagung schwarz ist, so kommt das daher, dass sie schlecht gewaschen ist, aber sagt mir, was ist röter: der Wein, der durch die Kehle fließt, oder das Blut, das aus dem Halse spritzt? Das ist's, wonach meine Laterne gefragt hat.«

Der Graf antwortete nicht, trank, bezahlte und entfernte sich.

XVI

Ulenspiegel und Lamme, die jeder auf einem Esel ritten, den ihnen Simon Simonsen geschenkt hatte, einer der Vertrauten des Prinzen von Oranien, Ulenspiegel und Lamme ritten durch alle Ortschaften und unterrichteten die Bürger von den schwarzen Plänen des Blutkönigs und waren immer auf dem Posten, um die Neuigkeiten zu erfahren, die aus Spanien kamen. Als Bauern verkleidet, verkauften sie Gemüse und liefen über alle Märkte.

Als sie vom Brüsseler Markt zurückkehrten, sahen sie in einem steinernen Haus am »Quai aux Briques« in einem ebenerdigen Saal eine schöne in Atlas gekleidete Dame von lebhaften Gesichtsfarben, stattlicher Büste und strahlenden Augen. Sie sagte zu einem jungen, munteren Scheuermädchen: »Reibe mir diese Pfanne ab, ich liebe die Soße nicht mit Rost!«

Ulenspiegel steckte die Nase durchs Fenster und sagte: »Was mich betrifft, ich liebe alles, wie es ist, denn ein hungriger Wanst sucht sich die Braten nicht aus.« Die

Dame wandte sich um und sagte: »Wer ist das Männlein, das sich in meine Suppe mischt?« »Ach, schöne Dame!«, sagte Ulenspiegel, »wenn Ihr mich nur Euch Gesellschaft leisten ließet, würde ich Euch in Wanderer-Ragouts unterweisen, wie sie schönen Damen, die im Hause sitzen, unbekannt sind.« Dann schnalzte er mit der Zunge und sagte: »Ich habe Durst!« »Auf was?«, fragte sie. »Auf dich«, antwortete er.

»Das ist ein hübscher Mann«, sagte das Scheuermädchen zu der Dame. »Lassen wir ihn eintreten, und er soll uns seine Abenteuer erzählen.« »Es sind aber zwei«, sagte die Dame. »Für einen will ich sorgen«, sagte das Mädchen. »Madame«, sagte Ulenspiegel, »wir sind zwei, das ist wahr, ich und mein armer Lamme, der keine hundert Pfund auf dem Rücken tragen kann, der aber gerne fünfhundert an Fleisch und Wein im Magen trägt.« »Mein Sohn«, sagte Lamme, »mache dich nicht lustig über mich Unglückseligen, den es soviel Geld kostet, seinen Wanst zu füllen.« »Heute wird es dich keinen Heller kosten«, sagte die Dame, »kommt beide herein!«

»Es sind aber auch noch zwei Esel da, auf denen wir sitzen«, sagte Lamme. »Im Stall des Herrn Grafen von Meghem fehlt es nicht an vollen Scheffeln«, sagte die Dame.

Das Scheuermädchen ließ seine Pfanne im Stich und führte Ulenspiegel und Lamme auf ihren Eseln, die alsogleich zu schreien begannen, in den Hof. »Das ist die Fanfare der nahenden Mahlzeit«, sagte Ulenspiegel, »sie trompeten ihre Freude aus, die armen Esel.« Als die beiden abgestiegen waren, sagte Ulenspiegel zu der Köchin: »Wenn du eine Eselin wärest, würdest du einen

Esel, wie mich, wollen?« »Wenn ich eine Frau wäre«, sagte sie, »so wollte ich einen Burschen mit fröhlichem Gesicht.« »Was bist du denn, wenn du weder Frau noch Eselin bist?«, fragte Lamme. »Ich bin Jungfrau«, sagte sie, »und eine Jungfrau ist keine Frau, viel weniger eine Eselin, begreifst du, Dickwanst?«

Ulenspiegel sagte zu Lamme: »Glaub ihr nicht, sie ist die Hälfte einer Schelmendirn und das Viertel von zwei Teufelinnen. Wegen ihrer fleischlichen Bosheit wird schon ein Platz in der Hölle für sie bereitgehalten, auf einer Matratze, wo sie Beelzebub verzärteln soll.« »Boshafter Spötter!«, sagte die Köchin, »wenn deine Haare das Futter dazu wären, wollte ich nicht einmal darauftreten.« »Was mich betrifft«, sagte Ulenspiegel, »so möchte ich deine Haarkrone aufessen.«

»Eine goldene Zunge!«, sagte die Dame, »musst du alle ihre Haare haben?« »Nein«, antwortete Ulenspiegel, »tausend würden mir genügen, wenn sie in eines von den Euren verwandelt würden!«

Die Dame sagte: »Trink zunächst eine Kanne Braunbier, iss ein Stück Schinken, schneide dir von diesem Hammelbraten ab, weide mir diese Pastete aus und schlürf diesen Salat.« Ulenspiegel faltete die Hände und sagte: »Der Schinken ist ein gutes Fleisch, das Braunbier ist ein himmlisches Bier, der Hammel ist ein göttlicher Braten, eine Pastete, die man ausweidet, lässt einem die Zunge im Mund erbeben vor Vergnügen, ein fetter Salat ist eine fürstliche Leckerei. Aber beglückt wird der sein, dem Ihr nach Speis' und Trank des Nachts Eure Schönheit schenkt.« »Sieh einer, wie der schwatzt«, sagte sie, »iss zunächst einmal, Taugenichts!« Ulenspiegel erwiderte: »Wollen wir nicht das Benedikte vor der Gnade sprechen?« »Nein«, sagte sie.

Und Lamme seufzte: »Ich habe Hunger.« »Du wirst gleich essen«, sagte die Dame, »da du ja keine anderen Sorgen hast als die um den Braten.«

»Wenn er ebenso knusperig ist wie meine Frau!«, sagte Lamme. Das Scheuermädchen wurde ob dieser Rede verdrießlich. Immerhin aßen sie, was das Zeug halten wollte, und tranken in vollen Zügen. Und die Dame gewährte Ulenspiegel noch in derselben Nacht das erbetene Gelage und tat so auch in den folgenden Tagen.

Die Esel bekamen doppelte Scheffel und Lamme doppelte Ration. Eine Woche lang verließ er die Küche nicht und beschäftigte sich angelegentlich mit den Schüsseln, nicht aber mit der Köchin, denn er gedachte seiner Frau. Das kränkte das Mädchen, und es sagte, dass es nicht die Mühe lohne, die arme Welt mit so einem Dickwanst zu beschweren, der an nichts andres als an seinen Bauch denke.

Inzwischen pflegten Ulenspiegel und die Dame vertrauten Umgang. Eines Tages sagte sie zu ihm: »Thyl, du bist sittenlos! Wer bist du eigentlich?« »Ich bin ein Sohn des glücklichen Zufalls, der mich eines Tages mit der Frau vom Guten Abenteuer zeugte.« »Damit verunglimpfst du dich nicht«, sagte sie. »Das sage ich aus Angst davor, dass die anderen mich nicht loben«, antwortete er. »Würdest du die Verteidigung deiner Brüder, die man verfolgt, auf dich nehmen?« »Die Asche Claesens schlägt über meiner Brust«, erwiderte Ulenspiegel. »Wie schön bist du jetzt!«, sagte sie, »wer ist das,

Claes?« Ulenspiegel antwortete: »Mein Vater, der für den Glauben verbrannt wurde.« »Der Graf von Meghem gleicht dir nicht«, sagte sie, »denn er will das Blut meines geliebten Vaterlandes vergießen, ich bin nämlich in Antwerpen, der ruhmreichen Stadt, geboren. Wisse, dass er mit Scheyf, dem Ratsherrn von Brabant, im Einverständnis ist, um seine zehn Regimenter Fußvolk in Antwerpen einmarschieren zu lassen.« »Ich werde es den Bürgern anzeigen«, sagte Ulenspiegel, »und ich gehe auf der Stelle, schnell wie ein Gespenst.«

Er machte sich auf den Weg, und am nächsten Tage standen die Bürger unter Waffen. Für alle Fälle hatten Ulenspiegel und Lamme ihre Esel bei einem Torwart Simon Simonsens untergebracht und versteckten sich aus Angst vor dem Grafen von Meghem, der sie suchen ließ, um sie zu henken. Denn man hatte ihm gesagt, dass zwei Ketzer von seinem Wein getrunken und von seinem Fleisch gegessen hätten. Er ward eifersüchtig und sagte es seiner schönen Dame, die knirschte vor Wut mit den Zähnen, weinte und fiel siebzehn Mal in Ohnmacht. Die Köchin tat ein gleiches, aber nicht so oft, und erklärte bei ihrem Anteil am Paradies und am ewigen Seelenheil, dass weder sie noch ihre Herrin etwas anderes getan hätten, als dass sie die Überreste des Mittagessens zwei armen Pilgern gegeben hätten, die, auf armseligen Eseln reitend, vor dem Fenster der Küche angehalten hätten. Und an diesem Tage wurden so viele Tränen vergossen, dass die Diele ganz feucht war. Als Herr von Meghem das sah, war er sicher, dass sie nicht gelogen hatten.

Lamme wagte nicht, das Haus des Herrn von Meghem zu betreten, denn die Köchin nannte ihn immerzu: »Meine Frau.« Und das schmerzte ihn sehr, denn er gedachte der guten Kost, aber Ulenspiegel brachte ihm immer irgendein gutes Gericht mit, denn er betrat das Haus durch die Rue Catherine und verbarg sich am Dachboden.

Am nächsten Tag teilte der Graf von Meghem seiner schönen Gemahlin um die Vesperstunde mit, dass er beschlossen habe, seine Truppen noch vor Tagesanbruch in 's Hertogenbosch einmarschieren zu lassen. Dann legte er sich schlafen. Aber die schöne Gemahlin ging auf den Dachboden und erzählte Ulenspiegel, was sie erfahren hatte.

XVII

Ulenspiegel machte sich unverzüglich auf, um, ohne Wegzehrung und Geld, nach's Hertogenbosch zu gehen und die Bürger zu warnen. Er rechnete darauf, unterwegs bei Jeroen Praet, einem Bruder Simons, für den er Briefe vom Prinzen hatte, ein Pferd zu bekommen und dann in scharfem Trab die Wege entlang bis's Hertogenbosch reiten zu können. Während er die Landstraße überquerte, sah er einen großen Trupp von Soldaten und ward wegen der Briefe von großer Angst ergriffen. Aber er beschloss, gute Miene zum bösen Spiel zu machen, blieb stehen und erwartete so, seine Paternoster murmelnd, die Soldaten.

Als sie an ihm vorbeikamen, marschierte er neben ihnen her und erfuhr, dass sie nach's Hertogenbosch zogen. Eine Abteilung Wallonen marschierte, vom Kapitän

Lamotte mit seiner Garde von sechs Hellebarden geführt, an der Spitze, dann folgten, je nach ihrem Rang und mit einem Gardisten weniger, die anderen, der Profos mit seinen Hellebardieren und zwei Häschern, der Wachkommandant, der Trossführer, der Nachrichter und sein Gehilfe und Pfeifer und Trommler, die einen großen Lärm vollführten. Dann kam eine zweihundert Mann starke Abteilung Flamen mit ihrem Kapitän und Fähnrich, sie war in zwei Hundertschaften geteilt, die von Unteroffizieren befehligt wurden und sich selbst wieder in Zehnertrupps teilten, an deren Spitze die rotmeesters standen. Dem Profos und den Stockknechten gingen ebenfalls Pfeifer und Trommler voran.

Hinter ihnen kamen, mit schallendem Gelächter, zwitschernd wie Finken und singend wie Nachtigallen, trinkend und tanzend, stehend, liegend und rittlings sitzend, ihre Gefährtinnen, hübsche und tolle Mädchen, in zwei ungedeckten Karren. Einige waren wie Landsknechte, aber in feines, weißes Leinen gekleidet, mit Brustausschnitt und Schlitzen an Armen, Beinen und Hosen, die ihr liebliches Fleisch sehen ließen, sie trugen Kappen aus feinem Leinen, die an den Seiten mit Gold eingefasst und mit schönen Straußfedern geschmückt waren. An ihren Gürteln von rotem Atlas, die mit Goldrosetten besetzt waren, hingen die aus goldgewebtem Tuch verfertigten Scheiden ihrer Dolche. Ihre Schuhe, Strümpfe, Hosen, Wämser, Verschnürungen und Knöpfe waren aus Gold und weißer Seide.

Andere wieder waren nach Landsknechtsart gekleidet, blau, grün, scharlachrot, azurfarben, karminrot, und je nach ihrer Fantasie waren ihre Kleider geschlitzt, bestickt und mit Wappen versehen. Und alle trugen am Arm das farbig gestickte Rädchen, das ihren Beruf kundtat. Ein hoer-wyfel, ihr Anführer, wollte sie zum Schweigen bringen, aber durch scherzhafte Grimassen und Reden zwangen sie ihn zum Lachen und gehorchten ihm nicht.

Ulenspiegel marschierte neben den zwei Trupps wie ein kleines Boot neben einem großen Schiff und murmelte sein Vaterunser. Plötzlich fragte ihn Lamotte: »Wohin gehst du eigentlich, Pilger?« »Herr Kapitän«, sagte Ulenspiegel, der Hunger hatte, »ich habe einst eine große Sünde begangen und wurde von dem Domkapitel Unserer Lieben Frau verurteilt, zu Fuß nach Rom zu gehen und von dem Heiligen Vater Vergebung zu erflehen, was er mir auch gewährt hat. Rein gewaschen kehre ich in dieses Land zurück, mit der Verpflichtung, allen Soldaten, die mir unterwegs begegnen, die heiligen Mysterien zu predigen, und die sollen mir als Entgelt für meine Predigten Brot und Fleisch geben. Und so redend, friste ich mein armes Leben. Gebt Ihr mir die Erlaubnis, meinem Gelübde bei der nächsten Rast nachzukommen?« »Ja«, sagte Herr von Lamotte.

Die tollen Mädchen steckten ihre lebhaften Gesichter aus dem Wagenplan heraus und sagten: »Du bist zu jung, um den Soldaten was vorzuschwatzen. Steig zu uns in den Karren, wir wollen dich süßer sprechen lehren.« Ulenspiegel hätte gern gehorcht, konnte es aber nicht wegen seiner Briefe. Schon streckten zwei von ihnen ihre runden, weißen Arme aus dem Karren, um ihn zu sich heraufzuziehen, aber der Hurenweibel war eifersüchtig und sagte zu Ulenspiegel: »Wenn du dich nicht aus dem Staub machst, so werd' ich dir die Gurgel durchschneiden!« Ulenspiegel entfernte sich ein gutes Stück und sah betrübt den munteren Mädchen nach, die von der Sonne, die den Weg beschien, golden überstrahlt wurden.

Man kam nach Berchem. Philipp de Lannoy, Sieur de Beauvoir, der Kommandant der Flamen, befahl, dass Rast gemacht werde. An dieser Stelle stand eine Eiche mittlerer Größe, die ihrer Äste beraubt war bis auf einen starken in der Mitte geknickten Ast, an dem man im vergangenen Monat einen Wiedertäufer aufgeknüpft hatte. Die Soldaten machten halt, und die Marketender kamen zu ihnen, um ihnen Brot, Wein, Bier und allerlei Fleischspeisen zu verkaufen. Den ausgelassenen Mädchen verkauften sie Zuckerwerk, Kastanien, Mandeln und Törtchen. Als Ulenspiegel das sah, wuchs sein Hunger noch mehr.

Plötzlich kletterte er wie ein Affe auf den Baum und setzte sich rittlings auf den breiten Ast, der sieben Fuß über der Erde war, dort begann er, sich mit einer Peitsche zu schlagen, während die Soldaten und die tollen Mädchen einen Kreis um den Baum bildeten, und er sprach: »Im Namen des Vaters, des Sohnes und des Heiligen Geistes! Amen. Es steht geschrieben: Wer den Armen gibt, der leiht Gott! Soldaten und ihr, schöne Damen, herrliche Liebesgefährtinnen dieser tapferen Krieger, leihet Gott! Das will sagen: Gebet mir Brot, Fleisch, Wein, Bier, und wenn's euch beliebt, auch Törtchen, und der Herrgott, der reich ist, wird es euch wiedergeben in Gestalt von Haufen von Fettammern, Bächen von Malvasier, Bergen von Kandiszucker und rystpap, den ihr im Paradies mit silbernen Löffeln essen werdet!« Dann fuhr er klagend fort: »Seht ihr nicht, durch welch grausame Leiden ich die Verzeihung meiner Sünden zu verdienen suche? Wollt ihr mir nicht den brennenden Schmerz mildern, den mir die Peitsche bereitet, die meinen Rücken wund und blutend macht?«

»Wer ist dieser Narr?«, fragten die Soldaten.

»Meine Freunde«, antwortete Ulenspiegel, »ich bin nicht närrisch, sondern reuig und hungrig, denn während mein Geist seine Sünden beklagt, weint mein leerer Wanst über die Abwesenheit eines Bratens. Gesegnete Soldaten und ihr, schöne Mädchen, ich sehe da in euren Händen Schinken, Gänsebraten, Würste, Wein, Bier und Törtchen. Wollt ihr dem Pilger nichts geben?« »Ja, ja«, sagten die flämischen Soldaten, »er hat ein gutes Prassergesicht, der Prediger.« Und alle warfen ihm Stücke ihres Essens zu wie Bälle. Ulenspiegel blieb rittlings auf seinem Ast sitzen und aß und sprach ohne Unterlass.

»Der Hunger«, sagte er, »macht die Menschen dem Gebet gegenüber hart und unzugänglich, aber der Schinken vertreibt diese garstige Verstimmung urplötzlich.« »Gib acht, Hohlkopf!«, rief ein Unteroffizier und warf ihm eine halb volle Flasche zu. Ulenspiegel fing die Flasche im Flug auf und trank in kleinen Zügen. »Wie der wütend nagende Hunger für den armen Leib des Menschen ein schädlich Ding ist«, sagte er, »so ist auch noch etwas anderes verderblich: Das ist eines armen Pilgers Herzensangst vor großmütigen Soldaten, von denen einer ihm eine Scheibe Schinken gibt und der andere eine Flasche Bier. Denn der Pilger ist gewohnterweise nüchtern, und wenn er, mit so winziger Nahrung im Magen, trinkt, so ist er gleich betrunken.« Während er so sprach, fing er wieder etwas im Flug, diesmal eine Ganskeule. »Das ist eine wunderliche Sache, in der Luft die Wiesenfische zu fangen«, sagte er, »aber sie sind schon samt den Knochen verschwunden. Was ist durstiger als trockener Sand? Ein unfruchtbares Weib und ein hungriger Magen.«

Plötzlich fühlte er sich von dem Eisen einer Hellebarde ins Gesäß gepiekt und hörte von einem Fähnrich sagen: »Verschmähen die Pilger neuerdings Hammelfleisch?« Ulenspiegel sah eine große Hammelstelze, die auf die Hellebarde aufgespießt war, er nahm sie und sagte: »Ich liebe diese Stelzen über alles und werde mit meinen Zähnen eine Flöte daraus machen, um dein Lob zu singen, barmherziger Hellebardier.«

Plötzlich begannen die Tamboure zu trommeln und die Pfeifer zu spielen, und die Soldaten machten sich auf den Marsch. Herr von Beauvoir sagte zu Ulenspiegel, dass er von seinem Baum herabsteigen und neben der Truppe hergehen solle, er wünschte sich hundert Meilen weit fort, denn er hatte die Reden einiger Soldaten mit mürrischen Gesichtern aufgefangen, aus denen hervorging, dass er ihnen verdächtig war, und er wusste, dass sie ihn in kurzem als Spion ergreifen, durchsuchen und henken würden, wenn sie seine Sendschreiben fänden. Darum ließ er sich in einen Graben fallen und rief: »Erbarmen, ihr Herren Soldaten! Mein Bein ist gebrochen, ich kann nicht mehr weitergehen, lasset mich in den Karren der Mädchen steigen!« Aber er wusste sehr gut, dass der Hurenweibel ihm das nicht erlauben würde.

Die Mädchen riefen ihm aus ihren Karren zu: »Komm doch, freundlicher Pilger, komm! Wir werden dich lieben, liebkosen, feiern und in einem Tag kurieren!« »Ich weiß das«, sagte er, »eine Frauenhand ist ein himmlischer Balsam für alle Wunden.« Aber der eifersüchtige Hurenweibel sagte zu Herrn de Lamotte: »Mein Herr, ich glaube, dass dieser Pilger sich über uns lustig macht mit seinem gebrochenen Bein, er will nur in den Karren der Mädchen steigen. Befehlet doch, dass man ihn auf dem Weg zurücklasse.« »Ich will es tun«, antwortete Herr de Lamotte, und Ulenspiegel wurde im Graben liegen gelassen. Etliche Soldaten, die glaubten, dass er sich wirklich den Fuß gebrochen habe, waren darüber zornig, weil sie an seinem Frohsinn Freude hatten; sie ließen ihm Fleisch und Wein für zwei Tage zurück. Die Mädchen wollten ihm gerne helfen, aber sie konnten es nicht und warfen ihm alle Kastanien zu, die ihnen übrig geblieben waren.

Als die Truppe sich entfernt hatte, schlug sich Ulenspiegel mit seinem Pilgergewand in die Büsche, kaufte ein Pferd und sauste wie der Wind über Straßen und Pfade dahin nach's Hertogenbosch.

Auf die Nachricht von dem Kommen der Herren Beauvoir und Lamotte bewaffneten sich die Bürger der Stadt, achthundert an der Zahl, ernannten Hauptleute und sendeten Ulenspiegel, als Köhler verkleidet, nach Antwerpen, um die Hilfe Brederodes, des Herkules der Trinker, zu erbitten. Und die Soldaten Lamottes und Beauvoirs konnten nicht in's Hertogenbosch, der wachsamen, zu tapferer Verteidigung bereiten Stadt, einmarschieren.

XVIII

Im folgenden Monat gab ein gewisser Doktor Agileus Ulenspiegel zwei Gulden und etliche Briefe, mit denen er sich zu Simon Praet begeben sollte, der ihm sagen würde, was er weiter zu tun hätte.

Ulenspiegel fand bei Praet Verköstigung und Obdach. Sein Schlaf war gut und sein jugendlich strahlendes Gesicht stets fröhlich. Der ärmliche Praet trug, im Gegensatz zu ihm, eine bekümmerte Miene zur Schau und schien stets in traurige Gedanken versunken zu sein.

Wenn Ulenspiegel zufällig des Nachts erwachte, erstaunte er, Hammerschläge zu hören. Wenn dann der Morgen anbrach, stand Praet vor ihm, und seine Miene war noch bekümmerter, und seine Augen waren noch trauriger und hatten einen Glanz wie die eines Menschen, der sich auf den Tod oder die Schlacht bereitet. Oft seufzte Praet, faltete die Hände zum Gebet und schien immer voll Entrüstung zu sein. Seine Finger wie auch seine Arme und das Hemd waren schwarz und fettig. Ulenspiegel beschloss, in Erfahrung zu bringen, woher die Hammerschläge, Praets schwarze Hände und seine Melancholie kamen. Als er eines Abends mit Simon, der nur ungern mithielt, in der Schenke »Zur Blauen Gans« gewesen war, tat er, als ob er vom Wein so betrunken wäre und einen so schweren Kopf hätte, dass er sich unverzüglich aufs Ohr legen müsste, und Praet führte ihn traurig heim. Ulenspiegel schlief am Dachboden bei den Katzen, Praet unten neben dem Keller. Ulenspiegel setzte seine Trunkenheit fort, stieg wankend die Treppe hinauf und hielt sich am Strick fest, als ob er zu stürzen drohte. Simon half ihm dabei mit der zärtlichen Fürsorge eines Bruders. Nachdem er ihn, über seine Trunkenheit klagend, zu Bett gebracht hatte, bat er Gott, er möge ihm vergeben und stieg in den Keller hinab, bald hörte Ulenspiegel die gleichen Hammerschläge, die ihn schon öfter geweckt hatten.

Er erhob sich geräuschlos und stieg bloßfüßig die schmalen Treppen hinab, nachdem er so zweiundsiebzig Stufen hinabgegangen war, fand er sich vor einer niedrigen Tür, durch die ein schmaler Lichtstreif drang. Simon bedruckte lose Blätter mit einer altertümlichen Schrift, wie sie zu Zeiten Laurenz Costers, des großen Förderers der edlen Druckerkunst, üblich gewesen war.

»Was machst du da?«, fragte Ulenspiegel. Simon antwortete erschrocken: »Wenn du des Teufels bist, dann gib mich an, auf dass ich hingerichtet werde, bist du aber von Gott, dann sei dein Mund das Gefängnis deiner Zunge.« »Ich bin von Gott und will dir kein Leid tun«, sagte Ulenspiegel, »was machst du da?« »Ich drucke Bibeln«, antwortete Simon, »denn tagsüber fertige ich, um meine Frau und meine Kinder zu ernähren, die grausamen und bösen Edikte Seiner Majestät an, und des Nachts säe ich Gottes wahres Wort und mache so das Übel gut, das ich während des Tages anrichte.« »Du bist gut«, sagte Ulenspiegel. »Ich halte am Glauben fest«, sagte Simon.

In der Tat war es diese heilige Druckerei, aus der die flämischen Bibeln hervorgingen und von wo aus sie nach Brabant, Flandern, Holland, Zeeland, Utrecht, Nord-Brabant, Over-Yssel und Geldern verbreitet wurden, bis zu dem Tag, an dem Simon zur Köpfung verurteilt wurde, also beschloss er sein Leben im Dienste Christi und der Gerechtigkeit.

XIX

Eines Tages sagte Simon zu Ulenspiegel: »Höre, Bruder, hast du Mut?« »Ich habe davon soviel, wie nötig ist, um einen Spanier zu Tode zu peitschen, einen Meuchelmörder zu töten und einen Henker kaltzumachen«, sagte Ulenspiegel. »Könntest du dich«, sagte Simon, »geduldig in einem Kamin versteckt halten, um zu belauschen, was im Zimmer gesprochen wird?« Ulenspiegel antwortete: »Da ich durch Gottes Gnade starke Hüften und geschmeidige Knie mitbekommen habe, könnte ich wie eine Katze, wo ich wollte, lange Zeit aushalten.« »Hast du Geduld und ein gutes Gedächtnis?«, fragte Simon. »Die Asche Claesens schlägt über meiner Brust«, antwortete Ulenspiegel.

»Höre also«, sagte der Buchdrucker, »du nimmst diese besonders zusammengefaltete Spielkarte, gehst nach Dendermonde und klopfst zweimal laut und einmal leise an die Tür des Hauses, dessen Äußeres hier abgebildet ist. Jemand wird dir öffnen und dich fragen, ob du der Schornsteinfeger bist. Du antwortest, dass du mager bist und dass du die Karte nicht verloren hast, und zeigst sie ihm. Dann, Thyl, tust du deine Pflicht. Großes Unheil schwebt über Flandern.

Man wird dir einen vorbereiteten und schon gefegten Kamin zeigen. Du wirst dort gute Steigeisen für deine Füße und ein kleines hölzernes Brettchen als Sitz vorfinden, das dich wohl tragen kann. Wenn der, der dir geöffnet hat, sagen wird, dass du in den Kamin steigen sollest, so tue es und bleibe ganz still. In dem Zimmer, in dessen Kamin du stecken wirst, werden vornehme Edle zusammenkommen; Wilhelm der Schweiger, der Prinz von Oranien, die Grafen Egmont, Hoorne und Hoogstraeten und Ludwig von Nassau, der tapfere Bruder des Schweigers. Wir Reformierten wollen erfahren, was diese Herren beginnen wollen und können, um das Land zu retten.«

Am ersten April führte Ulenspiegel aus, was man ihm aufgetragen hatte, und kroch in den Kamin. Er war zufrieden zu sehen, dass kein Feuer im Ofen brannte, und dachte, dass er, da es keinen Rauch gab, umso besser hören werde. Bald darauf wurde die Tür des Zimmers geöffnet, und eine heftige Zugluft ging ihm durch Mark und Bein. Aber er hielt geduldig aus und sagte sich, dass der Wind die Aufmerksamkeit wachhalte. Dann hörte er, wie Oranien, Egmont und die anderen das Zimmer betraten. Sie begannen von den Befürchtungen zu sprechen, die sie wegen des Zornes des Königs und wegen der schlechten Verwaltung des Münzwesens und der Finanzen hegten.

Einer sprach mit scharfer, hoher und klarer Stimme, das war Egmont, Ulenspiegel erkannte ihn ebenso, wie er Hoogstraeten an seiner heiseren Stimme erkannte, Hoorne an seiner lauten Stimme und den Grafen Ludwig von Nassau an seiner nüchternen und kriegerischen Art zu reden, schließlich unterschied er auch den Schweiger, der jedes Wort so langsam aussprach, als wöge er's erst ab.

Graf Egmont fragte, warum man sie ein zweites Mal versammelt hätte, da sie doch schon in Hellegat hinreichend Muße gehabt hätten, zu entscheiden, was sie beginnen wollten. Hoorne antwortete: »Die Stunden vergehen rasch, der König ist erzürnt, hüten wir uns zu zaudern!« Da sagte der Schweiger: »Das Land ist in Gefahr, es muss gegen den Angriff einer fremden Armee verteidigt werden.« Egmont antwortete entrüstet, dass er erstaunt sei, dass der König, sein Herr, glaube, ein Heer nach Flandern senden zu müssen, da doch durch die Bemühungen der Herren, vornehmlich durch seine eigenen, alles ganz friedfertig gestimmt sei. Doch der Schweiger sagte: »Philipp hat in den Niederlanden vierzehn Heeresabteilungen, deren sämtliche Soldaten dem ergeben sind, der sie bei Gravelines und St. Quentin befehligt hat ...« »Das begreife ich nicht«, sagte Egmont. Der Prinz erwiderte: »Ich will weiter nichts sagen, aber es sollen Euch und den anderen versammelten Herren gewisse Briefe vorgelesen werden, zuerst die des armen Gefangenen Montigny. In diesen Briefen schreibt Herr Montigny unter anderem: »Der König ist über das, was sich in den Niederlanden zugetragen hat, höchlichst erbost und wird die Förderer der Wirren zur gegebenen Zeit bestrafen.«

Nun las der Graf Hoogstraeten die abgefangenen Briefe Alavas, des spanischen Gesandten, die an die Regentin gerichtet waren. »Der Gesandte«, sagte er, »schreibt, dass alles Übel, das über die Niederlande gekommen ist, das Werk der Drei sei, er meint die Herren Oranien, Egmont und Hoorne. ›Man muss‹, sagt der Gesandte, ›den drei Herren ein freundliches Gesicht zeigen und ihnen sagen, dass der König anerkenne, dass der Gehorsam in diesem Lande durch ihre Dienste aufrechterhalten worden sei.‹ Was Montigny und de Berghes beträfe, so seien sie dort, wo sie bleiben sollen.«

»Ach!«, sagte Ulenspiegel bei sich, »mir ist ein rußiger Kamin in Flandern lieber als ein luftiger Kerker in Spanien, denn dort wachsen Knebel aus den feuchten Mauern.«

»Besagter Gesandter fügt hinzu, dass der König in Madrid gesagt habe: 'Durch all das, was sich in den Niederlanden zugetragen hat, wird Unser königliches Ansehen verringert, die Religion ist entwürdigt, und Wir werden eher alle Unsere anderen Länder den Beschwerlichkeiten des Krieges aussetzen, als einen solchen Aufruhr ungestraft lassen. Wir sind entschlossen, Uns in eigener Person nach den Niederlanden zu begeben und den Beistand des Papstes und des Kaisers anzusprechen. Das gegenwärtige Übel trägt den Samen des künftigen Guten in sich. Wir werden die Niederlande zu unbedingtem Gehorsam zurückführen und Kirche und Regierung nach Unserem Gutdünken umgestalten.'«

Ach, dachte Ulenspiegel, wenn ich dich nach meiner Weise umgestalten könnte, König Philipp, so unterzöge ich deine Schenkel, Arme und Beine unter meinem flandrischen Stecken einer großen Umgestaltung, ich würde dir den Kopf mit zwei Nägeln in die Mitte des Rückens heften, um zu sehen, ob du auch in dieser Verfassung, während du auf den Friedhof blickst, den du hinter dir lassest, noch das Lied von der tyrannischen Umgestaltung nach deinem Gutdünken sängest.

Man brachte Wein zu Tisch. Hoogstraeten erhob sich und sagte: »Ich trinke auf das Wohl des Landes!« Alle folgten seinem Beispiel, und er fügte hinzu, indem er seinen leeren Humpen auf den Tisch stellte: »Für den belgischen Adel schlägt die Stunde des Ungemachs. Er muss über die Mittel zu seiner Verteidigung nachdenken.« Er erwartete eine Antwort und sah Egmont an, der aber sprach kein Wort. Doch der Schweiger begann: »Wir leisten Widerstand, wenn Egmont, der zweimal bei St. Quentin und bei Gravelines den Franzosen zittern machte und der den größten Einfluss auf die flämischen Soldaten hat, uns zu Hilfe kommen will, um den Spanier zu verhindern, in unsere Lande einzubrechen.«

Herr Egmont sprach: »Meine Meinung über den König ist zu achtungsvoll, als dass ich glauben könnte, er wolle uns zwingen, uns im Aufruhr gegen ihn der Waffen zu bedienen. Die seinen Zorn fürchten, ziehen sich zurück, ich werde bleiben, da ich ohne seine Hilfe keine Möglichkeit habe, zu leben.«

»Philipp kann sich grausam rächen«, sagte der Schweiger. »Ich habe Vertrauen«, sagte Egmont. »Den Kopf mit inbegriffen?«, fragte Ludwig von Nassau. »Mit inbegriffen Kopf und Leib, die ihm in Ergebenheit zugehören«, sagte Egmont. »Freund und Bruder, ich handle wie du«, sagte Hoorne. Der Schweiger sagte: »Wir müssen vorsichtig sein und dürfen nicht abwarten.« Da sagte Egmont erregt: »Ich habe in Grammont vierundzwanzig Reformierte henken lassen. Wenn die Predigten aufhören und wenn man die Bilderstürmer bestraft, so wird der Zorn des Königs abflauen.« Der Schweiger entgegnete: »Das ist eine ungewisse Hoffnung.« »Bewaffnen wir uns mit Vertrauen«, sagte Egmont. »Bewaffnen wir uns mit Vertrauen«, wiederholte Hoorne. »Mit Eisen muss man sich wappnen, nicht mit Vertrauen«, erwiderte Hoogstraeten.

Hierauf bedeutete der Schweiger durch eine Gebärde, dass er fortzugehen wünsche. »Adieu, Prinz ohne Land«, sagte Egmont. »Adieu, Graf ohne Kopf, sagte der Schweiger. »Dem Schlächter das Schaf«, sagte Ludwig von Nassau, »aber den Ruhm für den Soldaten, der das Land unserer Väter errettet!« »Ich kann es nicht und will es nicht«, sagte Egmont.

Und Ulenspiegel dachte bei sich: Blut der Opfer, falle zurück auf das Haupt des Höflings!

Die Herren zogen sich zurück. Ulenspiegel kletterte aus seinem Kamin und machte sich unverzüglich auf den Weg zu Praet, um ihm die Neuigkeiten mitzuteilen. Dieser sagte: »Egmont ist ein Verräter, aber mit dem Prinzen ist Gott!«

»Der Herzog! Der Herzog in Brüssel! Wo sind die Truhen, die Flügel haben?«

Drittes Buch

I

Der Schweiger flieht, und Gottes Schutz ist mit ihm. Die beiden Grafen sind gefangen genommen. Alba verspricht dem Schweiger Nachsicht und Verzeihung, wenn er freiwillig vor ihm erscheint.

Als Ulenspiegel diese Neuigkeit erfuhr, sagte er zu Lamme:

»Hoho, mein Freund! Der Herzog lässt den Prinzen von Oranien, seinen Bruder Ludwig, Hoogstraeten, van den Bergh, Kulemburg, Brederode und andere Freunde des Prinzen auf Anklage des Generalprokurators Dubois in dreimal vierzehn Tagen vor Gericht laden und verspricht ihnen Gerechtigkeit und Barmherzigkeit. Hör, Lamme: Ein Amsterdamer Jude verlangte eines Tages von einem seiner Feinde, er solle sein Haus verlassen und auf die Straße herunterkommen, der Angeredete stand am Fenster seiner Wohnung, der andere unten auf der Straße.

›Komm nur herunter‹, sagte der, ›dann versetz' ich dir eins mit der Faust, dass dir der Schädel in den Brustkasten fährt und durch die Rippen guckt wie ein Dieb durch das Gitter seines Kerkers!‹ Der am Fenster antwortete: ›Ich komme nicht hinunter, und wenn du mir noch hundertmal mehr versprächest.‹

Diese Antwort könnten auch Oranien, Hoogstraeten und die anderen geben, und sie tun es auch, indem sie sich weigern, vor dem Herzog zu erscheinen. Egmont und Hoorne werden ihrem Beispiel nicht folgen. Die Pflichtvergessenheit aber rückt die Stunde Gottes näher.«

II

Zu dieser Zeit wurden die Herren von Andelot, die Kinder Battembergs und andere erlauchte und mächtige Herren auf dem Rossmarkt zu Amsterdam enthauptet, weil sie sich durch einen überraschenden Ausfall Amsterdams hatten bemächtigen wollen. Während sie, achtzehn an der Zahl, Hymnen singend zur Hinrichtung schritten, wurden auf dem ganzen langen Weg vor und hinter ihnen Trommeln geschlagen.

Die spanischen Soldaten, die sie eskortierten, trugen brennende Fackeln und versengten sie mutwillig an mehreren Stellen des Körpers. Und als sie vor Schmerz zusammenzuckten, sagten die Soldaten: »Na, ihr Lutheraner, es schmerzt euch also, so bald verbrannt zu werden?«

Der sie verraten hatte, ein gewisser Dierick Slosse, hatte sie nach dem noch katholischen Enkhuysen geführt, um sie den Häschern des Herzogs auszuliefern. Sie starben mutig, und der König erbte.

III

»Hast du sie vorbeigehen gesehen?«, fragte Ulenspiegel, der als Holzfäller verkleidet war, Lamme, der die gleiche Kleidung trug. »Hast du den hässlichen Herzog gesehen mit seiner flachen Stirn, die der eines Adlers gleicht, und seinem Bart, der ihm herabhängt wie das Ende des Stricks vom Galgen? Dass Gott ihn doch damit erwürge! Hast du sie gesehen, diese Spinne mit ihren langen, behaarten Beinen, die Satan, als er erbrach, über unsere Lande ausspie? Komm, Lamme, komm, wir wollen ihr Steine ins Netz werfen!«

»Ach!«, sagte Lamme, »wir werden lebendig verbrannt werden!«

»Komm nach Groenendael, mein teurer Freund, komm nach Groenendael, da ist ein schönes Kloster, in das Seine Herzogliche Spinnenhoheit zu gehen pflegt, um Gott zu bitten, dass er ihn sein Werk in Frieden vollenden und dass er seinen Geist in Äsern sich weiter erlustigen lasse. Wir sind zwar in der Fastenzeit, aber es ist nicht das Blut, wessen sich Seine Herzogliche Hoheit enthalten will. Komm, Lamme, dort stehen fünfhundert bewaffnete Reiter um das Stadthaus von Ohain, und dreihundert Mann Fußvolk sind in kleinen Trupps in den Wald von Soignies eingezogen. Wenn Alba in seine Gebete vertieft ist, stürzen wir uns auf ihn, haben wir ihn dann gefasst, so sperren wir ihn in einen schönen eisernen Käfig und schicken ihn dem Prinzen zu!«

Aber Lamme schauderte vor Herzensangst und sagte: »Das ist höchst gefährlich, mein Sohn, höchst gefährlich! Aber ich würde dir bei diesem Unternehmen Gefolgschaft leisten, wenn meine Beine nicht so schwach wären und wenn mein Wanst von dem bitteren Bier, das man in diesem Brüssel trinkt, nicht so aufgeschwemmt wäre.«

Dieses Gespräch wurde in einem Holzverschlag inmitten des Dickichts geführt. Zwischen dem Blattwerk, wie aus einem Fuchsbau hervorlugend, gewahrten sie plötzlich die gelben und roten Uniformen herzoglicher Soldaten, die zu Fuß durch den Wald marschierten. »Wir sind verraten«, sagte Ulenspiegel.

Als die Soldaten nicht mehr zu sehen waren, eilte er in großen Sätzen nach Ohain. Die Soldaten ließen ihn dort wegen seiner Holzfällerkleidung und wegen der Holzlast, die er auf dem Rücken trug, passieren, ohne ihm besondere Aufmerksamkeit zu schenken. Er fand die wartenden Reiter und verbreitete die Nachricht von dem Nahen der herzoglichen Soldaten, sodass alle die Flucht ergriffen und sich zerstreuten, bis auf den Herrn Beausart d'Armentières, der gefangen genommen wurde. Als das Fußvolk von Brüssel kam, konnte man keinen Einzigen auffinden.

Beausart war ein elender Verräter aus dem Regiment des Herrn de Likes, der alle verraten hatte, und musste für die anderen schrecklich büßen. Ulenspiegel ging auf den Viehmarkt von Brüssel, um seine grausame Hinrichtung zu sehen, und sein Herz schlug in banger Angst. Der arme Herr von Armentières wurde ans Rad gebunden und erhielt siebenunddreißig Schläge mit eisernen Stäben auf Beine, Füße und Hände, sodass er ganz in Stücke geschlagen ward, denn die Henker wollten ihn grimmig leiden sehen. Der siebenunddreißigste Schlag traf ihn auf die Brust, und er starb.

IV

An einem milden, sonnigen Junitag wurde auf dem Brüsseler Markt vor dem Stadthaus ein Schafott errichtet und mit schwarzem Tuch überdeckt, daneben pflanzte man zwei Pfähle auf, die mit eisernen Zinken versehen waren. Auf dem Schafott lagen zwei schwarze Kissen und stand ein kleiner Tisch mit einem silbernen Kreuz.

Auf diesem Schafott wurden die edlen Grafen Egmont und Hoorne hingerichtet. Und der König erbte.

Der Gesandte des Franzosen, des ersten seines Namens, sagte mit Bezug auf Egmont: »Ich bin gekommen, um den Kopf jenes Mannes abschlagen zu sehen, der Frankreich zweimal erzittern ließ.«

Die Häupter der Grafen wurden auf die eisernen Zinken gespießt.

Und Ulenspiegel sagte zu Lamme: »Die Leiber und das Blut sind mit schwarzem Tuch bedeckt. Gesegnet seien die, deren Herzen in Treue schlagen und deren Hände den Degen schwingen werden in den schwarzen Tagen, die da kommen!«

V

Zu dieser Zeit stellte der Schweiger eine Armee auf und ließ sie von drei Seiten in die Niederlande einmarschieren.

Ulenspiegel sagte in einer Versammlung der Geusen von Marenhout:

»Unter dem Einfluss der Inquisitoren hat König Philipp alle und jegliche Bewohner der Niederlande der Majestätsbeleidigung und der Ketzerei für schuldig erklärt, gleichgültig, ob sie ihr selbst anhangen oder es nur unterlassen haben, sie zu unterdrücken. In Ansehung der Abscheulichkeit dieser Verbrechen sind sie alle ohne Rücksicht auf Geschlecht und Lebensalter mit Ausnahme der namentlich angeführten Personen zu jenen Strafen verurteilt, die für solche Pflichtvergessenheit vorgesehen sind, und das ohne jede Hoffnung auf Gnade. Und der König erbt. Der Tod mäht in dem reichen, weiten Land, das begrenzt wird von der Nordsee, der Grafschaft Emden, der Küste von Amis, Westfalen, Cleve, Juliers, Lüttich, den Erzbistümern Köln und Trèves, Lothringen und Frankreich. Der Tod mäht auf einem Acker von dreihundertundvierzig Quadratmeilen in zweihundert befestigten Städten, in hundertundvierzig Dörfern, die Stadtrecht haben; er mäht auf dem Land und auf den Ebenen. Und der König erbt.

Die elftausend Henker, die Alba Soldaten nennt, sind nicht zu viel für diese Arbeit. Das Land unserer Väter ist ein Totenhaus geworden, aus dem die Künste und das Handwerk fliehen, um ihr Schaffen der Fremde zugutekommen zu lassen, die ihnen erlaubt, den Gott anzubeten, den sie im Herzen haben. Was zurückbleibt, sind Leichen und Ruinen. Und der König erbt.

Die Länder haben ihre Privilegien gegen schweres Geld erhalten, das sie den bedürftigen Fürsten zahlten, doch jetzt sind sie konfisziert, diese Privilegien. Auf die Verträge bauend, die sie mit den Herrschern geschlossen hatten, hofften die Länder, sich der Früchte ihrer Arbeit erfreuen zu können und zu Reichtum zu gelangen. Doch sie täuschten sich: Der Maurer baut für die Feuersbrunst, der Handwerker schafft für den Dieb. Und der König erbt.

Blut und Tränen überall. Der Tod mäht auf den Scheiterhaufen, auf den Bäumen an der Landstraße, die als Galgen dienen, in den Gruben, in die man die kleinen Mädchen lebendig hineinwirft, in den Tiefen der Gefängnisse, in den Kreisen brennender Reisigbündel, in deren Mitte die armen Dulder rösten, in den Strohhütten, in denen die Opfer den Rauch- und Flammentod sterben. Und der König erbt. So hat es der Papst gewollt! In den Städten wimmelt's von Spionen, die auf ihren Anteil an dem Gut der Opfer warten. Je reicher, desto schuldiger ist man. Und der König erbt.

Aber die tapferen Männer werden sich nicht wie Lämmer abschlachten lassen. Unter den Flüchtlingen gab es Bewaffnete, die sich in den Wäldern verbargen. Die Mönche waren es, die sie verraten hatten, damit man sie töte und ihrer Güter beraube. Wie Rudel wilder Tiere stürzten sich die Flüchtlinge, ob es Tag oder Nacht war, auf die Klöster und nahmen das Geld, das dem armen Volk gestohlen war, in Form von Leuchtern, goldenen und silbernen Reliquienschränken, Ciborien, Hostientellern und kostbaren Vasen wieder. Ist es nicht so, ihr Wackeren? Dann tranken sie den Wein, den die Mönche für ihre eigenen Kehlen aufbewahrten. Die eingeschmolzenen oder verpfändeten Gefäße aber werden dem Heiligen Krieg dienen. Es lebe der Geuse!

Sie beunruhigen die Soldaten des Königs, sie töten und plündern sie und verbergen sich dann wieder in ihren Schlupfwinkeln. Tag und Nacht sieht man Feuer in den Wäldern aufflammen, die nach kurzer Zeit erlöschen, um an anderer Stelle wieder aufzuleuchten, das sind die Feuer unserer Gelage. Das Wild und Geflügel der Wälder ist unser, denn wir sind große Herren. Die Bauern geben uns Brot und Speck, soviel wir wollen. Zerlumpt, wild, zu allem entschlossen, mit stolz leuchtenden Augen irren sie durch die Wälder und schwingen ihre Äxte, Hellebarden, Schwerter, Piken, Lanzen, Armbrüste und Arkebusen. Ihre Waffen sind gut, und sie wollen nicht unter königlichen Fahnen marschieren. – Es lebe der Geuse!«

Und Ulenspiegel sang:

>»Slaet op den trommele van dirre dom deyne,
> Slaet op den trommele van dirre dom dom.
> Schlaget die Trommel van dirre dom deyne,
> Schlaget die Trommel des Krieges.
> Dem Herzog, dem reißet die Därme aus

Und schlagt sie ihm ins Gesicht!
Slaet op den trommele, schlaget die Trommel,
Verflucht sei der Herzog! Dem Mörder den Tod!
Den Hunden werft ihn vor! Tod dem Henker! Es
lebe der Geuse!

Man häng ihn auf an seiner Zung',
Die soviel Henkerswerk befahl,
Man häng ihn auf an seinem Arm,
Der tausend Mal den Tod beschwor.
Slaet op den trommele!
Schlaget die Trommel des Krieges! Es lebe der
Geuse!

Man sperre ihn lebend ein mit den Leichen der
Opfer,
Dass im giftigen Dunsthauch
Er elend verreckt bei den Toten.
Schlaget die Trommel des Krieges! Es lebe der
Geuse!

O Christ, sieh herab auf deine Soldaten,
Die Feuer, Strick und Schwert
Nicht scheu'n um Dein Wort.
Sie kämpfen um Freiheit des Landes ihrer Väter.
Slaet op den trommele van dirre dorn deyne!
Schlaget die Trommel des Krieges! Es lebe der
Geuse!«

Und alle riefen: »Es lebe der Geuse!« und tranken.

Und Ulenspiegel trank aus einem goldenen Mönchs-
humpen, dann betrachtete er stolz die entschlossenen
Gesichter der wilden Geusen und sagte:

»Wilde Männer, ihr seid Wölfe, Löwen und Tiger. Verschlingt die Hunde des Blutkönigs!«

»Es lebe der Geuse!«, riefen sie und sangen:

>»Slaet op den trommele van dirre dorn deyne,
Slaet op den trommele van dirre dom dom!
Schlaget die Trommel des Krieges! Es lebe der
Geuse!«

VI

Ulenspiegel weilte in Ypern, wo er Soldaten für den Prinzen rekrutierte. Dem Beispiel der Häscher des Herzogs folgend, stellte er sich dem Propst von St. Martin als Küster vor. Dort hatte er als Gefährten einen Glöckner namens Pompilius Numa, einen gewaltigen Feigling, der des Nachts seinen Schatten für den Teufel und sein Hemd für ein Gespenst hielt. Der Propst war rund und fett wie eine Poularde, die für den Spieß reifgemästet ist.

Ulenspiegel sah bald, welches Kraut er verschlang, um sich soviel Speck wachsen zu lassen. Wie er vom Glöckner erfuhr und auch mit eigenen Augen sah, dinierte der Propst um neun Uhr und aß um vier zur Nacht. Er blieb bis halb neun Uhr im Bett, stand dann auf und machte vor dem Mittagessen einen Rundgang durch die Kirche, um zu sehen, ob die Klingelbeutel der Armen auch wohlgefüllt seien, die Hälfte ihres Inhalts steckte er in seinen Säckel. Um neun Uhr nahm er seine Hauptmahlzeit ein: einen Napf voll Milch, einen halben Hammel und eine kleine Reiherpastete, und leerte fünf Humpen Brüsseler Wein. Um zehn Uhr lutschte er etliche Pflaumen, begoss sie mit Orleanswein und bat Gott, er möge ihn nie mit Schlemmerei versuchen. Zu Mittag knabberte er, um die Zeit zu vertreiben, einen Flügel und den Bürzel eines Huhns. Um ein Uhr gedachte er bereits des Abendessens und leerte einen großen Becher spanischen Weins. Dann legte er sich zu Bett und erquickte sich durch einen kurzen Schlaf. Wenn er erwachte, aß er ein Stück gesalzenen Salm, um seinen Appetit anzuregen, und trank einen großen Humpen Antwerpener Dobbelkuyt.

Dann stieg er in die Küche hinab und setzte sich vor den Kamin, in dem ein gutes Holzfeuer loderte. Dort sah er ein großes Stück Kalbfleisch oder ein kleines, gut gebrühtes Schweinchen sich am Spieß drehen und bräunen, das für die Mönche der Abtei bestimmt war und das er lieber gegessen hätte als eine Schnitte Brot. Aber es mangelte ihm ein wenig an Appetit. Er betrachtete den Spieß, der sich wie durch ein Wunder von selbst drehte, das war das Werk des Pieter van Steenkiste, eines Schmiedes, der im Schlossbezirk von Courtrai wohnte. Der Propst bezahlte ihm für einen dieser Bratspieße fünfzehn Pariser Pfund.

Dann kroch er in sein Bett zurück und schlummerte vor Müdigkeit ein, gegen zwei Uhr erwachte er, um ein wenig Schweinesülze zu verschlingen und mit Romagner Wein, zu zweihundertundvierzig Gulden das Fass, zu besprengen. Um zwei Uhr aß er ein Vögelchen in Madeira-Zucker und leerte zwei Gläser Malvoise, von dem das Fässchen siebzehn Gulden kostete. Um drei Uhr nahm er den halben Inhalt eines Mustöpfchens zu sich und trank Hydromel dazu. Nun erst recht eigentlich aufgewacht, nahm er einen seiner Füße in die Hand und lehnte sich nachdenklich zurück.

Wenn dann die Stunde des Abendessens gekommen war, erschien der Pfarrer von Saint-Jean, der ihn zu dieser nahrhaften Stunde oft zu besuchen pflegte. Bisweilen stritten sie darüber, wer von ihnen mehr Fisch, Geflügel und Braten essen würde, und derjenige, der früher voll war, musste dem andern eine Schüssel Fleischklöße mit einer Soße von drei warmen Weinen, vier Gewürzen und sieben verschiedenen Gemüsen bezahlen. Also trinkend und essend plauderten sie über die Ketzer und waren der Meinung, dass man sie nicht gründlich genug vertilgen könne. Auch gerieten sie niemals in Streit, den Fall ausgenommen, in dem sie über die neununddreißig Arten, eine gute Biersuppe zu bereiten, stritten.

Dann sanken ihre ehrwürdigen Häupter auf die priesterlichen Bäuche herab, und sie schnarchten. Wenn einer von ihnen bisweilen aufwachte, dann sagte er zu dem andern, dass das Leben auf dieser Welt süß sei und dass die armen Leute unrecht hätten, wenn sie klagten. Dieser heilige Mann war es, dessen Küster Ulenspiegel wurde. Er bediente ihn bei der Messe vortrefflich und vergaß auch nicht, die Kelche dreimal zu füllen – zweimal für sich und einmal für den Propst. Gelegentlich half ihm der Glöckner Pompilius Numa dabei.

Ulenspiegel, der Pompilius so blühend, rundlich und pausbäckig sah, fragte ihn, ob er sich diese beneidenswerte Wohlbeleibtheit im Dienst des Propstes angefressen habe. »Ja, mein Sohn«, antwortete Pompilius, »aber schließ die Tür gut zu, damit uns niemand hört.« Dann sagte er ganz leise: »Du weißt doch, dass unser Herr, der

Propst, allen Weinen und Bieren, jedem Fleisch und Geflügel in zärtlicher Liebe zugetan ist. Er sperrt sein
Fleisch in einen Schrank und seine Weine in eine Vorratskammer, deren Schlüssel er Tag und Nacht in seinem Beutel trägt. Und wenn er einschläft, legt er die
Hand darauf.

Nachts nun, wenn er schläft, nehme ich ihm die Schlüssel vom Wanst weg und lege sie dann wieder dorthin
zurück, freilich nicht ohne zu zittern, mein Sohn, denn
wenn er von meinem Verbrechen erführe, ließe er mich
lebendigen Leibes abbrühen.«

»Pompilius«, sagte Ulenspiegel, »du sollst nicht mehr
so große Ängste auszustehen haben, wenn du die
Schlüssel noch ein einziges Mal an dich nimmst, ich
werde nach diesem Modell neue anfertigen, und wir lassen die alten auf dem Wanst des guten Propstes.« »Tu
das, mein Sohn«, sagte Pompilius. Ulenspiegel fertigte
die Schlüssel an, sobald er und Pompilius annahmen,
dass der Propst eingeschlafen sei – es war gerade acht
Uhr abends –, stiegen sie in den Keller hinab und nahmen an Fleisch und Flaschen, was ihnen zusagte. Ulenspiegel trug die Flaschen und Pompilius das Fleisch,
weil letzterer immer wie Laub zitterte und weil weder
die Schinken noch die Hammelkeulen zerbrechen konnten, wenn sie zu Boden fielen. Öfters bemächtigten sie
sich des ungekochten Geflügels, und einige Katzen der
Nachbarschaft, die man dieser Tat verdächtigte, mussten
deshalb den Tod erleiden.

Dann gingen die beiden in die Ketelstraat, die Straße
der freien Mädchen. Da sparten sie an nichts und gaben
ihren Schätzen geräuchertes Rindfleisch, Schinken sowie

Würste und Geflügel und ließen sie Orleanswein, Romagner Wein und das Ingelsche Bier trinken, das man auf der anderen Seite des Meeres Ale nennt, und die köstlichen Getränke ließen sie in Strömen in die durstigen Kehlen ihrer Schönen fließen, die sie mit Liebkosungen bezahlten.

Dennoch ließ sie der Propst eines Morgens nach dem Frühstück zu sich rufen. Er saugte an dem Knochen einer Marksuppe, war zornig und trug eine schreckenerregende Miene zur Schau. Pompilius' Knie zitterten in den Hosen, und sein Wanst bebte vor Angst. Ulenspiegel bewahrte seine Ruhe und liebkoste die Kellerschlüssel in seiner Tasche. Der Probst richtete das Wort an ihn und sprach: »Jemand trinkt von meinem Wein und isst von meinem Geflügel – bist du das, mein Sohn?« »Nein«, antwortete Ulenspiegel. »Und dieser Glöckner«, sagte der Propst, während er auf Pompilius zeigte, »hat der nicht seine Hand in diesem verbrecherischen Spiel gehabt? Er zittert ja wie ein Sterbender, weil er sicher ist, dass gestohlener Wein zu Gift wird!«

»Ach, gnädiger Herr!«, sagte Ulenspiegel, »Ihr beschuldigt Euern Glöckner zu Unrecht, denn er zittert nicht, weil er Wein getrunken hat, sondern weil es ihm an hinreichender Befeuchtung fehlt, wovon er so schlaff geworden ist, dass ihm seine Seele in Bächlein aus den Hosen rinnen wird, wenn man ihr nicht Halt gebietet.« »Ja, es gibt arme Leute auf dieser Welt«, sagte der Propst, während er einen großen Schluck Wein aus seinem Humpen trank. »Sag mir aber, mein Sohn, hast du, mit deinen Luchsaugen, die Diebe nicht gesehen?« »Ich werde gut achtgeben, Herr Propst«, antwortete Ulenspiegel. »Gott möge euch beiden den Frohsinn erhalten, meine Kinder«, sagte der Propst, »und lebet enthaltsam. Denn die Unmäßigkeit ist es, die uns viel Übels bereitet in diesem irdischen Tale der Tränen. Gehet in Frieden.« Und er segnete sie. Dann saugte er weiter an seinem Markknochen und tat noch einen kräftigen Schluck Wein.

Ulenspiegel und Pompilius verließen ihn, und Ulenspiegel sagte: »Dieser garstige Spitzbube hat uns keinen Tropfen von seinem Wein gegeben. Das Essen, das wir ihm weiter stehlen werden, wird gesegnet sein. Aber was hast du nun, dass du so zitterst?« »Ich habe meine Hosen durch und durch benässt«, sagte Pompilius. »Das Wasser trocknet rasch, mein Sohn«, sagte Ulenspiegel, »aber sei guten Muts, heute Abend wird es in der Ketelstraat Flaschenmusik geben. Wir werden die drei Nachtwächter, die die Stadt bewachen, so besoffen machen, dass sie schnarchen werden.«

Das Vorhaben wurde ausgeführt.

Indessen graute der Morgen des St. Martinfestes, für das die Kirche schon geschmückt war. Ulenspiegel und Pompilius gingen nachts in die Kirche, schlossen alle Türen gut zu und zündeten sämtliche Kerzen an. Dann nahmen sie eine Violine und einen Dudelsack zur Hand und spielten auf diesen Instrumenten, so gut sie konnten. Und die Kerzen leuchteten wie Sonnen. Das war aber noch nicht alles. Nachdem sie genug gespielt hatten, gingen sie zum Propst, den sie, ungeachtet der vorgerückten Stunde, wach fanden, er naschte von einer gebratenen Drossel, trank Rheinwein und blinzelte erstaunt mit den Augen, als er die Fensterscheiben der Kirche erleuchtet sah.

»Herr Probst«, sagte Ulenspiegel zu ihm, »wollt Ihr wissen, wer Euer Fleisch isst und Euern Wein trinkt?« »Und diese Beleuchtung?«, fragte der Propst, auf die Kirchenfenster zeigend, »ach, mein Gott! Erlaubst du dem heiligen Herrn Martin, nächtlicherweise so die Kerzen der armen Mönche zu verbrennen, ohne sie zu bezahlen?« »Er macht noch ganz andre Sachen«; sagte Ulenspiegel, »aber kommt und sehet selbst.«

Der Propst nahm das Kreuz und folgte den beiden in die Kirche. Da sah er in der Mitte des Hauptschiffs alle Heiligen, die aus ihren Nischen herabgestiegen waren, im Kreise um St. Martin aufgestellt, der anscheinend den Vorsitz in dieser Gesellschaft führte, er überragte alle anderen um Kopfeslänge und hielt in seiner Hand, deren Zeigefinger zum Segen ausgestreckt war, einen gebratenen Truthahn. Die andern hielten in den Händen oder zwischen den Zähnen Stücke von Hühner- oder Gänsebraten, Würsten, Schinken, rohe oder gekochte Fische, und einer hielt einen Hecht, der gut seine vierzig Pfund wog, und jeder hatte eine Flasche Wein vor sich am Boden stehen. Dieses Schauspiel brachte den Propst in Harnisch, sein Gesicht wurde rot und schwoll dermaßen an, dass Ulenspiegel und Pompilius glaubten, es müsse zerplatzen, aber der Propst beachtete sie nicht weiter, ging geradeswegs auf den heiligen Martin zu und drohte ihm, als wollte er ihn für das Vergehen aller anderen bestrafen, er riss ihm den Truthahn aus der Hand und versetzte ihm so heftige Schläge, dass er ihm den Arm, die Nase, das Kreuz und die Mitra zerbrach.

Auch den andern ersparte er die Züchtigung nicht, und mehr als einer ließ unter seinen Schlägen einen Arm, die Hände, die Mitra, das Kreuz, die Sichel, das Beil, den Korb, die Säge und andere Wahrzeichen der Würde und des Märtyrertums. Dann machte der Propst sich in zorniger Eile und mit wackelndem Wanst selbst daran, alle Kerzen auszulöschen, raffte von den Schinken, Hühnern und Würsten soviel zusammen, wie er tragen konnte, und ging, von der Last gebeugt, in sein Schlafzimmer zurück, er war so bekümmert und erzürnt, dass er, Zug um Zug, drei Flaschen Wein leerte.

Als Ulenspiegel sicher war, dass er eingeschlafen sei, trug er alles, was der Propst gerettet zu haben glaubte, samt den Speisen, die in der Kirche zurückgeblieben waren, in die Ketelstraat, vorher hatte er aber die besten Stücke zum Abendessen verzehrt. Die Überreste legte er den Heiligen vor die Füße.

Als Pompilius am nächsten Tag zur Morgenmesse die Glocken läutete, kam Ulenspiegel in das Schlafgemach des Propstes und bat ihn, noch einmal in die Kirche hinunterzukommen. Dort zeigte er ihm die Überreste des Mahles der Heiligen und sagte zu ihm: »Ihr hattet gut retten, Herr Propst, sie haben doch alles allein gegessen.« »Ja«, sagte der Probst, »sie sind wie Diebe bis in mein Schlafgemach gekommen und haben geholt, was ich gerettet hatte. Oh, meine Herren Heiligen, ich werde mich beim Papst beklagen.«

»Ja«, erwiderte Ulenspiegel, »aber übermorgen findet die Prozession statt, die Arbeiter werden bald in die Kirche kommen, und wenn sie da all die armen verstümmelten Heiligen sehen, fürchtet Ihr nicht, der Bilderstürmerei angeklagt zu werden?« »Ach! Heiliger Martin«, sagte der Propst, »bewahre mich vor dem Feuer, ich wusste nicht, was ich tat.« Dann wandte er sich an Ulenspiegel und sagte, während der angsterfüllte Glöckner sich an die Glocken hängte: »Es ist unmöglich, den heiligen Martin von heute bis Sonntag wieder instand zu setzen. Was soll ich tun? Was wird das Volk sagen?« »Man muss sich eines unschuldigen Auskunftsmittels bedienen, edler Herr«, sagte Ulenspiegel, »wir kleben dem Pompilius, der sehr ehrwürdig aussieht, weil er immer melancholisch ist, einen Bart ins Gesicht, vermummen ihn mit Mitra, Chorhemd und einem großen Mantel von goldgewebtem Tuch als Heiligen, wir befehlen ihm, sich auf dem Sockel still zu verhalten, und das Volk wird ihn für den hölzernen St. Martin ansehen.«

Der Propst ging zu Pompilius, der sich an den Stricken schwang, und sagte zu ihm: »Lass das Läuten und höre mich an: Willst du fünfzehn Dukaten verdienen? Du wirst am Sonntag, dem Tag der Prozession, den St. Martin spielen. Ulenspiegel wird dich entsprechend vermummen, wenn du aber, während du von vier Männern getragen wirst, eine einzige Bewegung machst oder ein Wort sprichst, so werde ich dich in einem großen Kessel voll Öl sieden lassen, den der Henker auf der Place des Halles ausstellen wird.« »Ehrwürdiger Herr«, sagte Pompilius, »ich will mich Euch dankbar erweisen, aber Ihr wisst doch, dass ich nur schwer mein Wasser zurückzuhalten vermag.« »Du musst gehorchen!«, erwiderte der Propst. »Ich werde gehorchen«, sagte Pompilius mit erbarmenswürdigem Ton.

VII

Am übernächsten Tag verließ die Prozession bei hellem
Sonnenschein die Kirche. Ulenspiegel hatte die zwölf
Heiligen, so gut er es konnte, wieder instand gesetzt,
und nun schwankten sie auf ihren Sockeln unter den
Bannern der Zünfte, dann kam die Statue Unserer Lieben Frau und hinter ihr die ganz in Weiß gekleideten
Mädchen, die das Gefolge der Jungfrau darstellten und
Kantaten sangen, dann kamen die Bogen- und Arm-
brustschützen und schließlich, dem Monstranzhimmel
am nächsten, Pompilius, der mehr schwankte als alle
anderen und sich unter der Last der Gewänder St. Mar-
tins beugte.

Ulenspiegel hatte sich mit Juckpulver versehen, er hatte
Pompilius eigenhändig in sein bischöfliches Kostüm gekleidet, hatte ihm die Handschuhe angezogen und das
Kreuz gegeben und hatte ihn in der lateinischen Art, das
Volk zu segnen, unterrichtet. Auch den Priestern hatte er
beim Ankleiden geholfen. Dem einen reichte er die Stola,
dem andern das Chorhemd und den Diakonen die
Chormützen. Er lief in der Kirche umher und legte hier
ein Wams, dort eine Hose in Falten. Er bewunderte und
lobte die blank gescheuerten Waffen der Armbrust-
schützen und die angsteinflößenden Bogen des Bundes
der Bogenschützen. Und jedem streute er auf die Hals-
krause, auf den Rücken oder auf das Handgelenk eine
Prise Juckpulver. Doch der Dechant und die vier Männer, die den heiligen Martin tragen sollten, bekamen am
meisten ab. Die Mädchen der Heiligen Jungfrau aber
verschonte er in Anbetracht ihrer Anmut.

Die Prozession zog mit wehenden Bannern und entfalteten Fahnen in schöner Ordnung dahin. Männer und Frauen bekreuzigten sich, als sie sie an sich vorbeikommen sahen, und die Sonne schien warm.

Der Dechant war der erste, der das Pulver fühlte und sich ein wenig hinter dem Ohr kratzte. Alle, die Priester, Bogenschützen und Armbruster, kratzten sich am Hals, wagten aber noch keine Äußerung. Die vier Träger des St. Martin kratzten sich auch, aber der Glöckner, den es noch mehr juckte als die andern, weil er den Sonnenstrahlen ausgesetzt war, wagte nicht einmal, sich zu rühren, weil er fürchtete, lebendig gesotten zu werden. Er kniff die Nase zusammen und schnitt schreckliche Grimassen, seine schlotterigen Beine zitterten, denn jedes Mal, wenn sich die Träger kratzten, war er nahe daran, zu Boden zu stürzen. Aber er wagte nicht, sich zu rühren, und ließ vor Angst sein Wasser, sodass die Träger sagten: »Heiliger Martin, regnet es jetzt?«

Die Priester sangen Unserer Lieben Frau eine Hymne:

>»Si de coe ... coe ... coe ... lo descenderes
>O sanc ... ta ... ta ... ta ... Ma ... ma ... ria.«

Denn ihre Stimmen zitterten wegen des Juckens, das über sie kam, ganz außerordentlich. Dem Dechanten und den vier Trägern des St. Martin prickelte es an den Hälsen und Handgelenken, und Pompilius verhielt sich still auf seinen armen schlotternden Beinen, an denen es ihn am meisten juckte. Aber siehe da, plötzlich hielten alle an, um sich zu kratzen: die Armbruster, die Bogenschützen, die Diakone, die Priester, der Dechant und die Träger des St. Martin. Das Pulver juckte Pompilius an den Fußsohlen, aber aus Angst, zu stürzen, wagte er nicht, sich von der Stelle zu rühren. Und die Schaulustigen sagten, dass der heilige Martin wild die Augen rolle und dem armen Volk eine drohende Miene zeige. Dann ließ der Dechant die Prozession weiterziehen.

Bald aber machte die Sonne, die ihre heißen Strahlen senkrecht auf diese prozessionalen Rücken und Wänste fallen ließ, die Wirkung des Pulvers unerträglich. Und nun konnte man die Priester, Bogenschützen, Armbruster, Diakone und den Dechanten wie eine Herde von Affen stehen bleiben und sich ohne Scham überall kratzen sehen, wo es sie eben juckte. Die Mädchen der Jungfrau sangen ihre Hymne, und es klang wie Engelsgesang, als all die hellen Stimmen zum Himmel aufstiegen. Dann stoben alle auseinander, so schnell sie nur konnten.

Der Dechant schloss, während er sich am ganzen Körper kratzte, das heilige Sakrament ein, und das fromme Volk brachte die Reliquien in die Kirche zurück, die vier Träger des St. Martin warfen Pompilius hart zur Erde, der wagte weder sich zu kratzen noch sich zu rühren, noch ein Wort zu sagen und schloss demütig die Augen. Zwei junge Burschen wollten ihn aufheben, fanden ihn aber zu schwer und stellten ihn aufrecht an eine Mauer, und da weinte Pompilius dicke Tränen.

Das Volk umringte ihn, die Weiber hatten Taschentücher von feinem, weißem Leinen geholt, wischten ihm das Gesicht ab, um seine Tränen als Reliquien aufzubewahren, und sagten: »Herr, wie ist dir heiß!« Der Glöckner sah sie mit kläglicher Miene an und verzog, gegen seinen Willen, die Nase. Und als die Tränen in Strömen aus seinen Augen flössen, sagten die Weiber: »Heiliger

Martin, weinst du über die Sünden der Stadt Ypern? Bewegt sich deine edle Nase nicht? Wir sind dem Rat des Louis Vivè gefolgt, und die Armen von Ypern haben zu arbeiten und zu essen. Oh! Diese dicken Tränen, das sind Perlen! Unser Heil ist gekommen.«

Die Männer sagten: »Sollen wir, heiliger Martin, die Ketelstraat zerstören? Aber zeige uns vor allem die Mittel, durch die man die armen Mädchen verhindert, abends auf die Straße zu gehen und so tausend Abenteuern entgegenzulaufen.«

Plötzlich rief das Volk: »Da ist der Küster!« Ulenspiegel kam herbei, fasste Pompilius um die Mitte, schwang ihn auf seine Schulter und brachte ihn so fort, von den ehrfürchtigen Männern und Weibern gefolgt. »Ach!«, sagte der arme Glöckner Ulenspiegel leise ins Ohr, »ich werde an diesem Jucken noch sterben, mein Sohn!« »Halte dich steif«, erwiderte Ulenspiegel, »vergisst du, dass du ein Heiliger aus Holz bist?«

Er lief in schnellem Trab und setzte Pompilius vor dem Propst ab, der sich mit seinen Fingernägeln bis aufs Blut schabte. »Glöckner«, sagte der Propst, »hast du dich gekratzt wie wir?« »Nein, Herr«, antwortete Pompilius. »Hast du gesprochen oder dich bewegt?« »Nein, Herr.« »Dann wirst du fünfzehn Dukaten bekommen«, sagte der Propst, »und jetzt geh dich kratzen.«

VIII

Als das Volk am nächsten Tag durch Ulenspiegel erfuhr, was geschehen war, sagten die Männer und Frauen, dass es ein schlechter Scherz gewesen sei, sie einen weinenden Kerl, der das Wasser unter sich lasse, als Heiligen verehren zu lassen. Und viele wurden Ketzer und verließen die Stadt unter Mitnahme ihrer Vermögen, sie schlossen sich dem Heer des Prinzen an und vergrößerten es solchermaßen.

Ulenspiegel aber kehrte nach Lüttich zurück. Er saß allein im Wald und träumte. Er sah zum blauen Himmel auf und sagte: »Krieg, immer Krieg, damit der spanische Feind das arme Volk töte, unsere Güter plündere und unsere Frauen und Mädchen vergewaltige. Wir geben dabei unser schönes Geld aus und lassen unser Blut in Strömen fließen, ohne jemand damit Nutzen zu bringen, außer diesem königlichen Lümmel, der um seine Krone noch einen Kranz winden will, der seine Macht versinnbildlichen soll. Einen Kranz, den er für rühmlich hält, einen Kranz von Blut und Rauch. Ach! Wenn ich dich so bekränzen könnte, wie ich möchte! Es gäbe niemand mehr, der dir Gesellschaft leisten wollte, außer den Fliegen.«

Während er an diese Dinge dachte, sah er ein ganzes Rudel Hirsche an sich vorüberziehen. Es waren alte, große Tiere darunter, die stolz ihr neunendiges Geweih trugen. Zierliche Junghirsche, die gleichsam ihre Knappen sind, trotteten neben ihnen her, offensichtlich stets bereit, ihnen mit ihren spitzen Geweihen zu Hilfe zu kommen.

Ulenspiegel wusste nicht, wohin sie gingen, aber er dachte, dass sie zu ihrem Ruheplatz zögen. »Ach!«, sagte er, »ihr alten Hirsche und jungen Spießer, ihr zieht fröhlich und stolz durch den Waldesgrund zu eurem Ruheplatz, esset die jungen Knospen und atmet die balsamischen Waldgerüche ein, so seid ihr glücklich, bis der Henker Jäger kommt. So geht's auch uns alten Hirschen und jungen Spießern!«

Und die Asche Claesens schlug über Ulenspiegels Herz.

IX

Im September, dem Monat, in dem die Mücken aufhören zu stechen, setzte der Schweiger mit vierzehntausend Flamen, Wallonen und Deutschen, mit sechs Feldschlangen und vier großen Kanonen, die für ihn sprechen sollten, bei St. Veit über den Rhein.

Unter den gelben und roten Fahnen des knorrigen Stockes von Burgund, des Stockes, der lange Zeit in unseren Landen mordete, des Stockes, unter dem die Versklavung durch Alba, den Bluterzog, begann, unter diesem Stock marschierten sechsundzwanzigtausendfünfhundert Mann und rollten siebzehn Feldschlangen und neun schwere Kanonen.

Aber der Schweiger sollte in diesem Krieg keinen Erfolg erringen, denn Alba wich immer wieder dem Kampf aus. Und sein Bruder Ludwig, der Bayard von Flandern, [10] verlor, nachdem er manche Stadt eingenommen und manchem Schiff auf dem Rhein Lösegeld abgefordert hatte, bei Jemmingen in Friesland an den Sohn des Herzogs sechzehn Kanonen, fünfzehnhundert Pferde und zwanzig Fahnen dadurch, dass die käufli-

---

[10] Ein Vergleich Ludwigs von Oranien mit Pierre du Terrail de Bayard, dem »Ritter ohne Furcht und Tadel«. (Anmerkung des Übersetzers.)

chen und gleichgültigen Söldner, als sie kämpfen sollten, Geld verlangten.

Und zwischen Ruinen und Strömen von Blut und Tränen suchte Ulenspiegel vergeblich das Heil des Landes seiner Väter. Und die Henker zogen durch die Lande, die armen unschuldigen Opfer henkend, köpfend und verbrennend.

Und der König erbte.

X

Auf der Wanderung durch das wallonische Land erkannte Ulenspiegel, dass der Prinz von hier keine Hilfe zu erhoffen hatte.

Er kam in die Nähe der Stadt Bouillon und bemerkte, dass sich auf der Landstraße Bucklige jedes Alters, Geschlechts und Berufs zeigten. Alle hatten Rosenkränze, deren Kugeln sie andächtig ablaufen ließen. Und ihre Gebete klangen wie das Froschgequake in einem Sumpf an einem warmen Abend. Da gab es bucklige Mütter, die bucklige Kinder trugen, und an deren Röcke sich andre aus demselben Nest anhingen. Auf den Hügeln und in der Ebene, überall sah man Bucklige. Und den ganzen Horizont entlang sah Ulenspiegel ihre mageren Silhouetten.

Er ging auf einen der Buckligen zu und fragte ihn: »Wohin gehen all diese armen Männer, Frauen und Kinder?« Der Mann antwortete: »Wir gehen zum Grab des heiligen Remaclus, um ihn zu bitten, dass er unseren Herzenswunsch erfülle und die erniedrigende Bürde von unserem Rücken nehme.« Ulenspiegel erwiderte:

»Könnte der heilige Remaclus auch meinen Herzenswunsch erfüllen und den Blutherzog, der schwerer wiegt als ein Buckel von Blei, von dem Rücken der armen Bevölkerung nehmen?«

»Die Buckel der Buße, die auf uns lasten, kann er uns nicht nehmen«, antwortete der Pilger. »Und befreit er euch von den andern?«, fragte Ulenspiegel. »Ja, wenn die Buckel jung sind. Wenn er dann das Wunder der Heilung vollbracht hat, feiern wir in der ganzen Stadt Gelage und Schmäuse. Und jeder Pilger gibt dem glücklich Geheilten etwas Geld, oft sogar einen Goldgulden, weil er durch diese Begebenheit heilig geworden ist und für die andern wirksame Gebete verrichten kann.«

»Warum lässt sich der heilige Remaclus die Heilungen wie ein knauseriger Apotheker bezahlen?«, fragte Ulenspiegel. »Gottloser Wanderer, er bestraft die Lästerer!«, antwortete der Pilger und schüttelte zornig seinen Buckel. »Ach!«, seufzte Ulenspiegel und fiel mit gekrümmtem Rücken am Fuß eines Baumes hin. Der Pilger sah ihn an und sprach: »Der heilige Remaclus schlägt die hart, die ihn schlagen.« Ulenspiegel krümmte den Rücken, rieb ihn mit der Hand und stöhnte: »Glorreicher Heiliger, hab' Erbarmen. Das ist die Züchtigung, ich fühle einen brennenden Schmerz zwischen den Schultern. Ach! Au! Vergebung, heiliger Remaclus. Geh, Pilger, lass mich hier allein, bereuend und weinend wie ein Vatermörder.«

Aber der Pilger war schon nach dem Großen Platz von Bouillon geeilt, wo alle Buckligen zusammentrafen. Dort sagte er, vor Angst bebend, in abgerissenen Sätzen: »Einem Pilger begegnet, gerade wie eine Pappel ... Pilger lästert ... Buckel auf den Rücken ... brennender Buckel!«

Als die Pilger das hörten, stießen sie tausend Freudenschreie aus und riefen: »Heiliger Remaclus, wenn du Buckel geben kannst, kannst du sie auch nehmen. Nimm uns die Buckel ab, heiliger Remaclus!«

In der Zwischenzeit hatte Ulenspiegel seinen Baum verlassen. Als er durch die menschenleere Vorstadt kam, sah er über der niedrigen Tür einer Schenke zwei Schweinsblasen an einem Stock hängen, die da als Zeichen der Wurst-Kirmes oder paneh-kermis baumelten, wie man in Brabant sagt. Ulenspiegel nahm eine von den beiden Blasen, hob vom Boden den Rückenstachel eines Rochens auf, ließ sich damit zur Ader, träufelte sein Blut in die Blase, blies sie auf und verschnürte sie; dann band er sie sich auf den Rücken, befestigte den Stachel darüber und kam so ausstaffiert mit gewölbtem Rücken, wackelndem Kopf und schlotternden Beinen, wie ein alter Buckliger, auf den Platz.

Der Pilger, der Zeuge seines Sturzes gewesen war, bemerkte ihn und rief: »Da ist der Lästerer!«, und zeigte mit dem Finger auf ihn. Und alle kamen herbeigelaufen, um den so Bekümmerten zu sehen. Ulenspiegel schüttelte den Kopf ganz erbärmlich und sagte: »Ach! Ich verdiene weder Gnade noch Barmherzigkeit; tötet mich wie einen tollen Hund!« Doch die Buckligen rieben sich die Hände und sagten: »Einer mehr in unserer Brüderschaft.«

Ulenspiegel murmelte zwischen den Zähnen: »Ich werde euch bezahlen lassen, ihr Bösewichte«, schien aber alles geduldig zu ertragen und sagte: »Um meinen Buckel nicht noch zu stärken, werde ich so lange weder essen noch trinken, bis es dem heiligen Remaclus gefällt, mich zu heilen, wie es ihm gefiel, mich zu schlagen.«

Auf den Lärm, den das Wunder verursachte, verließ der Dechant die Kirche und bahnte sich, die Nase hoch erhoben wie ein Schiff, den Weg durch den Strom der Buckligen. Er war ein großer, dickwanstiger und majestätischer Mann. Man zeigte ihm Ulenspiegel, und er sagte zu ihm: »Bist du es, Männlein, den die Geißel des heiligen Remaclus geschlagen hat?« »Ja, Herr Dechant«, sagte Ulenspiegel, »ich bin es in der Tat, sein unterwürfiger Anbeter, der von seinem neuen Buckel geheilt sein will, wenn es dem heiligen Remaclus gefällt.« Der Dechant witterte hinter dieser Rede einen bösen Streich und sagte: »Lass mich diesen Buckel betasten.« »Tastet, mein Herr«, sagte Ulenspiegel. Nachdem der Dechant das getan hatte, sagte er: »Er ist noch neu und feucht. Ich hoffe indes, dass der heilige Remaclus wohl geneigt sein wird, dir Barmherzigkeit angedeihen zu lassen. Folge mir.«

Ulenspiegel folgte dem Dechanten und trat in die Kirche ein, die Buckligen marschierten hinter ihm, und riefen: »Das ist der Verfluchte! Das ist der Lästerer! Wie viel wiegt er, dein neuer Buckel? Willst du einen Sack daraus machen, um deine Taler hineinzustecken? Du hast dich dein Leben lang über uns lustig gemacht, weil du gradgewachsen warst – nun ist die Reihe an uns. Dank sei dem heiligen Remaclus!«

Ulenspiegel ließ kein Wort laut werden und folgte nur immer mit gesenktem Kopf dem Dechanten, der eine kleine Kapelle betrat, in der sich ein marmornes Grab befand, das mit einer ebenfalls marmornen Tafel bedeckt war. Zwischen dem Grab und der Mauer der Kapelle war nicht mehr Zwischenraum als die Länge seiner Hand. Eine Menge buckliger Pilger ging im Gänsemarsch zwischen der Mauer und der Grabtafel hindurch, an der jeder Einzelne stillschweigend seinen Buckel rieb. Sie hofften, auf diese Art ihres Buckels ledig zu werden. Die ihren Buckel gerieben hatten, wollten den anderen, die ihn noch nicht gerieben hatten, nicht Platz machen, darob entstand eine Schlägerei, die aber wegen der Heiligkeit des Ortes geräuschlos geführt wurde, wobei die Kämpfenden, tückisch wie Bucklige sind, nur versteckt aufeinander losschlugen. Der Dechant sagte zu Ulenspiegel, er solle auf die Grabtafel steigen, damit ihn alle Pilger gut sehen könnten. Ulenspiegel erwiderte: »Das kann ich nicht allein.« Der Dechant half ihm, stellte sich neben ihn und befahl ihm niederzuknien. Ulenspiegel gehorchte und verharrte gesenkten Hauptes in dieser Stellung.

Nachdem sich der Dechant gesammelt hatte, begann er mit wohltönender Stimme zu predigen: »Söhne und Töchter in Jesu Christo, zu meinen Füßen sehet ihr den größten Sünder, Taugenichts und Lästerer, den der heilige Remaclus jemals mit seinem Zorn geschlagen hat.«

Da schlug sich Ulenspiegel auf die Brust und sagte: »Confiteor!«

»Einst«, fuhr der Dechant fort, »war er gerade wie der Schaft einer Hellebarde und tat sich darauf was zugute. Sehet ihn jetzt an, bucklig und gekrümmt unter den Schlägen des himmlischen Fluches.«

»Confiteor«, sagte Ulenspiegel, »befrei mich von meinem Buckel.«

»Ja«, setzte der Dechant fort, »ja, großer, heiliger Remaclus, der du seit deinem rühmlichen Tode neunundreißig Wunder vollbracht hast, nimm die Last von seinen Schultern, die ihn bedrückt, auf dass wir dein Lob singen können in saeculo saeculorum. Und Friede auf Erden den Buckligen, die guten Willens sind.«

Und die Buckligen sprachen im Chor: »Ja, ja, Friede auf Erden den Buckligen, die guten Willens sind, Friede den Buckeln, Erholung den Missgestalten, Gnade den Gedemütigten! Nimm uns unsere Buckel, heiliger Remaclus!«

Der Dechant befahl Ulenspiegel, vom Grab herabzusteigen und seinen Buckel am Rand der Tafel zu scheuern. Ulenspiegel tat das und wiederholte immer: »Mea culpa confiteor! Befrei mich von meinem Buckel!« Und mit aller Kraft scheuerte er seinen Buckel vor den Augen der Zuschauer. Plötzlich riefen sie: »Seht den Buckel, er biegt sich! Seht, er weicht, und rechts beginnt er zu verschwinden.« – »Nein, er schiebt sich in die Brust zurück.«

– »Nein, die Buckel verschwinden nicht, sondern sinken in die Gedärme hinab, woher sie kamen.« – »Nein, sie kehren in den Magen zurück, wo sie vierundzwanzig Tage lang als Nahrung dienen.« – »Das ist das Geschenk des Heiligen für die entlasteten Buckligen.« – »Wohin kommen die alten Buckel?«

Plötzlich stießen die Buckligen laute Schreie aus, denn Ulenspiegel hatte seinen Buckel zum Zerspringen ge-

bracht, indem er sich kräftig gegen den Rand der Grabtafel gedrängt hatte. Das Blut, das in der Blase war, rann
über sein Wams, und rollte in großen Tropfen über die
Fliesen. Ulenspiegel reckte sich, streckte die Arme aus
und rief: »Ich bin befreit!« Und alle Buckligen riefen im
Chor: »Heiliger Remaclus, du bist gebenedeit! Es ist süß
für ihn, doch hart für uns.« »Herr, nimm uns unsere Buckel ab!«

– »Ich werde dir ein Kalb opfern.« – »Ich sieben Schafe.« – »Ich die ganze Jagdbeute eines Jahres.« – »Ich
sechs Schinken.« – »Ich schenke der Kirche meine Hütte.« – »Nimm uns unsere Buckel ab, heiliger Remaclus!«

Und sie sahen Ulenspiegel mit Neid und Achtung an.
Einige wollten sein Wams betasten, aber der Dechant
sagte zu ihm: »Da ist eine Wunde, die nicht ans Licht
kommen darf.«

»Ich werde für euch beten«, sagte Ulenspiegel. »Ja, Pilger«, sagten die Buckligen und sprachen alle zu gleicher
Zeit auf ihn ein, »ja, wieder gerade gewordener Herr!
Wir haben Euch verspottet, vergebt uns, wir wussten
nicht, was wir taten. Christus hat am Kreuz verziehen,
gewähret auch uns Verzeihung!« »Ich werde euch vergeben«, sagte Ulenspiegel wohlwollend. Sie drängten
sich um ihn und sagten: »Da, nimm diesen Patard.« –
»Empfange diesen Gulden.« – »Lasst uns Seiner Gerad-
heit diesen Real überreichen.« – »Lasst Euch diesen
Cruzado anbieten.« – »Lasst uns Euch diesen Karlsgulden in die Hand drücken«, und so ging's weiter. »Verbergt eure Karlsgulden ein bisschen«, sagte Ulenspiegel
zu ihnen mit leiser Stimme, »damit eure Linke nicht wisse, was eure Rechte gibt.« Und er sprach so wegen des

Dechanten, der das Geld mit den Augen verschlang, ohne zu sehen, ob es Gold oder Silber war. »Gnade werde Euch zuteil, geheiligter Herr«, sagten die Buckligen zu Ulenspiegel. Und in seiner Eigenschaft als Wundermann nahm er ihre Gaben voll Stolz entgegen. Aber die Geizigen scheuerten ihre Rücken an dem Grab, ohne etwas zu sagen.

Abends ging Ulenspiegel in eine Schenke und aß und trank nach Herzenslust. Ehe er sich zu Bett begab, fiel ihm ein, dass der Dechant möglicherweise Anspruch auf seinen Anteil an der Ausbeute machen könnte, wenn er nicht gar das Ganze verlangen würde, er zählte seinen Gewinn und fand, dass mehr Gold als Silber dabei war. Mochten es doch gut an die dreihundert Karlsgulden gewesen sein. Er bemerkte einen verdorrten Lorbeerbaum in einem Topf, fasste ihn an der Krone, zog den Stamm und die Erde heraus und steckte das Gold darunter. Alle halben Gulden, Patards und Patacons reihte er auf dem Tisch auf.

Der Dechant betrat die Schenke und kam auf Ulenspiegel zu. Als der ihn erblickte, sagte er: »Herr Dechant, was wollt Ihr von meiner Wenigkeit?« »Ich will nichts als dein Bestes, mein Sohn«, antwortete der Dechant. »Ach!«, seufzte Ulenspiegel, »ist es das, was Ihr hier auf dem Tisch seht?« »Eben das«, antwortete der Dechant, streckte die Hand aus, säuberte den Tisch von allem Geld, das darauf war, und ließ es in einen dazu bestimmten Sack gleiten. Dann gab er Ulenspiegel, der tat, als ob es ihm das Herz abdrückte, einen Gulden und fragte ihn nach Werkzeugen, mit deren Hilfe er das Wunder vollbracht hatte. Ulenspiegel zeigte ihm den

Rochenstachel und die Blase. Während der Dechant diese Dinge an sich nahm, klagte Ulenspiegel und bat ihn inständig, ihm doch noch etwas von dem Geld zu geben, da der Weg von Bouillon nach Damme für ihn, den armen Wanderer, lang wäre und er sonst ohne Zweifel Hungers sterben müsste. Doch der Dechant entfernte sich, ohne ein Wort zu sagen.

Als Ulenspiegel allein war, schlief er ein, das Gesicht dem Lorbeerbaum zugewandt. Am frühen Morgen des nächsten Tages raffte er seine Beute zusammen, verließ Bouillon und begab sich in das Lager des Schweigers, er übergab ihm das Geld, erzählte ihm, was sich zugetragen hatte, und meinte, dass dies die richtige Art sei, vom Feinde Kriegsentschädigungen einzutreiben. Der Prinz gab ihm zehn Gulden.

Was den Rochenstachel betrifft, so wurde er in ein kristallenes Schränkten eingeschlossen und zwischen den Querbalken des Kreuzes am Hochaltar in Bouillon aufbewahrt. Und jedermann in der Stadt wusste, dass das, was am Kreuz hing, der Buckel des wieder geradegemachten Lästerers sei.

XI

Ehe der Schweiger, der in der Nähe von Lüttich war, die Maas überschritt, ließ er seine Truppen Scheinmärsche machen, umso den Herzog in seiner Wachsamkeit irrezuführen. Ulenspiegel, der von seiner Soldatenpflicht enthoben war, handhabe die Armbrust mit großer Geschicklichkeit und hielt Augen und Ohren offen.

Zu dieser Zeit kamen flämische und brabantische Edelleute ins Lager, die mit den Obristen und Kapitänen aus dem Gefolge des Schweigers in gutem Einverständnis lebten. Bald bildeten sich zwei Parteien im Lager, die ohne Unterlass miteinander im Streit lagen, die einen sagten: »Der Prinz ist ein Verräter«, und die anderen antworteten, dass die Ankläger gelogen hätten, was ihre Zunge herhalten wollte, und dass sie sie ihre lügnerische Zunge verschlingen lassen würden.

Das Misstrauen verbreitete sich wie ein Ölfleck. Trupps von sechs, acht und zwölf Mann gerieten bisweilen in Handgemenge und bekämpften sich mit allen Waffen, ja selbst mit Arkebusen. Eines Tages kam der Prinz auf den Lärm herbei und stellte sich zwischen die beiden Parteien. Eine Kugel riss ihm den Degen von der Seite. Er machte dem Kampf ein Ende und besuchte alle Zelte des Lagers, um sich zu zeigen, damit es nicht heiße: »Der Schweiger ist tot! Der Krieg ist tot!«

In der folgenden Nacht, gegen zwölf Uhr, während dichter Nebel über dem Land lag, hörte Ulenspiegel, als er eben ein Haus verlassen wollte, in dem er einem wallonischen Mädchen flämische Liebeslieder vorgesungen hatte, dreimal wiederholtes Rabengekrächz von der Tür einer nahen Hütte her erschallen. Nach je drei Rufen antwortete das Gekrächz anderer Raben aus der Ferne ebenfalls mit drei Rufen. Ein Handwerker kam aus der Tür der Hütte, und Ulenspiegel hörte seine Schritte auf dem Weg. Zwei Männer, die spanisch sprachen, kamen auf den Handwerker zu, der in derselben Sprache fragte: »Was habt ihr geschafft?« »Gute Arbeit im Lügen für den König«, sagten sie, »dank unserer Mühe erzählen sich die misstrauischen Kapitäne und Soldaten Folgendes:

›Der Prinz leistet dem König nur aus niedrigem Ehrgeiz Widerstand, er ist nur darauf aus, gefürchtet zu werden und als Preis für den zu erringenden Frieden Städte und Herrensitze zu erhalten. Für fünfhunderttausend Gulden wird er die tapferen Edlen im Stich lassen, die für das Land kämpfen. Der Herzog hat ihm gänzliche Verzeihung und das eidliche Versprechen zugesagt, dass er ihm und allen Befehlshabern der Armee die eingezogenen Güter wiedererstatten wolle, wenn sie sich dem König wieder in Gehorsam unterstellten. Oranien soll allein den Vertrag mit ihm schließen.‹

Die Getreuen des Schweigers antworteten uns: ›Die Angebote des Herzogs sind tückische Fallen, denen er, der Edlen Egmont und Hoorne gedenkend, nicht trauen wird. Sie wissen sehr wohl, dass der Kardinal Granvella in Rom mit Bezug auf die Enthauptung der Grafen gesagt hat: Man fängt die Gründlinge, aber den Hecht lässt man schwimmen, man hat nichts gefangen, solange noch der Schweiger zu fangen bleibt.‹«

»Ist die Spaltung im Lager groß?«, fragte der Handwerker. »Die Spaltung ist groß und nimmt jeden Tag zu«, sagten sie, »wo sind die Briefe?«

Dann traten sie in die Hütte ein, in der eine Laterne brannte. Durch ein kleines Dachfenster spähend, sah Ulenspiegel, wie sie zwei Sendschreiben öffneten, sich beim Lesen sichtlich freuten, Hydromel tranken und schließlich wieder fortgingen, während sie in spanischer

Sprache zu dem Handwerker sagten: »Das Lager gespalten, Oranien gefangen – das wird eine gute Limonade.«

»Die dürfen nicht am Leben bleiben«, sagte Ulenspiegel zu sich. Ulenspiegel sah, wie der Handwerker ihnen eine Laterne brachte, die sie nahmen, um dann durch den dichten Nebel davonzugehen. Er nahm an, dass sie hintereinander marschierten, da der Schein der Laterne oft von einer schwarzen Gestalt unterbrochen wurde. Er lud seine Arkebuse und schoss auf die schwarze Gestalt. Gleich darauf sah er, dass die Laterne mehrmals gesenkt und gehoben wurde, und schloss daraus, dass einer von den beiden gestürzt sei und dass der andere bemüht sei, zu entdecken, welcher Art die Verwundung wäre. Er lud seine Arkebuse von Neuem. Dann ging der Laternenträger rasch und schwankend in der Richtung des Lagers allein weiter, und Ulenspiegel schoss ein zweites Mal. Die Laterne schwankte, fiel erlöschend zu Boden, und es war finster.

Als er nun dem Lager zulief, sah er den Profosen und eine Menge von Soldaten herbeikommen, die von den Schüssen der Arkebuse geweckt worden waren. Er hielt sie an und sagte zu ihnen: »Ich bin der Schütze, holet das Wild.« »Lustiger Flame«, sagte der Profos, »du sprichst also nicht nur mit der Zunge!« »Die Worte der Zunge sind Wind«, erwiderte Ulenspiegel, »die Worte aus Blei, die bleiben im Körper der Verräter. Aber folget mir.«

Er führte sie, die sich mit ihren Laternen versehen hatten, bis zu der Stelle, an der die beiden gefallen waren. In der Tat fanden sie sie ausgestreckt auf dem Boden liegend, der eine war tot, der andere röchelte und hielt die

Hand auf der Brust, wo sich ein Brief vorfand, den er mit dem Aufwand der letzten Lebenskraft zerknittert hatte. An den Kleidern erkannten sie, dass die Toten Edelleute gewesen waren, beim Licht ihrer Laternen trugen sie die beiden Leichen zum Prinzen, der dadurch in einer Beratung mit Friedrich von Hollenhausen, dem Markgrafen von Hessen und anderen Edlen gestört wurde. Von Landsknechten, Reitern und grünen und gelben Bogenschützen gefolgt, kamen sie vor das Zelt des Schweigers und verlangten mit lautem Geschrei, dass er sie empfange.

Oranien kam aus dem Zelt, und Ulenspiegel sagte, indem er dem Profosen das Wort abschnitt, der sich hustend anschickte, Klage zu führen: »Edler Herr, ich habe statt der Raben zwei erlauchte Verräter aus Eurem Gefolge getötet.« Dann erzählte er, was er gesehen, gehört und getan hatte. Der Schweiger sagte kein Wort.

Die beiden Leichname wurden in Gegenwart Wilhelms von Oranien, des Schweigers, Friedrichs von Hollenhausen, des Markgrafen von Hessen, Dietrichs von Schoonenberg, des Grafen Albert von Nassau, des Grafen von Hoogstraeten und Antoine de Lalaings, des Gouverneurs von Mecheln, durchsucht, außerdem waren zahlreiche Soldaten und Lamme Goedzak anwesend, dessen Wanst vor Schreck zitterte. Man fand bei den toten Edelleuten versiegelte Briefe Granvellas und Noircarmes, durch die sie verhalten wurden, die Spaltung im Gefolge des Prinzen durchzuführen, um dadurch seine Kräfte zu mindern, ihn zur Nachgiebigkeit zu zwingen und dem Herzog auszuliefern, der ihn, seinen Verdiensten gemäß, enthaupten lassen wollte.

»Man muss«, besagten die Briefe, »vorsichtig zu Werke gehen und die Angehörigen der Armee durch Andeutungen glauben machen, dass der Schweiger, einzig zu seinem Vorteil, schon ein teilweises Abkommen mit dem Herzog vereinbart habe. Seine Kapitäne und Soldaten werden ihn, darüber empört, gefangen nehmen.«

Jedem von den beiden war ein Gutschein über fünfhundert Dukaten, zahlbar bei den Brüdern Fugger in Antwerpen, als Entschädigung übergeben worden, ferner sollten sie weitere tausend erhalten, wenn die aus Spanien erwarteten vierhunderttausend in Zeeland angekommen sein würden.

Nachdem dieses Komplott aufgedeckt war, wandte sich der Prinz wortlos zu den Edelleuten, Offizieren und Soldaten um, unter denen eine große Menge derer waren, die ihn verdächtigt hatten, er zeigte ihnen die beiden Leichen, ohne zu sprechen, und wollte ihnen durch diese Geste ihr Misstrauen zum Vorwurf machen. Aber alle riefen in großem Durcheinander: »Lang lebe Oranien! Oranien ist dem Lande treu!« Um ihrer Verachtung Ausdruck zu verleihen, wollten sie die Leichen den Hunden vorwerfen, aber der Schweiger sagte: »Nicht die Körper müsst ihr vor die Hunde werfen, sondern die Schwäche des Geistes, die an lauteren Absichten zweifeln lässt.« Und die Edlen und die Soldaten riefen: »Es lebe der Prinz! Es lebe Oranien, der Freund des Landes!« Und ihre Stimmen klangen wie Donner, der der Ungerechtigkeit droht.

Der Prinz sagte, während er auf die Leichen wies: »Begrabt sie christlich.«

»Und was soll mit meinem treuen Kadaver geschehen?«, fragte Ulenspiegel. »Wenn ich schlecht gehandelt habe, gebe man mir Schläge, habe ich aber gut gehandelt, so gebe man mir eine Belohnung.« Da sagte der Schweiger: »Dieser Arkebusier bekommt in meiner Gegenwart fünfzig Streiche mit grünem Holz, weil er, ohne dazu beauftragt worden zu sein, in außerordentlicher Missachtung der Disziplin zwei Edelleute getötet hat. Außerdem wird er dreißig Gulden erhalten, weil er gut gesehen und gehört hat.«

»Edler Herr«, sagte Ulenspiegel, »wenn man mir die dreißig Gulden zuerst gibt, so werde ich die Schläge mit grünem Holz geduldig ertragen.« »Ja, ja«, stöhnte Lamme, »gebt ihm zuvörderst die dreißig Gulden, und er wird das Übrige mit Geduld ertragen.« »Und überdies«, sagte Ulenspiegel, »ist es gar nicht nötig, dass man mich mit Eichenholz wasche und mit Kirschästen spüle, da mein Gewissen rein ist.« »Ja«, stöhnte Lamme Goedzak von Neuem, »Ulenspiegel braucht weder gewaschen noch gespült zu werden. Er hat ein reines Gewissen. Waschet ihn nicht, ihr edlen Herren, waschet ihn nicht!«

Nachdem Ulenspiegel die dreißig Gulden empfangen hatte, befahl der Profos dem Stockmeister, sich seiner zu bemächtigen.

»Sehet, meine Herren«, sagte Lamme, »wie erbärmlich seine Miene ist. Er liebt das Holz nicht, mein Freund Ulenspiegel.« »Ich liebe es, eine schöne, dichtbelaubte Esche zu sehen«, sagte Ulenspiegel, »die in ihrem natürlichen Grün im Licht der Sonne wächst, aber diese hässlichen Stecken, die noch von ihrem Saft bluten, der Zweige beraubt, ohne Blatt und Ästchen, ungebärdig und von rohem Benehmen sind, die hasse ich auf den Tod!«

»Bist du bereit?«, fragte der Profos.

»Bereit!« wiederholte Ulenspiegel, »bereit, wozu? Geschlagen zu werden? Nein, das bin ich nicht und will es nicht sein, Herr Stockmeister. Euer Bart ist rot und Eure Miene schreckenerregend, aber ich bin sicher, dass Ihr ein sanftes Herz habt und einem armen Mann, wie mir nicht gerne das Kreuz abschlagt. Ich muss Euch sagen, ich tu's nicht gern und seh's nicht gern, denn der Rücken eines Christen ist ein heiliger Tempel, der, ebenso wie die Brust, die Lungen umschließt, mit der wir des guten Herrgotts Luft einatmen. Welch brennende Gewissensbisse würdet Ihr doch empfinden, wenn mich ein roher Stockstreich in Stücke schlüge!«

»Spute dich«, sagte der Stockmeister.

»Edler Herr«, sagte Ulenspiegel, sich an den Prinzen wendend, »es hat keine Eile, glaubt mir! Zunächst müsste man diesen Stecken trocknen lassen, denn man sagt, dass das grüne Holz beim Eindringen in lebendes Fleisch diesem ein tödliches Gift mitteilt. Wollte Eure Hoheit mich dieses hässlichen Todes sterben sehen? Edler Herr, ich halte meinen Rücken treu Eurer Hoheit zu Diensten, lasst ihn mit Gerten schlagen oder peitschen, aber wenn Ihr mich nicht tot sehen wollt, ersparet mir, so es Euch gefällt, das grüne Holz.«

»Gewährt ihm Gnade«, sagten die Herren von Hoogstraeten und Dietrich von Schoonenburg zu gleicher Zeit, die andern lächelten mitleidig. Auch Lamme sagte: »Edler Herr, edler Herr, übet Gnade, das grüne

Holz ist reines Gift.« Da sagte der Prinz: »Ich begnadige ihn.«

Ulenspiegel machte ein paar Luftsprünge, schlug auf Lammes Wanst, zwang ihn, mit ihm zu tanzen und sagte: »Lobpreise mit mir den Herrn, der mich vom grünen Holz errettet hat.« Und Lamme versuchte zu tanzen, vermochte es aber nicht wegen seines Wanstes. Dann zahlte Ulenspiegel ihm zu essen und zu trinken.

XII

Der Herzog wollte sich keiner Schlacht aussetzen und beunruhigte den Schweiger ohne Unterbrechung, der im flachen Land zwischen Jülich und der Maas hin und her zog und den Fluss überall, bei Houdt, Mecheln, Elsen und Meersen, absuchen ließ, und allerorten fand man Fußangeln, an denen sich Menschen und Pferde beim Überschreiten der Furten verwunden sollten.

In Stockem fanden die Sondeure nichts, und der Prinz befahl den Übergang. Reiter überquerten die Maas und stellten sich am andern Ufer in Schlachtordnung auf, um den Übergang auf der Seite des Bistums Lüttich zu schützen, dann stellten sich zehn Reihen Bogenschützen und Arkebusiere quer durch den Fluss von einem Ufer zum andern auf und brachen so die Macht des Stromes, auch Ulenspiegel war in dieser Reihe. Das Wasser reichte ihm bis zu den Schenkeln, und öfters hob ihn und sein Pferd eine tückische Welle hoch empor. Er sah die Söldner zu Fuß durch den Strom waten, ein Säckchen mit Schießpulver auf der Mütze tragend und ihre Arkebusen hoch in der Luft haltend. Dann kamen die Karren, Kreuzgeschütze, die Artilleriesoldaten, die Luntenführer, Mörser, Doppelmörser, große und kleine Falkonetten, Feldschlangen, halbe und doppelte Feldschlangen, Kurzgeschütze, Doppelgeschütze, Kanonen, halbe Kanonen und doppelte Kanonen, dann folgten die auf Wagen montierten und von zwei Pferden gezogenen Feldstücke, die in raschem Lauf aufgeführt werden konnten und völlig jenen Geschützen glichen, die man die Pistolen des Kaisers nannte, hinter ihnen kamen, die Nachhut deckend, Landsknechte und flandrische Reiter.

Ulenspiegel suchte nach irgendeinem wärmenden Getränk. Der Bogenschütze Riesenkraft, ein Deutscher, ein hagerer und grausamer Mann von riesenhafter Größe, schnarchte neben ihm, und sein Atem duftete nach Branntwein. Ulenspiegel suchte nach einer Flasche auf der Kruppe des Pferdes des Deutschen und fand sie am Wehrgehenk, an dem sie mittels einer Schnur befestigt war, die er durchschnitt, dann nahm er die Flasche und schlürfte fröhlich drauflos.

Die Kameraden des Bogenschützen sagten zu ihm: »Gib uns auch davon.« Er tat das, nun war der Branntwein ausgetrunken, und er knüpfte die Schnur wieder an die Flasche und wollte sie auf die Brust des Soldaten zurücklegen. Als er den Arm hob, um sie anzuhängen, erwachte Riesenkraft. Er fasste nach der Flasche und wollte seine Kuh nach gewohnter Weise melken. Als er merkte, dass sie keine Milch mehr gab, geriet er in großen Zorn und sagte: »Dieb, was hast du mit meinem Branntwein gemacht?« Ulenspiegel antwortete: »Ich habe ihn ausgetrunken. Unter Reitern, die halb in den Fluss getaucht sind, ist der Branntwein des Einzelnen der Branntwein aller. Ein Schurke ist, wer da knausert.«

»Morgen werde ich dich in Stücke schneiden«, erwiderte Riesenkraft. »Wir werden uns gegenseitig Kopf, Arme, Beine und alles andere abschneiden«, antwortete Ulenspiegel, »bist du aber nicht verstopft, weil du so eine ärgerliche Fratze schneidest?« »Das bin ich«, antwortete Riesenkraft. »Dann musst du scheißen und nicht kämpfen«, antwortete Ulenspiegel.

Sie beschlossen, dass sie sich am nächsten Tag treffen sollten, um sich, je nach dem Belieben des Einzelnen beritten und gekleidet, mit kurzen, unelastischen Stockdegen ihren Speck zu zerschneiden. Ulenspiegel bat, für seine Person den Stockdegen durch einen Stecken ersetzen zu dürfen, was ihm auch zugestanden wurde.

Inzwischen hatten die Soldaten den Fluss durchquert und sich auf Befehl der Obristen und Kapitäne in Reih und Glied aufgestellt, während die zehn Reihen Bogenschützen gleichfalls durch die Furt wateten. Und der Schweiger sagte: »Wir marschieren gegen Lüttich!«

Ulenspiegel war darob gar fröhlich und rief, zugleich mit allen flämischen Soldaten: »Lang lebe Oranien, wir marschieren gegen Lüttich!« Aber die Fremden, insbesondere die Deutschen, sagten, dass sie zu sehr gewaschen und gespült seien, um zu marschieren. Vergeblich versicherte ihnen der Prinz, dass sie einem gewissen Siege in einer ihnen freundschaftlich gesinnten Stadt entgegengingen, sie schenkten ihm aber kein Gehör, zündeten große Feuer an und wärmten sich davor samt ihren abgezäumten Pferden. Der Angriff auf die Stadt wurde auf den nächsten Tag verschoben, an dem Alba, über die kühne Flussdurchquerung höchlichst erstaunt, durch seine Spione schon erfahren hatte, dass die Soldaten des Schweigers noch nicht zum Sturm bereit waren. Daraufhin drohte er Lüttich und dem ganzen Flachland der Umgebung, dass er mit Feuer und Schwert vorgehen würde, wenn die Freunde des Prinzen sich irgendwie regten.

Gerard de Groesbeke, der bischöfliche Häscher, bewaffnete seine Soldaten gegen den Prinzen, der durch die Lässigkeit der Deutschen, die vor dem bisschen Wasser in ihren Hosen Angst gehabt hatten, zu spät kam.

XIII

Ulenspiegel und Riesenkraft hatten sich Sekundanten genommen, die erklärten, dass die beiden Soldaten bis zum Tod des einen kämpfen sollten, wenn es nämlich dem Sieger gefiele, seinen Gegner zu töten. Dieses waren die Bedingungen, die Riesenkraft aufgestellt hatte. Der Schauplatz des Kampfes war eine kleine Heide.

Früh am Morgen kleidete Riesenkraft sich in seine Bogenschützentracht. Er setzte den visierlosen Helm mit Halsdecke auf und zog ein ärmelloses Panzerhemd an. Das andere Hemd, das schon ganz zerschlissen war, steckte er in seinen Helm, um es als Verbandstoff gebrauchen zu können. Er bewaffnete sich mit seiner Armbrust aus gutem Ardennenholz, mit einem Bündel von dreißig Pfeilen, einem langen Dolch, aber nicht mit dem bei den Bogenschützen üblichen Schwert, das mit zwei Händen geführt wurde. Er kam, auf seinem Schlachtross reitend, das mit seinem Kriegssattel und gefiedertem Zaumzeug versehen und vollkommen eingepanzert war, auf den Kampfplatz.

Ulenspiegel versah sich mit den Waffen eines Edelmannes: Sein Reittier war ein Esel, dessen Sattel war aus den Röcken einer Dirne gemacht, und statt des gefiederten Zaumzeuges trug er ein Geflecht aus Korbweiden, über dem schöne Hobelspäne flatterten. Sein Panzerhemd war eine Speckschwarte, denn das Eisen kostete zu viel, wie er sagte, Stahl wäre ganz unbezahlbar, und was das Kupfer anbelange, so habe man in den letzten Tagen so viele Kanonen daraus gemacht, dass nicht mehr genug zurückgeblieben sei, um damit ein Kaninchen zur Schlacht zu bewaffnen. Statt einer anderen Kopfbedeckung setzte er sich einen schönen Salatkopf auf, den selbst die Schnecken nicht mehr gefressen hätten, der Salat war mit einer Schwanenfeder geschmückt, damit Ulenspiegel singen könnte, falls er sterben sollte. Sein starrer und leichter Degen war ein guter, langer und schwerer Stock aus Tannenholz, an dessen Ende er einen Besen aus Tannenreisern angebracht hatte, auf der linken Seite seines Sattels hing sein Messer, das gleichfalls aus Holz war, auf der rechten baumelte sein Kampfknüppel, der aus Holunderholz gemacht und mit einer Steckrübe gekrönt war. Sein Panzer setzte sich durchweg aus den Löchern seines Wamses zusammen.

Als er so ausstaffiert auf den Kampfplatz kam, brachen die Sekundanten Riesenkrafts in schallendes Gelächter aus, dieser selbst aber verzog keine Falte seiner mürrischen Fratze.

Nun fragten Ulenspiegels Sekundanten die Riesenkrafts, ob der Deutsche seine Bewaffnung mit Panzer und Eisen in Anbetracht des Umstandes, dass Ulenspiegel nur mit Lumpen ausgerüstet sei, nicht ablegen wollte. Damit war Riesenkraft einverstanden. Die Sekundanten Riesenkrafts fragten nun die Ulenspiegels, wie es komme, dass dieser sich mit einem Besen bewaffnet habe. »Ihr habt mir den Stock zugestanden«, sagte Ulenspiegel, »aber ihr habt mir nicht verboten, ihn durch Belaubung zu schmücken.« »Tu, was dich gut dünkt«, sagten die vier Sekundanten.

Riesenkraft sprach kein Wort und säbelte die mageren Pflanzen der Heide mit seinem Degenstock ab. Die Sekundanten verhielten ihn dazu, den Degenstock gegen einen Stecken auszutauschen. Er erwiderte: »Wenn dieser Lumpenkerl sich aus freiem Entschluss eine so ungewöhnliche Waffe gewählt hat, so tat er es in dem Glauben, mit ihr sein Leben verteidigen zu können.« Ulenspiegel wiederholte, dass er sich seines Besens bedienen wollte, und die vier Sekundanten kamen überein, dass alles so in Ordnung sei.

Nun waren beide kampfbereit, Riesenkraft auf seinem eisengepanzerten Pferd, Ulenspiegel auf seinem speckgepanzerten Esel. Ulenspiegel ritt in die Mitte des Feldes vor, blieb dort stehen, hielt seinen Besen wie eine Lanze und sagte: »Ich finde, dass nur eines noch mehr stinkt als Pest, Aussatz und Tod! Das ist das Ungeziefer der boshaften Kerle, die in einem Lager von Soldaten, die gute Kameradschaft halten, keine andern Sorgen haben, als überall ihre mürrische Fratze und ihren zorngeifernden Mund spazierenzuführen. Wo sie sich aufhalten, erstarrt das Lachen und verstummen die Lieder. Immer müssen sie brummen oder sich schlagen und führen so statt des regelrechten Kampfes für das Vaterland den Zweikampf ein, der der Ruin der Armee und die Freude des Feindes ist. Der hier anwesende Riesenkraft hat einundzwanzig Männer wegen unschuldiger Worte getötet, ohne jemals in der Schlacht oder im Scharmützel ein glänzendes Heldenstück vollbracht oder durch seinen Mut auch nur die geringste Belohnung verdient zu haben.

Nun denn, heute will ich mir darin gefallen, diesem lästigen Hund das kahle Fell gegen den Strich zu bürsten.«

Riesenkraft antwortete: »Dieser Trunkenbold hat da schöne Dinge über den Missbrauch des Zweikampfes zusammenfantasiert, es wird mir gefallen, ihm heute den Schädel zu spalten, um jedermann zu zeigen, dass er nichts als Heu in seinem Hirn hat.«

Die Sekundanten veranlassten die Kämpfer, von ihren Reittieren abzusteigen. Als Ulenspiegel dieser Aufforderung nachkam, fiel ihm der Salat vom Kopf, und der Esel fraß ihn in aller Ruhe auf, aber das Grautier wurde in dieser Beschäftigung durch einen Fußtritt unterbrochen, den ihm der Sekundant versetzte, um ihn aus dem Umkreis des Kampffeldes zu verjagen. Dem Pferd begegnete das gleiche Geschick, und die beiden entfernten sich, um die nächste Umgebung gemeinsam abzuweiden. Die Sekundanten – der Ulenspiegels den Besen tragend, der Riesenkrafts den Degenstock haltend – gaben nun durch einen Pfiff das Zeichen zum Beginn des Kampfes.

Und Riesenkraft und Ulenspiegel begannen wütend aufeinander einzuschlagen, Riesenkraft hieb mit seinem Stockdegen, und Ulenspiegel parierte mit seinem Besen,

Riesenkraft fluchte bei allen Teufeln, und Ulenspiegel wich vor ihm zurück, hüpfte quer durch die Heide, rundherum und im Zickzack, streckte Riesenkraft die Zunge heraus und machte ihm noch tausend andere Grimassen, dieser verlor den Atem und hieb mit seinem Degenstock in die Luft wie ein toll gewordener Söldner. Als Ulenspiegel ihn hinter sich herkommen hörte, drehte er sich plötzlich um und versetzte ihm mit seinem Besen einen kräftigen Schlag unter die Nase, sodass Riesenkraft mit ausgestreckten Armen und Beinen wie ein sterbender Frosch zu Boden fiel.

Ulenspiegel setzte sich auf ihn, fegte ihm das Gesicht nach allen Richtungen und sagte dabei: »Bitte um Gnade, oder ich lass dich meinen Besen fressen!« Und er striegelte ihn ohne Unterlass hin und her, zum großen Vergnügen der Umstehenden, und er wiederholte immerwährend: »Bitte um Gnade, oder ich lass dich ihn fressen!« Aber Riesenkraft konnte nichts sagen, denn er war am schwarzen Wutkoller verstorben.

»Gott nehme deine Seele auf, armer Zornbeutel!«, sagte Ulenspiegel und ging betrübt weg.

XIV

Es war damals gegen das Ende des Oktobers. Dem Prinzen fehlte es an Geld, seine Armee hungerte, und die Soldaten murrten. Er marschierte in der Richtung nach Frankreich und bot dem Herzog eine Schlacht an, der aber wollte nichts davon wissen.

Als er nun von Quesnoy-le-Comte aufbrach, um nach Cambrésis zu marschieren, begegnete er zehn Kompanien Deutscher, acht Fähnlein Spaniern und drei Abteilungen leichter Reiter, die von Don Ruffele Henricis, dem Sohn des Herzogs, befehligt waren, er befand sich in der Mitte dieser Kampftruppe und rief in spanischer Sprache: »Tötet! Tötet! Kein Pardon! Es lebe der Papst!«

Don Henricis stand gerade der Arkebusierkompanie gegenüber, in der Ulenspiegel Zehnschaftskommandant war, und warf sich ihr entgegen. Ulenspiegel sagte zu dem Korporal der Abteilung: »Diesem Henker werde ich die Zunge abschneiden.« »Schneide«, sagte der Korporal.

Und Ulenspiegel zerriss Don Ruffele Henricis, dem Sohn des Herzogs, mit einem wohlgezielten Schuss die Zunge und den Kiefer. Auch den Sohn des Marquis Delmarès warf Ulenspiegel aus dem Sattel. Die acht Fähnlein und die drei Schwadronen wurden geschlagen.

Nach diesem Sieg suchte Ulenspiegel im ganzen Lager nach Lamme, fand ihn aber nicht. »Ach!«, sagte er, »nun ist er dahingegangen, mein Freund Lamme, mein dicker Freund. In seinem kriegerischen Eifer wird er, der Last seines Wanstes nicht denkend, den spanischen Flüchtlingen haben folgen wollen. Außer Atem gekommen, wird er wie ein Sack auf die Straße gefallen sein. Und sie werden ihn aufgelesen haben, um Lösegeld für ihn zu bekommen, Lösegeld für den Speck eines Christen. Mein Freund Lamme, wo bist du denn, wo bist du, mein fetter Freund?«

Ulenspiegel suchte ihn überall, und als er ihn nicht fand, versank er in tiefe Traurigkeit.

XV

Im November, dem Monat der Schneestürme, befahl der Schweiger Ulenspiegel zu sich.

Der Prinz nagte an der Schnur seines Panzerhemdes und sagte: »Höre und begreife!«

Ulenspiegel erwiderte: »Meine Ohren sind Gefängnistore, man kommt leicht hinein, aber es ist eine verdammt schwere Sache, wieder herauszukommen.«

Der Schweiger sagte: »Du wanderst durch Namur, Flandern, Hainaut, Süd-Brabant, Antwerpen, Nord-Brabant, Geldern, Over-Yssel und Nord-Holland und tust überall kund, dass, wenn uns das Glück zu Lande in unserer heiligen christlichen Sache im Stich lässt, sich das Ringen gegen alle gewalttätige Unbill auf dem Meere fortsetzen wird. Gottes Gnade waltet über diesem Kampf, verlaufe er glücklich oder unglücklich. In Amsterdam angekommen, wirst du meinem Vertrauten Paul Buys über dein Tun und Lassen Rechenschaft geben. Hier sind drei von Alba selbst unterschriebene Pässe, die bei den Leichen von Quesnoy-le-Comte gefunden wurden. Mein Sekretär hat sie ausgefüllt. Vielleicht wirst du unterwegs irgendeinen guten Kameraden finden, auf den du dich verlassen kannst. Diejenigen, die auf den Lerchengesang mit dem Hahnenschrei antworten, sind zuverlässig. Hier sind fünfzig Gulden. Sei tapfer und treu.«

»Die Asche Claesens schlägt über meinem Herzen«, antwortete Ulenspiegel und ging.

XVI

Durch die in den Pässen ausgesprochene Bewilligung des Königs und des Herzogs durfte er nach freiem Ermessen jede Waffe tragen.

Er nahm seine gute Radarkebuse, Patronen und trockenes Pulver zu sich. Angetan mit einem zerlumpten Mantel, einem zerschlissenen Wams und nach spanischer Mode durchlöcherten Hosen, die Mütze mit der wehenden Feder auf dem Kopf und hoch den Degen schwingend, verließ er die Armee in der Nähe der französischen Grenze und marschierte gegen Maastricht.

Die Zaunkönige, die Vorboten der Kälte, flogen, um Obdach bittend, rund um die Häuser herum. Es schneite seit drei Tagen. Mehrmals musste Ulenspiegel unterwegs seinen Pass zeigen. Man ließ ihn passieren, und er wanderte nach Lüttich.

Er kam in eine weite Ebene, ein heftiger Wind wirbelte ihm die Flocken ins Gesicht. Er sah die weiße Ebene vor sich, über die der Sturm und Schnee jagte. Drei Wölfe folgten ihm; als er aber einen mit seiner Arkebuse niedergestreckt hatte, stürzten sich die andern auf den Verwundeten und flohen, jeder ein Stück vom Fleisch des Kadavers im Maul, in den Wald. Also befreit, hielt Ulenspiegel Ausschau, ob es in der Ebene nicht noch andere Rudel gäbe, und entdeckte am Rande des Horizontes Punkte wie graue Gestalten, die sich zwischen den Schneewirbeln hin und her bewegten, und hinter den grauen Gestalten berittene Soldaten. Er kletterte auf einen Baum und hörte klagende Töne, die ihm der Wind aus der Ferne zutrug. »Das sind vielleicht«, sagte er sich,

»weiß gekleidete Pilger, denn ich kann ihre Gestalten nur mit Mühe vom Schnee unterscheiden.« Dann erkannte er eine Anzahl nackter Menschen und zwei Reiter, die auf großen, schwarz gezäumten Pferden saßen und diesen erbarmenswerten Trupp mit heftigen Peitschenschlägen vor sich her trieben. Unter diesen traurigen, nackten Gestalten sah er junge Männer und Greise, die zähneklappernd, starr vor Kälte und tief gebückt, dahinliefen, um den Peitschen der zwei Soldaten zu entgehen, die sich, gut gekleidet, rot von Branntwein und gutem Essen, ein Vergnügen daraus machten, die nackten Leiber der Männer zu peitschen, um ihren Lauf zu beschleunigen.

Ulenspiegel sagte zu sich: »Ich werde dich rächen, Asche Claesens!« Und er schickte dem einen der Reiter eine Kugel ins Gesicht; er stürzte tot vom Pferd. Der andere, der nicht wusste, woher diese unvorhergesehene Kugel kam, ward von Angst ergriffen. In der Meinung, dass es da im Wald versteckte Feinde gäbe, wollte er mit dem Pferd seines Kameraden die Flucht ergreifen. Während er die Zügel fasste und aus dem Sattel stieg, um den Toten zu durchsuchen, traf eine zweite Kugel ihn in den Hals, und er stürzte gleichfalls zu Boden.

Die nackten Männer, die glaubten, dass dieser gute Arkebusier ein Engel wäre, der vom Himmel gekommen sei, um sie zu verteidigen, sanken auf die Knie. Ulenspiegel stieg nun von seinem Baum herab und wurde von den Leuten des Trupps, die wie er dem Prinzen gedient hatten, wiedererkannt, sie sagten zu ihm: »Ulenspiegel, wir sind in diesem jämmerlichen Zustand von Frankreich nach Maastricht geschickt worden, wo der

Herzog ist; dort sollten wir als gefangene Rebellen behandelt werden, konnten aber kein Lösegeld bezahlen und wurden deshalb verurteilt, gefoltert und enthauptet zu werden oder wie Gauner und Diebe auf den Galeeren des Königs zu rudern.«

Ulenspiegel gab dem Ältesten des Trupps seinen Überrock und sagte: »Kommt, ich werde euch nach Mézières führen, aber vorerst müssen diese beiden Soldaten entkleidet und die Pferde eingefangen werden.« Die Wämser, Hosen, Stiefel, Mützen und Panzer der zwei Soldaten wurden unter die Schwächsten und Kränksten verteilt, und Ulenspiegel sagte: »Wir gehen in den Wald, wo die Luft milder und wärmer ist; laufen wir, Brüder!«

Plötzlich fiel einer der Männer hin und sagte: »Mich hungert und friert, ich will vor Gott hintreten und bezeugen, dass der Papst der Antichrist auf Erden ist.« Und er starb. Die anderen nahmen ihn mit, um ihn christlich zu begraben.

Während sie auf der Landstraße dahinzogen, bemerkten sie einen Bauern, der hinter seinem mit einer Plane bedeckten Karren einherging. Als er die nackten Männer sah, fasste ihn Mitleid, und er ließ sie in den Karren steigen. Dort fanden sie Heu, um sich darauf auszustrecken, und einen leeren Sack, mit dem sie sich zudeckten. Sie erwärmten sich und dankten Gott. Ulenspiegel ritt auf einem der Pferde neben dem Karren und führte das andre am Zügel.

In Mézières stiegen sie aus dem Karren; man gab ihnen da eine gute Suppe, Bier, Brot und Käse und den Greisen und Frauen auch Fleisch. Sie wurden auf Kosten der

Gemeinde beherbergt, gekleidet und neu bewaffnet. Und alle schlossen Ulenspiegel mit Segensprüchen in die Arme, was er sich freudig gefallen ließ. Die Pferde der beiden Reiter verkaufte er um achtundvierzig Gulden, wovon er dreißig den Franzosen gab.

Während er allein weiterging, sagte er zu sich: »Ich gehe durch Verwüstung, Blut und Tränen, ohne etwas zu finden. Ohne Zweifel haben die Teufel mich belogen. Wo ist Lamme, wo ist Nele, wo sind die Sieben?« Und wieder schlug die Asche Claesens über seiner Brust.

Dann hörte er eine Stimme, leise wie ein Hauch, sagen: »In Tod, Verwüstung und Tränen suche.«

Und er setzte seine Wanderung fort.

XVII

Im März kam Ulenspiegel in Namur an. Da sah er Lamme, der eine tiefe Liebe zu den Fischen der Maas, insbesondere zu den Forellen, gefasst hatte und auf einem gemieteten Kahn mit Erlaubnis der Gemeinde im Fluss fischte. Doch hatte er an die Genossenschaft der Fischhändler fünfzig Gulden bezahlt. Was er von seinen Fischen nicht aß; verkaufte er, und er legte sich bei diesem Beruf einen dickeren Wanst und einen kleinen Sack voll Karlsgulden zu.

Als er seinen Freund und Kameraden Ulenspiegel am Ufer der Maas auf die Stadt zukommen sah, legte er seinen Kahn an, kletterte prustend die Uferböschung hinauf und ging Ulenspiegel entgegen. Stammelnd vor Freude sagte er: »Da bist du also, mein Sohn, Sohn in

Gott, mein Bauchgewölbe könnte zwei von deiner Art tragen.

Wohin gehst du? Was hast du vor? Du bist also nicht tot? Hast du meine Frau gesehen? Du wirst Maasfische essen, die besten, die es auf dieser schlechten Welt gibt, hierzulande werden Soßen gemacht, dass man seine Finger bis zur Schulter hinauf aufessen möchte. Du bist stolz und erhaben, weil deine Wangen im Sonnenbrand der Schlachtfelder gebräunt sind. Du bist also da, mein Sohn, mein Freund Ulenspiegel, du lustiger Vagabund!«

Dann fragte er leise: »Wie viel Spanier hast du getötet? Hast du in ihren Karren voll Huren nicht meine Frau gesehen? Du wirst vom Maaswein trinken, der den Verstopften so köstliche Dienste leistet. Bist du verwundet, mein Sohn? Nun bleibst du hier, frisch, munter und fröhlich wie ein junger Adler. Und die Aale, die wirst du dir munden lassen. Sie haben keinen sumpfigen Geschmack. Küsse mich, mein Dickwanst! Gott sei Dank für mein Glück!«

Und Lamme tanzte, sprang und schnaufte und zwang auch Ulenspiegel zu tanzen.

Dann gingen sie nach Namur. Am Stadttor zeigte Ulenspiegel seinen vom Herzog unterschriebenen Pass vor, und Lamme führte ihn in sein Haus. Während er das Mahl zubereitete, ließ er ihn seine Abenteuer erzählen und berichtete auch von denen, die er selbst erlebt hatte, nachdem er, wie er sagte, die Armee verlassen hatte, um einem Mädchen zu folgen, das er für seine Frau gehalten hatte. Bei dieser Verfolgung sei er bis Namur gekommen. Und immer wiederholte er: »Hast du sie nicht gesehen?«

»Ich habe andere sehr schöne Mädchen gesehen«, antwortete Ulenspiegel, »insbesondere in dieser Stadt, wo sie alle liebesfreudig sind.« »In der Tat«, sagte Lamme, »man hat mich hundertmal haben wollen, aber ich habe in Treue widerstanden, denn mein wundes Herz ist schwer von der einen Erinnerung.« »Wie dein Wanst von ungezählten Gerichten«, sagte Ulenspiegel. Lamme sagte: »Wenn ich bekümmert bin, muss ich essen.« »Dein Kummer ist nicht zu lindern?«, fragte Ulenspiegel. »Ach ja«, sagte Lamme und zog eine Forelle aus einem Bottich, »sieh, die ist schön und fest, und ihr Fleisch ist rosig wie das meiner Frau. Morgen werden wir Namur verlassen, ich habe ein Beutelchen voll Gulden, da werden wir uns jeder einen Esel kaufen und gen Flandern traben.« »Dadurch wirst du aber viel verlieren«, sagte Ulenspiegel. »Mein Herz zieht mich nach Damme«, erwiderte Lamme, »nach dem Ort, an dem sie mich so sehr geliebt hat, vielleicht ist sie dorthin zurückgekehrt.« »Wir werden morgen aufbrechen, da du es so willst.«

Und in der Tat verließen sie am nächsten Tag, auf Eseln nebeneinander reitend, Namur.

XVIII

Es wehte ein scharfer Wind, die Sonne, die am Morgen in jugendlicher Frische gestrahlt hatte, wurde grau wie ein Greis, und ein kühler Sprühregen ging nieder, der nicht enden zu wollen schien. Ulenspiegel schüttelte sich und sagte: »Der Himmel, der soviel Dünste trinkt, muss sich hin und wieder erleichtern.«

Nun wurde der Regen, der auf die beiden Kameraden herabstürzte, noch dichter, und Lamme seufzte: »Wir wurden ja schon gut gewaschen, müssen wir jetzt auch noch abgespült werden?« Die Sonne tauchte wieder auf, und die beiden ritten munter dahin. Auf einmal ging noch ein Regenguss nieder, der noch dichter und gewaltiger war, sodass er die trockenen Äste der Bäume wie ein Regen von Messern abschlug. Lamme sagte: »O weh! Meine arme Frau! Wo bist du, gutes Feuer, wo seid ihr, süße Küsse und fette Suppen?« und er weinte, der dicke Mann.

Aber Ulenspiegel sagte: »Warum klagen wir, da wir all diese Leiden doch selbst heraufbeschworen haben? Es regnet auf unsere Schultern, aber aus diesem Regen im Dezember wird im Mai der Klee, und die Rinder werden vor Freude brüllen. Wir sind ohne Obdach, aber warum heiraten wir nicht? Ich für meine Person wollte es der kleinen Nele sagen, die mir jetzt ein köstliches Schmorfleisch bereiten würde. Trotz des Wassers, das vom Himmel niederstürzt, sind wir durstig, warum sind wir aber auch nicht Handwerker geworden, die bei ihrem Beruf bleiben? Die es zum Meister gebracht haben, haben in ihren Kellern Tonnen voll Bruinbier.«

Die Asche Claesens schlug an seinem Herzen, der Himmel hellte sich auf, die Sonne schien, und Ulenspiegel sagte: »Frau Sonne, dank sei dir, dass du uns die Brust erwärmest, Asche Claesens, du erwärmst mir das Herz und flüsterst mir zu, dass die gesegnet sind, die für die Befreiung des Landes unserer Väter ausgezogen sind!«

»Ich habe Hunger«, sagte Lamme.

XIX

Sie betraten eine Herberge, wo man ihnen in einem großen Saal zu essen gab.

Ulenspiegel öffnete die Fenster und sah da einen Garten, in dem ein freundliches Mädchen spazierenging, das eine liebliche Haut, runde Brüste und goldblondes Haar hatte; ihre Kleidung bestand nur aus einem Rock, einem Jäckchen aus weißem Leinen und aus einer schwarzen zerlöcherten Schürze.

Auf Stricken waren Hemden und andere Frauenwäsche zum Bleichen aufgehängt. Das Mädchen wandte sich zu Ulenspiegel um, nahm die Hemden von den Stricken und hängte sie wieder auf; sie sah ihn lächelnd an, setzte sich auf die Wäscheleinen und schaukelte sich an den zusammengeknüpften Enden.

In der Nachbarschaft hörte Ulenspiegel einen Hahn krähen und sah eine Amme, die mit einem Kind spielte, sie wandte dem Kind das Köpfchen einem Manne zu, der danebenstand, und sagte: »Boelkin, richte deine kleinen Augen doch auf Papa.« Das Kind weinte, und das liebliche Mädchen fuhr fort, im Garten auf und ab zu gehen und die Wäsche abzunehmen und wieder aufzuhängen.

»Das ist eine Spionin«, sagte Lamme.

Das Mädchen legte die Hände über die Augen und sah Ulenspiegel durch die Finger hindurch lächelnd an.

Dann legte sie die Hände über ihre Brüste, hob und senkte sie und schaukelte sich von Neuem, ohne dass ihre Füße den Boden berührten.

Die Wäsche verhaspelte sich, und das Mädchen musste sich wie ein Kreisel drehen, um sie wieder in Ordnung zu bringen. Dabei sah Ulenspiegel im bleichen Sonnenlicht ihre nackten, runden Arme bis zu den weißen Schultern hinauf. Während sie sich so drehte, sah sie ihn immerzu an und lächelte. Er verließ das Haus, um zu ihr zu gehen, und Lamme folgte ihm. An der Hecke des Gartens suchte er nach einer Öffnung, um durchzuschlüpfen, fand aber keine. Als das Mädchen diese listigen Vorbereitungen merkte, lächelte sie ihm von Neuem zwischen ihren Fingern hindurch zu.

Ulenspiegel bemühte sich, durch die Hecke durchzudringen, doch Lamme hielt ihn zurück und sagte: »Geh nicht zu ihr, sie ist eine Spionin, wir werden verbrannt werden!« Das Mädchen promenierte weiter im Garten, bedeckte ihr Gesicht mit der Schürze und hielt durch die Löcher hindurch Ausschau, ob ihr Freund von des Zufalls Gnaden nicht bald käme.

Ulenspiegel nahm einen Anlauf, um über die Hecke zu springen, wurde aber von Lamme zurückgehalten, der ihn am Bein fasste und zu Fall brachte. »Strick, Schwert und Galgen«, sagte er, »sie ist eine Spionin, geh nicht zu ihr!« Ulenspiegel saß am Boden und sträubte sich gegen Lamme. Das Mädchen streckte den Kopf über die Hecke und rief: »Gott befohlen, dass Amor Euch nicht im Stich lasse, Eure Langweiligkeit!« Und er hörte ein schallendes Spottgelächter.

»Ach!«, sagte er, »das sticht mich in die Ohren wie ein Bündel Stecknadeln!« Dann wurde eine Tür lärmend zugeschlagen, und Ulenspiegel versank in Melancholie.

Lamme, der ihn noch immer festhielt, sagte zu ihm: »Du vergegenwärtigst dir die süßen Schätze der Schönheit, die nun zu deiner Schande für dich verloren sind. Das ist eine Spionin. Wenn du fällst, so fällst du tief. Ich platze noch vor Lachen.«

Ulenspiegel sagte kein Wort, und beide bestiegen wieder ihre Esel.

XX

So zogen sie dahin auf ihren Eseln und ließen die Beine zu beiden Seiten herunterhängen. Lamme kaute seine letzte Mahlzeit wieder und sog fröhlich die frische Luft ein.

Plötzlich versetzte ihm Ulenspiegel einen Peitschenhieb aufs Gesäß, das sich schön und rund vom Sattel abhob. »Was machst du da?«, schrie Lamme kläglich. »Was denn?«, fragte Ulenspiegel. »Was sollte dieser Peitschenschlag?«, fragte Lamme. »Welcher Peitschenschlag?« »Der, den ich von dir bekommen habe«, erwiderte Lamme. »Auf die linke Seite?«, fragte Ulenspiegel. »Ja, auf die linke Seite meines Gesäßes. Warum tust du das, du schändlicher Taugenichts?« »Aus Unwissenheit«, antwortete Ulenspiegel, »ich weiß sehr gut, was eine Peitsche ist, und ich weiß ebenso gut, was ein Gesäß auf der schmalen Fläche eines Sattels ist. Als ich es nun so breit, aufgedunsen, gespannt und den Sattel überquellend sah, sagte ich mir: Wenn man es mit dem Finger nicht kneifen kann, so wird es ein Streich mit dem Peitschenende noch viel weniger kneifen können. Ich habe mich aber geirrt.«

Lamme lachte über diese Rede, und Ulenspiegel fuhr gleicherweise fort: »Aber ich bin nicht der Einzige auf dieser Welt, der aus Unwissenheit sündigt, und es gibt mehr als einen Meister der Dummheit, der sein Fett auf dem Sattel eines Esels zur Schau stellt und der mich übertreffen könnte, wenn sich meine Peitsche an deinem Gesäß versündigt hat, so hast du dich noch viel schwerer an meinen Beinen versündigt, indem du mich verhindertest, dem Mädchen nachzulaufen, das mir aus seinem Garten zublinzelte.«

»Rabenbraten!«, sagte Lamme, »das war also eine Rache?«

»Eine ganz kleine«, antwortete Ulenspiegel.

XXI

Die bekümmerte Nele lebte einsam in Damme mit Katheline, die nach dem geliebten kalten Teufel rief, der aber nicht kommen wollte. »Ach!«, sagte sie, »du bist reich, Hanske, mein Liebling, und könntest mir die siebenhundert Karlsgulden wiederbringen, dann käme Soetkin lebend auf die Erde zurück, und Claes lachte im Himmel; du könntest es wohl tun. – Nehmt das Feuer weg, die Seele will entfliehn, macht ein Loch, die Seele will entfliehen!« Und sie zeigte immer mit dem Finger auf die Stelle, an der die Perücke gebrannt hatte.

Katheline war sehr arm, aber Nachbarn halfen ihr, ihren Mitteln entsprechend, mit Bohnen, Brot und Fleisch aus, und die Gemeinde gab ihr etwas Geld. Nele nähte Kleider für die reichen Bürgersfrauen und ging zu ihnen, um ihnen die Wäsche zu plätten; so verdiente sie einen Gulden in der Woche.

Und Katheline sagte immerzu: »Machet ein Loch, nehmt mir meine Seele! Sie klopft, weil sie hinaus will. Er wird die siebenhundert Karlsgulden wiederbringen!«

Und Nele weinte, wenn sie das hörte.

XXII

Indessen betraten Ulenspiegel und Lamme, mit ihren Pässen ausgestattet, eine kleine Herberge, die an die Uferfelsen der Sambre gelehnt war, deren Kuppen an einzelnen Stellen bewachsen waren. Auf dem Schild stand geschrieben: Chez Marlaire.

Nachdem sie manche Flasche Maaswein getrunken und eine hübsche Anzahl Fische gegessen hatten, plauderten sie mit dem Wirt, einem Papisten von höchster Vollendung, der durch den Wein, den er getrunken hatte, schwatzhaft geworden war wie eine Elster und ohne Unterlass schalkhaft mit den Augen blinzelte, Ulenspiegel witterte hinter dem Blinzeln etwas Absonderliches und ließ den Wirt noch so viel trinken, dass er zu tanzen begann, in schallendes Gelächter ausbrach und sich mit folgenden Worten an den Tisch setzte: »Gute Katholiken, ich trinke euch zu.« »Wir trinken auch dir zu«, antworteten Lamme und Ulenspiegel. »Auf das Erlöschen aller Rebellen- und Ketzerpest!« »Darauf trinken wir«, sagten Lamme und Ulenspiegel und füllten den Becher des Wirts, der ihn nie voll sehen wollte, immer von Neuem.

»Ihr seid Biedermänner«, sagte er, »ich trinke auf eure Großmütigkeit, denn ich verdiene an dem getrunkenen Wein. – Wo sind eure Pässe!« »Hier sind sie«, antwortete Ulenspiegel. »Vom Herzog unterzeichnet«, sagte der Wirt, »ich trinke auf den Herzog!« »Wir trinken auf das Wohl des Herzogs«, erwiderten Lamme und Ulenspiegel.

Der Wirt setzte seine Rede fort: »Worin fängt man Ratten, Mäuse und Maulwürfe? In Rattenfallen, Mausefallen und Maulwurfsfallen. Wer ist der Maulwurf? Das ist der große Ketzer, dessen Name allein schon brennt wie das Höllenfeuer: Oranien. Gott ist mit uns! Sie werden uns in die Fallen gehen. Heda! Zu trinken! Gieße ein, ich glühe, ich brenne. Zu trinken! Drei schöne kleine Reformiertenprädikanten ... Ich sagte kleine ... schöne, kleine, tapfere, starke Soldaten wie aus Eichenholz ... Zu trinken! Geht ihr nicht mit ihnen ins Lager des großen Ketzers? Ich habe von ihm unterschriebene Pässe! ... Ihr werdet sie am Werk sehen.«

»Wir gehen ins Lager«, sagte Ulenspiegel.

»Sie werden's schon gut machen«, sagte der Wirt, »des Nachts, wenn sich die Gelegenheit bietet, da wird Stahlwind die Amsel Nassau am Weitersingen verhindern.« – Bei diesen Worten ahmte er pfeifend die Geste eines Mannes nach, der einen anderen erwürgt. – »Zu trinken, holla! Zu trinken!« »Du bist lustig, obgleich du verheiratet bist«, sagte Ulenspiegel. Der Wirt entgegnete: »Ich bin es nicht und war es nie. Ich bewahre die Ge-

heimnisse der Fürsten! – Zu trinken! – Meine Frau würde sie mir unter dem Kopfkissen hervorstehlen, um
mich an den Galgen zu bringen und früher Witwe zu
sein, als die Natur will. Gott sei gelobt, sie werden uns in
die Falle gehen ... Wo sind die neuen Pässe? An meinem
christlichen Herzen. Trinken wir! Sie sind da, da, dreihundert Schritte von hier, auf der Straße bei Marche-les-
Dames. Seht ihr sie? Lasst uns trinken!«

»Trink!«, sagte Ulenspiegel, »trink! Ich trinke auf den
König, den Herzog, die Prädikanten und auf Stahlwind,
ich trinke auf dich, auf mich, auf den Wein und auf die
Flasche! Aber du trinkst nicht.« Und bei jedem »Prost«
füllte Ulenspiegel dem Wirt das Glas, das der leerte.
Ulenspiegel beobachtete ihn eine Zeit lang, erhob sich
dann und sagte: »Er schläft, machen wir uns auf, Lamme.«

Als sie die Herberge verlassen hatten, sagte er: »Er hat
keine Frau, die uns verrät ... Die Nacht bricht herein ...
Du hast doch wohl verstanden, was dieser Taugenichts
gesagt hat, und weißt doch, wer die drei Prädikanten
sind?« »Ja«, sagte Lamme. »Dann weißt du auch, dass
sie von Marche-les-Dames die Maas entlangkommen
und dass wir gut daran tun werden, sie auf dem Weg zu
erwarten, noch ehe Stahlwind pfeift.« »Ja«, sagte Lamme. »Wir müssen dem Fürsten das Leben retten«, sagte
Ulenspiegel. »Ja«, sagte Lamme. »Da, nimm meine
Arkebuse«, sagte Ulenspiegel, »zieh dich in das Gebüsch
zwischen den Felsen zurück, lade zwei Kugeln und
schieße, wenn ich wie ein Rabe krächze.« »Ich will es
tun«, sagte Lamme und verschwand im Gebüsch, bald

darauf hörte Ulenspiegel das Knacken des Rades der Arkebuse.

»Siehst du sie kommen?«, fragte er. »Ich sehe sie«, sagte Lamme, »es sind drei, die wie Soldaten marschieren, einer überragt die anderen um Kopfeslänge.« Ulenspiegel setzte sich auf den Wegrand, klemmte seine Kappe zwischen die Knie und murmelte nach Art der Bettler seine Gebete mit einem Rosenkranz. Als die drei Prädikanten vorbeikamen, hielt er ihnen seine Mütze entgegen, aber sie warfen ihm nichts hinein. Da erhob sich Ulenspiegel und sagte mit kläglicher Stimme: »Meine guten Herren, verweigert einem armen Steinhauer, der die Lenden brach, als er unlängst in eine Mine stürzte, nicht einen Patard. Die Leute dieses Landes sind hart und wollten mir nichts geben, um mein trauriges Missgeschick zu mildern. Ach, gebt mir einen Patard, und ich werde für euch beten, und Gott wird euch euer Leben lang Freuden gewähren, Eure Herrlichkeiten!«

»Mein Sohn«, sagte der eine der Prädikanten, ein stämmiger Mann, »auf dieser Welt gibt es für uns keine Freuden, solange der Papst und die Inquisition herrschen.« Ulenspiegel seufzte gleichfalls und sagte: »Ach! Was sagt ihr da, meine edlen Herren? Sprecht leise, Euer Gnaden, wenn's beliebt. Aber gebt mir einen Patard!« »Mein Sohn«, sagte ein kleiner Prädikant mit einer kriegerischen Fratze, »wir armen Märtyrer haben nur so viele Patards, wie wir brauchen, um uns unterwegs zu ernähren.« Ulenspiegel warf sich auf die Knie und sagte: »Segnet mich!« Die drei Prädikanten streckten die Hände ganz ohne Ehrfurcht über Ulenspiegels Kopf aus. Er bemerkte, dass sie mager waren und dennoch mächtige

Wänste hatten, er erhob sich, tat so, als ob er stürze, und schlug mit der Stirn auf den Wanst des hochgewachsenen Prädikanten, da hörte er das fröhliche Geklimper von Münzen.

Dann richtete er sich wieder auf, zog sein Kurzschwert und sagte: »Meine Väter! Mir ist kühl, ich habe nur wenig anzuziehen, ihr habt zu viel. Gebt mir etwas von eurer Wolle, damit ich mir einen Mantel daraus schneidern kann. Ich bin Geuse. Heil den Geusen!« Der große Prädikant antwortete: »Du Geusenhahn, du trägst den Kamm zu hoch, wir wollen ihn dir abschneiden!« »Abschneiden!«, sagte Ulenspiegel, indem er zurücksprang, »aber Stahlwind wird für euch früher pfeifen als für den Fürsten. Geuse bin ich, es leben die Geusen!«

Die drei Prädikanten sagten bestürzt zueinander: »Woher weiß er das? Wir sind verraten! Töten wir ihn! Es lebe die Messe!« Und sie zogen aus dem Futter ihrer Hosen gute, wohlgeschliffene Kurzschwerter heraus. Aber Ulenspiegel wartete nicht auf sie, sondern sprang nach der Seite des Gestrüpps zurück, in dem sich Lamme verborgen hielt. Als er meinte, dass die Prädikanten in Schussweite seien, rief er: »Raben, schwarze Raben, Bleiwind will pfeifen. Ich singe euch, dass ihr zerschmettert werdet!« Und er krächzte.

Ein Schuss aus der Arkebuse, der aus dem Gestrüpp kam, ließ den größten der Prädikanten mit dem Gesicht vorn zur Erde stürzen; ein zweiter Schuss folgte dem ersten und streckte einen anderen der drei Prädikanten auf die Straße. Und Ulenspiegel sah zwischen den Zweigen des Gestrüpps das gute Vollmondgesicht Lammes und seinen erhobenen Arm, mit dem er die

Arkebuse hastig wieder lud. Ein blauer Rauch stieg über dem schwarzen Gestrüpp auf.

Der dritte Prädikant strengte sich in grimmigstem Zorn an, Ulenspiegel den Kopf abzuschlagen. Der aber sagte: »Stahlwind oder Bleiwind, du wirst in dieser Welt verenden, um in eine andre einzugehen, du niederträchtiger Handlanger der Mörder!« Und er griff ihn an und verteidigte sich tapfer. Und sie standen Angesicht gegen Angesicht gereckt auf dem Weg und teilten Streiche aus und empfingen welche.

Ulenspiegel war blutüberströmt, denn sein Gegner, ein gewandter Soldat, hatte ihn am Kopf und an einem Bein verwundet. Aber er kämpfte und verteidigte sich wie ein Löwe. Das Blut, das ihm vom Kopf rann, blendete ihn; er sprang in großen Sätzen auf den Gegner los und wischte sich das Blut mit der Linken ab. Doch er fühlte sich schwächer werden und wäre getötet worden, wenn Lamme nicht auf den Prädikanten geschossen und ihn zu Fall gebracht hätte.

Und Ulenspiegel sah ihn Blut und Todesschaum ausspeien und hörte ihn fluchen. Und über dem dunklen Gestrüpp, in dem sich Lammes gutes Mondgesicht wieder zeigte, stieg der blaue Rauch auf.

»Ist das zu Ende?«, fragte er. »Ja, mein Sohn«, antwortete Ulenspiegel, »aber komm ...«

Lamme verließ sein Versteck und sah, dass Ulenspiegel über und über mit Blut bedeckt war. Trotz seinem Wanst lief er wie ein Hirsch auf Ulenspiegel zu und setzte sich neben die getöteten Prädikanten auf die Erde. »Er ist verwundet«, sagte er, »mein süßer Freund, verwundet von diesem mörderischen Tunichtgut.« Und durch einen Tritt mit dem Schuhabsatz brach er dem zunächstliegenden Prädikanten die Zähne.

»Antwortest du nicht, Ulenspiegel? Willst du sterben, mein Sohn? Wo ist denn dieser Balsam? Ha, auf dem Boden seiner Speisentasche, unter den Würsten. Ulenspiegel, hörst du mich nicht? Ach, ich habe kein warmes Wasser, um deine Wunde zu waschen, noch eine Möglichkeit, es zu bekommen. Aber das Wasser der Sambre wird auch hinreichen. Sprich zu mir, mein Freund! Immerhin bist du nicht allzu schwer verwundet. Ein bisschen Wasser, da, das ist angenehm kühl, nicht wahr? Er erwacht! Das bin ich, mein Sohn, dein Freund! Sie sind alle tot! Leinwand! Leinwand, um seine Wunden zu verbinden! Es ist keine da. Also mein Hemd her.«

Er zog sich aus und fuhr in seiner Rede fort: »In Stücke mit dem Hemd! Das Blut hört auf zu fließen! Mein Freund wird nicht sterben. Ha! Das macht den nackten Rücken kalt, bei dieser rauen Luft! Kleiden wir uns wieder an. Er wird nicht sterben. Ich bin's, Ulenspiegel, ich, dein Freund Lamme. Er lächelt. Ich werde die Mörder ausziehen. Sie haben Wänste aus Gulden. Goldene Gedärme aus Karlsgulden, Cruzados, Talern, Patards und Briefen! Wir sind reich. Mehr als dreihundert Karlsgulden, die wir teilen. Wir nehmen die Waffen und das Geld. Stahlwind wird unserem Herrn nicht mehr pfeifen.«

Ulenspiegel erhob sich mit vor Kälte klappernden Zähnen. »Da stehst du ja!«, sagte Lamme. »Die Kraft des Balsams«, sagte Ulenspiegel.

Dann hoben sie die Leichen der drei Prädikanten eine nach der andern auf und warfen sie in ein Loch zwischen den Felsen, sie ließen ihnen die Waffen und die Kleider, ausgenommen die Mäntel. Und die Raben, die ihrer Mahlzeit harrten, umkreisten sie krächzend am Himmel. Die Sambre floss unter dem grauen Himmel wie ein Fluss von Stahl dahin. Schnee fiel und wusch das Blut ab. Dennoch waren sie betrübt, und Lamme sagte: »Ich töte lieber ein Huhn als einen Menschen.« Dann bestiegen sie wieder ihre Esel.

Als sie vor die Tore von Huy kamen, blutete Ulenspiegel noch immer; sie taten so, als wären sie in Streit geraten, stiegen von ihren Eseln und fochten mit ihren Kurzschwertern in anscheinend grimmigem Zorn; nachdem sie den Kampf beendet hatten, stiegen sie wieder in ihre Sättel und ritten, nachdem sie am Stadttor ihre Pässe vorgezeigt hatten, in Huy ein.

Als die Frauen Ulenspiegel verwundet und blutig sahen, während Lamme auf seinem Esel den Sieger mimte, warfen sie Ulenspiegel Blicke voll zärtlichen Mitleids zu, zeigten Lamme die Fäuste und sagten: »Der ist ein Nichtsnutz, der seinen Freund verwundet hat.«

Lamme war beunruhigt und suchte nur, ob er unter ihnen nicht seine Frau fände. Er suchte vergebens und versank in Traurigkeit.

XXIII

»Wohin gehen wir?«, fragte Lamme. »Nach Maastricht«, antwortete Ulenspiegel. »Aber, mein Sohn, man sagt, dass die Armee des Herzogs rund um die Stadt gelagert ist und dass er sich selbst in der Stadt befindet. Unsere Pässe reichen nicht hin. Wenn die spanischen Soldaten sie auch gut finden, werden wir nicht wenigstens in der Stadt aufgehalten und ausgefragt werden? Inzwischen werden sie von dem Tod der Prädikanten erfahren und werden unserem Leben ein Ende machen.«

Ulenspiegel antwortete: »Die Raben, Eulen und Geier werden ihr Fleisch bald aufgefressen haben, ihre Gesichter sind ohne Zweifel schon unkenntlich. Was unsere Pässe betrifft, so könnten sie wohl genügen, wenn man aber von dem Mord erführe, so würden wir, wie du sagst, am Kragen gefasst werden. Dennoch müssen wir auf dem Weg über Landen nach Maastricht gehen.«

»Sie werden uns henken!«, sagte Lamme. »Wir werden durchkommen«, sagte Ulenspiegel.

So plaudernd, kamen sie vor die Herberge »Zum Schecken«, wo sie eine gute Mahlzeit, ein bequemes Lager und Heu für ihre Esel fanden. Am nächsten Tag machten sie sich auf den Weg nach Landen. Als sie vor der Stadt an einem großen Bauernhof vorbeikamen, pfiff Ulenspiegel wie eine Lerche, und alsogleich antwortete ihm aus dem Innern des Hauses das kriegerische Krähen des Hahnes. Ein Pächter mit vertrauenswürdigem Gesicht erschien auf der Schwelle des Hauses und sagte zu beiden: »Freunde und Freie, es lebe der Geuse! Tretet hier ein.«

»Wer ist das?«, fragte Lamme. Ulenspiegel antwortete: »Thomas Utenhove, der tapfere Reformierte, seine Knechte und Mägde arbeiten wie er für die Befreiung des Gewissens.«

Nun sagte Utenhove: »Ihr seid die Gesandten des Prinzen, esset und trinket.« Und Schinken und Würste begannen in der Pfanne zu brutzeln, der Wein floss, und die Gläser füllten sich. Und Lamme begann wie trockener Sand zu trinken und aß nach Herzenslust. Die Burschen und Mädchen des Hofes steckten der Reihe nach die Nase durch die Tür, um seine Kiefer arbeiten zu sehen. Die Männer waren auf ihn eifersüchtig und sagten, sie könnten es auch so gut wie er.

Nachdem das Mahl beendet war, sagte Thomas Utenhove: »Hundert Bauern werden unter dem Vorwand, an dem Damm arbeiten zu wollen, in dieser Woche von hier nach Brügge und Umgebung gehen. Sie werden in Trupps von fünf bis sechs Mann auf verschiedenen Wegen reisen. In Brügge werden Barken sein, um sie nach Emden und ans Meer zu bringen.« »Werden sie mit Waffen und Geld versehen sein?«, fragte Ulenspiegel. »Jeder wird zehn Gulden und ein großes Dolchmesser haben.« »Gott und der Prinz werden dich belohnen«, sagte Ulenspiegel. »Über die Belohnung mache ich mir keine Sorgen«, antwortete Thomas Utenhove.

»Wie macht Ihr es«, fragte Lamme, während er an einer großen Schwarzwurst kaute, »wie macht Ihr es, mein Herr Wirt, dass Ihr ein so wohlduftendes, saftiges Gericht bereitet, das so köstliches Fett enthält?« »Indem wir Zimt und Katzenkraut dareintun«, sagte der Wirt.

Dann wandte er sich an Ulenspiegel und fragte: »Ist Edzard, Graf von Friesland, noch immer der Freund des Prinzen?« Ulenspiegel antwortete: »Offen nicht, doch gewährt er seinen Schiffen in Emden Zuflucht. Wir wollen«, fügte er hinzu, »nach Maastricht gehen.« »Das wirst du nicht können«, sagte der Wirt, »denn die Armee des Herzogs ist teils rund um die Stadt gelagert, teils in der Stadt selbst.« Dann führte er sie auf den Dachboden und zeigte ihnen in der Ferne die Fahnen und Standarten der Reiter und Fußtruppen, die durch die Ebene ritten und marschierten. Ulenspiegel sagte: »Ich werde hindurchkommen, wenn Ihr, der Ihr hier mächtig seid, mir die Erlaubnis gebt, mich zu verheiraten. Was die Frau anbelangt, so muss sie anmutig, sanft und schön sein und muss mich zum Gatten nehmen wollen, wenn auch nicht für immer, so doch wenigstens für eine Woche.«

Lamme seufzte und sagte: »Tu das nicht, mein Sohn, sie wird dich allein lassen, und das Feuer der Liebe wird dich verzehren. Dein Bett, in dem du so ruhig schläfst, wird wie eine Matratze von Stechpalmen sein, die dich des süßen Schlummers beraubt.« »Ich werde eine Frau nehmen«, erwiderte Ulenspiegel. Und Lamme, der nichts mehr auf dem Tisch fand, war tief betrübt. Immerhin hatte er noch einige Kastanien in einem Teller entdeckt und knackte sie nun trübselig auf.

Ulenspiegel sagte zu Thomas Utenhove: »Ihr habt mir zu trinken gegeben, gebt mir jetzt auch eine Frau, arm oder reich. Ich will mit ihr in die Kirche gehen und die Ehe durch den Pfarrer segnen lassen. Dieser wird uns einen Eheschein geben, der ungültig ist, weil er von einem papistischen Inquisitor ausgestellt ist. Wir werden vorgeben, sehr gute Christen zu sein, die gebeichtet und kommuniziert und ein frommes Leben geführt haben, indem sie den Geboten unserer heiligen römischen Mutter-Kirche gehorchten, die ihre Kinder verbrennt, so werden wir uns die Segnungen unseres Heiligen Vaters, des Papstes, der himmlischen und irdischen Heere, der Heiligen beiderlei Geschlechts, der Dechanten, Pfarrer, Mönche, Söldner, Häscher und der anderen Lumpenkerle verdienen. Mit besagtem Zertifikat versehen, werden wir die Vorbereitungen für die übliche Hochzeitsreise treffen.«

»Und die Frau?«, fragte Thomas Utenhove.

»Du wirst sie mir ausfindig machen«, antwortete Ulenspiegel; »ich nehme dann zwei Karren, schmücke sie mit Blüten und Girlanden aus Tannenzweigen, mit Stechpalmen und Papierblumen und lasse einige Biedermänner darin Platz nehmen, die du zum Prinzen schicken willst.«

»Aber die Frau«, sagte Thomas Utenhove.

»Sie ist ohne Zweifel da«, antwortete Ulenspiegel und fuhr in seiner Rede fort: »An einen der Karren spanne ich zwei deiner Pferde, an den anderen unsere beiden Esel. In den ersten Karren setze ich meine Frau und mich, meinen Freund Lamme und die Trauzeugen; in den zweiten die Trommler, Pfeifer und Schalmeibläser. Dann fahren wir, die fröhlichen Banner der Hochzeit tragend, trommelnd, singend und trinkend in raschem Trab auf der Landstraße dahin, die uns entweder zum Galgen-Veld oder in die Freiheit führt.«

»Ich werde dir behilflich sein«, sagte Thomas Utenhove, »aber die Frauen und Mädchen werden ihren Männern folgen wollen.«

»Wir gehen unter Gottes Schutz«, sagte ein anmutiges Mädchen, das den Kopf zur Tür hereinsteckte.

»Wenn es nötig ist, werden vier Karren zur Stelle sein«, sagte Thomas Utenhove, »so werden wir mehr als fünfundzwanzig Menschen durchbringen.« »Und der Herzog wird der Angeführte sein«, sagte Ulenspiegel. »Und die Flotte des Prinzen wird von einigen guten Soldaten mehr bedient sein«, sagte Thomas Utenhove.

Nun ließ er durch das Läuten einer Glocke seine Knechte und Mägde zusammenrufen und sagte zu ihnen: »Ihr alle, Männer und Frauen, die ihr aus Zeeland seid, höret: Ulenspiegel, dieser hier anwesende Flame, will, dass ihr, hochzeitlich gekleidet, durch die Armee des Herzogs fahrt.«

Die Männer und Frauen aus Zeeland riefen gleichzeitig: »Das ist mit Todesgefahr verbunden, aber wir wollen's tun!« Und die Männer sagten zueinander: »Es ist uns eine Freude, das Land der Sklaverei zu verlassen und auf das freie Meer hinauszuziehen. Wenn Gott dafür ist – wer wird dagegen sein?« Die Frauen und Mädchen sagten: »Wir folgen unseren Gatten und Freunden. Wir sind aus Zeeland und werden dort schon ein Unterkommen finden.«

Ulenspiegel fasste ein junges, anmutiges Mädchen ins Auge und sagte scherzend zu ihr: »Ich will dich heiraten.« Sie errötete und antwortete: »Aber nur für die Kirche.«

Die Frauen sagten lachend zueinander: »Ihr Herz zieht sie zu Hans Utenhove, dem Sohn des Herrn. Er geht ohne Zweifel mit ihr.« »Ja«, sagte Hans. Und der Vater sprach zu ihm: »Du darfst es tun.«

Die Männer legten ihre Festkleider an, samtene Wämser und Hosen und den großen Überrock, und setzten die breiten Kappen auf, die gegen Sonne und Regen schützen. Die Frauen zogen lange, schwarze Hosen und geschlitzte Schuhe an, an der Stirn trugen sie, links die Mädchen und rechts die verheirateten Frauen, den großen goldenen Kopfschmuck, um den Hals hatten sie die frische, weiße Krause, darunter den in Gold, Scharlachrot und Blau gestickten Brustlatz, sie trugen Röcke aus schwarzer Wolle mit breiten Sammetstreifen von gleicher Farbe, Strümpfe aus schwarzer Wolle und Schuhe mit Silberschnallen.

Nun ging Thomas Utenhove in die Kirche, um den Priester zu bitten, dass er unverzüglich für zwei Reichstaler Thylbert, den Sohn des Claes, und Tannekin Pieters einander antraue, der Pfarrer war es zufrieden.

Ulenspiegel ging nun, von der ganzen Hochzeitsgesellschaft gefolgt, in die Kirche und heiratete da vor dem Altar die Tannekin, die so schön und anmutig war und so weiche, feine Haut hatte, dass er am liebsten in ihre Wangen gebissen hätte wie in einen Apfel der Liebe. Er sagte es ihr, wagte aber nicht, es zu tun, weil er vor ihrer süßen Schönheit zu viel Ehrfurcht empfand. Sie schmollte und sagte: »Lasst mich, dort ist Hans, der Euch ansieht, als wollte er Euch töten.« Und ein eifersüchtiges Mädchen sagte: »Such dir doch eine andere, siehst du denn nicht, dass sie vor ihrem Mann Angst hat?«

Lamme rieb sich die Hände und rief: »Du wirst nicht alle bekommen, Taugenichts«, und war sehr fröhlich.

Ulenspiegel trug sein Missgeschick mit Geduld und kehrte mit der Festgesellschaft in den Hof zurück. Da trank er, sang und war guter Dinge und ließ sein Glas an dem des eifersüchtigen Mädchens klingen. Darob wurde Hans gar fröhlich, nicht aber Tannekin und der Verlobte des Mädchens.

Zu Mittag, als die Sonne hell schien und ein frischer Wind wehte, fuhren die Karren, bekränzt und mit Blumen geschmückt, mit fliegenden Fahnen beim Klang der Tamburine, Schalmeien, Pfeifen und Dudelsäcke aus dem Hof.

Im Lager Albas war ein andres Fest. Die Vorposten und Schildwachen kamen, nachdem sie Alarm geblasen hatten, einer nach dem andern zurück und sagten: »Der Feind ist nahe, wir haben Trommeln und Pfeifen gehört und die Fahnen gesehen. Es ist eine starke Reiterabteilung, die uns aus irgendeinem Hinterhalt angreifen will. Das Heer selbst ist ohne Zweifel viel weiter.« Der Herzog ließ die Feldzeugmeister, Obristen und Kapitäne verständigen, befahl, die Armee kampfbereit zu machen, und sandte dem Feind Kundschafter entgegen.

Plötzlich tauchten vier Karren auf, die geradeswegs auf die Arkebusiere zufuhren. Die Männer und Frauen tanzten in den Karren, die Flaschen gingen im Kreis herum, und fröhlich quiekten die Pfeifen, seufzten die Schalmeien, polterten die Trommeln und prusteten die Dudelsäcke. Die Hochzeitsgesellschaft wurde angehalten, Alba selbst kam auf den Lärm herbei und sah auf einem der vier Karren die Neuvermählten, Ulenspiegel saß neben seiner bekränzten Gattin, und alle Bauern und Bäuerinnen waren aus den Karren gestiegen, tanzten um ihn herum und boten den Soldaten zu trinken.

Alba und die Seinen staunten gewaltig über die Einfalt dieser Bauern, die sangen und Feste feierten, während rund um sie alles in Waffen stand.

Die in ihren Karren geblieben waren, gaben all ihren Wein den Soldaten, die sie hochleben ließen und feierten. Als der Wein in den Karren ausging, machten sich die Bauern und Bäuerinnen, ohne behelligt zu werden, beim Klang der Trommeln, Pfeifen und Dudelsäcke wieder auf den Weg. Und die Soldaten schossen ihnen zu Ehren eine Salve aus ihren Arkebusen ab.

So kamen sie nach Maastricht, wo Ulenspiegel mit den Agenten der Reformierten Unterredungen hatte, um der Flotte des Schweigers auf Schiffen Waffen und Munition zu schicken. Das gleiche taten sie in Landen und besuchten so, als Handwerker verkleidet, alle Ortschaften.

Der Herzog erfuhr von dieser Kriegslist. Man machte ein Lied auf ihn, das ihm zugesteckt wurde und dessen Refrain lautete:

>>Blutherzog, Dummkopf du,
Hast du die Braut geseh'n?<<

Und jedes Mal, wenn er seine Soldaten schlecht manövrieren ließ, sangen sie:

>>Der Herzog ist geblendet,
Er hat die Braut geseh'n.<<

XXIV

In der Zwischenzeit war König Philipp in eine wilde Trübsinnigkeit verfallen. In seinem herben Stolz bat er Gott um die Kraft, England zu besiegen, Frankreich erobern, Mailand, Genua und Venedig an sich reißen zu können und so als machtvoller Beherrscher der Meere über ganz Europa zu regieren.

Während er an diesen Triumph dachte, ging kein Lächeln über sein Gesicht, es fror ihn ohne Unterlass, Wein erwärmte ihn ebenso wenig wie das Feuer, das mit würzig duftendem Holz in dem Saale brannte, in dem er sich aufhielt. Inmitten eines Haufens von Schriften, mit denen man tausend Fässer hätte füllen können, saß er da und schrieb und grübelte über die unumschränkte Weltherrschaft nach, wie die römischen Imperatoren sie ausgeübt hatten.

Und in eifersüchtigem Hass gedachte er seines Sohnes Don Carlos, der anstelle des Herzogs von Alba nach den Niederlanden hatte gehen wollen, um, wie Philipp meinte, ohne Zweifel von dort aus zu versuchen, die Regierung an sich zu reißen. Und er betrachtete das Bild seines hässlichen Sohnes, der ein wilder und boshafter Narr war, und sein Hass wuchs. Aber er sprach nicht darüber.

Die im Dienst König Philipps und seines Sohnes Don Carlos standen, wussten nicht, welchen von den beiden sie mehr fürchten sollten: den rastlosen, mörderischen Sohn, der seinen Dienern die Wangen mit den Fingernägeln zerfetzte, oder den feigen und tückischen Vater, der sich anderer bediente, um zu schlagen und wie eine Hyäne von Leichen lebte. Die Diener erschraken, wenn sie sahen, wie sich die beiden gegenseitig umschlichen. Und sie sagten, dass es wohl bald einen Toten im Eskorial geben würde.

Wenig später erfuhren sie, dass Don Carlos wegen des Verbrechens des Hochverrates eingekerkert worden sei. Und sie wussten, dass dumpfer Kummer an seiner Seele zehrte und dass er sich im Gesicht verwundet hatte, als er sich zwischen die Stäbe seines Gefängnisses gezwängt hatte, um zu entfliehen. Und Madame Isabelle von Frankreich, seine Mutter, weinte ohne Unterlass. Aber König Philipp weinte nicht.

Es kam ihnen zu Ohren, dass man Don Carlos grüne Feigen gegeben habe und dass er am nächsten Tag gestorben sei, als ob er eingeschlafen wäre. Die Ärzte sagten: »Sobald er die Feigen gegessen hatte, stockte das Blut in seinem Kreislauf, und die Lebensfunktionen, derer die Natur bedarf, wurden unterbrochen, er konnte weder spucken noch brechen, noch auf andere Weise etwas aus seinem Körper ausscheiden. Als er verschied, schwoll sein Bauch an.«

König Philipp hörte die Totenmesse für seinen Sohn Don Carlos, ließ ihn in der Kapelle seiner königlichen Residenz begraben und setzte ihm einen Grabstein, aber er weinte nicht.

Und die Diener besprachen sich untereinander und bekrittelten die Grabschrift, die sich auf dem Stein befand und also lautete:

»HIER RUHT DER, DER NACH DEM VERZEHREN GRÜNER FEIGEN STARB, OHNE KRANK GEWESEN

ZU SEIN.«
»A qui jaze qui en para desit verdad Morio s'in infirmidad.«

Und König Philipp warf gierige Blicke auf die verheiratete Prinzessin Eboli. Er bat sie um Liebe, und sie gewährte sie ihm.

Madame Isabelle von Frankreich, von der man sagte, dass sie die Absichten Don Carlos' auf die Niederlande unterstützt habe, wurde mager und krank. Und die Haare fielen ihr in großen Büscheln aus. Sie erbrach oft, die Nägel ihrer Füße und Hände fielen ab, und endlich starb sie. Philipp weinte nicht.

Auch dem Prinzen Eboli fielen die Haare aus, er verfiel in Traurigkeit und klagte immerzu. Dann fielen auch ihm die Nägel der Hände und Füße ab. Und König Philipp ließ ihn begraben.

Er bezahlte der Witwe die Trauerzeremonien und weinte nicht.

XXV

Damals kamen in Damme etliche Frauen und Mädchen zu Nele und fragten sie, ob sie die Maibraut sein und sich mit dem Bräutigam, den man für sie ausfindig machen würde, im Gebüsch verstecken wolle. »Denn«, sagten die Frauen nicht ohne Eifersucht, »es gibt in ganz Damme und Umgebung keinen einzigen jungen Mann, der nicht dein Bräutigam sein wollte, weil du so schön, tugendhaft und munter geblieben bist, was zweifellos ein Geschenk der Hexe ist.«

»Gevatterinnen«, sagte Nele, »saget den jungen Männern, die mich begehren, Neles Herz ist nicht hier, sondern bei dem, der durch das Land der Väter streift, um es zu befreien. Und wenn ich frisch bin, wie ihr sagt, so ist das nicht ein Geschenk der Hexe, sondern die Gesundheit.«

Die Frauen antworteten: »Dennoch fällt ein Argwohn auf Katheline.« »Schenket den Worten der Bösewichte keinen Glauben«, erwiderte Nele, »Katheline ist keine Hexe. Die Herren vom Gericht haben ihr eine Perücke auf dem Kopf verbrannt, und Gott hat sie mit Irrsinn geschlagen.« Und Katheline, die in einer Ecke kauerte, wackelte mit dem Kopf und sagte: »Nehmt das Feuer weg, er wird wiederkommen, Hanske, mein Liebling.«

Die Frauen fragten, wer Hanske sei, und Nele antwortete: »Das ist der Sohn Claesens, mein Milchbruder, den sie verloren zu haben glaubt, seit Gott sie geschlagen hat.« Und die guten Frauen gaben Katheline silberne Patards. Es waren neue Münzen, sie zeigte sie einem, den niemand sah, und sagte: »Ich bin reich, reich an funkelndem Silber. Komm, Hanske, mein Liebling, ich will die Süßigkeiten meiner Liebe bezahlen.«

Die Frauen gingen fort, und Nele weinte einsam in ihrer Hütte. Sie gedachte Ulenspiegels, der durch die weiten Lande zog, in die sie ihm nicht folgen konnte, und sie betrachtete Katheline, die seufzend sprach: »Nehmt das Feuer weg!« und oft ihre Brüste mit beiden Händen fasste und dadurch bedeutete, dass ihr Kopf und ihr Leib von einem fiebrischen Feuer der Tollheit verzehrt wurde.

Währenddessen verbarg sich die Maibraut mit ihrem Bräutigam im Gebüsch. Wer eins von den beiden fand, war je nach dem Geschlecht der König oder die Königin des Festes. Nele hörte die Freudenrufe der Burschen und Mädchen, als die Maibraut am Rand eines Grabens gefunden wurde, wo sie sich zwischen den hohen Stauden verborgen hatte. Und sie weinte, als sie der süßen Zeiten gedachte, da man sie und ihren Freund Ulenspiegel gesucht hatte.

XXVI

Indessen trabten Ulenspiegel und Lamme auf ihren Eseln über die Landstraße.

»Heda, höre, Lamme«, sagte Ulenspiegel, »die Adligen der Niederlande haben aus Eifersucht auf Oranien die Sache der Verbündeten verraten, die heilige Allianz, die zum Wohle des Landes unserer Väter begründet wurde. Egmont und Hoorne waren gleichfalls Verräter und noch dazu, ohne für sich Vorteil daraus zu ziehen. Brederode ist tot, und es bleibt uns in diesem Krieg nichts zurück als das arme Volk von Brabant und Flandern, das biederer Führer harrt, um vorwärts zu stürmen, dann haben wir noch die Inseln, mein Sohn, die Inseln Zeeland und Nord-Holland, deren Gouverneur der Prinz ist, und noch weiter, draußen auf dem Meer, Edzard, den Grafen von Emden und Ostfriesland.«

»Ach!«, sagte Lamme, »ich sehe es klar: Wir pilgern zwischen Strick, Rad und Scheiterhaufen und werden, ohne die geringste Hoffnung auf eine Mahlzeit, verhungern und verdursten.«

»Wir sind erst beim Anfang«, sagte Ulenspiegel, »geruhe zu betrachten, dass alles zu unseren Annehmlichkeiten vorhanden ist, wir töten unsere Feinde und verlachen sie, wir haben den Ranzen voll Gulden und sind mit Fleisch, Bier, Wein und Branntwein wohlversehen. Was brauchen wir noch, du Federsack? Willst du, dass wir unsere Esel verkaufen und Pferde kaufen?« »Mein Sohn«, sagte Lamme, »der Gang eines Pferdes ist für einen Mann von meinem Umfang sehr hart.« »Du wirst dich so auf dein Tier setzen, wie es die Bauern machen«, erwiderte Ulenspiegel, »und da du ja als Bauer verkleidet bist und nicht wie ich einen Degen trägst, sondern nur einen Spieß, wird sich niemand über dich lustig machen.«

Lamme sagte: »Mein Sohn, bist du sicher, dass unsere Pässe uns in den kleinen Städten dienlich sein werden?« »Habe ich nicht das Zertifikat des Pfarrers«, sagte Ulenspiegel, »mit dem großen Kirchensiegel aus rotem Wachs, das an zwei Pergamentstreifen hängt, und außerdem unsere Beichtzettel? Gegen zwei so wohlgerüstete Männer vermögen die Soldaten und Häscher des Herzogs nichts. Und die schwarzen Rosenkränze, die wir zu verkaufen haben? Wir sind zwei Reiter, du ein Flame, ich ein Deutscher, die auf ausdrücklichen Befehl des Herzogs reisen, um die Ketzer dieses Landes durch den Verkauf geweihter Gegenstände zum heiligen katholischen Glauben zurückzuführen. Wir werden überall eintreten, zu den adligen Herren und in die fetten Abteien, und sie werden uns mit salbungsvoller Gastfreundschaft auszeichnen. Dabei werden wir ihre Geheimnisse auskundschaften. Leck dir die Lippen, mein süßer Freund!«

»Mein Sohn«, sagte Lamme, »wir machen da die Arbeit von Spionen.« »Nach dem Recht und Gesetz des Krieges«, entgegnete Ulenspiegel.

»Wenn sie erfahren, was mit den drei Prädikanten geschehen ist, so werden wir ohne Zweifel sterben müssen.« – Ulenspiegel sang:

> »Leben! Das schrieb ich auf mein Panier,
> Immer im Lichte wie heute.
> Von Leder ist meine erste Haut hier,
> Von Stahl ist meine zweite!«

Aber Lamme sagte seufzend: »Ich habe nur eine ganz weiche Haut, der kleinste Dolchstich zerlöchert sie augenblicklich. Wir täten besser, uns einem nützlichen Beruf hinzugeben, als über Berg und Tal zu laufen, um den großen Fürsten zu dienen, die, die Füße in samtenen Gamaschen, an goldenen Tafeln Fettammern speisen. Hiebe, Gefahren, Schlachten, Regen, Hagel, Schnee, das sind die mageren Suppen der Landstreicher. Die andern haben Würste, fette Kapaune, duftende Drosseln und saftige Masthühner.«

»Das Wasser läuft dir ja im Mund zusammen, mein lieber Freund«, sagte Ulenspiegel.

»Wo seid ihr, frische Brote, goldene koeke-bakken, köstliche Cremes?« fuhr Lamme fort, »und wo bist du, Frau?«

Ulenspiegel erwiderte: »Die Asche schlägt an meinem Herzen und treibt mich in den Kampf. Aber du, sanftes

Lamm, der du weder den Tod deines Vaters noch den Tod deiner Mutter zu rächen hast, weder den Kummer derer, die du liebst, noch deine gegenwärtige Armut, lasse mich allein weiterziehen, wohin es mich treibt, wenn dich die Mühseligkeiten des Krieges schrecken.« »Allein?«, sagte Lamme und hielt seinen Esel plötzlich an, der sich über ein Büschel Disteln hermachte, die am Wegrand zahlreich wuchsen. Der Esel Ulenspiegels blieb auch stehen und begann gleichfalls zu fressen. »Allein?«, sagte Lamme, »du wirst mich nicht allein lassen, mein Sohn, das wäre eine unbeschreibliche Grausamkeit. Nicht genug, dass ich meine Frau verloren habe, soll ich auch noch meinen Freund verlieren? Das geht nicht an. Ich werde nicht mehr stöhnen, ich verspreche es dir. Und wenn es sein muss« – er erhob stolz den Kopf –, »werde ich mich dem Kugelregen aussetzen, ja? Und zwischen die sausenden Degen springen, ja! Diesen wilden Soldaten entgegen, die wie Wölfe Blut trinken. Und wenn ich eines Tages blutend und totgeschlagen vor deine Füße stürze, begrabe mich, und wenn du meine Frau siehst, so sage ihr, dass ich starb, weil ich nicht leben konnte, ohne von irgendeiner Frau auf dieser Welt geliebt zu werden. Nein, ich könnte es nicht, mein Sohn Ulenspiegel.« Und Lamme weinte.

Ulenspiegel aber ward gerührt, als er diesen lieblichen Mut sah.

XXVII

Damals teilte der Herzog seine Armee in zwei Teile, deren einen er gegen das Herzogtum Luxembourg marschieren ließ, während der andere gegen die Grafschaft Namur zog.

»Dieser militärische Beschluss ist mir unbegreiflich«, sagte Ulenspiegel, »aber mir ist's gleich, wir gehen vertrauensvoll nach Maastricht.«

Als sie in der Nähe der Stadt der Maas entlangritten, bemerkte Lamme, dass Ulenspiegel alle Schiffe, die auf dem Fluss schwammen, aufmerksam musterte und vor einem anhielt, das am Bug eine Sirene trug. Diese Sirene hielt ein Schild, auf dem mit goldenen Buchstaben über sandfarbigem Grund das Zeichen J.H.S. stand, welches das Zeichen unseres Herrn Jesu Christi ist. Ulenspiegel bedeutete Lamme durch einen Wink, dass er stehen bleiben solle, und begann fröhlich wie eine Lerche zu singen. Ein Mann kam auf das Verdeck des Schiffes und begann wie ein Hahn zu krähen, dann, auf ein Zeichen Ulenspiegels, schrie er wie ein Esel und wies mit dem Finger auf eine Volksmenge, die auf dem Kai stand und ein schreckliches Eselsgeschrei anhub.

Die beiden Esel Ulenspiegels und Lammes legten die Ohren zurück und sangen ihre natürlichen Lieder.

Frauen und Männer kamen an ihnen vorbei, die auf Treidelpferden saßen. Ulenspiegel sagte zu Lamme: »Dieser Schiffer macht sich über unsere Reittiere lustig. Wenn wir ihn auf seinem Schiff prügeln wollten?« »Er soll lieber zu uns kommen«, antwortete Lamme. Eine Frau mischte sich ein und sagte: »Wenn ihr nicht mit abgehauenen Armen, zerschmetterten Lenden und zerdroschenen Mäulern wiederkommen wollt, so lasst ihn in Frieden, diesen Stercke Pier.«

»Y-a, y-a, y-a!«, machte der Schiffer.

»Lasst ihn singen«, sagte die Frau, »wir sahen ihn einen Karren voll schwerer Bierfässer auf die Schulter heben und einen anderen Karren, den ein starkes Pferd zog, aufhalten. Dort«, sagte sie, während sie auf die Herberge »Zum Blauen Turm« zeigte, »hat er sein Messer aus einer Entfernung von zwanzig Schritten nach einer zwölf Zoll dicken Eichenplanke geworfen und hat sie durchbohrt.«

»Y-a, y-a, y-a!« machte der Schiffer, während ein Bursche von zwölf Jahren auf die Schiffsbrücke stieg und ebenfalls wie ein Esel zu schreien begann.

Ulenspiegel antwortete: »Uns macht dein starker Peter nicht warm! Stercke Pier mag sein, was er will, wir sind mehr als er, mein Freund Lamme da, der verschlingt zwei solche, ohne zu spucken.« »Was sagst du, mein Sohn?«, fragte Lamme. »Das, was wahr ist«, antwortete Ulenspiegel, »widersprich mir nicht aus Bescheidenheit. Ja, gute Leute, Gevatterinnen und Arbeiter, bald werdet ihr ihn seine Arme brauchen und diesen famosen Stercke Pier zu Staub zermalmen sehen.« »Schweig doch«, sagte Lamme. »Deine Kraft ist bekannt«, sagte Ulenspiegel, »du kannst kein Hehl daraus machen.«

»Y-a«, machte der Schiffer, und »y-a« machte der Bursche. Plötzlich begann Ulenspiegel von Neuem, sehr melodisch, wie eine Lerche zu singen. Und die Männer und Frauen waren entzückt und fragten ihn, wo er dieses göttliche Pfeifen gelernt habe. »Im Paradies, aus dem ich geradeswegs komme«, antwortete Ulenspiegel.

Dann wandte er sich dem Manne zu, der nicht aufhörte, y-a zu schreien und spöttisch mit dem Finger auf ihn zu zeigen, und sagte: »Warum bleibst du denn auf deinem Schiff, du Taugenichts? Wagst du nicht an Land zu kommen und hier über uns und unsere Reittiere zu spotten?« »Wagst du das nicht?«, fragte auch Lamme.

»Y-a, y-a« machte der Schiffer, »meine Herren Esel, kommt doch auf mein Schiff!«

»Tu das, was ich tue«, sagte Ulenspiegel leise zu Lamme und wandte sich dann wieder zu dem Schiffer: »Wenn du Stercke Pier bist, so bin ich Thyl Ulenspiegel. Und diese beiden da sind unsere Esel Jef und Jan, die besser schreien können als du, denn sie sprechen ihre natürliche Sprache. Was deine Aufforderung, auf deine lockeren Planken zu steigen, betrifft, so wollen wir ihr nicht nachkommen. Dein Schiff ist wie ein Bottich, jedes Mal wenn eine Welle daranstößt, fährt es zurück und kommt nicht anders vom Platz als seitwärts wie eine Krabbe.« »Ja, wie eine Krabbe«, sagte Lamme.

Nun sprach der Schiffer zu Lamme: »Was murmelst du da zwischen deinen Zähnen, du Speckklumpen?« Lamme geriet in Wut und sagte: »Du böser Christ, du machst mir aus meinem Gebrechen einen Vorwurf – wisse denn, dass dieser Speck mein ist und von meiner guten Ernährung herkommt, während du, alter rostiger Nagel, nach dem mageren Fleisch zu schließen, das man durch die Löcher deiner Hose schlottern sieht, von nichts anderem lebst als von alten sauren Heringen, Kerzendochten und Stockfischhäuten!«

»Die werden einander gewaltig verprügeln«, sagten die Männer und Frauen frohlockend und neugierig.

»Y-a, y-a«, machte der Schiffer.

Lamme wollte von seinem Esel steigen, um Steine aufzulesen und nach dem Schiffer zu werfen. »Wirf nicht mit Steinen«, sagte Ulenspiegel.

Der Schiffer sagte dem y-a schreienden Burschen, der ihm zur Seite auf dem Schiff stand, etwas ins Ohr. Dieser löste einen Kahn vom Bord des Schiffes und näherte ihn mithilfe eines Bootshakens, den er geschickt handhabte, dem Ufer. Als er ganz nahe war, stand er mit stolzer Gebärde auf und sagte: »Mein Baes fragt euch, ob ihr es wagt, auf sein Schiff zu kommen und euch auf einen Kampf mit Faust und Fuß gegen ihn einzulassen. Diese guten Männer und Frauen werden Zeugen sein.« »Wir wollen es«, sagte Ulenspiegel sehr würdevoll. »Wir nehmen den Kampf an«, sagte Lamme mit großem Stolz.

Es war um die Mittagsstunde, die Dammarbeiter, Pflasterer, Schiffbauer und ihre Frauen, die das Essen ihrer Männer trugen, kamen herbei, und auch die Kinder fanden sich ein, die ihren Vätern die Bohnen oder das gekochte Fleisch aufwärmen sollten, alle lachten und klatschten beim Gedanken an einen bevorstehenden Zweikampf in die Hände, voll Frohsinn hofften sie, dass einem der beiden Kämpfenden der Kopf zerschmettert werden würde oder dass er, in Stücke gerissen, zu ihrem Ergötzen in den Fluss stürzen werde.

»Mein Sohn«, sagte Lamme ganz leise, »er wird uns ins Wasser werfen.« »Lass dich werfen«, sagte Ulenspiegel. »Der dicke Mann hat Angst«, sagten die Handwerksleute. Lamme, der noch immer auf seinem Esel saß, drehte sich nach ihnen um und warf ihnen zornige Blicke zu, aber sie höhnten ihn. »Gehen wir auf das Schiff«, sagte Lamme, »dann werden sie sehen, ob ich Angst habe.« Nach diesen Worten wurde er von Neuem verhöhnt, und Ulenspiegel sagte: »Gehen wir auf das Schiff.«

Nachdem sie von ihren Eseln abgestiegen waren, warfen sie die Zügel einem Burschen zu, der die Tiere freundschaftlich liebkoste und sie an eine Stelle führte, wo er Disteln wachsen sah. Dann fasste Ulenspiegel den Bootshaken, ließ Lamme in den Kahn steigen und ruderte auf das Schiff zu, auf das er mithilfe eines Strickes hinaufkletterte, während Lamme ihm schwitzend und prustend nachfolgte. Als Ulenspiegel auf dem Deck des Schiffes stand, bückte er sich, als wollte er sich die Schuhe schnüren, und sagte dem Schiffer einige Worte, der lächelte und sah Lamme an, dann rief er ihm tausend Beleidigungen zu, nannte ihn Tunichtgut, aufgedunsenen Fettwanst, Verbrecher, Pappfresser, Bratenschlinger und fragte ihn: »Du dicker Walfisch, wie viel Tonnen Tran gibst du, wenn man dich schlachtet?«

Mit einem Mal warf sich Lamme wie ein tollgewordener Ochse auf ihn, schleuderte ihn zu Boden und schlug ihn mit aller Kraft, verletzte ihn aber nicht, weil seine fetten Arme dazu zu schwach waren. Der Schiffer tat so, als setzte er sich zur Wehr, und ließ alles über sich ergehen. Ulenspiegel sagte: »Dieser Tunichtgut wird uns zu trinken bezahlen.«

Die Männer und Frauen, die dem Kampf vom Ufer aus zusahen, sagten: »Wer hätte geglaubt, dass dieser fette Mann so stürmisch sein könnte?« Und sie klatschten in die Hände, während Lamme drauflosschlug. Der Schiffer sorgte nur dafür, sein Gesicht zu schützen. Plötzlich sah man, dass Lamme Stercke Pier das Knie auf die Brust gesetzt hatte, ihn mit der einen Hand an der Gurgel fasste und die andere zum Schlag erhob. »Bitte um Gnade«, sagte er, kochend vor Wut, »oder ich schlage dich durch die Planken deines Bottichs hindurch.« Der Schiffer hustete, um zu bedeuten, dass er nicht reden könne, und bat durch einen Wink mit der Hand um Gnade. Dann sah man Lamme seinen Gegner mit großmütiger Gebärde aufheben, der stand gleich aufrecht da, drehte den Zuschauern den Rücken zu und streckte Ulenspiegel die Zunge heraus, der in schallendes Gelächter ausbrach, als er Lamme stolz die Feder seines Baretts schütteln und in großem Triumph auf das Schiff gehen sah.

Die Männer, Frauen, Burschen und Mädchen, die am Ufer standen, riefen mit der ganzen Kraft ihrer Stimmen: »Es lebe der Besieger Stercke Piers! Das ist ein Mann von Eisen, habt ihr gesehen, wie er ihn mit der Faust dämpfte und mit einem Schlag gegen den Kopf auf den Rücken warf? Nun werden sie trinken, um Frieden zu schließen, da kommt schon Stercke Pier mit Wein und Würsten aus dem Unterdeck.«

In der Tat kam Stercke Pier mit zwei Humpen und einer großen Kanne weißen Maasweins heraufgestiegen, und Lamme und er schlossen Frieden. Lamme war überaus fröhlich, sowohl wegen seines Triumphs als auch wegen des Weins und der Würste, auf einen Rauchfang zeigend, aus dem ein schwarzer, dichter Rauch hervorqualmte, fragte er ihn, welche Braten da im

Unterdeck bereitet würden. »Das ist Kriegsküche«, antwortete Stercke Pier lächelnd.

Die Menge der Arbeiter, Frauen und Kinder hatten sich zerstreut, um zur Arbeit oder nach Hause zurückzukehren, und die Nachricht ging von Mund zu Mund, dass ein dicker Mann, auf einem Esel reitend und von einem kleinen Pilger begleitet, der ebenfalls auf einem Esel geritten sei, dahergekommen wäre und sich stärker als Samson gezeigt habe, so zwar, dass man sich hüten müsse, ihn zu beleidigen.

Lamme trank und warf dem Fischer siegesbewusste Blicke zu. Dieser sagte plötzlich: »Eure Esel langweilen sich dort unten.« Dann ließ er das Schiff am Kai anlegen, stieg ans Land, fasste einen der Esel an den Vorder- und Hinterbeinen und trug ihn wie Jesus das Lamm, nachdem er ihn auf das Schiffsverdeck gesetzt hatte, machte er es mit dem zweiten ebenso. Dann sagte er, ohne Atem verloren zu haben: »Lasst uns trinken!« Der Bursche sprang auf das Deck, und sie tranken.

Lamme war verblüfft und wusste nicht mehr, ob er es selbst sei, der in Damme das Licht der Welt erblickt und diesen starken Mann niedergeschlagen habe, er wagte ihn nicht mehr anders als verstohlen anzusehen, denn er fürchtete, dass Stercke Pier die Lust anwandeln könnte, ihn wie die beiden Esel anzupacken und aus Groll über seine Niederlage lebendig in die Maas zu werfen. Doch der Schiffer lächelte und lud ihn fröhlich ein, weiterzutrinken, da verwand Lamme seinen Schrecken und sah ihn wieder voll stolzen Siegesbewusstseins an. Der Schiffer und Ulenspiegel lachten.

Die beiden Esel, verdutzt, sich auf den Schiffsplanken zu befinden statt auf denen ihres Stalls, ließen die Köpfe hängen, hatten die Ohren zurückgelegt und wagten nicht zu trinken. Der Schiffer holte eines der Haferbündel, die er den Pferden zu geben pflegte, die sein Schiff treidelten, und das er selbst gekauft hatte, um von den Pferdeführern nicht am Futterpreis betrogen zu werden.

Als die Esel das Bündel sahen, murmelten sie das Paternoster ihrer Schlünde und starrten trübselig auf den Schiffsboden, auf dem sie die Hufe nicht zu rühren wagten, weil sie auszugleiten fürchteten.

Nun sagte der Schiffer zu Lamme und Ulenspiegel: »Gehen wir in die Küche.« »In die Kriegsküche«, sagte Lamme beunruhigt. »In die Kriegsküche allerdings, aber du kannst ohne Furcht hinabsteigen; mein Besieger.« »Ich habe keine Furcht«, sagte Lamme, »und ich folge dir.« Der Bursche begab sich ans Steuer.

Während sie hinabstiegen, sahen sie überall Säcke mit Getreide, Bohnen, Erbsen, Steckrüben und anderen Gemüsen. Während der Schiffer nun die Tür zu einer kleinen Schmiede öffnete, sagte er: »Da ihr Männer mit tapferen Herzen seid, die den Ruf der Lerche, des Vogels der Freien, kennen, das kriegerische Krähen des Hahnes und das Schreien des Esels, dieses gutmütigen Arbeiters, so will ich euch meine Kriegsküche zeigen. So eine kleine Schmiede werdet ihr bei der Mehrzahl aller Schiffe auf der Maas finden. Sie kann bei niemand Argwohn erregen, denn sie dient dazu, die eisernen Bestandteile der Schiffe zu reparieren, was aber die anderen nicht haben, das sind diese schönen Gemüse, die in diesen Schränken aufbewahrt sind.«

Er hob einige Steine auf, die den Boden des Schiffsraums bedeckten, löste etliche Planken und zog darunter ein Bündel von Arkebusenrohren hervor, wog sie in der Hand, als ob sie Federn gewesen wären, und legte sie an ihren Platz zurück, dann zeigte er ihnen eiserne Lanzen, Hellebarden, Degenklingen und Säcke voll Kugeln und Pulver.

»Es lebe der Geuse!«, sagte er, »hier sind die Bohnen und die Soße, die Schäfte sind die Hammelkeulen, diese eisernen Hellebarden sind der Salat, und diese Arkebusenrohre sind die Ochsenstelzen für die Suppe der Freiheit. Es lebe der Geuse! Wohin soll ich diese Nahrungsmittel bringen?« fragte er Ulenspiegel.

Ulenspiegel antwortete: »Nach Nimwegen, wohin du mit deinem Schiff fahren wirst, das inzwischen durch wirkliches Gemüse, das dir die Bauern bringen werden und das du in Etsen, in Stephansweert und in Roermond empfangen wirst, noch mehr beladen werden wird. Diese Bauern werden auch den Sang der Lerche, des Vogels der Freiheit, erklingen lassen, und du wirst mit dem Hahnenschrei antworten. Du wirst zum Doktor Pontus gehen, der am Nieuwe-Waal wohnt, und wirst ihm sagen, dass du mit Gemüse in die Stadt kommst, aber die Dürre fürchtest. Während die Bauern auf den Markt gehen und das Gemüse so teuer anpreisen, dass es niemand kaufen kann, wird er dir sagen, was du mit deinen Waffen tun sollst. Ich denke, dass er dich jedenfalls beauftragen wird, den Waal, die Maas oder den Rhein entlang zu fahren, was wohl mit Gefahr verbunden sein wird, dabei wirst du die Gemüse gegen Netze eintauschen, um mit den Schiffen der Heringsfänger umherzustreifen, auf denen viele Matrosen sind, die den Gesang der Lerche kennen, hierauf fährst du längs der Watten, um die Lauwersee zu gewinnen, tauschst die Netze gegen Eisen und Blei ein und gibst deinen Bauern die Frachten aus Marken, Vlieland oder Ameland.

Du hältst dich in der Nähe der Küsten, fängst deine Fische und salzt sie ein, aber nicht um sie zu verkaufen, sondern um sie aufzubewahren, denn ein frischer Trunk und gesalzene Kriegskost sind eine gute Kumpanei.«

»Es gilt, lasst uns trinken!«, sagte der Schiffer. Dann stiegen sie wieder auf Deck.

Lamme war in trübselige Stimmung geraten und sagte ganz unvermittelt: »Herr Schiffer, Ihr habt da in Eurer Schmiede ein kleines Feuer, auf dem man so ausgezeichnet die lieblichsten Ragouts kochen könnte. Meine Kehle dürstet nach einer Suppe.« »Ich werde dich gleich erlaben«, sagte der Mann, und bald ließ er ihm eine fette Suppe auftragen, die mit einer großen Schnitte gesalzenem Schinken gebrüht war.

Als Lamme davon einige Löffel verschlungen hatte, sagte er zu dem Schiffer: »Meine Kehle schält sich, und die Zunge brennt mich; das da ist kein Ragout.« »Frischer Trunk und gesalzene Kriegskost, so steht's geschrieben«, entgegnete Ulenspiegel.

Nun füllte der Schiffer die Humpen und sagte: »Ich trinke auf die Lerche, den Vogel der Freiheit!« Ulenspiegel sagte: »Ich trinke auf den Hahn, den Verkünder des Krieges.« Lamme sagte: »Ich trinke auf meine Frau, damit sie nimmer Durst leide, die gute Geliebte.«

»Du wirst durch die Nordsee bis nach Emden fahren«, sagte Ulenspiegel, »Emden ist unser Unterschlupf.« »Das Meer ist groß«, sagte der Schiffer. »Groß genug, um eine Schlacht zu schlagen«, erwiderte Ulenspiegel. »Gott ist mit uns«, fügte der Schiffer hinzu.

»Wer ist also gegen uns?« entgegnete Ulenspiegel, und Stercke Pier fragte: »Wann macht ihr euch auf den Weg?« »Alsogleich«, sagte Ulenspiegel. »Gute Reise und Wind in den Rücken. Hier ist Pulver und Blei.« Er küsste sie und geleitete sie ans Land, nachdem er ihre beiden Esel wie Lämmchen auf Hals und Schultern dahin gebracht hatte.

Ulenspiegel und Lamme stiegen in die Sättel und machten sich auf den Weg nach Lüttich. »Mein Sohn«, sagte Lamme, während sie dahintrabten, »wie kommt es, dass dieser Mann, so stark er ist, sich von mir so grausam verprügeln ließ?« »Das tat er, damit dir überall, wohin wir reisen, der Schrecken vorangehe. Das wird uns ein besseres Geleite sein, als uns zwanzig Landsknechte geben könnten. Wer wird es forthin wagen, Lamme anzugreifen, Lamme den Mächtigen, den Siegreichen, Lamme den Stier ohnegleichen, der, wie jedermann gesehen hat, Stercke Pier mit einem Schlag auf den Kopf zu Boden streckte, diesen starken Peter, der Esel wie Lämmer trägt und mit einer Schulter einen Karren voll Bierfässer hochhebt?

Jedermann kennt dich hier schon, du bist Lamme der Schreckliche, Lamme der Unbesiegliche, und ich reise im Schatten deines schützenden Armes. Jedermann wird dich auf den Wegen kennen, über die wir wandern werden, und niemand wird wagen, dich mit scheelen Blicken anzusehen, und angesichts des hehren Mutes der Männer wirst du überall auf deinem Weg nichts anderes finden als ein großes Hütelüften, ehrerbietige Grüße, Huldigungen und Verehrungen, die der Kraft deiner schrecklichen Fäuste dargebracht werden.«

»Du sprichst gut, mein Sohn«, sagte Lamme, sich auf seinem Sattel reckend.

»Und ich spreche wahr«, erwiderte Ulenspiegel, »siehst du diese neugierigen Gesichter vor den ersten Häusern dieses Dorfes? Man zeigt mit dem Finger auf Lamme, den schreckenerregenden Sieger. Sieh diese Männer, die dich voll Neid ansehen, und diese jämmerlichen Feiglinge, die ihre Mützen ziehen! Erwidere ihren Gruß, Lamme, mein Liebling, verachte die Gunst des Volkes nicht, sieh, die Kinder haben deinen Namen gehört und wiederholen ihn voll Furcht.«

Lamme zog stolz vorbei und grüßte nach rechts und links wie ein König.

Die Kunde von seiner gewaltigen Kraft folgte ihm von Flecken zu Flecken und von Stadt zu Stadt bis nach Lüttich, Choquier, La Neuville, Vesin und Namur, welch letzteres sie aber wegen der drei Prädikanten mieden.

So zogen sie lange dahin, den Strömen, Flüssen und Kanälen folgend, und überall antwortete auf den Gesang der Lerche der Schrei des Hahnes. Und allerorten wurden für das Werk der Befreiung Waffen gegossen, gehämmert und geschliffen, die auf Schiffen fortgebracht wurden, die die Küsten entlangfuhren. In Fässern, Kisten und Körben verpackt, wurden sie dem Blick der Zollwächter entzogen. Und immer fanden die Wanderer gute Leute, die sie aufnahmen und samt ihrem Pulver und Blei bis zur Stunde Gottes verbargen.

Lamme, der an Ulenspiegels Seite dahintrabte und dem der Siegerruhm allüberall vorauseilte, begann selbst an seine große Kraft zu glauben. Er wurde stolz und kriegerisch und ließ sich das Barthaar wachsen. Und Ulenspiegel nannte ihn Lamme den Löwen.

Aber schon am vierten Tage blieb Lamme seinem Vorhaben wegen des Juckens, das ihm der Bart verursachte, nicht treu. Er ließ sein Siegerantlitz rasieren und erschien vor Ulenspiegel wieder rund und voll wie eine Sonne, deren Glut von der reichlichen Nahrung entzündet war. Nach dieser Begebenheit kamen sie nach Stokhem.

XXVIII

Als die Nacht hereinbrach, stellten sie ihre Esel in Stokhem unter und betraten Antwerpen. Ulenspiegel sagte zu Lamme: »Dies ist die große Stadt, in der die ganze Welt ihre Schätze anhäuft: Gold, Silber, Gewürze, Gobelins, Tuch und Stoffe von Sammet, Wolle und Seide, Bohnen, Erbsen, Getreide, Fleisch und Mehl, gegerbtes Leder und Weine aus Löwen, Namur, Luxembourg und Lüttich, Landwein von Brüssel und Aerschot, Wein von Buley, der vor den Toren von Namur gedeiht, Rheinwein, spanische und portugiesische Weine, Traubenöl aus Aerschot, das sie Landolium nennen, Weine von Burgund und Malvoisie und viele andere. Auf den Kais häufen sich die Waren.

Diese Schätze der Erde locken die schönsten Freudenmädchen, die es gibt, an diesen Ort.«

»Aus dir wird noch ein Grübler«, sagte Lamme. Ulenspiegel antwortete: »Ich werde die Sieben unter diesen
Mädchen finden. Es wurde mir gesagt: ›In Verwüstung,
Blut und Tränen suche.‹ Wer verursacht denn größere
Verwüstung? Sind nicht sie es, bei denen die armen, lie-
bestollen Männer ihre glänzenden, klappernden Karlsgulden verlieren, ihre Geschmeide, Ketten und Ringe,
um ohne Wams, ja selbst ohne Wäsche, zerlumpt und
ausgezogen zurückzubleiben, während die Mädchen an
ihrer Beute fett werden? Wo ist das rote und klare Blut,
das in ihren Adern rann? Jetzt ist es Lauchsaft.

Bekämpfen sie sich nicht erbarmungslos mit Messer,
Dolch und Degen, um ihre sanften und lieblichen Leiber
zu gewinnen? Die bleichen und blutüberströmten Leichen sind die Leichen der Armen, die vor Liebe toll geworden sind. Wenn der Vater mürrisch und finster auf
seinem Stuhl sitzt, und wenn seine weißen Haare noch
weißer und dünner scheinen als sonst, wenn aus seinen
trockenen Augen, in denen der Schmerz um den Verlust
des Kindes brennt, keine Tränen mehr quellen, wenn die
Mutter, bleich und still wie eine Tote, weint, als ob sie in
dieser Welt nichts mehr als Schmerzen vor sich sähe –
wer lässt diese Tränen rinnen?

Die freien Mädchen, die nur sich lieben und die den-
kende, arbeitende und philosophierende Welt an die
Schnalle ihres Gürtels hängen. Ja, Lamme, dort sind die
Sieben, und wir werden zu den Mädchen gehen. Vielleicht wird deine Frau darunter sein, das wäre ein dop-
pelter Fischzug.«

»Ich bin's zufrieden«, sagte Lamme.

Es war im Juni, gegen Ende des Sommers, in der Zeit, da die Sonne die Blätter der Kastanien schon rötet, die Vöglein in den Bäumen singen und keine Zikade so klein ist, dass sie nicht vor Behagen, es im Gras so warm zu haben, summte.

Lamme irrte an Ulenspiegels Seite durch die Straßen von Antwerpen, ließ den Kopf hängen und schleppte seinen Körper wie ein Haus dahin.

»Lamme«, sagte Ulenspiegel, »du ergibst dich dem Trübsinn, weißt du denn nicht, dass nichts der Haut so sehr schadet wie das? Wenn du in deinem Kummer beharrst, wird sie dir in Streifen vom Körper fallen. Und es wird sich hübsch anhören, wenn man von dir sagen wird, ›Lamme der Abgeschälte‹.«»Ich habe Hunger«, sagte Lamme. »Komm essen«, entgegnete Ulenspiegel.

Und sie gingen gemeinsam zur »Alten Trappe«, wo sie choesels aßen und Dobbelkuyt tranken, soviel ihre Bäuche zu fassen vermochten. Lamme klagte nicht mehr, und Ulenspiegel sagte: »Gesegnet sei das gute Bier, das die Seele so sonnig macht! Du lachst und schüttelst deinen Wanst. Wie liebe ich es, dich im fröhlichen Tanz deiner Gedärme zu sehen!« »Mein Sohn«, sagte Lamme, »sie würden noch viel mehr tanzen, wenn ich das Glück hätte, meine Frau wiederzufinden.« »Gehen wir, sie zu suchen«, sagte Ulenspiegel.

So kamen sie in das Stadtviertel an der unteren Schelde. Ulenspiegel sagte: »Sieh doch dieses Häuschen, ganz aus Holz, mit den weit geöffneten Fensterrahmen und den Scheiben, die aus kleinen Vierecken zusammengesetzt sind, betrachte diese gelben Vorhänge und diese rote Laterne. Hier, mein Sohn, sitzt hinter vier Fässern mit Braunbier, uitzet, Dobbelkuyt und Wein von Amboise eine schöne Baesine von fünfzig Jahren oder darüber. Jedes Jahr, das sie lebt, setzt sie eine Fettschicht an. Auf einer der Tonnen brennt eine Kerze, und von einem Balken der Decke hängt eine Laterne herab. Da macht sie abwechselnd hell und finster, finster für die Liebe und hell fürs Zahlen.« »Das ist ja ein Konvent der Nonnen des Teufels, und diese Baesine ist die Äbtissin darin.« »Ja«, sagte Ulenspiegel, »sie geleitet fünfzig schöne, liebesfreudige Mädchen im Namen des Herrn Beelzebub auf dem Weg der Sünde, sie finden bei ihr Unterkunft und Essen, aber sie verwehrt ihnen, bei ihr zu schlafen.«

»Du kennst diesen Konvent?«, fragte Lamme. »Ich will deine Frau darin suchen. Komm.« »Nein«, sagte Lamme, »ich habe es mir überlegt, ich gehe nicht allein.« »Willst du deinen Freund ganz allein sich den Jüngerinnen Astartes aussetzen lassen?« »Er soll nicht hineingehen«, sagte Lamme. »Wenn er es aber tun muss, um die Sieben und deine Frau zu finden?«, fragte Ulenspiegel. »Ich würde lieber schlafen«, sagte Lamme.

»Komm nur«, sagte Ulenspiegel, während er die Tür öffnete und Lamme vor sich her stieß, »sieh, die Baesine steckt zwischen zwei Kerzen hinter ihren Fässern, der Saal ist groß, die Decke ist von geschwärztem Eichenholz mit angeräucherten Balken. Ringsherum stehen Bänke und Tische mit hölzernen Füßen, mit Gläsern, Krügen, Bechern, Humpen, Kannen, Karaffen, Flaschen und anderen Trinkgeräten bedeckt. In der Mitte des Saales stehen noch andere Tische und Sessel, auf denen die

Umhängetücher der Frauen, ihre goldenen Gürtel, samtnen Pantoffeln und die Dudelsäcke, Pfeifen und Schalmeien liegen. In einem Winkel ist eine Treppe, die ins Stockwerk führt. Ein kleiner kahlköpfiger Buckeliger spielt auf einem Spinett, das auf gläsernen Füßen steht, die den Ton des Instrumentes schnarren machen. Tanze, mein Fettwanst!

Fünfzig schöne, tolle Mädchen sitzen an diesen Tischen und rittlings auf diesen Stühlen, hingelehnt, ausgestreckt, mit aufgestützten Ellbogen, auf dem Bauch, auf dem Rücken oder auf der Seite liegend, jede, wie es ihr gerade einfällt, sie sind mit weißen und roten Kleidern angetan, die Arme und Schultern sind, wie die Brust bis zum Nabel, nackt. Es sind da ausgewählte Mädchen von jeder Art. Diesen fällt das Licht der Kerzen liebkosend über ihre blonden Haare und lässt ihre blauen Augen im Schatten, in denen eine feuchte Glut erglänzt. Jene schauen zur Decke auf und seufzen über irgendeine deutsche Ballade. Wieder andre, rund, braun, dick und schamlos, trinken den Wein von Amboise aus vollen Humpen, zeigen ihre bis zur Schulter nackten Arme und die Äpfel ihrer Brüste, die aus ihren Kleidern hervorquellen, schamlos sprechen sie mit vollem Munde der Reihe nach oder auf einmal. Höre sie.«

»Nichts von Geld für heute! Es ist die Liebe nach unserer Wahl, nach der wir heute dürsten«, sagten die schönen Mädchen, »die Liebe eines Kindes, eines Jünglings und jedes, der uns gefällt, ohne uns bezahlen zu müssen.« – »Oh, dass sie doch aus Liebe zu Gott und zu uns hierherkämen, die, denen die Natur die Manneskraft verliehen hat.« – »Gestern war der Tag des Zahlens, heute ist der Tag des Liebens!« – »Wer will von unseren Lippen trinken? Sie sind noch feucht von der Flasche! Wein und Küsse, das ist das rechte Fest!« – »Wehe den Witwen, die allein in ihren Betten liegen!« – »Wir sind Mädchen! Heut ist der Tag der Nächstenliebe. Ihr jungen, starken, schönen Männer, wir öffnen euch unsere Arme. Zu trinken!« – »Schlägt dein Herz für das Gefecht der Liebe wie ein Tamburin in deiner Brust? Welch eine Triebfeder! Das ist die Uhr der Küsse. Wann kommen sie, mit den vollen Herzen und den leeren Säckeln? Wittern sie die köstlichen Abenteuer nicht? Welcher Unterschied ist zwischen einem jungen Geusen und dem Herrn Markgrafen? Der gnädige Herr zahlt mit Gulden, der junge Geuse mit Zärtlichkeiten. Es lebe der Geuse! Wer will auf die Friedhöfe gehen und dort den Weckruf ertönen lassen?«

So sprachen die guten, heißblütigen und freundlichen unter den Mädchen der freien Liebe. Aber es waren auch andere unter ihnen zu sehen, mit schmalen Gesichtern, die auf hageren Schultern saßen, diese Frauen machten aus Habgier einen Kramladen aus ihren Leibern und feilschten mit ihrem mageren Fleisch nach Pfennigen.

Fluchend sagten sie zueinander: »Wie dumm ist es von uns, bei diesem anstrengenden Beruf auf den Verdienst zu verzichten, weil es abgeschmackterweise diesen mannstollen Mädchen so einfällt. Wenn sie schon ein Mondviertel im Kopf haben, so haben wir's doch nicht, und wir ziehen vor, uns bezahlen zu lassen, solange wir uns verkaufen können, statt wie sie uns in unseren alten Tagen zerlumpt durch den Rinnstein zu schleppen.« – »Nichts von unbezahlter Liebe! Die Männer sind hässlich, stinkend, brummig, verfressen und versoffen. Sie allein sind es, die die armen Frauen ins Elend bringen!«

Aber die jungen und schönen Mädchen hörten diese Reden nicht an und gaben sich nur der Unterhaltung und dem Trunk hin. »Höret ihr«, sagten sie, »die Totenglocken von Notre-Dame läuten? Wir sind von Feuer! Wer will auf die Friedhöfe gehen, die Toten zu erwecken?«

Lamme, der auf einmal so viele Frauen vor sich sah, braune und blonde, frische und abgelebte, Lamme überkam die Scham, er senkte die Augen und sagte: »Ulenspiegel, wo bist du?« »Der ist längst fort, mein Freund«, sagte ein wohlbeleibtes Mädchen, das ihn am Arm fasste. »Längst fort?«, fragte Lamme. »Ja«, sagte sie, »schon seit dreihundert Jahren, und zwar in Gesellschaft des Jacobus de Coster van Maerlandt.«

Lamme sagte: »Lasst mich und kneift mich nicht. Ulenspiegel, wo bist du? Komme doch, deinen Freund zu retten! Ich gehe sofort weg, wenn ihr mich nicht in Ruhe lasst.« »Du wirst nicht weggehen«, sagten die Mädchen. »Ulenspiegel«, sagte Lamme kläglich, »wo bist du, mein Sohn? Madame, zieht mich nicht so an den Haaren, ich versichere Euch, dass das keine Perücke ist. Zu Hilfe? Findet ihr denn, dass meine Ohren nicht rot genug sind, wenn ihr sie kneift, dass das Blut in sie steigt? Diese andere da versetzt mir ohne Unterlass Nasenstüber. Ihr tut mir ja weh, ach!

Womit reibt man mir jetzt den Körper ab? Wo ist ein Spiegel? Ich bin schwarz wie eine Backofenesse. Ich werde bald zornig werden, wenn ihr nicht aufhört, es ist schlecht von euch, einen hilflosen Mann so zu quälen. Lasst mich! Wenn ihr mich rechts und links überall an der Hose hin und her zieht wie ein Weberschiffchen, wird euch das fetter machen?

Ja, ja, ich werde gewiss zornig werden!«

Er wurde in der Tat wütend, doch die Mädchen sagten spöttisch: »Er erzürnt sich, der Gute. Lache lieber und singe uns ein Liebeslied.« »Ich werde euch Schläge singen, wenn ihr wollt, lasst mich in Frieden.« »Welche von uns liebst du?« »Keine, weder dich noch die anderen. Ich werde mich beim Magistrat beklagen, und er wird euch auspeitschen lassen.« »Ja freilich, auspeitschen!«, sagten sie, »und wenn wir über dich herfielen und dich gewaltsam küssten, ehe wir ausgepeitscht würden?« »Mich?«, sagte Lamme. »Dich!«, sagten alle.

Und siehe da, die Schönen und Hässlichen, die Frischen und Abgelebten, die Braunen und die Blonden stürzten sich auf Lamme, warfen seine Mütze in die Luft, seinen Mantel desgleichen, liebkosten ihn mit höchstem Ungestüm und küssten ihn auf Wangen, Nase und Rücken. Die Baesine saß lachend zwischen ihren Kerzen.

»Zu Hilfe!«, schrie Lamme, »zu Hilfe, Ulenspiegel! Feg mir dieses Ungeziefer ab! Lasset mich, ich will nicht von euch geküsst werden, ich bin verheiratet, Herrgottsblut! Und ich bewahre alles meiner Frau.« »Verheiratet«, riefen die Mädchen, »da wird aber deine Frau zu viel haben an einem Mann von deiner Korpulenz. Gib uns ein bisschen davon ab. Eine treue Frau, das ist recht, aber ein treuer Mann ist ein Kapaun! Gott schütze dich! Du musst eine Wahl treffen, sonst ist an uns die Reihe, dich auszupeitschen.« »Ich werde nicht wählen!«, sagte Lamme. »Wähle«, sagten die Mädchen. »Nein.«

»Willst du mich?«, sagte ein schönes, blondes Mädchen, »sieh mich an ich bin sanft und liebe den, der mich liebt.« »Lass mich«, sagte Lamme.

»Willst du mich?«, sagte ein liebliches Mädchen, das schwarze Haare, dunkelbraune Augen und eine ebensolche Haut hatte und dessen Körper von Engelshänden gemacht schien. »Ich liebe die Pfefferkuchen nicht«, sagte Lamme.

»Und mich, willst du mich nicht nehmen?«, sagte ein großes Mädchen, dessen Stirn fast ganz von den Haaren bedeckt war und dessen breite Brauen aneinanderstießen, sie hatte große, feuchte Augen, Lippen, die dick wie Aale und ebenso wie das Gesicht, der Hals und die Schultern hochrot waren. »Ich liebe die brennenden Ziegelsteine nicht«, sagte Lamme.

»Nimm mich«, sagte eine Sechzehnjährige, die einen Mund wie ein Eichhörnchen hatte. »Ich liebe die Haselnussknacker nicht«, sagte Lamme.

Da sprachen sie: »Er muss gepeitscht werden. Aber womit? Mit schönen Peitschen aus Streifen von trockenem Leder, das kneift trefflich, und die härteste Haut widersteht ihm nicht. Nehmt zehn Peitschen von Karrenführern und Eseltreibern zur Hand.«

»Zu Hilfe, Ulenspiegel!«, schrie Lamme. Aber Ulenspiegel antwortete nicht, Lamme hielt nach allen Seiten Ausschau, um seinen Freund zu suchen, und sagte: »Du hast ein schlechtes Herz!«

Die Peitschen wurden herbeigebracht, und zwei von den Mädchen schickten sich an, Lamme das Wams auszuziehen. »Ach«, sagte er, »mein armes Fett, ich habe soviel Mühe gehabt, es anzusetzen, und sie werden es mir ohne Zweifel mit ihren kneifenden Peitschen herausreißen. Aber, erbarmungslose Weiblein, mein Fett wird euch zu nichts nütze sein, nicht einmal, um Soßen daraus zu machen.« Sie antworteten: »Wir werden Kerzen daraus machen, ist es nichts, hell sehen zu können, ohne dafür bezahlen zu müssen? Diejenigen, die fortan sagen werden, dass aus Peitschen Kerzen werden, die werden jedermann närrisch erscheinen. Doch wir werden das bis zum Tod behaupten und mehr als eine Wette gewinnen. Taucht die Lederstriemen in Weinessig.«

»Die Uhr von St. Jacob schlägt die neunte Stunde, wenn du nach dem letzten Glockenschlag nicht gewählt hast, so peitschen wir dich.«

Lamme sagte ganz entsetzt: »Habt Mitleid mit mir und Erbarmen, ich habe meiner armen Frau Treue geschworen und werde sie bewahren, obgleich sie mich böswillig verlassen hat. Ulenspiegel, mein Liebling, zu Hilfe!« Aber Ulenspiegel zeigte sich nicht. »Sehet mich auf den Knien vor euch«, sagte Lamme, »gibt es eine demütigere Stellung? Ist es nicht genug, wenn ich sage, dass ich eure großen Reize verehre wie die Heiligen? Glücklich die, die nicht verheiratet sind und sich an dem Zauber eurer Anmut ergötzen können! Das ist ohne Zweifel das Paradies. Aber geruhet, mich nicht zu schlagen!«

Plötzlich sagte die Baesine, die noch immer zwischen ihren zwei Kerzen saß, mit starker, drohender Stimme: »Ich schwöre bei meinem großen Teufel, dass ich die

Stadtwächter holen und euch anstelle dieses Mannes auspeitschen lassen werde, wenn ihr ihn nicht augenblicklich durch Freundlichkeit und Sanftmut gefügig macht, das heißt ins Bett bringt. Ihr verdient den Namen der Liebesfrauen nicht, wenn ihr vergeblich ausgestattet seid mit dem dürstenden Mund, der lüsternen Hand und den flammenden Augen, mit denen ihr die Männer locken sollt wie die Glühwürmchen, die ihre Laternen auch zu keinem anderen Zweck haben. Ihr werdet ohne Erbarmen für eure Albernheit gepeitscht werden.«

Diese Worte ließen die Mädchen erzittern, aber Lamme wurde fröhlich. »Nun also«, sagte er, »was bringt ihr für Neuigkeiten aus dem Land der kneifenden Riemen, Gevatterinnen? Ich will selbst die Stadtwache holen. Sie wird ihre Pflicht tun, und ich werde ihr dabei helfen, was mir ein großes Vergnügen bereiten wird.«

Da aber warf sich ein anmutiges Mädchen von fünfzehn Jahren vor Lamme auf die Knie und sagte: »Mein Herr, Ihr seht mich hier in demütiger Ergebenheit vor Euch, wenn Ihr nicht geruhet, eine von uns zu wählen, so werde ich Euretwegen geschlagen werden. Die Baesine, die dort sitzt, wird mich in einen finstern Keller unter der Schelde sperren, durch dessen Mauern das Wasser sickert und wo ich nichts als schwarzes Brot zu essen bekommen werde.«

»Wird sie wirklich für mich geschlagen werden, Frau Baesine?«, fragte Lamme. »Bis aufs Blut«, antwortete sie.

Lamme betrachtete das Mädchen und sagte: »Ich sehe dich da so frisch, so duftig vor mir, und deine Schultern lugen aus dem Kleid hervor wie große, weiße Rosenblätter; ich will nicht, dass diese schöne Haut, unter der das noch so junge Blut fließt, unter der Peitsche leide, ich will weder, dass diese klaren, feurigen Augen der Jugend wegen des Schmerzes der Schläge Tränen vergießen, noch dass die Kälte des Kerkers diesen Körper einer Liebesfee erschauern mache. Wohlan, ich will dich lieber wählen als dich geschlagen wissen.«

Das Mädchen führte ihn aus dem Saal. So sündigte er, wie er sein ganzes Leben getan, aus Herzensgüte.

Indessen stand Ulenspiegel vor einem großen, schönen Mädchen mit brauner Haut und krausen Haaren. Das Mädchen sah Ulenspiegel an, ohne ein Wort zu sprechen, und schien nichts von ihm zu wollen. »Liebe mich«, sagte er. »Dich lieben«, sagte sie, »der du nichts anderes willst als ein paar ergötzliche Stunden?«

Ulenspiegel antwortete: »Der Vogel, der dir zu Häupten hinfliegt, singt sein Lied und fliegt davon. So auch ich, süßes Herz, willst du, dass wir zusammen singen?« »Ja singen, lachen und weinen«, sagte sie und warf sich Ulenspiegel an den Hals.

Plötzlich, als Lamme und Ulenspiegel eben in den Armen ihrer Liebchen die Sinne vor Lust vergingen, drang der Ton von Pfeifen und Trommeln durch das Haus, und eine fröhliche Gesellschaft von meesevangers, wie in Antwerpen die Meisenfänger heißen, trat drängend, sich stoßend, singend, pfeifend, schreiend, heulend und rufend ein. Sie trugen Säcke und Käfige, die ganz mit diesen kleinen Vögeln angefüllt waren, und hatten Eulen mit sich, die ihnen beim Fang geholfen hatten und nun mit ihren goldenen Augen im Licht blinzelten. Die meesevangers, ungefähr zehn an der Zahl, waren rot und aufgedunsen von Wein und Kräuterbier, mit wackelnden Köpfen schleppten sie sich auf schlotternden Beinen dahin und schrien mit so heiseren und brüchigen Stimmen, dass die furchterfüllten Mädchen eher wilde Tiere im Wald als Menschen in einem Haus zu hören vermeinten. Indessen fuhren die Mädchen in ihren Reden fort, indem sie einzeln oder alle zugleich sprachen: »Ich will den, den ich liebe.« – »Wir gehören dem, der uns gefällt. Morgen denen, die reich an Gulden sind, heute denen, die reich an Liebe sind!« Die meesevangers antworteten: »Wir haben Gulden und Liebe, also gehören uns die Mädchen. Wer Reißaus nimmt, ist ein Kapaun. Die Mädchen sind die Meisen, und wir sind die Jäger. Wohlan denn, uns die Liebe und Brabant dem Herzog!«

Aber die Frauen sagten mit höhnischem Lachen: »Pfui, die hässlichen Mäuler, die uns verschlingen wollen! Schweinen gibt man keinen Sorbet. Wir nehmen die, die uns gefallen, und nicht die, die uns begehren. Ölfässer, Specksäcke, magere Nägel, rostige Klingen, ihr stinkt nach Schweiß und Dreck. Trollt euch von hier fort.« Aber die Männer sagten: »Die Gallischen sind heute köstlich, meine ungefügigen Damen, ihr könnt uns doch wohl geben, was ihr aller Welt verkauft!« Sie aber sagten: »Morgen werden wir hündische Sklavinnen sein und euch nehmen, aber heute sind wir freie Frauen und verschmähen euch.« Die Antwort darauf lautete: »Genug der Reden. Wer hat Durst? Pflücken wir die Äpfel!«

Bei diesen Worten stürzten sie sich auf die Mädchen und achteten weder ihres Alters noch ihrer Schönheit.

Diese, entschlossen, bei ihrem Vorhaben zu verharren, warfen ihnen Stühle, Kannen, Krüge, Becher, Humpen, Karaffen und Flaschen an den Kopf, sodass es auf die Männer mörderisch herabregnete wie dichter, verwundender Hagel.

Ulenspiegel und Lamme kamen auf den Lärm herbeigelaufen und ließen ihre zitternden Liebchen oben auf der Treppe stehen. Als Ulenspiegel die Männer auf die Frauen einschlagen sah, nahm er im Laufen einen Besen und gab einen zweiten Lamme, nun ließen sie die Besen tanzen und hieben erbarmungslos auf die meesevangers ein.

Dies Spiel schien den betrunkenen Männern, die also gedämpft wurden, recht hart, und sie hielten einen Augenblick inne, das nutzten die mageren Mädchen, die sich verkaufen und nicht verschenken wollten, selbst an diesem großen Tag, der der freiwilligen Liebe, wie die Natur sie will, gewidmet war, sofort aus. Wie Nattern glitten sie zwischen den Verwundeten hindurch, verbanden ihre Wunden, tranken für sie den Wein von Amboise und säuberten ihre Taschen so gründlich von Gulden und anderen Münzen, dass kein lumpiger Heller darin zurückblieb.

Als es Mitternacht schlug, setzten sie die Männer vor die Tür, nachdem Ulenspiegel und Lamme sich schon längst auf den Weg gemacht hatten.

XXIX

Ulenspiegel und Lamme ritten gegen Gent und kamen beim Morgengrauen nach Lokeren.

Das Land dunstete weithin vom Tau, und weiße, kühle Nebel wogten über den Wiesen.

Als sie vor einer Schmiede vorbeikamen, ließ Ulenspiegel den Pfiff der Lerche, des Vogels der Freiheit, ertönen. Alsogleich erschien ein kahler, weißer Kopf an der Tür der Schmiede und ahmte mit schwacher Stimme den kriegerischen Schrei eines Hahnes nach.

Ulenspiegel sagte zu Lamme: »Das ist der Schmied Wasteele, der tagsüber Spaten, Hacken und Pflugscharen schmiedet und das Eisen hämmert, solange es warm ist, um schöne Gitter für die Kirchenchore daraus zu fertigen, doch oftmals schmiedet und schleift er des Nachts Waffen für die Soldaten des freien Gewissens. Er hat bei diesem Schaffen kein gutes Aussehen gewonnen, denn er ist bleich wie ein Phantom, traurig wie ein Verdammter und so mager, dass ihm die Knochen die Haut durchlöchern. Er hat sich ohne Zweifel heute noch nicht niedergelegt und die ganze Nacht gearbeitet.«

»Tretet beide ein«, sagte Wasteele, »und führt eure Esel auf den Rain hinters Haus.«

Nachdem das geschehen war, traten Lamme und Ulenspiegel in die Schmiede, während der Schmied Wasteele in den Keller seines Hauses hinabstieg, wo er nachts Degen geschliffen, Lanzeneisen geschmolzen und die Tagesarbeit für seine Gehilfen vorbereitet hatte.

Er sah Ulenspiegel mit trüben Augen an und fragte: »Welche Nachrichten bringst du mir vom Schweiger?«

»Der Prinz ist samt seiner Armee wegen der Saumseligkeit seiner Söldner, die ›Geld! Geld!‹ rufen, wenn sie sich schlagen sollen, aus den Niederlanden vertrieben worden. Er hat sich mit Unterstützung des Königs von Navarra und der Hugenotten mit seinen treuen Söldnern, seinem Bruder, dem Grafen Ludwig und dem Herzog von Zweibrücken gegen Frankreich zurückgezogen, von da marschierte er durch Deutschland bis nach Dillenburg, wo zahlreiche Flüchtlinge aus den Niederlanden sich um ihn versammelt haben. Du musst ihm die von dir aufgespeicherten Waffen und Gelder zuschicken, während wir auf dem Meere das Werk der freien Männer vollenden.«

»Ich werde das Notwendige tun«, sagte der Schmied Wasteele, »ich habe Waffen und neuntausend Gulden. – Aber seid ihr nicht auf Eseln gekommen?« »Ja«, sagten sie. »Und habt ihr nicht unterwegs die Neuigkeit von drei Prädikanten gehört, die getötet, entkleidet und in ein Felsenloch an der Maas geworfen wurden?« »Ja«, sagte Ulenspiegel mit großer Sicherheit, »diese drei Prädikanten waren Spione des Herzogs, bezahlte Mörder, die den Prinzen der Freiheit töten sollten. Wir, Lamme und ich, haben sie zu zweit vom Leben in den Tod befördert. Ihr Geld haben wir an uns genommen, ihre Papiere desgleichen, wir werden davon nehmen, was wir für unsere Reise brauchen, den Rest werden wir dem Prinzen geben.«

Ulenspiegel öffnete sein Wams und das Lammes und zog daraus die Papiere und Pergamente hervor. Nachdem der Schmied Wasteele sie gelesen hatte, sagte er: »Sie enthalten Schlachtpläne und die Entwürfe zu einer Verschwörung. Ich werde sie dem Prinzen überbringen lassen, und er wird erfahren, dass es Ulenspiegel und

Lamme Goedzak, seine treuen Landstreicher, waren, die sein edles Leben retteten.

Ich werde eure Esel verkaufen lassen, damit man euch nicht an euren Reittieren erkenne.«

Ulenspiegel fragte den Schmied Wasteele, ob das Schöffentribunal von Namur schon die Häscher an ihre Fährte gesetzt hätte. »Ich will euch sagen, was ich weiß«, antwortete Wasteele, »ein Schmied aus Namur, ein tapferer Reformierter, kam einen Tag nach diesem Ereignis unter dem Vorwand, meine Hilfe zur Herstellung der Gitter, Wetterfahnen und anderer Eisenteile an einem Schloss zu erbitten, das man in der Nähe der Plante erbauen will, zu mir.

Der Torwart des Schöffentribunals hat zu ihm gesagt, dass seine Herren schon versammelt seien und dass man einen Schenkenwirt habe rufen lassen, der ein paar Hundert Meter vom Schauplatz des Mordes entfernt wohne. Befragt, ob er die Mörder gesehen habe oder nicht, oder ob er irgendwelche Personen bemerkt habe, die als solche verdächtig werden könnten, habe er geantwortet: ›Ich habe Bauern und Bäuerinnen gesehen, die auf Eseln ritten, von mir zu trinken verlangten und auf ihren Reittieren sitzen blieben oder abstiegen, um bei mir zu trinken, die Männer nahmen Bier, die Frauen und Mädchen Met. Ich sah unter ihnen zwei starke Bauern, die davon sprachen, dass sie den Herrn von Oranien um einen Kopf kürzer machen wollten.‹ Bei diesen Worten ahmte der Wirt das Pfeifen eines Messers nach, das ins Halsfleisch eindringt. ›Über Stahlwind‹, sagte er, ›will ich mich unter dem Siegel der Verschwiegenheit mit euch unterhalten, denn ich habe die Vollmacht, es zu tun.‹ Er sprach und wurde wieder entlassen.

Seither haben die Gerichtsräte ohne Zweifel an ihre untergeordneten Räte Botschaften geschickt. Der Wirt sagte, dass er nur Bauern und Bäuerinnen gesehen habe, die auf Eseln geritten seien, daraus ergibt sich, dass man auf alle Jagd machen wird, die auf Eseln reiten. Und der Prinz braucht euch, meine Kinder!«

»Verkaufe die Esel«, sagte Ulenspiegel, »und hebe den Erlös für den Schatz des Prinzen auf.« Die Esel wurden verkauft.

Wasteele sagte: »Jetzt ist es notwendig, dass ihr ein freies, von den Innungen unabhängiges Handwerk habt; verstehst du Vogelkäfige und Mausfallen anzufertigen?« »Ich habe es schon einmal getan«, sagte Ulenspiegel. »Und du?«, fragte Wasteele Lamme. »Ich werde heetekoeken und oeli-koeken, die sogenannten Krauskuchen und Mehlklößchen in Öl, verkaufen.«

»Folget mir, hier sind fertige Käfige und Mausefallen und Werkzeuge und Kupferfäden, um welche zu reparieren und neue anzufertigen. Sie wurden mir von einem meiner Spione gebracht. Das ist also dein Rüstzeug, Ulenspiegel. Was dich betrifft, Lamme, ist hier ein kleines Öfchen und ein Blasebalg, ich werde dir Mehl, Butter und Öl geben, damit du deine heete- und oeli-koeken backen kannst.« »Er wird sie auch essen«, sagte Ulenspiegel.

»Wann werden wir die ersten machen?«, fragte Lamme. Wasteele antwortete: »Ihr werdet mir zunächst ein oder zwei Nächte lang helfen, ich kann mit meiner großen Arbeit nicht allein fertig werden.« »Ich habe Hunger«, sagte Lamme, »isst man hier?« »Es gibt Brot und Käse«, sagte Wasteele. »Ohne Butter?«, fragte Lamme. »Ohne Butter«, sagte Wasteele. »Hast du Bier oder Wein?«, fragte Lamme weiter. »Ich trinke niemals«, antwortete er, »aber wenn ihr wollt, werde ich in den ›Pelicaen‹ gehen und etwas zu trinken holen.« »Ja«, sagte Lamme, »und bringe uns Schinken mit.« »Ich werde es tun, wenn ihr wollt«, sagte Wasteele, während er Lamme mit großer Geringschätzung anblickte.

Dennoch brachte er Dobbelclauwaert und einen Schinken mit. Lamme ward lustig und aß für fünf. Dann fragte er: »Wann machen wir uns an die Arbeit?« »Diese Nacht«, sagte Wasteele, »aber bleibt in der Schmiede und habt keine Angst vor meinen Gehilfen. Sie sind Reformierte wie ihr.« »Das ist gut«, sagte Lamme.

Nachts, nach dem Feierläuten, als die Türen geschlossen waren, ließ sich Wasteele, zwischen dem Keller und der Schmiede auf und ab steigend, von Ulenspiegel und Lamme helfen, schwere Bündel Waffen heraufzutragen. »Hier«, sagte er, »zwanzig Arkebusen, die repariert werden müssen, dreißig eiserne Lanzen zum Schleifen und Blei, um hundert Kugeln zu gießen. Ihr werdet mir helfen.« »Mit beiden Händen«, sagte Ulenspiegel, »da ich nicht vier habe, um dir zu dienen.« »Lamme wird uns behilflich sein«, sagte Wasteele. »Ja«, sagte Lamme kläglich und verschlafen wegen des überreichen Trunkes und der fetten Mahlzeit. »Du wirst das Blei schmelzen«, sagte Ulenspiegel. »Ich werde das Blei schmelzen«, sagte Lamme.

Er schmolz das Blei, goss seine Kugeln und warf dem Schmied, der ihn wach zu bleiben zwang, während ihm die Augen zufielen, wilde Blicke zu. Er goss die Kugeln in stiller Wut und hatte große Lust, dem Schmied Wasteele das geschmolzene Blei an den Kopf zu werfen. Aber er hielt sich zurück.

Gegen Mitternacht, während der Schmied mit Ulenspiegel geduldig Kanonenrohre, Arkebusen und Lanzeneisen schliff, und während Lammes Wut gleichzeitig mit der übergroßen Müdigkeit zugenommen hatte, hielt Lamme mit fauchender Stimme folgende Rede: »Da stehst du, mager, bleich und ärmlich, glaubst mit fester Überzeugung an die Fürsten und Großen dieser Erde und verachtest mit größtem Eifer deinen Körper, deinen edlen Körper, den du in Unglück und Elend zugrunde gehen lässest. Dazu hat dich Gott mit Frau Natur wahrlich nicht gezeugt. Weißt du, dass unsere Seele, die die Lunge des Lebens ist, Bohnen, Rindfleisch, Bier, Wein, Schinken, Würste und andere Köstlichkeiten braucht, um zu atmen? Aber du, du lebst von Brot, Wasser und nächtlichem Wachen.«

»Woher kommt dir dieser Redefluss?«, fragte Ulenspiegel. »Er weiß nicht, was er spricht«, antwortete Wasteele traurig.

Aber Lamme ward zornig und sprach: »Ich weiß es besser als du. Ich sage, dass wir Narren sind, ich ebenso wie du und Ulenspiegel, die wir uns für die Fürsten und Großen der Erde die Augen blind machen, während sie aus Leibeskräften lachen, wenn sie sehen, wie wir vor Müdigkeit zerplatzen, weil wir nicht schlafen, um für sie Waffen zu schleifen und Kugeln zu gießen. Während sie aus goldenen Humpen französischen Wein trinken und von Tellern aus englischem Zinn Kapaune essen, machen sie sich keine Sorgen darum, dass wir indessen in Gottes freier Luft nach Nahrung suchen, durch dessen Gnade sie Gewalt über ihre Feinde haben, die uns mit ihren Sensen die Beine abschneiden und uns in die Totenlöcher werfen.

Sie, die weder Reformierte noch Calvinisten, noch Lutheraner, noch Katholiken, sondern durch und durch Skeptiker und Zweifler sind, kaufen und erobern inzwischen Fürstentümer, verschlingen das Vermögen der Mönche, der Äbte und Klöster und besitzen alles: Jungfrauen, Frauen und Freudenmädchen, und trinken aus ihren goldenen Humpen zu ihrer immerwährenden Ergötzung und zu unserer ewigen Dummheit, Tollheit und Eselei und auf die sieben Todsünden, die sie angesichts deiner Begeisterung, o Schmied Wasteele, dauernd begehen.

Sieh, die Felder, die Weiden, betrachte die Ernte auf den Äckern, das Obst, die Rinder und all das Gold, das aus der Erde sprießt, sieh, die wilden Tiere im Wald, die Vögel im Himmel, die köstlichen Fettammern, die zarten Drosseln, der Kopf des Wildschweins und die Keule des Rehs: das alles gehört ihnen, sie jagen es zu Land und fischen es zu Wasser. Du aber, du lebst von Wasser und Brot, und wir, wir reiben uns für sie auf, ohne zu schlafen, ohne zu essen und ohne zu trinken. Und wenn wir tot sein werden, werden sie unseren Kadavern einen Fußtritt geben und zu unseren Müttern sagen: ›Macht uns neue, diese da können uns nicht mehr dienen!‹«

Ulenspiegel lachte, ohne ein Wort zu sagen, Lamme schnaufte vor Entrüstung, aber Wasteele sagte mit sanfter Stimme: »Du sprichst leichtfertig, ich lebe nicht für Schinken, nicht für Bier und nicht für Fettammern, sondern für den Sieg des freien Gewissens. Der Prinz der Freiheit tut wie ich. Er opfert seine Güter, seine Ruhe und sein Glück, um die Henker und Tyrannen aus den Niederlanden zu verjagen. Tu es ihm gleich und bemühe dich, mager zu werden. Nicht mit dem Bauch rettet man die Völker, sondern mit stolzem Mut und stiller Duldsamkeit, ohne Murren bis zum Tode.

Und jetzt geh schlafen, wenn du schläfrig bist.«

Aber Lamme war beschämt und wollte nicht gehen. Und bis zum Morgen schliffen sie Waffen und gossen Kugeln. So ging's drei Nächte lang.

In der darauffolgenden Nacht machten sie sich, Käfige, Mausefallen und oeli-koekjes verkaufend, auf den Weg nach Gent. In Meulestee, dem Dörfchen der Mühlen, dessen rote Dächer man schon von Weitem sah, machten sie halt, sie kamen überein, ihrem Beruf getrennt nachzugehen und vor Feierabend in der Herberge In de Zwaen – Zum Schwan – wieder zusammenzutreffen. Lamme zog, oeli-koekjes verkaufend, durch die Straßen von Gent und fand Geschmack an seinem Beruf, er suchte nach seiner Frau, leerte ganz gewaltige Kannen und aß ohne Unterbrechung.

Ulenspiegel überbrachte Jacob Scoelap, einem Lizentiaten der Heilkunde, Briefe vom Prinzen, ebenso dem Schneider Lieven Met, dem Jan Wulfschlaeger, dem Färber Gillis Coorne und dem Ziegelbrenner Jan de Roose, die ihm das von ihnen für den Prinzen gesammelte Geld übergaben und ihm sagten, dass er noch einige Tage in Gent und Umgebung verweilen solle, weil sie ihm noch mehr geben wollten. All diese Leute wurden später wegen Ketzerei am »Neuen Galgen« aufgehängt, und ihre Leichen wurden am Galgenfeld vor den Toren von Brügge begraben.

XXX

Indessen eilte Spelle der Rote, mit seinem roten Stäbchen ausgerüstet, auf seinem mageren Pferd von Stadt zu Stadt, ließ überall Schafotte errichten, Scheiterhaufen anzünden und Gräben graben, um die armen Frauen und Mädchen lebendig zu verscharren. Und der König erbte.

Ulenspiegel hielt sich mit Lamme in Meulestee auf, sie saßen unter einem Baum und hatten rechte Langeweile. Ulenspiegel fror, obgleich man im Juni war. Ein feiner, körniger Regen fiel vom Himmel, der mit grauen Wolken bedeckt war. Lamme sagte: »Mein Sohn, seit vier Nächten läufst du schamlos am Strich hinter den Freudenmädchen her, schläfst in Zoeten Inval und wirst es noch machen wie der Mann auf dem Aushängeschild, der, den Kopf voran, in den Bienenkorb fällt. Vergebens habe ich im ›Schwan‹ auf dich gewartet, und ich wittere Unheil in diesem Vagabundenleben. Warum nimmst du dir nicht in aller Tugend eine Frau?«

»Lamme«, sagte Ulenspiegel, »derjenige, dem eine soviel gilt wie alle und alle soviel gelten wie eine in diesem ehrenhaften Kampf, den man Liebe nennt, der soll sich nicht leichtfertig und ohne Wahl in die Ehe stürzen.«

»Und Nele, denkst du nicht an sie?« »Nele ist sehr weit, in Damme«, sagte Ulenspiegel.

Während sie noch in ihrer Stellung verharrten und dichter Nebel vom Himmel fiel, lief eine anmutige Frau vorbei, die ihren Kopf mit dem Rock bedeckt hatte. »Heda, du Grübler«, rief sie, »was machst du unter diesem Baum?« »Ich – denke an eine Frau, die mir aus ihrem Rock ein Hageldach macht«, sagte Ulenspiegel. »Du hast sie gefunden«, sagte die Frau, »steh auf!« Ulenspiegel erhob sich und ging auf sie zu. »Willst du mich nun allein lassen?«, fragte Lamme. »Ja«, sagte Ulenspiegel, »aber geh in den ›Schwan‹, iss ein oder zwei Hammelkeulen, trink zwölf Humpen Bier, und dann wirst du schlafen und dich nicht mehr langweilen.« »Ich werde so tun«, sagte Lamme.

Ulenspiegel näherte sich der Frau. »Hebe meinen Rock auf der einen Seite«, sagte sie, »ich werde ihn auf der anderen heben, und jetzt laufen wir.« »Warum laufen?«, fragte Ulenspiegel. »Weil ich aus Meulestee fliehen will«, sagte sie, »der Profos Spelle ist da mit zwei Häschern, und er hat geschworen, dass er alle Freudenmädchen, die ihm nicht fünf Gulden zahlen wollen, auspeitschen lassen würde. Das ist der Grund meines Laufens, laufe auch du und bleibe bei mir, um mich zu verteidigen.«

»Lamme«, rief Ulenspiegel, »Spelle ist in Meulestee, geh nach Destelberg in den ›Stern der Magier‹.« Lamme erhob sich bestürzt, hielt sich den Wanst mit beiden Händen und begann zu laufen.

»Wohin läuft der dicke Hase?«, fragte das Mädchen. »In ein Erdloch, in dem ich ihn wiederfinden werde«, antwortete Ulenspiegel. »Laufen wir«, sagte sie und schlug den Boden mit ihren Füßen wie eine ungeduldige Stute. »Ich wäre gern tugendhaft und verzichtete aufs Laufen«, sagte Ulenspiegel. »Was will das besagen?«, fragte sie. »Der dicke Hase will, dass ich auf guten Wein, auf das Kräuterbier und auf die kühle Haut der Frauen verzichte.« Das Mädchen sah ihn mit bösen Augen an und sagte: »Du bist kurzatmig, du musst dich ausruhen.« »Mich ausruhen, ja, ich sehe aber keinen Unterschlupf«, sagte Ulenspiegel. »Deine Tugend wird dir als Decke dienen«, erwiderte das Mädchen. »Dein Rock ist mir lieber.« »Mein Rock wäre entrüstet, wenn er einen Heiligen, wie du einer sein willst, zudecken sollte. Pack dich, ich laufe allein weiter.« »Weißt du nicht«, entgegnete Ulenspiegel, »dass ein Hund mit seinen vier Beinen schneller läuft als ein Mensch mit zweien? Nun also, wenn wir vier Beine haben, laufen wir besser.« »Das hast du für einen tugendhaften Mann schnell gesagt.« »Ja.« »Aber«, sagte sie, »ich habe immer gesehen, dass die Tugend eine stille, schläfrige, zähe und frostige Eigenschaft ist. Sie ist eine Maske, um missmutige Gesichter zu verbergen, ein Mantel von Sammet um einen Menschen von Stein. Ich liebe nur die, die in der Brust eine Glutpfanne haben, die am Feuer der Mannbarkeit entzündet ist und zu tapferen und fröhlichen Unternehmungen antreibt.« »So sprach auch die schöne Teufelin zu dem ruhmreichen, heiligen Antonius«, sagte Ulenspiegel.

Zwanzig Schritte von der Straße entfernt lag eine Herberge. »Du hast gut gesprochen«, sagte Ulenspiegel, »jetzt musst du aber auch gut trinken.« »Meine Zunge ist noch munter«, erwiderte das Mädchen.

Sie traten ein. Auf einem Schrank schlummerte einer jener weitbauchigen Krüge, die wegen ihres breiten Hohlraums »Wänste« genannt werden. Ulenspiegel sagte zum Wirt: »Siehst du diesen Gulden?« »Ich sehe ihn«, sagte der Wirt. »Um wie viel Patards wirst du ihn kleiner machen, um diesen Wanst da mit Dobbelclauwaert zu füllen?« »Um negen mannekens« – neun Männlein – »wirst du leichter sein.« »Das sind sechs flandrische Motten«, sagte Ulenspiegel, »und um zwei Motten zu viel. Aber füll ihn inzwischen.«

Ulenspiegel goss einen Becher für die Frau voll, setzte dann den Schnabel des »Wanstes« stolz an den Mund und leerte ihn mit einem Zug in seine Kehle. Das machte ein Geräusch wie ein Wasserfall. Das Mädchen war verdutzt und fragte: »Wie kannst du einen so großen ›Wanst‹ in deinen mageren Bauch ausleeren?« Ulenspiegel antwortete ihr nicht und sagte zum Wirt: »Bringe einen Schinken und Brot und noch einen vollen Wanst, damit wir essen und trinken können.«

Während das Mädchen an einem Stück Schinkenschwarte knabberte, fasste er sie mit so zärtlicher Fertigkeit an, dass sie mit einmal hingerissen, bezaubert und unterwürfig war. Sie fragte: »Woher sind dir bei deiner Tugend dieser Schwammsdurst, dieser Wolfshunger und diese Liebesgewandtheit gekommen?« Ulenspiegel antwortete: »Nachdem ich auf hunderterlei Arten gesündigt hatte, habe ich, wie du weißt, geschworen, Buße zu tun. Das dauerte eine gute Stunde. Als ich mir während dieser Stunde mein künftiges Leben vergegenwärtigte, sah ich mich mit magerem Brot und langweiligem Wasser ernährt, mit trauriger Miene die Liebe fliehen und aus Furcht, etwas Böses zu tun, nicht wagend, mich vom Fleck zu rühren oder auch nur zu niesen, ich sah mich von allen geschätzt und von jedem gefürchtet, einsam wie ein Aussätziger und traurig wie ein Hund, der seinen Herrn verloren hat, und schließlich, nach fünfzigjährigem Martyrium, sah ich mich trübselig auf einer elenden Lagerstatt verenden. Die Buße hat lange genug gedauert – nun küsse mich, Liebchen, und lass uns zu zweit das Fegefeuer fliehen!«

»Ach!«, sagte sie, willig gehorchend, »was ist doch die Tugend eine schöne Fahne, wenn man sie an die Spitze einer Stange steckt!«

Unter solchem Liebesgeplänkel verstrich die Zeit, dennoch mussten sie sich entschließen aufzubrechen, denn das Mädchen fürchtete, mitten in der Unterhaltung urplötzlich Spelle und seine Häscher auftauchen zu sehen. »Schürze also deinen Rock«, sagte Ulenspiegel. Und sie liefen wie die Hirsche nach Destelberg, wo sie im »Stern der drei Magier« den essenden Lamme fanden.

XXXI

Ulenspiegel suchte Jacob Scoelap, Lieven Smet und Jan de Wulfschlaeger oft in Gent auf, und sie teilten ihm Neuigkeiten über das gute oder schlechte Geschick des Schweigers mit. Und jedes Mal, wenn Ulenspiegel nach Destelberg zurückkam, sagte Lamme zu ihm: »Was bringst du? Glück oder Unglück?«

»Ach!«, sagte Ulenspiegel einmal, »der Schweiger, sein Bruder Ludwig und die anderen Heerführer hatten den Entschluss gefasst, noch weiter nach Frankreich vorzudringen und sich mit dem Prinzen von Condé zu verbinden. Dadurch hätten sie das arme belgische Vaterland und das freie Gewissen gerettet. Aber Gott wollte es nicht, die deutschen Reiter und Landsknechte weigerten sich weiterzumarschieren und sagten, dass ihr Eid sie zwinge, gegen den Herzog von Alba zu marschieren, nicht aber gegen Frankreich. Nachdem man vergeblich in sie gedrungen war, ihre Pflicht zu tun, sah sich der Schweiger gezwungen, sie über die Champagne und Lothringen bis Straßburg zu führen, von wo aus sie nach Deutschland zurückkehrten.

Durch diesen plötzlichen und starrsinnigen Abzug wurde alles zerstört, der König von Frankreich weigert sich, ungeachtet seines Vertrages mit dem Prinzen, das versprochene Geld zu übergeben, die Königin von England wollte ihm welches schicken, um Calais und Umgebung wieder besetzen zu können, ihre Briefe wurden abgefangen und an den Kardinal von Lothringen zurückgeschickt, der sie in eine entgegengesetzte Antwort ummodelte.

So sehen wir unsere schöne Armee, unsere Hoffnung, wie Geister beim Hahnenschrei zerstieben, aber Gott ist mit uns, und wenn die Erde den Dienst versagt, wird das Wasser sein Werk vollenden. Es lebe der Geuse!«

XXXII

Eines Tages kam das Mädchen tränenüberströmt zu Lamme und Ulenspiegel und sagte: »Spelle lässt in Meulestee die Mörder und die Diebe für Geld entwischen und richtet die Unschuldigen hin. Mein Bruder Michielkin ist unter ihnen. Ach! Erhöret mich: Ihr seid Männer, rächt ihn!

Ein zotiger und niederträchtiger Wüstling, Pieter de Roose, ein gewohnheitsmäßiger Verführer von Kindern und Mädchen ist es, der all das Unheil anrichtet. Ach!

Eines Abends trafen mein armer Bruder Michielkin und Pieter de Roose in der Schenke ›Zum Falken‹, aber nicht am selben Tisch, zusammen, Pieter de Roose wurde von jedermann wie die Pest gemieden. Mein Bruder, der sich nicht mit ihm in einem Zimmer sehen wollte, nannte ihn einen schuftigen Lumpenkerl und hieß ihn, den Saal zu räumen. Pieter de Roose antwortete: ›Der Bruder einer öffentlichen Hure darf die Nase nicht so hoch tragen!‹

Er log, denn ich bin keine Öffentliche und gebe mich nur dem, der mir gefällt.

Nun warf ihm Michielkin seinen Bierkrug an die Nase und erklärte, dass er gelogen habe wie ein dreckiger Gierhals, der er auch sei, dann drohte er ihm, dass er ihn seine Faust bis zum Ellbogen verschlucken lassen werde, wenn er sich nicht aus dem Staub mache. Der andere wollte noch sprechen, aber Michielkin tat, was er gesagt hatte: Er versetzte ihm zwei gewaltige Schläge auf den Kiefer und schleppte ihn an den Zähnen, die ihn zu beißen versuchten, bis auf die Straße, wo er ihn in jämmerlichem Zustand ohne Erbarmen liegen ließ.

Pieter de Roose ging, als er geheilt war, ins Vagevuur, eine trübselige Schenke, ein wahrhaftiges Fegefeuer, wo nur arme Leute verkehren, denn er wollte nicht einsam leben. Aber auch hier, selbst unter diesen Lumpen, blieb er allein. Und niemand sprach mit ihm, ausgenommen einige Bauern, denen er unbekannt war, und einige zerlumpte Landstreicher und Deserteure. Mehrmals wurde er sogar geprügelt, denn er war ein Händelsucher.

Als der Profos Spelle mit zwei Häschern nach Meulestee kam, folgte ihnen Pieter de Roose überall wie ein Hund und machte sie sich verpflichtet, indem er ihnen Wein, Braten und manchen anderen Genuss bezahlte, der um Geld zu kaufen ist. So wurde er ihr Gefährte und Kamerad und machte sich nun in seiner Bosheit daran, alle, die er hasste, zu peinigen, das waren sämtliche Einwohner von Meulestee, aber insbesondere mein armer Bruder. Michielkins bemächtigten sie sich zuallererst. Durch falsche Zeugen, Galgenstricke, die es nach Gulden gelüstete, wurde erklärt, dass Michielkin Ketzer sei, zotige Reden über Unsere Liebe Frau geführt und den Namen Gottes und der Heiligen zu often Malen in der Schenke ‚Zum Falken' gelästert habe, und überdies habe er gut an die dreihundert Gulden in einer Truhe liegen.

Ungeachtet, dass die Zeugen übel beleumdet waren, wurden die Beweise von Spelle und seinen Häschern als zureichend erklärt; um Michielkin zur Folter zu verurteilen, er wurde, an jedem Fuß ein Gewicht von fünfzig Pfund, mit den Armen an einer Laufrolle an der Decke aufgehängt. Er leugnete das Verbrechen und sagte, dass, wenn es in Meulestee einen Lumpenkerl, Schuft, Lästerer und Lumpen gäbe, so wäre der gewiss Pieter de Roose, aber nicht er. Aber Spelle wollte ihn nicht hören und hieß die Häscher, ihn bis an die Decke aufzuziehen und wuchtig auf seine mit den Gewichten beschwerten Beine zurückfallen zu lassen. Sie taten es, und zwar so grausam, dass die Haut und die Muskeln der Gelenke zerrissen und die Füße kaum noch an den Beinen hängen blieben.

Michielkin beharrte auf der Erklärung, dass er unschuldig sei, Spelle ließ die Folter erneuern und sagte ihm dann, dass er ihn freilassen würde, wenn er ihm hundert Gulden geben wolle. Michielkin sagte, dass er lieber stürbe.

Als die Bürger von Meulestee erfuhren, dass Michielkin gefangen genommen und gefoltert worden sei, wollten sie das Gemeinschaftszeugnis ablegen, das ist die Zeugenschaft aller rechtschaffenen Einwohner einer Gemeinde. Sie sagten einstimmig aus, dass Michielkin in keiner Weise als Ketzer gehandelt habe, er gehe vielmehr jeden Sonntag zur Messe und an den großen Feiertagen zum Altar des Herrn, er habe niemals über die Heilige Jungfrau gesprochen, es wäre denn, um sie in schwierigen Lebenslagen um ihre Hilfe anzuflehen, er habe nicht einmal von den sterblichen Frauen jemals Übles gesagt, geschweige denn, schon aus reiner Vernunft, von der himmlischen Muttergottes. Was die Lästerungen betreffe, die die falschen Zeugen ihn im ›Falken‹ ausstoßen gehört zu haben erklärten, so sei das alles gefälscht und erlogen.

Michielkin wurde freigelassen, die falschen Zeugen wurden bestraft, und Spelle zitierte Pieter de Roose vor sein Tribunal, aber er ließ ihn ohne Befragung und Folter nach einmaliger Zahlung von hundert Gulden wieder frei. Pieter de Roose, der fürchtete, dass das Geld, das ihm verblieben war, Spelles Aufmerksamkeit von Neuem auf ihn lenken könnte, floh aus Meulestee, während Michielkin, mein armer Bruder, an dem Brand verstarb, der über seine Füße gekommen war. Er, der mich nicht mehr vor den Augen haben wollte, hat mich dennoch rufen lassen, um mir zu sagen, dass ich das Feuer meines Leibes bändigen solle, da es mich sonst in das der Hölle bringen würde. Statt zu antworten, vermochte ich nur zu weinen, denn das Feuer ist in mir. Und er hauchte seine Seele in meinen Armen aus.

»Ha!«, sagte sie, »wer den Tod meines guten geliebten Michielkin an Spelle rächt, der wird für alle Zeit mein Herr sein, und ich werde ihm wie eine Hündin folgen!«

Während sie sprach, schlug die Asche Claesens an Ulenspiegels Brust. Und er beschloss, Spelle zu henken.

Boelkin – so hieß das Mädchen – kehrte in ihre Wohnung nach Meulestee zurück und war dort gegen die Rache Pieter de Rooses geschützt, denn ein Hirte, der durch Destelberg kam, berichtete ihr, dass der Pfarrer und die Bürger erklärt hätten, sie brächten Spelle vor den Herzog, wenn er der Schwester Michielkins etwas zuleide täte.

Ulenspiegel, der Boelkin nach Meulestee gefolgt war, betrat einen niedrigen Raum in Michielkins Haus und sah dort das Bildnis eines Bäckermeisters, von dem er annahm, dass es das des armen Toten sei ... Boelkin sagte: »Das ist das Bild meines Bruders.« Ulenspiegel nahm das Bild an sich und sagte, während er sich zum Gehen anschickte: »Spelle wird gehenkt werden!« »Was wirst du tun?«, fragte sie. »Wenn du es wüsstest, du hättest keine Freude, es mitanzusehen.« Boelkin schüttelte den Kopf und sagte mit schmerzlich bewegter Stimme: »Du setzt kein Vertrauen in mich!« »Heißt es nicht, dir schon außergewöhnliches Vertrauen beweisen«, sagte er, »wenn ich dir nur sage: Spelle wird gehenkt werden? Denn dieses einzige Wort genügte dir, um mich vor ihm henken zu lassen.« »In der Tat«, sagte sie. »Nun bringe mir guten Ton«, sagte Ulenspiegel, »eine Doppelkanne Braunbier, klares Wasser und einige Schnitten Rindfleisch. Aber jedes für sich. Der Ochse ist für mich, das Braunbier für den Ochsen, das Wasser für den Ton und der Ton für das Porträt.«

Ulenspiegel aß und trank und knetete zugleich den Ton, sodass er hin und wieder ein Stück davon mitverschlang, aber das kümmerte ihn wenig, und er betrachtete mit großer Aufmerksamkeit das Bild Michielkins. Als der Ton geknetet war, machte er eine Maske mit Nase, Mund, Augen und Ohren, die dem Bildnis des Toten so ähnlich war, dass Boelkin ganz verblüfft schien. Er stellte die Maske an den Ofen, und als sie trocken war, bemalte er sie mit der Farbe, wie Leichen sie haben, zeichnete ihr böse Augen, finstere Gesichtszüge und die Muskelverzerrungen eines Sterbenden.

Nun wurde das Staunen des Mädchens von anderen Gefühlen abgelöst, sie sah die Maske wie gebannt an, erbleichte, bedeckte das Gesicht mit den Händen und sagte schaudernd: »Das ist er, mein armer Michielkin!«

Ulenspiegel formte auch noch zwei blutige Füße. Dann sagte sie, nachdem sie ihren ersten Schrecken überwunden hatte: »Gesegnet sei der, der den Mörder morden wird.« Ulenspiegel nahm die Maske und die Füße und sagte: »Ich brauche einen Gehilfen.« »Geh in die ›Blaue Gans‹ zu Joos Lansaem aus Ypern, dem Wirt dieser Schenke«, sagte Boelkin, »er war der beste Freund und Kamerad meines Bruders. Sag ihm, dass Boelkin dich zu ihm schickt.« Ulenspiegel tat, was sie ihn geheißen.

Nachdem Spelle sein Werk für den Tod getan hatte, ging er in den »Falken«, um eine Mischung aus Dobbelclauwaert, Zimmet und Madeirazucker zu trinken. In dieser Schenke wagte man, aus Angst vor dem Strick, nicht, ihm etwas zu verweigern. Pieter de Roose hatte Mut gefasst und war nach Meulestee zurückgekehrt. Er folgte Spelle und seinen Häschern auf Schritt und Tritt, weil er durch sie geschützt war. Spelle bezahlte manchen Trunk, und so versoffen sie zusammen fröhlich das Geld der Opfer.

Die Herberge »Zum Falken« sah nicht mehr so viele Gäste wie in den guten Tagen, da das Dorf noch in Freude lebte, den Herrgott auf katholisch verehrte und nicht der Religion wegen zu leiden hatte. Jetzt war es mit seinen zahlreichen leeren oder geschlossenen Häusern, mit seinen verödeten Straßen, in denen einige magere Hunde auf dem Müllhaufen ihre verfaulte Nahrung suchten, gleichsam in Trauer. Niemand als die beiden Bösewichter wagte mehr, nach Meulestee zu kommen. Die furcherfüllten Einwohner des Dorfes sahen die niederträchtigen Kerle, wie sie tagsüber die Häuser der künftigen Opfer bezeichneten und die Totenlisten aufstellten, abends sah man sie dann wieder, zotige Lieder singend, in den »Falken« einkehren, die beiden Häscher folgten ihnen, bis an die Zähne bewaffnet, um ihnen das Schutzgeleite zu geben.

Ulenspiegel ging in die »Blaue Gans« zu Joos Lansaem, der eben in seiner Rechenstube saß. Ulenspiegel zog eine kleine Flasche voll Branntwein aus seiner Tasche und sagte: »Boelkin hat davon zwei Fässer zu verkaufen.« »Komm in meine Küche«, sagte der Wirt. Dort schloss er die Tür hinter sich und sah Ulenspiegel prüfend an: »Du bist kein Branntweinhändler, was bedeutet dieses Augenzwinkern? Wer bist du?« Ulenspiegel antwortete: »Ich bin der Sohn von Claes, der in Damme verbrannt wurde. Die Asche des Toten schlägt über meiner Brust – ich will Spelle, den Mörder, töten.« »Ist es Boelkin, die dich herschickt?«, fragte der Wirt. »Boelkin schickt mich«, sagte Ulenspiegel, »ich will Spelle töten, und du sollst mir dabei helfen.« »Das will ich«, sagte der Wirt, »was ist zu tun?«

Ulenspiegel antwortete: »Geh zum Pfarrer, dem guten Hirten, der ein Feind Spelles ist. Versammle deine Freunde und finde dich morgen nach Feierabend jenseits von Spelles Haus auf der Straße von Everghem zwischen dem ›Falken‹ und besagtem Hause ein. Bleib im Schatten und zieht keine weißen Kleider an. Mit dem Schlag zehn wirst du Spelle die Schenke verlassen und von der anderen Seite einen Karren herankommen sehen. Teile deinen Freunden heute noch nichts mit, sie schlafen zu nahe an den Ohren ihrer Frauen! Suche sie erst morgen auf. Kommt, belauscht alles und merkt es euch gut.«

»Wir werden uns alles merken«, sagte Joos, dann erhob er seinen Becher und sagte: »Ich trinke auf Spelles Strick.« »Auf den Strick!«, sagte Ulenspiegel.

Dann kehrten sie wieder in die Schenkstube zurück, in der einige Genter Trödler beim Trunk saßen, die vom Brügger Samstagsmarkt kamen, wo sie Wämser und Mäntel mit Gold- und Silberspitzen teuer verkauft hatten, die sie den adeligen Bankerotteuren, die es durch ihren Luxus den Spaniern hatten gleichtun wollen, um ein paar Sous abgekauft hatten. Nach diesem großen Verdienst schmausten und tranken sie nun nach Herzenslust. Ulenspiegel und Joos saßen in einer Ecke und verabredeten unterm Trinken, ohne gehört zu werden, dass Joos zum Pfarrer der Kirche, dem guten Hirten, gehen sollte, der über Spelle, den Mörder der Unschuldigen, erbost war. Hernach sollte er zu seinen Freunden gehen.

Am nächsten Tag verließen Joos Lansaem und die Freunde Michielkins, die unterrichtet waren, die »Blaue Gans«, wo sie, wie gewöhnlich, ihren Abendschoppen getrunken hatten, um sich nichts anmerken zu lassen, verließen sie die Schenke zur Feierstunde auf verschiedenen Wegen und kamen auf der Straße von Everghem zusammen. Es waren siebzehn Männer.

Um zehn Uhr verließ Spelle, von seinen beiden Häschern und Pieter de Roose gefolgt, den »Falken«. Lansaem und die Seinen hatten sich in der Scheune Samson Boenes, eines Freundes von Michielkin, verborgen. Die Tür der Scheune war geöffnet, aber Spelle sah die Männer nicht. Sie hörten ihn ebenso wie Pieter de Roose und die zwei Häscher, torkelnd vom Trunk, vorbeigehen und mit schwerer Zunge, oftmals schluckend, sagen: »Profosen, Profosen! Ihr habt ein gutes Leben auf dieser Welt! Haltet mich, Spitzbuben, die ihr von dem lebt, was bei mir übrig bleibt!«

Plötzlich wurde auf der Straße, aus der Richtung des Feldes, das Schreien eines Esels und das Knallen einer Peitsche hörbar.

»Das ist wohl ein widerspenstiger Esel, der trotz dieser Belehrung nicht weitergehen will«, sagte Spelle. Da hörte man das Kreischen der Räder und das Holpern des Karrens, der vom oberen Ende der Straße herankam. »Haltet ihn auf«, sagte Spelle. Als der Karren an ihnen vorbeikam, warfen sich Spelle und die beiden Häscher dem Esel in die Zügel. »Dieser Karren ist leer«, sagte einer der Häscher. »Tölpel«, sagte Spelle, »laufen leere Karren des Nachts allein umher? In diesem Karren verbirgt sich jemand! Zündet die Laternen an und hebt sie hoch, ich will mir das ansehen.« Die Laternen wurden angezündet, und Spelle kletterte, die seine in der Hand, auf den Karren. Aber kaum hatte er in den Karren gesehen, so stieß er einen gewaltigen Schrei aus, fiel rücklings nieder und rief: »Michielkin! Michielkin! Jesus, hab Erbarmen mit mir!« Dann erhob sich ein Mann in weißer Bäckerkleidung und blutige Füße in den Händen haltend vom Boden des Karrens.

Als Pieter de Roose im Schein der Laternen den Mann sich erheben sah, rief er gleichzeitig mit den zwei Häschern: »Michielkin! Der tote Michielkin! Herrgott, hab Erbarmen mit uns!«

Die Siebzehn kamen auf den Lärm herbei, um das Schauspiel aus der Nähe zu betrachten, und erschraken, als sie im Mondlicht sahen, wie groß die Ähnlichkeit der Maske mit dem verstorbenen Michielkin war. Das Gespenst fuchtelte mit seinen blutigen Füßen herum. Das war dasselbe volle, runde Gesicht, nur gebleicht durch den Tod, bläulich und unterhalb des Kinns von Würmern zernagt. Das Gespenst sagte, immer die blutigen Füße bewegend, zu Spelle, der stöhnend auf dem Rücken lag: »Spelle, Profos Spelle, erhebe dich!« Aber Spelle rührte sich nicht. »Spelle«, sagte es von Neuem, »Profos Spelle, erhebe dich, oder ich nehme dich mit mir hinab in den gähnenden Rachen der Hölle!« Spelle, dem die Haare vor Angst zu Berge standen, erhob sich und rief gequält: »Michielkin, Michielkin, habe Erbarmen mit mir!« Indessen waren die Bürger von Meulestee herbeigeeilt, aber Spelle sah nichts als die Laternen, die er für die Augen des Teufels hielt, wie er später bekannte.

»Spelle«, sagte der Geist Michielkins, »bist du bereit zu sterben?« »Nein«, antwortete der Profos, »nein, mein Herr Michielkin, ich bin nicht dazu vorbereitet und will nicht mit einer Seele, die schwarz von Sünden ist, vor Gott erscheinen.« »Du erkennst mich?«, fragte der Geist. »So wahr mir Gott helfe«, sagte Spelle, »ja, ich erkenne Euch, Ihr seid der Geist Michielkins, des Bäckers, der schuldlos an den Folgen der Tortur im Bett gestorben ist, und diese blutigen Füße sind die, an deren jeden ich ein Gewicht von fünfzig Pfund hängen ließ. Ach! Michielkin, vergib mir! Dieser Pieter de Roose da war es, der mich so versucht hat. Er bot mir fünfzig Gulden, die ich auch erhielt, wenn ich deinen Namen in das Register eintrüge.«

»Willst du beichten?«, fragte der Geist. »Ja, mein Herr, ich will beichten, will alles sagen und Buße tun. Aber geruhet, diese Dämonen fortzuweisen, die da stehen, bereit, mich zu verschlingen! Ich werde alles sagen. Verjagt diese Feueraugen! Ich habe fünf Bürgern in Tournay dasselbe angetan und vieren in Brügge desgleichen, ihre Namen weiß ich nicht mehr, aber ich werde sie Euch sagen, wenn Ihr es fordert. Auch an anderen Orten habe ich gesündigt und habe neunundsechzig Unschuldige ins Grab gebracht. Michielkin, der König brauchte Geld. Das ließ man mich wissen, aber ich brauchte gleichfalls welches. Es ist in Gent bei der alten Grovels, meiner richtigen Mutter, im unterirdischen Keller. Ich habe alles gesagt, alles. Gnade und Barmherzigkeit! Verjagt die Teufel! Herrgott, Jungfrau Maria und Jesus, seid mir gnädig! Vertreibet die Feuer der Hölle, ich werde alles, alles verkaufen, den Armen geben und Buße tun!«

Ulenspiegel, der sah, dass die Menge der Bürger bereit war, ihn zu unterstützen, sprang aus dem Karren, fuhr Spelle an die Gurgel und wollte ihn erwürgen. Aber der Pfarrer kam und sagte: »Lasst ihn leben! Besser, er stirbt durch den Strick des Henkers als unter den Fingern eines Geistes.« »Was wollt ihr mit ihm anfangen?«, fragte Ulenspiegel. »Ihn beim Herzog anklagen und henken lassen«, antwortete der Pfarrer, »aber wer bist du?«

»Ich bin die Maske Michielkins«, sagte Ulenspiegel, »und in Person ein armer flämischer Fuchs, der sich aus Furcht vor den spanischen Jägern in seinen Bau verkriecht.«

In der Zwischenzeit hatte Pieter de Roose seine Beine in die Hand genommen und war entflohen. Spelle wurde gehenkt, und sein Vermögen wurde konfisziert. Und der König erbte.

XXXIII

Am nächsten Tag wanderte Ulenspiegel, dem klaren Wasser der Lys folgend, gegen Courtrai. Lamme stapfte mit kläglicher Miene neben ihm her.

Ulenspiegel sagte zu ihm: »Du stöhnst, einfältiges Herz, und trauerst der Frau nach, die dir die Hörnerkrone der Hahnreischaft auf den Kopf gesetzt hat.« »Mein Sohn«, entgegnete Lamme, »sie war mir immer treu und liebte mich ebenso innig, wie ich sie liebte! Mein süßer Jesus, du weißt es! Eines Tages, als sie in Brügge gewesen war, kam sie ganz verändert zurück. Seit damals sagte sie immer, wenn ich sie um Liebe bat: ›Ich darf nur als Freundin neben dir leben und nicht anders.‹

Da sagte ich mit betrübtem Herzen: Geliebter Schatz, wir sind vor Gott einander angetraut worden. Tu ich nicht alles für dich, was du willst? Habe ich mich nicht manches Mal nur mit einem Wams von schwarzem Leinen und einem Barchentmantel bekleidet, um dich, den königlichen Anordnungen entgegen, in Seide und Brokat gekleidet zu sehen? Schätzchen, wirst du mich nicht mehr lieben? ›Ich liebe dich nach dem Gebot Gottes und nach den heiligen Regeln der Buße. Ich werde dir für alle Fälle eine tugendhafte Gefährtin sein‹, sagte sie. Ich kümmere mich nicht um deine Tugend – sagte ich –, ich will nur dich, dich, meine Frau. Sie schüttelte den Kopf und sagte: ›Ich kenne dich gut, du warst bis heute der Koch im Hause, um mir die Küchenarbeit zu ersparen, du hast unsere Kleider, Halskrausen und Hemden gebügelt, weil das Eisen für mich zu schwer war. Du wuschest unsere Wäsche und fegtest das Haus und die Straße vor dem Tore, um mir alle Anstrengung zu ersparen. Jetzt will ich an deiner Stelle arbeiten, mein Mann, aber nicht mehr.‹

Das ist mir ganz gleich – antwortete ich –, ich werde wie früher deine Zofe, deine Plätterin, deine Köchin, deine Wäscherin und deine Sklavin sein, die dir ganz und gar ergeben ist, aber, Frau, trenne diese zwei Herzen und diese zwei Leiber nicht, die eins waren. Brich diese zarten Liebesbande nicht, die uns so zärtlich fesselten! – ›Es muss sein!‹ antwortete sie. – Ach! Sagte ich, hast du diesen eisernen Beschluss in Brügge gefasst? ›Ich habe ihn vor Gott und den Heiligen beschworen‹, erwiderte sie. Wer zwang dich denn – rief ich aus –, ein Gelübde zu leisten, deine Pflichten als Gattin nicht zu erfüllen! ›Derjenige, der vom Geist Gottes erfüllt ist und mich unter seine Büßerinnen aufgenommen hat‹, sagte sie.

Von diesem Moment an war sie nicht mehr die Meine, als ob sie die treue Frau eines andern gewesen wäre. Ich flehte sie an, quälte sie, drohte ihr, weinte und bat. Aber vergebens. Eines Abends, als ich von Blankenberge zurückkam, wo ich den Pachtzins eines meiner Bauernhöfe eingeholt hatte, fand ich das Haus leer. Ohne Zweifel meiner Bitten müde und erzürnt und traurig ob meines Kummers, war meine Frau entflohen. Wo sie wohl jetzt ist?«

Und Lamme setzte sich ans Ufer der Lys, ließ den Kopf hängen und starrte ins Wasser.

»Ach, meine Freundin!«, sagte er, »wie warst du rundlich und zart und anmutig! Werde ich jemals ein Hühnchen finden wie dich? O Topf am Feuer der Liebe! Soll ich nie wieder aus dir essen? Wo sind die Küsse, balsamisch duftend wie Thymian? Wo ist dein lieblicher Mund, von dem ich die Freude schlürfte wie die Bienen den Honig aus der Rose? Wo sind deine weißen Arme, die mich zärtlich umschlangen? Wo ist dein klopfendes Herz, deine runde Brust, wo das köstliche Erbeben deines Liebe atmenden Feenleibes?

Aber wo sind deine alten Wasser, du munterer Strom, der du deine neuen so fröhlich der Sonne entgegenrollst?«

XXXIV

Als sie am Wald von Peteghem vorbeikamen, sagte Lamme zu Ulenspiegel:

»Ich brate, lass uns den Schatten aufsuchen.«

Ulenspiegel war einverstanden, und sie setzten sich im Wald auf Gras. Da sahen sie ein Rudel Hirsche vorbeiziehen, und Ulenspiegel sagte, während er seine deutsche Arkebuse lud:

»Sieh nur, Lamme, wie stolz die großen, alten Hirsche ihr neunendiges Geweih tragen, die zierlichen Spießer trotten als ihre Knappen neben ihnen her, um ihnen mit den Spitzen ihrer jungen Geweihe dienstbar zu sein. Sie ziehen zu ihrem Ruheplatz. Tu wie ich, und dreh das Rad deiner Arkebuse. Jetzt schieße! – Der alte Hirsch ist verwundet. Ein Spießer ist am Schenkel getroffen und flieht. Verfolgen wir ihn so lange, bis er fällt. Komm, laufe, spring und fliege wie ich.«

»Mein Freund ist verrückt!«, sagte Lamme. »Hirsche im Lauf verfolgen! Ohne Flügel fliegen wollen, das ist verlorene Mühe, du wirst sie ja doch nicht einholen. Ach! Was ist das für ein grausamer Kumpan! Glaubst du denn, ich bin so gelenkig wie du? Ich schwitze, mein Sohn, ich schwitze und werde fallen. Wenn dich der Förster zu fassen kriegt, wirst du gehenkt. Hirsche sind Königswild, lasse sie laufen, mein Sohn, du bekommst sie ja doch nicht!«

»Komm«, sagte Ulenspiegel, »hörst du, wie ihre Geweihe das Laub streifen? Sie sausen dahin wie ein Wirbelwind. Siehst du die geknickten jungen Äste und die Blätter am Boden? Jetzt hat er eine zweite Kugel im Schenkel – den werden wir essen!«

»Noch ist er nicht gebraten«, sagte Lamme. »Lass diese armen Tiere laufen. Ach! Wie heiß ist es! Ich werde sicherlich noch stürzen und mich nicht mehr erheben können!«

Plötzlich tauchten auf allen Seiten bewaffnete, in Lumpen gehüllte Männer auf, und bellende Hunde machten sich an die Verfolgung der Hirsche. Vier wild aussehende Männer umringten Lamme und Ulenspiegel und führten sie auf eine von Dickicht umgebene Lichtung, wo sie zwischen Frauen und Kindern, die da ihr Lager aufgeschlagen hatten, zahlreiche Männer sahen, die Waffen verschiedenster Art, Degen, Armbrüste, Arkebusen, Lanzen, Spieße und Reiterpistolen trugen.

»Seid ihr Strauchdiebe oder Waldbrüder?«, fragte Ulenspiegel, »da ihr doch hier in Gemeinschaft zu leben scheint, um der Verfolgung zu entgehen!«

»Wir sind Waldbrüder«, antwortete ein Alter, der neben dem Feuer saß und das Fleisch einiger Vögel in einer Pfanne zerschnitt. »Aber wer bist du?«

»Ich stamme aus dem schönen Lande Flandern«, antwortete Ulenspiegel, »und bin Maler, Handwerker, Edelmann und Bildhauer, alles in einem. So durchwandere ich die Welt, lobe das Schöne und Gute und verlache die Dummheit aus voller Kehle.«

»Wenn du so viele Länder gesehen hast«, sagte der Mann, »kannst du gewiss Schildt ende Vriendt, Schild und Freund, so aussprechen wie die Genter, wenn nicht, bist du ein falscher Flame und musst sterben.«

»Schildt ende Vriendt«, sagte Ulenspiegel.

»Und du, Dickwanst?« wandte sich der Alte an Lamme, »was ist dein Beruf?«

Lamme antwortete:

»Meine Ländereien, Gutshöfe und Pachtschillinge aufzuessen und zu vertrinken, meine Frau zu suchen und meinem Freund Ulenspiegel allerorten zu folgen.«

»Wenn du so viel reisest, so wirst du wohl wissen, wie man die Leute von Weert in Limburg nennt?«

»Ich weiß es nicht«, antwortete Lamme, »aber könnt Ihr mir nicht den Namen dieses schändlichen Taugenichts sagen, der meine Frau aus dem Haus gejagt hat? Bringt ihn mir, ich töte ihn!«

Der Alte erwiderte:

»Es gibt zwei Dinge auf der Welt, die niemals wiederkehren, wenn sie einmal fort sind: das ausgegebene Geld
und die überdrüssige Frau, die sich auf und davon gemacht hat.«

Dann wandte er sich wieder an Ulenspiegel:

»Weißt du, wie man die von Weert in Limburg nennt?«

»Rackstekers, Rochenbeschwörer«, antwortete Ulenspiegel. »Denn als eines Tages ein Rochen von dem Wagen des Fischhändlers herabfiel, glaubten die Weiber,
die ihn zappeln sahen, es sei der Teufel, und riefen:
›Lasst uns den Pfarrer holen, damit er ihn beschwöre!‹
Der Pfarrer beschwor ihn, nahm ihn dann mit und
machte zu Ehren derer von Weert ein schönes Frikassee
daraus. Möge Gott es mit dem Blutkönig ebenso machen!«

Zuweilen scholl aus dem Walde das Bellen der Hunde
und das Geschrei der Jäger, die das Wild hetzten.

»Das ist der Hirsch und der Spießer, die ich aufgejagt
habe«, sagte Ulenspiegel.

»Wir werden ihn verzehren«, sagte der alte Mann.
»Wie aber nennt man in Limburg die von Eindhoven?«

»Pinnemakers, Riegelmacher«, antwortete Ulenspiegel.
»Als eines Tages der Feind vor der Stadt war, verriegel-
ten sie das Tor mit einer Rübe. Da kamen Gänse des
Weges und fraßen die Rübe mit gierigen Schnäbeln auf,
der Feind aber drang in die Stadt ein. Die Schnäbel jedoch, mit denen man die Riegel der Gefängnisse öffnen
wird, in die man das freie Gewissen einsperrt, die werden aus Eisen sein.«

»Wenn Gott mit uns ist, wer wird gegen uns sein?«, erwiderte der Alte.

»Das Hundegebell, das Geschrei der Menschen, das Krachen der Äste! Es ist ein wahrer Sturm im Wald!«

»Ist es ein gutes Fleisch, dieses Hirschfleisch?«, fragte Lamme, während er die Frikassees betrachtete.

»Das Geschrei der Treiber kommt immer näher«, sagte Ulenspiegel zu Lamme. »Die Hunde sind ganz nahe – welch ein Getöse! Der Hirsch, der Hirsch! Gib acht, mein Sohn! Pfui! Das garstige Tier! Wirft meinen dicken Freund mitten zwischen Pfannen, Schüsseln, Tellern und Frikassees zu Boden. Und die Frauen und Mädchen fliehen, toll vor Angst! Blutest du, mein Sohn?«

»Du lachst, Tunichtgut!«, sagte Lamme. »Ja, ich blute. Er hat mich mit seinem Geweih ins Gesäß gestoßen. Da, sieh nur, meine Hosen sind zerrissen und mein Fleisch gleichfalls, und die schönen Frikassees liegen am Boden. Da, mein ganzes Blut läuft in die Strümpfe.«

»Dieser Hirsch ist ein weitschauender Chirurg«, sagte Ulenspiegel, »er errettete dich vom Schlagfluss.«

»Pfui, herzloser Taugenichts!«, sagte Lamme. »Aber ich werde dich nicht mehr begleiten, ich bleibe hier unter diesen biederen Männern und guten Frauen. Wie kannst du, ohne dich zu schämen, so roh sein, wenn ich leide, ich, der dir wie ein Hund auf den Fersen folgt, durch Schnee, Frost, Regen, Hagel, Wind, ich, der sich die Seele aus der Haut schwitzt, wenn es heiß ist!«

»Deine Wunde ist nicht schlimm. Leg ein oeli-koekje drauf, das wird dir ein gebackenes Pflaster sein«, antwortete Ulenspiegel. »Aber weißt du, wie man die Leute von Löwen nennt? Du weißt es nicht, armer Freund. Nun wohlan, ich will es dir sagen, damit du nicht so jammerst. Man nennt sie koeye-schieters, Kuhjäger, weil sie eines Tages albern genug waren, auf Kühe zu schießen, die sie für feindliche Soldaten hielten. Was uns betrifft, wir werden auf die spanischen Böcke schießen, ihr Fleisch stinkt, aber ihre Haut ist gut, um Trommeln daraus zu machen. – Und die von Tirlemont? Weißt du es? Natürlich nicht. Sie haben den ruhmreichen Beinamen kirekers. Denn am Pfingstsonntag flog ein Kanarienvogel, der aus seinem Bauer entwischt war, auf den Altar ihrer großen Kirche, und das ist das Sinnbild ihres Heiligen Geistes. Leg ein koeke-bakke auf deine Wunde und hebe die Schüsseln und Frikassees auf, die der Hirsch umgeworfen hat. Das ist Küchenmut. Zünde das Feuer wieder an, häng den Suppenkessel wieder an seine drei Pflöcke und widme dich aufmerksam der Zubereitung des Mahles. Weißt du, was die vier Wunder von Löwen sind? Nun, ich werde es dir sagen: Erstens gehen dort die Lebenden unter den Toten, denn die Kirche St. Michael steht neben dem Stadttor, ihr Friedhof ist also darüber. Zweitens sind die Glocken außerhalb der Türme, wie man es an der Kirche Saint Jacques sieht, wo es eine große und eine kleine Glocke gibt, da man die kleine nicht im Glockenturm unterbringen konnte, wurde sie außerhalb befestigt. Drittens steht der Altar außerhalb der Kirche, denn die Fassade von Saint Jacques gleicht einem Altar. Viertens der ›Turm ohne Nägel‹. Denn die Spitze des Turmes der Kirche St. Gertrude ist aus Stein gebaut statt aus Holz, und in Stein schlägt man keine Nägel, außer in das Herz des Blutkönigs, das ich über dem großen Tor von Brüssel festnageln möchte. Weißt du, warum die von Termonde sich Vierspannen nennen? In einem Winter kam ein junger Fürst in die Herberge ›Zum Wappen von Flandern‹, und der Wirt wusste nicht, wie er ihm das Bett wärmen sollte, weil er keine Wärmeflasche hatte. Da kam er auf die Idee, es durch sein Töchterlein anwärmen zu lassen. Als die den Fürsten kommen hörte, verließ sie rasch das Zimmer. Da fragte der Fürst, warum man ihm die Wärmflasche nicht gelassen hätte. Gebe Gott, dass Philipp, in eine rotglühende Eisenschachtel eingeschlossen, im Bett Astartes als Anwärmer diene!«

»Lass mich in Ruhe«, sagte Lamme, »ich lache über dich, über deine Vierspannen, über den Turm ohne Nägel und die andern Albernheiten. Lass mich bei meinen Soßen!«

»Nimm dich in acht«, fuhr Ulenspiegel fort. »Das Gebell wird wieder lauter, die Hörner schmettern. Hüte dich vor dem Hirsch! Ja, flieh nur, die Hörner klingen.«

»Das ist das Zeichen zur Mahlzeit«, sagte der Alte, »komm zurück zu deinem Frikassee, Lamme, der Hirsch ist tot.«

»Er wird einen trefflichen Braten abgeben«, meinte Lamme, »wegen der Schmerzen, die ich für euch gelitten habe, werdet ihr mich dazu einladen. Auch die Soße des Vogelbratens wird nicht übel sein, wenn sie auch ein wenig zwischen den Zähnen knirschen wird. Das kommt davon, dass dieser Teufel von Hirsch, der mir das Wams zerrissen hat, das Fleisch und alles zusammen in den Sand geworfen hat. Aber fürchtet ihr nicht die Forstwächter?«

»Wir sind sehr zahlreich«, sagte der Alte, »sie sind es, die Furcht haben, nicht wir. Es ist geradeso wie mit den Häschern und den Richtern. Die Bewohner der Städte sind uns zugetan, denn wir fügen ihnen nichts Böses zu. Wir werden noch eine ganze Weile in Frieden leben, mindestens so lange, bis uns die spanische Armee umkreist. Dann aber werden wir, alte und junge Männer, Frauen, Mädchen und Kinder unser Leben teuer verkaufen und eher uns gegenseitig töten, als die Martern des Blutherzogs erdulden.«

Ulenspiegel sagte:

»Jetzt gilt es nicht mehr, an Land gegen den Henker zu kämpfen. Auf dem Meer muss seine Kraft gebrochen werden. Geht über Brügge, Heyst und Knokke bis zu den Inseln von Zeeland.«

»Wir haben kein Geld«, sagten sie.

»Hier sind tausend Karlsgulden vom Prinzen«, fuhr Ulenspiegel fort. »Folget den Wasserläufen, den Kanälen, den Flüssen oder der Küste, wenn ihr Schiffe seht, die das Zeichen J.H.S. tragen, soll einer von euch den Lerchengesang ertönen lassen. Wenn ihm der Hahnenschrei antwortet, so wisst ihr, dass ihr bei Freunden seid.«

»Wir werden tun, wie du sagst«, antworteten sie.

Nun kamen die Jäger, von den Hunden gefolgt, zurück und schleiften den toten Hirsch an Stricken hinter sich her. Alle Männer, Frauen und Kinder, ungefähr sechzig Personen, setzten sich rund um das Feuer auf den Boden. Man zog die Brote aus den Jagdtaschen und die Messer aus den Scheiden. Der abgebalgte, ausgeweidete und zerlegte Hirsch wurde mit dem kleinen Wild auf den Spieß gesteckt.

Nachdem die Mahlzeit beendet war, sah man Lamme mit aufgeblähtem Bauch, den Kopf tief auf die Brust gesenkt, den Rücken gegen einen Baum gelehnt, schlafen.

Als der Abend hereinbrach, kehrten die Waldbrüder in ihre unterirdischen Hütten zurück, um zu schlafen, und Lamme und Ulenspiegel taten ein gleiches.

Bewaffnete Männer hielten Lagerwache, und Ulenspiegel hörte das trockene Laub unter ihren Füßen rascheln.

Am nächsten Morgen setzte er mit Lamme seinen Weg fort, und die Bewohner des Lagers riefen ihm nach:

»Gesegnet seist du! Wir machen uns auf nach dem Meere!«

XXXV

In Harlebeke erneuerte Lamme seinen Vorrat an oelikoekjes, aß siebenundzwanzig davon und tat dreißig in seinen Korb. Ulenspiegel trug seine Käfige in der Hand.

Gegen Abend langten sie in Courtrai an und stiegen in der Herberge »Zur Biene«, bei Gillis Van den Ende, ab, der sogleich vor die Tür trat, als er den Lerchengesang vernahm. Dort fanden sie, was ihr Herz wünschen mochte. Nachdem der Wirt die Briefe des Prinzen gelesen hatte, übergab er Ulenspiegel fünfzig Karlsgulden für den Prinzen und wollte sich weder den Truthahn noch den Dobbelclauwaert, mit dem er ihn begießen ließ, bezahlen lassen. Auch warnte er die beiden vor den

Spionen des Blutgerichts, die sich in Courtrai aufhielten, weshalb sie ihre Zungen im Zaum halten sollten.

»Wir werden sie schon erkennen«, sagten Ulenspiegel und Lamme und verließen die Herberge.

Die Sonne sank und vergoldete die Giebel der Häuser, die Vögel zwitscherten in den Zweigen der Linden, die Frauen standen schwätzend auf den Schwellen ihrer Türen, die Kinder kugelten sich im Staub, und Ulenspiegel und Lamme durchzogen auf gut Glück die Straßen. Plötzlich sagte Lamme: »Als ich Martin Van den Ende ein kleines Bild meiner Frau zeigte und ihn fragte, ob er nicht eine Frau gesehen habe, die dieser gleiche, sagte er, dass bei der Stevenyne an der Landstraße nach Brügge im ›Regenbogen‹ vor den Toren der Stadt allabendlich eine große Menge von Frauen zusammenkäme. Ich will unverzüglich dort hingehen.« »Ich werde dich rechtzeitig dort wiedertreffen«, sagte Ulenspiegel, »und will inzwischen in die Stadt gehen, wenn ich deiner Frau begegne, werde ich sie sofort zu dir schicken. Du weißt, dass dir der Wirt empfohlen hat, schweigsam zu sein, wenn du deine Haut behalten willst.« »Ich werde schweigen«, sagte Lamme.

Ulenspiegel schlenderte behaglich durch die Straßen. Die Sonne sank, und der Tag ging rasch seinem Ende zu. Als er in die Pierpot-Straetje (die Steintopfstraße) kam, hörte er ein melodiöses Geigenspiel und sah, als er sich näherte, in einiger Entfernung eine weiße Gestalt, die ihn anrief, zurückwich und weiterspielte. Sie sang wie ein Seraph ein süßes getragenes Lied, hielt immer wieder an, wandte sich um, rief ihn an und wich zurück. Aber Ulenspiegel lief rasch, als er sie erreicht hatte und zu ihr sprechen wollte, legte sie ihm ihre nach Benzoe duftende Hand auf den Mund und fragte: »Bist du Bauer oder Edelmann?« »Ich bin Ulenspiegel.« »Bist du reich?« »Genug, um einen großen Genuss zu bezahlen, nicht genug, um meine Seele loszukaufen.« »Hast du keine Pferde, dass du zu Fuß kamst?« »Ich habe einen Esel, aber ich habe ihn im Stall gelassen.« »Warum bist du in einer fremden Stadt allein, ohne Freund?« »Weil mein Freund seiner Wege geht wie ich der meinen, neugieriges Schätzchen.« »Ich bin nicht neugierig«, sagte sie, »ist er reich, dein Freund?« »An Fett gewiss«, sagte Ulenspiegel, »wirst du bald aufhören, mich auszufragen?« »Ich bin schon fertig«, sagte sie, »lass mich jetzt allein.« »Dich lassen? Ebenso gut könnte man Lamme, wenn er Hunger hat, sagen, er solle eine Schüssel voll Fettammern stehen lassen. Ich will dich verschlingen.«

»Du hast mich noch nicht gesehen«, sagte sie und öffnete eine Laterne, deren plötzlich aufleuchtendes Licht ihr Gesicht beleuchtete. »Du bist schön«, sagte Ulenspiegel, »oh, die strahlende Haut, die süßen Augen, der rote Mund, der liebliche Körper! Das ist alles für mich.« »Alles«, sagte sie.

Sie führte ihn zur Stevenyne, an der Brügger Landstraße, in den »Regenbogen«. Ulenspiegel sah da eine große Anzahl von Mädchen, die alle das Rädchen am Arme trugen, dessen Farbe von der ihrer Barchentkleider verschieden war. Seine Begleiterin trug ein Kleid von goldgewebtem Leinen mit einem silbernen Rädchen. Alle Mädchen warfen ihr eifersüchtige Blicke zu. Beim Eintreten gab sie der Wirtin einen Wink, der von Ulenspiegel unbemerkt blieb.

Sie setzten sich zu zweit an einen Tisch und tranken. »Weißt du, dass, wer immer mich geliebt hat, für alle Zeit mein ist?«, sagte sie. »Schönes, duftendes Schätzchen«, sagte Ulenspiegel, »das gälte mir ein köstliches Gelage, immer von deinem Fleisch essen zu können.«

Plötzlich bemerkte er Lamme in einer Ecke, der einen kleinen Tisch mit einer Kerze, einen Schinken und einen Humpen Bier vor sich hatte und nicht wusste, wie er seinen Schinken und sein Bier zwei Mädchen streitig machen sollte, die mit aller Gewalt mit ihm essen und trinken wollten. Als Lamme Ulenspiegel gewahrte, stand er auf, machte drei Luftsprünge und rief aus: »Gelobt sei Gott, der mir meinen Freund Ulenspiegel wieder zuführt! Zu trinken, Baesine!«

Ulenspiegel zog seine Börse, ließ die Karlsgulden klappern und sagte: »Zu trinken, bis der leer ist!« »Gott soll leben!«, sagte Lamme, indem er sich sachte der Börse bemächtigte, »ich bin's, der bezahlt, nicht du, diese Börse ist mein!« Ulenspiegel wollte seine Börse mit Gewalt wiedernehmen, aber Lamme hielt sie fest. Als sie nun aufeinander losschlugen, der eine, um den Beutel zu behalten, der andere, um ihn wiederzubekommen, sagte Lamme ganz leise und in abgerissenen Sätzen zu Ulenspiegel: »Höre, Häscher sind hier ... vier ... kleines Zimmer mit drei Mädchen ... draußen zwei für dich, für mich ... wollte entwischen ... das Schätzchen im Brokat Spionin ... Stevenyne Spionin ...!«

Während sie sich balgten, rief Ulenspiegel, der wohl verstanden hatte: »Gib mir meine Börse, Taugenichts!« »Du bekommst sie nicht«, sagte Lamme. Sie fassten sich an die Hälse und Schultern und kugelten sich auf der

Erde, während Lamme Ulenspiegel seine Warnung erteilte. Plötzlich trat der Wirt der »Biene«, von sieben Männern gefolgt, ein, die ihm anscheinend unbekannt waren. Er stieß den Hahnenschrei aus, und Ulenspiegel antwortete mit dem Lerchenpfiff. Als er Ulenspiegel und Lamme aufeinander losschlagen sah, fragte er die Stevenyne: »Wer sind die beiden?« Die Stevenyne antwortete: »Taugenichtse, die man besser trennen als solch großen Krakeel vollführen lassen sollte, ehe sie an den Galgen kommen.« »Wer es wagt, uns zu trennen«, sagte Ulenspiegel, »den lassen wir die Pflastersteine fressen.« »Ja, den lassen wir die Pflastersteine fressen«, sagte Lamme.

»Der Baes ist unser Retter«, sagte Ulenspiegel Lamme ins Ohr. Daraufhin stürzte sich der Baes, der Lunte roch, mit vorgebeugtem Kopf auf die beiden und zog Lamme am Ohr, der ihm dabei zuflüsterte: »Du willst uns retten? Wie?« Der Wirt tat so, als ob er auch Ulenspiegel an den Ohren beutelte, und sagte ihm ganz leise: »Sieben für dich ... starke Kerle, Schlächter ... ich muss davon ... zu bekannt in der Stadt ... geh ich, 't is van te beven de klinkaert ... alles zerbrechen ...!« »Ja«, sagte Ulenspiegel, richtete sich auf und versetzte ihm einen Fußtritt. Der Wirt schlug nun seinerseits, und Ulenspiegel sagte zu ihm: »Du klopfst hart, Dicker.« »Wie Hagel«, sagte der Wirt, während er mit einer raschen Bewegung Lamme die Börse aus der Hand riss und Ulenspiegel gab. »Jetzt zahl mir zu trinken, Spitzbube«, sagte er, »jetzt bist du wieder im Besitz deines Vermögens.« »Du wirst trinken, schändlicher Tunichtgut!«, sagte Ulenspiegel.

»Seht, wie unverschämt er ist«, sagte die Stevenyne. »Ebenso wie du schön bist, Liebling«, antwortete Ulenspiegel. Die Stevenyne aber war gut sechzig Jahre alt und hatte ein Gesicht wie eine Mispel, aber ganz gelb vor galligem Zorn; ihre Nase glich einem Eulenschnabel, und aus ihren lieblosen Augen blitzte nur Habsucht. Zwei lange, spitzige Zähne ragten über ihre schmalen Lippen hinaus, und auf der linken Wange hatte sie einen großen Brandfleck.

Die Mädchen lachten, verspotteten sie und riefen: »Herzallerliebste, gib ihm zu trinken!« – »Er wird dich umarmen!« – »Ist es schon lange her, dass du deine ersten Lüste genossest?« – »Nimm dich in acht, Ulenspiegel sie will dich fressen!« – »Sieh ihre Augen, sie glänzen nicht vor Hass, sondern vor Liebe!« – »Man sagt, dass sie dich zu Tode beißen will.« – »Du musst aber keine Angst haben.« – »So ist es bei allen verliebten Frauen Brauch.« – »Sie will nur dein Bestes.« – »Sieh, in welch lustiger Laune sie ist.«

Und in der Tat, die Stevenyne lachte und blinzelte Gilline, dem Mädchen im Brokatkleid, lebhaft zu. Der Baes trank, zahlte und ging. Die sieben Schlächter verständigten sich mit den Häschern und der Stevenyne durch vielsagende Grimassen. Einer von ihnen gab durch eine Geste zu verstehen, dass er Ulenspiegel für einen Dummkopf halte und ihn schon drankriegen werde. Der Stevenyne zugewandt, streckte er ihm die Zunge heraus und sagte zu ihr, die lachend ihre Hauer zeigte: »'t is van te beven de klinkaert.« (Es ist Zeit, die Gläser klirren zu lassen.) Dann wandte er sich den Häschern zu und sagte ganz laut: »Ihr freundlichen Reformierten, wir sind alle auf eurer Seite, zahlet uns zu trinken und zu essen.« Die Stevenyne lachte schadenfroh und streckte Ulenspiegel die Zunge heraus, sobald er ihr den Rücken zuwandte. Und Gilline, das Mädchen im Brokatkleid, tat ebenso.

Die anderen Mädchen sagten ganz leise zueinander: »Seht die Spionin, die durch ihre Schönheit schon mehr als siebenundzwanzig Reformierte der grausamen Folter und dem fürchterlichen Tod zugeführt hat, sie ist närrisch vor Freude, diese Gilline, wenn sie an die Belohnung ihres Verrats, die ersten hundert Karlsgulden aus dem Nachlass der Opfer, denkt. Aber es ist ihr nicht zum Lachen, wenn sie sich erinnert, dass sie mit der Stevenyne teilen muss.«

Und alle, Häscher, Schlächter und Mädchen, streckten die Zunge heraus, um Ulenspiegel zu höhnen. Lamme schwitzte dicke Tropfen und wurde rot wie ein Hahnenkamm, aber er wollte nicht reden. »Zahl uns zu trinken und zu essen!«, sagten die Häscher und Schlächter.

»Holla, liebliche Stevenyne!«, sagte Ulenspiegel, »gib uns zu trinken und zu essen, zu trinken in diesen klingenden Gläsern.« Daraufhin begannen die Mädchen von Neuem zu lachen, und die Stevenyne zeigte ihre Fangzähne. Doch ging sie in die Küche und in den Keller und brachte Schinken, Würste, Eierkuchen mit Schwarzwürsten und »klingende Gläser« herbei, die so genannt wurden, weil ihre Fußteile wie Glockenspiele erklangen, wenn man mit ihnen anstieß.

Nun sagte Ulenspiegel: »Wer Hunger hat, esse, wer Durst hat, trinke.« Die Häscher, die Mädchen, die Schlächter, Gilline und die Stevenyne klatschten und trampelten dieser Rede Beifall. Dann nahm jeder Platz, wo es ihm am besten behagte. Ulenspiegel, Lamme und die sieben Schlächter an der großen Ehrentafel, die Häscher und die Mädchen an kleinen Tischen. Man aß und trank mit Aufwand aller Kieferkräfte, und selbst die beiden Häscher, die vor dem Hause gestanden hatten, hielten mit, nachdem ihre Kameraden sie hereingerufen hatten, dass sie an dem Gelage teilnehmen könnten. Aus ihren Schnappsäcken sah man Stricke und schmale Ketten hervorragen.

Nun streckte die Stevenyne die Zunge heraus und sagte hohnlächelnd: »Es geht keiner weg, der mich nicht bezahlt hat.« Damit schloss sie alle Türen ab und steckte die Schlüssel in ihre Taschen. Gilline hob das Glas und sagte: »Der Vogel ist im Käfig, lasst uns trinken.« Daraufhin sagten zwei Mädchen, Gena und Margot mit Namen, zu ihr: »Ist das wieder einer, den du in den Tod befördern willst, du böses Weib?« »Das weiß ich nicht«, sagte Gilline, »trinken wir.« Aber die beiden Mädchen wollten nicht mit ihr trinken.

Gilline nahm ihre Violine zur Hand, spielte und sang in französischer Sprache:

> »Beim Klang der Violine
> Sing ich tagaus, tagein.
> Ich bin die feile Gilline,
> Tausch Gold für Liebe ein.
>
> Astarte hat entzündet
> In meinen Hüften die Glut.
> Meine Schultern sind schneeweiß gerundet
> Und mein Leib ist wie Gott so gut.

Hei! Leeret nur, leert eure Taschen,
Von blinkenden Gulden gefüllt,
Dass das Gold mir in hüpfenden, raschen
Wogen die Füße umspült.

Der Höllenfürst, der das Gute besiegt',
Zeugt' mit Eva mich, flammend in Lust,
So schön wie der Traum, der, Geliebter,
dich wiegt, Kosend an meiner Brust.

Kalt bin ich oder glühend,
Voll Zartheit, sanft verzagt,
Warm, toll verliebt und sprühend,
Mein Lieb, wie's dir behagt.

Alles verkauf ich: mein heißes Herz,
Meinen Leib und die Lippen so rot,
Frohsinn und Lachen, Tränen und Schmerz,
Und, wenn du willst, auch den Tod.

Beim Klang der Violine
Sing ich tagaus, tagein.
Ich bin die feile Gilline,
Tausch Gold für Liebe ein.«

Während Gilline diese Strophen sang, war sie so schön, so anmutig und lieblich, dass alle Männer, die Häscher, Schlächter, Lamme und Ulenspiegel, stumm, gerührt und von ihrem Zauber gefesselt waren.

Urplötzlich brach Gilline in schallendes Gelächter aus, sah Ulenspiegel an und sagte: »So sperrt man die Vögel in den Käfig.« Und ihr Zauber war gebrochen.

Ulenspiegel, Lamme und die Schlächter sahen einander an, als die Stevenyne sagte: »Nun also, werdet Ihr mich bezahlen, Herr Ulenspiegel, der ihr aus dem Fleisch der Prädikanten so köstliches Fett gewonnen habt?« Lamme wollte sprechen, aber Ulenspiegel sagte: »Wir bezahlen nicht im Voraus.« »Dann werde ich mich aus deiner Hinterlassenschaft bezahlt machen«, sagte die Stevenyne. »Die Hyänen leben von Leichen«, erwiderte Ulenspiegel. »Ja«, sagte einer der Häscher, »diese beiden da haben den Prädikanten das Geld weggenommen – mehr als dreihundert Karlsgulden. Das ist ein schöner Sold für Gilline.«

Gilline lachte laut auf und sagte: »Trinken wir!« »Trinken wir!«, sagten die Häscher. »Trinken wir auf den Herrgott!«, sagte Stevenyne, »die Türen sind versperrt, und die Fenster haben starke Balken: Die Vögel sind im Käfig. Trinken wir!«

»Trinken wir!«, sagte Ulenspiegel. »Trinken wir!«, sagte Lamme. »Trinken wir!«, sagten die Sieben. »Trinken wir!«, sagten die Häscher. »Trinken wir!«, sagte Gilline und ließ ihre Geige erklingen, »ich bin schön, trinken wir! Ich finge auch den Erzengel Gabriel in den Netzen meines Liedes.«

»Zu trinken also«, sagte Ulenspiegel, »Wein, um das Fest zu krönen, und vom besten! Ich will, dass auf jedes Haar unserer vergänglichen Leiber ein Tropfen flüssigen Feuers komme!« »Trinken wir!«, sagte Gilline, »noch zwanzig solcher Gründlinge wie du, und die Hechte hören auf zu singen.«

Die Stevenyne brachte Wein herbei. Da saßen sie nun alle, trinkend und schwer atmend, die Häscher und die Mädchen, alle im Verein. Die Sieben, die an Ulenspiegels und Lammes Tisch saßen, warfen den Mädchen Schinken, Würste, Eierkuchen und Flaschen zu, die sie im Flug auffingen, wie Karpfen die Fliegen überm Teich schnappen. Die Stevenyne lachte, zeigte ihre Zähne und wies mit dem Finger auf Kerzenbündel, von denen fünf aufs Pfund kamen, und die über dem Schanktisch hingen. Es waren die Kerzen der Mädchen.

Sie sagte zu Ulenspiegel: »Wenn einer zum Scheiterhaufen geht, trägt er eine Talgkerze in der Hand, willst du eine zum Geschenk?« »Trinken wir!«, sagte Ulenspiegel. »Trinken wir«, sagten die Sieben. Gilline sagte: »Ulenspiegel hat leuchtende Augen wie ein Schwan, der sterben will.« »Wie, wenn man sie den Schweinen zu fressen gäbe?«, sagte die Stevenyne. »Das wäre ihnen eine Laternenmahlzeit«, sagte Ulenspiegel, »trinken wir!« »Möchtest du gerne«, sagte die Stevenyne, »dass man dir auf dem Schafott die Zunge mit einem rot glühenden Eisen durchbohre?« »Dann könnte ich besser atmen, trinken wir!«, sagte Ulenspiegel. »Du wirst weniger sprechen, wenn du gehängt sein wirst und dein Schätzchen kommen wird, dich zu betrachten.« »Ja«, sagte Ulenspiegel, »aber ich wäre zu schwer und fiele dir auf dein reizendes Maulwerk, trinken wir!« »Was würdest du sagen, wenn du, auf Stirn und Schulter gebrandmarkt, ausgepeitscht würdest?« »Ich würde sagen, dass man die Leute mit dem Fleisch betrogen hat und, statt die Sau Stevenyne zu braten, das Schwein Ulenspiegel sötte«, sagte Ulenspiegel, »trinken wir!« »Da du nichts von alldem möchtest«, sagte die Stevenyne, »wirst du auf die Schiffe des Königs geführt und verurteilt werden, von Galeeren geviertelt zu werden.« »Dann werden die Haifische meine vier Gliedmaßen verschlingen, und du wirst fressen, was sie verschmähen, trinken wir!« »Warum isst du nicht eine von diesen Kerzen?«, sagte sie, »sie könnten dir in der Hölle dazu dienen, dir in der ewigen Verdammnis zu leuchten.« »Ich sehe gut genug, um deinen glänzenden Schweinsrüssel auszunehmen, du schlecht gebratene Sau, trinken wir!«, sagte Ulenspiegel.

Plötzlich schlug er mit dem Fuß seines Glases auf den Tisch und ahmte mit den Händen das Geräusch nach, das ein Teppichweber verursacht, wenn er die Wolle einer Matratze auf dem Steckenbrett klopft, doch tat er das ganz leise und sagte: »'t is tyd van te beven de klinkaert – es ist Zeit, die klingenden Gläser in Bewegung zu setzen.«

Das ist in den flandrischen Häusern der roten Laterne das Zeichen des Zornes der Trinker und das Signal, alles kurz und klein zu schlagen. Ulenspiegel trank, versetzte das Glas auf dem Tisch in Schwingungen und sagte: »'t is van te beven de klinkaert«, und die Sieben taten wie er.

Alle verhielten sich still, Gilline erbleichte, die Stevenyne schien verblüfft, und die Häscher sagten: »Die Sieben halten zu euch?« Aber die Schlächter zwinkerten mit den Augen, um sie zu beruhigen, und sagten immer lauter und lauter mit Ulenspiegel im Chor: »'t is van te beven de klinkaert, 't is van te beven de klinkaert.« Die Stevenyne trank, um sich Mut zu machen.

Nun schlug Ulenspiegel im Takt des Tapezierers, der eine Matratze bearbeitet, mit der Faust auf den Tisch, die Sieben ahmten ihm nach. Gläser, Krüge, Teller, Kannen und Becher begannen einen langsamen Tanz, sie erhoben sich auf einer Seite, um sich nach der anderen zu senken, sie fielen um und zerbrachen. Und immer widerhallte es drohender, ernster, kriegerischer und eintöniger: »'t is van te beven de klinkaert.« »Ach!«, sagte die Stevenyne, »sie wollen mir hier alles zerbrechen!« Und ihre Angst war so groß, dass ihr die beiden Hauer noch länger aus dem Mund ragten.

Das Blut der Sieben wie auch das Lammes und Ulenspiegels geriet in stürmische Zorneswallung. Nun nahmen alle, die an Ulenspiegels Tisch saßen, ihre Gläser und zerbrachen sie, ohne ihren eintönigen und drohenden Gesang zu unterbrechen, im Takt auf dem Tisch, dann setzten sie sich rittlings auf ihre Stühle und zogen ihre Messer.

Mit ihrem Gesang verursachten sie solch großen Lärm, dass alle Scheiben des Hauses klirrten.

Dann machten sie wie ein Kreis tollgewordener Teufel die Runde um den Saal und um alle Tische und sagten ununterbrochen: »'t is van te beven de klinkaert.« Da standen die Häscher, zitternd vor Furcht, auf und fassten nach ihren Ketten und Stricken. Aber die Schlächter, Ulenspiegel und Lamme steckten die Messer in die Scheiden, erhoben sich, packten die Stühle und schwangen sie wie Stecken, dann sausten sie durchs Zimmer, schlugen nach rechts und links, schonten niemand und nichts, außer den Mädchen, und zertrümmerten alle Möbel, Scheiben, Kasten, Geschirr, Kannen, Teller, Gläser und Flaschen, hieben erbarmungslos auf die Häscher ein und sangen, immer im Takt des Tapezierers, der die Matratzen klopft: »'t is van te beven de klinkaert«, während Ulenspiegel der Stevenyne einen Faustschlag aufs Maul versetzte und sie, nachdem er die Schlüssel aus ihrer Tasche genommen hatte, mit Gewalt zwang, ihre Kerzen zu fressen.

Die schöne Gilline kratzte wie eine furchtsame Katze, die überall nach einem Ausgang sucht, mit ihren Nägeln an Türen, Querbalken, Scheiben und Fensterflügeln. Dann kauerte sie sich bleich und mit scheuem Blick in eine Ecke, zeigte die Zähne und hielt ihre Geige vor sich hin, als hätte sie ihr Schutz gewähren können.

Die Sieben und Lamme sagten zu den Mädchen: »Euch werden wir nichts Übles tun«, und fesselten mit ihrer Hilfe die Häscher mittels der Ketten und Stricke; diese wagten nicht, Widerstand zu leisten, denn sie wussten wohl, dass der Wirt der »Biene« die Schlächter unter den Stärksten ausgesucht hatte und dass sie von ihnen mit ihren Messern in Stücke geschnitten werden würden. Bei jeder Kerze, die Ulenspiegel die Stevenyne fressen ließ, sagte er: »Die ist fürs Henken, die fürs Auspeitschen, diese hinwiederum fürs Brandmarken, und jene vierte ist für meine zerlöcherte Zunge, diese beiden besonders köstlichen und fetten sind für die Schiffe des Königs und für Vierteilung durch die Galeeren, diese ist für deine Spionenspelunke und jene für deine Dirne in der Brokatrobe, alle anderen aber sind zu meiner Unterhaltung.«

Die Mädchen lachten, als sie sahen, wie die Stevenyne, die vor Wut nieste, ihre Kerzen ausspeien wollte. Aber es war umsonst, sie hatte den Mund zu voll.

Ulenspiegel, Lamme und die Sieben hörten nicht auf, im Takt zu singen: »'t is van te beven de klinkaert.« Dann hörte Ulenspiegel auf und gab ihnen durch ein Zeichen zu verstehen, dass sie den Refrain nunmehr leise murmeln sollten. Das taten sie, und indessen sprach er zu den Häschern und Mädchen: »Wenn einer von euch um Hilfe schreit, wird er unverzüglich getötet!« »Getötet!«, sagten die Schlächter.

»Wir werden schweigen«, sagten die Mädchen, »tu uns kein Leid, Ulenspiegel!« Aber Gilline, die mit vorquellenden Augen und gefletschten Zähnen in ihrer Ecke hockte, konnte kein Wort sprechen und presste ihre Geige an sich. Die Sieben murmelten immer im Takt: »'t is van te beven de klinkaert.« Die Stevenyne, die zeigte, dass sie den Mund voll Kerzen hatte, bedeutete durch ein Zeichen, dass sie gleichfalls schweigen werde. Die Häscher versprachen es desgleichen.

Ulenspiegel setzte seine Rede fort und sagte: »Ihr seid hier in unserer Gewalt, die Nacht ist schwarz, und wir sind nahe an der Lys, in der ihr leicht ersaufen könnt, wenn wir euch hineinstoßen. Die Tore von Courtrai sind geschlossen. Wenn die Nachtwächter den Lärm hören, werden sie sich nicht vom Fleck rühren, weil sie zu faul sind und glauben werden, dass das gute Flamen sind, die beim Klang der Kannen und Flaschen fröhlich trinken und singen. Verhaltet euch also still und ruhig vor euren Herren.« Dann sagte er zu den Sieben: »Ihr begebt euch nach Peteghem, um die Geusen aufzusuchen.« »Auf die Nachricht von deinem Kommen haben wir uns darauf vorbereitet.« »Von dort aus geht ihr ans Meer.« »Ja.« »Kennt ihr unter diesen Häschern einen oder zwei,

498

die man freilassen könnte, um sie uns dienstbar zu machen?« »Zwei«, sagten sie, »Niklaes und Joos, die niemals die armen Reformierten verfolgt haben.«

»Wir sind treu«, sagten Niklaes und Joos.

»Hier sind zwanzig Gulden für euch«, fuhr Ulenspiegel fort: »Das ist doppelt soviel, als ihr an Belohnung für die niederträchtige Angeberei bekommen hättet.«

Plötzlich riefen die fünf anderen: »Zwanzig Gulden! Wir dienen auch dem Prinzen für zwanzig Gulden. Der König zahlt schlecht. Gib jedem von uns die Hälfte, und wir sagen dem Richter alles, was du willst.« Die Schlächter und Lamme murmelten dumpf: »'t is van te beven de klinkaert, 't is van de beven de klinkaert.«

»Damit ihr nicht zu viel sprecht, werden euch die Sieben gefesselt bis nach Peteghem zu den Geusen bringen«, sagte Ulenspiegel, »wenn ihr auf dem Meer sein werdet, werdet ihr zehn Gulden bekommen, dort werden wir vor euch sicher sein, bis die Kriegsküche mit Brot und Suppe für eure Treue sorgt. Wenn ihr tapfer seid, werdet ihr euren Anteil an der Beute bekommen. Wenn ihr Anstalten macht, Reißaus zu nehmen, werdet ihr gehenkt. Wenn ihr dem Strick dennoch durch Flucht ausweicht, so wird euch das Messer nicht verfehlen.«

»Wir werden dem dienen, der uns bezahlt«, sagten sie. »'t is van te beven de klinkaert! 't is van te beven de klinkaert«, sagten Lamme und die Sieben, während sie mit den Scherben der zerbrochenen Töpfe und Gläser auf den Tisch klopften. »Die Gilline, die Stevenyne und die drei Schätzchen werdet ihr gleichfalls zu uns führen«, sagte Ulenspiegel; »wenn eine von ihnen entwischen will, wird sie in einen Sack gesteckt und in den Fluss geworfen.«

»Er hat mich nicht getötet!«, rief Gilline, sprang aus ihrer Ecke, schwang ihre Geige in der Luft und sang:

»Ein blutiger Traum meine Seele bedrückt
So schwer, ach, in der Brust.
Der Höllenfürst, der das Gute besiegt',
Zeugt' mit Eva mich, flammend in Lust.«

Der Stevenyne und den andern war das Weinen nahe. »Fürchtet nichts, Liebchen«, sagte Ulenspiegel, »ihr seid so anmutig und süß, dass man euch überall lieben, feiern und herzen wird. Bei jedem Kriegszug werdet ihr euern Anteil an der Beute haben.« »Für mich wird nichts da sein, denn ich bin alt«, greinte die Stevenyne. »Ein Sou für den Tag, Krokodil«, sagte Ulenspiegel, »denn du wirst diese vier schönen Mädchen bedienen, wirst ihre Röcke, Kleider und Hemden waschen.« »Ich? O Herrgott!« rief sie. »Du hast sie lange Zeit geknechtet, hast aus ihren Leibern deinen Vorteil gezogen und ließest sie arm und hungrig. Du kannst greinen und schreien, soviel du willst, es wird geschehen, wie ich sagte.«

Die Mädchen begannen zu lachen, verhöhnten die Stevenyne, streckten ihr die Zunge heraus und sagten: »Auf dieser Welt ist jeder einmal an der Reihe. Wer hätte das von der habgierigen Stevenyne gedacht? Sie wird wie eine Sklavin für uns arbeiten. Gesegnet sei er, der Herr Ulenspiegel!«

Nun sagte Ulenspiegel zu den Schlächtern und zu Lamme: »Holt den Wein aus den Kellern und nehmt das

Geld an euch, es soll zum Unterhalt der Stevenyne und der vier Mädchen dienen.« »Wie sie mit den Zähnen knirscht, die geizige Stevenyne«, sagten die Mädchen, »du warst hart zu uns, und man ist es jetzt mit dir. Gesegnet sei der Herr Ulenspiegel!« Dann wandten sich die drei Gilline zu und sagten: »Du warst ihre Tochter, ihr Broterwerb, und du teiltest die Früchte der niederträchtigen Spionage mit ihr. Wirst du noch wagen, uns zu schlagen und zu beleidigen, du in deinem Brokatkleid? Du hast uns verachtet, weil wir nur Barchent trugen. Von nichts anderem bist du so reich gekleidet als von dem Blut der Opfer. Nehmen wir ihr das Kleid weg, damit sie uns gleich sei!«

»Das will ich nicht«, sagte Ulenspiegel.

Gilline sprang ihm an den Hals und sagte: »Gesegnet seist du, der du mich nicht getötet hast und mich nicht hässlich sehen willst!« Die Mädchen sahen Ulenspiegel eifersüchtig an und sagten: »Er ist in sie vernarrt wie alle.« Gilline sang:

> »So köstlich bin nur ich allein!
> Dir steht alles zu Gebot:
> Köstliche Freuden und Küsse und Pein,
> Und, wenn du willst, auch der Tod.«

Die Sieben brachen gegen Peteghem auf und führten die Häscher und die Mädchen an der Lys entlang. Auch unterwegs murmelten sie: »'t is van te beven de klinkaert! 't is van te beven de klinkaert!« Bei Tagesanbruch kamen sie ins Lager und ließen den Lerchengesang ertönen, worauf ihnen der Schrei des Hahnes antwortete. Die Mädchen und die Häscher wurden bewacht und beobachtet. Dennoch fand man Gilline am dritten Tage tot, ihr Herz war mit einer langen Nadel durchbohrt.

Die Stevenyne wurde von den drei Mädchen angeklagt und kam vor das Tribunal, das sich aus dem Kapitän der Truppe, seinen Zehnschaftsführern und Korporalen zusammensetzte. Da gestand sie, ohne dass man die Folter hätte anwenden müssen, dass sie Gilline aus Eifersucht auf ihre Schönheit und aus Wut darüber, dass sie von dieser Dirne erbarmungslos wie eine Sklavin behandelt worden sei, umgebracht habe. Die Stevenyne wurde gehenkt und im Wald begraben.

Auch Gilline wurde begraben, und man sprach die Totengebete über ihrem anmutigen Körper.

Inzwischen waren die beiden Häscher, die sich von Ulenspiegel hatten überreden lassen, vor den Vogt von Courtrai getreten, denn der Krakeel, die Ruhestörung und die Verwüstung im Haus der Stevenyne sollte durch besagten Vogt bestraft werden, da sich das Haus der Stevenyne außerhalb des Gerichtssprengels von Courtrai in dieser Vogtei befand.

Nachdem sie dem Herrn Vogt berichtet hatten, was vorgefallen war, sagten sie mit dem Brustton der Überzeugung und mit unterwürfiger Offenheit: »Die Mörder der Prädikanten sind ganz gewiss nicht Ulenspiegel und sein vertrauter Freund Lamme Goedzak, die nur, um sich zu vergnügen, in den ›Regenbogen‹ gekommen waren. Sie hatten sogar Pässe des Herzogs, die wir selbst gesehen haben. Die wahren Schuldigen sind zwei Kaufleute aus Gent, ein magerer und ein fetter, die nach Frankreich geflohen sind, nachdem sie bei der Stevenyne alles kurz und klein geschlagen und sie samt vier Mädchen zu ihrem Vergnügen mitgeführt haben. Wir hätten sie schon gefasst, aber da waren sieben Schlächter, die Stärksten der Stadt, die ihre Partei ergriffen hatten. Sie haben uns am ganzen Körper gefesselt und uns erst befreien lassen, nachdem sie schon weit in Frankreich waren. Hier sind noch die Spuren der Stricke.

Die vier Häscher sind hinter ihnen her und warten auf Verstärkung, um sie überwältigen zu können.«

Der Vogt gab jedem von ihnen zwei Karlsgulden und ein neues Kleid als Belohnung für ihre braven Dienste. Sodann schrieb er an den Staatsrat, an das Schöffengericht von Courtrai und an andere Gerichtshöfe, um ihnen anzuzeigen, dass die wahren Mörder entdeckt worden seien. Und er schilderte das Abenteuer lang und breit, dass es die Herren vom flandrischen Rat und von den anderen Gerichtshöfen schauderte. Und der Vogt heimste für seinen Scharfblick großes Lob ein. Ulenspiegel und Lamme wanderten friedlich der Lys entlang auf der Straße von Peteghem nach Gent und wünschten sehnlichst, nach Brügge zu kommen, wo Lamme seine Frau zu finden hoffte, und nach Damme, wo Ulenspiegel, der tief in Nachdenken versunken war, schon gar zu gerne Nele sehen wollte, das bekümmerte Mädchen, das neben Katheline, der Irren, lebte.

XXXVI

Seit geraumer Zeit waren in Damme und Umgebung zahlreiche abscheuliche Verbrechen begangen worden. Mädchen, junge Burschen und alte Männer, von denen man wusste, dass sie, mit Geld versehen, auf dem Weg nach Brügge, Gent oder einer andern Stadt oder einem Dorf Flanderns unterwegs waren, wurden tot und nackt wie Würmer aufgefunden, ihre Nacken waren von langen und scharfen Zähnen so zerbissen, dass ihnen sämtliche Halsknochen zerbrochen waren.

Die Chirurgen und Bader erklärten, dass die Bisse von den Zähnen eines großen Wolfes herrührten. »Nach den Wölfen sind ohne Zweifel Diebe gekommen, die die Opfer beraubten«, sagten sie. Trotz aller Nachforschungen konnte man die Diebe nicht entdecken, und bald war der Wolf vergessen.

Mehrere angesehene Bürger, die, auf sich selbst vertrauend, ohne Begleitung fortgegangen waren, verschwanden, ohne dass man erfuhr, was aus ihnen geworden sei, von einigen Fällen abgesehen, in denen etliche Bauern, als sie morgens zur Arbeit aufs Feld gingen, die Spuren des Wolfes im Ackerboden fanden, während ihre Hunde in den Furchen gruben und einen armseligen Leichnam ans Tageslicht zogen, der im Nacken oder hinter den Ohren, einige Male auch an den Beinen, aber immer auf der Rückseite des Körpers, die Spuren der Wolfszähne zeigte. Und immer waren die Knochen des Halses und der Beine gebrochen.

Der erschrockene Bauer ging dann augenblicklich zum Vogt, um ihm Mitteilung zu machen, der kam dann mit dem Gerichtsschreiber, zwei Schöffen und zwei Chirurgen an den Ort, wo der Getötete lag. Wenn sie ihn dann genau und sorgfältig untersucht hatten, stellten sie fest, sofern sein Gesicht von den Würmern noch nicht zerfressen war, welchen Standes, welchen Geschlechtes er gewesen war, ja sogar, wie er geheißen hatte, und immer staunten sie darüber, dass der Wolf, der doch aus Hunger tötet, die Leiche nicht in Stücke gerissen hatte. Die Leute von Damme waren ganz verängstigt, und niemand wagte mehr, nachts ohne Begleitung auszugehen.

Eines Tages kamen mehrere tapfere Soldaten nach Damme, die den Befehl hatten, Tag und Nacht in den Dünen an der Seeküste nach dem Wolf zu suchen.

Eben hielten sie sich in der Nähe von Heyst in den großen Dünen auf. Die Nacht war hereingebrochen, und einer von ihnen wollte, mit einer Arkebuse bewaffnet, im Vertrauen auf seine Stärke allein auf die Suche gehen. Die anderen ließen ihn gewähren und waren sicher, dass er, tapfer und gut bewaffnet, wie er war, den Wolf töten würde, wenn er es wagen sollte, sich zu zeigen. Nachdem ihr Kamerad gegangen war, zündeten sie ein Feuer an, spielten Würfel und ließen eine Flasche Branntwein im Kreis gehen. Von Zeit zu Zeit riefen sie: »Holla, Kamerad, komm zurück! Der Wolf hat Angst, komm trinken!« Aber er antwortete nicht.

Plötzlich hörten sie einen lauten Schrei wie von einem Sterbenden. Sie liefen in der Richtung, aus der der Schrei gekommen war, und riefen: »Halte dich, wir kommen dir zu Hilfe!« Aber es verging lange Zeit, ehe sie ihren Kameraden fanden, denn die einen sagten, der Schrei sei von einer Dünenhöhung gekommen, die andern meinten, ihn aus einer Senkung gehört zu haben. Nachdem sie lange und eifrig gesucht hatten, fanden sie endlich ihren Kameraden, er war von hinten ins Bein und in den Arm gebissen worden, und sein Hals war gebrochen wie der der anderen Opfer. Er lag auf dem Rücken und hielt den Degen in der verkrampften Hand, seine Arkebuse lag im Sand. Neben ihm lagen drei abgeschnittene Finger, die aber nicht von ihm waren, die nahmen sie mit sich. Seine Geldkatze war ihm geraubt worden.

Sie luden sich den Leichnam ihres Kameraden auf die Schultern, nahmen seinen guten Degen und seine Arkebuse und trugen ihn, voll Trauer und Wut, in die Vogtei, wo ihn der Vogt, der in Gesellschaft des Gerichtsschreibers, der beiden Schöffen und der Chirurgen war, in Empfang nahm. Die abgeschnittenen Finger wurden untersucht und als die eines Greises erkannt, der kein Arbeiter oder Handwerker sein konnte, denn die Finger waren zart und die Nägel lang wie die eines Mannes vom Gericht oder von der Kirche. Am nächsten Tag ging der Vogt mit den Schöffen, dem Schreiber, den Chirurgen und den Soldaten zu der Stelle, an der der arme Tote überfallen worden war, da sahen sie Blutstropfen an den Gräsern und Fußspuren, die bis zum Meere gingen, wo sie endeten.

XXXVII

Es war am vierten Tag des Weinmonats, zur Zeit der Traubenreife, als man in Brüssel nach der großen Messe Säcke mit Nüssen für das Volk von der Höhe des Turmes von St. Nicolas herabwarf.

Nele wurde nachts von Schreien aufgeweckt, die von der Straße herkamen. Sie suchte Katheline in ihrem Zimmer, fand sie aber nicht. Sie lief die Treppen hinab und öffnete die Tür. Da trat Katheline ein und rief: »Rette mich, rette mich! Der Wolf! Der Wolf!« Und Nele hörte aus der Ebene entferntes Geheul.

Mit zitternden Händen zündete sie alle Lampen, Leuchter und Kerzen an. »Was ist geschehen, Katheline?«, sagte sie und schloss sie in die Arme. Katheline setzte sich nieder, sah mit flackernden Blicken auf die Kerzen und sagte: »Es ist die Sonne, welche die bösen Geister verjagt. Der Wolf! Der Wolf heult in der Ebene.« »Warum hast du aber dein Bett verlassen, in dem du warm lagst, und hast dich der feuchten Septembernacht ausgesetzt, in der du dir das Fieber holen kannst?«, fragte Nele.

Katheline erwiderte: »Hanske hat diese Nacht wie der Seeadler geschrien, und ich habe die Tür geöffnet. Und er sagte zu mir: Nimm den Trank der Vision zu dir. Und ich trank. Hanske ist schön. Nehmt das Feuer weg! Nun führte er mich an den Kanal und sagte: Katheline, ich werde dir die siebenhundert Karlsgulden wiedergeben, und du wirst sie Ulenspiegel, dem Sohn des Claes, übergeben. Da hast du zwei davon, um dir ein Kleid zu kaufen, bald wirst du tausend bekommen. Tausend! – sagte ich – Geliebter, ich werde also reich sein! Du wirst sie bekommensagte er, aber gibt es denn in Damme nicht Frauen und Mädchen, die jetzt schon so reich sind, wie du sein wirst?

Ich weiß es nicht, antwortete ich ihm, denn ich wollte ihm ihre Namen nicht sagen, aus Angst, dass er sie lieben würde. Dann sagte er: Unterrichte dich darüber und sage mir ihre Namen, wenn ich wiederkommen werde.

Die Luft war kalt, der Nebel wogte über den Wiesen, und die trockenen Zweiglein fielen von den Bäumen auf die Erde. Der Mond schien, und auf dem Wasser des Kanals tanzten Feuer. Hanske sagte zu mir: Das ist die

Nacht der Werwölfe, alle schuldigen Seelen verlassen die Hölle. Du musst dreimal das Zeichen des Kreuzes mit der linken Hand machen und rufen: Salz! Salz! Salz! Das ist das Schutzwort der Unsterblichkeit, und sie werden dir kein Leid tun. Ich sagte: Ich werde so tun, wie du willst, Hanske, mein Liebling. Er umarmte mich und sagte: Du bist meine Frau. Ja – sagte ich.

Und seine süßen Worte erfüllten mich mit himmlischer Wonne und glitten wie Balsam über meinen Leib. Er setzte mir einen Rosenkranz auf und sagte: ›Du bist schön‹, und ich erwiderte: Auch du bist schön, Hanske, mein Schatz, in deinem feinen Kleid von grünem Sammet mit goldenen Borten, mit deiner langen Straußfeder, die an deiner Mütze flattert über deinem bleichen Gesicht, das leuchtet wie Feuer auf den Wogen des Meeres. Und wenn dich die Mädchen von Damme sähen, sie liefen dir alle nach und bäten dich um dein Herz, aber du darfst es niemand geben als mir. – Er sagte: ›Versuche zu erfahren, welche die reichsten sind, ihr Vermögen soll das deine werden.‹ Dann ging er und ließ mich allein, nachdem er mir verboten hatte, ihm zu folgen.

Ich blieb dort und ließ die zwei Gulden in meiner Hand klingen, ich bebte und fror wegen des Nebels. Plötzlich sah ich einen Wolf die Kanalböschung hinansteigen, er hatte ein grünes Gesicht, und in seinem weißen Fell hingen lange Schilfrohre. Ich schrie: Salz! Salz! Salz! Und machte das Zeichen des Kreuzes, aber er schien keine Angst davor zu haben. Ich lief, was mich meine Beine tragen wollten, ich schrie und heulte und hörte knapp hinter mir das Scheuern seiner Zähne, und einmal war er mir so nahe an der Schulter, dass ich meinte, er fasse mich schon. Aber ich lief schneller als er. Zum größten Glück begegnete ich an der Ecke der Rue d'Heron dem Nachtwächter mit seiner Laterne. – Der Wolf! Der Wolf! – schrie ich. ›Du musst keine Angst haben‹, sagte der Nachtwächter zu mir, ›ich will dich in deine Hütte zurückführen, närrische Katheline!‹ Doch ich fühlte, dass die Hand, mit der er mich führte, zitterte, er hatte gleichfalls Angst.«

»Aber er hat wieder Mut gefasst«, sagte Nele, »hörst du ihn mit seinen lang gezogenen Tönen singen: De clock is tien, tien aen de clock! – Die Uhr ist zehn, zehn ist die Uhr! – Und jetzt lässt er seine Klapper schnarren.«

»Nehmt das Feuer weg«, sagte Katheline, »der Kopf brennt. Komm zurück, Hanske, mein Liebling!«

Nele sah Katheline an und betete zur Heiligen Jungfrau, dass sie ihr das Feuer des Irrsinns vom Haupte nehmen möge, und dann weinte sie über Katheline.

XXXVIII

In Bellem begegneten Ulenspiegel und Lamme am Kanal von Brügge einem Reiter, der auf seinem Filzhut drei Hahnenfedern trug und mit verhängtem Zügel gegen Gent trabte. Ulenspiegel ließ den Lerchentriller ertönen, der Reiter hielt an und antwortete mit dem Hahnenschrei.

»Bringst du Nachrichten, stürmischer Reiter?«, fragte Ulenspiegel.

»Wichtige Nachrichten«, sagte der Reiter. »Auf Anraten des Herrn von Chatillon, der in Frankreich Admiral ist, hat der Prinz der Freiheit den Auftrag gegeben, neue

Kriegsschiffe auszurüsten, außer jenen, die schon in Emden und Ostfriesland bewaffnet und bemannt worden sind. Die Tapferen, die diese Aufträge erhalten haben, sind Adrian de Berghes, der Herr von Dolheim, sein Bruder Ludwig vom Hennegau, der Baron von Montfaucon, Ludwig von Brederode, Albert Egmont, ein Sohn des Enthaupteten, aber nicht Verräter wie sein Bruder, der Friese Berthel Entheus von Mentheda und Jan Brock. Der Prinz hat alles gegeben, was er besaß, mehr als fünfzigtausend Gulden.«

»Ich habe fünfhundert für ihn«, sagte Ulenspiegel.

»Bring sie ans Meer«, sagte der Reiter und spornte sein Pferd.

»Er gibt sein ganzes Vermögen hin«, sagte Ulenspiegel, »wir geben nur unsere Haut.«

»Ist denn das nichts?«, sagte Lamme, »und hören wir je von etwas anderem sprechen als von Plünderung und Metzelei? Oranien liegt am Boden.«

»Ja, am Boden wie die Eiche«, sagte Ulenspiegel, »aber aus der Eiche baut man die Schiffe der Freiheit!«

»Zu seinem Vorteil«, sagte Lamme. »Aber, da jede Gefahr vorbei ist, kaufen wir uns doch wieder Esel! Ich liebe es, sitzend zu marschieren und kein Glockenspiel an den Sohlen zu haben.«

»Kaufen wir Esel«, sagte Ulenspiegel. »Diese Tiere sind leicht wieder zu verkaufen.«

Sie gingen auf den Markt und kauften dort zwei schöne Esel samt Zaumzeug.

XXXIX

Als sie so dahinritten, kamen sie nach Oostkamp, wo sich ein großer Wald befindet, der bis an den Kanal reicht. Um den Schatten aufzusuchen, traten sie in den Wald ein, sahen aber nichts als die langen Alleen, die nach Brügge, Gent, Süd- und Nordflandern führen.

Plötzlich sprang Ulenspiegel von seinem Esel. »Siehst du nichts dort unten?« Lamme sagte: »Ja, ich sehe«, und zitternd fuhr er fort: »Meine Frau, meine gute Frau, das ist sie, mein Sohn! Ach! Ich werde nicht zu ihr gehen können. Dass ich sie so wiederfinde!« »Worüber klagst du?«, sagte Ulenspiegel, »sie ist schön, so halb nackt in diesem Mieder von ausgeschnittenem Musselin, das ist nicht deine Frau.« »Mein Sohn«, sagte Lamme, »sie ist es, ich erkenne sie. Trage mich, ich kann nicht mehr gehen. Wer hätte das von ihr gedacht! So ohne Scham, als Zigeunerin gekleidet, zu tanzen! Ja, sie ist es, sieh ihre schlanken Beine, ihre bis zur Schulter nackten Arme und ihre goldenen runden Brüste, die halb aus dem Musselinmieder hervorquellen. Sieh, wie sie diesen großen Hund, der hinter ihr herspringt, mit einem roten Tuch reizt.« »Das ist ein Zigeunerhund«, sagte Ulenspiegel, »in den Niederlanden gibt es diese Rasse nicht.« »Zigeuner ... ich weiß nicht ... aber sie ist es. Ach, mein Sohn, siehst du sie? Sie streift ihre Hosen höher, um mehr von ihren runden Beinen sehen zu lassen. Sie lacht, um ihre weißen Zähne zu zeigen und den Klang ihrer süßen Stimme hören zu lassen. Sie öffnet ihr Mieder und lehnt sich zurück. – Ach, dieser liebliche Schwanenhals, diese nackten Schultern, diese leuchtenden Augen! Ich laufe zu ihr!«

Und er sprang von seinem Esel. Aber Ulenspiegel hielt ihn zurück und sagte: »Dieses Mädchen ist nicht deine Frau. Wir sind in der Nähe eines Zigeunerlagers. Gib acht, siehst du den Rauch hinter den Bäumen, hörst du das Gebell der Hunde? Da sind einige, die uns bemerkt haben und uns vielleicht beißen wollen. Es ist besser, wir verbergen uns im Gestrüpp.« »Ich verberge mich nicht«, sagte Lamme, »diese Frau ist meine Frau, eine Flamin wie wir.« »Blinder Narr«, sagte Ulenspiegel. »Blind, nein. Ich sehe sehr wohl, wie sie halb nackt tanzt, lacht und diesen großen Hund reizt. Sie tut, als sähe sie uns nicht. Aber ich versichere dir, dass sie uns sieht. Thyl! Thyl! Jetzt stürzt sich der Hund auf sie und wirft sie um, um das rote Tuch zu bekommen. Jetzt fällt sie und stößt einen kläglichen Schrei aus.«

Plötzlich eilte Lamme in großen Sätzen auf sie zu und rief: »Meine Frau, meine Frau! Wo hast du dir wehgetan, mein Schätzchen? Warum lachst du so hellauf? Deine Augen sind tückisch.« Er umarmte sie, liebkoste sie und sagte: »Dieses Schönheitsmal, das du unter der linken Brust hattest, ich sehe es nicht. Wo ist es? Du bist nicht meine Frau. Großer Gott im Himmel!« Sie aber hörte nicht auf zu lachen.

Plötzlich rief Ulenspiegel: »Nimm dich in acht, Lamme.« Lamme drehte sich um und sah einen großen Zigeuner mit magerem Kopf und braun wie ein französischer Pfefferkuchen vor sich. Lamme nahm seinen Spieß auf, bereitete sich zur Verteidigung und rief: »Zu Hilfe,

Ulenspiegel!« Ulenspiegel war mit seinem guten Degen zur Stelle.

Der Zigeuner sagte auf Deutsch zu ihm: »Gib mir Geld, einen Reichstaler oder zehn.« »Sieh, das Mädchen geht, hellauf lachend, weiter«, sagte Ulenspiegel, »und dreht sich ohne Unterlass um, damit man ihr folge.« »Gib mir Geld«, sagte der Mann, »bezahle deine Liebesabenteuer. Wir sind arm und wollen nichts Schlimmes.« Lamme gab ihm einen Karlsgulden.

»Welchen Beruf hast du?«, fragte Ulenspiegel. »Jeden«, sagte der Zigeuner, »wir sind Meister in allen Künsten der Fingerfertigkeit und machen wunderbare und zauberische Kunststücke, wir spielen Tamburin und tanzen die ungarischen Tänze. Es ist mehr als einer unter uns, der Käfige macht und Bratenroste, um die schönsten Gerichte zu braten. Aber alle, Flamen und Wallonen, haben Angst vor uns und verjagen uns. Wir können von unserem Verdienst nicht leben, wir fristen unser Dasein von Gemüse, Fleisch und Geflügel, das wir den Bauern wegnehmen müssen, weil sie es uns weder verkaufen noch schenken wollen.« Lamme sagte zu ihm. »Woher kommt dieses Mädchen, das so sehr meiner Frau gleicht?« »Es ist die Tochter unseres Anführers«, sagte der dunkelhäutige Mann. Dann fuhr er ganz leise, wie einer, der sich fürchtet, fort: »Sie ist von Gott mit Liebestollheit geschlagen und kennt keine weibliche Scham. Sobald sie einen Mann sieht, kommt Lustigkeit und Tollheit über sie, und sie lacht, ohne aufzuhören. Sie spricht wenig, sodass man sie lange Zeit für stumm hielt. In der Nacht bleibt sie bekümmert vor dem Feuer sitzen, weint oder lacht ohne Grund und zeigt ihren Bauch, der sie, wie sie sagt, schmerzt. Im Sommer, zur Mittagsstunde nach dem Essen, ist sie am tollsten. Dann tanzt sie fast nackt vor dem Lager. Sie will nur Kleider aus Tüll oder Musselin tragen, und im Winter können wir sie nur schwer bewegen, sich mit einem Mantel aus Ziegenleder zu bekleiden.« »Hat sie denn aber nicht irgendeinen Freund, der sie verhindert, sich so jedem hinzugeben, der des Weges kommt?« »Sie hat keinen«, sagte der Mann, »denn die Reisenden haben, wenn sie sich ihr nähern und ihre toll funkelnden Augen sehen, mehr Angst vor ihr als Liebe für sie. Dieser dicke Mann war kühn«, sagte er, indem er auf Lamme zeigte.

»Lass ihn reden«, erwiderte Ulenspiegel, »er ist der Stockfisch, der schlecht vom Walfisch redet. Wer von euch beiden gäbe mehr Tran?« »Du hast heute Morgen eine boshafte Zunge«, sagte Lamme. Aber Ulenspiegel hörte ihn nicht an und sagte zu dem Zigeuner. »Was tut sie, wenn andere ebenso kühn sind, wie mein Freund Lamme?« Der Zigeuner antwortete traurig: »Dann hat sie Vergnügen und Verdienst. Die sie besitzen, bezahlen ihre Freuden, und das Geld dient ihr dazu, sich zu kleiden und auch den Bedürfnissen der Greise und Frauen nachzukommen.« »Gehorcht sie niemand?«, fragte Lamme. Der Zigeuner antwortete: »Die Gott geschlagen hat, lassen wir tun, was sie wollen. Er bekundet so seinen Willen, und der ist uns Gesetz.«

Ulenspiegel und Lamme gingen fort, und der Zigeuner kehrte ernst und würdevoll in sein Lager zurück. Doch das Mädchen tanzte mit schallendem Gelächter auf der Lichtung.

XL

Auf dem Weg nach Brügge sagte Ulenspiegel zu Lamme: »Wir haben eine große Summe Geldes für die Anwerbung von Söldnern, für die Löhnung der Häscher, für das Geschenk an den Zigeuner und für unzählige oelie-koekjes ausgegeben, die du aufzuessen beliebtest, ohne einen einzigen zu verkaufen. Nun denn, ungeachtet der Bedürfnisse deines Bauches ist es an der Zeit, ein nüchternes Leben zu führen. Gib mir dein Geld, ich werde die gemeinsame Börse bewahren.« »Ich bin es zufrieden«, sagte Lamme und gab ihm seine Börse. »Lasse mich aber nicht Hungers sterben«, sagte er, »bedenke nämlich, dass ich, dick und stark wie ich bin, einer gehaltvollen und reichlichen Nahrung bedarf. Für dich, der du mager und schmächtig bist, ist es gut, zu leben, wie der Tag es bringt, und zu essen oder nicht zu essen wie die Kaibohlen, die von Luft und Regen leben. Ich aber, den die Luft aushöhlt, und den der Regen hungrig macht, ich brauche andere Mahlzeiten.« »Du wirst sie haben«, sagte Ulenspiegel, »tugendhafte Fasttagsnahrung. Die bestgefüllten Wänste sind am wenigsten widerstandsfähig, der schwerste Mensch wird leicht, wenn er so nach und nach abnimmt. Und bald wird man dich, deines Fettes entledigt, laufen sehen wie einen Hirsch, Lamme, mein Liebling.« »Ach«, sagte Lamme, »welch übles Los steht mir bevor! Ich habe Hunger, mein Sohn, und wünsche mir ein Abendessen.« Der Abend brach herein, als sie Brügge durch das Genter Tor betraten. Sie zeigten ihre Pässe, und nachdem sie einen halben Sol für sich und zwei für die Esel bezahlt hatten, betraten sie die

Stadt. Lamme dachte tief bekümmert an Ulenspiegels Worte und sagte:

»Werden wir bald essen?«

»Ja«, antwortete Ulenspiegel.

Sie stiegen im Gasthof »In de Meermin« – Zur Sirene –, auf deren Giebel eine goldene Wetterfahne angebracht war, ab. Ulenspiegel bestellte für sein und Lammes Nachtmahl Brot, Bier und Käse. Der Wirt lächelte, als er diese magere Mahlzeit auftrug. Lamme aß mit betrübter Miene und sah Ulenspiegel verzweiflungsvoll an, dessen Kiefer sich mit dem zu alten Brot und dem zu jungen Käse beschäftigten, als ob es Fettammern gewesen wären. Lamme trank sein kleines Glas Bier ohne Freude, und Ulenspiegel lachte, als er ihn so betrübt sah. Aber es war noch eine andere Person da, die lachte, und zwar im Hof der Herberge, und die ihr Frätzchen mehrere Male an den Fensterscheiben zeigte. Ulenspiegel sah, dass es eine Frau war, die ihr Gesicht verbarg, und er nahm an, dass es irgendeine schelmische Magd sei. Er dachte nicht mehr an sie und sah Lamme an, dessen Liebe zum guten Essen so arg gestört war, dass er blass, traurig und zitternd dasaß. Er empfand Mitleid mit ihm und wollte eben für seinen Kameraden einen Eierkuchen mit Würstchen, eine Schüssel Rindfleisch mit Bohnen oder irgendwelche anderen Gerichte bestellen, als der Wirt eintrat, seine Mütze lüftete und sagte: »Wenn die Herren Reisenden ein besseres Souper wünschen, so mögen sie nur sagen, was sie begehren.« Lamme riss die Augen weit auf, den Mund noch weiter und sah Ulenspiegel mit angstvoller Unruhe an. Dieser antwortete: »Wandernde Handwerker sind nicht reich.« »Dennoch kann es geschehen, dass sie nicht wissen, was sie besitzen«, sagte der Wirt. »Dieses gute Vollmondsgesicht« – er zeigte auf Lamme – »ist soviel wert wie zwei andre. Was beliebt den Herren zu essen und zu trinken? Einen Eierkuchen, fetten Schinken, choesels, frisch gemacht, Kastanien, einen Kapaun, der unter den Zähnen schmilzt, einen schönen, gerösteten Kornbraten in einer Soße mit vier Gewürzen, Antwerpener Dobbelkuyt, Brügger Dobbelkuyt und Wein von Löwen, auf Burgunder Art bereitet? Und alles, ohne zu zahlen.« »Bringet alles herbei«, sagte Lamme.

Die Tafel war bald gedeckt, und Ulenspiegel hatte seine Freude daran, zu sehen, wie sich der arme Lamme, hungriger als jemals, über die Omelette, die choesels, den Kapaun, den Schinken und die Karbonaden hermachte und den Dobbelkuyt und den nach Burgunder Art bereiteten Wein literweise in die Kehle goss.

Als er nicht mehr essen konnte, schnaufte er vor Behagen wie ein Wal und blickte rund um den Tisch, ob sich nicht etwas fände, was er zwischen die Zähne stecken könnte. Ulenspiegel hatte das hübsche Frätzchen nicht gesehen, das sich im Hof zeigte und verschwand. Zur Feierabendstunde fragte der Wirt, ob jeder der Herren sich in sein schönes großes Zimmer hinauf begeben wolle. Ulenspiegel antwortete, dass ein kleines ihnen beiden genüge, doch der Wirt entgegnete: »Ich habe keines, ihr werdet jeder ein Herrenzimmer haben, das ihr nicht zu bezahlen braucht.« Und in der Tat führte er sie in mit reichen Möbeln und Tapeten geschmückte Zimmer. In dem Lammes stand ein großes Bett. Ulenspiegel, der wacker getrunken hatte und vor Schläfrigkeit umfiel, legte sich nieder, und Lamme tat ebenso.

Am nächsten Tag trat er in Lammes Zimmer und fand ihn schlafend und schnarchend. An seiner Seite lag ein lieblicher Beutel voll Geld, er öffnete ihn und sah, dass goldene Karlsgulden und silberne Patards darin waren. Er schüttelte Lamme, um ihn aufzuwecken, der erwachte auch, rieb sich die Augen, sah um sich und sagte beunruhigt: »Meine Frau! Wo ist meine Frau?« Und auf den leeren Platz an seiner Seite zeigend, fuhr er fort: »Bis vor Kurzem war sie noch da.« Dann sprang er aus dem Bett, suchte neuerlich im ganzen Zimmer, durchstöberte alle Ecken und Winkel, den Alkoven und die Schränke und sagte, mit den Füßen stampfend: »Meine Frau! Wo ist meine Frau?«

Auf den Lärm hin kam der Wirt herauf, Lamme packte ihn an der Gurgel und sagte zu ihm: »Taugenichts, wo ist meine Frau? Was hast du mit meiner Frau gemacht?« Der Wirt sagte: »Ungestümer Wanderer – deine Frau? Welche Frau? Du bist allein gekommen, ich weiß von nichts.« »Ha! Er weiß nichts«, sagte Lamme, »ach! Sie war diese Nacht hier, in meinem Bett, wie zu Zeiten unserer schönen Liebe. Ja. – Wo bist du, Schätzchen?« Und indem er die Börse an die Erde warf, sagte er: »Nicht dein Geld brauche ich, sondern deinen süßen Leib und dein gutes Herz, o Geliebte! – O himmlische Freuden, ihr seid mir verloren! Ich hatte mich daran gewöhnt, dich nicht mehr zu sehen, ohne Liebe zu leben, mein süßer Schatz! Und nun, nachdem du zurückgekehrt bist, verlässt du mich wieder! Ach, ich will sterben! Wo ist meine Frau?« Er warf sich zu Boden, und seine heißen

Tränen netzten die Diele. Dann sprang er auf, öffnete die Tür, lief im Hemd durch die ganze Herberge und über die Straße und rief: »Meine Frau! Wo ist meine Frau?« Aber er kam bald zurück, denn die Gassenjungen höhnten ihn und bewarfen ihn mit Steinen.

Ulenspiegel zwang ihn, sich anzukleiden, und sagte: »Sei nicht verzweifelt, du wirst sie wiedersehen, da du sie schon gesehen hast. Sie liebt dich noch, denn sie ist zu dir zurückgekommen, und ohne Zweifel ist sie es, die uns das Abendessen und die Herrenzimmer bezahlt hat, und die dir die volle Geldkatze ins Bett gelegt hat! Die Asche sagt mir, dass das nicht das Tun einer ungetreuen Frau ist. Weine nicht mehr und lass uns weitermarschieren zur Verteidigung des Landes unserer Väter.«

»Bleiben wir noch in Brügge«, sagte Lamme, »ich will durch die ganze Stadt laufen, um sie wiederzufinden.«

»Du wirst sie nicht wiederfinden, denn sie verbirgt sich vor dir«, sagte Ulenspiegel.

Lamme verlangte vom Baes Erklärungen, doch der wollte nichts sagen. Da holten sie ihre Esel aus dem Stall und ritten in der Richtung nach Damme davon.

Unterwegs sagte Ulenspiegel zu Lamme:

»Warum sagst du mir nicht, wie du sie nachts neben dir gefunden hast, und wie sie dich verlassen hat?«

»Mein Sohn«, antwortete Lamme, »du weißt, dass wir uns an Fleisch, Bier und Wein gütlich getan hatten, und dass mir das Atmen schwerfiel, als wir aufstanden, um schlafen zu gehen. Um mir das Zimmer zu erleuchten, wie ein großer Herr, nahm ich eine Wachskerze und stellte den Leuchter auf die Truhe. Die Tür, neben der die Truhe stand, war halb offen geblieben. Während ich mich entkleidete, sah ich mein Bett liebevoll und mit Sehnsucht an. Plötzlich erlosch die Kerze. Ich hörte etwas wie Atemzüge und das Geräusch leichter Schritte in meinem Zimmer; da ich aber mehr schläfrig als furchtsam war, legte ich mich geruhig nieder. Eben da ich schlafen will, sagte eine Stimme, ihre Stimme – oh, meine Frau, meine arme Frau! – da sagte sie: ‚Hast du gut gegessen, Lamme?' Und ihre Stimme war neben mir und ihr Gesicht auch und ihr süßer Leib.«

XLI

An diesem Tage hatte König Philipp zu viel Backwerk gegessen und war noch trübseliger als gewöhnlich. Er hatte auf seinem lebenden Klavier gespielt, das aus einem Kasten bestand, in den lebendige Katzen eingeschlossen waren, deren Köpfe durch runde Löcher über den Tasten herausragten. Jedes Mal, wenn nun der König eine Taste anschlug, bohrte diese einen Stachel in den Körper der Katze, die vor Schmerz schrie und miaute. Aber Philipp lachte nicht. Ohne Unterlass sann er darüber nach, wie er Elisabeth, die große Königin, überwinden und Maria Stuart auf den Thron Englands bringen könnte. Er hatte diesbezüglich an den darbenden und von Schulden bedrückten Papst geschrieben, der geantwortet hatte, dass er willens sei, für dieses Unternehmen die heiligen Gefäße der Kirche und sonstigen Schätze des Vatikans zu verkaufen. Aber Philipp lachte nicht.

Ridolfi, der Günstling der Königin Maria, der hoffte, sie zu heiraten und König von England zu werden, wenn sie frei würde, kam König Philipp zu besuchen und verabredete mit ihm die Ermordung der Elisabeth. Aber er war ein solches »Schwatzmaul« – wie der König schrieb –, dass man an der Börse in Antwerpen ganz laut von seinem Vorhaben sprach, und der Mord wurde nicht begangen. König Philipp lachte nicht.

So durchkreuzte Gott die aberwitzigen Pläne dieses Vampirs, der Maria Stuart den Sohn rauben wollte, um an seiner Stelle mit dem Papst über England zu regieren. Es war dem Mörder eine Pein, dieses edle Land so groß und mächtig zu sehen. Er wendete seine fahlen Augen nicht ab von ihm und sann darüber nach, wie er es vernichten könnte, um dann die ganze Welt zu beherrschen, die Reformierten auszutilgen, die Reichen unter ihnen insbesondere, und die Güter der Opfer zu erben.

Aber er lachte nicht.

Später schickte der Blutherzog auf Befehl des Königs zwei Paare Meuchelmörder nach England. Sie erreichten nur, dass man sie henkte. Und Philipp lachte nicht.

Man brachte ihm Mäuse und Maulwürfe in einer eisernen Schachtel mit hohen Wänden, die auf einer Seite offen war, er stellte die Schachtel über ein loderndes Feuer und hatte seine Freude daran, zu sehen, wie die armen Tierchen sprangen, schrien und starben. Aber er lachte nicht.

Dann eilte er, bleich und mit zitternden Händen, in die Arme der Madame Eboli und löschte das Feuer seiner Lust, das er mit der Fackel der Grausamkeit entzündet hatte. Aber er lachte nicht.

Und Madame Eboli gewährte sich ihm aus Angst, nicht aus Liebe.

XLII

Die Luft war heiß: Kein Windhauch kam vom ruhenden Meer. Die Zweige der Bäume am Kanal von Damme rührten sich kaum, und die Grillen auf den Wiesen zirpten nicht, während die Männer der Kirche und der Abteien kamen, um das Dreizehntel der Ernte für die Pfarrer und Äbte zu holen. Von dem blauen, tiefen Himmel sandte die Sonne ihre Strahlen auf die schlafende Natur herab, wie auf ein schönes, nacktes Mädchen, das, ermattet von den Zärtlichkeiten des Geliebten, ausruht. Die Karpfen schnellten sich aus dem Wasser des Kanals, um nach den Fliegen zu haschen, die in der Luft summten, während die schlanken Schwalben mit den langen Flügeln ihnen die Beute streitig machten. Ein warmer, im Sonnenlicht flimmernder Dunstschleier stieg vom Boden auf.

Der Küster von Damme kündigte von der Höhe seines Turmes durch zwölf Schläge der geborstenen Glocke, die wie ein Kochtopf klang, den Mittag an, das Zeichen für die Erntearbeiter, dass es Zeit zum Essen sei. Die Frauen hielten ihre Hände als Trichter vor den Mund und riefen die Namen ihrer Männer, Brüder oder Knechte: Hans, Pieter, Joos. Und ihre roten Kopftücher leuchteten über den Zäunen.

In der Ferne erhob sich vor Lammes und Ulenspiegels Augen hoch, viereckig und schwer der Turm der Kirche Unserer Lieben Frau in Damme. Lamme sagte: »Da sind sie, mein Sohn, deine Schmerzen und dein Liebesglück!«

Aber Ulenspiegel antwortete nicht. »Bald werde ich mein altes Heim, vielleicht auch meine Frau sehen«, sagte Lamme. Aber Ulenspiegel antwortete nicht. »Du hölzerner Mensch«, sagte Lamme, »du Steinherz, kann dich denn gar nichts rühren? Weder die Nähe der Orte, an denen du deine Kindheit verbracht hast, noch die Schatten des armen Claes und der armen Soetkin, der beiden Märtyrer? – Du bist weder traurig noch fröhlich, was hat dein Herz so unfruchtbar gemacht? Sieh mich, ängstlich und mit vor Ruhelosigkeit wackelndem Wanste, sieh mich ...«

Lamme sah Ulenspiegel an und merkte, dass er bleich, mit gesenktem Kopf und zitternden Lippen, weinend dahinging, ohne ein Wort zu sagen. Und er schwieg. So gingen sie wortlos bis Damme, das sie durch die Rue d'Héron betraten, in der wegen der Hitze niemand zu sehen war. Lamme und Ulenspiegel kamen am Gemeindehaus vorbei, vor dem Claes verbrannt worden war. Ulenspiegels Lippen bebten noch mehr, und seine Tränen versiegten.

Sie kamen vor Claesens Haus, das von einem Kohlenhändler bewohnt war, zu dem Ulenspiegel, als er eintrat, sagte: »Erkennst du mich? Ich möchte hier Rast machen.« Der Kohlenhändler antwortete: »Ich erkenne dich, du bist der Sohn des Hingeopferten. Geh in diesem Hause, wohin du willst.« Ulenspiegel ging in die Küche und dann in das Zimmer von Claes und Soetkin, dort weinte er.

Als er wieder hinabkam, sagte der Kohlenhändler zu ihm: »Hier ist Brot, Käse und Bier, wenn du Hunger hast, iss, wenn du Durst hast, trink.« Ulenspiegel bedeutete durch einen Wink, dass er weder Hunger noch Durst habe.

Dann machte er sich wieder mit Lamme auf den Weg, der auf seinem Esel ritt, während Ulenspiegel den seinen am Halfter führte.

Es war eben Essensstunde, auf dem Tisch standen Prinzessschoten mit großen, weißen Bohnen gemischt. Katheline aß, Nele stand neben ihr und leerte eben eine Soße von Weinessig, die sie vom Feuer geholt hatte, in Kathelines Teller. Als Ulenspiegel eintrat, geriet sie dermaßen außer sich, dass sie den Topf und die ganze Soße in Kathelines Teller fallen ließ, die den Kopf schüttelte und die Bohnen, die rund um den Topf verschüttet waren, mit dem Löffel auflas, sie schlug sich auf die Stirn und sagte in ihrer Narrheit: »Nehmt das Feuer weg, der Kopf brennt!« Der Geruch des Weinessigs machte Lamme Hunger.

Ulenspiegel blieb stehen und sah Nele an, und in seiner großen Traurigkeit machte ihn die Liebe lächeln. Nele warf sich ihm, ohne ein Wort zu sprechen, an den Hals. Auch sie schien ganz närrisch zu sein, sie weinte, lachte und errötete ob der großen Freude und sagte nur: »Thyl! Thyl!« Ulenspiegel war glückselig und sah sie nur immer an. Nun ließ sie von ihm ab, entfernte sich ein wenig von ihm, betrachtete ihn fröhlich, sprang von Neuem auf ihn zu und warf sich ihm an den Hals, und so ging's mehrere Male. Überglücklich, hielt er sie fest und konnte sich nicht von ihr trennen, bis sie müde und wie von Sinnen auf einen Stuhl fiel, ohne Scham sagte sie: »Thyl! Thyl! Mein Geliebter, nun bist du also zurückgekehrt!«

Lamme stand an der Tür, als Nele ihre Fassung wie-dergewonnen hatte, sagte sie, während sie auf ihn zeig-te: »Wo habe ich doch diesen dicken Mann gesehen?« »Das ist mein Freund«, sagte Ulenspiegel, »er sucht in meiner Gesellschaft seine Frau!« »Ich kenne dich«, sagte Nele zu Lamme, »du wohntest in der Rue d'Héron, Du suchst deine Frau? – Ich habe sie in Brügge gesehen, wo sie in aller Frömmigkeit und Gottergebenheit lebt. Als ich sie fragte, warum sie ihren Mann so grausam verlas-sen habe, antwortete sie: ›Das war der heilige Wille Got-tes im Befehl zur heiligen Buße, ich darf hinfort nicht mehr mit ihm leben.‹« Lamme ward ob dieser Mittei-lung traurig und versenkte sich in den Anblick der Boh-nen mit Weinessig.

Die Lerchen stiegen singend in den Himmel, und die mittagsmüde Natur ließ sich von der Sonne liebkosen. Und Katheline las mit ihrem Löffel die weißen Bohnen, die grünen Schoten und die Soße auf, die um den Topf verschüttet waren.

XLIII

Zu dieser Zeit ging ein Mädchen von fünfzehn Jahren allein am helllichten Tage von Heyst durch die Dünen nach Knokke. Niemand fürchtete für sie, denn man wusste, dass die Werwölfe und die bösen Seelen der Verdammten nur des Nachts beißen. Sie trug in einem Beutelchen achtundvierzig Silbersols – das sind vier Gulden –, die ihre Mutter, Toria Pieterson, die in Heyst wohnte, ihrem Onkel Jan Rapen in Knokke für einen ab-geschlossenen Handel schuldete. Das Mädchen, Betkin mit Namen, hatte seinen schönsten Putz angelegt und war fröhlich fortgegangen.

Als es am Abend noch nicht zurückgekehrt war, wurde die Mutter unruhig. Doch nahm sie an, dass Betkin bei ihrem Onkel schlafen würde und beruhigte sich wieder. Am nächsten Tage kamen Fischer mit ihrem Schiff voll Beute heim, zogen ihr Schiff an den Strand, luden ihre Fische aus und taten sie in den Karren, in denen sie sie auf dem Markt von Heyst verkaufen wollten. Sie stiegen den mit Muschelschalen übersäten Weg hinan und fanden in der Düne ein nacktes Mädchen liegen, das über und über mit Blut bedeckt war. Sie beugten sich zu dem Körper herab und sahen, dass sein armer Hals gebrochen war und die Spuren von langen und spitzigen Zähnen zeigte. Sie lag auf dem Rücken, und ihre geöffneten Augen schienen in den Himmel zu sehen, der Mund stand offen vom Todesschrei.

Sie bedeckten die Leiche mit einem Mantel und trugen sie nach Heyst ins Gemeindehaus. Alsobald versammelten sich die Schöffen, und der Bader erklärte, dass die Zähne, die diesen Biss getan hatten, nicht einem Wolf, wie die Natur ihn zeugt, angehörten, sondern einem wilden, höllischen Werwolf und dass man Gott bitten müsse, Flandern von ihm zu befreien. Und in der ganzen Grafschaft, besonders aber in Damme, Heyst und Knokke, wurden Gebete vorgeschrieben, und das Volk kam seufzend in die Kirchen. In der von Heyst, wo die Leiche des Mädchens aufgebahrt war, weinten Männer und Frauen, als sie den blutigen, zerrissenen Hals sahen. Auch die Mutter war in der Kirche und sagte: »Ich will den Werwolf aufsuchen und ihn mit meinen Zähnen totbeißen.« Die Frauen ermunterten sie weinend, das zu tun, doch einige sagten: »Du wirst nicht wiederkommen!«

Und sie ging, von ihrem Mann und ihren zwei wohlbewaffneten Brüdern begleitet, in die Dünen, um den Wolf zu suchen, aber sie fand ihn nicht. Ihr Mann führte sie ins Haus zurück, denn sie hatte durch die Nachtkühle Fieber bekommen. Und die Brüder wachten bei ihr und flickten die Netze für den bevorstehenden Fang.

Der Vogt von Damme sagte sich, dass der Werwolf ein Tier ist, das von Blut lebt, aber nicht die Leichen plündert; es müssten also vagierende Lumpen, die in den Dünen ihr Unwesen trieben, seiner Spur gefolgt sein. Er ließ nun durch den Stadtherold verkünden, dass alle Einwohner, gut bewaffnet und mit Knütteln versehen, jeden Bettler und Vagabunden anhalten und untersuchen sollten, ob er in seinem Schnappsack nicht goldene Karlsgulden oder Kleidungsstücke der Opfer habe. Die kräftigen Landstreicher sollten auf die Galeeren des Königs geschickt werden, die alten und schwachen aber sollte man laufen lassen.

Ulenspiegel ging zum Vogt und sagte zu ihm: »Ich will den Werwolf töten.« »Traust du dir das zu?«, fragte der Vogt. »Die Asche schlägt über meiner Brust«, antwortete Ulenspiegel, »gib mir die Erlaubnis, in der Gemeindeschmiede zu arbeiten.« »Die kannst du haben«, sagte der Vogt.

Ulenspiegel ließ keinem Mann und keiner Frau in Damme ein Wort über sein Vorhaben laut werden, ging in die Schmiede und baute da eine treffliche, große Falle für wilde Tiere.

Der nächste Tag war ein Samstag – der vom Werwolf bevorzugte Tag –, und Ulenspiegel machte sich auf den Weg nach Heyst, er trug einen Brief des Vogts an den Pfarrer von Heyst bei sich, hatte die Falle unter dem Mantel verborgen und war mit einer guten Armbrust und einem scharfen Messer bewaffnet. In Damme sagte er, dass er Möwen schießen gehen wollte, um aus ihren Daunen ein Kissen für die Frau Vögtin zu machen.

Nach Heyst unterwegs, ging er an der Küste entlang und hörte die großen, auf und nieder brausenden Wogen heulen und donnergleich rollen, der Wind kam von England her und pfiff im Tauwerk der gestrandeten Schiffe. Ein Fischer redete ihn also an: »Dieser böse Wind ist unser Verderbnis, nachts war das Meer ruhig, und nach Sonnenaufgang zeigte es sich plötzlich wild. Wir können nicht zum Fischen ausfahren.« Ulenspiegel war froh, solcherart Helfer bei der Hand zu haben, wenn er sie nachts brauchen sollte.

In Heyst angelangt, ging er zum Pfarrer und gab ihm den Brief des Vogts. Der Pfarrer sagte: »Du bist tapfer, aber wisse dennoch, dass niemand Samstags abends allein in die Dünen geht, der nicht totgebissen im Sand liegen bleiben will. Die Dammarbeiter und andere gehen nur in Trupps dahin. Der Abend naht, hörst du den Werwolf in seiner Dünenniederung heulen? Wird er wieder, wie in der letzten Nacht, auf den Friedhof kommen und bis zum Morgengrauen heulen? Gott sei mit dir, mein Sohn, aber ich rate dir, geh nicht hin!« Und der Pfarrer bekreuzigte sich.

»Die Asche schlägt an meinem Herzen«, sagte Ulenspiegel. Der Pfarrer sagte: »Wenn du so tapfren Willens
bist, so werde ich dir helfen. Wenn du noch nicht weißt,
auf welchem Wege du dich postieren sollst, so halte dich
auf dem, der nach dem Friedhof führt, er zieht sich zwischen zwei Ginsterhecken hin. Zwei Männer können
dort nicht nebeneinander gehen.« »Ich werde mich dort
hinstellen«, antwortete Ulenspiegel, »und Ihr, tapferer
Herr Pfarrer, Schirmherr der Befreiung, ordnet an, dass
die Mutter des Mädchens, ihr Gatte und seine Brüder,
alle gut bewaffnet, sich vor dem Vesperläuten in der
Kirche einfinden. Wenn Ihr mich wie die Möwen pfeifen
hört, so heißt das, dass ich den Wolf gesichtet habe.
Dann müsst Ihr die Glocke Sturm läuten lassen und mir
zu Hilfe kommen. Und wenn noch etliche tapfere Männer da wären ...?« »Es sind keine da, mein Sohn«, antwortete der Pfarrer, »die Fischer fürchten den Werwolf
mehr als Pest und Tod. Geh nicht hin!« Ulenspiegel sagte: »Die Asche schlägt an meinem Herzen.«

Nun sagte der Pfarrer: »Es wird alles geschehen, wie
du willst, sei gesegnet. Hast du Hunger oder Durst?«
»Beides«, antwortete Ulenspiegel. Der Pfarrer gab ihm
Bier, Brot und Käse. Ulenspiegel aß und trank, dann
machte er sich auf den Weg.

Während er dahinwanderte, hob er die Augen und sah
neben Gottes Thron seinen Vater in der Glorie im Himmel, an dem der Mond erglänzte; und er erblickte seine
Mutter in den Wolken und hörte den brausenden Wind
von England her pfeifen. »Ach!«, sagte er, »ihr schwarzen Wolken, die ihr so eilig dahinziehet, folget wie Ra-
chegötter den Spuren des Mordes! Tosendes Meer,

Himmel, so schwarz wie der Höllenschlund, Wogen mit feurigem Schaum auf dem dunklen Wasser, die ihr auf euren Kämmen das Heer der Feuertiere tanzen lasst, die Stiere, Widder, Pferde und Schlangen, die sich über euch hinwenden oder in die Lüfte aufsteigen, schwarzes, Funkenregen speiendes Meer, Himmel, schwarz vor Trauer, helft mir alle, den Werwolf zu besiegen, den grausen Mädchenmörder! Und du, Wind, der du so kläglich im Gestrüpp der Dünen und im Tauwerk der Schiffe heulst, du bist die Stimme der Opfer, die zu Gott flehen, dass er mir bei diesem Unternehmen seine Hilfe leihe.«

Er stieg in die Niederung hinab und wankte, als hätte er ein Trinkgelage hinter sich, oder als quälte ihn ein Magenübel von genossenem Kohl. Er sang mit Schlucken und abgerissenen Tönen, spie aus, hielt an, ließ aber die Augen in der Runde schweifen, als er plötzlich ein schneidendes Geheul hörte, er blieb stehen, erbrach wie ein Hund und sah im schimmernden Mondlicht die Gestalt eines Wolfes dem Friedhof zueilen. Das Zittern befiel ihn von Neuem, und er betrat den Weg, der sich zwischen den Ginsterhecken hinzieht. Dort bückte er sich, als ob er stürze, und stellte die Falle auf der Seite auf, von der der Wolf kommen musste, er lud seine Armbrust, stellte sich in einer Entfernung von zehn Schritten von der Falle auf, nahm die Haltung eines Betrunkenen an und ahmte immerwährend das Schlottern, Spucken und Speien eines solchen nach, während er seinen Geist wie einen Bogen spannte und Augen und Ohren weit öffnete.

Er sah nichts als schwarze Wolken, die am Himmel dahinrasten, und eine schwarze Gestalt von breiter, dicker und gedrungener Form, die auf ihn zukam, er hörte nichts außer dem kläglich heulenden Wind, dem donnergleich brausenden Meer und dem Geräusch der Muschelschalen, die unter einem schweren und wuchtigen Schritt zersplitterten. Er tat, als wollte er sich setzen, ließ sich schwerfällig wie ein Betrunkener auf den Weg fallen und erbrach. Dann hörte er zwei Schritte entfernt ein Eisen klirren, darauf folgte das Geräusch der zuklappenden Falle und der Schrei eines Menschen.

»Der Werwolf hat die Vorderpfoten in der Falle«, rief er, »er windet sich heulend und schüttelt die Falle, er will davonlaufen, aber er entwischt nicht!« Er schoss ihn mit der Armbrust in die Beine und sagte: »Da ist er verwundet, damit er stürze.« Und nun pfiff er wie eine Möwe.

Plötzlich begann die Kirchturmglocke Sturm zu läuten, und die schrille Stimme eines jungen Burschen rief durch das Dorf: »Erwachet, ihr Schläfer, der Werwolf ist gefangen!« »Gott sei gelobt!«, sagte Ulenspiegel.

Toria, die Mutter Betkins, ihr Mann Lansaem und ihre Brüder Josse und Michiel kamen als erste mit ihren Laternen und fragten: »Ist er gefangen?« »Ihr findet ihn auf dem Weg«, antwortete Ulenspiegel. »Gott sei gelobt!«, sagten sie und bekreuzigten sich. »Wer ruft da?«, fragte Ulenspiegel. »Es ist mein Älterer«, sagte Lansaem, »der Jüngere läuft durch das Dorf, klopft an die Türen und ruft es aus, dass der Wolf gefangen ist. Gelobt seist du!« »Die Asche schlägt an meinem Herzen«, sagte Ulenspiegel.

Plötzlich vernahm man die Stimme des Werwolfs, der sagte: »Habe Erbarmen mit mir, Ulenspiegel, Erbarmen!« »Der Wolf spricht«, sagten alle und bekreuzigten sich, »er ist ein Teufel, denn er weiß schon Ulenspiegels Namen.« »Habe Erbarmen, Erbarmen«, sagte die Stimme, »bringe die Glocken zum Schweigen! Sie läutet für die Toten – Erbarmen, ich bin kein Wolf. Meine Handgelenke sind von der Falle durchbohrt, ich blute – habt Erbarmen, ich bin alt! Welch schrille Kinderstimme ist das, die das Dorf aufweckt? Erbarmen!« »Ich hörte dich schon sprechen«, sagte Ulenspiegel in heftiger Erregung, »du bist der Fischhändler, der Mörder Claesens und der Vampir der armen Mädchen. Männer und Frauen, habt keine Furcht. Es ist der Gildenmeister, der Soetkins Schmerzenstod verschuldet hat.«

Bei diesen Worten legte er ihm die Hand an die Gurgel und zog mit der anderen das Messer. Aber Toria hielt ihn in dieser Bewegung auf und schrie: »Fange ihn lebend«, und sie zerriss ihm das Gesicht mit den Fingernägeln und raufte ihm die weißen Haare büschelweise aus. Dabei heulte sie in düsterer Wildheit auf.

Die Hände ins Eisen geklemmt und sich wegen des brennenden Schmerzes am Boden wälzend, rief der Werwolf: »Erbarmen! Erbarmen! Jagt dieses Weib fort! Ich werde euch zwei Gulden geben – zerschmettert diese Glocken. Wo sind die schreienden Kinder?« »Erhalte ihn lebend«, schrie Toria, »erhalte ihn lebend, damit er alles bezahle! Die Totenglocken läuten dir, Mörder. An kleinem Feuer mit glühenden Zangen! Erhalte ihn lebend, dass er bezahle!«

In der Zwischenzeit hatte Toria ein langarmiges Backeisen vom Wege aufgelesen. Sie betrachtete es beim Schein der Fackeln und sah, dass es zwischen den beiden Eisenplatten tief eingekerbte Rhomben nach brabantischer Art hatte und dass es überdies wie ein eiserner Rachen mit langen, spitzen Zähnen versehen war. Und als sie das Eisen öffnete, glich es dem Rachen eines Windhundes.

Toria fasste nun das Backeisen mit beiden Händen, öffnete und schloss es und ließ das Eisen erklingen, so glich sie in ihrem finsteren Zorn einer Tollen, sie knirschte mit den Zähnen, röchelte wie eine Sterbende und stöhnte in bitterem Rachedurst, sie biss den Gefangenen mit dem Zahneisen an Armen, Beinen und am ganzen Körper, vor allem hatte sie es auf den Hals abgesehen, und jedes Mal, wenn sie ihn mit dem Eisen zwickte, rief sie: »So tat er Betkin mit den eisernen Zähnen. Jetzt bezahlt er. Blutest du, Mörder? Gott ist gerecht! Die Totenglocken! Betkin mahnt mich zur Rache, fühlst du die Zähne? Das ist der Rachen der göttlichen Vergeltung!« Und sie zwickte und schlug ihn ohne Unterlass mit dem Backeisen, aber sie tötete ihn nicht, weil sie sich vollends rächen wollte.

»Übet Barmherzigkeit!«, schrie der Fischhändler. »Ulenspiegel, stich zu mit deinem Messer, dass ich eher sterbe! Jagt dieses Weib fort, zerschmettert die Totenglocken, tötet die schreienden Kinder!« Doch Toria zwickte ihn immer weiter, bis ein alter Mann Mitleid für ihn empfand und ihr das Backeisen aus der Hand nahm. Aber Toria zerriss dem Werwolf das Gesicht und raufte ihm die Haare aus. »Du wirst am kleinen Feuer und unter den glühenden Zangen büßen«, schrie sie, »deine Augen sind für meine Nägel!«

Das Gerücht, dass der Werwolf ein Mensch und kein Teufel sei, hatte alle Fischer, Bauern und Weiber von Heyst herbeigelockt. Einige trugen Laternen und brennende Fackeln, und alle riefen: »Raubmörder! Wo verbirgst du das Gold, das du den armen Opfern gestohlen hast? Er muss alles zurückgeben.« »Ich habe nichts, seid barmherzig!«, sagte der Fischhändler. Die Frauen bewarfen ihn mit Steinen und Sand. »Er büßt, er büßt!«, schrie Toria. »Gnade!«, stöhnte er, »ich bin schon ganz überströmt von meinem Blute, Gnade!« »Dein Blut«, sagte Toria, »es wird dir bleiben, dass du damit bezahlen kannst. Legt Balsam auf seine Wunden. Er wird an kleinem Feuer büßen, man wird ihm die Hände mit glühenden Zangen abzwicken. Er wird büßen, er wird büßen!« Und sie wollte ihn schlagen, doch die Sinne schwanden ihr, und sie fiel wie tot auf den Sand, dort ließ man sie liegen, bis sie wieder zu sich kam.

Inzwischen befreite Ulenspiegel den Gefangenen aus der Falle und sah, dass ihm an der rechten Hand drei Finger fehlten. Er ließ ihm enge Fesseln anlegen und ihn in einen Fischkorb stecken. Männer, Frauen und Kinder trugen abwechselnd den Korb und zogen gegen Damme, um Gerechtigkeit zu verlangen. Mit Fackeln und Laternen beleuchteten sie ihren Weg. Und der Fischhändler rief immerwährend: »Zertrümmert die Glocken, tötet die schreienden Kinder!« Toria sagte: »Er wird büßen am kleinen Feuer und unter den glühenden Zangen!«

Dann schwiegen beide, und Ulenspiegel hörte nichts mehr als das dumpfe Schnauben Torias, die schweren

Schritte der Männer im Sand und das donnergleiche Brausen des Meeres. Trauer im Herzen, sah er zu den Wolken auf, die über den Himmel rasten, und auf das Meer, über dessen Wogen die feurigen Widder sprangen. Beim Schein der Fackeln und Laternen sah er die grausamen Augen des Fischhändlers auf sich gerichtet. Nach vierstündigem Marsch kamen sie in Damme an, wo sich das Volk, das die Neuigkeit schon erfahren, haufenweise gesammelt hatte. Alle wollten den Fischhändler sehen und folgten dem Trupp der Fischer mit Schreien, Singen und Tanzen. »Der Werwolf ist gefangen, er ist gefangen, der Mörder«, riefen sie, »gesegnet sei Ulenspiegel! Lang lebe unser Bruder Ulenspiegel!« Und all das glich einer Volkserhebung.

Als sie vor dem Haus des Vogtes vorbeikamen, eilte dieser auf den Lärm hin herbei und sagte zu Ulenspiegel: »Du bist Sieger, heil dir!« »Die Asche Claesens schlägt an meinem Herzen«, sagte Ulenspiegel. Und der Vogt fuhr fort: »Der halbe Nachlass des Mörders wird dein sein.« »Gebt ihn den Opfern«, erwiderte Ulenspiegel.

Lamme und Nele kamen herbei, Nele lachte und weinte vor Freude und küsste ihren Freund Ulenspiegel. Lamme vollführte schwerfällige Luftsprünge, schlug sich auf den Wanst und sagte: »Das ist ein Tapferer, Biederer und Treuer! Das ist mein geliebter Kamerad! Ihr habt nicht seinesgleichen unter euch in den Niederlanden, ihr Leute!«

Aber die Fischer lachten und spotteten über ihn. Am nächsten Tage rief das Läuten der Glocke »Burgsturm« den Vogt, die Schöffen und die Gerichtsschreiber auf die vier Rasenbänke der Vierschar unter dem Gerichtsbaum, der eine schöne Linde war. Rundherum hatte das gemeine Volk Aufstellung genommen. Beim Verhör wollte der Fischhändler nichts gestehen, selbst dann nicht, als man ihm die drei abgeschnittenen Finger zeigte, die an seiner Rechten fehlten. Er wiederholte immer: »Ich bin arm und alt, übet Barmherzigkeit!«

Aber das Volk heulte: »Du bist ein alter Wolf, ein Kindertöter, habt kein Erbarmen, ihr Herren Richter!« »Sieh uns nicht an mit deinen eisigen Augen«, sagten die Frauen, »du bist ein Mensch und kein Teufel, wir fürchten uns nicht! Grausame Bestie, du bist feiger als eine Katze, die die Vöglein im Nest zerreißt, du tötest die armen Mädchen, die ihr zartes Leben in Tugend verbringen sollten.« »Er büße an kleinem Feuer und unter glühenden Zangen«, rief Toria.

Ungeachtet der Gemeindewächter feuerten die Mütter ihre Knaben dazu an, mit Steinen nach dem Fischhändler zu werfen. Die Knaben kamen dieser Aufforderung mit freudigem Eifer nach, und jedes Mal, wenn er sie ansah, riefen sie: »Blutsauger! Schlagt ihn tot!«

Und Toria wiederholte ohne Unterlass:

»Er büße an kleinem Feuer und unter glühenden Zangen, er büße!«

Und das Volk murrte bedrohlich.

»Seht«, sagten die Frauen zueinander, »wie kalt ihm ist, trotzdem die Sonne scheint und seine weißen Haare und sein von Torias Nägeln zerfetztes Gesicht erwärmt!«

»Er bebt vor Schmerz.«

»Das ist die Gerechtigkeit Gottes.«

»Wie kläglich er dasteht!«

»Seht seine gefesselten Mörderhände, die noch von den Wunden bluten, die ihm die Zähne der Falle beigebracht haben.«

»Er soll büßen, büßen!«, schrie Toria.

Der Fischhändler sagte: »Ich bin arm, lasset mich!« Und alle; selbst die Richter, spotteten seiner, als sie das hörten. Er weinte falsche Tränen, um sie zu rühren, aber die Frauen lachten.

Da die Beweise die Folter rechtfertigten, wurde er verurteilt, auf die Bank gebunden zu werden, bis er gestanden haben würde, wie er getötet habe, woher er gekommen sei, und wo er die Kleider und das Geld der Opfer verborgen habe. Als ihm in der Gehennakammer Schuhe aus neuem und allzu engem Leder angezogen wurden, fragte ihn der Vogt, wie ihm Satan diese schwarzen Pläne und abscheulichen Verbrechen eingeflüstert habe.

Er antwortete: »Satan bin ich selbst, und dies Wesen ist mir angeboren. Schon als Kind – ich war hässlich und zu jeder körperlichen Übung untauglich – wurde ich für einen Dummkopf gehalten und oft geschlagen. In meinen Jünglingsjahren wollte kein Mädchen etwas von mir wissen, nicht einmal, wenn ich es bezahlte. So fasste ich einen kalten Hass gegen alles, was vom Weib geboren war. Darum auch habe ich Claes angegeben, den von jedermann geliebten. Einzig das Geld war es, was ich liebte und was mir, weiß oder golden, teuer war, ich brachte Claes in den Tod, um Gewinn und Freude zu finden.

Nachher musste ich noch mehr als vorher das Leben eines Wolfes führen. Als ich durch Brabant reiste, sah ich dort die gebräuchlichen Waffeleisen und dachte, dass mir eins von diesen Dingern vortrefflich als eiserner Rachen dienen könnte. Oh, dass ich es euch doch an den Hals setzen könnte, ihr wilden Tiger, die ihr euch an den Leiden eines Greises ergötzt! Euch zu beißen würde mich mehr freuen, als der Soldat und das Mädchen mich gefreut haben. Als ich die Kleine da so lieblich auf dem Sand liegen und schlafen sah, das Geldbeutelchen in den Händen haltend, da empfand ich Liebe und Mitleid für sie, da ich mich aber zu alt fühlte, sie zu nehmen, biss ich sie ...«

Der Vogt fragte ihn, wo er wohne, und er antwortete: »In Ramskapelle, von wo ich nach Blankenberge, Heyst, sogar bis nach Knokke ging. An Sonn- und Kirmestagen machte ich in den Dörfern mit diesem Eisen Waffeln nach Brabanter Art – es ist immer sauber und gut eingefettet, das Eisen. Dieses fremdartige Gebäck fand überall Beifall. Wenn ihr auch noch wissen wollt, wie ich es anstellte, dass mich niemand erkennen konnte, so will ich euch sagen, dass ich mir am Tage das Gesicht schminkte und die Haare rot färbte. Was das Wolfsfell betrifft, auf das ihr mit eurem Finger zeigt, die ihr mich so grausam verhört, so will ich euch sagen, dass es von zwei Wölfen stammt, die ich in den Wäldern von Raveschoot und Maldeghem getötet habe, und deren Felle ich zusammennähte, um mich mit ihnen bedecken zu können. Ich verbarg sie in einer Kassette in den Dünen von Heyst, dort sind auch die von mir gestohlenen Kleider, die ich später, bei günstiger Gelegenheit, verkaufen wollte.«

»Nehmt vorn das Feuer weg«, sagte der Vogt, der Henker gehorchte. »Wo ist dein Gold?«, fragte der Vogt weiter. »Der König wird es nicht bekommen«, antwortete der Fischhändler. »Brennt ihn aus größerer Nähe mit den Kerzen und schiebt ihn ans Feuer«, sagte der Vogt. Der Henker folgte, und der Fischhändler schrie: »Ich will nichts sagen. Ich habe schon zu viel gesagt, ihr verbrennt mich ja. Ich bin kein Zauberer, warum setzt ihr mich ans Feuer? Meine Füße bluten vor großer Hitze. Ich werde nichts sagen. Warum jetzt noch näher ans Feuer? Sie bluten, ich sage euch, sie bluten, diese Schuhe sind aus glühendem Eisen. Mein Gold? Oh, mein einziger Freund auf dieser Welt, es ist ... nehmt mich vom Feuer weg! Es ist in meinem Keller in Ramskapelle in einer Schachtel ... lasst mich! Gnade und Barmherzigkeit, ihr Herren Richter! Verfluchter Henker, nimm die Kerzen weg ... Er brennt mich noch mehr! Es ist in einer Schachtel mit doppeltem Boden, in Wolle eingewickelt, damit es nicht klappert, wenn man die Schachtel schüttelt. Jetzt habe ich alles gesagt ... nehmt mich vom Feuer weg!«

Als er vom Feuer weggenommen wurde, lachte er boshaft. Der Vogt fragte ihn nach dem Grund, und er antwortete: »Aus Freude, erlöst zu sein.« – Der Vogt sagte:

»Hat dich keiner gebeten, dein gezähntes Waffeleisen sehen zu lassen?«

Und der Fischhändler antwortete:

»Es sah aus wie alle andern, von den Löchern abgesehen, in die ich die Eisenzähne einschraubte. Morgens nahm ich sie immer heraus. Die Bauern zogen meine Waffeln denen der andern Kaufleute vor und nannten sie ›Waefels met brabandsche knoopen‹, Waffeln mit brabantschen Knöpfen, weil die Stellen, wo die Nägel eingepasst waren, auf den Waffeln knopfähnliche Halbkugeln bildeten.«

»Wann pflegtest du die armen Opfer zu beißen?«, fragte der Vogt.

»Manchmal am Tage, manchmal in der Nacht. Tagsüber strich ich durch die Dünen und über die großen Landstraßen, ich hatte immer das Waffeleisen bei mir und lag auf der Lauer, insbesondere am Samstag, dem Tag des großen Brügger Marktes. Wenn ich einen Handwerker trübselig dahinschlendern sah, ließ ich ihn laufen, denn ich dachte mir schon, dass in seinem Beutel Ebbe war. Wenn aber einer lustig und guter Dinge daherkam, ging ich neben ihm her und biss ihm in den Hals, wann er sich's am wenigsten versah, dann nahm ich ihm seinen Beutel ab. Aber nicht nur in den Dünen, sondern auf allen Pfaden und Wegen lauerte ich den Wanderern auf.«

»Bereue und bete zu Gott«, sagte der Vogt.

Aber der Fischhändler lästerte: »Es war Gottes Wille, dass ich so wurde, wie ich bin, ich habe alles gegen meinen Willen getan, meine Veranlagung hat mich dazu getrieben, wisset das, ihr bösen Tiger, die ihr mich ungerecht bestraft! Aber verbrennt mich nicht ...! Ich habe alles gegen meinen Willen getan. Habt Erbarmen, ich bin arm und alt, ich werde an meinen Wunden sterben, verbrennt mich nicht!«

Nun wurde er in die Vierschar unter der Linde geführt, um dort vor dem ganzen versammelten Volk sein Urteil zu hören. Als grausamer Mörder, Dieb und Lästerer wurde er verurteilt, vor dem Wall des Gemeindehauses an kleinem Feuer bis zum Eintritt des Todes verbrannt zu werden, nachdem man ihm vorher die Zunge mit einem glühenden Eisen durchbohrt und die rechte Hand abgehauen haben würde.

Toria schrie: »Das ist Gerechtigkeit! Er büßt!« Und das Volk rief: »Lang leven de Heeren van de wet! – Langes Leben den Herren des Gesetzes!«

Er wurde ins Gefängnis zurückgebracht, wo man ihm Fleisch und Wein gab. Er war fröhlich und sagte, dass er derlei bis zu diesem Augenblick noch nie gegessen habe, dass ihm aber der König, der sein Vermögen erbe, dieses letzte Mahl bezahlen könne, und er lachte boshaft. Als man ihn beim ersten Morgenschimmer zur Hinrichtung führte, sah er Ulenspiegel neben dem Scheiterhaufen stehen und schrie, während er mit dem Finger auf ihn zeigte: »Der da ist ein Greisenmörder, er muss gleichfalls sterben, er warf mich – es sind zehn Jahre her – in den Kanal von Damme, weil ich seinen Vater denunziert hatte, indem ich Seiner katholischen Majestät als treuer Untertan diente!«

Die Glocken von Notre-Dame läuteten für die Toten.

»Auch für dich läuten diese Glocken«, sagte er zu Ulenspiegel, »du wirst gehenkt werden, denn du hast getötet!« »Der Fischer lügt«, riefen die Leute aus dem Volk, »er lügt, der mörderische Henker!« Toria, die sich wie toll gebärdete, warf ihm einen Stein an die Stirn, der ihn verletzte, und sie schrie: »Wenn er dich ersäuft hätte, so hättest du nicht leben können, um mein armes Töchterchen wie ein blutsaugender Vampir totzubeißen.«

Ulenspiegel ließ kein Wort laut werden, und Lamme schrie: »Hat jemand gesehen, dass er den Fischhändler ins Wasser warf?« »Nein, nein!«, schrie das Volk, »er hat gelogen, der Henker!« »Nein, ich habe nicht gelogen«, rief der Fischhändler, »er hat mich hineingeworfen, trotzdem ich ihn um Vergebung bat, ich rettete mich, indem ich mich an eine Schaluppe klammerte und die Böschung hinaufkletterte. Durchnässt und zitternd bekam ich das Fieber, niemand pflegte mich, und ich fürchtete, sterben zu müssen.« »Du lügst«, sagte Lamme, »niemand hat das gesehen.« »Nein, niemand hat es gesehen«, rief Toria, »ins Feuer mit dem Henker! Wenn du es getan hast, gestehe nicht, Ulenspiegel!«

»Hast du den Mord begangen, Ulenspiegel?«, fragte der Henker.

»Ich habe den mörderischen Angeber Claesens ins Wasser geworfen. Die Asche des Vaters schlug an meinem Herzen!« antwortete Ulenspiegel.

»Er gesteht«, frohlockte der Fischhändler, »auch er wird sterben. Wo ist der Galgen, dass ich ihn sehe? Wo ist der Henker mit dem Richtschwert? Die Glocken läuten für dich, Taugenichts, Mörder eines Greises!« Ulenspiegel sagte: »Ich habe dich ins Wasser geworfen, um dich zu töten, die Asche schlug an meinem Herzen.« Die Frauen sagten: »Warum gestehen, Ulenspiegel? Niemand hat es gesehen. Jetzt wirst du sterben.«

Der Gefangene lachte, hüpfte vor boshafter Freude und streckte die gefesselten Arme, die mit blutiger Leinwand umwunden waren. »Er wird sterben«, sagte er, »er wird, den Strick um den Hals, wie ein Lump, Dieb und Taugenichts von der Erde in die Hölle eingehen. Er wird sterben – Gott ist gerecht!«

»Er wird nicht sterben«, sagte der Vogt, »nach zehn Jahren kann in Flandern ein Mord nicht mehr bestraft werden. Ulenspiegel hat sich eine böse Tat zuschulden kommen lassen, aber aus Sohnesliebe, Ulenspiegel wird wegen dieser Tat nicht zur Rechenschaft gezogen werden.« »Es lebe das Gesetz!«, rief das Volk. Die Glocken von Notre-Dame läuteten für die Toten. Der Gefangene knirschte mit den Zähnen, senkte den Kopf und weinte seine ersten Tränen.

Und es wurde ihm die Hand abgeschlagen, und die Zunge wurde ihm mit einem glühenden Eisen durchbohrt, und er wurde vor dem Wall des Gemeindehauses an kleinem Feuer lebendig verbrannt. Dem Tod nahe, rief er: »Der König wird mein Gold nicht bekommen – ich habe gelogen ... Böse Tiger, ich werde wiederkommen, euch zu beißen!« Und Toria schrie: »Er büßt! Er büßt! Seine Arme winden sich und seine Beine auch, mit denen er zum Mord lief! Er raucht, der Körper des Henkers. Sein weißes Haar, das Hyänenhaar, brennt über seiner bleichen Fratze! Er büßt!«

Und heulend wie ein Wolf starb der Fischhändler.

Die Glocken von Notre-Dame läuteten für die Toten. Und Lamme und Ulenspiegel bestiegen ihre Esel. Nele, die bekümmerte, blieb bei Katheline, die immer wieder sagte: »Nehmt das Feuer weg! Der Kopf brennt, komm wieder, Hanske, mein Liebling!«

Viertes Buch

I

Ulenspiegel und Lamme weilten in den Dünen von Heyst und sahen von Ostende, von Blankenberge und von Knokke starke Fischerkähne voll bewaffneter Männer kommen, die, den Geusen von Zeeland folgend, an den Mützen einen silbernen Halbmond trugen mit der Inschrift: »Lieber dem Türken gedient als dem Papst.«

Ulenspiegel ist guter Dinge, und wann immer er den Lerchentriller ertönen lässt, antwortet ihm von allen Seiten der Hahnenschrei.

Die Schiffe fahren aus, machen ihre Fischzüge, verkaufen die Ladung und kehren eins nach dem andern nach Emden zurück. Dort ist Herr Wilhelm von Blois durch den Auftrag des Prinzen von Oranien, ein Schiff auszurüsten, zurückgehalten.

Ulenspiegel und Lamme kommen in Emden an, als die Schiffe der Geusen auf Befehl des Herrn von Très-Long in See stechen. Très-Long ist seit elf Wochen in Emden und langweilt sich tödlich. Er pendelt zwischen dem Land und seinem Schiff hin und her wie ein gefangener Bär in seinem Käfig.

Wie Ulenspiegel und Lamme so den Kai entlangschlendern, treffen sie einen gutmütig aussehenden Mann, der mit trübseliger Miene bemüht ist, mittels eines Spießes einen der Quadersteine des Kais auszuheben. Trotzdem seine Anstrengung offensichtlich vergeblich ist, lässt er nicht davon ab. Hinter ihm liegt ein Hund, der an einem Knochen nagt.

Ulenspiegel nähert sich dem Hund und macht Miene, ihm den Knochen wegzunehmen. Der Hund knurrt, Ulenspiegel lässt sich aber nicht abschrecken, und der Köter schlägt ein fürchterliches Gekläff an.

Der Herr dreht sich um und sagt zu Ulenspiegel:

»Was hast du davon, das Tier zu quälen?«

»Was habt Ihr davon, mein Herr, wenn Ihr diesen Pflasterstein aushebt?«

»Das ist etwas ganz anderes«, sagte der Herr.

»Der Unterschied ist nicht groß«, erwiderte Ulenspiegel; »wenn dieser Hund seinen Knochen hat und ihn behalten will, so hat dieser Stein seinen Kai und will dableiben. Und es ist nur recht und billig, dass Leute wie wir uns um einen Hund zu schaffen machen, wenn Leute wie Ihr sich mit einem Pflasterstein herumschlagen.«

Lamme stand hinter Ulenspiegel und wagte nicht zu sprechen.

»Wer bist du?«, fragte der Herr.

»Ich bin Thyl Ulenspiegel, der Sohn des Claes, der für den Glauben in den Flammen starb.«

Nach diesen Worten pfiff er wie die Lerche, und der Herr ahmte das Krähen eines Hahnes nach.

»Ich bin der Admiral Très-Long«, sagte er dann. »Was willst du von mir?«

Ulenspiegel erzählte ihm seine Abenteuer und übergab ihm die fünfhundert Karlsgulden.

»Wer ist dieser dicke Mann?«, fragte Très-Long und zeigte auf Lamme. »Mein Kamerad und Freund«, sagte Ulenspiegel, »er will, wie ich, auf deinem Schiff das Lied von der Befreiung des Landes unserer Väter mit der schönen Stimme der Arkebuse singen.« »Ihr seid alle beide tapfer«, sagte Très-Long, »und kommt auf mein Schiff.«

Es war im Monat Februar, ein scharfer Wind wehte, und der Frost war grimmig. Nach drei Wochen verdrießlichen Wartens verließ Très-Long Emden. Er dachte bis Texel zu gelangen und verließ das Vlie, war aber gezwungen, in Wieringen anzulegen, wo sein Schiff vom Eis eingeschlossen wurde.

Lamme suchte seine Frau und tummelte sich auf dem Eise unter den Männern und Weibern, die in fröhlichem Gewimmel auf Schlittschuhen um das Schiff herumliefen, aber Lamme fiel oft.

In der Zwischenzeit ging Ulenspiegel, um zu trinken und zu essen, in eine kleine Herberge am Kai, in der man die Kost nicht teuer bezahlen musste, dort schwatzte er gerne mit der alten Wirtin. Als er eines Samstags wieder hinkam, sagte er zu einer anmutigen Frau, die erschien, um ihn zu bedienen: »Aber, du aufgefrischte Baesine, was hast du mit deinen alten Runzeln gemacht? In deinem Mund stehen lauter frische, junge Zähne, und deine Lippen sind rot wie Kirschen! Ist dies süße und schalkhafte Lächeln für mich?« »Keineswegs«, sagte sie, »aber was soll ich dir geben?« »Dich.« »Das wäre für einen Hering, wie du bist, zu viel, willst du kein andres Fleisch?«

Ulenspiegel schwieg, und sie sagte: »Was hast du mit diesem schönen, wohlgeratenen und umfangreichen Mann gemacht, den ich oft bei dir sah?« »Lamme?«

»Was hast du mit ihm gemacht?« Ulenspiegel erwiderte: »Er isst in den Schuppen harte Eier, geräucherte Aale, gesalzene Fische, zuertjes und alles, was er sich zwischen die Zähne schieben kann, das tut er nur, um seine Frau zu suchen. Warum bist du nicht die seine? Willst du fünfzig Gulden – oder ein goldenes Halsband?« Doch sie bekreuzigte sich und sagte: »Ich bin weder zu kaufen noch zu nehmen.« »Liebst du niemand?«, fragte er. »Ich liebe dich als meinen Nächsten«, sagte sie, »aber mehr noch liebe ich unseren Herrn Christum und die Heilige Jungfrau, die mich ein züchtiges Leben führen hießen. Hart und schwer sind die Pflichten, die es mit sich bringt, aber Gott hilft uns armen Frauen!

Ist dein dicker Freund fröhlich?«

»Er ist fröhlich, wenn er isst, traurig, wenn er fastet, und immer nachdenklich. Aber du, bist du fröhlich oder traurig?«

»Wir Frauen sind die Sklavinnen dessen, der uns beherrscht«, sagte sie. »Des Mondes?«, fragte Ulenspiegel. »Ja.« »Ich will es Lamme sagen, damit er dich besuche.« »Tu das nicht«, sagte sie, »er würde weinen und ich auch.« »Hast du jemals seine Frau gesehen?«, fragte Ulenspiegel. Sie antwortete seufzend: »Sie sündigte mit ihm und wurde zu trauriger Buße verbannt. Sie weiß, dass er für den Sieg der Ketzerei aufs Meer hinauszieht, und das ist für ein christliches Herz schwer zu tragen. Verteidige ihn, wenn man ihn angreift, betreue ihn, wenn er verwundet ist. Seine Frau trug mir auf, dich darum zu bitten.« »Lamme ist mein Bruder und Freund«, sagte Ulenspiegel.

»Ach!«, sagte sie, »warum kehrt ihr nicht in den Schoß der heiligen Mutter-Kirche zurück!«

»Sie frisst ihre Kinder«, antwortete Ulenspiegel und ging.

An einem Märzmorgen, da ein scharfer Wind wehte und das Eis noch dicker werden ließ, das Très-Longs Schiff festhielt, machten sich die Matrosen und Soldaten auf Schlittschuhen davon, um sich einen guten Tag zu tun.

Ulenspiegel war wieder in der Herberge, und das hübsche Weib sagte voll Angst und fast irr vor Aufregung: »Armer Lamme! Armer Ulenspiegel!« Sie trat, aufmerksam lauschend, an die Tür. »Horchst du auf das Fallen des Schnees?«, fragte Ulenspiegel. »Nein«, sagte sie. »Auch nicht auf das fröhliche Lärmen unserer wackeren Matrosen in der benachbarten Schenke?« »Der Tod kommt wie ein Dieb«, sagte sie. »Der Tod? Ich verstehe dich nicht, komm her und sprich.« »Sie sind da«, sagte sie. »Wer?« »Die Soldaten des Simonen-Bol, die im Namen des Herzogs kommen, um über euch herzufallen, man behandelt euch hier so gut wie Ochsen, die man schlachten will. Ach! Warum habe ich das nur nicht früher gewusst!« sagte sie unter Tränen. »Weine nicht und schrei nicht, sondern bleib still«, sagte Ulenspiegel. »Ich verrate mich nicht«, sagte sie.

Ulenspiegel verließ das Haus, lief in alle Schuppen und Schenken und flüsterte allen Matrosen und Soldaten ins Ohr: »Der Spanier kommt!«

Alle liefen auf das Schiff, bereiteten sich in großer Hast auf den Kampf vor und erwarteten den Feind. Ulenspie-

gel sagte zu Lamme: »Siehst du diese Frau im scharlach-
roten Kleid mit schwarzen Spitzen, die dort auf dem Kai
steht und ihr Gesicht unter der weißen Kapuze verbirgt?« »Sie ist mir gleichgültig«, sagte Lamme, »mir ist
kalt, und ich will schlafen.« Und er wand sich den Mantel um den Kopf, sodass er nichts hören konnte.

Ulenspiegel erkannte die Frau aus der Schenke und
rief: »Wolltest du uns folgen?« »Bis ins Grab«, sagte sie,
»aber ich darf nicht.« »Du tätest gut daran«, sagte Ulenspiegel, »aber bedenke: Wenn die Nachtigall im Wald
bleibt, ist sie glücklich und singt. Wagt sie sich aber in
den Meeressturm hinaus, so brechen ihr die Flügel, und
sie stirbt.«

»Ich habe daheim gesungen«, sagte sie, »und würde
auch draußen singen, wenn ich könnte.« Dann näherte
sie sich dem Schiff und setzte hinzu: »Nimm diesen Balsam für dich und deinen Freund, der schläft, wenn er
wachen sollte.« Dann entfernte sie sich und rief: »Lamme, Lamme! Gott behüte dich vor allem Übel! Komme
gesund zurück!« Dabei enthüllte sie ihr Gesicht.

»Meine Frau! Meine Frau!« rief Lamme und wollte auf
das Eis hinabspringen. »Deine treue Frau«, rief sie und
lief rasch davon. Lamme wurde von einem Soldaten, der
ihn am Überrock packte, davon abgehalten, aufs Eis zu
springen. Er schrie, weinte und flehte, dass man ihm erlauben solle, das Schiff zu verlassen. Aber der Profos
sagte zu ihm: »Du wirst gehenkt, wenn du von Bord
gehst.« Lamme wollte sich neuerdings auf das Eis hin-
abstürzen, doch ein alter Geuse hielt ihn fest und sagte:

»Der Boden ist feucht, du könntest nasse Füße bekommen.«

Lamme fiel auf sein Gesäß und sagte weinend:

»Meine Frau, meine Frau! Lasst mich zu meiner Frau gehen!«

»Du wirst sie wiedersehen«, sagte Ulenspiegel, »sie liebt dich, aber sie liebt Gott noch mehr als dich.« Weinend rief Lamme: »Diese abgefeimte Teufelin! Wenn sie Gott mehr liebt als ihren Mann, warum zeigt sie sich mir dann so lieblich und begehrenswert? Und wenn sie mich liebt, warum verlässt sie mich?«

»Siehst du klar in die Tiefe eines Brunnenschachts?«, fragte Ulenspiegel. »Ach! Ich werde bald sterben!«, sagte Lamme. Und bleich und verstört blieb er auf dem Deck sitzen.

Indessen kamen die Truppen Simonen-Bols mit starken Geschützen. Sie beschossen das Schiff, das diesen Gruß erwiderte, und die Kugeln sprengten rund um das Fahrzeug das Eis auf.

Der Wind wehte vom Westen, das Meer brauste in der Tiefe und hob gewaltige Eisblöcke hoch, die sich aufrichteten, zurückfielen und übereinanderglitten, nicht ohne Gefahr für das Schiff. Und als der Morgen graute, streckte das Schiff seine weißen Flügel wie ein Vogel der Freiheit und segelte ins offene Meer hinaus.

Dort stießen sie zu der Flotte des Herrn Lumey von der Mark, Admirals von Holland und Zeeland und Generalkapitän, dessen Schiff auf der Mastspitze eine Laterne trug.

»Sieh ihn dir gut an, mein Sohn«, sagte Ulenspiegel zu Lamme, »der erspart dir nichts, wenn du mit Gewalt das Schiff verlassen willst. Hörst du seine Donnerstimme grollen ? Sieh, wie breit und stark er ist bei seiner Größe! Betrachte seine langen Hände mit den gekrümmten Nägeln! Sieh seine großen, kalten Adleraugen und seinen spitz auslaufenden Bart, den er solange nicht stutzt, bis er alle Mönche und Priester gehenkt hat, um den Tod der beiden Grafen zu rächen. Sieh ihn dir an, den Schrecklichen, Unbarmherzigen, er wird dich aufknüpfen lassen, wenn du fortfährst, zu greinen und ›Meine Frau‹ zu schreien!«

»Mein Sohn«, entgegnete Lamme, »so spricht meist der vom Strick, der die hanfene Krause schon um den Hals hat.«

»Du wirst sie als erster tragen, das ist meine freundschaftliche Meinung«, sagte Ulenspiegel.

»Ich werde dich schon noch an dem Galgen baumeln und deine giftige Zunge klafterweit aus dem Halse hängen lassen sehen«, entgegnete Lamme.

Und dann lachten sie beide.

An diesem Tage kaperte das Schiff Très-Longs ein Fahrzeug, das von Biscaya kam und mit Quecksilber, Goldstaub, Wein und Gewürzen beladen war. Das Schiff wurde seines ganzen Inhalts, der Besatzung und der Ladung beraubt wie ein Knochen seines Marks unter den Zähnen eines Löwen.

Zu dieser Zeit führte der Herzog in den Niederlanden grausame und unerträgliche Steuern ein, welche die Einwohner verpflichteten, beim Verkauf beweglicher oder unbeweglicher Güter von je zehntausend Gulden tausend abzubezahlen. Diese Abgabe sollte eine dauernde Einrichtung sein. Jeder Kaufmann und wer sonst etwas veräußerte, musste dem König den Zehnten bezahlen, und es hieß, dass die Waren, die zehnmal in einer Woche verkauft wurden, alle dem König gehörten. So wurden Handel und Industrie dem Untergang entgegengetrieben.

Die Geusen nahmen damals Briele, eine starke Seefestung, ein und nannten es »Rute der Freiheit«.

II

Es war in den ersten Tagen des Monats Mai. Der Himmel war klar, das Schiff glitt stolz über die Wogen, und Ulenspiegel sang:

>»Die Asche des Vaters, sie schlägt an mein Herz.
> Die Henker sie kamen und schlugen
> Mit Eisen und Feuer und Fäusten und Schwert.
> Die tückschen Spione, sie haben's gebüßt!
> Wo Glaube und Liebe die Menschen geführt,
> Da haben sie Tücke und Misstrauen gesät.
> Dass die Schlächter die Rache ereile,
> Schlaget die Trommeln des Krieges!
>
> Es lebe der Geuse! Schlaget die Trommel!
> Genommen ist Briele und Vlissingen auch,
> Der Schlüssel zum Laufe der Scheide.
> Gott ist uns gnädig, Champ-Veere ist unser.
> Wo waren die Feldschlangen Zeelands?
> Wir haben Kugeln und Pulver und Blei

Und Armbrüste, Schwerter und Lanzen.
Gott ist mit uns, wer ist unser Feind ?

Schlaget die Trommeln des Kriegs und des Siegs!
Es lebe der Geuse! Schlaget die Trommel!
Das Schwert ist gezogen, die Herzen voll Mut,
Unsre Arme sind hart, das Schwert ist gezogen.
Fort mit dem Zehent, des Kaufmanns Ruin,
Dem Henker den Tod, dem Räuber den Strick,
Dem meineid'gen König ein aufständisch' Volk!
Das Schwert ist gezogen für unser Recht,
Für unsere Häuser, für Kinder und Frau'n.
Das Schwert ist gezogen, schlaget die Trommel!

Die Herzen voll Mut, die Arme sind hart.
Fort mit dem Zehent und keinen Pardon!
Schlaget die Trommel, die Trommel des Kriegs!«

»Ja, Gevattern und Freunde«, sagte Ulenspiegel, »in
Antwerpen haben sie vor dem Stadthaus ein gewaltiges
Gerüst errichtet und mit rotem Tuch behängt. Und der
Herzog sitzt inmitten seiner Würdenträger und Soldaten
darauf, wie ein König auf seinem Thron. Er versucht
wohlwollend zu lächeln, aber es wird nur eine grimmige
Fratze. Schlaget die Trommel des Krieges!

Er lässt Gnade vor Recht ergehen, ruhig: Sein goldner
Kürass blinkt in der Sonne, der Profos hält hoch zu Roß
neben dem Thronhimmel. Jetzt kommt der Herold mit
seinen Paukenschlägern. Er liest vor; es ist der Pardon
für alle jene, die nicht gesündigt haben. Die andern werden unbarmherzig bestraft.« Und Ulenspiegel sang:

»O Herzog, hörst du die Stimme des Volkes,
Das Tosen des Meers, das sich bäumt,
Am Tage des rasenden Sturmes?
Genug ist geflossen an Silber und Blut,
Genug der Ruinen! Die Trommel gerührt!
Das Schwert ist gezogen. Schlaget die Trommel
der Trauer!

Du gräbst deine Nägel in blutende Wunden,
Beraubst die erschlagenen Opfer. Musst du
Aus Gold und Blut einen Trank dir brau'n?
Dem König hielten wir Treu und Pflicht,
Doch der König brach sein Wort,
Nun sind wir der Eide entbunden. Schlagt die
Trommel des Krieges!

Herzog von Alba, Blutherzog du,
Sieh die geschlossenen Schuppen und Läden,
Die Bäcker und Fleischer verkaufen nicht,
Damit sie den Zehent nicht zahlen.
Wer grüßt dich, wenn du vorübergehst?
Keiner. Fühlst du den Pesthauch nicht
Von Hass und Verachtung, der dich umschwelt?

Flandern, das schöne, liebliche Land
Und Brabant, das allezeit frohe,
Wie Kirchhöfe sind sie, so traurig.
Und wo in der Freiheit goldener Zeit
Die Fiedel und Flöte erschallte,
Ist ewiges Schweigen und Tod.
Schlaget die Trommel des Krieges!

Statt der muntern Gesichter der Zecher
Und der fröhlich singenden Buhlen
Sieht man die bleichen Gestalten
Ergeben des Schwertes des Unrechtes harren.
Schlaget die Trommel des Krieges!

Verstummt ist in den Tavernen
Das fröhliche Klingen der Kannen,
Wie die singenden Stimmen der Mädchen,
Die scharweis die Straßen erfüllten.
Brabant und Flandern, die Lande des Frohsinns,
Sind Lande der Tränen geworden.
Schlaget die Trommel der Trauer!

Erde der Väter, Schmerzensgeliebte,
Beug nicht die Stirn unter Mörders Fuß.
Emsige Bienen, stürzt euch in Schwärmen
Auf Spaniens Drohnengesindel!
Frauen und Mädchen, lebendig begraben,
Flehet Vergeltung von Christo!

Ruhlose Seelen, irrt nachts durch die Wälder,
Ruft Gott an! Die Faust ist gerecket,
Das Schwert ist gezogen, Herzog, wir reißen die
Därme dir aus
Und schlagen sie dir ins Gesicht.
Schlaget die Trommel, das Schwert ist gezogen.
Schlaget die Trommel! Es lebe der Geuse!«

Und alle Matrosen und Soldaten auf Ulenspiegels
Schiff und auf den andern Schiffen sangen:

»Das Schwert ist gezogen, es lebe der Geuse!«

Und ihre Stimmen dröhnten wie der Donner der Befreiung.

III

Die Welt war im Januar, dem grausamen Monat, der das Kalb im Bauch der Kuh erfrieren lässt. Es hatte geschneit und dann gefroren. Die Knaben fingen die Sperlinge, die auf dem verharschten Schnee nach irgendwelcher Nahrung suchten, mit Vogelleim und brachten dies Wild in die Hütte ihrer Eltern. Vom grauen Himmel hoben sich die dürren Skelette der Bäume ab, deren Äste mit Schneekissen bedeckt waren, auch auf den Hütten und Mauerfirsten lag dicker Schnee, in dem die Fußspuren der Katzen sichtbar waren, die ebenfalls auf die Sperlinge Jagd machten. Die Erde war weit und breit von der wundertätigen Schneedecke eingehüllt, die den Boden warm hält und vor der grimmen Winterkälte schützt. Aus Häusern und Hütten stieg schwarzer Rauch zum Himmel auf, und nirgends hörte man einen Laut.

Katheline und Nele waren allein in ihrer Hütte, und Katheline sagte, während sie den Kopf schüttelte: »Hans, mein Herz zieht mich zu dir. Du musst die siebenhundert Karlsgulden Ulenspiegel wiedergeben, dem Sohn der Soetkin. Aber komm nur, auch wenn du arm bist, dass ich dein schimmerndes Gesicht sehe. Nehmt das Feuer weg! Der Kopf brennt! Ach, wo sind die schneeichten Küsse? Wo ist dein eisiger Körper, du mein Geliebter?« Während sie so sprach, stand sie am Fenster.

Plötzlich kam ein Läufer in großen Sätzen dahergerannt und rief: »Da kommt der Vogt, der Obervogt von Damme!« Er lief bis zum Gemeindehaus, um dort die

Bürgermeister und Schöffen zur Versammlung zu rufen. Nun hörte Nele zwei Fanfarenstöße die Stille durchdringen, die Bürger von Damme traten vor ihre Türen, da sie glaubten, es sei Seine Königliche Majestät, die ihre Ankunft durch solches Fanfarengeschmetter anzeigen lasse.

Auch Katheline und Nele gingen vors Haus. Da sahen sie von Weitem einen Trupp glänzender Reiter daherkommen, an deren Spitze ein Mann in einem schwarzsammetenen, mit Spitzen geschmückten Überwams und Schuhen aus gelbem Kalbsleder ritt, die mit Marderfell verbrämt waren. Und sie erkannten den Obervogt. Hinter ihm ritten junge Herren, die trotz der Anordnung weiland Seiner Königlichen Majestät auf ihren Sammetkleidern Spitzen, Borten, Bänder und Verzierungen von Gold, Silber und Seide trugen. Ihre Überkleider waren, wie die des Vogts, mit Pelzwerk verbrämt. Sie ritten fröhlich plaudernd dahin, und die Straußfedern, die ihre mit goldenen Knöpfen und Schnüren besetzten Hüte zierten, wehten im Wind.

Sie schienen alle gute Freunde und Kumpane des Obervogts zu sein. Auch die Herren seines Gefolges waren prunkvoll gekleidet, insbesondere einer, der ein mürrisches Gesicht zur Schau trug, er hatte ein grünes, mit Goldborten eingefasstes Kleid, sein Mantel war aus schwarzem Sammet und, ebenso wie die Mütze, mit langen Federn geschmückt. Seine Nase hatte die Form eines Geierschnabels, der Mund war schmal, das Haar rot, das Gesicht bleich. Seine Haltung war stolz und abweisend.

Als der Trupp dieser Edlen an Kathelines Haus vorbeikam, sprang sie plötzlich dem Pferd des bleichen Mannes in die Zügel und rief, toll vor Freude: »Hans, mein Liebling, ich wusste, dass du wiederkommen würdest. Du bist schön, so ganz in Sammet und Gold, wie eine Sonne über dem Schnee! Bringst du mir die siebenhundert Gulden? Werde ich dich wieder wie einen Seeadler hören?«

Der Obervogt ließ den Trupp der Edlen anhalten, und der bleiche Herr sagte: »Was will mir diese Bettlerin?« Aber Katheline ließ die Zügel des Pferdes nicht los und sagte: »Geh nicht wieder fort, ich habe soviel um dich geweint. Süße Nächte, mein Geliebter, Küsse von Schnee und Körper von Eis! Das Kind ist hier.« Dabei zeigte sie auf Nele, die ihn erzürnt ansah, denn er hatte seine Peitsche erhoben. Aber Katheline sagte weinend: »Ach, erinnerst du dich denn nicht? Hab' doch Mitleid mit deiner Magd. Nimm sie mit dir, wohin du magst. Nimm das Feuer weg, Hans, Erbarmen!«

»Pack dich«, sagte er und trieb sein Pferd so gewaltig vorwärts, dass Katheline den Zügel fahren ließ und zu Boden stürzte, das Pferd schritt über sie hinweg und brachte ihr an der Stirn eine blutende Wunde bei.

Nun sagte der Obervogt zu dem bleichen Herrn: »Mein Herr, kennt Ihr diese Frau?« »Ich kenne sie nicht«, sagte er, »sie ist ohne Zweifel eine Verrückte.«

Aber Nele sagte, nachdem sie Katheline aufgehoben hatte: »Wenn diese Frau auch verrückt ist, so bin ich es doch nicht, und ich will an dem Schnee sterben, den ich jetzt esse« – dabei nahm sie mit den Fingern etwas Schnee auf –, »wenn dieser Mann meine Mutter nicht kennt, wenn er ihr nicht all ihr Geld abgeschwindelt und nicht den Hund Claesens getötet hat, um die siebenhundert Karlsgulden zu nehmen, die an der Mauer des Brunnens hinter unserem Hause lagen und dem armen Verblichenen gehörten.«

»Hans, mein Liebling«, sagte Katheline weinend und auf den Knien liegend: »Hans, mein Geliebter, gib mir den Kuss des Friedens, sieh das Blut fließen: Die Seele hat das Loch gemacht und will von dannen, ich werde bald sterben, verlass mich nicht!« Dann sagte sie ganz leise: »Einstmals tötetest du am Deich deinen Kameraden aus Eifersucht.« Und sie zeigte mit dem Finger in der Richtung nach Dudzeele. »Damals liebtest du mich von ganzem Herzen.« Und sie umschlang das Knie des Edelmanns und küsste seinen Stiefel.

»Wer ist dieser Getötete?«, fragte der Obervogt. »Ich weiß es nicht, mein Herr«, antwortete der Gefragte, »machen wir uns über die Reden dieser Bettlerin keine Gedanken, und reiten wir weiter.«

Doch das Volk hatte sich um die beiden geschart und groß und klein, Bürger, Arbeiter und Bauern nahmen Kathelines Partei und riefen: »Gerechtigkeit, Herr Obervogt, Gerechtigkeit!« Und der Vogt sagte zu Nele: »Wer ist dieser getötete Mann? Sprich die Wahrheit, im Namen Gottes!«

Nele zeigte auf den bleichen Edelmann und sagte: »Dieser da ist alle Samstage in die Keet gekommen, um meine Mutter zu besuchen und ihr Geld wegzunehmen; er hat einen seiner Freunde, Hubert mit Namen, im Feld des Servaes van der Vichte getötet, aber nicht um der Liebe willen, wie diese unschuldige Irre glaubt, sondern um die siebenhundert Karlsgulden allein zu bekommen.«

Und Nele erzählte von der Liebe Kathelines, und was sie gehört hatte, als sie in jener Nacht hinter dem Deich verborgen gewesen war, der sich durch das Feld des Servaes van der Vichte zieht.

»Nele ist böse«, sagte Katheline, »sie spricht roh von Hans, ihrem Vater.«

»Ich schwöre, dass er wie ein Seeadler schrie, um seine Anwesenheit zu künden«, sagte Nele. »Du lügst«, sagte er. »O nein!«, sagte Nele, »und der Herr Obervogt und all die anderen Herren hier sehen es deutlich: Du bist nicht vor Kälte bleich, sondern vor Angst. Woher kommt es, dass dein Gesicht nicht mehr blinkt? Du hast nun deine Zaubermixtur verloren, mit der du dich salbtest, um leuchtend zu erscheinen wie die Meereswogen beim Gewitter. Aber du wirst brennen, verfluchter Hexenmeister, brennen vor dem Wall des Gemeindehauses. Du bist's, der Soetkins Tod verursacht hat, du hast ihren verwaisten Sohn ins Elend gestoßen. Du, ein Edelmann, ohne Zweifel, kamst ein einziges Mal, um meiner Mutter Geld zu bringen, und alle andern Male hast du ihr welches weggenommen.«

»Hans«, sagte Katheline, »wirst du mich wieder mit Balsam einreiben und zum Sabbat führen ? Höre nicht auf Nele, sie ist böse, du siehst das Blut, die Seele hat das Loch gemacht, um zu entweichen! Ich werde bald sterben und in die Gefilde gehen, wo sie nicht mehr brennt.«

»Schweig, tolle Hexe, ich kenne dich nicht und weiß nicht, was du da redest«, sagte er.

»Und dennoch bist du der, der mit einem Kumpanen kam, den du mir zum Gatten geben wolltest«, sagte Nele, »du weißt, dass ich es nicht wollte, was hat er angefangen, dein Freund Hubert, was hat er angefangen, nachdem ich ihm mit den Nägeln in die Augen gefahren war?« »Nele ist böse«, sagte Katheline, »traue ihr nicht, Hans, mein Liebling, sie ist erzürnt auf Hubert, der sie mit Gewalt nehmen wollte, aber jetzt kann er es nicht mehr, der Hilbert, die Würmer haben ihn schon aufgefressen. Und Hilbert war hässlich, Hans, mein Liebling, du allein bist schön, und Nele ist böse.«

Daraufhin sagte der Obervogt: »Frauen, geht friedlich in eure Häuser zurück.« Aber Katheline wollte ihrem Freund nicht von der Seite weichen, und er musste sie mit Gewalt in ihre Wohnung führen lassen. Und das ganze versammelte Volk rief: »Gerechtigkeit, edler Herr, Gerechtigkeit!«

Der Lärm hatte die Gemeindewächter herangelockt, der Obervogt hieß sie bleiben und sagte zu den Herren und Edlen: »Meine edlen Herren und Hochgeborene, ungeachtet aller Privilegien, die den hohen Adel in Flandern beschützen, muss ich auf diese Anklagen hin, vornehmlich wegen der Anklage der Zauberei, die gegen den Herrn Joos Damman erhoben wurde, besagten Herrn festnehmen lassen, bis dass, den Gesetzen und Erlassen des Königs folgend, über ihn zu Gericht gesessen sein wird! Übergebt mir Euren Degen, Herr Joos.« »Herr Obervogt«, sagte Joos Damman mit großem Hochmut und adeligem Stolz, »wenn Ihr mich festnehmen lasset, so verstoßet Ihr gegen das flandrische Gesetz, denn Ihr seid nicht selbst Richter. Und Ihr wisst doch wohl, dass es nicht erlaubt ist, einen Adeligen ohne Haftbefehl eines Richters festzunehmen. Und Ihr wisst wohl, dass es nicht erlaubt ist, ohne Auftrag eines Richters jemand andern festzunehmen als Geldfälscher, Straßenräuber, Brandstifter, solche, die Frauen Gewalt angetan haben, Soldaten, die ihre Hauptleute verlassen haben, Zauberer, die die Brunnen vergiften, entflohene Mönche und Nonnen und Verbannte. Verteidigt mich also, ihr edlen und hochgeborenen Herren!«

Einige wollten dieser Aufforderung nachkommen, aber der Vogt sagte: »Edle und Hochgeborene, ich, Graf und Ritter, der ich hier unseren König vertrete, ich, dem es vorbehalten ist, die schwierigen Gerichtsfälle zu entscheiden, ich fordere euch auf und befehle euch, sofern ihr nicht als Rebellen angezeigt werden wollt, eure Degen wieder in die Scheiden zu stecken!« Nachdem die Edelleute gehorcht hatten und Joos Damman noch immer zögerte, rief das Volk: »Gerechtigkeit, Herr, Gerechtigkeit! Er soll seinen Degen ausliefern!«

Er tat es nun widerwillig, stieg vom Pferd und wurde von zwei Wachen in das Gemeindegefängnis geführt. Immerhin wurde er nicht in eines der Kellergelasse gesperrt, sondern man brachte ihn in ein vergittertes Zimmer, wo er gegen Bezahlung einen guten Ofen, ein gutes Bett und gute Kost bekam, von welcher der Wächter die Hälfte für sich nahm.

IV

Am nächsten Tag ging der Vogt mit zwei Gerichtsschreibern, zwei Schöffen und einem Chirurgen in der Richtung nach Dudzeele, um zu suchen, ob sie nicht im

Feld des Servaes van der Vichte, längs des Dammes, der das Feld durchquert, die Leiche finden könnten.

Nele hatte zu Katheline gesagt: »Dein Liebling Hans verlangt die abgeschnittene Hand Huberts, heute Abend wird er wie der Seeadler schreien, wird in die Hütte kommen und dir die siebenhundert Karlsgulden bringen.« Katheline hatte geantwortet: »Ich werde sie abschneiden.«

In der Tat nahm sie ein Messer und ging, von Nele und Gerichtsbeamten begleitet, hinaus, Nele trug einen Spaten. Als sie ins Feld und auf den Deich kamen, ging Katheline bis zur Mitte vor und sagte, während sie mit der Rechten auf die Wiese zeigte: »Hans, du wusstest nicht, dass ich hier zitternd verborgen war, während die Degen erklangen. Und Hubert rief: ›Dies Eisen ist kalt.‹ Hilbert ist hässlich, Hans ist schön. Du wirst seine Hand bekommen, lass mich allein.«

Dann stieg sie links hinab, sank im Schnee auf die Knie und schrie dreimal in die Luft, um den Geist anzurufen. Nun gab Nele ihr den Spaten, auf den sie dreimal das Zeichen des Kreuzes machte, dann ritzte sie den Umriss eines Sarges und drei verkehrte Kreuze, eines nach Osten, eines nach Westen und eines nach Norden, in das Eis und sagte: »Drei, das ist Mars bei Saturn, und drei, das ist die Enthüllung unter der Venus, dem leuchtenden Gestirn.« Hierauf zog sie einen großen Kreis um die Sargfigur und sagte: »Troll dich, böser Dämon, der du die Leichen bewachst.« Dann ließ sie sich auf die Knie nieder und betete: »Geliebter Teufel Hilbert! Hans, mein Herr und Meister, befiehlt mir, hierherzukommen, dir eine Hand abzuschneiden und ihm zu bringen. Ich muss ihm gehorchen, lasse das Feuer der Erde nicht gegen mich auflodern, weil ich deine edle Gruft zerstöre. Vergib mir, bei Gott und den Heiligen.«

Dann sprengte sie, mit dem Spaten der Sargfigur folgend, das Eis. Sie stieß auf feuchten Rasen, dann auf Sand, und der Vogt, die Beisitzer, Nele und Katheline sahen die Leiche eines jungen Mannes, die vom Sande weiß war. Er war mit einem grauen Tuchwams und einem ebensolchen Mantel bekleidet, sein Degen lag neben ihm, und am Gürtel hing eine Netzbörse. Unter seinem Herzen stak ein breiter Dolch. Katheline schnitt ihm eine Hand ab und steckte sie in ihren Schnappsack. Der Vogt ließ sie gewähren und befahl, dass die Leiche aller Kleider und Würdezeichen entledigt und wieder mit Sand bedeckt werde.

Katheline fragte, ob Hans auch das befohlen habe, und der Vogt entgegnete, dass er nur tue, was dieser wünsche. Als der Leichnam entkleidet war, sah man, dass er trocken wie Holz und nicht verwest war. Als man den Kadaver wieder mit Sand bedeckt hatte, gingen der Vogt und die Gemeindebeamten fort, die Schergen trugen die Kleider des Toten.

Als sie vor dem Gemeindegefängnis vorbeikamen, sagte der Vogt zu Katheline, dass Hans sie dort erwarte, und sie betrat fröhlich das Haus. Nele wollte sie zurückhalten, aber Katheline sagte: »Ich will Hans, meinen Herrn, sehen.«

Nele weinte auf der Schwelle, denn sie wusste, dass Katheline wegen der Beschwörungen und der Figuren im Schnee als Hexe gefangen genommen würde. Und man sagte in Damme, dass es keine Gnade für sie geben werde.

Katheline wurde in den östlichen Keller des Gefängnisses gesperrt.

V

Am nächsten Tage wehte ein warmer Wind von Brabant, der Schnee schmolz, und die Wiesen wurden überschwemmt.

Die Glocke »Burgsturm« rief die Richter zum Tribunal der Vierschar unter das Zeltdach, das wegen der Feuchtigkeit der Rasenbänke ausgespannt war. Das Volk umstand den Gerichtshof im Kreise. Joos Damman wurde, ohne alle Fesseln und in seinem prunkvollen Gewände, hingeführt. Auch Katheline brachte man herbei, ihre Hände waren vorn gefesselt, und sie trug das Kleid der Gefangenen, das aus grauem Leinen war.

Beim Verhör gestand Joos Damman, seinen Freund Hubert im Zweikampf mit dem Degen getötet zu haben. Als man ihm sagte, dass er mit einem Dolch erstochen worden sei, antwortete er: »Ich habe ihn niedergestoßen, weil er nicht gleich tot war. Unter dem Schutz der Gesetze von Flandern, die die Verfolgung eines Mörders nach zehn Jahren verbieten, gestehe ich diesen Mord freiwillig ein.«

Der Vogt sagte zu ihm: »Bist du nicht Hexenmeister?« »Nein«, antwortete Damman. »Beweise es«, sagte der Vogt. »Ich werde es zu seiner Zeit und an seinem Ort tun«, sagte Damman, »aber es behagt mir nicht, es jetzt zu tun.«

Nun befragte der Vogt Katheline, aber sie hörte nicht auf ihn, blickte Hans an und sagte: »Du bist mein grüner Edelmann, schön wie die Sonne. Nimm das Feuer weg, mein Liebling!« Nele ergriff für Katheline das Wort und sagte: »Sie kann nichts gestehen, denn sie weiß ja nichts, ihr Herren, sie ist keine Hexe, sondern nur eine Irrsinnige.«

Der Vogt sagte: »Ein Hexenmeister oder eine Hexe ist, wer sich wissentlich teuflischer Mittel bedient, um sich zu bemühen, etwas zu bewerkstelligen. Nun, dieser Mann und diese Frau sind ihrem Wollen und Tun nach der Hexerei ergeben, er, weil er ihr die Sabbatsalbe gegeben und sein Gesicht leuchtend gemacht hat wie Luzifer, um Geld zu bekommen und seine Lust zu befriedigen, sie, weil sie sich ihm gefügt hat, ihn für einen Teufel hielt und seinem Willen sich unterordnete. Er war ein Übeltäter, und sie war erwiesenermaßen seine Helferin. Man darf kein Mitleid haben, das muss ich betonen, denn ich sehe, dass die Schöffen und Leute des Volkes der Frau zu viel Wohlwollen entgegenbringen.

Es ist wahr, sie hat weder getötet noch gestohlen, sie hat weder über Tiere noch über Menschen einen Zauber geworfen und hat keine Krankheit durch außergewöhnliche Mittel geheilt, sondern nur durch einfache und allbekannte Medikamente nach den Vorschriften der ehrlichen, christlichen Heilkunde. Aber sie wollte ihre Tochter dem Teufel ausliefern, und wenn diese in ihrem zarten Alter nicht mit solcher Tapferkeit und Tugend widerstanden hätte, so wäre sie eine Hexe geworden wie ihre Mutter.

Nun frage ich euch, ihr Herren vom Tribunal, ob ihr nicht der Meinung seid, dass diese beiden in die Folterkammer gebracht werden sollen!«

Die Schöffen gaben keine Antwort und bewiesen damit zur Genüge, dass sie, was Katheline betreffe, das nicht wollten.

Als der Vogt das sah, fuhr er fort: »Ich fühle, wie ihr, Mitleid und Erbarmen für diese Hexe, hätte sie aber, die dem Teufel so gefügig war, mit dem mit ihr angeklagten Wollüstling nicht auf dessen Befehl ihrer Tochter mit einer Hippe den Kopf abschneiden können, wie es in Frankreich die Catherine Daru mit ihren beiden Töchtern auf Geheiß des Teufels getan hat? Konnte sie nicht auf Befehl ihres düsteren Gatten Tiere sterben lassen, die Butter verderben, indem sie Zucker ins Butterfass tat, Teufelsanbetungen und abscheulichen Hexenorgien beiwohnen? Konnte sie nicht Menschenfleisch essen, Kinder töten, um Pasteten aus ihrem Fleisch zu machen, wie es ein Pastetenbäcker in Paris getan hat, konnte sie nicht den Gehenkten die Schenkel abgeschnitten haben, um mit ihren Hexenzähnen hineinzubeißen, dadurch zur schändlichen Diebin und Frevlerin werdend? Ich verlange vom Tribunal, dass Joos Damman und Katheline gefoltert werden, damit man erfahre, ob sie nicht noch andere Verbrechen begangen haben als die, welche bekannt geworden sind, und die sie eingestanden haben. Joos Damman weigert sich, mehr zu gestehen als den Mord, und Katheline hat überhaupt nichts gesagt, deshalb heißen uns die Gesetze des Königreichs, so vorzugehen, wie ich vorschlage.«

Und die Schöffen fällten das Urteil, dass die beiden am übernächsten Tag, einem Freitag, der Folter unterworfen werden sollten.

Nele schrie: »Gnade, ihr Herren!«, und das Volk schrie mit ihr, aber es war vergeblich.

Katheline sah Joos Damman an und sagte zu ihm: »Ich habe die Hand Huberts, komm heute Nacht, sie dir zu holen, mein Geliebter.« Dann wurden sie ins Gefängnis zurückgeführt, wo jedem von beiden, auf Anordnung des Tribunals, zwei Wächter beigegeben wurden, die sie jedes Mal schlagen sollten, wenn sie im Begriff waren einzuschlafen, aber die zwei Wächter Kathelines ließen sie die ganze Nacht schlafen, während die Joos Dammans ihn jedes Mal grausam schlugen, wenn er die Augen schloss oder auch nur den Kopf vornübersinken ließ. Man ließ sie Mittwoch, die ganze folgende Nacht und Donnerstag bis zum Abend hungern, dann gab man ihnen mit Salz und Salpeter gewürztes Fleisch zu essen und Wasser zu trinken, das gleichfalls Salz und Salpeter enthielt. Das war der Anfang ihrer Folter.

Und am Morgen brachte man sie, die vor Durst schrien, in die Gehennakammer. Dort wurden sie mit einander zugewendeten Gesichtern gefesselt auf eine Bank gesetzt, die mit geknoteten Stricken umwunden war, die ihnen grausame Pein verursachten. Und sie mussten jedes ein Glas Wasser mit Salz und Salpeter trinken.

Als Joos Damman auf der Bank in Schlaf fiel, schlugen ihn die Wächter. Und Katheline sagte: »Schlaget ihn nicht, ihr Herren, ihr zerbrecht seinen armen Leib. Er hat nur das einzige Verbrechen begangen, dass er Hubert tötete, und das tat er aus Liebe. Ich habe Durst, und du auch, Hans, mein Geliebter! Gebt ihm zuerst zu trinken. Wasser! Wasser! Mein Körper brennt! Schonet ihn, ich werde bald für ihn sterben. Zu trinken!«

Joos sagte zu ihr: »Abscheuliche Hexe, stirb und verende wie eine Hündin! – Werft sie ins Feuer, ihr Herren Richter. Ich habe Durst!«

Die Gerichtsschreiber schrieben alles auf, was er sprach. Nun fragte ihn der Vogt: »Hast du nichts zu bekennen?« »Ich habe nichts mehr zu sagen«, antwortete Damman, »ihr wisst alles.« Der Vogt sagte: »Er besteht auf seinem Leugnen, er wird bis zu einem neuen und vollständigen Geständnis auf dieser Bank mit den Stricken bleiben, ihr werdet seinen Durst rege halten und ihn am Schlafen verhindern.« »Ich werde wach bleiben«, sagte Joos Damman, »und mein Vergnügen daran haben, diese Hexe auf der Bank leiden zu sehen. Wie findest du dieses Lustbett, meine Geliebte?« Und Katheline antwortete stöhnend: »Kalte Arme und heißes Herz, Hans, mein Geliebter. Ich habe Durst, der Kopf brennt!«

»Und du, Weib, hast du nichts mehr zu sagen?«, fragte sie der Vogt. »Ich höre den Karren des Todes und das Klappern von Knochen«, sagte sie, »ich habe Durst! Und er führt mich auf einen großen Fluss, in dem es Wasser gibt, frisches Wasser. Aber es ist Feuer, dieses Wasser. Hans, mein Freund, befrei mich von diesen Stricken. Ja, ich bin im Fegefeuer, und ich sehe unseren Herrn Jesum hoch in seinem Paradies und die Heilige Jungfrau, die so barmherzig ist. O Muttergottes, gib mir einen Tropfen Wasser.« beiß nicht allein in diese schönen Früchte.«

»Diese Frau ist mit schlimmster Tollheit geschlagen«, sagte einer der Schöffen, »man muss sie von der Folterbank losbinden.«

»Sie ist nicht närrischer als ich«, sagte Joos Damman, »das ist alles bloß Spiel und Komödie.« Und mit drohender Stimme sagte er zu Katheline, die so gut die Tolle spielte: »Ich werde dich im Feuer sehen!« Er knirschte mit den Zähnen und lachte über seine grausame Verleumdung. »Ich habe Durst«, sagte Katheline, »ich habe Durst, seid barmherzig! Hans, mein Geliebter, gib mir zu trinken. Wie ist dein Gesicht so bleich! Lasst mich zu ihm gehen, ihr Herren Richter!« Sie riss den Mund weit auf und sagte: »Ja, ja, jetzt werfen sie den Feuerbrand in meine Brust, und die Teufel binden mich an dieses grausame Bett. Hans, nimm deinen Degen und töte sie, du bist ja so stark! Wasser! Zu trinken, zu trinken!« »Verreck, Hexe!« sagte Joos Damman, »man soll ihr einen Knebel in den Mund stecken, um sie, die Bäuerin, zu verhindern, sich solche Worte gegen mich, den Edelmann, anzumaßen.«

Darauf antwortete ein adelsfeindlicher Schöffe: »Herr Vogt, es ist wider Recht und Brauch, denen, die man ausfragt, Knebel in den Mund zu stecken, denn sie sind hier, damit sie die Wahrheit sagen und dass wir nach ihren Aussagen über sie das Urteil sprechen können. Das ist nur jenen gegenüber erlaubt, die schon verurteilt sind und auf dem Schafott zum Volke sprechen könnten, um es aufzuwiegeln.« »Ich habe Durst«, sagte Katheline, »gib mir zu trinken, Hans, mein Liebling.« »Ah, du leidest, verfluchte Hexe«, sagte er, »du, die du all meiner Qualen Ursache bist! Aber in dieser Gehennakammer wirst du die Kerzenfolter und die Streckung erdulden, und man wird dir Holzstücke unter die Finger- und Fußnägel pressen. Dann wird man dich nackt auf einem Sarg reiten lassen, dessen Rückenkante so scharf wie ein Messer ist, und du wirst gestehen, dass du nicht toll, sondern eine böse Hexe bist, der Satan selbst anbefohlen hat, den Edelleuten Böses zu tun. Gebt mir zu trinken!«

»Hans, mein Geliebter!«, sagte Katheline, »erzürne dich nicht über deine Dienerin! Ich leide tausend Qualen für dich, mein Gebieter. Schont ihn, ihr Herren Richter! Gebt ihm einen vollen Becher zu trinken und lasst mir nur einen Tropfen! Hans, ist es noch nicht die Stunde des Seeadlers?« Nun fragte der Vogt Joos Damman: »Was war der Grund dieses Kampfes, in dem du Hubert getötet hast?« »Wir stritten um ein Mädchen von Heyst, das wir beide haben wollten.«

»Ein Mädchen von Heyst«, schrie Katheline, die sich mit aller Gewalt von der Bank erheben wollte, »du betrügst mich also mit einer anderen, verräterischer Teufel! Weißt du, dass ich dich hinter dem Deich reden hörte, als du sagtest, dass du das ganze Geld haben wolltest, das Claes gehörte? Ohne Zweifel brauchtest du's, um es bei Schmausen und Gelagen mit ihr auszugeben! Ach, und ich hätte ihm all mein Blut gegeben, wenn er hätte Gold daraus machen können! Und alles für eine andere. Sei verflucht!« Aber plötzlich begann sie zu weinen, versuchte sich auf der Folterbank umzudrehen und sagte:

»Nein, Hans, sag, dass du deine arme Dienerin wieder lieben wirst, und ich will die Erde mit meinen Fingern aufreißen, um einen Schatz zu finden. O ja, es gibt einen! Und ich werde mit einer Haselrute, die zuckt, wo Metalle sind, auf die Suche gehen. Ich werde den Schatz finden und dir bringen. Küsse mich, und du bist reich! Dann werden wir alle Tage Fleisch essen und Bier trinken. Ja, ja, die da trinken auch Bier, frisches, schäumendes Bier. O ihr Herren, gebt mir nur einen Tropfen, ich bin im Feuer! Hans, ich weiß, wo es Haselruten gibt, aber man muss warten, bis es Frühling ist.«

»Schweig, Hexe, ich kenne dich nicht«, sagte Joos Damman, »du hast Hubert mit mir verwechselt, er war es, der dich besuchte. Aber in deinem boshaften Geist nanntest du ihn Hans. Wisse, dass ich mich nicht Hans nenne, sondern Joos, wir sind von gleichem Wuchse, Hubert und ich. Ich kenne dich nicht, es war ohne Zweifel Hilbert, der die siebenhundert Karlsgulden gestohlen hat. Zu trinken! Mein Vater wird hundert Gulden bezahlen für ein kleines Becherchen voll Wasser.« »Ihr Herren«, rief Katheline, »er sagt, er kenne mich nicht, aber ich kenne ihn gut, und ich weiß, dass er auf dem Rücken ein behaartes Mal, braun und von der Größe einer Bohne, hat. Ach, du liebtest ein Mädchen aus Heyst. Errötet ein braver Galan über sein Schätzchen? Hans, bin ich nicht noch schön?«

»Ja, schön!«, sagte er, »du hast ein Gesicht wie eine Mispel und einen Körper wie ein Bündel dürrer Stecken. Seht das Lumpenweib, das von Edelleuten geliebt sein will. Zu trinken!«

»So sprachst du nicht, Hans, mein sanfter Gebieter, als ich sechzehn Jahre jünger war.«

Sie schlug sich mit der Hand gegen Kopf und Brust und fuhr fort:

»Es ist das Feuer da, was mir Herz und Gesicht ausge-trocknet hat. Erinnerst du dich, wie wir Gesalzenes aßen, um besser trinken zu können? Jetzt ist das Salz in uns, mein Geliebter, und der Herr Vogt trinkt Romagner Wein. Wir wollen keinen Wein, gebt uns Wasser! Es fließt zwischen den Gräsern, das Bächlein, das die klare Quelle bildet, wie gut ist das Wasser, wie frisch ist es! Nein, es brennt, es ist höllisches Wasser!«

Bei diesen Worten begann sie, von Neuem zu weinen.

»Ich habe niemand ein Leid getan«, sagte sie, »und alle werfen mich ins Feuer. Zu trinken! Man gibt ja den um-herstreifenden Hunden Wasser. Ich bin eine Christin, gebt mir zu trinken! Ich habe niemand Böses getan! Zu trinken!«

Nun sagte einer der Schöffen:

»Diese Hexe ist nur toll in Bezug auf das Feuer, von dem sie sagt, dass es ihr im Kopf brenne, in andern Din-gen ist sie es nicht, denn sie hat uns mit klarem Verstand geholfen, den Leichnam zu finden. Wenn sich das be-haarte Mal auf Joos Dammans Körper befindet, so reicht dieses Zeichen hin, um festzustellen, dass er und der Teufel Hans, der Katheline toll machte, eine Person ist. Henker, lass uns das Mal sehen!« Der Henker entblößte seinen Hals und seine Schultern und zeigte das braune, behaarte Mal. »Ach!«, sagte Katheline, »wie ist deine Haut so weiß! Deine Schultern könnte man für die eines Mädchens halten; du bist schön, Hans, mein Geliebter. Zu trinken!« Nun stach der Henker mit einer langen Nadel in das Mal, aber es blutete nicht. Und die Schöffen sagten zueinander: »Er ist ein Teufel und wird wohl Joos

Damman getötet und seine Gestalt angenommen haben, um solcherart die arme Welt umso sicherer zu betrügen.« Und der Vogt und die Schöffen bekamen's mit der Angst und sagten: »Er ist ein Teufel, und da ist Zauberwerk daran.« Joos Damman aber sagte: »Ihr wisst, dass es da kein Zauberwerk gibt und dass man in solche Fleischwucherungen hineinstechen kann, ohne dass sie bluten. Wenn Hubert dieser Zauberin das Geld weggenommen hat – denn sie bekennt, mit dem Teufel geschlafen zu haben –, so konnte er das nur in gutem Einverständnis mit dieser Vettel getan haben und wurde derart – ein vornehmer Mann, fürwahr –, wie zu allen Zeiten die Freudenmädchen, für seine Liebkosungen bezahlt.«

Die Schöffen sagten zueinander: »Seht ihr diese teuflische Zuversicht? Sein behaartes Mal hat nicht geblutet, er ist ein Meuchelmörder, Teufel und Zauberer, gibt sich als harmlosen Duellanten aus und wälzt seine anderen Verbrechen auf den befreundeten Teufel, dessen Leib er getötet hat, nicht aber seine Seele ... Seht, wie bleich sein Gesicht ist! So sind alle Teufel, rot in der Hölle und bleich auf der Erde, denn sie haben kein Lebensfeuer, das ihrem Gesicht Röte geben könnte, und ihre Eingeweide sind Asche. Man muss ihn ins Feuer werfen, damit er wieder rot werde und brenne.« Nun sagte Katheline: »Ja, er ist ein Teufel, aber ein guter Teufel, ein süßer Teufel! Und sein Schutzpatron, der heilige Jakob, erlaubte ihm, die Hölle zu verlassen. Er betete alle Tage zum Herrn Jesus für ihn. Er wird nur siebentausend Jahre im Fegefeuer sein, die Heilige Jungfrau will es so, aber der Herr Satan widersetzt sich dem. Doch sie tut immer, was sie will. Wollt ihr der Jungfrau trotzen ? Wenn ihr ihn genau betrachtet, werdet ihr sehen, dass er nichts von einem Teufel an sich hat, den kalten Leib und das Gesicht ausgenommen, das leuchtet wie Meereswogen im August, wenn ein Gewitter im Anzug ist.« »Schweig, Hexe, dein Reden brennt mich in den Ohren«, sagte Joos Damman, dann wandte er sich zu den Schöffen und sprach: »Sehet mich an, ich bin kein Teufel: Ich habe Fleisch und Knochen, Blut und Wasser. Ich trinke und esse, verdaue und stoße aus wie ihr. Meine Haut gleicht der euren und meine Füße ebenfalls. Henker, zieh mir die Schuhe aus, ich kann mich ja mit meinen gefesselten Füßen nicht rühren!«

Der Henker tat, was von ihm verlangt wurde, aber nicht ohne Furcht.

»Seht«, sagte Joos und zeigte seine Füße, »sind das gespaltene Hufe, sind das Teufelsfüße? Und was meine Blässe betrifft – sind nicht auch einige von euch ebenso blass wie ich? Ich sehe drei, die es sind. Aber gesündigt habe ich nicht, sondern diese abscheuliche Hexe da und ihre Tochter, die boshafte Anklägerin. Woher hatte sie denn das Geld, das sie Hubert lieh, woher denn die Gulden, die sie ihm gab ? Ist es nicht der Teufel, der sie dafür bezahlt hat, dass sie unschuldige Edelleute anklagt und zu Tode bringt? Diese beiden Weiber müsst ihr fragen, wer den Hund im Hof erschlagen hat, wer das Loch grub und, nachdem er es geleert, sich mit dem geraubten Schatz davonmachte, ohne Zweifel, um ihn an einem andern Ort zu verstecken. Soetkin, die Witwe, kannte mich nicht und hatte kein Vertrauen zu mir, aber die da kannte sie sehr gut und sah sie und ihre Tochter jeden

Tag. Diese beiden sind es, die das Gut des Kaisers gestohlen haben.« Der Gerichtsschreiber schrieb alles auf, und der Vogt sagte zu Katheline: »Frau, hast du nichts zu deiner Verteidigung zu sagen?« Katheline sah Joos Damman liebevoll an und sagte: »Das ist die Stunde des Seeadlers. Ich habe die Hand Huberts, Hans, mein Geliebter! Sie sagen, dass du mir die siebenhundert Karlsgulden wiedergeben wirst. Zu trinken, zu trinken! Der Kopf brennt! Gott und die Engel im Himmel essen Äpfel.« Und sie verlor das Bewusstsein.

»Bindet sie von der Folterbank los«, sagte der Vogt. Der Henker und seine Gehilfen gehorchten, und man sah sie schwanken, denn ihre Füße waren geschwollen, weil der Henker die Stricke zu fest angezogen hatte. »Gebt ihr zu trinken«, sagte der Vogt. Man gab ihr frisches Wasser, das sie gierig trank; sie hielt den Becher mit den Zähnen fest wie ein Hund einen Knochen. Als man ihr ein zweites Mal Wasser gab, wollte sie es Joos Damman hintragen, aber der Henker nahm ihr den Becher aus der Hand. Dann fiel sie um wie ein Klumpen Blei und schlief.

Joos Damman schrie wie ein Rasender: »Ich habe auch Hunger und Schlaf! Warum gebt ihr der Hexe zu trinken, warum lasst ihr sie schlafen?« »Sie ist ein Weib, schwach und irr«, antwortete der Vogt. »Ihre Tollheit ist gespielt«, sagte Damman, »sie ist eine Hexe. Ich will trinken, ich will schlafen!« Und er schloss die Augen, aber die Henkersknechte schlugen ihm ins Gesicht. »Gebt mir ein Messer«, schrie er, »dass ich diese Bauern in Stücke schneide! Ich bin ein Edelmann, und mich hat noch keiner ins Gesicht geschlagen. Wasser! Lasst mich schlafen, ich bin unschuldig! Nicht ich habe die sieben-hundert Karlsgulden genommen, sondern Hubert. Zu trinken! Ich habe niemals Zauberei getrieben oder Be-schwörungen gemacht. Ich bin unschuldig, lasst mich! Zu trinken!«

Der Vogt fragte ihn: »Womit verbrachtest du die Zeit, seit du Katheline verlassen hast?« »Ich kenne Katheline nicht und habe sie nie verlassen«, sagte er. »Ihr fragt mich über Dinge aus, die mit der Anklage nichts zu tun haben. Ich muss Euch nicht antworten. Zu trinken! Lasst mich schlafen! Ich sage Euch, dass es Hubert war, der al-les getan hat.«

»Macht ihn los«, sagte der Vogt, »und führt ihn ins Ge-fängnis zurück. Aber lasst ihn dursten und nicht schla-fen, bis er seine Hexerei und Zauberei eingesteht.«

Das war für Damman eine grausame Folter. Er schrie in seinem Kerker so laut, dass ihn das Volk hörte, aber man empfand kein Mitleid für ihn. Wenn er einschlief, so schlugen ihn die Wächter ins Gesicht, und er schrie wie ein Tiger: »Ich bin ein Edelmann und werde euch töten, ihr Bauernkerle. Ich werde zu unserem Herrn, dem Kö-nig, gehen. Zu trinken!«

Aber er gestand nichts, und man ließ davon ab, ihn zu quälen.

VI

Es war in den ersten Maientagen, die Gerichtslinde grünte, und auch die Rasenbänke, auf denen die Richter saßen, waren grün. An diesem Tage sollte das Urteil ge-fällt werden. Nele war gerufen worden, um Zeugenschaft abzulegen. Das Volk, Männer und Frauen, Bürger und Arbeiter, stand rundum auf der Wiese. Die Sonne schien hell.

Katheline und Joos Damman wurden vor das Tribunal geführt, Damman sah, wegen der überstandenen Folter, wegen des Durstes und der schlaflos verbrachten Nächte noch bleicher aus als sonst. Katheline, die sich kaum mehr auf ihren schlotternden Beinen zu halten vermochte, zeigte auf die Sonne und sagte: »Nehmt das Feuer weg, der Kopf brennt.« Und sie sah Joos Damman mit einem Blick voll zärtlicher Liebe an. Er aber betrachtete sie mit Hass und Verachtung. Die Damman befreundeten Herren und Edelleute waren als Zeugen vor das Tribunal nach Damme gerufen worden.

Der Vogt begann: »Nele, das Mädchen, das seine Mutter mit so großer und wackerer Hingebung verteidigt hat, fand in der Tasche, die an Kathelines Feiertagsrock genäht ist, ein Billett, das von Joos Damman unterzeichnet ist. Zwischen den Kleidern des Leichnams von Hubert Ryvish fand ich in dessen Geldtasche einen anderen an ihn gerichteten Brief von besagtem Joos Damman, der jetzt als Angeklagter vor uns steht. Ich habe diese beiden Briefe aufbewahrt, um sie im geeigneten Augenblick, der jetzt gekommen ist, euch zu unterbreiten, damit ihr den Starrsinn dieses Mannes erkennen und ihn nach Recht und Gerechtigkeit freisprechen oder verurteilen könnet. Hier ist das Pergament, das ich in der Tasche fand, ich habe es nicht berührt und weiß nicht, ob es noch leserlich ist.«

Die Richter waren über die Maßen verwundert.

Nun versuchte der Schöffe die Bulle zu lösen, doch es gelang ihm nicht, und Joos Damman lachte. Da sagte ein Schöffe:

»Taucht sie ins Wasser und bringt sie dann vors Feuer. Wenn sie ein unbekanntes Klebemittel enthält, wird das vom Wasser und vom Feuer aufgelöst werden.«

Man brachte Wasser herbei, und der Henker entzündete auf dem Feld ein großes Holzfeuer. Blauer Rauch stieg zum klaren Himmel auf und schlängelte sich zwischen den Zweigen der Gerichtslinde hindurch.

»Taucht die Bulle nicht ins Becken«, sagte ein Schöffe, »denn wenn sie mit in Wasser gelöstem Ammoniaksalz geschrieben ist, löscht ihr die Buchstaben aus.«

»Nein«, sagte der anwesende Wundarzt, »die Buchstaben werden nicht ausgelöscht, das Wasser weicht nur die Masse auf, die es jetzt unmöglich macht, diese magische Bulle zu öffnen.«

Das Pergament wurde im Wasser aufgeweicht und dann entfaltet.

»Jetzt bringt es in die Nähe des Feuers«, sagte der Wundarzt.

»Ja, ja«, rief Nele, »bringt das Papier vors Feuer, der Herr Wundarzt ist auf dem richtigen Weg, denn der Mörder erbleicht, und seine Beine schlottern.«

»Ich erbleiche nicht und zittere nicht, kleine Harpyie, die du den Tod des Edelmannes willst. Du wirst nicht zu deinem Ziel kommen.« Nun nahm der Wundarzt das verschlossene Pergament und öffnete das Siegel, indem er es an einem Feuer erweichte. Da rief Joos Damman:

»Dieses Pergament muss, nachdem es sechzehn Jahre in der Erde gelegen hat, verwittert sein.« »Das Pergament ist nicht verwittert«, sagte einer der Schöffen, »denn die Tasche war mit Seide gefüttert, und Seide verfault nicht in der Erde, auch die Würmer haben das Pergament nicht zerfressen.«

Das Pergament wurde nahe an das Feuer gehalten und Nele rief:

»Seht nur, Herr Vogt, vor dem Feuer wird die Schrift sichtbar! Befehlt, dass man sie lese!«

Als der Wundarzt sich nun anschickte, den Brief vorzulesen, wollte Joos Damman den Arm ausstrecken, um ihn zu zerreißen. Doch Nele fuhr mit Windeseile auf ihn los, riss seinen Arm zurück und sagte: »Du wirst das Pergament nicht berühren, denn darauf steht dein Tod geschrieben oder der Kathelines. Blutet jetzt dein Herz, Mörder? Nun denn, das unsere hat fünfzehn Jahre lang geblutet, fünfzehn Jahre sind's, dass Katheline leidet, fünfzehn Jahre, dass ihr deinetwegen das Gehirn verbrannt wurde, fünfzehn Jahre sind's, dass Soetkin an den Folgen der Folter starb, fünfzehn Jahre, dass wir arm und zerlumpt im Elend leben, wenn auch voll Stolz.

Lest das Papier, lest das Papier! Die Richter sind Gott auf Erden, denn sie sind die Gerechtigkeit! Lest das Papier!«

»Lest das Papier!«, schrien die Männer und die weinenden Frauen. »Nele ist gut, Katheline ist keine Hexe!«

Und der Gerichtsschreiber las: »An Hubert, den Sohn des Willem Ryvish, Ritter, einen Gruß von Joos Damman, Ritter.

Teurer Freund, verliere nicht dein Geld in den Spielhäusern bei Würfeln und anderem misslichen Spiel. Ich will dir sagen, wie man auf den Schlag mit Sicherheit gewinnt. Machen wir Teufel aus uns, hübsche Teufel, die von Frauen und Mädchen geliebt werden. Wir nehmen die schönen und reichen und lassen die hässlichen und armen sein, wo sie sind; denn die Frauen müssen ihre Freuden bezahlen. In Deutschland verdiente ich bei diesem Beruf in sechs Monaten fünftausend Reichstaler. Die Weiber geben ihre Röcke und Hemden für den Mann her, den sie lieben.

Meide die Geizigen mit spitzer Nase, die sich Zeit lassen, wenn sie ihre Freuden bezahlen sollen. Wenn sie dich eine Nacht aufgenommen haben, so musst du, um als schöner und wahrhaft teuflischer Inkubus zu erscheinen, dein Kommen mit dem Schrei eines Nachtvogels anzeigen. Und um dir ein wahrhaft schreckenerregendes Teufelsgesicht zu machen, reibe dich mit Phosphor ein, der, wenn es feucht ist, leuchtet. Der Geruch ist schlecht, aber die Weiber glauben, dass es Höllengestank sei. Wer dir im Wege steht, den töte, ob Mann, Frau oder Tier.

Wir werden bald gemeinsam zu Katheline gehen, einer guten, sanftmütigen Dirne, ihre Tochter – mein Kind, sofern Katheline mir treu war – ist ein zugängliches und anmutiges Mädchen, du wirst sie mühelos besitzen, ich werde sie dir geben, denn was sollen mir diese Bastarde, die man nicht mit Gewissheit als sein Eigen erkennen kann? Ihre Mutter gab mir schon mehr als dreiundzwanzig Gulden, ihr ganzes Vermögen, aber sie verbirgt einen Schatz, der, wenn ich kein Dummkopf bin, der

Nachlass Claesens, des in Damme verbrannten Ketzers, ist: siebenhundert Gulden Konfiskationsgut. Aber der gute König Philipp, der so viele verbrannt hat, um sie zu beerben, konnte seine Klauen nicht nach diesem köstlichen Schatz ausstrecken. Er wird in meinem Schnappsack schwerer sein als in dem seinen. Katheline wird mir sagen, wo er ist, und wir werden ihn unter uns teilen. Doch wirst du mir, der ich ihn entdeckt habe, den größeren Teil überlassen.

Was die Weiber, unsere sanften Liebessklaven, betrifft, so werden wir sie nach Deutschland führen. Dort werden wir weibliche Teufel und Sukkuba aus ihnen machen, die in allen reichen Bürgern und Edelleuten Liebe entfachen. Da werden wir mit ihnen von der Liebe leben, die mit schönen Reichstalern, Sammet, Seide, Gold, Perlen und Geschmeiden bezahlt wird. So werden wir ohne Mühsal reich werden. Alle Weiber sind täppisch und dumm dem Mann gegenüber, der es versteht, das Feuer der Liebe aufflammen zu lassen, das Gott ihnen unter dem Gürtel entzündet hat. Katheline und Nele werden noch hitziger brennen als die anderen und werden uns, da sie uns für Teufel halten, in allem folgen.

Nenne dich mit deinem Vornamen, verschweige aber immer den Namen deines Vaters Ryvish. Wenn sich das Gericht der Frauen bemächtigt, so werden wir uns davonmachen, ohne dass sie uns anzeigen können, weil sie uns nicht kennen. Vereinige dich mit mir, mein Freund. Fortuna lächelt den jungen Leuten, wie weiland Seine heilige Majestät Karl der Fünfte, der Meister in allen Dingen der Liebe und des Krieges, gesagt hat.«

Der Gerichtsschreiber war mit dem Lesen zu Ende, und das Volk schrie: »Tod dem Mörder! Tod dem Hexenmeister! Ins Feuer mit dem Frauenbetörer! An den Galgen mit dem Räuber!«

Der Vogt sagte: »Haltet Ruhe, ihr Leute, auf dass wir in voller Freiheit über diesen Mann richten können.« Und zu den Schöffen sagte er: »Ich will euch den zweiten Brief vorlesen, der von Nele in Kathelines Festtagskleid gefunden wurde, er ist folgendermaßen abgefasst:

»Reizende Hexe, hier ist das Rezept einer Mixtur, das mir von Luzifers Frau selbst zugeschickt wurde. Mithilfe dieser Mixtur kannst du dich auf die Sonne, auf den Mond und auf die Sterne versetzen und kannst dich mit den Elementargeistern unterhalten, die die Gebete zu Gott tragen, du kannst alle Städte, Dörfer, Flüsse, Wiesen und das ganze Weltall durcheilen. Du brauchst in gleichen Mengen: Stramonium, Solanum, Somniferum, Bilsenkraut, Opium, frische Hanfspitzen, Tollkirsche und Datura. Wenn du willst, gehen wir noch heute Abend zum Sabbat der Geister.

Aber du musst mich inniger lieben und darfst nicht so knauserig sein wie an dem letzten Abend, als du mir zehn Gulden verweigertest, indem du sagtest, du habest sie nicht. Ich weiß, dass du einen Schatz verbirgst und mir nichts davon sagen willst. Liebst du mich nicht mehr, süßes Herz ?

Dein kalter Teufel Hanske.«

»Tod dem Hexer!«, schrie das Volk. Der Vogt sagte: »Man muss die beiden Schriften vergleichen.« Das wurde getan, und man erkannte, dass sie von ein und derselben Hand stammten.

Nun sagte der Vogt zu den anwesenden Edelleuten: »Erkennet ihr in diesem Joos Damman den Sohn des Schöffen von der Keure zu Gent?« »Ja«, sagten sie. »Kanntet ihr Herrn Hilbert, den Sohn des Ritters Willem Ryvish?«

Einer der Edelleute, der sich van der Zickelen nannte, sagte: »Ich bin aus Gent und kenne Willem Ryvish, den Ritter und Schöffen der Keure zu Gent. Vor fünfzehn Jahren verlor er einen Sohn von dreiundzwanzig Jahren, einen Wüstling, Spieler und Nichtstuer, aber jedermann vergab ihm wegen seiner Jugend. Niemand hat seit dieser Zeit von ihm gehört. Ich bitte, den Degen, den Dolch und den Säckel des Toten sehen zu dürfen.«

Als er die verlangten Gegenstände vor sich sah, sagte er: »Der Degen und der Dolch tragen am Heft das Wappen der Ryvish, drei silberne Fische auf azurblauem Grund. Dasselbe Wappen sehe ich auf einem goldenen Schild zwischen den Maschen des Schnappsackes. Was ist's mit diesem anderen Dolch?« Der Vogt sagte: »Das ist der, den man in der Leiche Huberts steckend fand.« »Ich erkenne darauf das Wappen der Damman«, sagte der Edelmann, »den roten Turm auf silbernem Feld. So wahr mir Gott helfe und alle Heiligen!«

Auch die anderen Edelleute sagten: »Wir erkennen die besagten Wappen als die der Ryvish und Damman. So wahr Gott uns helfe und alle Heiligen!«

Nun sagte der Vogt: »Nach den gehörten und gelesenen Beweisen des Tribunals der Schöffen ist Joos Damman ein Hexenmeister, Mörder, Frauenbetörer und Dieb königlichen Gutes und als solcher schuldig der Beleidigung der göttlichen und der menschlichen Majestät.«

»Ihr sagt es, Herr Vogt«, sagte Joos Damman, »aber da die Erweise nicht hinreichend sind, könnt Ihr mich nicht verurteilen, ich bin niemals Zauberer gewesen und spielte bloß das Spiel des Teufels. Und was mein leuchtendes Gesicht betrifft, so wisst ihr, wie ich es gemacht habe, und auch das Rezept der Salbe kennt ihr, die, trotzdem sie Bilsenkraut enthält, nur einschläfernd wirkt. Wenn nun diese Frau, eine wahre Hexe, davon nahm, fiel sie in Schlaf und dachte zum Sabbat zu gehen, wo sie um den Teufel, der in Bocksgestalt auf einem Altar stand, tanzte und ihn anbetete. War der Tanz zu Ende, so träumte sie, sie küsse den Bock unterm Schwanz, wie das die Hexenmeister machen, um sich dann mit ihm, ihrem Freund, den unnatürlichen Begattungen hinzugeben, die ihren verkehrten Sinnen gefallen. Wenn ich, wie sie sagte, kalte Arme und einen frischen Körper hatte, so war das ein Zeichen der Jugend, nicht der Zauberei. In der Liebe hält die Frische freilich nicht an. Aber Katheline wollte an das glauben, was sie ersehnte, und wollte mich für einen Teufel nehmen, obgleich ich ein Mensch aus Fleisch und Knochen bin wie ihr alle, die ihr mich da anschaut. Sie allein ist schuldig: Indem sie mich für einen Dämon hielt und mich ihr Bett besteigen ließ, sündigte sie mit Vorbedacht wider Gott und den Heiligen Geist. Sie hat das Verbrechen der Zauberei begangen, nicht ich, und sie gehört ins Feuer als schädliche und boshafte Hexe, die als toll gelten will, um ihre Bosheit zu verbergen.«

Aber Nele sagte: »Hört ihr ihn, den Mörder? Er tut wie das käufliche Mädchen mit dem Rad auf dem Arm, das aus der Liebe eine Ware macht. Hört ihr ihn ? Um sich zu retten, will er die verbrennen lassen, die ihm alles hingegeben hat.« »Nele ist böse«, sagte Katheline, »höre nicht auf sie, Hans, mein Geliebter!« »Nein«, sagte Nele, »Nein, du bist kein Mensch, du bist ein Teufel, ein feiger und grausamer Teufel.«

Dann fasste sie Katheline am Arm und rief: »Höret nicht auf diesen bleichen Bösewicht, ihr Herren Richter! Er hat nur den einen Wunsch, meine Mutter brennen zu sehen, die Frau, die kein anderes Verbrechen begangen hat, als dass sie von Gott mit Tollheit geschlagen wurde und aufrichtig an die Phantome ihrer Träume glaubte. An ihrem Leib und in ihrem Geist hat sie schon genug gelitten. Lasst sie nicht sterben, ihr Herren Richter! Lasst die Unschuldige ihr trauriges Leben in Frieden führen.«

Die Frauen im Volk weinten, und die Männer riefen: »Gnade für Katheline!«

Nach einem Geständnis, das Joos Damman am nächsten Tag nach neuerlicher Folterung ablegte, wurde er verurteilt, des Adels entkleidet, an kleinem Feuer »bis zum Eintritt des Todes« verbrannt zu werden. Er erlitt diese Strafe vor dem Walle des Gemeindehauses und rief immerfort: »Lasset die Hexe sterben, sie allein ist schuldig! Verflucht sei Gott! Mein Vater wird die Richter töten!« Und er hauchte seine Seele aus.

Und im Volk sagte man: »Seht den fluchenden Lästerer sterben, er stirbt wie ein Hund.«

Am folgenden Tag fällte der Vogt das Urteil über Katheline, sie wurde verurteilt, die Wasserprobe im Kanal von Brügge zu erleiden: Trüge das Wasser sie, so sollte sie als Hexe verbrannt werden, sänke sie zum Grunde und stürbe, so sollte sie als christlich verstorben betrachtet und auf dem Kirchhof beigesetzt werden.

Am nächsten Tag wurde Katheline bloßfüßig, mit einem Hemd von schwarzem Leinen bekleidet und eine Kerze in der Hand haltend, in großer Prozession ans Ufer des Kanals geführt. Vor ihr gingen, die Totengebete singend, der Dechant von Notre-Dame, seine Vikare und der Kirchendiener, der das Kreuz trug, hinter ihr kamen der Vogt von Damme, die Schöffen, die Gerichtsschreiber, die Gemeindewächter, der Profos, der Henker und seine Gehilfen.

An den Ufern stand eine große Menge weinender Frauen und murrender Männer, die Mitleid für Katheline empfanden, die sich wie ein Lamm führen ließ, ohne zu wissen wohin, und immer nur sagte: »Nehmt das Feuer weg! Der Kopf brennt! Hans, wo bist du ?«

Nele, die unter den Frauen war, rief: »Ich will mit ihr ins Wasser geworfen werden!« Aber die Frauen ließen sie nicht an Katheline herankommen.

Ein scharfer Wind blies vom Meere her, und dünner Hagel fiel von dem grauen Himmel. Der Henker und seine Knechte zogen im Namen Seiner Königlichen Majestät eine Barke, die da lag, heran, in die Katheline auf ihren Befehl hineinstieg. Auf das Zeichen des Profosen, der den Stab des Gerichts hob, warf der Henker Katheline ins Wasser. Sie zappelte, aber nicht lange und sank unter mit dem Schrei: »Hans! Hans! Zu Hilfe!«

Und das Volk sagte: »Diese Frau ist keine Hexe!«

Einige Männer sprangen in den Kanal und zogen Katheline heraus, die regungslos und steif wie eine Tote war. Man führte sie in eine Schenke und setzte sie vor ein großes Feuer. Nele zog ihr die durchnässten Kleider aus und gab ihr neue. Als sie wieder zu sich kam, sagte sie mit Zittern und Zähneklappern: »Hans, gib mir einen wollenen Mantel.«

Aber Katheline konnte sich nicht mehr erwärmen und starb am dritten Tag. Und sie wurde auf dem Kirchhof begraben.

Nele, die Waise, ging nach Holland zu Rosa van Auweghem.

VII

Thyl Claes Ulenspiegel ist ein sachkundiger Kanonier, man muss sehen, wie er zielt, die Entfernung misst und die Schiffe der Henker zerlöchert, als wären es Mauern von Butter. An seiner Filzkappe trägt er den silbernen Halbmond mit der Inschrift: »Liever den Turc als den Paus« – Lieber dem Türken gedient als dem Papst.

Die Matrosen, die ihn flink wie ein Eichhörnchen und immer guter Dinge auf ihren Schiffen sahen, fragten ihn: »Du kleiner Mann, woher kommt dir diese jugendliche Munterkeit? Sagt man doch, dass es schon lange her sei, dass du in Damme geboren wardst.«

Er antwortete: »Ich bin nicht Körper, sondern Geist, und Nele, meine Freundin, gleicht mir. Flanderns Geist und Flanderns Liebe, wir beide sterben nicht.«

VIII

Zu dieser Zeit nahmen die Geusen, unter denen Ulenspiegel und Lamme waren, die Stadt Gorkum. Ihr Kommandant war der Kapitän Marin, ein früherer Dammarbeiter, der sich hochmütig in die Brust warf und mit Gaspard Turc, dem Verteidiger von Gorkum, einen Kapitulationsvertrag unterschrieb, laut welchem Turc, die Mönche, Bürger und Soldaten, die in der Zitadelle eingeschlossen waren, freien Abzug haben sollten.

Aber auf Befehl des Herrn de Lumey hielt Marin die neunzehn Mönche in der Gefangenschaft zurück und ließ nur die Bürger und Soldaten abziehen.

Und Ulenspiegel sagte: »Das Wort des Soldaten muss ein Wort von Gold sein. Warum lässt er's an dem seinen fehlen?«

Ein alter Geuse entgegnete Ulenspiegel:

»Die Mönche sind Satanssöhne, der Aussatz der Nation, die Schande des Landes. Seit der Ankunft des Herzogs Alba tragen sie die Nasen sehr hoch in Gorkum. Einer unter ihnen, der Priester Nikolaus, ist stolzer als ein Pfau und wilder als ein Tiger. Immer, wann er mit seinem heiligen Sakrament, das aus Hundefett gemacht ist, durch die Straßen ging, beobachtete er mit wütenden Blicken die Häuser, aus denen die Frauen nicht herauskamen, um niederzuknien, und gab alle jene den Richtern an, die vor seinem Götzenbild aus Teig und vergoldetem Kupfer nicht das Knie beugten. Die andern Mönche taten's ihm nach, und das war die Ursache vielen Jammers, zahlreicher Verbrennungen und grausamer Strafen in der Stadt Gorkum. Kapitän Marinus tut schon gut daran, die Mönche als Gefangene zurückzubehalten, sonst schwärmen sie mit ihresgleichen in den Städten, Dörfern und Weilern umher, predigen gegen uns, hetzen das Volk auf und verbrennen die armen Reformierten. Doggen legt man so lange an die Kette, bis sie krepieren. An die Kette mit den Mönchen, an die Kette mit den Bluthunden des Herzogs, in den Käfig mit den Henkern: Es lebe der Geuse!«

»Aber«, sagte Ulenspiegel, »Herr von Oranien, unser Freiheitsprinz, will, dass man die Güter und das freie Gewissen derer, die sich ergeben, unangetastet lasse.« Ein alter Geuse entgegnete: »Der Admiral will es für die Mönche nicht gelten lassen, er ist der Herr, er hat Briele erobert! In den Käfig mit den Mönchen!«

Aber Ulenspiegel sagte: »Das Wort des Soldaten ein Wort von Gold. Warum bricht er es? Wenn die Mönche im Gefängnis zurückgehalten werden, so erdulden sie tausendfachen Schimpf.«

»Die Asche schlägt nicht mehr an deinem Herzen«, sagten die Geusen. »Hunderttausend sind dort unten durch die Edikte nach Nordwesten, nach England, vertrieben worden, das ganze bodenständige Handwerk und aller Reichtum wandert aus. Beklage nur die, die unseren Untergang verursacht haben. Seit der Herrschaft Karls V., vielmehr Henkers I., und der des Blutkönigs, Henkers II, sind hundertachtzehntausend Personen an den Qualen der Folter gestorben. Und wer hat die Totenkerzen getragen? Die Mönche und die spanischen Soldaten. Hörst du nicht die Seelen der Toten klagen?«

»Die Asche schlägt an meinem Herzen«, sagte Ulenspiegel. »Das Wort des Soldaten ein Wort von Gold.«

»Wer wollte denn unser Land durch Exkommunizierung vor allen Nationen in Acht und Bann schlagen? Wer hätte denn, wenn's möglich gewesen wäre, Erde und Himmel, Gott und den Teufel und die ganze Schar der Heiligen gegen uns bewaffnet? Wer bestrich die Hostien mit Ochsenblut, wer machte die Holzstatuen weinen? Wer ließ denn de profundis im Land unserer Väter singen, wenn nicht dieser verfluchte Klerus, diese Horde von Nichtstuern, die nur darauf aus waren, ihren Reichtum zu schützen, ihren Einfluss auf die Götzenanbeter zu festigen und durch Verwüstung, Glut und Feuer über unser armes Land zu herrschen! In den Käfig mit den Wölfen, die die Menschen anfallen, in den Käfig mit den Hyänen! Es lebe der Geuse!«

»Das Wort des Soldaten ein Wort von Gold«, entgegnete Ulenspiegel.

Am nächsten Tag kam ein Bote des Herrn de Lumey und brachte den Befehl, dass die neunzehn gefangenen Mönche von Gorkum nach Briele gebracht werden sollten. »Man wird sie henken«, sagte der Kapitän Marin zu Ulenspiegel. Der erwiderte: »Solange ich lebe, nicht!« »Mein Sohn«, sagte Lamme, »sprich nicht so wider den Herrn de Lumey. Er ist wild und wird dich ohne Gnade mit ihnen henken lassen.« »Ich sage, was wahr ist«, entgegnete Ulenspiegel, »das Wort des Soldaten ein Wort von Gold.«

»Wenn du sie retten kannst, so begleite ihre Barke bis nach Briele«, sagte Marin, »nimm den Piloten Rochus und deinen Freund Lamme mit, wenn du willst.« »Ich will es tun«, sagte Ulenspiegel.

Die Barke wurde an den Grünen Kai gerudert, und die neunzehn Mönche stiegen ein. Rochus, der furchtsam war, wurde ans Steuer gesetzt, Ulenspiegel und Lamme begaben sich, wohlbewaffnet, auf das Vorderteil des Schiffes. Einige Taugenichtse von Soldaten, die nur des Plünderns wegen zu den Geusen gekommen waren, saßen neben den Mönchen, die großen Hunger hatten, Ulenspiegel gab ihnen zu essen und zu trinken. »Der wird uns noch verraten«, sagten die Soldaten. Die neunzehn Mönche, die in der Mitte saßen, zitterten, obgleich man im Juli war und die Sonne vom klaren Himmel herabstrahlte. Eine sanfte Brise blähte die Segel der Barke, die schwer und dickbäuchig über die grünen Wogen glitt. Nach einer Weile sagte Pater Nikolaus zu dem Piloten:

»Rochus, führt man uns aufs Galgenfeld?« Dann erhob er sich, wendete sich der Stadt zu, streckte die Hände aus und sagte:

»O Gorkum, wie viel des Übels musstest du erdulden! Du wirst verflucht sein unter den Städten, denn du ließest in deinen Mauern den Samen der Ketzerei sprießen! O Gorkum, der Engel des Herrn wird nicht mehr wachen an deinem Tor, er wird die Keuschheit deiner Jungfrauen, den Mut deiner Männer und das Glück deiner

Kaufleute nicht mehr beschützen! O Gorkum, du bist vermaledeiet, unselige Stadt!«

Ulenspiegel gab den Mönchen alles, was er an Brot und Würsten für sich und Lamme hatte, und der Barkenführer und die nichtsnutzigen Geusen sagten untereinander: »Der ist ein Verräter, er füttert die Mönche. Er muss angezeigt werden.«

Im Hafen von Dordrecht hielt die Barke am Bloemen-Kai an. Männer, Frauen, Knaben und Mädchen kamen in hellen Haufen herbeigeströmt, um die Mönche zu sehen, und sagten zueinander: »Seht diese klotigen Herrgottsspieler, die die Leiber auf die Scheiterhaufen und die Seelen ins ewige Feuer bringen, seht die fetten Tiger und dickwanstigen Schakale!«

Die Mönche senkten die Köpfe und wagten nicht zu sprechen, nur zu Ulenspiegel sagten sie: »Wir haben noch Hunger, mitleidiger Soldat.« Der Barkenführer sagte: »Wer trinkt immer? Der trockene Sand. Wer frisst immer? Der Mönch.«

Ulenspiegel holte ihnen Brot, Schinken und einen großen Topf Bier aus der Stadt. »Esset und trinket«, sagte er, »ihr seid zwar unsere Gefangenen, aber ich werde euch retten, wenn ich kann. Das Wort des Soldaten ein Wort von Gold.«

»Warum gibst du ihnen das? Sie werden es dir nicht vergelten«, sagten die nichtsnutzigen Geusen.

»Er hat versprochen, sie zu retten, geben wir acht!«, raunten sie einander in die Ohren.

Mit dem Morgengrauen kamen sie nach Briele. Kaum hatten sich ihnen die Tore geöffnet, da machte sich ein

Läufer auf den Weg, um Herrn de Lumey von ihrer Ankunft zu verständigen. Er kam hoch zu Roß, kaum fertig angekleidet und von einigen Soldaten zu Pferd und zu Fuß begleitet.

Und Ulenspiegel sah wieder den wilden Admiral vor sich, der wie ein stolzer Edelmann gekleidet war, der im Überfluss lebte. Er sagte: »Seid gegrüßt, ihr Herren Mönche! Erhebt eure Hände! Wo ist das Blut der Edlen Egmont und Hoorne? Ihr zeigt mir weiße Pfoten, das ist gut für euch.«

Ein Mönch namens Leonard entgegnete ihm: »Tu mit uns, was du willst. Wir sind Mönche, uns wird niemand zurückfordern.«

»Er hat gut gesprochen«, sagte Ulenspiegel, »der Mönch hat mit der Welt gebrochen, mit Vater, Mutter, Schwester, Bruder, Gattin und Freundin, und niemand findet sich, der ihn in der Stunde Gottes zurückfordert. Dennoch, Exzellenz, ich will es tun. Kapitän Marin hat bei der Unterzeichnung des Kapitulationsvertrages von Gorkum bestimmt, dass die Mönche, wie alle, die in der Zitadelle eingeschlossen waren, freigelassen würden. Dennoch wurden sie ohne Grund gefangengehalten, und ich höre, dass man sie henken will. Gnädiger Herr, ich wende mich untertänigst an Euch. Legt Euer Wort für sie ein, denn ich weiß, dass eines Soldaten Wort ein Wort von Gold ist.«

»Wer bist du?«, fragte de Lumey.

»Ich bin ein Flame aus dem schönen Flandern; bin Bauer und Edelmann in einem und wandre durch die Welt, das Schöne und Gute lobend und die Dummheit aus vollem Hals verspottend. Ich will Euer Lob singen, wenn Ihr das Versprechen haltet, das der Kapitän gegeben hat; denn das Wort des Soldaten ein Wort von Gold.« Aber die nichtsnutzigen Geusen sagten: »Edler Herr, er ist ein Verräter, er hat versprochen, sie zu retten; er gab ihnen Brot, Schinken, Würste, Bier und uns nichts.« Da sagte der Herr von Lumey zu Ulenspiegel: »Flämischer Weltwanderer und Mönchefütterer, du wirst mit diesen da gehenkt werden.« »Ich habe keine Angst«, sagte Ulenspiegel, »das Wort eines Soldaten ein Wort von Gold.«

»Dich sticht der Hafer«, sagte Lumey.

»Die Asche schlägt an meinem Herzen«, entgegnete Ulenspiegel.

Die Mönche, und mit ihnen Ulenspiegel, wurden in eine Scheune geführt; dort wollten sie ihn durch theologische Argumente bekehren, aber er schlief beim Zuhören ein.

Als Herr de Lumey nach einer üppigen Mahlzeit an der Tafel saß, kam ein Bote aus Gorkum vom Kapitän Marin, der die Kopie eines Briefes des Schweigers, des Prinzen von Oranien, brachte, in dem allen Gouverneuren der Städte und anderer Siedlungen befohlen wurde, »den Mönchen ebenso wie dem übrigen Volk alle Sicherheit und die Ausnutzung ihrer Privilegien zu gewährleisten.«

Der Bote verlangte, zu Lumey geführt zu werden, damit er ihm selbst die Kopie in die Hand geben könne.

»Wo ist das Original?«, fragte Lumey.

»Bei meinem Herrn, dem Kapitän de Marin«, antwortete der Bote.

»Und der Knecht schickt uns die Kopie!«, sagte Lumey. »Wo ist dein Pass?«

»Hier, mein Herr.«

Herr von Lumey las ganz laut:

»Der edle Herr und Meister Marinus Brandt bittet alle Minister, Gouverneure und Offiziere der Republik, etc.«

Lumey schlug mit der Faust auf den Tisch, zerriss den Pass und rief: »Gottes Blut! In was mischt sich denn dieser Marinus hinein, dieser Lumpenkerl, der vor der Eroberung von Briele noch keine Heringsgräte zwischen die Zähne zu schieben hatte? Er nennt sich edler Herr und Meister und schickt mir Befehle ? Er bittet und ordnet an! Sag deinem Herrn, ob er Kapitän und Meister ist, ob er auch noch soviel bittet und befiehlt, dass die Mönche alsogleich gehenkt werden und du mit ihnen, wenn du nicht sofort Beine machst!« Und mit einem Fußtritt beförderte er ihn aus dem Saal.

»Zu trinken!«, rief er dann. »Habt ihr die Überheblichkeit dieses Marinus gesehen ? Ich könnte meine ganze Mahlzeit erbrechen, so wütend bin ich! Man henke die Mönche in ihrer Scheune unverzüglich auf, lasse den Flamen die Hinrichtung mit ansehen und dann zu mir führen! Wir werden sehen, ob er dann noch wagen wird, mir zu sagen, ich hätte ein Unrecht getan. Gottes Blut! Was braucht man hier noch Krüge und Gläser?«

Herr de Lumey befahl, dass man die Mönche sofort in Ulenspiegels Anwesenheit henken und diesen dann vor ihn führen solle. Das geschah, und man brachte Ulenspiegel.

»Ah, bringst du Neuigkeiten von deinen Freunden, den Mönchen?«, fragte ihn der Admiral. »Sie sind gehenkt«, sagte Ulenspiegel, »und ein niederträchtiger Henker, der mit dem Töten sein Geschäft verbindet, hat einem von ihnen, wie einem ausgewendeten Schwein, den Bauch und die Seiten geöffnet, um sein Fett herauszunehmen und an einen Apotheker zu verkaufen. Das Wort des Soldaten ist nicht mehr von Gold.« »Du trotzest mir, Dreikäsehoch?«, sagte Lumey, »aber du wirst auch gehenkt werden, und zwar nicht in der Scheune, sondern vor aller Welt, auf dem Platze.«

»Schande über Euch«, sagte Ulenspiegel, »Schande über uns! Das Soldatenwort ist nicht mehr von Gold.« »Schweig, Feuerschädel!«, sagte Lumey. »Schande über dich«, sagte Ulenspiegel, »bestrafe lieber die nichtsnutzigen Menschenfetthändler. Das Soldatenwort ist nicht mehr von Gold.« Nun stürzte sich der Herr von Lumey mit erhobener Hand auf ihn, um ihn zu schlagen.

»Schlag zu«, sagte Ulenspiegel, »ich bin zwar dein Gefangener, aber ich habe keine Furcht vor dir. Das Wort des Soldaten ist nicht mehr von Gold.«

Nun zog Lumey seinen Degen und hätte Ulenspiegel sicher getötet, wenn der Herr von Très-Long ihm nicht in den Arm gefallen wäre und gesagt hätte:

»Hab Erbarmen! Er ist brav und tapfer und hat kein Verbrechen begangen.«

Nun besann sich Lumey und sagte:

»Er bitte um Vergebung!«

Aber Ulenspiegel blieb aufrecht stehen und entgegnete:

»Das werde ich nicht tun.«

»Er sage wenigstens, dass ich nicht Unrecht getan habe«, rief Lumey, der von Neuem in Zorn geriet.

Doch Ulenspiegel antwortete:

»Ich lecke die Stiefel der großen Herren nicht. Das Soldatenwort ist nicht mehr von Gold.«

»Man richte den Galgen auf«, sagte Lumey, »und bringe ihn auf den Platz, das soll ihm ein Wort von Hanf sein.« »Ja«, sagte Ulenspiegel, »und vor allem Volk werd' ich's schreien: Soldatenwort ist nicht mehr Gold!«

Auf dem Großen Markt wurde der Galgen aufgerichtet. Die Kunde, dass Ulenspiegel, der tapfere Geuse, gehenkt werden solle, hatte bald die Stadt durcheilt, und das Volk war von Mitleid und Erbarmen erfüllt. Es kam in großen Mengen auf den Großen Markt gelaufen, und auch Herr von Lumey kam, hoch zu Roß, denn er wollte selbst das Zeichen zur Hinrichtung geben. Ohne Milde sah er Ulenspiegel im Totenhemd, mit an den Körper gefesselten Armen und Händen, den Strick um den Hals, auf der Leiter stehen, und der Henker war bereit, sein Werk zu tun. –

Très-Long, der auch anwesend war, sagte zu Lumey: »Mein Herr, vergebt ihm! Er ist kein Verräter, und niemals sah man einen Menschen henken, weil er aufrichtig und barmherzig war.« Als die Männer und Frauen des Volkes Très-Long so sprechen hörten, riefen sie: »Erbarmen, gnädiger Herr, Erbarmen und Gnade für Ulenspiegel.«

»Dieser Eisenschädel hat mir getrotzt«, sagte Lumey, »er bereue und sage, dass ich recht gehandelt habe.«

»Willst du bereuen und sagen, dass er recht getan hat?«, fragte Très-Long Ulenspiegel. »Das Wort des Soldaten ist nicht mehr von Gold«, antwortete Ulenspiegel.

»Zieht den Strick«, sagte Lumey.

Der Henker schickte sich an, zu gehorchen. Da sprang ein junges, ganz in Weiß gekleidetes Mädchen, mit Blumen bekränzt, wie eine Irrsinnige die Stufen des Hochgerichts hinan, fiel Ulenspiegel um den Hals und rief: »Dieser Mann ist der meine – ich nehme ihn zum Gatten.«

Das Volk gab seinen Beifall kund, und die Frauen riefen: »Es lebe das Mädchen, das Ulenspiegel rettet, es lebe das Mädchen!« »Was ist das?«

Fragte der Herr de Lumey. Très-Long antwortete: »Nach Brauch und Übung dieser Stadt ist es Recht und Gesetz, dass eine Jungfrau oder eine Unverheiratete einen Mann vom Strick errettet, indem sie ihn am Fuß des Galgens zum Gatten nimmt.« »Gott ist mit ihm«, sagte Lumey, »man nehme ihm die Fesseln ab.«

Nun ritt er auf das Schafott zu und sah dort, wie sich das Mädchen daranmachte, Ulenspiegels Stricke zu durchschneiden. Der Henker wollte sich dem widersetzen und sagte: »Wer wird sie mir bezahlen, wenn du sie zerschneidest?«

Doch das Mädchen hörte nicht auf ihn.

Als Lumey sie so liebevoll bemüht sah, ward er gerührt und fragte:

»Wer bist du?«

»Ich bin Nele, seine Braut«, sagte sie, »und komme aus Flandern, um ihn zu suchen.«

»Daran hast du recht getan«, sagte Lumey in trockenem Ton. –

Nun trat Très-Long an Ulenspiegel heran und sagte: »Kleiner Flame, wirst du, wenn du einmal verheiratet bist, noch auf unseren Schiffen Soldat sein wollen?« »Ja, mein Herr«, antwortete Ulenspiegel. »Und du, Mädchen, was wirst du ohne deinen Mann machen?« »Wenn es Euch behagt, mein Herr«, antwortete Nele, »so will ich auf seinem Schiff Pfeifer werden.« »Es behagt mir«, sagte Très-Long und gab ihm zwei Gulden für den Hochzeitsschmaus.

Lamme sagte, vor Freude weinend und lachend: »Hier sind noch drei Gulden; wir werden alle essen, und ich werde bezahlen. Gehen wir in den »Goldenen Kamm«. Er ist nicht tot, mein Freund! Es lebe der Geuse!«

Das Volk jubelte, und die drei gingen in den »Goldenen Kamm«, wo ein großes Freudenmahl bestellt wurde. Lamme aber warf alle Scheidemünzen, die er bei sich trug, vom Fenster aus unters Volk.

Und Ulenspiegel sagte zu Nele: »Süße Geliebte, nun bist du bei mir! O Segen! Sie ist hier, mit Herz und Leib und Seele, meine süße Freundin. Oh! Die sanften Augen und die schönen roten Lippen, von denen nur gute Worte kommen. Sie hat mir das Leben gerettet, die zärtliche Geliebte! Du wirst auf unseren Schiffen die Pfeife der Befreiung spielen. – Erinnerst du dich ... aber nein. – Dies ist die Stunde unserer Glückseligkeit, und mir gehört dein Gesicht, das so süß ist wie die Blumen im Juni. Ich bin im Paradies! – Aber du weinst ...?«

»Sie haben sie getötet«, sagte sie. Und sie erzählte ihm die Geschichte ihrer Trauer. Da sahen sie einander an und weinten vor Liebe und Schmerz.

Beim Hochzeitsmahl wurde tapfer getrunken und gegessen, Lamme sah betrübt drein und sagte: »Ach, meine Frau, wo bist du!«

Und der Priester kam und traute Nele und Ulenspiegel.

Und die Morgensonne fand sie beieinander im Ehebett. Neles Köpfchen ruhte an Ulenspiegels Schulter, und als die Sonne sie weckte, sagte er: »Frisches Gesicht und süßes Herz, wir werden Flanderns Rächer sein.«

Sie küsste ihn auf den Mund und sagte: »Toller Kopf und starker Arm, Gott wird die Pfeife und den Degen segnen.«

»Ich werde dir ein Soldatenkleid machen.« »Gleich?« »Gleich«, antwortete Ulenspiegel, »aber wer sagt, dass morgens Erdbeeren gut sind? Dein Mund ist weit besser.«

IX

Ulenspiegel, Lamme und Nele hatten, wie ihre Freunde und Gefährten, den Klöstern die Schätze wieder weggenommen, die diese durch Prozessionen, falsche Wunder und andern römischen Mummenschanz dem Volk geraubt hatten. Dieses Verfahren widersprach zwar den Befehlen des Schweigers, des Prinzen von Oranien, doch das so gewonnene Gold wurde dazu verwendet, die Kriegskosten zu decken. Lamme Goedzak begnügte sich nicht damit, sich des Geldes der Klöster zu bemächtigen, sondern plünderte auch ihre Keller und Vorratskammern und holte Schinken, Würste, Bier und Wein daraus hervor. Gern unterzog er sich der Mühe, ein ganzes Wehrgehenk von Geflügel auf der Brust zu tragen, Gänse, Truthühner, Kapaune und Hennen, und überdies zog er noch etliche klösterliche Kälber und Schweine an einem Strick hinter sich her. »Das ist Kriegsrecht!«, sagte er.

Wohlzufrieden mit jedem seiner Raubzüge, brachte er alles aufs Schiff, damit man dort Gelage und festliche Schmausereien veranstaltete, doch klagte er immer darüber, dass der Küchenmeister in der Wissenschaft der Soßen und Frikassees so schlecht beschlagen sei.

Eines Tages sagten die Geusen nach einem siegesbewussten Trunk zu Ulenspiegel: »Du hast ja immer die Nase im Wind, weißt, was auf dem Festland vorgeht, und kennst das Abenteuerleben des Krieges, singe uns doch davon! Lamme wird die Trommel dazu schlagen, und unser niedlicher Pfeifer soll im Takt zu deinem Lied die Flöte blasen.«

Und Ulenspiegel sagte:

»An einem klaren, frischen Tag im Monat Mai will Ludwig von Nassau in Bergen einrücken, kann aber weder sein Fußvolk noch seine Reiterei finden. Einige Verschworene halten ein Tor offen und eine Zugbrücke herabgelassen, damit er die Stadt einnehme. Aber die Bürger bemächtigten sich des Tors und der Brücke. Wo sind die Soldaten des Grafen Ludwig? Die Bürger wollen die Brücke aufziehen. Graf Ludwig stößt ins Horn.«

Und Ulenspiegel sang:

»Wo ist dein Fußvolk und Reiterei?
Im Walde verirrt, zertreten sie
Maiglöckchen und trockene Zweiglein.
Die liebe Sonne leuchtet herab
Auf ihre roten, kampflustigen Gesichter
Und ihrer Rosse schweißfeuchte Kruppen.
Graf Ludwig stößt schmetternd in sein Horn:
Sie hören ihn. Schlagt leise die Trommel.

In scharfem Trab, die Zügel verhängt,
Rast es wie Blitze und Sturmeswolken,
Ein Wirbel von klirrendem Eisen.
Die schweren Reiter, sie fliegen dahin,
In Eile den Sieg zu erretten.
Es hebt sich die Brücke ... die Sporen gepresst
In die Flanken der schäumenden Rosse!
Sie hebt sich ... die Stadt ist verloren für uns!

Nun sind sie vorm Tor. Ists schon zu spät?
Reitet wie Teufel! Die Zügel verhängt!
Guitoy de Chaumont mit seinem Hengst
Springt auf die Brücke und drückt sie herab.
Die Stadt ist genommen! Höret ihr?
Auf dem Straßenpflaster von Bergen,
Rast es wie Blitze und Sturmeswolken,
Ein Wirbel von klirrendem Eisen!

Es lebe Guitoy de Chaumont und sein Hengst!
Stoßt ins Horn der Freude, schlaget die Trommel!
Im Heumond sind wir, es duften die Wiesen,
Die Lerche steigt singend zum Himmel auf.

Es lebe der freie Vogel!
Schlaget die Trommel des Ruhmes!
Es lebe Chaumont und sein Hengst! Zu trinken!
Die Stadt ist genommen! ... Es lebe der Geuse!«

Und die Geusen auf den Schiffen sangen: »Christus, sieh herab auf deine Soldaten! Stähl unsere Waffen, o Herr! Es lebe der Geuse!«

Nele ließ lächelnd die Pfeife ertönen, und Lamme schlug die Trommel. Und die Becher von Gold wurden zum Himmel emporgehoben, und die Hymnen der Freiheit stiegen zum blauen Tempel Gottes auf. Melodisch plätscherten die Wellen rund um das Schiff wie singende Sirenen.

X

Es war an einem drückend heißen Tag im Monat August. Lamme war in tiefe Trübsal versunken, seine Trommel schwieg und seine Schlegel ragten untätig aus der Öffnung des Schnappsackes hervor. Ulenspiegel und Nele ließen sich, glücklich in ihrer Liebeswonne, von der Sonne bescheinen.

Die in den Mastkörben untergebrachten Späher pfiffen oder sangen vor sich hin, während ihre Augen den Horizont absuchten, um eine Beute zu erspähen. Wenn Très-Long sie fragte, ob sie etwas gesichtet hätten, antworteten sie: »Nichts.«

Lamme war bleich und niedergeschlagen und seufzte ganz erbärmlich.

»Woher kommt es, dass du so betrübt bist?«, fragte Nele.

Und Ulenspiegel sagte:

»Du magerst ab, mein Sohn.«

»Ja«, sagte Lamme, »ich bin betrübt und mager. Mein Herz verliert seinen Frohsinn und mein freundliches Gesicht seine Frische. Ja, lacht nur über mich, ihr, die ihr euch nach tausend Gefahren wiedergefunden habt! Macht euch nur lustig über den armen Lamme, der wie ein Witwer lebt, trotzdem er verheiratet ist, während diese da« – und er zeigte auf Nele – »ihren Mann mit Küssen von dem Strick befreien musste, der ja doch einmal sein letztes Liebchen sein wird! Sie hat gut daran getan, Gott sei gelobt! Aber sie soll nicht über mich lachen. Ja, du musst nicht über den armen Lamme lachen, Nele, meine Freundin. Meine Frau lacht für zehn. Ach! Ihr Weiber habt kein Herz für unsere Leiden! Ja, mein Herz ist betrübt, denn es ist mit dem Schwert der Verlassenheit geschlagen. Und niemand wird ihm neue Kräfte geben, wenn nicht sie.«

»Oder ein Frikassee«, sagte Ulenspiegel.

»Ja«, sagte Lamme, »wo ist das Fleisch auf diesem trübseligen Schiff? Auf den Schiffen des Königs gibt es viermal in der Woche Fleisch, wenn nicht gerade Fastenzeit ist, und dreimal Fisch. Was die Fische betrifft, Gott verdamm' mich, wenn ihr Hanf, ich meine ihr Fleisch, etwas anderes bewirkt, als dass es nutzlos mein Blut brennen macht, mein armes Blut, das sich demnächst in Wasser verwandeln wird! Sie haben Bier, Käse, Suppe und gute Getränke. Ja, sie haben alles, was ihren Mägen wohlgefallen mag: Biskuit, Roggenbrot, Bier, Butter, geräuchertes Fleisch, getrockneten Fisch, Käse, Senfsamen,

Salz, Bohnen, Erbsen, Grütze, Essig, Öl, Talg, Holz und Kohlen. Uns hat man verboten, Bürgern, Äbten und Edelleuten, wer immer es sei, das Vieh wegzunehmen. Wir essen Heringe und trinken Bier aus den kleinsten Bechern. Ach! Ich habe nichts mehr: weder Frauenliebe, noch guten Wein noch Dobbele-Bruinbier, noch gute Nahrung. Wo sind hier unsere Freuden?«

»Ich will es dir sagen, Lamme«, entgegnete Ulenspiegel. »Aug um Auge, Zahn um Zahn. In Paris haben sie in der Bartholomäusnacht zehntausend freie Herzen durchbohrt, allein in der Stadt Paris. Und der König selbst hat auf sein Volk geschossen. Erwache, Flame! Gebrauche deine Axt ohne Gnade, das sind unsere Freuden! Schlage den spanischen und römischen Feind, wo immer du ihn findest. Lass den Fraß. Sie haben ganze Karren voll toter und lebender Opfer ins Wasser geworfen. Tote und Lebende, hörst du, Lamme? Die Seine war neun Tage lang rot, und Wolken von Raben ließen sich auf die Stadt herab. In La Charité, Rouen, Toulouse, Lyon, Bordeaux, Bourges, Meaux gab es entsetzliche Metzeleien. Siehst du die Rudel satter Hunde sich neben den Leichen ausstrecken? Ihre Zähne sind schon müde. Der Flug der Raben ist so schwer, weil ihre Mägen voll sind vom Fleisch der Opfer. Hörst du die Stimmen der Seelen, die um Rache und Mitleid schreien, Lamme? Erwache, Flame! Du sprichst von deiner Frau – ich glaube nicht, dass sie untreu ist, aber ich halte sie für verrückt, und sie liebt dich noch, armer Freund! Sie war nicht unter jenen Damen des Hofes, die in der Nacht des Gemetzels mit ihren feinen Händen die Leichen entkleidet haben, um zu sehen, wie groß oder klein ihre Geschlechtsglieder waren, und dann vor Geilheit lachten. Ermuntere dich, mein Sohn, trotz Fisch und kleinen Bechers! Wenn der Nachgeschmack des Herings schal ist, so ist es der Gestank dieser Gemeinheit noch mehr. Die getötet haben, lassen sich's an der Tafel gut sein und zerlegen mit ihren schlecht gewaschenen Händen fette Gänse, um die Flügel, Füße und Bürzel den edlen Damen von Paris anzubieten, die eben erst anderes Fleisch berührt hatten, kaltes.«

»Ich werde nicht mehr klagen, mein Sohn«, sagte Lamme. »Der Hering ist eine Fettammer für den Mann der Freiheit, und das Becherchen Bier ein Glas Malvasier.« Und Ulenspiegel sang:

> »Weinet nicht, Brüder,
> Zwischen Trümmern und Blut
> Blühet die Rose der Freiheit.
> Wenn Gott mit uns ist, wer ist wider uns?
>
> Wenn die Hyän' triumphiert,
> Kommt die Stunde des Leun.
> Ein Prankenschlag streckt sie entweidet zu Boden.
> Aug um Auge, Zahn um Zahn. Es lebe der Geuse!«

Und die Geusen auf den Schiffen sangen:

> »Der Herzog bereitet uns dieses Los.
> Aug um Auge, Zahn um Zahn,
> Wunde um Wunde. Es lebe der Geuse!«

In einer schwarzen Nacht, während der Orkan aus der Tiefe der Wolken heulte, stand Ulenspiegel mit Nele auf dem Deck des Schiffes. »Alle unsere Feuer sind ausgelöscht«, sagte er, »wir sind Füchse, die nächtlicherweile dem Gevögel der Spanier auflauern, das heißt ihren zweiundzwanzig reichbeladenen Kreuzern, auf denen die Laternen leuchten, die für sie Sterne des Unheils sind. Wir fallen über sie her.«

Nele sagte:

»Das ist eine Nacht der Zauberer. Der Himmel ist schwarz wie der Höllenmund, und die Blitze leuchten wie das Lachen Satans. Der Sturm heult tief in der Ferne, und die Möwen fliegen schreiend auf und nieder; das Meer wälzt seine phosphoreszierenden Wogen wie Schlangen von Silber. Thyl, mein Geliebter, komm in die Welt der Geister. Nimm das Traumpulver ...«

»Werde ich auch die Sieben sehen, Liebchen?«

Und sie nahmen von dem Traumpulver.

Nele schloss Ulenspiegel die Augen, und Ulenspiegel schloss Nele die ihren. Da sahen sie ein grauenhaftes Schauspiel: Himmel, Erde und Meer waren voll arbeitender Männer, Frauen und Kinder, die durcheinanderkrochen wie Aale in einem Korb.

Sieben Männer und Frauen saßen in der Mitte des Himmels auf Thronen, aber ihre Gestalten waren so unklar zu sehen, dass Nele und Ulenspiegel nur die leuchtenden Sterne genau unterscheiden konnten, die ihre Stirnen zierten.

Das Meer stieg bis zum Himmel hinauf und trug auf seinen schäumenden Wogen eine unzählbare Menge von Schiffen, deren Maste und Tauwerke gegeneinanderschlugen, sich ineinander verfingen, zerrissen und zersplitterten, durch die Wucht der sturmgepeitschten Wasser. Plötzlich erschien ein Schiff inmitten der anderen, dessen Bug aus flammendem Eisen bestand, während sein stählerner Kiel einem Messer glich. Das Wasser schrie und stöhnte, als dies Schiff darüberglitt, auf dessen Hinterteil der grinsende Tod saß, in einer Hand seine Sichel, in der anderen eine Peitsche, mit der er nach den Sieben schlug. Der eine von ihnen war ein hagerer, hochgewachsener, schweigsamer Mann mit leidenden Zügen. In einer Hand hielt er ein Zepter, in der anderen ein Schwert. Neben ihm saß ein rotwangiges Mädchen rittlings auf einer Ziege, ihre Brüste waren nackt, ihr Kleid offen, und ihre Augen glänzten. Sie reckte sich unzüchtig nach einem alten Juden hin, der Nägel auflas, und nach einem dicken, aufgedunsenen Mann, der jedes Mal, wenn sie ihn aufrichtete, wieder hinfiel, während eine magere Frau wuterfüllt auf beide einschlug. Der dicke Mann vergalt die Schläge nicht, die auf ihn niederprasselten, ebenso wenig wie das rotwangige Mädchen. Mitten unter diesen Fünfen stand ein Mönch, der Würste verzehrte. Ein Weib, das auf der Erde lag, wand sich wie eine Schlange zwischen den andern hindurch. Sie biss den alten Juden wegen seiner alten Nägel, den aufgedunsenen Mann wegen seines Wohlergehens, das rotwangige Mädchen wegen des Leuchtens ihrer feuchten Augen, den Mönch wegen seiner Würste und den Mageren wegen seines Zepters. Und bald schlugen alle aufeinander los.

Als sie vorbeikamen, wurde die Schlacht auf dem Meer, im Himmel und auf der Erde noch fürchterlicher. Es regnete Blut. Die Schiffe waren von Axthieben, Arkebusen- und Kanonenschüssen zerschmettert. Ihre Trümmer flogen durch die raucherfüllte Luft. Auf der Erde stießen Armeen wie erzene Mauern gegeneinander. Städte, Dörfer, blühende Felder verbrannten, und Schreien und Weinen erscholl überall. Die Glockentürme zeichneten sich mit ihren zackigen Silhouetten von dem Flammenmeer ab, bis auch sie, wie gefällte Eichen, dröhnend zusammenstürzten. Schwarze Reiter, zahlreich und dicht gedrängt wie Ameisenzüge, galoppierten, Schwert und Pistole in der Hand, daher und metzelten Männer, Frauen und Kinder nieder. Einige schlugen Löcher ins Eis und stießen lebende Greise hinab, andere schnitten den Frauen die Brüste ab und streuten Pfeffer auf die Wunden, wieder andere hängten Kinder in Schornsteinen auf. Die des Tötens müde waren, vergewaltigten ein Mädchen oder eine Frau, tranken, spielten mit Würfeln oder wühlten in Haufen Goldes, der Beute ihrer Plünderung.

Die sieben Sterngekrönten riefen: »Erbarmen für die arme Welt!«

Und die Phantome lachten, und ihre Stimmen glichen dem Schreien von tausend Seeadlern. Und der Tod schwang seine Sichel.

»Hörst du sie?«, sagte Ulenspiegel. »Das sind die Vögel, denen die armen Menschen zur Beute fallen. Sie leben von kleinen Vögeln, die bescheiden und gut sind.«

Die sieben Sterngekrönten riefen: »Liebe, Gerechtigkeit, Barmherzigkeit!«

Das Schiff glitt über die Wogen und schnitt Schiffe, Männer, Frauen und Kinder entzwei. Die Klagen der schreienden Opfer hallten über die See: »Erbarmen!«

Das rote Schiff fuhr über sie alle hinweg, und die Phantome lachten und schrien wie Seeadler.

Der Tod aber grinste und trank das Wasser, das rot war von Blut.

Als das Schiff im Nebel verschwunden war, nahm die Schlacht ein Ende, und die sieben Sterngekrönten verschwanden.

Ulenspiegel und Nele sahen jetzt nichts mehr als den schwarzen Himmel, das tosende Meer, die dunklen Wolken, die über dem phosphoreszierenden Wasser dahinjagten, und ganz in der Nähe rote Sterne.

Das waren die Laternen der zweiundzwanzig Kreuzer. Das Meer und der Donner grollten dumpf. Und Ulenspiegel ließ die Glocke »Wacharm« leise ertönen und rief: »Der Spanier! Der Spanier! Er steuert gegen Vlissingen!« Und der Ruf pflanzte sich über die ganze Flotte fort.

Und Ulenspiegel sagte zu Nele:

»Ein graues Gezelt spannt sich aus über Himmel und Meer. Die Laternen blinken nur mehr schwach, das Morgenrot leuchtet auf, der Wind nimmt zu, die Wellen schlagen schäumend über die Schiffsbrücken. Sieh, ein heftiger Regen geht nieder, doch er hört auch schon wieder auf – strahlend erhebt sich die Sonne und vergoldet die Wogenkämme: Es ist dein Lächeln, Nele, frisch wie der Morgen und sanft wie das Licht.«

Die zweiundzwanzig Kreuzer kommen vorbei. Auf den Schiffen der Geusen werden die Trommeln geschlagen, die Pfeifen erklingen, und Lumey ruft: »Im Namen des Prinzen, drauf und dran!« Und der Unter-Admiral Ewont Pietersen Worst ruft: »Im Namen des Herrn von Oranien und des Admirals, drauf und dran!« Und auf allen Schiffen, wie sie da heißen: »Johanna«, »Der Schwan«, »Anne-Mie«, »Der Geuse«, »Das Kompromiss«, »Egmont«, »Hoorne«, »Wilhelm der Schweiger«, überall rufen die Kapitäne: »Im Namen des Herrn von Oranien und des Admirals, drauf und dran!« »Drauf und dran! Es lebe der Geuse!« rufen die Soldaten und Matrosen.

Das Schiff des Herrn de Très-Long, die »Briele«, auf dem sich Ulenspiegel und Lamme befanden, rammte, von der »Johanna«, dem »Schwan« und dem »Geusen« gefolgt, vier Kreuzer. Die Geusen warfen alles, was spanisch war, ins Wasser und nahmen die Niederländischen gefangen, sie leerten die Schiffe wie Hühnereier und ließen sie, des Mastes und der Segel beraubt; in die Reede treiben. Dann nahmen sie die Verfolgung der achtzehn Kreuzer auf. Von Antwerpen her wehte ein kräftiger Wind, unter dem Druck der Segel, die gebläht waren wie die Backen eines Mönchs vom Wind, der aus der Küche kommt, neigte sich die Mauer der schnellen Schiffe im Wasser des Flusses. Die Kreuzer flogen über das Wasser, die Geusen verfolgten sie bis in die Reede von Middelburg, wo sie in das Feuer des Forts gerieten.

Dort entspann sich eine blutige Schlacht. Die Geusen warfen Enterhaken auf das Deck der spanischen Schiffe, und bald streuten sie die abgehauenen Arme und Beine nur so umher, dass man sie nach dem Kampf korbweise ins Wasser werfen musste. Die Geusen wurden von den Forts beschossen, spotteten aber ihrer mit dem Schrei: »Es lebe der Geuse!« Sie rafften in den Kreuzern Pulver, Geschütze, Kugeln und Getreide zusammen, steckten die geleerten Schiffe in Brand und ließen sie rauchend und flammend in der Reede zurück, während sie sich nach Vlissingen wandten.

Von dort sandten sie Geschwader aus, um die Deiche von Zeeland und Holland zu durchbohren und beim Bau neuer Schiffe mit Hand anzulegen, insbesondere neuer Vlieboote von hundertvierzig Tonnen, die bis zu zwanzig gusseiserne Kanonen trugen.

XI

Die Schiffe sind von Schnee bedeckt. Weithin ist die Luft ganz weiß, es schneit ohne Unterlass auf das schwarze Wasser herab, auf dem die Flocken schmelzen.

Alle Wege auf dem Lande sind weiß, und die schwarzen Silhouetten der entlaubten Bäume haben weiße Polster. Kein Laut unterbricht die Stille, außer dem Läuten der fernen Glocken von Haarlem, die die Stunde anzeigen, und dem fröhlichen Glockenspiel, dessen Töne in der flockenerfüllten Luft ersticken.

Glocken, läutet nicht mehr, lasst eure einfachen, sanften Weisen nicht mehr erklingen! Don Fadrique naht, der Sohn des Blutherzogs. Haarlem, o Stadt der Freiheit, er marschiert gegen dich, gefolgt von fünfunddreißig Fähnlein Spaniern, deinen tödlichen Feinden, zweiundzwanzig wallonischen und achtzehn deutschen Fähnlein, achthundert Reitern und gewaltiger Artillerie. Hörst du das Klirren der Mörderwerkzeuge auf den Karren ? Falkonette, Feldschlangen und großmäulige Mörser, alles das ist für dich, Haarlem. Läutet nicht mehr, ihr Glocken, lass deine Töne in der flockenerfüllten Luft verstummen, Glockenspiel!

»Wir werden läuten, wir Glocken, und ich, das Glockenspiel, ich werde meine munteren Töne in der schneegefüllten Luft erklingen lassen! Haarlem ist die Stadt der tapferen Herzen, der mutigen Frauen. Ohne Furcht sieht Haarlem von der Höhe seiner Kirchtürme die schwarze Masse der Henker sich näher winden wie ein Heer höllischer Ameisen. Denn Ulenspiegel, Lamme und hundert Meergeusen sind in ihren Mauern, und ihre Flotte kreuzt auf der See.«

»Mögen sie nur kommen!«, sagen die Bewohner, »wir sind ja nur Bürger, Fischer, Seeleute und Frauen. Der Sohn des Herzogs von Alba sagt, er will sich keiner andern Schlüssel als seiner Kanonen bedienen, um in die Stadt einzudringen. Wenn er kann, öffne er die schwachen Tore, er wird Männer dahinter finden. Läutet, ihr Glocken, lass deine fröhlichen Töne durch die flockenerfüllte Luft klingen, Glockenspiel!

Wir haben nur schwache Mauern und altertümliche Gräben. Vierzehn Kanonen speien ihre sechsundvierzig Pfund schweren Kugeln gegen das Cruys-Tor. Setzt Menschen ein, wo es an Steinen fehlt! Die Nacht kommt, alles arbeitet fieberhaft, und bald ist es, als hätte hier niemals eine Kugel eingeschlagen. Auf das Cruys-Tor haben sie sechsundachtzig Kugeln geschossen, auf das Sankt-Johanns-Tor sechshundertfünfundsiebzig. Doch die Schlüssel öffnen nicht, denn hinter dem ersten Bollwerk erhebt sich ein zweites. Läutet, ihr Glocken, lass deine fröhlichen Töne durch die flockenerfüllte Luft klingen, Glockenspiel!«

Die Kanonen beschießen den Wall ohne Unterlass, die Steine zersplittern, ganze Mauerstücke stürzen ein. Nun ist die Bresche breit genug, um eine Kompanie in Reih und Glied durchzulassen. »Sturm! Tötet, tötet!« schreien sie. Jetzt kommen sie heran, zehntausend an der Zahl. Lasst sie ihre Sturmbrücken und Leitern über die Gräben legen. Unsere Kanonen sind bereit. Das ist der Trupp der Todgeweihten. Begrüßt sie, Kanonen der Freiheit! – Und sie grüßen: die Kettenkugeln und brennenden Pechkränze fliegen pfeifend durch die Luft, zerschmettern, zerschneiden, verbrennen und blenden die Stürmer, die alsbald erlahmen und in wilder Unordnung fliehen. Fünfzehnhundert Tote füllen den Graben. Läutet, ihr Glocken, lass deine fröhlichen Töne durch die flockenerfüllte Luft klingen, Glockenspiel!

»Erneuert den Sturm!« – Sie wagen es nicht. Sie schießen wieder aus ihren Kanonen und graben Minen. Aber wir auch, wir kennen die Kunst des Minengrabens. Zündet an den Docht unter ihnen und dann lauft, wir werden ein schönes Schauspiel sehen. Vierhundert Spanier fliegen in die Luft. Das ist nicht der Weg zu den ewigen Flammen. Oh! Welch schöner Tanz zum Silberklang unserer Glocken und zur fröhlichen Musik unseres Glockenspiels!

Sie wissen wohl, dass der Prinz über uns wacht, denn täglich treffen auf sorgsam gehüteten Wegen Züge mit Getreide und Pulver bei uns ein; das Getreide für uns, das Pulver für sie. Wo sind denn nun ihre sechshundert Deutschen, die wir getötet und im Wald von Haarlem ersäuft haben? Und wo die elf Fähnlein, die wir fingen, und die sechs Kanonen und fünfzig Rinder, die wir erbeutet haben? Früher hatten wir einen Mauergürtel, jetzt haben wir zwei. Sogar die Frauen kämpfen, und Kennau führt ihre tapfere Truppe. Kommt, ihr Henker, kommt in unsere Straßen, die Kinder werden euch mit ihren Messerchen die Fußgelenke durchschneiden. Läutet ihr Glocken, lass deine fröhlichen Töne durch die flockenerfüllte Luft klingen, Glockenspiel!

Aber das Glück ist nicht mit uns. Die Flotte der Geusen auf dem See ist geschlagen. Geschlagen sind auch die Truppen, die Oranien uns zu Hilfe schickte. Frost herrscht, bitterer Frost. Neue Hilfe tut not. Fünf Monate lang halten wir stand, Tausend gegen Zehntausend. Nun müssen wir mit den Henkern verhandeln. Wird er unseren Vorschlägen Gehör schenken, der Sohn des Blutherzogs, der uns den Untergang geschworen hat? Alle Soldaten sollen die Stadt verlassen und in die feindlichen Linien eine Bresche schlagen. Doch die Frauen stehen an den Toren, denn sie fürchten, dass man sie allein zurücklassen wird, die Stadt zu bewachen. Läutet nicht mehr, ihr Glocken, lass deine fröhlichen Töne nicht mehr erklingen, Glockenspiel!

Nun ist's Juni, das Heu duftet, das Korn bräunt sich in der Sonne, die Vögel singen. Und wir leiden seit fünf Monaten Hunger. Die Stadt ist in Trauer, wir werden alle Haarlem verlassen, die Arkebusiere als Wegbahner an der Spitze, die Frauen, die Kinder und der Magistrat da-

hinter, von der Infanterie beschützt, die die Bresche bewacht.

Ein Brief, ein Brief vom Blutherzöglein! Ist es der Tod,
was er ankündigt? Nein, es ist das Leben für alles, was
in der Stadt weilt. O unverhoffte Milde – o Lüge, vielleicht! Wirst du wieder singen, fröhliches Glockenspiel?
– Sie ziehen in die Stadt ein.

Ulenspiegel, Lamme und Nele hatten sich die Kleider
deutscher Soldaten angelegt, die mit ihnen, sechshundert an der Zahl, im Kloster der Augustiner eingeschlossen waren.

»Heute werden wir sterben«, sagte Ulenspiegel ganz
leise zu Lamme und drückte Neles lieblichen Leib, der
vor Furcht bebte, an seine Brust. »Ach! Meine Frau«,
sagte Lamme, »ich werde sie nicht wiedersehen! Aber
vielleicht werden uns die Kleider der deutschen Soldaten das Leben retten?« Ulenspiegel schüttelte den Kopf,
um zu bedeuten, dass er nicht an Gnade glaube. »Ich höre keinen Lärm einer Plünderung«, sagte Lamme.

Ulenspiegel erwiderte: »Vertragsgemäß haben sich die
Bürger von Plünderung und Hinrichtung durch Zah-
lung von zweihundertvierzigtausend Gulden losge-
kauft. Hunderttausend Gulden sollen sie binnen zwölf
Tagen zahlen und den Rest in drei Monaten. Den Frauen
wurde befohlen, sich in die Kirchen zurückzuziehen.
Ohne Zweifel soll das Gemetzel seinen Anfang nehmen.
Hörst du, wie die Schafotte zusammengenagelt und die
Galgen aufgerichtet werden?«

»Ach! Wir müssen sterben«, sagte Nele, »ich habe
Hunger.«

»Ja«, sagte Lamme ganz leise zu Ulenspiegel, »das Blutherzöglein hat gesagt, dass wir gefügiger sein werden, wenn man uns ausgehungert zum Sterben führt.«

»Ich hab' so argen Hunger«, sagte Nele.

Abends kamen Soldaten und verteilten für je sechs Mann ein Brot. »Dreihundert wallonische Soldaten wurden auf dem Markt gehenkt«, sagten sie. »Bald ist an euch die Reihe. Die Geusen vermählten sich schon immer mit dem Galgen.«

Am folgenden Abend kamen sie wieder mit ihrem Brot und sagten: »Vier Patrizier sind enthauptet worden, und zweihundertneunundvierzig Soldaten hat man, je zwei und zwei aneinandergefesselt, ins Meer geworfen. Die Krabben werden dies Jahr fett sein. Ihr andern seht nicht gut aus, seit dem siebenten Juli, dem Tag, an dem ihr hierherkamet. Diese Niederländer sind Feinschmecker und Trunkenbolde, wir Spanier haben mit zwei Feigen zum Abendbrot genug.«

»Deshalb müsst ihr wohl bei den Bürgern vier Mahlzeiten mit Fleisch, Geflügel, Puddings und Eingemachtem essen?« entgegnete Ulenspiegel, »und deshalb braucht ihr auch Milch, um die Leiber eurer Mustachos zu waschen, und Wein, um die Füße eurer Pferde darin zu baden?«

Am achtzehnten Juli sagte Nele: »Ich habe feuchte Füße – was ist das?« »Blut, das von der Straße hereinsickert«, sagte Ulenspiegel.

Am Abend kamen wieder die Soldaten mit ihrem Brot für sechs und sagten: »Wo der Strick nicht mehr ausreicht, macht das Schwert die Arbeit. Dreihundert Soldaten und siebenundzwanzig Bürger, die man fasste, als sie aus der Stadt fliehen wollten, gehen jetzt, ihre Köpfe in der Hand, in der Hölle spazieren.«

Am nächsten Tag drang von Neuem Blut in das Kloster. Die Soldaten kamen, aber nicht, um Brot zu bringen, sondern nur, um die Gefangenen zu betrachten und zu sagen: »Die fünfhundert Wallonen, Engländer und Schotten, die gestern geköpft wurden, sahen besser aus. Diese hier haben ohne Zweifel Hunger, aber wer stirbt denn vor Hunger, wenn nicht die Geusen?«

Und in der Tat, bleich, abgezehrt, verfallen und in kaltem Fieber schauernd, glichen sie Phantomen.

Am sechzehnten August traten die Soldaten um fünf Uhr abends lachend ein und gaben ihnen Brot, Käse und Bier. Und Lamme sagte: »Das ist das Todesmahl!«

Um zehn Uhr kamen vier Fähnlein, die Kapitäne ließen die Klostertore öffnen und befahlen den Gefangenen, in Viererreihen hinter den Pfeifern und Trommlern einherzugehen, bis man sie haltmachen lassen würde. Einzelne Straßen waren gerötet, als sie dem Galgenfeld zuschritten.

Auf den Wiesen sah man hier und dort Pfützen von Blut, und auch rund um die Mauern war alles gerötet. Von allen Seiten kamen Rabenschwärme herbei, die Sonne ging am Dunstrand des Horizontes unter, und an dem noch hellen Himmel blinkten schüchtern die ersten Sterne auf. Plötzlich vernahm man ein klagendes Geheul.

»Die da schreien, sind die Geusen vom Fort von Fuicke, außerhalb der Stadt«, sagten die Soldaten, »man lässt sie verhungern.«

»Uns auch«, sagte Nele, »wir gehen dem Tod entgegen.« Und sie weinte.

»Die Asche schlägt an meinem Herzen«, sagte Ulenspiegel.

»Ach«, sagte Lamme auf Flämisch – die Soldaten der Eskorte verstanden diese stolze Sprache nicht. – »Ach! Wenn ich diesen Blutherzog alle Stricke, Galgen, Folterbänke, Zerrgerichte und Peinstiefel fressen lassen könnte, bis ihm die Haut platzt! Wenn ich ihn das Blut saufen lassen könnte, das er vergossen hat, und noch dazu das, das aus seiner zerfetzten Haut und aus seinen von Holz- und Eisensplittern zerrissenen Gedärmen herausspritzte! Und wenn er dann noch nicht verreckte, risse ich ihm das rohe, giftige Herz aus der Brust und ließe es ihn fressen, dann würde er grässlich in den schwefligen Abgrund stürzen, wo der Teufel es ihn fressen und wieder fressen ließe, die ganze lange Ewigkeit hindurch!«

»Amen«, sagten Ulenspiegel und Nele.

»Aber siehst du nichts?«, fragte sie ihn.

»Nein«, sagte er.

»Ich sehe am westlichen Horizont fünf Männer und zwei Frauen in der Runde sitzen«, sagte sie, »der eine ist in Purpur gekleidet und trägt eine goldene Krone. Er scheint das Oberhaupt der andern zu sein, die ganz zerlumpt und heruntergekommen sind. Vom Osten sehe ich einen andern Trupp von sieben Personen kommen. Auch sie werden von einem angeführt, der in Purpur gekleidet ist, aber keine Krone trägt. Sie gehen auf die im Westen zu und kämpfen in den Wolken ... aber jetzt sehe ich nichts mehr.«

»Die Sieben«, sagte Ulenspiegel. Nele sagte: »Ich höre im Busch neben uns eine hauchzarte Stimme sagen:

>Durch Krieg und durch Flammen,
Durch Lanzen und Schwerter
Suche.

Im Tod und im Blut,
In Trümmern und Tränen
Finde.<«

»Andere als wir werden Flandern befreien«, sagte Ulenspiegel. »Die Nacht wird finster, und die Soldaten zünden die Fackeln an. Wir sind dem Galgenfeld nahe. Oh, süße Geliebte, warum bist du mir gefolgt? Hörst du nichts mehr, Nele?« »Doch«, sagte sie, »Waffengeklirr im Korn. Und dort, auf diesem Hügel, der den Weg überragt, auf dem wir gehen, siehst du das rote Licht der Fackeln sich auf Stahl spiegeln? Ich sehe feurige Punkte von Arkebusenlunten. Schlafen unsere Wächter, oder sind sie blind?

Hörst du diesen Donnerschlag? Siehst du die Spanier, von Kugeln durchbohrt, fallen? Hörst du den Ruf: >Es lebe der Geuse?< Sie kommen den Pfad heraufgestürmt, die Pfeifer voran. Sie kommen mit Äxten den Abhang herab. Es lebe der Geuse!«

»Es lebe der Geuse!«, riefen Lamme und Ulenspiegel.

»Da sind Soldaten, die uns Waffen geben«, sagte Nele, »nimm, Lamme, nimm, mein Geliebter! Es lebe der Geuse!« »Die Arkebusen hören nicht auf zu schießen«, sagte Nele, »sie fallen im Schein der Fackeln wie Fliegen. Es lebe der Geuse!« »Es lebe der Geuse!«, riefen die Retter. »Es lebe der Geuse!«, schrien alle Gefangenen und Ulenspiegel. »Die Spanier sind in einem eisernen Ring. Tötet, tötet! Keiner darf übrig bleiben! Kein Erbarmen, der Krieg kennt keine Gnade. Und jetzt packen wir unser Zeug und laufen bis Enckhuyzen. Wer hat die Kleider von Tuch und Seide der Henker? Wer hat ihre Waffen?« »Alle, alle !«, riefen sie, »es lebe der Geuse!«

Und in der Tat erreichen sie zu Schiff Enckhuyzen, wo die mit ihnen befreiten Deutschen bleiben, um die Stadt zu schützen.

Lamme, Nele und Ulenspiegel finden die Schiffe wieder, und von Neuem singen sie auf dem freien Meere: »Es lebe der Geuse!« Und sie kreuzen auf der Reede von Vlissingen.

XII

Nun war Lamme wieder guter Dinge. Freudig ging er an Land und machte Jagd auf Rinder, Schafe und Hühner, als ob es Hasen, Hirsche und Fettammern gewesen wären. Doch ging er nicht allein auf diese nahrhafte Jagd. Es war ein heiteres Schauspiel, die Jäger, Lamme an der Spitze, von ihrem Beutezug zurückkehren zu sehen, wie sie das große Vieh an den Hörnern hinter sich herzogen, das kleine vor sich hin stießen, mit Haselruten Gänseherden trieben und trotz des Verbotes Hühner und Kapaune an den Haken ihrer Gürtel trugen.

Da gab es ein Schmausen und Feiern auf den Schiffen! Und Lamme sagte: »Der Duft der Soßen steigt zum Himmel auf und erfreut die Engel, die sagen: ›Das ist das Beste vom Fleisch!‹«

Eines Tages begegnet den kreuzenden Geusenschiffen eine Handelsflotte aus Lissabon, deren Kommandant nicht weiß, dass Vlissingen in die Hand der Geusen gefallen ist. Man befiehlt ihr, Anker zu werfen, und schon ist sie umstellt. Es lebe der Geuse! Trommeln und Pfeifen geben das Zeichen zum Entern. Die Kaufleute haben Kanonen, Piken, Äxte und Arkebusen.

Steine und Kugeln regnen auf die Schiffe der Geusen herab. Ihre Arkebusiere schießen, durch die Holzschanzen rund um den Hauptmast gedeckt, mit sicherer Hand und ohne eigene Gefahr. Die Kaufleute fallen wie die Fliegen.

»Rafft zusammen, was Platz hat«, sagte Ulenspiegel zu Lamme und Nele. »Da gibt es Gewürze, Juwelen, wertvolle Esswaren, Zucker, Muskat, Gewürznelken, Reale, Dukaten und Lämmer aus glänzendem Gold, mehr als fünfhunderttausend Stück! Der Spanier wird die Kriegskosten bezahlen. Lasst uns trinken! Singen wir die Geusenmesse – kämpfen wir!«

Ulenspiegel und Lamme hielten sich wie Löwen, während Nele im Schutz der Holzschanze die Pfeife ertönen ließ.

Die ganze Flotte wurde besiegt, und als man die Toten zählte, waren es aufseiten der Spanier tausend, bei den Geusen dreihundert, unter ihnen der Koch des Vlieboots Briele.

Ulenspiegel bat, vor Très-Long und den Matrosen sprechen zu dürfen, der Admiral gewährte ihm das gerne, und er hielt folgende Ansprache:

»Herr Kapitän und ihr, Kameraden, wir haben gewaltig viel Nahrungsmittel geerbt, und Lamme, dieser gute Fettwanst hier, findet, dass der arme Tote – Gott hab ihn selig! – nicht gelehrt genug war in der Wissenschaft der Frikassees. Ernennen wir ihn an seiner Statt zum Koch, und er wird euch himmlische Ragouts und paradiesische Soßen bereiten.«

»Das wollen wir tun«, sagten Très-Long und die andern. »Lamme wird Schiffskoch. Und als solcher wird er den großen Holzlöffel führen, um den Schaum von seinen Soßen abzuschöpfen.«

»Herr Kapitän, Kameraden und Freunde«, sagte nun Lamme. »Ihr seht mich vor Freude weinen, denn ich verdiene eine so hohe Ehrung nicht. Wenn es euch dennoch gefällt, euch an meine Wenigkeit zu halten, so übernehme ich das edle Amt des Meisters in der Kunst der Frikassees auf dem tapferen Vlieboot Briele. Doch bitte ich euch untertänigst, mir die oberste Befehlsgewalt über die Küche zu erteilen, solcherart, dass euer Koch, der ich sein werde, mit Recht, Gesetz und Gewalt jedermann verhindern kann, das Teil des andern aufzuessen.«

Très-Long und die andern riefen:

»Heil Lamme! Du wirst Recht, Gesetz und Gewalt haben!«

»Aber«, sagte Lamme, »ich habe noch eine andere untertänige Bitte: Ich bin fett, groß und stark, mein Wanst ist tief, mein Magen weit. Meine arme Frau – Gott gebe sie mir wieder! – gab mir immer zwei Portionen statt einer: Gewährt auch ihr mir diese Gunst!«

Très-Long, Ulenspiegel und die Matrosen sagten:

»Du sollst die zwei Portionen haben, Lamme.«

Doch plötzlich wurde Lamme melancholisch und sagte:

»Meine Frau, mein süßes Liebchen! Wenn irgendetwas mich über deine Abwesenheit hinwegtrösten kann, so wird es die Erinnerung an meine Tätigkeit in deiner himmlischen Küche unseres friedlichen Heims sein.«

»Du musst den Eid leisten, mein Sohn«, sagte Ulenspiegel. »Man bringe den großen Holzlöffel und den großen Kupferkessel.«

»Bei Gott, der mir helfen möge«, sagte Lamme, »schwöre ich Treue dem Prinzen von Oranien, genannt der Schweiger, der für den König die Provinzen Holland und Zeeland regiert. Treue dem Herrn von Lumey, dem Kommandierenden Admiral unserer hehren Flotte und Herrn Très-Long, dem Vizeadmiral und Kapitän der Briele. Ich schwöre, nach besten Kräften, den Bräuchen und Gewohnheiten der großen Köche folgend, die uns schöne Bücher mit Bildern über die hohe Kunst der Küche hinterlassen haben, ich schwöre, nach besten Kräften das Fleisch und Geflügel zuzubereiten, das uns Fortuna zukommen lassen wird. Ich schwöre, besagten Herrn Très-Long, Kapitän, und seinen Stellvertreter, meinen Freund Ulenspiegel, und euch alle, Maats, Piloten, Steuermänner, Kameraden, Soldaten, Kanoniere, Kellermeister, Kapitänspage, Wundarzt, Trompeter, Matrosen und alle andern zu ernähren. Wenn der Braten zu blutig, das

Geflügel zu wenig gebräunt ist, wenn die Suppe einen schalen Geruch hat, der die Verdauung stört, wenn der Duft der Soßen euch, meine Einwilligung vorausgesetzt, nicht veranlasst, mir die Küche einzurennen, wenn ich alle eure Gesichter nicht heiter und zufrieden mache, werde ich auf meine erhabenen Funktionen verzichten, erkennend, dass ich unfähig bin, fürderhin den Küchenthron einzunehmen. So wahr mir Gott helfe in diesem Leben und im anderen!«

»Es lebe der Koch!«, riefen sie, »der König der Küche, der Kaiser der Frikassees! Und sonntags soll er statt zweier Portionen drei haben.«

So wurde Lamme der Koch der Briele. Und während die köstlichen Suppen in den Töpfen kochten, stand er stolz an der Küchentür und trug seinen großen Holzlöffel wie ein Zepter. Und sonntags bekam er seine drei Rationen.

Wenn die Geusen mit dem Feind ins Gefecht kamen, blieb er gern in seinem Soßenlaboratorium. Doch ab und zu stieg er auf die Brücke hinauf und feuerte ein paar Arkebusenschüsse ab, dann stieg er wieder hinab, um seine Soßen zu überwachen.

So war er ein treuer Koch und ein tapferer Soldat, und jedermann liebte ihn.

Aber niemand durfte in seine Küche eindringen, sonst war er wie der Teufel und schlug mit seinem Holzlöffel auf Hieb und Stich ohne Erbarmen drein. Und man nannte ihn seither Lamme den Löwen.

XIII

Die Schiffe der Geusen durchschneiden in Sonne, Regen, Winter und Sommer den Ozean und die Scheide. Mit vollen Segeln fliegen sie dahin wie Schwäne, Schwäne der weißen Freiheit.

Weiß für die Freiheit, blau für die Größe, orangerot für den Prinzen, das ist die Flagge der tapferen Schiffe. Alle Segel gesetzt! Die tapferen Schiffe, von den Wellen geschaukelt, bespritzt vom Schaume der Wogen!

Sie eilen dahin, sie fliegen über den Fluss, rasch wie Wolken im Nordwind, die stolzen Schiffe der Geusen. Hört ihr, wie ihr Bug die Welle durchfurcht? Gott ist mit den Freien! Es lebe der Geuse!

Hulken, Vlieboote, Bojer, Krusteven sausen dahin, rasch wie der Wind, der das Gewitter bringt, wie die Wolke, die den Blitz im Schoß trägt. Es lebe der Geuse!

Bojer, Krusteven und flache Schiffe gleiten über den Fluss, und die Wellen stöhnen, wenn die Schiffe sie zerteilen mit ihrem Schnabel, auf dem die mörderischen Feldschlangen stehen. Es lebe der Geuse!

Alle Segel gesetzt! Die tapferen Schiffe, von den Wogen geschaukelt, vom Schaum überspült!

Tag und Nacht, in Regen, Frost und Schnee eilen sie dahin. Christus lächelt zwischen Wolken, Sonne und Sternen auf sie herab. Es lebe der Geuse!

XIV

Den Blutkönig erreichte die Nachricht von den Siegen der Geusen. Der Tod nagte schon an diesem Henker, und sein Körper war voll von Würmern. Er wanderte wild und verbissen durch die Korridore von Valladolid und schleifte seine geschwollenen Füße und seine bleischweren Beine dahin. Er sang niemals, der grausame Tyrann. Wenn der Tag anbrach, lachte er nicht, und wenn die Sonne wie ein Lächeln Gottes sein Königreich erleuchtete, war keine Freude in seinem Herzen.

Aber Ulenspiegel, Lamme und Nele sangen wie die Vögel, obgleich sie ihre Leder riskierten, nämlich Lamme und Ulenspiegel, Nele aber ihre weiße Haut; und wenn die Geusen einen Scheiterhaufen löschten, war ihre Freude größer als die des finsteren Königs, wenn er eine Stadt verbrannte.

Zu dieser Zeit setzte Wilhelm der Schweiger, der Prinz von Oranien, Herrn Lumey von der Mark wegen seiner großen Grausamkeiten ab und ernannte Herrn Bouven Ewontsen Worst an seiner Stelle zum Admiral. Auch sorgte er dafür, dass den Bauern das Korn bezahlt werde, das die Geusen ihnen weggenommen hatten, und dass ihnen das Geld zurückgezahlt wurde, was ihnen als Zwangsabgabe abgenommen worden war. Ferner gestand er den Römisch-Katholischen die freie Ausübung ihrer Religion ohne Verfolgung und Erniedrigung zu wie allen andern.

XV

Auf den Schiffen der Geusen jauchzen die Flöten, stöhnen die Sackpfeifen, glucksen die Flaschen, klingen die Gläser und blinken die eisernen Waffen.

»Wohlan! Schlagt die Trommel des Sieges, die Trommel der Freude«, sagte Ulenspiegel. »Es lebe der Geuse! Der Spanier ist besiegt, der Drache bezähmt. Uns gehört das Meer, Briele ist genommen. Unser ist die Küste von Nieuwpoort über Ostende und Blankenberghe, die Inseln von Zeeland, die Mündungen der Maas, der Scheide und des Rheins bis Helder. Unser ist Texel, Vlieland, Terschelling, Ameland, Rottum und Borkum. Es lebe der Geuse!

Unser Delft und Dordrecht! Die Henker geben Rotterdam auf. Wie ein Löwe nimmt das freie Gewissen mit den Krallen und Zähnen der Gerechtigkeit die Grafschaft Zutphen und die Städte Deutekom, Doesburg, Ghor, Oldenzeel und auf der Weluwe Hattem, Elburg und Harderwijk. Es lebe der Geuse!

Das ist das Wetterleuchten, das ist der Blitz: Kampen, Zwolle, Hasselt und Steenwijk fallen in unsere Hände mit Oudewater, Gouda und Leyden. Es lebe der Geuse!

Unser sind Buren und Enckhuyzen. Noch haben wir Amsterdam, Schoonhoven und Middelburg nicht. Aber Geduld bringt Rosen. Es lebe der Geuse!

Lasst uns den Wein Spaniens trinken, aus den Kelchen, aus denen sie das Blut der Opfer tranken. Über Ströme, Flüsse und Kanäle eilen wir der Zuidersee zu, wir haben Nord-Holland, Süd-Holland und Zeeland, wir werden noch Ost- und Westfriesland nehmen. Briele wird die Zuflucht unserer Schiffe sein, das Nest der Hennen, welche die Freiheit ausbrüten. Es lebe der Geuse!

Höret in Flandern, dem geliebten Vaterland, den Schrei nach Rache erschallen. Man fegt die Waffen und schleift die Schwerter. Alles regt sich und zittert wie die Saiten der Harfe im warmen Windhauch, dem Hauch der Seelen, die aufsteigen von den Scheiterhaufen, aus Gräbern und aus den blutigen Leichen der Opfer. Im Hennegau, in Brabant, Luxemburg, Limburg, Namur und Lüttich, der freien Stadt, keimt der blutgedüngte Same. Die Ernte ist reif für die Sichel. Es lebe der Geuse!

Unser ist die weite Nordsee, unser sind die guten Kanonen, die stolzen Schiffe, die kühnen, gefürchteten Seeleute, die Landstreicher, Heerespriester, Edelleute, Bürger und Handwerker, die vor der Unterdrückung fliehen. Unser ist alles, was sich zusammengetan hat, das Werk der Freiheit zu vollenden. Es lebe der Geuse!

Philipp, Blutkönig, wo bist du? Alba, wo bist du? Du schreist und lästerst, gekrönt mit dem heiligen Hut, dem Geschenk des Heiligen Vaters. Schlaget die Trommel der Freude! Es lebe der Geuse! Lasst uns trinken!

Der Wein fließt in die goldenen Kelche, trinkt fröhlichen Muts! Die Priestergewänder auf den Schultern der rauen Männer sind getränkt von roter Flüssigkeit, die Banner Roms und der Kirche flattern im Wind auf unseren Masten. Ewige Musik ertöne euch, ihr kreischenden Pfeifen, ächzenden Dudelsäcke und wirbelnden Ruhmestrommeln. Es lebe der Geuse!«

XVI

Ein schneidender Regen fiel. Die Geusen kreuzten in der Zuidersee. Und eines Tages ließ der Admiral alle seine Kapitäne und auch Ulenspiegel durch den Klang der Trompete auf sein Schiff rufen. Er wandte sich zunächst an Ulenspiegel und sagte zu ihm: »Der Prinz will deiner guten Pflichterfüllung und deinen treuen Diensten Anerkennung zollen und ernennt dich zum Kapitän des Schiffes ›Die Briele‹. Ich übergebe dir hier ein Pergament, auf dem die Betrauung geschrieben steht.«

»Dank sei Euch, Herr Admiral«, antwortete Ulenspiegel, »ich werde all meine geringen Kräfte anspannen und habe große Hoffnung, dass es mir gelingen wird, Flandern und Holland – ich meine damit die Süd- und Nord-Niederlande – dem Spanier zu entreißen.« »Das ist gut gesprochen«, sagte der Admiral.

»Und jetzt«, fügte er hinzu, indem er sich an alle wandte, »will ich euch sagen, dass das katholische Amsterdam Enckhuyzen belagern will. Kreuzen wir durch den Kanal ›das Y‹, den sie noch nicht verlassen haben, und stürzen wir uns auf jedes ihrer Schiffe, das in der Zuidersee sein tyrannisches Takelwerk sehen lässt.« Sie antworteten: »Wir werden sie zerlöchern. Es lebe der Geuse!«

Als Ulenspiegel auf sein Schiff zurückgekehrt war, ließ er seine Matrosen und Soldaten sich auf dem Deck versammeln und teilte ihnen den Beschluss des Admirals mit.

Sie antworteten: »Wir haben Flügel, unsere Segel, Schlittschuhe, die Kiele unserer Schiffe, Gigantenhände, unsere Enterhaken. Es lebe der Geuse!«

Die Flotte segelte ab und kreuzte eine Seemeile vor Amsterdam, so zwar, dass niemand aus dem Kanal heraus- oder in ihn hineinfahren konnte, den die Geusen nicht passieren lassen wollten. Am fünften Tage hörte der Regen auf, der Wind blies noch schärfer vom klaren Himmel. Die von Amsterdam rührten und regten sich nicht.

Plötzlich sah Ulenspiegel Lamme auf dem Deck auftauchen und mit wuchtigen Schlägen seines Kochlöffels hinter dem »Truxmann« des Schiffes herjagen, einem jungen Burschen, der als Dolmetscher für die französische und flämische Sprache diente, aber vom Schmausen noch mehr verstand als vom Reden.

»Taugenichts!«, rief Lamme, während er auf ihn einschlug, »glaubst du, ungestraft von meinen Frikassees essen zu können, ehe es an der Zeit ist? Klettre lieber auf den Mast hinauf und schau aus, ob sich auf den amsterdamschen Schiffen nichts rührt, dann wirst du was Rechtes getan haben!«

Doch der Truxmann entgegnete:

»Was gibst du mir dafür?«

»Verlangst du, bezahlt zu werden, ohne etwas getan zu haben?«, sagte Lamme. »Wenn du nicht gleich hinaufsteigst, werde ich dich auspeitschen, Spitzbubenbrut, und dein Französisch wird dich nicht davor bewahren!«

»Es ist eine schöne Sprache«, sagte der Truxmann, »die Sprache der Verliebten und der Krieger.«

Damit kletterte er den Mast hinauf.

»Nun, Nichtstuer?«, fragte Lamme von unten.

»Ich sehe weder in der Stadt noch auf den Schiffen etwas«, antwortete der Truxmann. Und als er herabgestiegen war, sagte er:

»Und nun bezahle mich.«

»Behalte, was du gestohlen hast«, sagte Lamme, »doch unrecht Gut gedeiht nicht, du wirst es sicherlich erbrechen.«

Nun kletterte der Truxmann wieder auf die Spitze des Mastes und rief plötzlich:

»Lamme! Lamme! Ein Dieb schleicht sich in deine Küche!«

»Ich habe ja den Schlüssel in meiner Tasche«, antwortete Lamme. Ulenspiegel nahm Lamme beiseite und sagte zu ihm:

»Mein Sohn, diese große Ruhe in Amsterdam erschreckt mich. Sie haben sicher geheimnisvolle Pläne.«

»Ich habe auch schon daran gedacht«, sagte Lamme. »Das Wasser friert in den Krügen und Fischbehältern, das Geflügel ist hart wie Holz, Reif bedeckt die Würste, die Butter gleicht einem Stein, das Öl ist ganz weiß und das Salz so trocken wie Sand in der Sonne.«

»Das ist der nahende Frost«, sagte Ulenspiegel, »sie werden in großer Anzahl kommen und uns mit Artillerie angreifen.«

Ulenspiegel ging auf das Admiralsschiff und teilte Worst seine Befürchtungen mit. Der antwortete:

»Der Wind weht von England her, es wird Schnee geben, aber es wird nicht frieren. Kehre auf dein Schiff zurück.«

Und Ulenspiegel kehrte an Bord der »Briele« zurück.

Die Nacht brachte starken Schneefall. Der Wind drehte sich und blies von Norwegen her, das Meer fror ein und ward glatt wie ein Fußboden. Der Admiral sah die Bescherung mit großer Sorge. Er fürchtete, dass die Amsterdamer aufs Eis kommen würden, um die Schiffe zu verbrennen, und befal den Soldaten, ihre Schlittschuhe vorzubereiten, für den Fall, dass sie außerhalb der Schiffe kämpfen mussten. Die Kanoniere sollten die Kugeln neben den Lafetten aufhäufen, die Geschütze laden und die Lunten ohne Unterlass brennend erhalten.

Aber die von Amsterdam kamen nicht. Und so warteten die Geusen sieben Tage.

Am Abend des achten Tages verlangte Ulenspiegel, dass man den Matrosen und Soldaten ein kräftiges Mahl vorsetze, damit sie gegen den schneidenden Wind gewappnet wären.

Doch Lamme sagte:

»Es ist nichts mehr da als Biskuit und Dünnbier.«

»Es lebe der Geuse!«, sagten sie, »das wird uns eine Fastenmahlzeit werden in Erwartung der Schlacht!«

»Die noch auf sich warten lassen wird«, sagte Lamme. »Die Amsterdamer werden schon kommen, unsere Schiffe zu verbrennen, aber nicht heute Nacht. Zuvörderst müssen sie sich rund ums Lagerfeuer setzen und dort etliche Schoppen gekochten Weins mit Madeirazucker trinken – Gott gebe ihnen welchen! Nachdem sie solcherart bis Mitternacht mit Ausdauer, Klugheit und vollen Schoppen beraten haben, werden sie beschließen, morgen zu entscheiden, ob sie uns in der kommenden Woche angreifen sollen oder nicht. Morgen werden sie von Neuem gekochten Wein mit Madeirazucker trinken – Gott gebe ihnen welchen! –, dann werden sie noch einmal mit aller Ruhe, Geduld und vollen Schoppen beschließen, dass sie sich an einem andern Tag versammeln müssen, um festzustellen, ob das Eis einen großen Männertrupp tragen kann oder nicht. Dann werden sie etliche gelehrte Männer Versuche anstellen lassen, die ihre Schlussfolgerungen auf dem Pergament beschlafen werden. Wenn sie dann zu einem Resultat gekommen sind, werden sie wissen, dass das Eis eine halbe Elle dick, also stark genug, um einige Hundert Männer samt Kanonen zu tragen. Dann werden sie sich wieder versammeln, um mit Ruhe, Geduld und vollen Schoppen gekochten Weins zu beraten und zu erwägen, ob es wegen des Lissabonner Schatzes, den wir ihnen geraubt haben, konvenabler ist, gegen uns anzustürmen oder unsere Schiffe in Brand zu setzen. Verwirrt und unentschlossen, werden sie sich dafür entscheiden, unsere Schiffe zu kapern und nicht zu verbrennen, gleichwohl sie uns damit ein arges Unrecht antun.«

»Du sprichst gut«, sagte Ulenspiegel, »aber siehst du nicht die Feuer in der Stadt aufflammen und Laternenträger geschäftig hin und her eilen?«

»Sie frieren«, sagte Lamme. Und seufzend fügte er hinzu: »Alles ist aufgegessen. Kein Rindfleisch, kein Geflügel, kein Wein mehr. Weder Dobbelbier, noch Zwieback, noch Dünnbier! Wer mich liebt, folgt mir.«

»Wo gehst du hin?«, fragte Ulenspiegel. »Niemand darf das Schiff verlassen.«

»Mein Sohn«, sagte Lamme, »du bist jetzt unser Herr und Kapitän. Ich werde das Schiff nicht verlassen, wenn du nicht willst, doch geruhe immerhin zu bedenken, dass wir vorgestern die letzte Wurst gegessen haben, und dass in solch harten Zeiten das Küchenfeuer die Sonne der tapferen Kameraden ist. Wer wünschte hier nicht, köstlichen Soßendampf wittern zu können und den göttlichen Duft des Getränkes, das aus den Blüten Frohsinn, Lachen und Bescheidenheit gebraut ist? Also Kapitän und treuer Freund, ich wage es, zu sagen: Meine Seele verzehrt sich, wenn ich nichts zu essen habe, ich, der nur die Ruhe liebt und höchst ungern tötet, es sei denn eine fette Gans, ein gut gemästetes Huhn oder einen Truthahn, und der doch alle Mühsal des Schlachtenlebens mit dir teilt. Sieh dort die Lichter in jener reichen Farm, die voll ist von großem und kleinem Vieh. Weißt du, wer dort wohnt? Der friesische Schiffer, der Herrn Andelot und achtzehn andre arme Freunde verraten und nach Enckhuizen gebracht hat, das damals noch dem Alba treu war; sie alle wurden auf dem Rossmarkt zu Brüssel enthauptet. Dieser Verräter, der sich Slosse nennt, hat vom Herzog zweitausend Gulden für seinen Verrat bekommen. Um diesen Blutpreis hat der Judas den Wirtschaftshof gekauft, den du da siehst, und sein Vieh, und die Felder ringsum, die Ähren und Früchte tragen, und so wird er jetzt reich durch den Boden und das Vieh.«

Ulenspiegel erwiderte:

»Die Asche schlägt an meinem Herzen. Die Stunde Gottes hat geschlagen.«

»Und die Stunde der Mahlzeit gleichfalls«, sagte Lamme. »Gib mir zwanzig Burschen mit, tapfere Soldaten und Matrosen, und ich werde den Verräter holen.«

»Ich will ihr Führer sein«, sagte Ulenspiegel. »Wer die Gerechtigkeit liebt, folge mir. Nicht alle, meine treuen Freunde, nur zwanzig, wer sollte das Schiff bewachen? Lasst die Würfel entscheiden. – Da seid ihr zwanzig ja, kommt. Die Würfel haben gut gesprochen. Zieht eure Schlittschuhe an, und macht euch in der Richtung der Venus auf, die über dem Hof des Verräters leuchtet.

Kommt, ihr zwanzig, dem Licht folgend, gleitet vorwärts, die Axt über der Schulter. Der Wind pfeift und treibt weiße Schneewirbel vor sich her. Kommt, ihr Tapferen!

Singt nicht und sprecht nicht, geht schweigsam ganz geradeaus, dem Stern zu. Eure Schlittschuhe kreischen auf dem Eis. Wer stürzt, steht wieder auf.

Wir stoßen an die Küste – kein menschlicher Schatten auf dem weißen Schnee, kein Vogel in der eisigen Luft. Zieht die Schlittschuhe aus.

Nun sind wir am Land, hier sind die Wiesen, zieht die Schlittschuhe wieder an. Wir sind in der Nähe des Hofes, haltet den Atem an.«

Ulenspiegel klopft an das Tor, Hundegebell ertönt. Er klopft noch einmal, ein Fenster öffnet sich, der Baes steckt den Kopf heraus und fragt:

»Wer bist du?«

Er sieht nur Ulenspiegel, die anderen sind hinter dem Waschhaus versteckt.

Ulenspiegel antwortet:

»Herr von Boussu fordert dich auf, dich sofort zu ihm nach Amsterdam zu begeben.«

»Wo ist dein Geleitbrief?«, fragte der Mann, indem er herabkommt und ihm die Tür öffnet.

»Hier«, antwortete Ulenspiegel, und zeigt auf die zwanzig Geusen, die sich hinter ihm durch die Tür drängen.

Und Ulenspiegel sagt:

»Du bist Slosse, der verräterische Schiffer, der die Herren Andelot, Battemberg und andere Reformierte in einen Hinterhalt gelockt hat. Wo ist der Blutpreis?«

Der Mann antwortete schlotternd:

»Ihr seid Geusen, gebt mir Pardon! Ich wusste nicht, was ich tat. Ich habe hier kein Geld, aber ich werde euch alles geben.«

Lamme sagte:

»Es ist dunkel, gib uns Talg- oder Wachskerzen.«

Das Baes entgegnete:

»Die Talgkerzen hängen dort.«

Als eine Kerze angezündet war, sagte einer der Geusen, der am Herd stand: »Es ist kalt, zünden wir ein Feuer an. Da liegen schöne Reisigbündel.«

Und er zeigte auf einen Bord mit Blumentöpfen, in denen verdorrte Pflanzen staken. Einen von ihnen packte er an den dürren Blättern und schüttelte den Topf hin und her; da fiel der Topf herab und ließ Dukaten, Gulden und Reale auf den Boden hüpfen.

»Da ist der Schatz«, sagte der Geuse und zeigte auf die anderen Blumentöpfe. Als man sie leerte, fanden sich zehntausend Gulden darin.

Der Baes schrie und weinte bei diesem Anblick. Die Knechte und Mägde kamen auf sein Geschrei in ihren Hemden herbeigelaufen. Die Männer, die ihren Herrn rächen wollten, wurden gefesselt, und die Frauen, sonderlich die jungen, verbargen sich schamhaft hinter ihnen.

Lamme trat einen Schritt vorwärts und sagte:

»Verräter, wo sind die Schlüssel zur Vorratskammer, zum Pferde-, Vieh- und Schafstall?«

»Unverschämte Plünderer«, sagte der Baes, »man wird euch henken!«

Ulenspiegel entgegnete ihm:

»Das ist die Stunde Gottes! Gib die Schlüssel heraus.«

»Gott wird mich rächen«, sagte der Baes und gab Lamme die Schlüssel.

Nachdem die Geusen den Hof geleert hatten, kehrten sie auf ihren Schlittschuhen zu den Schiffen zurück, den luftigen Wohnstätten der Freiheit.

»Ich bin der Koch«, sagte Lamme, der den Zug anführte, »ich bin der Koch! Stoßt sie vor euch her, die Schlitten, die mit Wein und Bier beladen sind. Treibt die Pferde, Rinder, Schweine, Schafe und das gackernde und schnatternde Gevögel vor euch her. Die Tauben gurren in den Körben, und die mit Krumen gemästeten Kapaune wissen in ihren engen Holzkäfigen nicht, wie ihnen geschieht. Das Eis knirscht unter unseren Schlittschuhen. Jetzt sind wir auf den Schiffen. Morgen wird es Küchenmusik geben! Lasst die Flaschenzüge herab und schnallt den Pferden, Kühen und Ochsen Gurte um den

Bauch. Es ist ein schönes Schauspiel, sie so am Bauch aufgehängt zu sehen. Morgen werden wir mit den Zungen an den Frikassees hängen. Der Flaschenzug hebt sie ins Schiff, die lebenden Karbonaden. Werft mir Poularden, Gänse, Enten und Kapaune, wie sie euch gerade in die Hand kommen, in den Schiffsraum hinab. Wer wird ihnen den Hals umdrehen? Der Koch. Die Tür ist verschlossen, ich habe den Schlüssel in meiner Tasche. Gott sei gelobt in der Küche! Es lebe der Geuse!«

Dann begab sich Ulenspiegel auf das Schiff des Admirals und nahm Dierick Slosse und die andern Gefangenen mit, die aus Furcht vor dem Strick jammerten und weinten.

Das Geräusch der Schritte lockte den Admiral Worst aus seiner Kajüte, und als er im Licht der Fackeln Ulenspiegel und seine Begleiter sah, sagte er:

»Was willst du von mir?«

Ulenspiegel erwiderte:

»Wir haben heute Nacht den Verräter Dierick Slosse auf seinem Hof gefangen genommen. Er war es, der die Achtzehn in den Hinterhalt gelockt hat. Hier ist er. Die andern sind unschuldige Knechte und Mägde.« Dann übergab er ihm einen Schnappsack und fügte hinzu:

»Diese Gulden blühten in den Blumentöpfen im Haus des Verräters, es sind zehntausend.«

»Ihr habt unrecht getan, das Schiff zu verlassen«, sagte Worst, »doch um des guten Erfolges willen sei euch verziehen. Die Gefangenen und der Guldensack sind willkommen, nach Seemannsrecht und -brauch bekommt ihr tapferen Männer ein Drittel der Beute, eines gehört der

Flotte und das dritte Drittel dem Prinzen von Oranien. Den Verräter henkt sogleich.«

Nachdem die Geusen den Befehl vollzogen hatten, machten sie ein Loch in die Eisdecke und warfen den Körper Dierick Slosses hinein.

»Ist rings um die Schiffe Gras aufgesprossen?«, fragte Worst, »ich höre Hühner gackern, Schafe blöken und Rinder brüllen ...?«

»Das sind unsere Gefangenen für den Schlund«, sagte Ulenspiegel, »sie werden ihr Lösegeld in Frikassees bezahlen, und der Herr Admiral wird das Beste davon haben. Und was diese Knechte und Mägde da betrifft, unter denen sich ein paar artige und saubere Frauenzimmer befinden, so möchte ich sie auf mein Schiff zurückführen.«

Nachdem Ulenspiegel das getan hatte, hielt er folgende Rede:

»Gevattern und Gevatterinnen, ihr seid hier auf dem besten Schiff, das es gibt. Wir verbringen unsere Zeit mit Gelagen, Schmausereien und Ergötzlichkeiten ohne Ende. Wenn es euch gefällt fortzugehen, dann zahlt Lösegeld, wenn ihr bleiben wollt, werdet ihr leben, essen und arbeiten wie wir. Und was die jungen lieblichen Mädchen unter euch angeht, gebe ich ihnen als Kapitän Erlaubnis, frei über sich zu verfügen, und sage ihnen, dass es mir eins ist, ob sie ihre Freunde, die mit aufs Schiff gekommen sind, behalten wollen oder ob sie einen der hier anwesenden tapferen Geusen wählen wollen, um ihm in ehelicher Gemeinschaft anzugehören.«

Aber alle waren ihren Freunden treu außer einer, die lächelnd Lamme ansah und ihn fragte, ob er sie wolle.

»Dank euch, Liebchen«, sagte er, »aber ich bin anderwärts gebunden.«

»Er ist verheiratet, der Gute«, sagten die Geusen, als sie sahen, dass das Mädchen gekränkt war.

Doch sie wandte Lamme den Rücken und wählte sich einen andern, der wie er einen tüchtigen Wanst und ein gutes Mondgesicht hatte.

An diesem Tag und an den folgenden Tagen gab es an Bord der Schiffe großes Schmausen und Trinken. Und Ulenspiegel sagte:

»Es lebe der Geuse! Blase, Nordwind, wir erwärmen die Luft mit unserem Atem. Unser Herz ist voll Feuer für das freie Gewissen! Lasst uns Wein trinken, die Milch der Männer. Es lebe der Geuse!«

Auch Nele trank aus einem großen goldenen Humpen; mit vom Wind geröteten vollen Backen blies sie die Pfeife. Und trotz der Kälte schmausten und tranken die Geusen fröhlich auf dem Deck der Schiffe.

XVII

Plötzlich sah die Mannschaft der ganzen Flotte an der Küste die dunklen Umrisse eines Trupps, dessen Waffen im Lichte einiger Fackeln erglänzten, doch nach kurzer Zeit wurden die Fackeln gelöscht, und es herrschte undurchdringliche Stille. Der Befehl des Admirals, zu den Waffen zu greifen, wurde von Schiff zu Schiff weitergegeben, und alle Feuer wurden ausgelöscht. Die Matrosen und Soldaten legten sich, mit Beilen bewaffnet, bäuchlings auf das Deck. Die tapferen Kanoniere wachten an den Kanonen. Sobald der Admiral und die Kapitäne schreien würden: »Hundert Schritte« – womit die Stellung des Feindes bezeichnet würde –, sollten sie Feuer geben. Und die Stimme des Admirals Worst erklang: »Todesstrafe für den, der laut spricht!« Und die Kapitäne wiederholten: »Todesstrafe für den, der laut spricht!«

Die Nacht war mondlos, aber die Sterne leuchteten. »Hörst du?«, sagte Ulenspiegel leise wie ein Geist zu Lamme, »hörst du die Stimmen derer von Amsterdam und das Kreischen ihrer eisernen Schlittschuhe auf dem Eis? Sie kommen schnell heran – man hört sie sprechen. Sie sagen: ›Die faulen Geusen schlafen. Unser ist der Schatz von Lissabon.‹ Sie zünden Fackeln an. Siehst du ihre Sturmleitern, ihre hässlichen Gesichter und ihre lange Angriffslinie? Es sind tausend Mann und mehr.«

»Hundert Schritte!«, rief Worst. »Hundert Schritte!«, riefen die Kapitäne. Da gab es ein gewaltiges Donnern und ein klägliches Heulen auf dem Eis.

»Achtzig Kanonen donnern auf einmal!«, sagte Ulenspiegel, »sie fliehen, siehst du, wie die Fackeln sich entfernen?«

»Verfolgt sie!«, rief der Admiral. »Verfolgt sie«, wiederholten die Kapitäne. Aber die Verfolgung währte nur kurze Zeit, denn die Flüchtlinge hatten einen Vorsprung von hundert Schritten und die Beine erschreckter Hasen.

Bei den Schreienden und Sterbenden, die auf dem Eis lagen, fand man Gold und Geschmeide und Stricke, mit denen sie die Geusen hatten fesseln wollen.

Nach diesem Sieg sagten die Geusen zueinander: »Als God mit ons is, wie zal tegen ons zijn?« – »Wenn Gott mit uns ist, wer wird gegen uns sein?« »Es lebe der Geuse!«

Am Morgen des dritten Tages war Admiral Worst beunruhigt, denn er erwartete einen neuen Angriff. Lamme kam an Deck gelaufen und sagte zu Ulenspiegel:

»Führe mich zu diesem Admiral, der nicht auf dich hören wollte, als du den Frost prophezeitest.«

»Geh, ohne dass man dich führt«, sagte Ulenspiegel.

Lamme sperrte die Küche ab und ging zum Admiral, der auf dem Deck stand und Ausschau hielt.

Lamme näherte sich ihm und sagte:

»Herr Admiral, darf ein einfacher Koch Ihnen einen Wink geben?«

»Sprich, mein Sohn«, sagte der Admiral.

»Herr«, sagte Lamme, »das Wasser schwitzt in den Krügen, das Geflügel wird wieder geschmeidig, die Wurst verliert ihren Überzug von Reif, die Butter ist weich, das Öl flüssig und das Salz weint. Es wird bald regnen, und wir werden gerettet sein, edler Herr.«

»Wer bist du?«, fragte Worst.

»Ich bin Lamme Goedzak, der Koch der ›Briele‹. Und wenn alle diese großen Gelehrten, die sich Astronomen nennen, so gut in den Sternen lesen könnten, wie ich in meinen Soßen lese, könnten sie sagen, dass es noch diese Nacht tauen und ein großes Sturmwetter mit Hagel geben wird. Aber das Tauen wird nicht lange anhalten.«

Dann kehrte Lamme zu Ulenspiegel zurück. Um die Mittagsstunde sagte er zu ihm:

»Ich bin wieder Prophet: Der Himmel wird schwarz, der Wind bläst gewaltig, ein warmer Regen fällt. Schon steht das Wasser einen Fuß hoch auf dem Eis.«

Am Abend rief er entzückt: »Die Nordsee ist angeschwollen, es ist die Stunde der Flut, die hohen Wellen dringen in die Zuidersee ein und zerbrechen das Eis, das in Stücke springt und auf das Deck der Schiffe geschleudert wird, die es mit blinkenden Splittern übersät. Der Admiral befiehlt uns, die Zuidersee zu verlassen, und das mit so viel Wasser, dass unser größtes Schiff ausfahren kann. Nun sind wir im Hafen von Enckhuizen. Das Meer friert von Neuem zu. Ich bin ein Prophet, und das ist ein Wunder Gottes!«

Und Ulenspiegel sagte:

»Trinken wir, ihn zu segnen.«

Und der Winter ging hin, und der Sommer kam.

XVIII

Mitte August, in der Zeit, da die Hennen, von Körnern vollgestopft, dem Liebesruf des Hahnes taub bleiben, sagte Ulenspiegel zu seinen Matrosen und Soldaten:

»Der Blutherzog wagt es, in Utrecht, wo er sich aufhält, ein Edikt herauszugeben, in dem er den Bewohnern der Niederlande, die sich nicht unterwerfen wollen, neben andern Gnadengeschenken Hunger, Tod und Vernichtung verspricht. Alles, was in den Niederlanden noch lebt, soll ausgetilgt werden, und Seine Königliche Majestät wird das Land durch Fremde neu besiedeln lassen.

Beiß zu, Herzog, beiß zu! Die Feile bricht den Vipern-
zahn! Wir sind Feilen! Es lebe der Geuse!

Alba, du bist besoffen vom Blut! Denkst du, dass wir
uns vor deinen Drohungen fürchten oder an deine Milde
glauben? Deine edlen Regimenter, über die du in der
ganzen Welt Lobgesänge anstimmst, deine ›Unbesieg-
lichen‹, deine ›Unsterblichen‹ haben sieben Monate lang
Haarlem, die schwache, von Bürgern verteidigte Stadt,
belagert, sie haben als sterbliche Biedermänner in der
Luft über den explodierenden Minen getanzt. Die Bürger haben sie mit Pech begossen, schließlich haben sie
glorreich gesiegt und die Entwaffneten erschlagen.
Hörst du die Stunde Gottes schlagen, Henker?

Haarlem hat seine tapferen Verteidiger verloren, seine
Steine schwitzen Blut. Es hat während der Belagerung
zwölfhundertachtzigtausend Gulden verloren und ausgegeben. Der Bischof ist wieder eingesetzt, mit leichtfertiger Hand und grinsender Fratze segnet er die Kirchen.
Und Don Fadrique wohnt diesen Segnungen bei. Der Bischof wäscht ihm die Hände, die vor Gott ewig rot bleiben, und reicht ihm das Abendmahl in beiden Formen,
die dem armen Volk nicht erlaubt sind. Und die Glocken
läuten, und das Glockenspiel lässt seine ruhigen, har-
monischen Töne erklingen. Es ist wie Engelsgesang über
einem Friedhof! Aug um Auge! Zahn um Zahn! Es lebe
der Geuse!«

XIX

Die Geusen waren vor Vlissingen, als Nele das Fieber
bekam. Sie musste das Schiff verlassen und wurde bei
Seeters, einem Reformierten, der im Turven-Key wohn-

te, einlogiert. Ulenspiegel war bekümmert und dennoch fröhlich, denn er dachte, dass die spanischen Kugeln sie im Bett, in dem sie ohne Zweifel genesen würde, nicht erreichen könnten. Er war, von Lamme begleitet, immer bei ihr, pflegte sie sorgfältig und umgab sie mit zärtlicher Liebe.

»Freund und Kamerad«, sagte er eines Tages zu Lamme, »weißt du das Neueste?« »Nein, mein Sohn«, sagte Lamme. »Siehst du das Schiff, das sich in den letzten Tagen unserer Flotte angeschlossen hat, und weißt du, wer dort alle Tage auf der Geige spielt?« »Ich bin auf beiden Ohren fast taub wegen des letzten Frostes«, sagte Lamme, »warum lachst du, mein Sohn?« »Einmal«, fuhr Ulenspiegel fort, »hörte ich sie ein flämisches Lied singen und erkannte ihre süße Stimme.« »Ach! Sie sang auch und spielte die Violine«, sagte Lamme.

»Weißt du die andere Neuigkeit?« »Ich weiß sie nicht, mein Sohn.« Ulenspiegel sagte: »Es ist uns Befehl gegeben worden, mit unseren Schiffen die Schelde hinab bis nach Antwerpen zu fahren, um dort die feindlichen Schiffe zu kapern oder zu verbrennen. Was denkst du davon, Dickwanst?« »Ach!«, sagte Lamme, »werden wir denn in diesem gepeinigten Lande niemals mehr von anderem sprechen hören als von Verbrennen, Henken, Ersäufen und anderen Arten, die armen Menschen zu vertilgen? Wann wird die gesegnete Zeit des Friedens kommen, da man wieder ungestört Rebhühner braten, Hühnerfrikassees kochen und Blutwürste, zwischen Eier gebettet, in der Pfanne singen lassen kann? Die schwarzen sind mir lieber, die weißen sind allzu fett.« »Diese süße Zeit wird kommen«, antwortete Ulenspiegel,

»wenn wir in den Obstgärten Flanderns statt der Äpfel, Pflaumen und Kirschen an jedem Ast der Obstbäume einen Spanier hängen sehen werden.« »Ach! Wenn ich meine Frau wiederfinden könnte«, sagte Lamme, »meine teure, geliebte, treue Frau! Denn wisse wohl, mein Sohn, ich war niemals ein Hahnrei und werde niemals einer sein, dazu war sie viel zu zurückhaltend und ruhig in ihrem Gehaben. Sie floh die Gesellschaft anderer Männer, und wenn sie schönen Putz liebte, so war das nichts anderes als weibliche Eitelkeit. Ich war ihr Koch und Küchenjunge, ich sage es offen – ach! Dass ich es doch wieder wäre! Aber ich war auch ihr Herr und Gatte.«

Ulenspiegel unterbrach ihn und sagte: »Hörst du den Admiral rufen: ›Lichtet die Anker!?‹ Wir müssen uns rüsten.«

»Warum gehst du so bald?«, fragte Nele Ulenspiegel. »Wir gehen auf das Schiff«, sagte er. »Ohne mich?« »Ja«, sagte Ulenspiegel. »Glaubst du nicht, dass ich mich hier sehr um dich sorgen werde?«, fragte sie.

»Liebchen«, sagte Ulenspiegel, »meine Haut ist von Eisen.«

»Du verspottest mich«, sagte sie. »Ich sehe nur dein Wams, das aus Tuch ist, nicht aus Eisen, und darunter ist dein Körper, der aus Fleisch und Bein ist wie der meine. Wenn du verwundet bist, wer wird dich verbinden? Sollst du ganz allein inmitten der Kämpfenden sterben? Ich gehe mit dir.«

»Ach«, sagte er, »wenn die Lanzen, Kugeln, Schwerter, Äxte und Hämmer mich verschonen, aber deinen lieblichen Körper treffen, was soll ich dann ohne dich machen auf dieser niedrigen Welt, ich Taugenichts?«

Aber Nele sagte:

»Ich will dir folgen, es wird keine Gefahr für mich geben. Ich werde mich hinter den Holzschanzen bei den Arkebusieren verbergen.«

»Wenn du gehst, bleibe ich, und man wird deinen Freund Ulenspiegel für einen Verräter und Feigling halten.« Und Ulenspiegel ging fort, nicht ohne vorher den bebenden Mund und die fiebrigen Augen Neles zu küssen, die in einem lachte und weinte.

Die Geusen sind vor Antwerpen, und sie kommen bis in den Hafen, um Albas Schiffe zu kapern. Am helllichten Tage dringen sie in die Stadt ein, befreien die Gefangenen und nehmen ihrerseits Feinde gefangen, um Lösegeld zu bekommen. Sie lassen Bürger mit Gewalt fortführen und zwingen einige, ihnen zu folgen, unter der Drohung der Todesstrafe, falls sie auch nur ein Wort sprächen.

Ulenspiegel sagte zu Lamme: »Der Sohn des Admirals ist in der Ecoutête gefangen, wir müssen ihn befreien.« Als sie das Haus der Ecoutête betraten, sahen sie dort den Gesuchten in Gesellschaft eines dickwanstigen Mönchs, der ihn zornig beschwatzte, um ihn in den Schoß der heiligen Mutter-Kirche zu führen. Aber der junge Bursche wollte nicht auf ihn hören und ging mit Ulenspiegel weg.

Inzwischen packte Lamme den Mönch bei der Kapuze und ließ ihn durch die Straßen von Antwerpen vor sich her marschieren. »Du bist hundert Gulden Lösegeld wert«, sagte er, »mache Beine. Was zögerst du? Hast du Blei in den Sandalen? Geh, Specksack, Futtertrog, Suppenbauch!« Der Mönch sagte in großem Zorn: »Ich gehe schon, mein Herr Geuse, ich gehe schon; aber, bei aller Achtung, die ich vor Eurer Arkebuse haben muss: Ihr seid ein ebenso dickbäuchiger, wanstiger und fetter Mann wie ich.« Lamme stieß ihn vorwärts und sagte: »Wagst du es gar, elender Mönch, dein klösterliches, nutzloses Nichtstuerfett mit meinem flämischen Fett zu vergleichen, das ich durch Arbeit, Mühsal, und Kampf angesetzt habe? Laufe, oder ich lasse dich wie einen Hund auf allen vieren gehen, mithilfe der Sporen, die an meinen Sohlen haften!«

Aber der Mönch konnte nicht laufen und war, ebenso wie Lamme, außer Atem, als sie auf das Schiff kamen.

XX

Nachdem die Geusen Rammekens, Gertruydenburg und Alckmaer genommen hatten, kehrten sie nach Vlissingen zurück.

Nele war genesen und erwartete Ulenspiegel am Tor. »Thyl«, rief sie, als sie ihn erblickte, »Thyl, mein Freund, bist du nicht verwundet?« Ulenspiegel sang:

> »Mein Haar ist von Eisen, ist Helm und Zier,
> Natur ist's, die stets noch mich feite.
> Von Leder ist meine erste Haut hier,
> Von Stahl ist meine zweite.

> Vergebens, die Fratze voll hämischer Gier,
> Harrt der Tod, dass ich falle im Streite.

Von Leder ist meine erste Haut hier,
Von Stahl ist meine zweite.

›Leben‹, das schrieb ich auf mein Panier,
›Immer im Lichte, wie heute!‹
Von Leder ist meine erste Haut hier,
Von Stahl ist meine zweite!«

»Ach!«, sagte Lamme, der ein Bein nachzog, »die Kugeln und Granaten regnen um ihn her, und er fühlt nichts als den Luftzug, den sie machen. Du bist sicherlich ein Geist, Ulenspiegel, und du auch, Nele, denn ich sehe euch immer munter und jung.«

»Warum schleppst du dein Bein nach?«, fragte sie Lamme. »Ich bin kein Geist und werde es niemals sein«, antwortete er. »Ich habe einen Axthieb in den Schenkel bekommen – meine Frau hatte so runde weiße Schenkel –, sieh, wie ich blute. Ach! Dass ich sie nicht hier habe, die mich pflegen könnte!«

Aber Nele entgegnete erzürnt: »Was kümmerst du dich um eine meineidige Frau?« »Sprich nicht schlecht von ihr«, sagte Lamme. »Hier ist Balsam«, sagte Nele, »ich hatte ihn für Ulenspiegel aufbewahrt, leg ihn auf deine Wunde.« Als Lamme seine Wunde verbunden hatte, ward er wieder fröhlich, denn der Balsam stillte den brennenden Schmerz. Und sie gingen zu dritt auf das Schiff.

Als Nele den Mönch mit gefesselten Händen auf und ab gehen sah, sagte sie: »Wer ist der? Ich habe ihn schon einmal gesehen und glaube, ihn zu erkennen.« »Er ist hundert Gulden Lösegeld wert«, sagte Lamme.

An diesem Tage wurde auf der Flotte ein großes Fest gefeiert. Trotz des scharfen Dezemberwindes, trotz Regen und Schnee waren alle Geusen auf dem Deck ihrer Schiffe. Auf ihren seeländischen Mützen funkelte drohend der silberne Halbmond.

Und Ulenspiegel sang:

»Leyden ist frei, der Blutherzog flieht aus den
Niederlanden!
Läutet, ihr Glocken, läutet.
Lass klingen, Glockenspiel, deine Lieder,
Klirret, ihr Flaschen und Gläser.

Wenn der geprügelte Hund zurückkehrt,
Den Schweif gesenkt,
Ein Auge blutig,
Springt er über die Peitsche, die ihn schlug.

Und sein zerschmetterter Kiefer
Hängt zuckend herab.
Der Blutherzog ist fort:
Klingt, Gläser und Flaschen. Es lebe der Geuse!

Vor Wut biss er gern sich ins eigene Fleisch,
Doch der Stecken zerbrach ihm die Zähne.
Mit hängendem Kopf
Gedenkt er der Tage des Mordes und Blutdursts.
Der Herzog ist fort.

Schlaget die Trommel des Ruhms,
Schlaget die Trommel des Krieges!
Es lebe der Geuse!

Er fleht zum Teufel: ›Ich verkaufe dir
Meine hündische Seele für eine Stunde der Kraft!‹
Doch der Satan sagt: ›Deine Seele gilt mir
Gleich der eines mageren Herings.‹
Die Zähne kommen nicht wieder.
Von harten Bissen muss er lassen.
Der Blutherzog ist fort:
Es lebe der Geuse!

Die krummen, räudigen, einäugigen Straßenhun-
de,
Die vom Hunger leben, bis sie krepieren,
Sie heben alle die Pfoten
Gegen den, der aus Blutdurst gemordet...
Es lebe der Geuse!

Er liebte nicht Frauen noch Freunde,
Noch Frohsinn, noch Sonne, noch Gott.
Den Tod nur liebt' er, seinen Buhlen,
Der die Pranken ihm brach
Als Vorspiel zum bräutlichen Tanz.
Er liebt' nicht die ganzen Männer.
Schlaget die Trommel der Freude!
Es lebe der Geuse!

Die kleinen, krummen Straßenhunde,
Hinkend, räudig und einäugig,
Sie heben wieder die Pfoten,
Die zottigen, schmutzigen Pfoten.
Und mit ihnen die Wind- und Molosserhunde;
Die Hunde von Ungarn und die von Brabant,
Von Namur und Lüttich und Luxemburg.
Es lebe der Geuse!

Und traurig, Schaum vor dem Munde,
Verendet er vor seinem Herrn,
Der ihm einen Fußtritt gibt, weil er
Genug nicht gebissen hat.
In der Hölle vermählt er sich dem Tod,
Der ihn ›Mein Herzog‹ nennt,
Zu dem er sagt: ›Meine Inquisition‹.
Es lebe der Geuse!

Läutet, ihr Glocken, läutet.
Lass klingen, Glockenspiel, deine Lieder,
Klirret, ihr Gläser und Flaschen!
Es lebe der Geuse!«

Fünftes Buch

I

Da der Mönch, den Lamme gefangen genommen hatte, sah, dass man ihm das Leben ließ und nur Lösegeld für ihn haben wollte, trug er die Nase hoch auf dem Schiff.

»Seht«, sagte er, »in welchen Abgrund dreckiger, finsterer Gräuel ich gestürzt bin, als ich den Fuß in diesen Holzbottich setzte. Wenn ich nicht hier wäre, ich, den der Herr gesalbt hat ...«

»Mit Hundefett?«, fragten die Geusen.

»Hunde seid ihr«, antwortete der Mönch, seine Rede fortsetzend, »ja, räudige, verlaufene Hunde, denen die Knochen das Fell durchstoßen, ihr Lästerer, die ihr die fetten Weiden unserer heiligen Mutter, der römischen Kirche, verlassen habt, um in die Sandwüste eurer beredsamen Reformiertenkirche einzutreten. Ja, wenn ich nicht hier wäre in eurem schwimmenden Pantoffel, in eurem Bottich, so hätte euch der Herr schon längst in die tiefsten Abgründe des Meeres versenkt und eure verfluchten Waffen, eure Teufelskanonen, euren singenden Kapitän und eure lästerlichen Halbmonde dazu. Ja, versenkt bis in die unermessliche Tiefe des satanischen Reiches, wo ihr aber nicht brennen werdet, o nein, sondern frieren, schlottern und vor Kälte sterben die ganze lange Ewigkeit lang! Ja, so wird Gott im Himmel auslöschen das Feuer eures unfrommen Hasses gegen unsere sanfte Mutter, die heilige römische Kirche, gegen die Heiligen, gegen die Herren Bischöfe und gegen die gesegneten Erlasse der Inquisition, die so zartfühlend abgefasst und so reiflich erwogen waren. Ja, und ich werde euch sehen von der Höhe des Paradieses, die ihr vor Kälte violett wie Runkelrüben oder weiß wie Kohlrüben sein werdet! So sei es, so sei es, so sei es!«

Die Matrosen, Soldaten und Schiffsjungen machten sich über ihn lustig und beschossen ihn aus ihren Blasrohren mit trockenen Erbsen. Und der Mönch bedeckte sein Gesicht mit den Händen, um sich gegen diese Artillerie zu schützen.

II

Der Blutherzog hatte das Land verlassen, und die Herren de Medina-Coeli und de Requesens regierten es mit weniger Grausamkeit. Später übernahmen die Generalstaaten die Regierung im Namen des Königs.

Inzwischen bauten die Zeeländer und Holländer, für die das Meer und die Dämme eine natürliche Festung mit Wällen bildeten, dem Gott der Freien freie Tempel, und die päpstlichen Henker durften neben ihnen die Hymnen singen. Der Prinz von Oranien versäumte es damals, eine statthalterliche und königliche Dynastie zu gründen.

Belgien wurde von den Wallonen verwüstet, die mit der Pazifikation von Gent unzufrieden waren, trotzdem man erwartet hatte, dass sie allem Hass ein Ende setzen würde. Diese wallonischen Paternosterknechte, die dicke Rosenkränze um den Hals trugen, von denen man zweitausend in Spienne im Hennegau fand, stahlen hundert Rinder und Pferde, ja bis zweitausend Tiere, behielten die besten für sich, entführten Frauen und Mädchen, aßen, ohne zu bezahlen, und verbrannten in den Scheunen die Bauern, die sich bewaffnet hatten, weil sie sich die Frucht ihrer harten Arbeit nicht rauben lassen wollten.

Dennoch fanden sich im Volk Leute, die den Mut nicht sinken ließen. Sie sagten: »Die Herren der Staaten haben zwanzigtausend wohlbewaffnete Männer mit starker Artillerie und guter Kavallerie. Sie werden allen fremden Soldaten widerstehen.«

Aber die besser unterrichtet waren, sagten: »Die Herren der Staaten haben zwanzigtausend Mann auf dem Papier, aber nicht im Feld. Kavallerie haben sie auch nicht genug, und überdies lassen sie sich, eine Meile vom Lager entfernt, die Pferde von den Paternosterknechten stehlen. Auch Artillerie haben sie nicht, denn obwohl sie sie daheim nötig hätten, haben sie Don Sebastian von Portugal hundert Kanonen samt Kugeln und Pulver geschickt. Wo die zwei Millionen Taler geblieben sind, die wir in vier Abgaben bezahlt haben, weiß man nicht. Die Bürger von Gent und Brüssel bewaffnen sich zum Kampf für die Reformation. In Brüssel spielen die Frauen Tamburin, während die Männer auf den Wällen arbeiten. Und das kühne Gent schickt dem fröhlichen Brüssel Kanonen und Pulver, damit es sich gegen die Unzufriedenen und Spanier verteidigen könne.

Und jedermann, in den Städten und auf dem flachen Lande, sieht, dass man auch den großen Herren wie so vielen andern nicht trauen darf. Und wir Bürger und die Leute aus dem einfachen Volk, wir sind betrübt zu sehen, dass unsere Geldopfer und unsere Bereitschaft, auch unser Blut hinzugeben, dem Wohl des Landes der Väter noch nicht förderlich waren. Belgien ist furchtsam und erbittert, denn es fehlt ihm an treuen Führern, unter denen es den Sieg erkämpfen könnte mit seinen Waffen, die allezeit bereit sind, wider die Feinde der Freiheit geführt zu werden.«

Die gut unterrichtet waren, sagten:

»Die Herren von Holland und Belgien schworen, dass durch die Pazifikation von Gent aller Hass erloschen, dass die gegenseitige Unterstützung der belgischen und niederländischen Staaten gesichert sei, dass die Erlässe des Herzogs als nicht ausgegeben gälten, dass die Konfiskationen aufgehoben wären, dass der Friede zwischen den beiden Glaubensbekenntnissen hergestellt sei, und schließlich versprachen sie, dass alle Säulen, Trophäen, Inschriften und Bilder, die auf Veranlassung des Herzogs von Alba zu unserer Verhöhnung verfertigt wurden, vom Erdboden verschwinden würden. Aber der Hass glüht noch in den Herzen der Führer, die Edelleute und die Geistlichen betreiben die Spaltung der Staaten der Union, sie bekommen Geld, die Soldaten zu bezahlen, und behalten es für sich, um sich zu mästen, fünfzehntausend Prozesse um die Reklamation konfiszierter Güter sind aufgeschoben, Lutheraner und Römische vereinigen sich gegen die Calvinisten, den rechtmäßigen Erben gelingt es nicht, die Räuber von ihren Gütern zu verjagen, die Statue des Herzogs liegt am Boden, doch das Bild der Inquisition ist in ihren Herzen.«

Und das arme Volk und die leidenden Bürger harrten täglich des tapferen, treuen Führers, der sie in den Kampf um die Freiheit führen wolle.

Und die Leute raunten einander zu: »Wo sind die erlauchten Unterzeichner des Kompromisses, die, wie sie sagten, einig waren im Willen, dem Wohl des Vaterlandes zu dienen? Warum schließen diese doppelzüngigen Männer eine »Heilige Allianz«, wenn sie sie so bald brechen müssen? Warum versammeln sie sich mit so großem Geschrei und fordern den Zorn des Königs heraus, um sich hernach als Feiglinge und Verräter in alle Winde zu zerstreuen? Die fünfhundert Männer, die sie waren, große und kleine Herren in brüderlicher Einigkeit, sie hätten uns vor dem Spanier retten können, doch sie opferten das Wohl Belgiens ihren persönlichen Interessen, wie Egmont und Hoorne es auch gemacht haben.

Ach, seht ihr nun Don Juan kommen, den schönen Ehrgeizling, der Philipps Feind, aber noch mehr der unsere ist? Adel und Klerus verraten uns.«

Und sie begannen einen Krieg auf ihre Weise. An den Mauern der großen und kleinen Straßen von Gent und Brüssel, ja sogar auf den Masten der Geusenschiffe wurden die Namen der verräterischen Armeeführer und Festungskommandanten angeschlagen. Die Namen des Grafen Liedekirke, der sein Schloss gegen Don Juan nicht verteidigt hatte, des Propstes von Lüttich, der die Stadt an Don Juan hatte verkaufen wollen, der Herren von Aerschot, Mansfeldt, Berlaymont, Rassenghien, die der Herren vom Staatsrat, des Herrn Georges de Lalaing, Gouverneurs von Friesland, und des Armeekommandanten de Rossignol, eines Dieners von Don Juan, der zwischen Philipp und Jauregny über den missglückten Mordanschlag auf den Prinzen von Oranien vermittelt hatte, den Namen des Erzbischofs von Cambrai, der die Spanier hatte in die Stadt einlassen wollen, die Namen der Jesuiten von Antwerpen, die den Staaten drei Tonnen Goldes anboten, das sind zwei Millionen Gulden, damit sie das Schloss nicht demolierten, sondern für Don Juan erhielten, den Namen des Bischofs von Lüttich und aller römischen Prädikaster, die die Patrioten in Verruf brachten, des Bischofs von Utrecht, dem die Bürger den Laufpass gaben, damit er sein Verräterhandwerk anderswo betreibe, und die Namen der Bettelorden, die in Gent zugunsten Don Juans Intrigen spannen. Die Bürger von s'Hertogenbosch nagelten den Namen des Karmeliters Pieter an den Schandpfahl, der, von dem Bischof und der Geistlichkeit unterstützt, die Stadt an Don Juan hatte ausliefern wollen.

In Douai henkten sie den Rektor der Universität, der gleichfalls mit den Spaniern paktiert hatte. Auf den Schiffen der Geusen sah man gehenkte Puppen, die auf der Brust die Namen von Mönchen, Äbten, Prälaten und achtzehnhundert reichen Frauen und Mädchen aus dem

Beghinenkloster von Mecheln trugen, die mit ihrem Geld die Henker des Vaterlandes unterstützten und beschenkten. Ferner las man auf den Puppen die Namen des Marquis von Harrault, des Kommandanten der Festung Philippeville, der Munition und Nahrungsmittel verschwendete, um unter dem Vorwand der Hungersnot dem Feind die Tore zu öffnen, von Belver, der Limburg zu einem Zeitpunkt auslieferte, da sich die Stadt noch acht Monate hätte halten können, des Ratspräsidenten von Flandern, der Magistrate von Brügge und Mecheln, die ihre Städte Don Juan übergeben wollten, der Herren von der Rechnungskammer der Stadt Geldern, die aus Verräterei geschlossen worden war, die Namen der Ratsherren von Brabant, derer aus der Kanzlei der herzoglichen Regierung, des Geheimen Rats und des Finanzrats, die Namen des Großvogts und des Bürgermeisters von Meenen und die der boshaften Nachbarn von Artois, die zweitausend Franzosen hatten ungehindert durchmarschieren lassen bis auf den Schauplatz ihrer Plünderung.

»Ach«, sagten die Bürger zueinander, »nun ist der Herzog von Anjou in unserem Land und will bei uns König werden. Habt ihr ihn in Bergen einreiten sehen, klein, mit breiten Hüften, dicker Nase, gelber Fratze und spöttisch verzogenem Mund? Er ist ein großer Fürst und ist für anormale Liebe eingenommen. Damit sein Name weiblichen Liebreiz und männliche Kraft vereine, nennt man ihn edler Herr, Eure Große Hoheit von Anjou.«

Ulenspiegel war zu dieser Zeit sehr nachdenklich. Er sang:

»Der Himmel ist blau, die Sonne scheint hell.
Knüpft Trauerflor auf die Fahnen,
Auf Dolche und Lanzen und Degen.
Verbergt das Geschmeide,
Wendet die Spiegel,
Ich singe das Lied vom Tod,
Das Lied von Verrätern.«

III

Da der Mönch sah, dass man ihn reden ließ, ward er übermütig. Und die Soldaten und Matrosen, die ihn gern zu einer Predigt bewogen hätten, schimpften über die Heilige Jungfrau, über die Heiligen und über die frommen Verrichtungen in der heiligen römischen Kirche.

Da geriet der Mönch in großen Zorn und spie tausend Schmähungen gegen sie aus. »Ja«, schrie er, »ja, da bin ich nun in der Höhle der Geusen. Ja, das sind die verfluchten Verzehrer des Landes. Und da sagt man, dass der Inquisitor, der heilige Mann, zu viele von ihnen verbrannt hat. Nein, denn es ist noch etwas übrig geblieben von diesen dreckigen Würmern. Ja, auf diesen Schiffen unseres Herrn Königs, die vordem so nett und gut gewaschen waren, sieht man jetzt das Gewürm der Geusen, das stinkende Ungeziefer. Ja, das sind Würmer, dreckige, stinkende, unverschämte Würmer, dieser singende Kapitän, der Koch mit dem Wanst voll Unfrommheit und alle, die den lästerlichen Halbmond tragen. Wenn der König seine Schiffe mit Kanonenkugeln waschen lassen wird, wird er für mehr als hunderttausend Gulden Pulver und Kugeln brauchen, um dieses scheußliche

Ungeziefer verschwinden zu machen. Ja, ihr seid alle im Alkoven der Madame Luzifer geboren, die verurteilt ist, mit Satanas zwischen Wänden von Würmern unter Decken von Würmern zu liegen. Ja, das ist der Ort, an dem sie in dreckiger Liebkosung die Geusen zur Welt gebracht haben. Ja, ich spucke euch an!«

Auf diese Rede sagten die Geusen: »Warum pflegen wir diesen Nichtstuer da, der nur Schmähungen auszuspeien weiß? Henken wir ihn doch lieber!« Und sie schickten sich an, das zu tun.

Als der Mönch sah, wie sie den Strick vorbereiteten, die Leiter gegen den Mast lehnten und auf ihn zukamen, um ihm die Hände zu fesseln, sagte er kläglich: »Habt Mitleid mit mir, ihr Herren Geusen, es ist der Dämon des Zornes, der aus meinem Herzen spricht, und nicht der Mönch, euer unterwürfiger Gefangener, der nur einen Hals auf dieser Welt hat. Schließt mir den Mund mit einem Knebel, wenn ihr wollt, aber henkt mich nicht.«

Doch sie schleiften ihn, ohne auf ihn zu hören und trotz seines gewaltigen Widerstandes zur Leiter. Da schrie er so, dass Lamme, der wegen seiner Wunde im Bett lag, zu Ulenspiegel, der neben ihm die Küche besorgte, sagte: »Mein Sohn! Mein Sohn! Sie haben ein Schwein aus dem Stall gestohlen und stechen es ab. O diese Diebe – wenn ich nur aufstehen könnte!«

Ulenspiegel stieg auf das Deck und sah dort nur den Mönch. Als der ihn bemerkte, fiel er auf die Knie und sagte mit gegen ihn ausgestreckten Händen: »Herr Kapitän der tapferen Geusen, erschrecklich zu Lande und zu Wasser, Eure Soldaten wollen mich henken, weil ich mit der Zunge gesündigt habe, doch das ist eine ungerechte Bestrafung, Herr Kapitän, denn dann müsste man allen Advokaten, Predigern und Weibern den hänfenen Kragen umbinden, und die Welt würde entvölkert. Rettet mich vom Strick, Herr Kapitän, ich werde für Euch beten, und Ihr werdet nicht verdammt sein! Gewähret Gnade! Der Redeteufel hat mich geritten und ließ mich ohne Unterlass schwatzen, das ist doch wahrlich ein Unglück! Da geht mir dann meine Galle über und legt mir tausend Dinge auf die Zunge, die ich sonst nicht einmal denke. Gnade, Herr Kapitän! Und ihr, Herren, betet für mich!«

Plötzlich erschien Lamme im Hemd und sagte: »Kapitän und Freund, es war also nicht das Schwein, das schrie, sondern der Mönch, das freut mich. Ulenspiegel, mein Sohn, ich habe Großes vor mit Seiner Väterlichen Ehrwürdigkeit. Schenk' ihm das Leben, aber schenk' ihm nicht die Freiheit, sonst könnte er auf dem Schiff irgendeinen bösen Streich spielen, aber lasse ihm alsogleich auf dem Deck einen engen und sehr luftigen Käfig bauen, in dem er gerade sitzen und schlafen kann, einen solchen, wie man ihn für Kapaune hat. Lasse mich ihn ernähren, und er werde gehenkt, wenn er nicht soviel isst, wie ich bestimme.« »Er werde gehenkt, wenn er nicht soviel isst«, sagten Ulenspiegel und die Geusen.

»Was hast du mit mir vor, dicker Mann?«, fragte der Mönch. »Du wirst es sehen«, antwortete Ulenspiegel.

Es geschah, wie Lamme wollte, und der Mönch wurde in einen Käfig gesteckt, in dem ihn jedermann nach Belieben betrachten konnte.

Als Lamme wieder in die Küche hinabgestiegen war, folgte Ulenspiegel ihm und hörte, wie er mit Nele stritt:

»Ich lege mich nicht mehr nieder«, sagte er, »nein, ich lege mich nicht mehr nieder, damit andere in meinen Soßen herumpantschen können. Nein, ich bleibe nicht mehr im Bett wie ein Kalb!«

»Erbos' dich nicht so«, sagte Nele, »sonst wird sich deine Wunde wieder öffnen, und du wirst sterben.«

»Gut«, sagte er, »dann sterbe ich eben. Ich bin es müde, ohne meine Frau zu leben. Ist es nicht genug des Jammers für mich, dass ich sie verloren habe, und da willst du mich, den Koch dieses Schiffes, auch noch hindern, über meine Suppen zu wachen? Weißt du nicht, dass auch der Dampf der Soßen und Frikassees Gesundheit verleiht? Er nährt meinen Geist und macht mich widerstandsfähig gegen alles Ungemach.«

»Lamme«, sagte Nele, »du musst auf unsern Rat hören und dich von uns heilen lassen.«

»Ich will mich ja heilen lassen«, sagte Lamme, »aber dass ein anderer, irgendein nichtswissender, übelriechender, schmutziger, triefäugiger, rotziger Taugenichts daherkommen, an meiner Stelle in der Küche thronen und mit seinen schmutzigen Fingern in meinen Soßen herumfahren soll! ... Nein! Eher würde ich ihn mit meinem Holzlöffel totschlagen, der dann aber wie von Eisen wäre!«

»Wie dem auch sei«, sagte Ulenspiegel, »du brauchst einen Gehilfen, du bist krank ...«

»Ich einen Gehilfen?«, sagte Lamme, »ich einen Gehilfen! Ja, bist du denn mit Undankbarkeit vollgestopft wie eine Wurst mit gehacktem Fleisch? Einen Gehilfen ... und du bist es, mein Sohn, der mir das sagt, mir, deinem Freund, der dich solange und so reichlich ernährt hat! Nun wird sich meine Wunde öffnen! Schlechter Freund, wer hat dir jemals solches Essen zubereitet wie ich? Was werdet ihr tun, ihr beide, du, Kapitän, und du, Nele, wenn ich nicht mehr da bin, um euch ein leckeres Ragout zu machen?«

»Wir würden uns selbst um die Küche bekümmern«, sagte Ulenspiegel.

»Selbst um die Küche bekümmern«, entgegnete Lamme, »du bist gut, um daraus zu essen und daran zu riechen, aber sie selbst zu besorgen, nein! Ärmer Freund und Kapitän, bei allem schuldigen Respekt: Wenn ich dir einen in Streifen geschnittenen Schnappsack vorsetzte, du würdest ihn für harte Kaldaunen halten. Lass mich hier Koch bleiben, mein Sohn, und wenn nicht, werde ich vertrocknen wie ein Rebenpfahl.«

»Bleibe also Koch, in Gottes Namen«, sagte Ulenspiegel, »aber wenn du nicht gesund wirst, sperre ich die Küche ab, und wir werden nichts anderes mehr essen als Zwieback.«

»Ach, mein Sohn!«, sagte Lamme, der vor Freude weinte, »du bist so gut wie ›Unsere Liebe Frau.‹«

IV

Dennoch schien er zu genesen.

Von nun an sahen die Geusen, wie Lamme jeden Samstag den Leibesumfang des Mönches mit einem Lederriemen maß. Am ersten Samstag sagte er: »Vier Fuß.«

Dann maß er sich selber und sagte: »Viereinhalb Fuß«, und schien betrübt zu sein. Aber am achten Samstag war er fröhlich und sagte mit Bezug auf den Mönch: »Vier Fuß und drei Viertel.« Der Mönch ward zornig, als er ihm das Maß nahm, und sagte: »Was willst du von mir, dicker Mann?« Aber Lamme streckte ihm die Zunge heraus und sagte kein Wort. Und siebenmal am Tage sahen ihn die Matrosen und Soldaten mit einem neuen Gericht kommen und zum Mönch sagen: »Da sind fette Bohnen in flandrischer Butter, aßest du desgleichen in deinem Kloster? Du siehst gut aus – auf diesem Schiff magert man nicht ab. Fühlst du noch nicht Fettpolster auf deinem Rücken wachsen ? Bald wirst du keiner Matratze mehr bedürfen, um dich niederzulegen.«

Bei der zweiten Mahlzeit sagte er zum Mönch: »Nimm, da sind koekebakken, auf Brüsseler Art, die in Frankreich Crêpes heißen, denn man trägt sie als Zeichen der Trauer an der Mütze. Aber diese hier sind nicht schwarz, sondern blond und im Backofen gebräunt, siehst du, wie die Butter an ihnen herabläuft? So wird bald auch das Fett von deinem Wanst rinnen.« »Ich habe keinen Hunger«, sagte der Mönch. »Du musst essen«, entgegnete ihm Lamme. »Glaubst du etwa, diese Krapfen sind aus Buchweizen? Sie sind aus reinem Weizen, Pater Schmerbauch, aus feinstem Weizen, Pater mit dem vierfachen Kinn. Mein Herz frohlockt, denn ich sehe schon das fünfte kommen. Iss!«

»Lass mich in Ruhe, dicker Mann!«, sagte der Mönch.

Da geriet Lamme in Zorn und sagte: »Ich bin der Herr deines Lebens. Ziehst du den Strick einem großen Teller voll Erbsenpüree mit Brotbrocken vor, welches Gericht ich dir bald bringen werde?« Und als er mit dem Teller kam, sagte er: »Das Erbsenpüree lässt sich nicht gern allein essen; ich habe dir darum auch deutsche Knödel dazu gebracht. Prächtige Klöße aus Korinthermehl, die frisch gewälzt ins kochende Wasser geworfen wurden, sie sind schwer, denn sie sind mit Speck gefüllt. Iss, soviel du kannst, je mehr du isst, je größer wird meine Freude sein. Tu nicht so, als ob es dich anekelte, und schnaufe nicht, als hättest du zu viel, sondern iss! Iss! Ist es nicht besser, zu essen als gehenkt zu werden?

Lass deinen Schenkel sehen – auch er wird immer fetter: Zwei Fuß sieben Zoll dick. Wo gibt es noch solche Schinken?«

Eine Stunde später kam er wieder und sagte: »Hier, nimm diese neun Tauben, man hat sie für dich geschossen, diese unschuldigen Tiere, die furchtlos über dem Schiff flogen. Verachte sie nicht, ich habe jeder von ihnen den Bauch mit einer Butterkugel, mit Brotkrumen, geriebener Muskatnuss und Gewürznelken gefüllt, die ich in einem Kupfermörser zerstampft habe, der so leuchtet wie dein Gesicht. Frau Sonne ist froh, sich in einem Gesicht spiegeln zu können, das von dem Fett, das ich dir gebe, so strahlend ist.«

Zur fünften Mahlzeit brachte er ihm ein Waterzoey. »Was hältst du von diesem Fischragout? Das Meer trägt und ernährt dich, für Seine Königliche Majestät könnte es nicht mehr tun. Oh, ich sehe deutlich das fünfte Kinn sprossen, doch es ist auf der linken Seite etwas stärker als auf der rechten, also muss man dieser vernachlässigten Seite aufhelfen, denn Gott sagt uns: ›Seid gerecht zu jedermann!‹ Wo aber bliebe die Gerechtigkeit, wenn wir das Fett nicht gleichmäßig verteilen? Zu deiner sechsten Mahlzeit werde ich dir Muscheln bringen, die Austern der Armen, doch auf eine Art zubereitet, wie man sie in deinem Kloster wohl nie auf dem Tisch gesehen hat, die unverständigen Leute kochen sie und essen sie einfach so, wie sie sind. Diese Muscheln sollen ja nur der Prolog zum Frikassee sein. Man löst ihre zarten Leiber aus den Schalen, tut sie in eine Pfanne, schmort sie mit Sellerie, Muskat und Nelken, tut zur Soße Bier und Mehl hinzu und richtet sie mit in Butter gerösteten Brotschnitten an. So habe ich sie für dich zubereitet. Warum schulden die Kinder ihren Vätern und Müttern so große Dankbarkeit? Weil sie sie lieben, ihnen Obdach geben und vor allem weil sie sie ernähren, also musst du mich lieben wie deinen Vater und deine Mutter, und wie diesen schuldest du mir die Dankbarkeit deines Schlundes. Roll doch nicht so wild die Augen! Nach kurzer Zeit werde ich dir noch eine Biersuppe mit Mehl bringen, gut gezuckert und mit Zimt gewürzt. Weißt du warum? Damit dein Fett durchscheinend werde und unter der Haut zittere, dann sieht man, wie es an dir wabbelt. Jetzt läutet's Feierabend. Schlafe in Frieden ohne Sorge um morgen, du kannst sicher sein, deine fetten Mahlzeiten wiederzufinden und deinen Freund Lamme, der sie dir unfehlbar bringt.«

»Geh und lasse mich zu Gott beten«, sagte der Mönch. »Bete«, antwortete Lamme, »bete zu der fröhlichen Musik deines Schnaufens. Das Bier und der Schlaf setzen dir neues Fett an, gutes Fett. Und ich bin wohl zufrieden.«

Und Lamme ging zu Bett. Die Matrosen und Soldaten fragten ihn: »Warum fütterst du denn diesen Mönch so fett, der dir so übel gesinnt ist?« »Lasst mich nur machen«, sagte Lamme, »ich vollende ein großes Werk.«

V

Der Dezember war gekommen, der Monat der langen Nächte, und Ulenspiegel sang:

»Der gnädige Herr, Seine Große Hoheit,
Lüftet die Maske,
Regieren will er das belgische Land.
Die spanienfreundlichen Staaten,
Doch nicht die Anjou ergeb'nen
Legen Steuern auf.
Schlaget die Trommel
Zur Vernichtung Anjous.

Sie schalten nach freiem Ermessen
Über Domänen, Steuern, und Zinse,
Betrauung mit staatlichen Würden
Und Ämtern, wie's ihnen gefällt.
Die Reformierten lässt büßen,
Seine Gnaden; die Große Hoheit,
Die in Frankreich ›Der Gottlose‹ heißt.
Oh! Vernichtet Anjou!

Er ist's, der König will werden
Durch Schwert und Gewalt,
Unumschränkter Herr über alles,
Er, die Große Hoheit.
Durch Verrat will er an sich bringen

Manch schöne Stadt und Antwerpen sogar,
Mit den fleißgen Signorkes und Pagaders.
Oh! Vernichtet Anjou!

Auf dich nicht, o Frankreich,
Stürzt sich das wutentbrannte Volk,
Die Schläge der mördrischen Waffen,
Sie gelten nicht deinem edlen Leib.
Nicht deine Kinder sind's, deren Leichen,
Zu schaurigen Bergen gehäuft,
Am Stadttor Kip-Dorp liegen.
Oh! Vernichtet Anjou!

Nein, nicht deine Kinder sind es,
Die das Volk von den Wällen herabwirft.
Anjou ist's, die Große Hoheit,
Anjou, der weibische Lüstling,
Der, Frankreich, von deinem Blut lebt,
Und den nach dem unsern es dürstet.
Doch zwischen der Lipp' und dem Kelchesrand ...
Oh! Vernichtet Anjou!

Seine Gnaden, die Große Hoheit,
Sie befiehlt in einer wehrlosen Stadt:
›Tötet, tötet! Es lebe die Messe!‹
Begleitet von seinen Wollustknaben,
In deren glänzenden Augen leuchtet
Das schamlose, freche, rastlose Feuer
Der Wollust, die Liebe nicht kennt.
Oh! Vernichtet Anjou!

Für sie wird gekämpft, nicht für dich, armes Volk,
Das sie mit Abgaben drücken,

Mit Salzsteuer, Zehent, Vergewaltigung,
Sie verachten dich und zwingen dir ab
Dein Korn, deine Pferde und Wagen,
Dir, der du ihnen ein Vater bist.
Oh! Vernichtet Anjou!

Du, die du ihnen eine Mutter bist,
Nährend den stolzen Übermut
Dieser Vatermörder, die schänden,
In der Fremde, o Frankreich, deinen Namen,
Den sie ernten.
Du freust dich des falschen Ruhmes
Durch grausame Taten ...
Oh! Vernichtet Anjou!

Auf deinen Kriegerhelm einen Kranz,
Deinem Reich eine neue Provinz.
Dem blöden Hahn lass ›Wollust und Kampf‹,
Den Fuß setz ihm auf die Gurgel,
Volk Frankreichs, du Volk der Männer!
Zermalm sie mit einem Fußtritt,
Und die Völker werden dich lieben,
Weil du Anjou vernichtet!«

VI

Im Mai, wenn die flandrischen Bäuerinnen nachts drei
schwarze Bohnen langsam über ihren Kopf nach rückwärts werfen, um sich gegen Krankheit und Tod zu
schützen, sprang Lammes Wunde auf, er hatte hohes
Fieber und bat, auf dem Deck gegenüber dem Käfig des
Mönches liegen zu dürfen. Ulenspiegel gestattete es ihm,
band ihn aber an seinem Bett fest, da er fürchtete, Lam-

me könnte in einem Fieberanfall ins Meer stürzen. In seinen lichten Augenblicken trug er immer wieder auf, dass man den Mönch nicht vergessen solle, und streckte ihm die Zunge heraus. »Du beleidigst mich, Dicker!«, sagte der Mönch. »Nein, ich mäste dich«, antwortete Lamme.

Ein sanfter Wind wehte, die Sonne schien warm vom blauen Himmel herab. Lamme fieberte noch immer und lag fest angebunden auf seinem Bett, damit er nicht etwa in einer Sinnestrübung über Bord spränge. Er glaubte, wieder in der Küche zu sein, und sagte:

»Der Herd ist hell heute, bald wird es Ammern regnen. Frau, tu die Schlingen in unsern Obstgarten. Du bist schön so mit bis zu den Ellbogen aufgerollten Ärmeln. Dein Arm ist weiß, ich möchte hineinbeißen, mit den Lippen möchte ich hineinbeißen, die Zähne von Samt sind. Für wen ist dieses schöne Fleisch bestimmt, für wen diese herrlichen Brüste, die durch dein Leibchen von feiner, weißer Leinwand schimmern? Für mich, du mein süßer Schatz. Wer wird das Frikassee von Hahnenkämmen und Hühnerbürzeln machen? Nicht zu viel Muskat, davon bekommt man Fieber! Weiße Soßen, Thymian und Lorbeer. Wo sind die Eidotter?«

Dann winkte er Ulenspiegel, er solle das Ohr seinem Mund nähern, und sagte: »Wenn es Wildbret regnet, werde ich dir vier Fettammern mehr aufheben als den andern, du bist Kapitän. Aber verrate mich nicht!«

Dann horchte er auf die Wellen, die sanft gegen die Schiffswand schlugen, und sagte:

»Die Suppe kocht, mein Sohn, die Suppe kocht, aber das Feuer ist zu klein.«

Sobald er seiner Sinne wieder mächtig war, kümmerte er sich um den Mönch.

»Wo ist er?«, fragte er, »wächst sein Speck?«

Und wenn er ihn dann erblickte, streckte er ihm die Zunge heraus und sagte:

»Das große Werk geht seiner Vollendung entgegen, ich bin entzückt!«

Eines Tages verlangte er, dass man die große Waage aufs Deck bringe, ihn auf die eine Schale setze und den Mönch auf die andere. Kaum hatte man das getan, als Lamme, wie ein Pfeil in die Höhe flog und mit einem Blick auf den Mönch fröhlichen Mutes sagte:

»Er wiegt mehr, er wiegt mehr! Ich bin ein schwereloser Geist neben ihm, ich fliege in der Luft wie ein Vogel. Nun nehmt ihn fort, damit ich wieder hinabkann. So, jetzt legt die Gewichte auf, und nun setzt ihn wieder in die Schale. Wie viel wiegt er?« »Dreihundertvierzehn Pfund. Und ich? Zweihundertzwanzig.«

Dann packte ihn wieder das Fieber, und er fantasierte von den Köstlichkeiten seiner Küche und von seiner Frau. Sobald er seiner Sinne wieder mächtig war, kümmerte er sich um den Mönch. »Wo ist er?«, fragte er, »wächst sein Speck?« Und wenn er ihn erblickte, streckte er ihm die Zunge heraus und sagte: »Das große Werk geht seiner Vollendung entgegen.«

VII

In der folgenden Nacht wurde Ulenspiegel beim Morgengrauen von Lamme geweckt, der schrie: »Ulenspiegel! Ulenspiegel! Zu Hilfe! Halt sie zurück, schneide die Stricke durch, schneide die Stricke durch!« Ulenspiegel kam an Deck und fragte: »Warum schreist du? Ich sehe nichts.« »Das dort ist meine Frau«, antwortete Lamme, »in der Schaluppe, die sich um jenes Schiff dreht, das sich uns angeschlossen hat, und von dem das Singen und Geigenspiel herübertönte.«

Nele kam auf das Deck, und Lamme sagte zu ihr: »Schneide die Stricke durch, meine Freundin, siehst du nicht, dass meine Wunde geheilt ist? Ihre süße Hand hat sie verbunden, ihre, ja ihre. Siehst du sie dort in der Schaluppe stehen? Hörst du? Sie singt wieder. Komm, Geliebte, fliehe ihn nicht, deinen armen Lamme, der ohne dich so einsam war auf dieser Welt.« Nele fasste ihn an der Hand und sagte: »Er hat noch Fieber.« »Schneidet die Stricke durch«, sagte Lamme. »Gebt mir eine Schaluppe! Ich lebe, ich bin glücklich, ich bin gesund!«

Ulenspiegel schnitt die Stricke durch, und Lamme sprang in seinen weißleinenen Hosen, ohne Wams, aus dem Bett und machte sich selbst daran, eine Schaluppe hinunterzulassen. Ulenspiegel, Nele und Lamme stiegen mit einem Ruderer hinein und steuerten auf das Schiff zu, das fern im Hafen vor Anker ging. »Sieh das schöne Vlieboot«, sagte Lamme, der dem Ruderer nach Kräften half.

Von dem klaren Morgenhimmel, der unter den Strahlen der aufgehenden Sonne wie ein riesenhafter Kristall erglänzte, hoben sich die eleganten Mäste und der Kiel des Vlieboots ab.

Während Lamme ruderte, sagte Ulenspiegel: »Nun erzähle uns, wie du sie gefunden hast.«

Und Lamme antwortete mit fliegendem Atem: »Ich fühlte mich schon besser und schlief. Plötzlich ein dumpfes Geräusch. Ein hölzerner Gegenstand schlägt an das Schiff. Eine Schaluppe. Matrose kommt auf den Lärm, fragt: ›Wer ist da?‹ Eine süße Stimme, die ihre, mein Freund, ihre liebliche Stimme sagt: ›Ein Freund.‹ Dann eine tiefere Stimme: ›Es lebe der Geuse! Der Kommandant der ›Johanna‹ will mit Lamme Goedzak sprechen.‹ Der Matrose wirft die Leiter aus. Ich sehe im Mondlicht die Gestalt eines Mannes auf Deck kommen: Starke Lenden, runde Knie, breites Becken, ich sage mir: Das ist ein falscher Mann. Und ich fühle etwas, das wie eine aufblühende Rose meine Wange berührt, es ist ihr Mund, mein Sohn, und während sie mich mit Küssen und Tränen bedeckt – ach! Es war, als tropfe balsamisch-flüssiges Feuer auf meinen Leib –, höre ich sie sagen: ›Ich weiß, dass ich unrecht tue, aber ich liebe dich, mein Mann! Ich breche meinen Eid, den ich Gott geschworen habe, mein Mann, mein armer Mann. Ich bin schon oft hierhergekommen, aber ich wagte nicht, mich dir zu nähern. Endlich hat es mir der Matrose erlaubt, ich verband deine Wunde, und du erkanntest mich nicht, aber ich habe dich gesund gemacht. Zürne nicht, mein Mann. Ich bin dir gefolgt, aber ich habe Furcht, er ist auf diesem Schiff. Lass mich fortgehen, wenn er mich sieht, verflucht er mich, und ich werde im ewigen Feuer brennen.‹

Weinend und doch glücklich, küsste sie mich wieder und ging fort, trotz meines Widerspruchs und meiner Tränen. Ach, du hattest mich ja an Armen und Beinen festgebunden, mein Sohn, aber jetzt ...«

Bei diesen Worten machte er gewaltige Ruderschläge, und die Schaluppe schoss vorwärts wie ein Pfeil. Als sie sich dem Vlieboot schon um ein Beträchtliches genähert hatten, sagte Lamme:

»Dort steht sie, Violine spielend, auf dem Deck, meine liebliche Frau, mit ihren goldbraunen Haaren, ihren rosigen Wangen, ihren nackten, runden Armen und ihren weißen Händen. Spring über die Wellen, Schaluppe!« Als der Kapitän der »Johanna« das Boot herankommen und Lamme wie einen Teufel rudern sah, ließ er die Leiter auswerfen. Als Lamme nahe genug war, sprang er, auf die Gefahr hin, ins Meer zu fallen, von der Schaluppe auf die Leiter, sodass er die Schaluppe um mehr als drei Faden zurückstieß, er kletterte wie eine Katze auf das Deck hinauf und lief auf seine Frau zu, die ihn, außer sich vor Wonne, küsste und umarmte.

»Lamme, komm nicht, mich zu holen«, sagte sie, »ich liebe dich, aber ich habe Gott geschworen! Ach, teurer Mann!« Nele rief: »Das ist ja Calleken Huybrechts, die schöne Calleken!« »Ich bin es«, sagte sie, »aber der Mittag meiner Schönheit ist vorbei.« Und sie schien bekümmert. »Was hast du getan?«, fragte Lamme, »was ist aus dir geworden? Warum hast du mich verlassen?« »Höre«, sagte sie, »aber erzürne dich nicht, ich will es dir sagen: Da ich wusste, dass alle Mönche Männer Gottes sind, habe ich mich einem von ihnen anvertraut. Er hieß Broer Cornelius Adriaensen.«

Als Lamme das hörte, sagte er: »Was! Dieser boshafte Scheinheilige mit dem Maul voll Dreck und Kot, der von nichts andrem sprach als vom Blut der Reformierten, das vergossen werden müsste! Was! Dieser Lobhudler der Inquisition und der Edikte! Der war ein schuftiger Taugenichts!«

Calleken sagte: »Beleidige ihn nicht, den Mann Gottes.«

»Mann Gottes!«, sagte Lamme, »ich kenne ihn. Er war ein Mann von Dreck und Niedertracht. O unglückliches Geschick! Meine schöne Calleken ist diesem wollüstigen Mönch in die Hände gefallen. Nähere dich mir nicht, sonst töte ich dich und mich, der ich dich so sehr geliebt habe. Geh, ich will dich nicht mehr sehen, geh, oder ich werfe dich ins Wasser. Mein Messer ...! Mein armes, betrogenes Herz, das nur dir gehörte! Was tust du hier? Warum hast du mich gepflegt? Du hättest mich sterben lassen sollen!«

Sie umarmte ihn und sagte: »Lamme, lieber Mann, weine nicht, ich bin nicht das, was du glaubst, er hat mich nicht besessen, dieser Mönch.« »Du lügst«, sagte Lamme, der weinte und zugleich mit den Zähnen knirschte. »Ach! Ich war niemals eifersüchtig, aber jetzt bin ich es. Traurige Leidenschaft, Zorn und Liebe, Sehnsucht zu töten und zu umarmen! Geh! – nein, bleibe. Ich war so gut zu ihr! Der Mörder ist stärker in mir – mein Messer! Oh, wie das brennt, verschlingt und nagt! Du lachst mich aus ...«

Sie umarmte ihn weinend, sanft und unterwürfig.

»Ja«, sagte er, »ich bin dumm in meinem Zorn. Du hast meine Ehre gut gewahrt, diese Ehre, die man, Narr, der man ist, an Weiberröcke hängt! Deshalb also hast du dein süßestes Lächeln aufgesetzt, wenn du mich batest, mit deinen Freundinnen zur Predigt gehen zu dürfen ...«

»Lass mich sprechen«, sagte die Frau, während sie ihn küsste, »und ich möge im Augenblick sterben, wenn ich dich belüge.«

»Stirb also«, sagte Lamme, »denn du wirst lügen.«

»Höre mich«, sagte sie.

»Sprich oder sprich nicht, mir ist alles gleich.«

»Bruder Adriaensen galt als guter Prediger, und ich ging in die Kirche, um ihn zu hören. Er schätzte den geistlichen Stand mit dem Eheverzicht hoch über alles andere. Seine Beredsamkeit war groß und hinreißend, vielen ehrbaren Frauen, insbesondere einer großen Zahl von Witwen und Mädchen, wurde dadurch der Verstand geblendet. Da der Eheverzicht eine so vollkommene Sache sei, empfahl er uns, dass wir ihn uns angelegen sein lassen sollten, und wir schworen, dass wir uns fortan nicht mehr hingeben wollten ...«

»Außer ihm, ohne Zweifel«, sagte Lamme weinend.

»Schweig!«, sagte sie erzürnt.

»Geh«, sagte er, »du hast mir einen harten Schlag versetzt, ich werde nie wieder genesen.« »Außer, wenn ich immer bei dir wäre«, sagte sie. Sie wollte ihn umarmen und küssen, aber er stieß sie zurück. »Die Witwen schworen ihm, sich nie wieder zu verheiraten«, berichtete sie weiter. Lamme hörte ihr, in seine eifersüchtigen Gedanken vertieft, zu.

Calleken fuhr verschämt fort: »Er wollte nur schöne Frauen und Mädchen als Büßerinnen, die anderen schickte er zu ihren Pfarrern. Er gründete einen Andachtsorden und ließ uns alle schwören, dass wir keinen anderen Beichtvater nehmen würden als ihn. Ich beschwor es ihm, und meine Gefährtinnen, die besser unterrichtet waren als ich, fragten mich, ob ich mich in der heiligen Lehre und heiligen Buße unterweisen lassen wollte. Ich wollte es. In Brügge, am Kai der Steinschneider, in der Nähe des Klosters der Minoritenbrüder, steht ein Haus, das von einer gewissen Calle de Najage bewohnt wird, die den Mädchen für einen Goldkarolus monatlich Unterricht und Nahrung gab. Bruder Cornelius konnte das Haus Calle de Najages betreten, ohne dass man ihn sein Kloster verlassen sah. Es war in einem kleinen Zimmer dieses Hauses, in dem nur er allein war, wo er mir befahl, ihm all meine Neigungen und fleischlichen Begierden zu erzählen. Zuerst wagte ich es nicht, aber schließlich gab ich weinend nach und sagte ihm alles.«

»Ach!«, sagte Lamme schluchzend, »so hat also dieser Schweinemönch deine süße Beichte gehört!«

»Er sagte nur immer – und das ist wahr, lieber Mann – dass es über der irdischen Scham eine himmlische Scham gäbe, durch die wir unsere weltliche Schmach Gott zum Opfer bringen, und dass wir, wenn wir alle unsere geheimen Wünsche unserem Beichtvater bekennten, würdig seien, die heilige Lehre und die heilige Buße zu empfangen. Schließlich verpflichtete er mich, mich nackt vor ihn zu stellen, damit mein Körper, der gesündigt hätte, die allzu leichte Züchtigung für meine Vergehen empfange. Und eines Tages zwang er mich, mich zu entkleiden, und ich wurde ohnmächtig, als ich mein Hemd fallen lassen musste, er brachte mich mit Salz und einem Riechfläschchen wieder zu Sinnen.

›Es ist gut für dieses Mal, meine Tochter‹, sagte er, ›komme in zwei Tagen wieder und bringe eine Rute mit.‹

Das ging lange so fort, ohne dass ich mich jemals ... ich schwöre es vor Gott und allen Heiligen ... glaube mir ... sieh mich an ... sieh, ob ich lüge ... ich blieb rein und treu ... ich liebte dich.«

»Armer, süßer Leib!«, sagte Lamme. »Oh, dieser Schandfleck auf deinem Ehekleid!« »Lamme«, sagte sie, »er sprach im Namen Gottes und der heiligen Mutter-Kirche: Musste ich ihn nicht anhören? Ich liebte dich immer, aber ich hatte der Heiligen Jungfrau mit fürchterlichen Eiden geschworen, mich dir zu verweigern, dennoch war ich schwach, schwach um dich. Erinnerst du dich an den Gasthof in Brügge? Ich war bei Calle de Najage, als du neben Ulenspiegel auf deinem Esel vorbeirittest, ich folgte dir. Ich besaß eine hübsche Summe Geldes, denn ich habe für mich nichts ausgegeben, ich sah, dass du Hunger hattest, mein Herz zog mich zu dir, und ich war von Mitleid und Liebe für dich erfüllt.«

»Wo ist er jetzt?«, fragte Lamme.

Calleken antwortete:

»Nach einem Erlass des Magistrats und infolge Nachforschungen Übelgesinnter musste Bruder Adriaensen Brügge verlassen und sich nach Antwerpen zurückziehen. Man sagte mir auf dem Schiff, dass ihn mein Mann zum Gefangenen gemacht habe.« »Was!«, sagte Lamme, »dieser Mönch, den ich mäste, ist ...« »Ist er«, antwortete Calleken, während sie ihr Gesicht verbarg.

»Eine Axt! Eine Axt!« schrie Lamme, »dass ich ihn töte! Dass ich sein lüsternes Bocksfett versteigere! Rasch! Kehren wir zum Schiff zurück! Die Schaluppe! Wo ist die Schaluppe?« Nele sagte: »Es ist eine garstige Grausamkeit, einen Gefangenen zu töten oder zu verwunden.« »Du siehst mich so böse an«, sagte er, »willst du mich hindern?« »Ja«, sagte sie. »Also gut«, sagte Lamme, »ich werde ihm kein Leid antun. Lasse mich ihn nur aus seinem Käfig herausholen. Die Schaluppe! Wo ist die Schaluppe?«

Sie stiegen ein, und Lamme ruderte und weinte zugleich.

»Bist du traurig, lieber Mann?«, fragte Calleken.

»Nein«, sagte er, »ich bin fröhlich. Du wirst mich doch nicht mehr verlassen?«

»Niemals«, erwiderte sie.

»Du bist rein und treu geblieben«, sagte er, »aber, süßes Liebchen, meine Calleken, ich habe die ganze Zeit nur gelebt, um dich wiederzufinden, und nun wird, dank dieses Mönchs, jeder Augenblick unseres Glücks vergiftet sein, vergiftet durch Eifersucht ... wann immer ich traurig oder niedergeschlagen sein werde, werde ich dich vor mir sehen, wie du deinen schönen Leib dieser infamen Geißelung aussetzt! Der Lenz unserer Liebe war mein, doch der Sommer hat ihm gehört. Der Herbst wird grau sein, und bald wird der Winter kommen, um meine treue Liebe zu begraben.«

»Du weinst?«, sagte sie.

»Ja«, sagte er, »was vergangen ist, kehrt nicht wieder.«

Nun sagte Nele:

»Wenn Calleken treu war, so sollte sie dich für diese hässlichen Worte verlassen.«

»Er weiß nicht, wie sehr ich ihn liebe«, sagte Calleken.

»Sprichst du die Wahrheit?«, rief Lamme, »komm Schätzchen, komm, liebe Frau! Nun gibt es keinen grauen Herbst mehr und keinen totengräberischen Winter!«

Als sie wieder auf das Schiff kamen, gab Ulenspiegel Lamme die Schlüssel des Käfigs, den er öffnete. Er wollte den Mönch am Ohr aufs Deck ziehen, aber es war unmöglich, er wollte ihn seitwärts herausziehen, aber auch das konnte er nicht. »Man muss den ganzen Käfig zerschlagen«, sagte er, »der Kapaun ist fett.«

Nun kam der Mönch, seine vorstehenden, stumpfsinnigen Augen rollend und seinen Wanst mit beiden Händen haltend, heraus, eine starke Welle, die über das Schiff hinging, ließ ihn auf sein Gesäß stürzen. Und Lamme sagte zu ihm: »Sagst du noch immer ›dicker Mann?‹ Du bist dicker als ich. Wer gab dir täglich sieben Mahlzeiten? Ich. Woher kommt es denn, Großmaul, dass du jetzt soviel ruhiger und sanfter den armen Geusen gegenüber bist? Wenn du noch ein Jahr in deinem Käfig bleibst, kannst du nicht mehr heraus. Wenn du dich regst, wabern deine Wangen wie der Speck eines Schweines. Du schreist ja nicht mehr? Bald wirst du auch nicht mehr schnaufen können.«

»Schweig, dicker Mann«, sagte der Mönch.

»Dicker Mann!«, sagte Lamme, der nun in Zorn geriet. »Ich bin Lamme Goedzak, du bist der Bruder Dicksack, Fettsack, Lügensack, Stopfsack, hast den Speck vier Finger dick unter der Haut, und deine Augen kann man schon nicht mehr sehen. Ulenspiegel und ich könnten bequem in der Kathedrale deines Wanstes wohnen! Du nennst mich dicker Mann – willst du einen Spiegel, um dein Bauchgewölbe zu betrachten? Ich bin es, der dich ernährt, du Monument von Fleisch und Knochen! Ich habe geschworen, dass du Fett speien und Fett schwitzen wirst, und dass du Fettspuren hinter dir lassen sollst wie eine Kerze, die in der Sonne schmilzt. Man sagt, dass der Schlagfluss beim siebenten Kinn erfolgt, du hast jetzt fünf und ein halbes.«

Dann wandte er sich zu den Geusen und sagte: »Seht diesen Wüstling! Es ist Broer Cornelius Adriaensen Taugenichtsaensen aus Brügge, wo er eine neue Scham predigte. Sein Fett ist seine Strafe und mein Werk. Nun denn, ihr Matrosen und Soldaten: Ich werde euch verlassen, ich werde dich verlassen, Ulenspiegel, und auch dich, kleine Nele, um nach Vlissingen zu gehen, wo ich Geld liegen habe, um dort mit meiner armen, wiedergefundenen Frau zu leben. Ihr habt mir einst zugeschworen, alles tun zu wollen, worum ich euch bitten werde ...«

»Das ist Geusenwort«, sagten sie.

Und Lamme fuhr fort: »Nun, seht euch diesen Wüstling an, diesen Broer Adriaensen Taugenichtsen aus Brügge, ich habe geschworen, ihn wie ein Schwein vor Fett sterben zu lassen. Bauet also einen breiteren Käfig und zwingt ihn, statt sieben Mahlzeiten im Tag zwölf zu sich zu nehmen, gebt ihm fette und stark gezuckerte Nahrung. Er gleicht schon einem Ochsen, er soll aber einem Elefanten gleichen, und ihr werdet ihn seinen Käfig ausfüllen sehen.« »Wir werden ihn mästen«, sagten sie.

»Und nun sage ich auch dir adieu«, sagte er zu dem Mönch, »dir, Taugenichts, den ich mönchisch ernährt statt gehenkt habe. Reife im Fett dem Schlagfluss entgegen.«

Dann umarmte er Calleken und sagte:

»Sieh her, grunz oder brumm, soviel du willst, ich entführe sie dir, und du wirst sie nicht mehr peitschen.«

Der Mönch aber geriet in Wut und sagte zu Calleken:

»Geh doch, fleischliches Weib, geh doch in das Bett der Wollust! Ja, du gehst dahin ohne Erbarmen für den armen Märtyrer des Gotteswortes, der dir die heilige, süße, himmlische Lehre zuteilwerden ließ. Sei verflucht! Kein Priester gewähre dir Verzeihung, die Erde brenne unter deinen Füßen, der Zucker deiner Faulheit verwandle sich in Salz, das Fleisch des Rindes in das eines Hundes, dein Brot sei Asche, die Sonne sei dir Eis, der Schnee ein höllisch Feuer! Deine Fruchtbarkeit sei verflucht, deine Kinder seien jedermann zum Abscheu, sie sollen Leiber wie Affen haben und Köpfe, größer als ihr Bauch, wie Schweine! Du sollst leiden, weinen, stöhnen in dieser Welt und in der andern, in der Hölle, die dich erwartet, in der Schwefel- und Pechhölle, die angezündet ist für die Weiber deines Schlages! Du hast meine väterliche Liebe verschmäht: Sei verflucht dreimal bei der Heiligen Dreieinigkeit, verflucht siebenmal bei den Leuchtern der Bundeslade! Die Beichte werde dir zum

Fluch, die Hostie sei dir ein tödliches Gift, und jede Flie-
se in der Kirche erhebe sich, um dich zu zerschmettern
und dir zuzurufen: ›Diese ist eine Hure, diese ist verflucht, diese ist verdammt‹!«

Lamme hüpfte vor Freude und sagte:

»Sie war treu, er hat es gesagt, der Mönch! Heil Calleken!«

Sie aber sagte weinend und bebend:

»Befrei mich von diesem Fluch, mein Mann, befrei
mich! Ich sehe die Hölle! Befrei mich!«

»Nimm den Fluch von ihr«, sagte Lamme.

»Ich nehme ihn nicht von ihr, dicker Mann«, gab der
Mönch zurück.

Die Frau war bleich und entsetzt und bat den Bruder
Adriaensen auf den Knien und mit gefalteten Händen,
den Fluch von ihr zu nehmen.

Und Lamme sagte zu dem Mönch:

»Nimm den Fluch von mir, oder du wirst gehenkt, und
wenn der Strick reißt, wirst du so oft gehenkt und wiedergehenkt, bis du tot bist.«

»Gehenkt und wiedergehenkt«, sagten die Geusen.

»Es sei denn«, sagte der Mönch zu Calleken, »geh, Hure, geh mit diesem Dicken, ich nehme den Fluch von dir,
aber Gott und alle Heiligen werden dein Treiben sehn.
Geh mit diesem dicken Mann, geh!«

Nun schwieg er schwitzend und schnaufend.

Plötzlich rief Lamme:

»Er schwillt an, er schwillt an! Ich sehe das sechste Kinn, beim siebenten kommt der Schlagfluss!«

Dann wandte er sich den Geusen zu und sagte:

»Und nun empfehle ich euch Gott, dich Ulenspiegel, euch alle, meine lieben Freunde, dich Nele, und mit euch die heilige Sache der Freiheit: Ich kann nichts mehr für sie tun!«

Dann umarmte und küsste er alle und sagte zu Calleken: »Komm, nun hat die Stunde unserer rechten Liebe geschlagen.«

Während der Kahn über das Wasser glitt, schwenkten alle Soldaten und Matrosen bis zum letzten Schiffsjungen ihre Mützen, und sie riefen: »Leb wohl, Lamme, leb wohl, Bruder, leb wohl, Bruder und Freund!«

Und Nele sagte zu Ulenspiegel, während sie ihm mit ihrem zarten Finger eine Träne fortwischte: »Bist du traurig, Geliebter?«

»Er war gut«, sagte Ulenspiegel.

»Ach, dieser Krieg wird nie ein Ende nehmen. Sollen wir denn gezwungen sein, immer in Blut und Tränen zu leben?«

»Lass uns die Sieben suchen«, antwortete Ulenspiegel, »die Stunde der Befreiung naht!«

Wie sie versprochen hatten, mästeten die Geusen den Mönch in seinem Käfig, und als man ihn, nach Zahlung des Lösegeldes, in Freiheit setzte, wog er dreihundertsiebzehn Pfund und fünf Unzen flandrischen Gewichts. Und er starb als Prior seines Klosters.

VIII

Um diese Zeit versammelten sich die Herren der Generalstaaten in Heyst, um über Philipp, den König von Spanien, Grafen von Flandern, Holland usw., zu Gericht zu sitzen, gemäß den Freiheiten und Privilegien, die von ihm gutgeheißen waren.

Der Gerichtsbeisitzer sprach also: »Es ist jedermann offenkundig, dass ein Fürst von Gott über sein Land gesetzt ist, auf dass er als Oberhaupt und Führer seiner Untertanen sie gegen alle Schmähungen, Unterdrückungen und Gewalttätigkeiten verteidige und sie davor beschütze, ebenso, wie ein Schäfer verpflichtet ist, seine Schafe zu schützen und zu behüten. Es ist ebenfalls offenkundig, dass die Untertanen nicht dazu von Gott geschaffen sind, sich vom Fürsten ausnützen zu lassen und ihm in allem, was er befiehlt, zu gehorchen, sei es fromm oder unfromm, recht oder unrecht, und ihm als Sklaven zu dienen.

Sondern der Fürst ist nur durch seine Untertanen, ohne die er nicht sein kann, Fürst, damit er nach Recht und Vernunft über sie herrsche, er soll sie zusammenhalten und lieben wie ein Vater seine Kinder, wie ein Hirt seine Schafe, der sein Leben einsetzt, um sie zu verteidigen, tut er es nicht, so hält man ihn nicht für einen Fürsten, sondern für einen Tyrannen.

König Philipp sandte durch militärische Befehle und durch Bullen, in denen er Strafexpeditionen und Exkommunikationen befahl, vier fremdländische Armeen gegen uns aus. Was soll, nach Gesetz und Brauch des Landes, seine Strafe sein?«

»Er werde abgesetzt!«, antworteten die Herren der Generalstaaten.

»Philipp hat seine Eide gebrochen, er hat die Dienste vergessen, die wir ihm leisteten, und die Siege, die zu erringen wir ihm halfen. Als er sah, dass wir reich waren, ließ er uns durch den Rat von Spanien plündern und erpressen.«

»Er werde als Undankbarer und als Dieb abgesetzt«, erwiderten die Herren von den Generalstaaten.

Der Beisitzer fuhr fort: »Philipp setzte in den mächtigsten Städten des Landes neue Bischöfe ein und beschenkte sie mit den fettesten Abteien, mithilfe dieser Bischöfe führte er die spanische Inquisition ein.«

»Er sei als Henker und als Verschwender des Vermögens anderer abgesetzt«, erwiderten die Herren der Generalstaaten.

»Angesichts dieser Tyrannei haben die Edelleute des Landes im Jahre 1566 eine Bittschrift verfasst, in der sie den Souverän baten, seine strengen Edikte zu mildern; insbesondere aber diejenigen, die auf die Inquisition Bezug hatten. Er lehnte es ab.«

»In seiner starrsinnigen Grausamkeit werde er als Tiger abgesetzt«, sagten die Herren der Generalstaaten.

Der Beisitzer fuhr fort: »Philipp ist stark verdächtig, die Bilderstürmerei und die Beraubung des Kirchensäckels durch seine Leute vom spanischen Rat insgeheim angestiftet zu haben, um unter dem Vorwand, diese Verbrechen und Erhebungen bestrafen zu müssen, die fremden Heere gegen uns ziehen zu lassen.«

»Er sei als Handlanger des Todes abgesetzt«, sagten die Herren der Generalstaaten.

»In Antwerpen ließ Philipp die Einwohner niedermetzeln und richtete die flämischen und fremden Kaufleute zugrunde. Er und sein spanischer Rat haben einem gewissen Rhoda, einem berüchtigten Taugenichts, durch geheime Vollmachten das Recht, sich als Oberhaupt der Plünderer zu erklären, die Beute einzuheimsen, sich seines, König Philipps, Namen zu bedienen, mit seinem Siegel zu zeichnen und gegenzuzeichnen und sich als seinen Gouverneur und Statthalter auszugeben. Die vom König unterzeichneten Briefe, die in unseren Händen sind, beweisen diese Tatsache. Alles ist mit seiner Zustimmung und im Einvernehmen mit dem Rat von Spanien vor sich gegangen. Leset seine Briefe, in denen er das Werk von Antwerpen lobt, und darin er anerkennt, dass ihm ausgezeichnete Dienste geleistet wurden, wo er ferner Belohnung verspricht und Rhoda und die anderen Spanier dazu verhält, auf diesem ruhmreichen Weg weiterzuwandeln.«

»Er werde als Dieb, Plünderer und Mörder abgesetzt«, sagten die Herren der Generalstaaten.

»Wir wollen nichts andres als die Aufrechterhaltung unserer Privilegien, einen rechtmäßigen und gesicherten Frieden, eine gemäßigte Freiheit, insbesondere, was die Religion und die Gewissensfreiheit betrifft. Wir hatten von Philipp nichts als lügnerische Verträge, die dazu dienten, die Provinzen zu entzweien, sie der Reihe nach zu unterwerfen und sie mit Plünderungen, Konfiskationen, Hinrichtungen und Inquisitionen wie die beiden Indien zu behandeln.«

689

»Er werde als vorbedachter Meuchelmörder des Landes abgesetzt«, sagten die Herren der Generalstaaten.

»Durch den Herzog von Alba und seine Häscher, durch Medina-Coeli und Requesens, die Verräter des Staates und der Provinzen, ließ er das Blut des Landes vergießen; er empfahl – wie man in den von ihm unterzeichneten Briefen liest – dem Don Juan und Alessandro Farnese, dem Prinzen von Parma, rücksichtslose und blutige Strenge, er verbannte den Herrn von Oranien aus dem Reich und bezahlte drei Meuchelmörder, und es ist nur eine Frage der Zeit, wann er den vierten bezahlen wird, er ließ Burgen und Festungen bei uns errichten, ließ Männer lebendig verbrennen, Frauen und Mädchen lebendig begraben und erbte ihre Güter, Montigny, de Berghes und andre Edle ließ er, unter Bruch seines königlichen Wortes, erwürgen. Er tötete seinen Sohn Carlos und vergiftete den Prinzen von Ascoly, den er mit Eufrasia, der von ihm Geschwängerten, vermählte, um den kommenden Bastard mit des Prinzen Gütern reich zu machen. Er schleuderte ein Edikt gegen uns, das uns alle als Verräter erklärte, die Leib und Gut verloren hätten, und beging so das in einem christlichen Lande unerhörte Verbrechen, die Unschuldigen mit den Schuldigen sühnen zu lassen.«

»Nach Gesetz und Recht und Privilegien werde er abgesetzt«, sagten die Herren der Generalstaaten.

Und die Siegel des Königs wurden zerbrochen.

Und die Sonne leuchtete über Erde und Meer, vergoldete die reifen Ähren, reifte die Trauben und ließ auf jeder Welle Perlen erglänzen als Schmuck für die Freiheit, die Braut der Niederlande.

Der Prinz von Oranien, der in Delft weilte, wurde von einem vierten Meuchelmörder in die Brust geschossen und starb, treu seiner Losung: »Ruhig inmitten der grausamen Wogen.«

Seine Feinde sagten, dass er, um König Philipp einen Streich zu spielen, und da er nicht hoffen konnte, über die katholischen südlichen Niederlande zu herrschen, diese dem gnädigen Herrn, Seiner Großen Hoheit von Anjou, durch einen geheimen Vertrag angeboten habe. Der aber war nicht dazu geschaffen, mit der Freiheit das Kind Belgien zu zeugen, denn sie liebt die absonderliche Liebe nicht.

Und Ulenspiegel verließ mit Nele die Flotte.

Und das belgische Vaterland, von den Verrätern geknebelt, stöhnte unter dem Joch.

IX

Es war im Monat der Kornreife, die Luft war schwer, ein warmer Wind wehte. Mäher und Mäherinnen konnten ungestört unter freiem Himmel, auf freiem Boden das Getreide ernten, das sie selbst gesät hatten.

Friesland, Dreuthe, Overyssel, Geldern, Utrecht, Nordbrabant, Nord- und Südholland, Walcheren, Nord- und Südbeveland, Duiveland und Schouwen, die zusammen Zeeland bilden, die ganze Küste der Nordsee von Knokke bis Helder, die Inseln Texel, Vlieland, Ameland und Schiermonnikoog von der Schelde westlich bis zur Ost-

Ems hatten sich vom spanischen Joch befreit. Moritz, der Sohn des Schweigers, führte den Krieg weiter.

Ulenspiegel und Nele, die jung, stark und schön waren – denn Flanderns Liebe und Flanderns Geist altern nicht – lebten zusammen auf dem Turm von Neere und harrten der Zeit, da der Sturm der Freiheit nach langen, grausamen Prüfungen über das belgische Vaterland hinbrausen würde.

Ulenspiegel hatte gebeten, zum Kommandanten und Wächter des Turms ernannt zu werden, er hätte die Augen eines Adlers und die Ohren eines Hasen, er könnte also wohl Ausschau halten, ob der Spanier nicht etwa wage, sich wieder in den befreiten Landen zu zeigen. Käme er aber, dann wollte er die Glocken schon Wacharm läuten lassen, das heißt in der flämischen Sprache Alarm.

Der Magistrat erfüllte seinen Wunsch, und da er so gute Dienste geleistet hatte, gab man ihm täglich einen Gulden und wöchentlich zwei Pinten Bier, Bohnen, Käse, Zwieback und drei Pfund Rindfleisch.

So lebten Ulenspiegel und Nele Seite an Seite, sahen freudig in der Ferne die freien Inseln Zeelands, Wiesen, Wälder, Schlösser, Festungen und die wehrhaften Schiffe der Geusen, die die Küsten bewachten.

Nachts stiegen sie oft auf die Spitze des Turmes hinauf, ließen sich dort auf der Plattform nieder und plauderten von rauen Schlachten und von ihrer zärtlichen Liebe, von Vergangenem und Künftigem. Sie sahen über das Meer hin, das die Küste mit leuchtenden Wogen bespülte und feurige Phantome gegen die Inseln zu schleudern schien. Und als Nele die Irrlichter in den Poldern sah, erschrak sie, sie sagte, das seien die Seelen der armen Toten. Denn all diese Orte waren Schlachtfelder gewesen.

Die Irrlichter schwangen sich über den Poldern hin, huschten die Dämme entlang, kehrten aber dann wieder zu den Poldern zurück, als wollten sie die Leichen nicht verlassen, aus denen sie gekommen waren.

Eines Nachts sagte Nele zu Ulenspiegel:

»Siehst du, wie zahlreich die Irrlichter in Duiveland sind, und wie hoch sie fliegen? Das ist dort bei den Inseln der Vögel, die ich fast alle sehen kann. Willst du dort hingehen, Thyl? Wir wollen den Balsam mitnehmen, der den sterblichen Augen die unsichtbaren Dinge zeigt.«

Ulenspiegel antwortete:

»Wenn das dieser Balsam ist, der mich zu dem großen Sabbat gehen ließ, so habe ich nicht mehr Vertrauen dazu als zu einem Traum.«

»Man muss die Macht des Zaubers nicht leugnen«, sagte Nele. »Komm, Ulenspiegel.«

»Ich komme.«

Am nächsten Tag bat er den Magistrat um einen treuen Soldaten mit guten Augen, der ihn auf dem Turm vertreten sollte.

Dann machte er sich mit Nele auf und ging in der Richtung der Vögel fort.

Als sie über Felder und Deiche wanderten, sahen sie kleine grüne Inseln im Meer, auf deren Rasenhügeln große Mengen von Kiebitzen, Möwen und Seeschwalben regungslos saßen und die kleinen Inseln ganz weiß erscheinen ließen, und Tausende dieser Vögel flogen über ihren Köpfen. Der Boden war mit Nestern bedeckt. Als Ulenspiegel sich bückte, um ein Ei aufzuheben, kam eine Möwe mit lautem Schrei auf ihn zugeflogen. Auf diesen Ruf kamen über hundert andere Möwen, schreiend vor Angst, und schwebten über Ulenspiegels Haupt und über den Nestern, aber sie wagten nicht, sich ihm zu nähern.

»Ulenspiegel«, sagte Nele, »diese Vögel bitten um Gnade für ihre Eier.«

Dann begann sie zu zittern und sagte: »Ich habe Furcht! Die Sonne sinkt, der Himmel ist weiß, und die Sterne blinken auf ... das ist die Geisterstunde. Sieh diese roten Nebel, die über der Erde wogen. Thyl, mein Geliebter, was ist das für ein Missgeschöpf der Hölle, das seinen feurigen Rachen dort in der Wolke so aufreißt? Sieh doch die tanzenden Irrlichter, dort in der Richtung nach Philippsland, wo der königliche Henker zweimal so viele arme Menschen töten ließ, um seinem grausamen Ehrgeiz zu genügen: Dies ist die Nacht, in der die Seelen der armen Menschen, die in der Schlacht getötet wurden, den kalten Saum des Fegefeuers verlassen, um sich in der lauen Luft der Erde zu erwärmen. Dies ist die Stunde, in der du Christus, den Gott der guten Zauberer, um alles anflehen kannst.«

»Die Asche schlägt an meinem Herzen«, sagte Ulenspiegel, »wenn Christus mir diese Sieben zeigen könnte, deren in den Wind gestreute Asche Flandern und die ganze Welt glücklich machen soll!« »Ungläubiger!«, sagte Nele, »du wirst sie durch den Balsam sehen.«

»Vielleicht«, sagte Ulenspiegel und zeigte mit dem Finger auf den Sirius, »dass von dem kalten Stern ein Geist herabstiege.« Kaum hatte er diese Bewegung gemacht, als ein Irrlicht ihn umtanzte und sich an seinem Finger festsetzte. Je mehr er versuchte, sich davon zu befreien, desto fester haftete es.

Nele, die versuchte, Ulenspiegel zu helfen, hatte sogleich auch ein Irrlicht auf der Fingerspitze.

Ulenspiegel schlug auf das seine und sagte:

»Antworte! Bist du die Seele eines Geusen oder eines Spaniers? Wenn du die Seele eines Geusen bist, so geh ins Paradies. Wenn du aber die Seele eines Spaniers bist, dann kehre in die Hölle zurück, aus der du kommst.«

Nele sagte zu ihm:

»Beleidige die Seelen nicht, wenn sie auch Henkerseelen waren.«

Dann sagte sie, während sie ihr Irrlicht auf der Fingerspitze tanzen ließ:

»Irrlicht, liebes Irrlicht, was bringst du Neues aus dem Lande der Seelen? Womit sind die Seelen dort unten beschäftigt? Essen und trinken sie, obgleich sie keinen Mund haben? Denn du hast keinen, liebes Irrlicht. Oder nehmen sie die menschliche Gestalt erst im gebenedeiten Paradies an?«

Ulenspiegel sagte:

»Wie kannst du soviel Zeit damit verlieren, zu diesem kümmerlichen Flämmchen zu sprechen, das keine Ohren hat, dich zu hören, und keinen Mund, dir zu antworten?«

Doch ohne auf ihn zu hören, sagte Nele:

»Irrlicht, antworte durch dein Tanzen, denn ich werde dich dreimal befragen: einmal im Namen Gottes, einmal im Namen der Heiligen Jungfrau und einmal im Namen der Elementargeister, die die Boten zwischen Gott und den Menschen sind.«

Sie tat so, und das Irrlicht tanzte dreimal.

Nun sagte Nele zu Ulenspiegel:

»Lege deine Kleider ab, ich werde das gleiche tun, hier, in dieser silbernen Büchse ist der Balsam der Vision.«

»Das gilt mir alles nichts«, sagte Ulenspiegel.

Als sie sich entkleidet und mit dem Balsam gesalbt hatten, legten sie sich, nackt, wie sie waren, nebeneinander ins Gras.

Die Möwen klagten, und aus den Wolken hallte dumpfer Donner und leuchteten die Blitze; hier und da zeigte der Mond seine goldene Sichel zwischen den Wolken. Die Irrlichter Ulenspiegels und Neles lösten sich von ihren Fingern und tanzten mit den anderen auf die Wiese hinaus.

Plötzlich wurden Nele und ihr Freund von der großen Hand eines Riesen gepackt und wie Kinderbälle in die Luft geschleudert, er fing sie auf, rollte sie am Boden hin, knetete sie in den Händen, warf sie in die Wasserlachen zwischen den Hügeln und zog sie, mit Tang bedeckt, wieder heraus. Dann schleuderte er sie durch den

Raum und sang dabei mit einer Stimme, die alle Möwen der Inseln erschrocken aufwachen ließ:

>>Mit schielenden Augen, dies ekle Geschmeiß,
Will es vorlaut erfahren
Die göttliche Weisheit, die wir auf Geheiß
In Treue bewahren.

Lies, Floh du und Laus du, das Wunder, das hangt
Im Raum, im Himmel, auf Erden,
Das heilige Wort, vor dem euch nicht bangt,
An sieben flammenden Nägeln.<<

Und in der Tat, Ulenspiegel und Nele sahen auf dem Rasen, in der Luft und im Himmel sieben Tafeln von leuchtendem Erz, die durch sieben Flammen sprühende Nägel befestigt waren.

Und auf den Tafeln stand geschrieben:

>>Im Dung, da keimen die Samen.
Sieben ist gut, aber Sieben ist schlecht.
Aus Kohlen die Diamanten kamen.
Von dummen Gelehrten gibt's kluges Studenten-
blut.
Sieben ist schlecht, aber Sieben ist gut.<<

Der Riese schritt dahin, und alle Irrlichter folgten ihm und sangen wie Zikaden:

>>Seht, er ist euer großer Meister,
Über Papst und König thront er stolz.
Den Cäsar selbst schickt er zum Teufel.
Seht ihn an, er ist von Holz.<<

Plötzlich veränderten sich seine Züge, er schien magerer, trauriger und größer. In der Hand hielt er ein Zepter und in der anderen ein Schwert. Und er trug den Namen Hochmut. Er schleuderte Nele und Ulenspiegel zu Boden und sagte: »Ich bin Gott.«

Dann erschien neben ihm, auf einer Ziege reitend, ein Mädchen mit rotem Gesicht, ihr Kleid war offen, ihre Brüste nackt und ihre Augen blinkend. Sie trug den Namen Unzucht. Dann kam eine alte Jüdin, die die Schalen der Möweneier auflas, die den Namen Geiz trug. Es folgte ein Mönch, der gierig Würste verschlang und ohne Unterlass seine Kiefer mahlen ließ wie die Sau, auf der er ritt, das war die Schlemmerei. Sodann erschien, ein Bein nachschleifend, bleich und schlaff, mit erloschenen Augen, die Faulheit, die der Zorn mit einem Stachel vor sich her trieb, die gepeinigte Faulheit klagte unter Tränen und fiel auf die Knie.

Nun folgte der Neid mit dem Vipernkopf und den Hechtzähnen, er biss die Faulheit, weil sie ihm zu behaglich war, den Zorn, weil er zu lebendig war, die Schlemmerei, weil sie zu satt war, die Unzucht, weil sie zu rot war, den Geiz, weil er die Eierschalen auflas, und den Hochmut, weil er ein Purpurkleid und eine Krone hatte.

Und die Irrlichter tanzten rundum und sagten stöhnend und mit den Stimmen klagender Männer, Frauen und Mädchen: »Hochmut, Vater des Ehrgeizes, Zorn, Quelle der Grausamkeit, ihr habt uns auf Schlachtfeldern, in Kerkern und auf Richtstätten getötet, um eure Zepter und Kronen zu behalten. Neid, du hast viel edle und nützliche Gedanken im Keim erstickt, wir sind die

Seelen der verfolgten Erfinder. Geiz, du verwandeltest das Blut des armen Volkes in Gold, wir sind die Geister deiner Opfer. Unzucht, du Gefährtin und Schwester des Mordes, die du Nero, Messalina und Philipp, den König von Spanien, zeugtest, du verkauftest die Tugend und bezahltest die Verderbtheit. Wir sind die Seelen der Toten. Faulheit und Schlemmerei, ihr verpestet die Welt und müsst ausgemerzt werden, wir sind die Seelen der Toten!«

Und eine Stimme sagte:

>»Im Dung, da keimen die Samen,
>Sieben ist gut, aber Sieben ist schlecht.
>Von dummen Lehrern kluge Schüler kamen.
>Um Kohlen und Asche zu bekommen,
>Was hat die wandernde Laus unternommen?«

Und die Irrlichter sagten:

»Wir sind das Feuer, die Vergeltung der geweinten Tränen, der Leiden des Volkes, die Rache an den großen Herren, die in ihren Ländern auf menschliches Wild Jagd machten, die Rache für die nutzlosen Kriege, für das in den Kerkern vergossene Blut, für die verbrannten Menschen, für die lebendig begrabenen Frauen und Mädchen, die Vergeltung für die Vergangenheit in Ketten und Blut. Wir sind das Feuer, wir sind die Seelen der Toten.«

Bei diesen Worten verwandelten sich die Sieben, ohne ihre ursprüngliche Gestalt zu verlieren, in Holzstatuen. Und eine Stimme sagte: »Ulenspiegel, verbrenne das

Holz.« Ulenspiegel wandte sich den Irrlichtern zu und sagte: »Ihr, die ihr Feuer seid, tut eure Pflicht!«

Und die Irrlichter umringten die Sieben in Menge und verbrannten sie, dass sie zu Asche zerfielen. Und es rann ein Strom von Blut.

Da erstanden sieben andere Gestalten aus der Asche. Die erste sagte: »Ich heiße Hochmut und nenne mich jetzt edler Stolz.«

Auch die anderen huben zu reden an, und Ulenspiegel und Nele sahen aus dem Geiz die Sparsamkeit hervorgehen, aus dem Zorn die Lebhaftigkeit, aus der Schlemmerei die Genussfreude, aus dem Neid das Streben und aus der Faulheit die Träumerei der Dichter und der Weisen. Aus der Unzucht auf ihrer Ziege aber erstand ein schönes Weib, das sich Liebe nannte. Und die Irrlichter tanzten einen fröhlichen Reigen um sie. Und Ulenspiegel und Nele hörten tausendstimmigen Gesang:

»Wenn zu Land und auf dem Meer
Die Sieben verwandelt regieren,
Menschen, dann hebt eure Stirnen hehr,
Die Welt wird die Fesseln verlieren.«

Ulenspiegel sagte: »Die Geister spotten über uns.«

Und eine gewaltige Hand packte Nele am Arm und schleuderte sie in den Raum. Und die Geister sangen:

»Wenn der Nordwind den Schläfer küsst,
Untergangs Ende ist.
Suche den Gürtel.«

»Ach!«, sagte Ulenspiegel, »Nordwind, Schläfer und Gürtel. Ihr sprecht geheimnisvoll, ihr Geister!«

Und lachend sangen sie:

> »Der Nordwind, das ist Niederland,
> Der Schläfer das belgische Vaterland,
> Der Gürtel ist treuer Freundschaft Band.«

»Ihr seid fürwahr keine Narren, ihr Geister«, sagte Ulenspiegel. Und wieder sangen sie mit schmetterndem Lachen:

> »Der Gürtel umschlingt die Niederlande
> Und Belgien mit der Freundschaft Bande,
> Der Gürtel ist der Bund, du Schelm.
> Mit raedt
> En daedt,
> Met doodt
> En bloodt.
> Treubund des Rats
> Und der Tat
> Und des Tods
> Und des Bluts.
> So müsst's sein,
> Wär' die Schelde nicht,
> Wicht, wär' die Schelde nicht.«

»Ach!« sagte Ulenspiegel, »so also ist unser qualvolles Leben: die Menschen weinen, und die Vorsehung lacht.«

> »Treubund des Bluts
> Und des Tods,
> Wäre die Schelde nicht.«

wiederholten lachend die Geister.

Und eine gewaltige Hand schleuderte Ulenspiegel in den Raum.

X

Nele fiel, rieb sich die Augen und sah nichts als die Sonne, die in goldenen Nebeln aufging, die Spitzen der Gräser, die wie Gold leuchteten, und das Morgenlicht, das die Federn der Möwen überstrahlte, die noch schliefen, aber alsbald erwachten.

Dann sah sie sich an, und als sie sich nackt fand, zog sie sich hastig an. Dann bedeckte sie Ulenspiegel, der ebenso nackt war, und schüttelte ihn, in dem Glauben, er schlafe, aber er blieb regungslos wie ein Toter. Sie verging vor Angst und sagte: »Habe ich meinen Freund mit diesem Balsam der Vision getötet? Ich will auch sterben! Ach, Thyl, erwache doch ... er ist kalt wie Marmor!«

Ulenspiegel erwachte nicht. Zwei Nächte und ein Tag vergingen, und Nele, fiebernd vor Schmerz, wachte bei ihrem Freund Ulenspiegel. Am Morgen des zweiten Tages hörte Nele ein Glöckchen klingeln und sah einen Bauern kommen, der einen Spaten trug, hinter ihm marschierten, eine Kerze in der Hand, ein Bürgermeister, zwei Schöffen und der Pfarrer von Stavenisse mit seinem Küster, der einen Sonnenschirm über ihn hielt. Sie gingen, sagten sie, dem alten Jacobsen das Abendmahl zu reichen, ihm, der aus Furcht Geuse gewesen war, aber dann, als die Gefahr vorüber war, zur heiligen römischen Kirche zurückkehrte, um in ihrem Schoß zu sterben.

Nach kurzer Zeit standen sie der weinenden Nele gegenüber und sahen die Leiche Ulenspiegels, die mit seinen Kleidern bedeckt war. Nele kniete nieder. Als sie an Nele und Ulenspiegel vorbeikamen, sagte der Bürgermeister zu ihr: »Mädchen, was machst du bei diesem Toten?« Sie wagte nicht, die Augen zu erheben, und antwortete: »Ich bete für meinen Freund, der hier, wie vom Blitz erschlagen, niederstürzte, nun bin ich allein und will auch sterben.«

Der Pfarrer schnaufte vor Freude und sagte: »Ulenspiegel, der Geuse, ist tot! Gelobt sei Gott! Bauer, spute dich, ein Grab zu graben, aber nimm ihm die Kleider weg, eh' du ihn begräbst!« »Nein«, sagte Nele, »man wird sie ihm nicht wegnehmen, sonst friert er in der Erde.« »Mache das Grab«, sagte der Pfarrer zum Bauern. »Tut's denn«, sagte Nele, »es gibt in diesem kalkhaltigen Sand keine Würmer, und er wird unversehrt und schön bleiben, mein Geliebter.« Und irr vor Schmerz beugte sie sich über Ulenspiegels Körper, küsste ihn und benetzte ihn mit blutigen Tränen.

Der Bürgermeister, die Schöffen und der Bauer hatten Mitleid, aber der Pfarrer hörte nicht auf, zu jubeln:

»Der große Geuse ist tot, Gott sei gelobt!«

Als der Bauer mit dem Grab fertig war, legte er Ulenspiegel hinein und bedeckte ihn mit Sand. Und alle knieten um das Grab, während der Pfarrer die Totengebete sprach.

Aber plötzlich entstand eine lebhafte Bewegung unter dem Sand, und Ulenspiegel kam niesend und sich den Sand aus den Haaren schüttelnd heraus, fasste den Pfarrer an der Gurgel und schrie: »Du Inquisitor, du begräbst mich lebend, während ich schlafe? Wo ist Nele? Hast du auch sie begraben? Wer bist du?«

Der Pfarrer schrie: »Der große Geuse ist wieder auf die Welt zurückgekommen. Herrgott! Beschütze meine Seele!« Und er lief davon wie ein Hirsch, hinter dem die Hunde sind.

Nele kam auf Ulenspiegel zu. »Küsse mich, Liebchen!«, sagte er.

Dann sah er wieder um sich und bemerkte, dass die beiden Bauern, wie der Pfarrer, das Hasenpanier ergriffen und, um besser laufen zu können, Spaten, Kerzen und Sonnenschirm zur Erde geworfen hatten. Der Bürgermeister und die Schöffen hielten sich vor Angst die Ohren zu und lagen stöhnend im Gras.

Ulenspiegel ging auf sie zu, schüttelte sie und sagte: »Begräbt man Ulenspiegel, den Geist der Mutter Flandern, und Nele, ihr Herz? Mutter Flandern kann auch schlafen, aber sterben? Nein. Komm, Nele!«

Und er ging fort mit ihr und sang sein sechstes Lied, aber niemand weiß, wo er sein letztes sang.